KiWi
1675

Das Buch

Georg Dengler droht an seinem bisher größten Fall, dem neunten in Wolfgang Schorlaus Bestseller-Krimiserie, zu scheitern: Wer hat die EU-Beamtin Anna Hartmann entführt? Was hatte sie mit der sogenannten Griechenlandrettung zu tun?

Mithilfe seiner technisch versierten Freundin Olga gelingt es Dengler, drei Verdächtige zu identifizieren. Bevor er sie befragen kann, werden sie allesamt ermordet. Gibt es einen Verräter im Auswärtigen Amt? Oder gibt Denglers neue Mitarbeiterin Petra Wolff Informationen an die Killer weiter? Die Entführte war als Beamtin an die Troika ausgeliehen worden, die Griechenland die Bedingungen der Eurogruppe diktiert hat. Welches Geheimnis versteckt Anna Hartmann auf ihrem verschwundenen Laptop? Weiß sie, auf welchen Konten die Milliarden der »Griechenlandrettung« in Wirklichkeit gelandet sind? Georg Dengler folgt der Spur des großen Geldes und befindet sich plötzlich selbst im Fadenkreuz mächtiger Interessen.

Der Autor

Wolfgang Schorlau ist mit mehr als einer Million verkaufter Bücher einer der meistgelesenen deutschen Krimiautoren. Neben den neun »Dengler«-Krimis »Die blaue Liste«, »Das dunkle Schweigen«, »Fremde Wasser«, »Brennende Kälte«, »Das München-Komplott«, »Die letzte Flucht«, »Am zwölften Tag«, »Die schützende Hand« und »Der große Plan« hat er die Romane »Sommer am Bosporus« und »Rebellen« veröffentlicht und den Band »Stuttgart 21. Die Argumente« herausgegeben. 2006 wurde Schorlau mit dem Deutschen Krimipreis, 2012 und 2014 mit dem Stuttgarter Krimipreis sowie 2019 mit dem Stuttgarter Ebner-Stolz-Wirtschaftskrimipreis ausgezeichnet. Er lebt und arbeitet als freier Autor in Stuttgart.

Wolfgang Schorlau

DER GROSSE PLAN

Denglers neunter Fall

Kiepenheuer & Witsch

MIX
Papier aus verantwortungsvollen Quellen
FSC® C083411
FSC
www.fsc.org

Verlag Kiepenheuer & Witsch, FSC® N001512

1. Auflage 2019

Umschlaggestaltung: Barbara Thoben, Köln
Umschlagmotiv: © plainpicture/Reilika Landen
Gesetzt aus der Dante und der Formata
Satz: Buch-Werkstatt GmbH, Bad Aibling
Druck und Bindung: CPI books GmbH, Leck
ISBN 978-3-462-05336-4

»Das Vergangene ist nicht tot,
es ist nicht einmal vergangen.«
William Faulkner

»Die größte Tragödie der Menschheit ist, dass wir so lange leiden müssen, bis es endlich zu dem Kompromiss kommt, von dem alle wussten, dass er unausweichlich ist.«
Nelson Mandela

Für Joju und I.
In Erinnerung an meine Mutter

Inhalt

Prolog: Gero von Mahnke

Gero von Mahnke sah auf seine Armbanduhr. Dann hob er die Tasse und trank den letzten Schluck Kaffee. Wohlwollend betrachtete er das durchsichtige Porzellan und stellte die Tasse behutsam auf den Unterteller. Er schob abrupt den Stuhl zurück, stand auf und streckte sich. Erst spät in der Nacht war er aus Livadia zurückgekommen, und die Müdigkeit steckte ihm noch in den Knochen. Er griff prüfend an die Seitentasche seiner Hose und überzeugte sich, dass sein Lieblingsbuch darin steckte. Als er durch den Flur zur Eingangshalle schritt, sah er hinter den Gardinen der hohen Fenster die ausgemergelten Gestalten, die heute wie jeden Morgen die Mülltonnen hinter dem Hotel Grande Bretagne nach Resten des Frühstücks der Gäste durchwühlten. Mittlerweile blickten sie kaum mehr auf, wenn er aus dem Nebeneingang trat, dort stehen blieb, die Augen für einen Augenblick schloss und die Luft Athens in sich einsog. Noch war sie mild, geradezu würzig; die Hitze des Tages stand erst bevor.

Dieses gleißende Licht! Er kannte keinen Ort, an dem die Sonne morgens so heiter, verlockend, so verspielt, ja, man konnte sagen: so unschuldig schien. In wenigen Stunden würde sie diese Unschuld verloren haben und auf die Stadt herabbrennen, als wolle sie alles und jeden darin verzehren. Doch jetzt war die Stunde der Götter. Ihm fiel ein Gedicht von Hölderlin ein, das er als Schüler auswendig gelernt hatte:

Ihr wandelt droben im Licht
Auf weichem Boden, selige Genien!
Glänzende Götterlüfte
Rühren euch leicht,
Wie die Finger der Künstlerin
Heilige Saiten.

Gero von Mahnke atmete tief ein. Götterlüfte. Der gestrige Tag war hart gewesen. Bevor er in die Bank ging, wollte er noch einmal die Akropolis sehen, den Sitz von Athene und ihren Gefährten, deren Geschichte und Geschichten er seit Kindertagen liebte. Auf dem Syntagma-Platz folgte ihm eine Gruppe bettelnder Kinder, vier Buben und ein Mädchen, alle barfuß und verdreckt, die Augen verklebt, die Hände zu ihm ausgestreckt, trotzdem wach und vorsichtig, immer einen Meter Abstand einhaltend. Für einen Augenblick befürchtete er, schwach zu werden und ihnen ein paar Münzen in die Hände zu drücken. In diesen Zeiten halfen keine milden Gaben. Nur die großen, die energischen Schritte würden Griechenland retten. Das Neue Europa konnte nicht mit Almosen errichtet werden. Es verlangte Opfer von allen. Niemand wusste dies besser als er.
Er drehte sich um und ging mit schnellen Schritten zum Ausgang des Platzes. Die hungrigen Kinder folgten ihm schweigend und ließen ihn dabei keine Sekunde aus den Augen. Gero von Mahnke schüttelte energisch den Kopf: Von ihm war nichts zu erwarten. Er zog den Hyperion aus der Tasche, schlug eine Seite auf und las:.

Wie haß ich dagegen alle die Barbaren, die sich einbilden, sie seien weise, weil sie kein Herz mehr haben, alle die rohen Unholde, die tausendfältig die jugendliche Schönheit töten und zerstören mit ihrer kleinen unvernünftigen Mannszucht!

Von jugendlicher Schönheit konnte bei den Kindern wahrlich keine Rede sein. Dazu waren sie zu dünn und zu dreckig. Ihre Haltung wirkte weder edel noch aufrecht, sondern lauernd, hinterhältig und ständig bereit zu plötzlicher Flucht. Mit den heroischen griechischen Skulpturen, die er in Winkelmanns Büchern bewunderte, hatten diese Straßenkinder nicht einmal eine entfernte Ähnlichkeit. Sie umringten ihn schweigend und sahen zu, wie er das Buch wieder zurück in die Seitentasche steckte. Dann zog er mit

der Rechten einige Münzen hervor und warf sie in hohem Bogen, so weit er konnte. Einen Augenblick lang blickte er den rennenden und sich balgenden Kindern nach und ging weiter.
Er war jemand, der ein Herz hatte, das war nun bewiesen.
In dem Gebüsch auf der anderen Seite des Platzes erhoben sich einige Gestalten und schlurften eilig auf die andere Straßenseite. Es gab so viele Flüchtlinge in Athen. Niemand kannte ihre genaue Zahl; sie kamen aus dem Norden und dem Osten, die Verwaltung hatte es aufgegeben, sie zu zählen und sie zu ernähren.
In langen Schritten ging er bergab an der Kathedrale Mariä Verkündigung vorbei. Die meisten der kleinen Geschäfte hatten die Türen und Fenster verrammelt. Die Eigentümer fanden schon lange keine Kunden mehr in Zeiten wie diesen. Viele hatten schon in den letzten Jahren die Türen endgültig geschlossen und waren zu Verwandten auf die Inseln oder aufs Land gezogen, wo sie ihnen gegen Kost und Logis in der Landwirtschaft oder beim Fischfang halfen.
Doch das Licht! Wo gab es ein solch gleißendes Licht? Es übertraf jede Beschreibung im *Baedeker.* Warm und klar, einzig dazu geschaffen, die Akropolis zu bestrahlen. Gero von Mahnke blieb stehen und sah zu ihr hinauf. Er war nur ein kleines Rad in der Geschichte, eine Geschichte, die schon so viele Tausend Jahre andauerte, und wenn Athen nun eine Phase der Prüfung durchlitt, würde die Stadt später, wenn alles überstanden war, strahlender denn je auferstehen.
Er mochte die Plaka, die Altstadt mit ihren Gassen und Tavernen, dem Geruch von gegrilltem Fleisch und Gemüse, er mochte die Zitronen und Apfelsinen, das Lammfleisch und das gebratene Zicklein. Er mochte sogar die Griechen.
Gero von Mahnke reckte sich. Er sprach Alt- und mittlerweile dank des Unterrichts, den er bei Sophia nahm, ganz passabel Neugriechisch. Er verstand die Lockrufe der Türsteher vor den Restaurants, doch die meisten von ihnen sprachen ihn ohnehin auf Deutsch an.

Er wandte sich nach links auf den Schotter der Panathenaia-Straße und atmete noch einmal tief den jetzt nach Kiefer riechenden Duft der Agora ein. Hier, auf dem alten Marktplatz des klassischen Griechenlands, fühlte er sich dem Land so nahe wie sonst nirgends. Die Vorstellung, dass Aristoteles vor mehr als 2000 Jahren genau hier, auf demselben Platz, gestanden haben könnte, beschleunigte seinen Puls und ließ ihn die Schultern straffen und das Kreuz durchdrücken. Er sah auf den staubigen Weg, als könne er den Fußabdruck des großen Philosophen entdecken. Schnell zog er noch einmal seinen zerfledderten Hölderlin aus der Tasche und fuhr mit einem Finger zwischen die Seiten:

Wer hält das aus, wen reißt die schröckende Herrlichkeit des Altertums nicht um, wie ein Orkan die jungen Wälder umreißt, wenn sie ihn ergreift, wie mich, und wenn, wie mir, das Element ihm fehlt, worin er sich stärkend Selbstgefühl erbeuten könnte?

Er trug sein stärkend Selbstgefühl sichtbar durch die Stadt. Er ging aufrecht in einer makellosen Uniform, die SS-Runen am Kragenspiegel verschafften ihm Abstand und Respekt.
Den Griechen fehlte es noch am stärkend Selbstgefühl. Gestern hatte er es wieder erlebt.
Er dachte an den Beginn des Balkanfeldzugs. Die Italiener hatten Griechenland angegriffen. Doch zunächst wehrten die Griechen den Angriff der an Feuerkraft weit überlegenen Italiener durch Mut und Tapferkeit ab und hätten sie fast wieder aus dem Land verjagt. Im letzten Augenblick befahl der Führer, dem Duce zu Hilfe zu eilen. Die Wehrmacht überwältigte die erschöpfte griechische Armee, und nach wenigen Tagen unterschrieben ihre Generale die Kapitulation. Doch der Führer reichte ihnen in einer wahrhaft ritterlichen Geste die Hand zur Versöhnung. Obwohl sie in einem Blitzkrieg besiegt worden waren, lobte er ihren Kampfgeist. Auf ausdrücklichen Befehl Hitlers verzichtete die Wehrmacht darauf, griechische Gefangene nach Deutschland zu

deportieren, sondern ließ sie frei. Von Mahnke fand diese Geste des Führers edel und eines wahren Feldherrn würdig. Man hatte den geschlagenen General als neuen Regierungschef installiert, ihm für seine neuen Aufgaben detaillierte Befehle erteilt und ihm genügend Verbindungsoffiziere zur Seite gestellt, die dafür sorgten, dass diese Befehle auch eingehalten wurden. Ein Anfall von Sentimentalität trieb von Mahnke einige Tränen in die Augen. Das ist das wahre nordische Deutschtum, getränkt von Edelmut und Großherzigkeit gegenüber einem Volk mit solch erhabener Geschichte.

Doch man durfte sich nichts vormachen. Dankbarkeit war nicht die Sache der Griechen. Vielleicht waren sie dazu zu sehr Südländer, schon zu sehr gemischt mit allerlei Orientalischem und dem minderwertigen Völkerdurcheinander des Mittelmeeres. Gero von Mahnke hatte an die gesamte Gefolgschaft der griechischen Nationalbank das Buch *In Griechenland. Ein Buch aus dem Kriege* von Erhart Kästner verteilen lassen, des *Touristen in Uniform*. Kästner hatte darin den interessanten Gedanken entwickelt, die deutschen Soldaten seien die eigentlichen und würdigen Nachfahren der alten Griechen: »... ihre Haare weißblond. Da waren sie, die ›blonden Achaier‹ Homers, die Helden der Ilias. Wie jene stammten sie aus dem Norden, wie jene waren sie groß, hell, jung, ein Geschlecht, strahlend in der Pracht seiner Glieder.« Von Mahnkes Gesicht verdunkelte sich. Undankbar! Die Griechen sind unfähig zu erkennen, wie vorteilhaft sie bisher behandelt wurden. Immer wieder müssen sie bestraft werden. Es fällt uns nicht leicht! Plötzlich tat es ihm leid um die Drachmen, die er den Kindern auf dem Syntagma-Platz zugeworfen hatte.

Er dachte an den gestrigen Tag und ihm wurde kalt, obwohl die Sonne nun hoch über der Akropolis stand.

1. Teil

1. Der Auftrag

Schneeböen tanzen über die spiegelglatte Fahrbahn.
Orangefarbenes Licht zuckt über die Fassade eines mehrstöckigen Gebäudes, geworfen von unruhigen Straßenlaternen, die zwischen den kahlen Bäumen die Fahrbahn säumen.
Breite Straße, breite Bürgersteige.
Berlin.
Nur wenige Autos sind in den Parkbuchten am Straßenrand abgestellt. Frischer Schnee auf Dächern und Kühlerhauben. Ein Wagen ist ohne Schnee: ein dunkler Van, neues Modell. An seinem glänzenden schwarzen Lack finden die Schneeflocken, die die nervösen Windstöße immer wieder hochwirbeln, keinen Halt.
Als einziges Fahrzeug parkt der Van mit der Breitseite am Bürgersteig. Alle anderen Wagen stehen mit Heck oder Front in Hausrichtung in den markierten Buchten.
Eiskristalle auf der Fahrbahn, Schnee auf dem Bürgersteig, gefrorener brauner Matsch auf den Parkflächen. Die Straße ist menschenleer.
Der Eingang des mehrstöckigen Hauses ist hell erleuchtet. Die schmale Toreinfahrt daneben ist geschlossen. Alle Fenster, auch die vergitterten viergeteilten Scheiben im Erdgeschoss, sind dunkel.
Die Szenerie schwankt kurz, für einen Sekundenbruchteil herrscht Dunkelheit. Dann wieder Eis und Schnee, Matsch und orangefarbenes Licht.
Jetzt stapft ein Mann von links ins Bild. Grüne Cargohose, braune, knöchelhohe Stiefel, dunkle Steppjacke. Er geht einige Schritte, dreht sich um und winkt. Er lacht. Ovales Gesicht, rötliches, kurz geschnittenes Haar. Alter Mitte oder Ende zwanzig. Seine Gesten und Bewegungen wirken verzögert und fahrig. Mit unsicheren Schritten überquert er die glatte Straße, betritt den Bürgersteig und geht auf den beleuchteten Eingang zu. Er scheint eine Klingel zu drücken. Wendet sich noch einmal um, lacht wieder und

hebt die rechte Faust mit erhobenem Daumen. Dann beugt er Kopf und Rumpf und spricht in die Sprechanlage. Dabei macht er einen Ausfallschritt, um das Gleichgewicht zu wahren, und stützt sich mit der rechten Hand an der Mauer ab. Er hält inne, spricht erneut in die Gegensprechanlage, dann hebt er den Kopf und zuckt mit den Schultern.

Er betätigt wieder die Klingel und wartet lauschend. Schließlich wendet der Mann sich ab und geht zur Fahrbahnmitte zurück, gerät ins Rutschen und bleibt sofort mit ausgebreiteten Armen stehen, kann das Gleichgewicht halten, zögert, lässt den rechten Arm sinken, zieht ein Tuch aus der Tasche und schnäuzt sich. Und lacht.

Jetzt taucht im Hintergrund von rechts eine Frau auf. Sie geht mit schnellen Schritten den Bürgersteig entlang. Ihr Pferdeschwanz fliegt hin und her: rechts, links, rechts, links. Zwei parkende Autos verdecken ihren Körper, doch die Schultern und der Kopf mit dem pendelnden Pferdeschwanz sind gut zu erkennen: rechts, links, rechts, links. Für einen Augenblick wird zwischen den Parklücken ihre ganze Gestalt sichtbar. Jeans, Stiefel, ein dunkler Parka mit pelzgefasster Kapuze, um den Hals ein Wollschal gewickelt. Die hellen Lampen am Eingang des mehrstöckigen Gebäudes beleuchten Kopf und Gesicht: Anfang dreißig, vielleicht Mitte dreißig. Sie trägt eine Umhängetasche, vermutlich aus Leder, die sie mit der rechten Hand fest an sich drückt.

Der Mann in der Mitte der Straße dreht sich mit einem Ruck um, schwankt, ruft der Frau etwas zu, rutscht auf dem Eis aus, rudert mit den Armen und stürzt.

Ein Audi versperrt den Blick auf Beine und Oberkörper der Frau, die zielstrebig auf dem Bürgersteig weitergeht. Sie blickt geradeaus, als habe sie den Betrunkenen nicht gesehen. Eine Straßenlampe überblendet für einen kurzen Augenblick und wirft gleißendes Licht auf sie. Der blonde Pferdeschwanz schwingt in energischer Bewegung weiter hin und her. Die Frau geht an einem weißen Mercedes vorbei, dann verschwindet sie hinter dem dunklen Van.

Zwei Sekunden.
Drei Sekunden.
Sie taucht auf der anderen Seite nicht wieder auf.
Vier.
Fünf Sekunden.
Nichts.
Die Frau bleibt verschwunden.
Der Betrunkene hat sich aufgerappelt, blickt sich um nach der Frau, zuckt mit den Achseln, klopft sich den Schnee von der Hose, winkt wieder, kommt lachend näher und verschwindet auf der rechten Seite aus dem Bild. Plötzlich scheint die ganze Szenerie nach oben zu kippen, der Bildschirm wird dunkel, kurz flackert das orangefarbene Licht noch einmal auf und erlischt sofort wieder, dann erscheint ein blauer Screen mit Programmsymbolen.

*

»Das ist alles, was wir haben.«
Der blaue Anzug neben ihm stand auf. Dengler fiel der Name nicht mehr ein. Er berührte seine Schläfe mit den Fingern und ärgerte sich, dass er sich nicht an den Namen des Mannes erinnern konnte, mit dem er immerhin seit fast einer Stunde in diesem Besprechungszimmer saß.
Ließ ihn sein Gedächtnis im Stich, oder lag es daran, dass ihm dieser Mensch vom ersten Augenblick an unsympathisch war?
Er nutzte das Halbdunkel des Raumes, um die Visitenkarte zu betrachten, die er neben sein kleines schwarzes Notizbuch gelegt hatte.

Hans-Martin Schuster
Persönlicher Referent des Ministers
Auswärtiges Amt der Bundesrepublik Deutschland
Werderscher Markt 1, Berlin

Natürlich. Schuster. Hans-Martin Schuster.

Schuster ließ die Rollos hochfahren. Er trat an die Konsole mit dem Receiver, löste ein Kabel vom Laptop und klappte das Gerät zusammen. Er hob die Fernbedienung und schaltete den großen Bildschirm an der Wand aus und trat ans Fenster. Mit dem Rücken lehnte er sich gegen die große Panoramascheibe.

»Das ist das letzte Lebenszeichen unserer Mitarbeiterin. Seither hat sie niemand mehr gesehen.«

»Außer ihren Entführern.«

Schuster runzelte verärgert die Stirn. »Niemand aus dem Außenministerium hat sie seither gesehen. Ihre Eltern nicht, ihr Verlobter nicht, niemand.«

Dengler betrachtete den Mann. Schuster hatte eine Stirnglatze, die in der Mitte seines Schädels endete und deren Grenze sich akkurat vom rechten bis zum linken Ohrläppchen zog. Auf dem Hinterkopf wucherte kurz geschnittenes, dichtes braunes Haar, das an den Seiten in längere Koteletten und schließlich in einem kurz geschnittenen Kinnbart mündete. Durch die Halbglatze wirkte die Stirn hoch, doch wurde das Gesicht nach unten breiter, das Kinn war wuchtig und sonderbar groß in dem ansonsten schmalen Gesicht. Schusters Lippen, gerahmt von dem braunen Bart, waren voll und rot, als hätte er Lippenstift aufgetragen. Seine Augen hinter den dicken Gläsern einer massiven altmodischen Brille wirkten starr.

»Wer ist der Mann auf dem Video?«, fragte Dengler.

»Ein Ire.«

»Ein Ire?«

»Das Gebäude, das Sie in dem Video gesehen haben, ist die irische Botschaft. Der Mann heißt Ken McKinley. Er ist mit einem Kumpel für ein Saufwochenende von Dublin nach Berlin geflogen. Wollten nach Kreuzberg und haben in der Jägerstraße haltgemacht. Der Kumpel saß in einem Mietwagen auf der anderen Straßenseite und filmte das Ganze mit seinem Handy. McKinley ging zum Eingang der Botschaft und fragte den Pförtner nach je einem Guinness für sich und seinen Freund. Scheint öfter vorzukommen in der irischen Botschaft, hat der Pförtner ausgesagt.«

»Haben die beiden etwas mit dem Verschwinden Ihrer Mitarbeiterin zu tun?«

Schuster schüttelte den Kopf. »Das Bundeskriminalamt und die irische Polizei haben die beiden überprüft. Sie sind harmlos. Irische Jungs, die mit einem Billigflieger nach Berlin gekommen sind und sich hier zwei oder drei Tage die Kante gegeben haben.«

»Was erwarten Sie von mir?«

Schuster rückte mit beiden Händen die Krawatte zurecht.

»Ich erwarte gar nichts«, sagte er. »Der Minister erwartet. Er braucht jemanden, der einen unabhängigen Blick auf die Ermittlungen der Polizei wirft. Sie, Herr Dengler, sollen die Ermittlungen kritisch begleiten. Das Auswärtige Amt braucht einen eigenen Standpunkt, damit das Innenministerium und das BKA uns nicht an der Nase herumführen. Sie sollen uns helfen, diesen eigenen Standpunkt zu entwickeln. Wir wollen die richtigen Fragen stellen, dafür will der Minister Sie.«

Er verzog sein Gesicht zu einer Grimasse, als wolle er Dengler klarmachen, dass dies nicht seine Idee gewesen war.

»Bekomme ich Zugang zu den Ermittlungsakten?«

»Sie bekommen alle Unterlagen, die wir auch haben.«

»Ich brauche einen Ausweis, der mich als Mitarbeiter des Auswärtigen Amts ausweist.«

»Auf keinen Fall!« Schuster schnappte nach Luft.

»Dann erklären Sie mir bitte, wie ich Befragungen durchführen soll. Ich benötige einen Ausweis, damit die Leute mit mir reden.«

Schuster bewegte seine rechte Hand abwehrend hin und her und starrte Georg Dengler mit seinen vergrößerten Augen an: »Nein, nein! So etwas steht nur Mitarbeitern zu. Das regeln die Vorschriften ganz eindeutig. Haben wir uns verstanden?«

Georg Dengler stand auf. »Es ist immer wieder schön, in Berlin zu sein«, sagte er. Er dachte an den chronischen Minusbetrag auf

seinem Konto bei der BW Bank. »Schade«, sagte er, »unter diesen Umständen … Sie müssen sich einen anderen suchen.«
Schusters Starre wich einem höhnischen Grinsen. »Dann ist das ja auch geklärt. Wir erstatten Ihnen selbstverständlich die Fahrtkosten von Stuttgart nach Berlin und zurück; in der Höhe eines Bahntickets, zweite Klasse selbstverständlich.«
Stille.
Was für ein Arschloch.
Dengler stand auf.
In diesem Augenblick klopfte es einmal kurz an die Tür, die sofort aufging, und der Außenminister trat ein. Er beachtete Schuster nicht, ging auf Dengler zu, beide Hände ausgestreckt. Er zog Denglers rechte Hand zu sich und drückte sie fest, als habe er endlich einen lang vermissten Freund wiedergefunden.
»Ich bin so froh, dass Sie uns helfen wollen.«
Der Außenminister sah Dengler direkt in die Augen. Der Mann lächelte. Ein warmes Lächeln, das nicht nur die Mundwinkel verzog, sondern auch die Augenpartie in freundliche Falten legte. Der Mann gab ihm das Gefühl, als sei die Begegnung mit ihm, dem kleinen, unbedeutenden Privatermittler aus Stuttgart, der Höhepunkt seiner Außenministerkarriere.
»Bitte setzen Sie sich doch!«
Er berührte Dengler kurz am Arm, ein herzlicher, kurzer Druck nur, als würden sie sich seit vielen Jahren kennen. Dann setzte er sich Dengler gegenüber und sah ihm offen ins Gesicht, immer noch mit diesem gewinnenden Lächeln.
»Geht es Ihnen gut? Hat man Ihnen einen Kaffee angeboten?«
Er blickte auf das Ensemble unbenutzter Tassen in der Mitte des Besprechungstischs.
»Offenbar nicht. Wie mögen Sie ihn am liebsten?«
»Ein doppelter Espresso wäre jetzt genau richtig. Wenn ich dazu ein wenig Milch extra …«
Ein kurzer Blick zu Schuster, der sich an seinem Platz vor dem Fenster nicht gerührt hatte und in eine Art Schockstarre verfallen

war. Jetzt schien er daraus zu erwachen, denn er fuhr sich mit einer schnellen Bewegung durchs Gesicht. »Natürlich, sofort«, sagte er und hastete zur Tür.

Georg Dengler war überrascht. Der Außenminister war kleiner, als er im Fernsehen wirkte, stämmiger, untersetzter. Das weiße Haar, sorgfältig gescheitelt, dominierte das Gesicht, und die große dunkle Brille unterstrich den Eindruck von Ernsthaftigkeit und Seriosität. Er trug wie Schuster einen dunkelblauen Anzug, nur teurer und besser sitzend, dazu ein weißes Hemd mit roter Krawatte.

»Ich bin wirklich froh, dass Sie für uns arbeiten werden«, sagte er.

Dengler registrierte die angenehme, tiefe Stimme, die ohne erkennbare Anstrengung den Raum füllte. Dieser Mann war gewohnt, dass man ihm zuhört. Er hatte es nicht nötig, lauter zu sprechen, um seine Autorität zu beweisen, oder giftig zu werden wie Schuster.

»Personen. Verschwundene Personen. Darauf bin ich spezialisiert.«

»Das ist gut. Wir sind in großer Sorge um Frau Hartmann. Wir möchten sie schnell und vor allem wohlbehalten wieder bei uns haben. Dabei sollen Sie uns helfen.«

Die Tür öffnete sich, und Schuster betrat wieder den Raum.

Dengler sagte: »Wenn ich Befragungen durchführe, wäre es hilfreich, wenn ich einen Ausweis des Auswärtigen Amtes hätte. Dann reden die ermittelnden Beamten mit mir. Sonst …« Er hob den rechten Unterarm leicht an und ließ ihn wieder auf den Tisch sinken.

»Selbstverständlich.« Der Minister wandte den Kopf zu Schuster. »Bitte kümmern Sie sich darum.«

»Kein Problem«, sagte Schuster, der jetzt in straffer Haltung neben dem Minister stand. Er setzte sich an den Tisch, zog eine kleine Schreibkladde aus der Innentasche seines Jacketts und notierte etwas.

»Es ist wichtig, dass wir wissen, was bei den Ermittlungsbehörden vor sich geht. Bitte scheuen Sie keinen Aufwand.«

Er wandte sich an Schuster: »Sie halten mich auf dem Laufenden. Sie berichten mir persönlich.«

Schuster nickte heftig.

Der Minister wandte sich wieder zu Dengler. »Sie kommen aus Stuttgart, nicht wahr?«

Dengler nickte.

»Gut«, sagte er, »Sie haben sicher ein Büro in Berlin. Halten Sie darüber engen Kontakt zu Herrn Schuster.«

Er blickte auf seine Armbanduhr.

»Und schicken Sie Ihre Rechnungen und Auslagen direkt an Herrn Schuster. Er wird dafür sorgen, dass alles umgehend beglichen wird. Es gibt hier manchmal einen etwas bürokratischen Umgang mit diesen Dingen.«

»Selbstverständlich«, sagte Schuster und kritzelte etwas in seine Kladde.

Der Außenminister stand auf. Er gab Dengler die Hand, nickte Schuster zu und verließ den Konferenzraum.

Stille.

Es klopfte, ein junger Mann erschien und stellte ein kleines Tablett mit einem doppelten Espresso und einem Milchkännchen vor Dengler auf den Besprechungstisch. Georg Dengler goss Milch ein, nippte an dem Kaffee und blickte Schuster an. »Wann kann ich mit dem Ausweis rechnen?«

»Ich werde noch heute alles Notwendige in die Wege leiten.«

»Die Akten brauche ich so schnell wie möglich.«

»Das ist nicht üblich. Aber wenn der Minister … Nun gut, ausnahmsweise, wir machen Kopien. In ein paar Tagen gehen sie an Ihr Berliner Büro.«

»Schicken Sie sie bitte nach Stuttgart.«

»Der Außenminister sagte, ich soll sie an Ihr Berliner Büro schicken.«

Wieder schrieb Schuster etwas auf, dann sah er Dengler an: »Sie bringen mir Glück, Dengler, wissen Sie das?«

»Das war nicht meine Absicht.«

»Sie haben doch gehört, was der Minister gesagt hat.« Schuster streckte seine Schultern. »›Sie halten mich auf dem Laufenden. Sie berichten mir persönlich‹ – das hat er gesagt.«
»Na, dann herzlichen Glückwunsch.«
»Wie Sie sicher wissen, ist er ja nicht mehr lange Außenminister. Er wird unser nächster Bundespräsident. Vielleicht nimmt er mich mit in seinen neuen Job. Es ist wirklich wichtig, dass Sie die Kollegin Hartmann bald finden.«
Dengler stand auf. »Dann schicken Sie mir möglichst bald den verdammten Ausweis und die bisherigen Ermittlungsunterlagen.«
»Und Sie geben mir die Adresse Ihres Berliner Büros.«

2. Freunde

»Bin ich froh – heute Abend sind hier keine Gäste, sondern nur Freunde«, sagte Mario und entkorkte eine Flasche Barolo. »Glaubt mir: Ich habe eine harte Zeit hinter mir.«
Zu fünft saßen sie um Marios Wohnzimmertisch. Dengler und Olga saßen auf der rechten Seite des Tisches, Martin Klein und Leopold Harder auf der linken, Mario thronte am Kopfende. Normalerweise aßen an diesem Tisch zahlende Gäste. Marios Wohnzimmer war unter dem Namen Einzimmertafel St. Amour in Stuttgart ein heiß begehrter Treff. Künstler und Geschäftsleute mieteten sich mit ihren Freunden oder ihren Familien bei ihm für einen Abend ein, und dann kochte Mario. Dengler fand, das Essen an diesem Tisch schmeckte so gut wie in den besten Restaurants der Stadt.
Seit mehr als zehn Jahren war er nun selbstständiger Privatermittler und mit der Ausnahme seines letzten Falles, der ihm für einige Monate etwas Geld auf das Konto gespült hatte, war er in dieser

Zeit mehr oder weniger – und eigentlich immer – pleite, und sein Konto kam aus dem Minus ebenso wenig heraus wie der Hamburger SV aus der Abstiegszone.
Doch an Marios Tisch verflogen Denglers Sorgen. Immerhin war die schönste Frau, der er je begegnet war, in dieser Zeit seine Freundin geworden. Von seinen Freunden hatte keiner eine Freundin. Sonja hatte Mario vor einem Jahr verlassen, und seit dieser Zeit hatte sich nur hin und wieder ein weibliches Wesen in sein Bett verirrt, aber keine blieb länger als zwei, drei Nächte. Martin Klein mied weibliche Bekanntschaften, seit der schrecklichen Enttäuschung, die er während ihrer Ermittlungen rund um das Attentat auf das Münchner Oktoberfest erlebt hatte. Und Leopold Harder war, was Liebesbeziehungen anging, ein ganz großes Rätsel. Er sprach nie darüber, und alle Nachfragen in diese Richtung wehrte Harder immer äußerst geschickt ab.
Wie auch immer: Dies war seine Familie. In diesem Kreis fühlte er sich aufgehoben und verstanden. In Marios Wohnzimmer fühlte er sich zu Hause.
Mario schenkte ihnen ein, stellte die Flasche zurück und verkündete feierlich: »Georg wird jetzt reich.«
»Er hat den Berliner Auftrag bekommen«, sagte Martin Klein.
»Er arbeitet jetzt für die höchsten Stellen«, sagte Leopold Harder.
»Darauf sollten wir trinken«, sagte Mario und hob das Glas. »Wir trinken auf Georgs ruhmreiche Zukunft.«
»Auf den Durchbruch des Privatermittlers Georg Dengler«, sagte Martin Klein.
»Auf den künftigen Spender vieler Flaschen Barolo«, sagte Leopold Harder.
»Freunde, daraus wird nichts«, sagte Georg Dengler.
Olga drehte sich zu ihm hin. »Daraus wird nichts?«, fragte sie.
»Nein«, sagte Georg Dengler. »Ich muss den Auftrag ablehnen.«
Er sah in die erstaunten Gesichter seiner Freunde. »Es ist so«, Georg blickte auf einen imaginären Punkt vor sich auf dem Tisch, »der Außenminister denkt, ich hätte ein Büro in Berlin, das den

Kontakt zu dieser Hofschranze im Ministerium hält. Aber ich habe kein Berliner Büro. Ich bin eine Einmannband. Kein Berliner Büro, kein Berliner Auftrag.«

»Mensch, sei doch nicht blöd«, sagte Mario. »Dann miete doch etwas in Berlin. Die müssen doch nicht wissen, dass das Büro ganz neu ist.«

»Okay, Freunde, ich muss deutlicher werden: kein Geld, kein Geld für ein Berliner Büro, kein Berliner Auftrag. So ist die Lage.«

»Das ist doch Unsinn«, sagte Leo Harder.

»Großer Mist«, sagte Martin Klein.

»Damit kannst du dich doch nicht abfinden«, sagte Mario.

»Da ist das letzte Wort noch nicht gesprochen«, sagte Olga.

»Wir legen alle zusammen!«, rief Leo Harder.

»Es reicht ja eine Mansarde«, sagte Mario.

»Muss ja nicht in der Friedrichstraße sein«, sagte Martin Klein.

»Olga, was meinst du damit: ›Da ist das letzte Wort noch nicht gesprochen‹?«, fragte Georg Dengler.

Sie warf ihm eine Kusshand zu. »Später«, sagte sie leise.

»Ich habe ein paar Ersparnisse. Ich könnte dir zwei Monatsgehälter leihen«, sagte Leopold Harder.

Mario: »Ich hab auch ein bisschen was auf die Seite gelegt. Du kannst darüber verfügen. Aber es sind nicht mehr als 3.000 Euro. Und du, Martin, was kannst du in die Mitte werfen?«

Martin Klein sah in die Runde. »Nichts«, sagte er.

»Seit wie vielen Jahrhunderten veröffentlichst du deine Horoskope? Du hast doch bestimmt einen dicken Sparstrumpf«, sagte Mario.

»Den rückst du jetzt raus«, sagte Leopold Harder.

»Es gibt keinen Sparstrumpf«, sagte Martin Klein. »Ihr wisst doch, vor Kurzem wurde die *Stuttgarter Sonntagszeitung* eingestellt.«

»Genau«, sagte Mario, »wir haben noch gar nicht darüber gesprochen. Wovon lebst du denn jetzt?«

»Das, meine lieben Freunde, ist exakt das Problem, das mich am meisten beschäftigt«, sagte Martin Klein. »Seit fünfzehn Jahren schreibe ich für die *Sonntagszeitung* das Wochenhoroskop – und von einem Tag auf den anderen …« Er hob beide Hände und ließ sie in den Schoß fallen. »Schluss, einfach Schluss.«

»Und wie sieht es mit den Frauenzeitschriften aus?«, fragte Georg Dengler. »Du hast doch auch immer Horoskope in der *Cosmopolitan*, in der *Elle*, in der *Vogue* und wie die Blätter nicht alle heißen, geschrieben.«

»Weil du so ein Frauenversteher bist, wie wir alle wissen«, sagte Leopold Harder.

Mario hob das Glas und sang: »Ich breche die Herzen der stolzesten Frauen …«

Olga sagte: »Leute, das ist nicht lustig … Ihm ist nicht zum Lachen zumute.«

»Absolut nicht«, sagte Martin Klein. »Ich weiß wirklich nicht, wie es weitergehen soll. Für die Frauenmagazine schreibe ich nur einmal im Jahr. Die Jahreshoroskope, ihr wisst schon. Aber diese Honorare retten mich auf Dauer nicht vor dem Verhungern.«

»Kein Geld«, sagte Mario.

»Noch nicht einmal ein Sparstrumpf«, sagte Leo Harder.

Olga legte Martin Klein eine Hand auf den Arm.

»Wir lassen dich nicht hängen«, sagte Georg Dengler.

Mario tippte und wischte auf seinem Handy herum.

Leo Harder sagte: »Wir sammeln nicht für Georg, sondern für dich.«

»Auf jeden Fall«, sagte Mario, »lassen wir dich nicht verhungern. Ein Gläschen guten Weines gibt es für dich hier immer und eine Suppe auch.« Er griff erneut nach seinem Handy.

Klein lachte und hob sein Glas. »Auf die Freundschaft«, sagte er.

»Auf die Freundschaft!«, sagten die anderen im Chor. In diesem Augenblick klingelte es.

Mario sprang auf. »Das wird Anita sein. Ich habe morgen zwanzig Gäste, und sie wird die Speisen auftragen. Ich muss ihr kurz zeigen, wo alles ist – das Besteck, die Teller, die Gläser.«

Kurz darauf kam er mit einer blonden Frau zurück. »Darf ich

euch vorstellen: die beste Bedienung auf diesem Planeten.« Dann überprüfte er erneut sein Handy.
Dengler blickte auf und beobachtete Anita, wie sie ihren langen, breiten Wollschal ablegte. Schulterlange, krause Haare. Unter dem blauen, dicken Wintermantel trug sie ein luftiges schwarzes Kleid mit Blumenmotiven, eine schwarze Strumpfhose und klobige Schuhe, die Dengler an Bergstiefel erinnerten. Sie hob die Hand und winkte ihnen zu: »Hallo, ich bin Anita.«
»Setz dich zu uns«, sagte Leo Harder und stand auf. »Du erhöhst die Frauenquote um hundert Prozent.«
Anita zog einen Stuhl heran und setzte sich neben Mario. »Ich freue mich sehr, endlich mal Marios Freunde kennenzulernen. Er erzählt immer von euch. Wer ist denn der Detektiv in der Runde?«
Dengler hob die Hand.
Anita sah kurz zu ihm hin und schien enttäuscht. »Ich dachte, du seist es«, sagte sie zu Leo Harder, der geschmeichelt lächelte.
Mario tippte eine Nachricht in sein Handy.
»Du, Mario«, sagte Anita, »das ist extrem unhöflich. Die ganze Zeit beschäftigst du dich mit deinem Handy, während deine Freunde da sind.«
»Da sind wir von ihm durchaus Schlimmeres gewohnt«, sagte Martin Klein.
»Das ist ja noch ganz harmlos«, sagte Georg Dengler.
»Was tippst du denn die ganze Zeit?«, fragte Anita.
»Ah, ich guck gerade, ob eine neue Nachricht von Parship da ist.«
Anita prustete los. »Du?! Du bist bei einem Partnerschaftsportal? Ich glaub's ja nicht.«
»Doch, das glaube ich sofort …«, murmelte Martin Klein.
»Nee, sag mal echt: Wieso bist *du* denn bei Parship?«, fragte Anita.
»Wie soll ich denn sonst jemand kennenlernen?«, fragte Mario. »Frühmorgens gehe ich in den Großmarkt und kaufe ein, nachmittags koche ich, und abends sind die Gäste da.«

»Und wenn die Gäste gehen, ist er zu erschöpft für die Liebe«, sagte Martin Klein.
»Keine Libido mehr«, sagte Olga.
Dengler setzte zu einer Äußerung an, doch dann schwieg er.
»Das glaub ich nicht«, sagte Anita. »Dem Mario laufen doch die Frauen hinterher.«
»Das seht ihr völlig falsch!«, sagte Mario. »Ihr habt keine Ahnung. So, wie ich arbeite, lerne ich wirklich niemanden kennen.«
»Aber du kennst doch mich. Mich hast du doch auch kennengelernt«, sagte Anita.
»Ja, was für ein Glück«, sagte Martin Klein.
Olga zog eine Augenbraue hoch und sah ihn streng an.
»Ach, Anita«, sagte Mario, »dich hab ich kennengelernt, weil ich eine Servicekraft für meine Gäste brauchte. Bei Parship suche ich jemand …« Er stockte.
»… für die ganz große Liebe!«, sagte Martin Klein.
»… und vor allem fürs Bett!«, sagte Leopold Harder.
»Ich sag's mal so«, sagte Mario, »ich stehe jeden Abend am Herd und ich bräuchte mal wieder eine Frau.«
»Wieso suchst du noch? Neben dir sitzt doch eine.«
»Würdest du mit *mir* ins Bett gehen?«, fragte Mario.
»Ja, klar!«
»Echt?«
Mario stand auf. Am Tisch herrschte perplexes Schweigen.

*

Dengler und Olga gingen zu Fuß nach Hause. Es war kalt. Auf der Reinsburgstraße fuhren nur wenige Autos. Sie kamen am hell erleuchteten Kaufhaus Gerber vorbei und marschierten, immer noch schweigend, die Tübinger Straße entlang. Vor dem Kino blieben sie stehen und betrachteten die Plakate von »Nicht ohne uns«, dem neu angelaufenen Film.
»So kann's gehen«, sagte Dengler, »die Liebe ist ein seltsames Spiel.«

Olga sagte nichts. Erst später, als sie in ihrem großen Bett lagen und Dengler schon die Augen geschlossen hatte, drehte sie sich noch einmal zu ihm um. »Sag mal, Georg«, sagte sie, »warum schläfst du nicht mehr mit mir?«

3. Müsli

Dengler stocherte lustlos in der Schale Müsli, die die blonde junge Frau, die ein energisches Regiment über das bis auf den letzten Platz gefüllte Lokal führte, mit einem Knall vor ihn auf den Tisch gestellt hatte. Olga saß neben ihm und blätterte im *Stuttgarter Blatt.*

Ihre Bemerkung von letzter Nacht rumorte in seinem Kopf. Sie hatte recht, kein Zweifel. Irgendetwas stimmte nicht. Wann hatten sie das letzte Mal miteinander geschlafen? Es war Wochen her. Nein, dachte Dengler, sei ehrlich, es handelt sich um Monate. Er erinnerte sich, Oktober war es gewesen, und die Initiative war von Olga ausgegangen. Es war ein Sonntagmorgen gewesen, er war noch in der Zwischenwelt zwischen Schlaf und Wachwerden, als ihre Hände zu ihm herüberwanderten. Sie kannte ihn, sie wusste, was zu tun war, aber Dengler fühlte, jetzt, da er daran zurückdachte, noch genau den Moment des inneren Widerstands, den er damals empfunden hatte, bevor er ihren erkundenden und auffordernden Händen nachgab. Es wurde wunderschön. Dengler lächelte in der Erinnerung daran. Sie gingen anschließend spazieren, Hand in Hand den Blauen Weg entlang, und sie sahen die Stadt zu ihren Füßen liegen, sie suchten Muster und Figuren in den Nebelschwaden, die aus den Wäldern an den Hängen gegenüber aufstiegen, und waren glücklich wie zwei Kinder.

Und jetzt? Dengler schob mit der Gabel einige Apfelstücke auf die Seite. Er hatte keinen Hunger. Irgendeine Macht hatte in seinem Inneren sein Begehren ausgeschaltet, als hätte jemand einen Schalter umgelegt. Er verstand es nicht. Liebte er Olga nicht mehr? Er sah sie an. Eine Welle inniglicher Zuneigung durchflutete ihn. Eindeutig: Er liebte sie. Mehr als alles andere auf der Welt. Er würde alles für sie tun. Er konnte sich ein Leben ohne sie nicht mehr vorstellen. Wenn sie ihn verlassen würde … Ein größeres Unglück konnte es nicht geben.

Doch begehrte er sie? Er horchte in sich hinein und da war … nichts. War er impotent geworden? Oder war sein Hormonspiegel ins Bodenlose gefallen? War ihm etwas Unbekanntes widerfahren, etwas Medizinisches, das er mit blauen Pillen beheben musste?

»Hast du keinen Hunger?«, fragte Olga.

Dengler zermanschte die Haferflocken. »Nein, irgendwie nicht«, sagte er.

»Ich habe nachgedacht«, sagte Olga, und Dengler schaute sie erschrocken an. Hatte sie genug von ihm und seiner Lustlosigkeit? Was kam jetzt? Der Abschied? Er atmete tief ein und wappnete sich.

»Du solltest diesen Auftrag unbedingt annehmen«, sagte sie. »Er ist eine große Chance.«

Dengler seufzte. »Ich weiß«, sagte er, »aber das kann ich alles nicht finanzieren. Ein Büro in Berlin, jemand, der dort das Telefon hütet und den Kontakt zum Auswärtigen Amt hält. Ich bin ein Einmannbetrieb und muss Einmannbetriebsaufträge annehmen. So ist die Lage.«

»Ja, so ist die Lage. Aber ich sehe eine Möglichkeit, genau diese Lage zu ändern. Du kannst nicht dein ganzes Leben lang untreuen Ehefrauen hinterherspionieren. Dafür bist du zu schade.« Dann fügte sie hinzu: »Das ist nicht gut.«

Dengler dachte an die letzte Nacht, und er war sich nicht sicher, ob Olga nicht ebenfalls daran dachte.

»Ich kann dir das Geld vorstrecken«, sagte sie. »Sobald der Minister deine Rechnung bezahlt hat, gibst du es mir zurück.«

»Olga, ich weiß, wie du dein Geld verdienst. Wir reden nicht darüber, aber ich will nicht, dass du dich meinetwegen in Gefahr begibst.«
»Unsinn«, sagte sie. »Ich leihe es dir von meinen Ersparnissen. Wir suchen im Internet nach einem passenden Büro, und wir rufen jetzt gleich beim Arbeitsamt an, sie sollen Bewerberinnen schicken.«
Sie hielt einen imaginären Telefonhörer ans Ohr. »Detektei Dengler, Büro Berlin, was kann ich für Sie tun?«
Dengler schüttelte den Kopf. »Auf keinen Fall«, sagte er. »Ich nehme kein Geld von dir.«

4. Bewerbungen

Die erste Bewerberin klingelte pünktlich um neun Uhr. Sie hieß Elisabeth Feldinger, eine hochgewachsene Frau mit rötlichen Haaren und blassem Teint. Sie trug ein dunkelgrünes Tweed-Jackett und den passenden Rock dazu, braune Strümpfe und Schuhe mit halbhohem Blockabsatz. Mit wenigen raschen Schritten trat sie in sein Büro und sah sich um. Dengler bot ihr den Stuhl vor seinem Schreibtisch an, sie stellte eine braune Aktentasche auf ihren Schoß, öffnete sie und zog eine Bewerbungsmappe heraus. Mit einer schnellen Bewegung legte sie sie vor Dengler auf den Tisch.
»Tja«, sagte Dengler, »also ich bin Privatdetektiv, die Geschäfte laufen jetzt besser, und ich brauche jemanden, der mir bei dem ganzen Bürokram hilft.«
Die Frau sah sich noch einmal in dem kleinen Büro um. »Wo soll denn mein Schreibtisch stehen?«, fragte sie.
Verdammt, daran hatte er nicht gedacht. »Nun ja, den müssen wir noch kaufen, und den schieben wir dann an meinen mit

ran. Außerdem suche ich jemanden, der meine Berliner Niederlassung managt. Sie werden einen Teil Ihrer Arbeitszeit in der Hauptstadt verbringen.«

»Ja, das wurde mir auf dem Arbeitsamt gesagt«, sagte die Frau. »Wo genau ist denn Ihre Niederlassung in Berlin?«

»Na ja«, sagte Dengler, »eine Ihrer ersten Aufgaben wird sein, diese Räumlichkeiten anzumieten.«

»Und die weiteren Aufgaben?«

»Wenn jemand anruft, müssen Sie am Telefon einen professionellen Eindruck machen und das Gespräch dann zu mir weiterschalten.«

»Und weiter? Sie wissen, ich bin eine ausgebildete Office-Managerin. Wenn Sie mal einen Blick in meine Bewerbungsunterlagen …«

»Ja, gute Sache«, sagte Dengler, »Office-Managerin. Das ist … gut. Das ist wahrscheinlich genau das, was ich brauche.«

»Ich kann Ihre Termine professionell verwalten, buche Ihre Flüge und Zugfahrten, sorge dafür, dass Sie pünktlich zu Ihren Besprechungen kommen. Daneben führe ich die Ablage, beantworte Ihre E-Mails, sofern sie nicht im Kompetenzbereich A liegen. Ich übernehme alle organisatorischen und administrativen Tätigkeiten zur Unterstützung der Geschäftsführung, gleichzeitig bin ich die Schnittstelle zu allen Abteilungen und Stabsstellen Ihres Unternehmens. Zu meinen Aufgabengebieten gehören die Postbearbeitung, ich korrespondiere in Deutsch und Englisch, aber selbstverständlich erstelle ich auch Excel-Listen und -Tabellen, wie Sie sie wünschen, PowerPoint ist mir geläufig …«

»PowerPoint? Oh, das ist gut …. ja, sehr gut«, sagte Dengler.

»Ich übernehme die Vorbereitung und Organisation von Meetings und Events. Bei Ihren internen Besprechungen führe ich selbstverständlich Protokoll. Das Vorkontieren übernehme ich. Ich vermute ja, Sie verbuchen Ihre Rechnungen nicht selbst, sondern überlassen das einem Steuerberater? Auch hier kommuniziere ich im Interesse der Firma, unserer Firma …«

»Ich bin Privatdetektiv«, sagte Dengler. »Ich bin eine kleine Nummer, bis jetzt hat meine Firma noch keinen Gewinn gemacht. Aber das wird sich ändern. Wir sind auf einem guten Weg.«
»Das Reisemanagement sowie die Reisekosten- und Spesenabrechnung werde ich ebenfalls übernehmen. Ich habe sogar Erfahrung beim Projektcontrolling und ...«
»Das ist wirklich eine ganze Menge«, sagte Dengler. Er blätterte in ihren Bewerbungsunterlagen. Frau Feldinger hatte das Vorzimmer des Geschäftsführers eines Automobilzulieferers gemanagt. Vierzehn Jahre lang. Tadellose Zeugnisse. »Außergewöhnlich leistungsbereit«, las er, »hoch motiviert, umsichtig.« Er sah ihr ins Gesicht. Die Kieferknochen waren angespannt und gaben ihr einen harten Zug um den Mund. Die Augenbrauen waren hochgezogen und die Augen standen erstaunlich weit offen. Frau Feldinger zeigte alle Symptome von Angst. Aber warum? Warum hatte die Frau Angst? Sie befand sich nicht in Gefahr. Dengler sah ihr noch einmal ins Gesicht.
»Warum arbeiten Sie nicht mehr bei Ihrem früheren Arbeitgeber?«
Zu dem harten Zug um ihren Mund trat ein bitterer hinzu. »Der neue Chef wollte wohl etwas Jüngeres«, sagte sie mit gepresster Stimme. »Und jetzt muss ich mir etwas Neues suchen.«
Sie zuckte mit den Schultern und ließ den Blick durch Denglers Büro schweifen, und er wusste genau, was sie dachte: *Und jetzt muss ich mich in so einer Bruchbude bewerben.*
»Mit Ihrer Qualifikation wird das sicher klappen.«
Sie schwieg.
»Wovor haben Sie Angst?«
Sie sah ihn wütend an. »Ich arbeite seit meinem siebzehnten Lebensjahr. Seit zwölf Jahren bin ich Chefsekretärin mit wenig Freizeit, aber einem guten Gehalt. Und nun – nun bekomme ich nur ein Jahr lang Arbeitslosengeld, dann geht's ab nach Hartz IV.«
Sie sah Dengler an, als trage dieser die Schuld dafür.
»Mein Freund sagt, das haben uns die Linken eingebrockt, die

SPD und die Grünen, Agenda 2010. Ich hätte nie geglaubt, dass ich einmal …« Sie schluckte. Dann sagte sie leise: »Ich hab nur noch drei Monate Zeit.«

Jetzt wusste Dengler, woher die Angst kam.

Sie warf die Haare zurück und sah ihm direkt ins Gesicht.

»Ich habe immer gearbeitet. Sie haben mir im Jobcenter gesagt, ich müsse meine Wohnung verkaufen, bevor ich auch nur einen Cent von ihnen bekomme. Und den Flüchtlingen wirft man das Geld hinterher. Mein Freund sagt …«

Dengler unterbrach sie: »Sie hören von mir. Ich behalte Ihre Unterlagen solange hier.«

Eine Dreiviertelstunde später erschien Luise Merkle, eine kleine untersetzte Frau, die sich mit einem großen Taschentuch den Schweiß von der Stirn tupfte. Dengler schätzte sie auf Mitte vierzig. Erschöpft ließ sie sich in den Stuhl vor ihm fallen.

»Boah«, sagte sie, »das sind ja viele Treppenstufen zu Ihnen hoch!«

»Mein Büro ist im ersten Stock«, sagte Dengler.

»Trotzdem. Viel zu viele Stufen …«

Sie wischte sich erneut über das schweißnasse Gesicht.

Dengler betrachtete sie. Ihr Blick wanderte hin und her. Unsicherheit, dachte er. Sie weiß nicht, ob sie der Aufgabe gewachsen ist.

»Möchten Sie sich vielleicht etwas frisch machen?«, fragte Dengler. *Ich muss eine freundliche Atmosphäre schaffen. Wie bei einem Verhör, erst einmal die Angst nehmen.*

»Ah, das ist eine gute Idee«, sagte sie. »Ich schwitze immer so vom Treppensteigen.«

»Ich zeige Ihnen das Bad«, sagte Dengler und stand auf. Die Frau folgte ihm. Sie gingen durch die Küche, und Frau Merkle sah sich um. »Vielleicht brauchen Sie eher jemand für den Haushalt?«, fragte sie.

Dengler öffnete stirnrunzelnd die Tür zum Badezimmer. »Dort unten finden Sie Handtücher«, sagte er und zeigte auf einen der Unterschränke.

»Was ist *das* denn für ein Bad?«, fragte sie.
»Wie meinen Sie das? Das ist mein Bad«, sagte Dengler.
»Also das geht ja gar nicht! Glauben Sie, ich will in Ihren Intimbereich eindringen, wenn ich hier arbeite?« Empört drehte sie sich um. »Also das ist mir noch nie passiert. Die können mich vom Arbeitsamt doch nicht in jeden Puff schicken.«
»Wie bitte?«
»Eine Zumutung ist das!« Ihre Stimme war jetzt laut.
Dengler sah sie wieder an, und es schien ihm, als läge hinter dem empörten Gesichtsausdruck auch eine Spur von Erleichterung.
»Entschuldigung«, sagte Dengler, »so sieht es hier nun mal aus.«
Als die Frau gegangen war, rief er Olga an. »Süße«, sagte er, »ich glaube, wir haben ein Problem mit der Personalbeschaffung. Es funktioniert nicht.«
»Hast du denn schon alle drei Bewerberinnen gesehen?«
»Nein, eine kommt noch, aber ich glaube, ich rufe sie an und sage ihr ab.«
»Warte, ich komm runter zu dir«, sagte sie.

*

Es klingelte. »Dann schau dir mal der Tragödie dritter Teil an«, sagte Dengler und öffnete die Tür.
Eine junge Frau trat ein. »Guten Tag. Mein Name ist Petra Wolff«, sagte sie. »Auf dem Arbeitsamt haben sie mir gesagt, ein Privatdetektiv brauche Unterstützung im Büro. Wobei benötigen Sie denn genau Unterstützung? Was soll ich tun?«
»Na ja«, sagte Dengler, »das hier ist ein kleiner Laden. Ein Einmannbetrieb. Für einen Auftrag brauche ich jemand, der in Berlin sitzt, und eigentlich brauche ich ihn nur dafür, falls dort jemand mal anruft.«
»Ich soll in Berlin sitzen und auf Anrufe warten?«
»Im Grunde genommen ist das exakt Ihre Arbeitsbeschreibung.«
Dengler sah ihr ins Gesicht und suchte nach Angst, Empörung

oder irgendeinem anderen Anzeichen von Ablehnung. Doch sie schien einfach nur nachzudenken.
»Ich habe eine bessere Idee!«, sagte sie.
»So?«
»Ja, in Berlin reicht doch dann ein einfaches Telefon mit einer Anrufweiterschaltung hierher. Und wenn ich sehe: Aha, ein weitergeleiteter Anruf aus Berlin, dann melde ich mich ›Detektei Dengler, Büro Berlin, guten Tag. Was kann ich für Sie tun?‹; und in der Zwischenzeit kann ich Ihnen andere Arbeiten abnehmen.«
»Na ja«, sagte Dengler, »wir brauchen trotzdem ein Büro in Berlin, wo dieses Telefon steht.«
»Ach Quatsch«, sagte die Frau. »Ich habe eine Freundin in Berlin. Ob da ein oder zwei Telefone im Flur stehen, das macht der gar nichts aus. Sie zahlen ihr eine kleine monatliche Gebühr und die Sache ist erledigt.«
Olga lächelte die Frau an. »Wir haben uns noch gar nicht richtig vorgestellt. Ich bin Olga.«
»Ich heiße Petra Wolff und ich würde wahnsinnig gern für einen Privatdetektiv arbeiten.«
»Warum?«, fragte Dengler.
»Polizeiarbeit macht mir Spaß«, sagte sie. »Ich habe mehrere Jahre beim Landeskriminalamt in Bad Cannstatt als Sekretärin gearbeitet.«
»Und warum sind Sie nicht mehr dort?«
»Ach«, sie verzog das Gesicht, »dort muss man in der richtigen Kirche sein, um vorwärtszukommen, und immer freundlich nach oben lächeln, auch wenn's einem nicht danach zumute ist.«
»Ja, wissen Sie, hier ist es ziemlich beengt. Wir können einen Schreibtisch für Sie hereinzwängen, aber Bad und Toilette sind praktisch drüben in meiner Privatwohnung. Also nah, aber …«
»Das macht mir nichts aus! Was für Fälle bearbeiten Sie denn zurzeit?«
»Wir suchen eine verschwundene Mitarbeiterin des Außenministeriums.«

»Wow, das klingt spannend! Da würde ich gerne mitmachen! Außerdem habe ich noch einigermaßen gute Connections ins LKA. Vielleicht können diese uns ja nützlich werden …«
Olga lächelte. »Georg«, sagte sie, »wir haben die richtige Frau für dich gefunden.«

5. Rechnung

Am Nachmittag brachte der Kurier ein Paket. Vier Aktenordner mit Ermittlungsunterlagen. Die vermisste Person hieß Anna Hartmann, geboren am 3. November 1980 in München. Der Vater hieß Jürgen Hartmann und war Jurist, angestellt beim Deutschen Patentamt. Die Mutter hieß Kalliope Hartmann, geb. Timiliotis, Hausfrau, geboren in Athen. Die Tochter sprach neben Griechisch und Deutsch noch Englisch, Französisch und Spanisch, sie hatte Jura und Volkswirtschaft in München und London studiert. Prädikatsexamen. Nach ihrem Studium arbeitete sie zunächst bei der Europäischen Kommission in Brüssel, bevor sie dann ins Auswärtige Amt in die Abteilung Südeuropa wechselte. Zuletzt war sie vom Außenministerium als Beraterin an die Troika ausgeliehen worden, das Dreigespann aus Europäischer Zentralbank, Internationalem Währungsfonds und Europäischer Kommission. Verlobt mit Benjamin Stenzel, der bei einer Unternehmensberatung in München arbeitete.
Das Landeskriminalamt Berlin führte die Ermittlungen. Dengler suchte den Namen des ermittelnden Kollegen. Hauptkommissar Johannes Wittig. Er runzelte die Stirn. Der Name kam ihm bekannt vor, doch ihm fiel dazu kein Gesicht ein.
Das Video war in der Nacht vom 27. Dezember aufgenommen worden. Am nächsten Tag erschien Anna Hartmann nicht zu zwei wichtigen Besprechungen im Auswärtigen Amt. Da Anna

Hartmann sich nicht krankmeldete, auch nicht an ihr Telefon in der Berliner Wohnung ging und dieses Verhalten völlig untypisch für ihre pflichtbewusste Chefin war, machte sich ihre Sekretärin Sorgen. Sie rief erst den Verlobten an, der auch nichts gehört hatte, und fuhr dann zu der Wohnung. Als dort niemand öffnete, alarmierte sie den Sicherheitsdienst, der sofort das Landeskriminalamt einschaltete.

Wittig hatte die Eltern und den Verlobten befragt und versucht, mögliche Motive für eine Entführung zu ermitteln. Doch die Eltern konnten sich keinen Grund für eine solche Tat vorstellen. »Wir sind nicht reich«, hatte der Vater ausgesagt. »Meine Frau und ich haben ein gemeinsames Konto, dort liegen 185.000 Euro. Bei uns hat sich kein Entführer gemeldet. Aber ich würde dieses Geld sofort für meine Tochter hergeben.« Das Münchner Landeskriminalamt hatte das Telefon verwanzt, aber es meldete sich niemand; die Tochter nicht und auch keine Entführer.

Über eine Meldung des Pförtners der irischen Botschaft und die Auswertung der Sicherheitskameras ermittelte Wittig die beiden irischen Trunkenbolde. Auf ihrem Handy befand sich der Film, den Dengler im Auswärtigen Amt gesehen hatte.

In einem weiteren Vermerk spielte Wittig mögliche Szenarien durch. Möglicherweise war Anna Hartmann von einer osteuropäischen Bande verschleppt und nach Asien oder in den Nahen Osten in ein Bordell verkauft worden – blonde Frauen waren dort begehrt. Aber eine selbstbewusste und kluge Frau wie Anna Hartmann würde eine Gelegenheit finden, ein Signal an die Eltern oder an die Polizei zu schicken. Wittig schätzte diesen Tathergang nicht als wahrscheinlich ein. In einem weiteren Vermerk notierte er: »Das Amateurvideo der beiden irischen Zeugen lässt nicht unbedingt auf eine Entführung schließen. Es ist sehr wohl möglich, dass Anna Hartmann hinter dem schwarzen Mercedes-Kastenwagen gestürzt war und erst wieder in Erscheinung trat, als der Ire seine Videoaufzeichnung längst beendet hatte.« Wittigs Notizen lauteten weiter: »Es ist durchaus möglich, dass Anna

Hartmann freiwillig verschwunden ist. Sie hatte um 2.14 Uhr auf ihrem Handy einen Anruf von einem unbekannten Teilnehmer erhalten und muss kurz danach ihre Wohnung verlassen haben.«
Dengler blätterte weiter in Wittigs Aufzeichnungen, aber es gab aus ihrem Umfeld keinen Hinweis darauf, dass Anna Hartmann ein Motiv gehabt hätte unterzutauchen. Aber das kannten Angehörige von Verschwundenen ohnehin meist nicht.
Dengler legte die Füße auf den Schreibtisch. Es war also keineswegs sicher, dass es sich bei diesem Fall um ein Verbrechen handelte. Dagegen sprach, dass sich Entführer weder bei den Eltern noch bei dem Verlobten gemeldet hatten. Wenn es so war – und die Berliner Polizei schien zunehmend davon auszugehen –, dass sie freiwillig gegangen war, dann würden die polizeilichen Ermittlungen eingestellt werden. Anna Hartmann war volljährig, und es gab eine Menge volljährige Menschen, die jedes Jahr ihren Koffer packten und anderswo ein besseres Leben suchten. Nicht alle informierten ihre nächsten Verwandten von ihren Plänen.
Allerdings hatte die Verschwundene keinen Koffer gepackt. Sie wohnte in der Jägerstraße. Die Polizei hatte ihre Wohnung durchsucht und versiegelt. Dengler betrachtete die Fotos in der Ermittlungsakte. Eine Zahnbürste lag auf einer Ablagefläche im Bad, daneben ein Zahnputzbecher mit Mickymaus-Motiv. In der Küche standen zwei benutzte Kaffeetassen, ein Messer lag im Spülbecken. Ein Brett mit Brotkrümeln fand sich neben einem ungemachten Bett im Schlafzimmer. Nichts deutete auf eine geplante Abreise hin. Wenn Menschen überstürzt abreisen, fliehen sie oft vor einer großen, lebensbedrohlichen Gefahr. Für eine solche Bedrohung gab es jedoch keinen Hinweis. Dengler las noch einmal die Vernehmungen der Eltern, des Verlobten und ihres Vorgesetzten im Auswärtigen Amt. Keiner konnte sich eine solche Bedrohung vorstellen.
Also doch eine Entführung?
Wittig hatte eine Funkzellenabfrage durchgeführt. Sie ergab kei-

ne besonderen Ergebnisse. Das Handy von Anna Hartmann war den ganzen Tag eingeschaltet und in der Funkzelle in der Jägerstraße eingeloggt gewesen. Sie hatte den Funkzellenbereich auch nicht gewechselt. Um 2.47 Uhr wurde ihr Handy ausgeschaltet, und seither hatte sich das Gerät auch nicht wieder in irgendeiner Zelle eingeloggt.
Anna Hartmann besaß zwei Konten. Eines bei der Berliner Sparkasse und eines bei der Deutschlandbank. Über das Sparkassenkonto bezahlte sie die Miete, die Kranken- und einige andere Versicherungen.
Dengler stieß einen überraschten Pfiff aus. Das Konto bei der Deutschlandbank war ein Festgeldkonto, auf dem 375.000 Euro lagen. Für das Sparkassenkonto besaß sie eine EC-Karte sowie eine Kreditkarte. Seit dem Tag ihres Verschwindens war weder eine Abhebung noch eine Überweisung erfolgt. Wittig hatte gründliche Arbeit geleistet und ihre Kontobewegungen der letzten beiden Jahre überprüft. Er fand keine Anhaltspunkte, dass Anna Hartmann heimlich Barbeträge abgehoben hatte, um ihr Verschwinden zu finanzieren.
Dengler überlegte. Anna Hartmann musste essen, musste schlafen. Sie brauchte Lebensmittel und eine Unterkunft. Beides kostete Geld. Wenn sie freiwillig verschwunden war, musste es jemand anderen geben, der ihr beides zur Verfügung stellte. Wittig hatte einige Kollegen aus dem Auswärtigen Amt befragt sowie zwei Schulfreunde; aber aus diesen Protokollen konnte Dengler keinen Hinweis entnehmen, dass irgendjemand aus ihrem Umfeld mit ihrem Verschwinden etwas zu tun gehabt hätte.
Jeder Mensch hinterlässt Spuren. Es gibt keine menschliche Bewegung ohne Spuren. Wenn das Video eine Entführung zeigte, dann hatten die Entführer Spuren hinterlassen.
Er musste diese Spuren finden.

*

Das Telefon klingelte. Dengler nahm ab.
»Also, das klappt schon mal«, sagte eine Frauenstimme.
»Was klappt?«, fragte Dengler. »Und wer spricht dort?«
»Petra ist hier. Petra Wolff, Ihre neue Mitarbeiterin. Das klappt mit dem Telefon in Berlin.«
»Wie meinen Sie das?«
»Meine Freundin hat gerade einen zweiten Apparat in den Flur gestellt, der die Gespräche direkt an unser Büro in Stuttgart weiterleitet. Sie möchte dafür zweimal im Jahr zum Abendessen ausgeführt werden, aber nicht gerade in eine Dönerbude. Ich kümmere mich um den Papierkram. Sie müssen nur noch unterschreiben.«
»Äh … großartig! Danke.«
»Wann ist bei Ihnen eigentlich Arbeitsbeginn?«
»Äh … Arbeitsbeginn?«
»Also gut, ich bin um neun Uhr da. Mein erster Arbeitstag! Ich freu mich.«
»Also ich weiß gar nicht, was Sie morgen machen könnten.«
»Ich schon. Wir müssen die Rechnung für die Bonzen in Berlin schreiben.«
»Wovon reden Sie? Welche Bonzen?«
»Na, Ihren Außenminister.«
»Das hat noch Zeit.«
»Hat es nicht. Schließlich müssen Sie mich am Monatsende bezahlen. Und ich hab schon kapiert: Ich muss mich selbst drum kümmern, dass es bei Ihnen in der Kasse klingelt.«

*

»Mach doch mal dein Handy aus. Es ist erst sieben Uhr«, sagte Olga schlaftrunken.
»Oh Gott, ich muss aufstehen …«, sagte Dengler. »Meine neue Assistentin erscheint in zwei Stunden, und ich will im Büro noch ein bisschen aufräumen. Außerdem muss ich den Küchentisch ins Büro stellen, damit Frau Wolff einen Arbeitsplatz hat.«

»Das fängt ja gut an«, sagte Olga und drehte sich noch einmal um. »Wir wollen die Rechnung für das Außenministerium fertig machen, und dann lad ich Petra zum zweiten Frühstück ein.«
»Oha! Jetzt ist sie schon ›Petra‹.«
»Reine Fürsorgepflicht«, sagte Dengler. »Ich bin jetzt Arbeitgeber, da muss man sich ums Betriebsklima kümmern.«
»Ich komme mit«, sagte Olga und schlug die Bettdecke zurück. »Das will ich mir nicht entgehen lassen, wenn du das Betriebsklima verbesserst.«

*

Petra Wolff saß an Denglers Küchentisch, den er an seinen Schreibtisch geschoben hatte. Sie nahm ein Blatt Papier aus dem Druckerschacht und legte es über die beiden eingetrockneten Rotweinringe auf dem Tisch. Dengler saß ihr gegenüber an seinem Schreibtisch. Olga lehnte an der Fensterbank.
»Wie hoch ist denn Ihr Stundensatz?«, fragte Petra Wolff und sah Dengler an.
Dengler lehnte sich in seinem Stuhl zurück und dachte nach. »80 Euro«, sagte er. »Da kommen noch Spesen dazu, also Unterbringung, Fahrtkosten und diese Dinge.«
»Und wie viele Stunden sollen wir vorab dem Außenminister berechnen?«
»Zehn Stunden, würde ich mal sagen.«
»Das kommt nicht infrage«, sagte Petra Wolff.
»Wieso nicht?«
»Wieso nicht?! Überlegen Sie doch: Zehn mal 80 sind gerade mal 800 Euro. Wie wollen Sie mich da bezahlen?«
Sie kritzelte einige Zahlen auf das Papier. Dann sah sie ihn an. »Wie hoch ist Ihre Miete?«
»780 Euro.«
»Okay«, sagte Petra Wolff. »5.000 plus 780, plus Bürokosten, plus Strom, Heizung, Wasser – sagen wir mal 350 Euro –, ergibt …«,

sie zog einen schwungvollen Strich unter die Tabelle, »6.130 Euro im Monat.«
»Die 5.000«, fragte Dengler, »wo kommen die her?«
Petra Wolff bedachte ihn mit einem langen Augenaufschlag. »Das«, sagte sie, »sind Kosten und Nebenkosten für Ihre neue Assistentin.«
Dengler sah zu Olga hinüber. »Wir haben noch gar nicht über Ihr Gehalt gesprochen.«
»Doch, gerade eben. Aber machen Sie sich keine Sorgen, in diesem Betrag sind Krankenkasse und Sozialversicherung und Steuern bereits drin. Wir müssen also Ihren Stundensatz erhöhen.«
»Vermutlich ziemlich drastisch«, sagte Olga.
Petra Wolff kritzelte erneut etwas aufs Papier.
»Was rechnen Sie denn da?«, fragte Dengler.
»Wenn wir annehmen, Ihre Unkosten, also Steuer und Versicherung, dazu der Gewinn, betragen im Monat 6.000 Euro – und die Kosten für Ihre Assistentin und Bürokosten von 6.130 Euro dazuzählen, kommen wir auf einen Mindestumsatz von 12.130 Euro im Monat. Und das ist ja nicht viel.«
Dengler lachte. »Nicht viel, sagen Sie.«
»Nein, das ist das Minimum. Darunter können Sie Ihren Laden zumachen. Wenn wir die Rechnung für die ersten drei Monate ausstellen, muss der Rechnungsbetrag mindestens 36.390 Euro betragen.«
»Das zahlt kein Mensch«, entfuhr es Dengler.
»Wir sind aber ein aufstrebendes Unternehmen mit einem Filialbetrieb in Berlin und einer ausgezeichneten Verwaltung. Deshalb erhöhen wir diese Summe um den Faktor zwei. Die Rechnung wird also 72.780 Euro betragen.«
Olga lachte.
»Sie sind verrückt«, sagte Dengler.
»Das ist die Wahrheit der Zahlen«, sagte Petra Wolff. »Sie sollten sie nicht länger ignorieren.«
»Was halten Sie von einem Frühstück im Café KönigX?«, fragte Dengler. »Wir haben einige Zeugenbefragungen zu planen.«

6. Wittig

Hauptkommissar Wittig holte Dengler und Petra Wolff am Eingang Keithstraße ab. Er schüttelte ihnen die Hand. »Wir gehen in ein Besprechungszimmer«, sagte er. Dengler schätzte Wittig auf Mitte vierzig, etwa 1,85 Meter groß; er hatte graue kurze Haare, braune Augen und eine kräftige Figur. Unter seinem karierten Hemd zeichnete sich ein Bauchansatz ab. Biertrinker. Der Gang war leicht vornübergebeugt, wie es bei gestressten Menschen oft der Fall ist. Vermutlich viele Fälle, viele Überstunden. Wittigs Gesicht war blass, er trug einen grauen Schnauzbart. Im Gegensatz zu seiner recht müden Erscheinung waren seine Augen wach und interessiert.

Das Besprechungszimmer war klein. Graue Resopalstühle, grauer Resopaltisch. An der Wand hingen zwei Bilder: einander verschlingende Kreise. In dem Bild an der Fensterwand waren die Kreise rot. Im Bild gegenüber grün. Es wirkte auf Dengler, als hätte jemand versucht, aus Einschusslöchern Kunst zu machen. Polizeikunst.

Mit einer knappen Handbewegung forderte Wittig Dengler und Petra Wolff auf, Platz zu nehmen.

»Ich freue mich, dass das Auswärtige Amt sich um seine Mitarbeiter kümmert. Wir sind kurz davor, den Fall abzugeben an die Vermisstenabteilung«, sagte er, als er Denglers fragenden Gesichtsausdruck sah. »Im Augenblick ist der Fall Anna Hartmann noch im Dezernat 11, Delikte am Menschen, aber wenn es nach mir geht, wandert er demnächst zu den Kollegen ins Dezernat 2, Vermisstensachen und Identifizierungsmaßnahmen. Ich gebe es offen zu: Die Sache ist uns ein Rätsel.«

»Eine Entführung?«, fragte Dengler.

»Es gibt keine Lösegeldforderung. Bislang hat sich kein Entführer gemeldet.«

Dengler sagte: »Aber in diesem Video, dem Amateurvideo, ist

zu sehen, wie Frau Hartmann hinter diesem schwarzen Van verschwindet.«

Wittig lehnte sich im Stuhl zurück. Er schloss die Augen. »Ja sicher. Aber was sagt dieses Video schon groß aus? Es sagt aus: Die Person verschwindet hinter dem Fahrzeug und kommt länger als fünf oder sechs Sekunden nicht wieder dahinter hervor. Mehr nicht. Vielleicht kommt sie erst in der siebten Sekunde oder in der achten oder neunten. Wir wissen es nicht, und wir können über mögliche Gründe nur spekulieren. Es kann gut sein, dass Anna Hartmann hinter dem Wagen auf dem Eis ausgerutscht und hingeschlagen ist. Dann ist sie wieder aufgestanden, hat sich den Schnee von den Knien geklopft und ist weitermarschiert. Dieses Szenario hätte länger als sechs Sekunden gedauert.«

»Oder jemand hat sie in den Van gezerrt«, sagte Petra Wolff.

Langsam bewegte sich Wittig mit dem Stuhl nach vorne und öffnete die Augen. Er blickte Petra Wolff an, als würde er sie jetzt zum ersten Mal wahrnehmen.

»Auch das ist möglich«, sagte er. »Um ehrlich zu sein: Ich befürchte, irgendwann findet ein Spaziergänger irgendwo in einem Waldstück um Berlin ihre Leiche. Dann hätten wir wenigstens einen Tatort. Wenn es ein Sexualdelikt war, wird es schwierig, sie zu finden. Wir durchleuchten im Augenblick alle einschlägig Vorbestraften, die für so eine Tat infrage kommen. Wir haben ihr Umfeld gecheckt: Kollegen, Nachbarn, den Verlobten, die Eltern und weitere Verwandtschaft. Wir haben dort kein Motiv für eine Straftat gefunden.«

»Sie gehen also von einem Sexualdelikt aus?«, fragte Dengler.

»Entweder davon«, sagte Wittig, »oder von einer ganz anderen Möglichkeit.«

»Sie denken: Sie ist möglicherweise freiwillig verschwunden?«, sagte Dengler.

»Zigaretten holen gegangen?«, sagte Petra Wolff.

»In der Tat, ja, das ist eine Möglichkeit«, sagte Wittig. »Frau Hartmann war jung und kräftig, sie hätte sich einer Entführung zumindest eine Zeit lang widersetzen können, sie hätte geschrien und um Hilfe gerufen, und das hätten unsere beiden irischen Freunde, die das Video aufgenommen haben, mit Sicherheit gehört. Wir haben einen Test gemacht: Das hätte sogar der Pförtner der irischen Botschaft hören *können*.«

»Aber nicht *müssen*?«, fragte Dengler.

»Die Gegend ist um diese Zeit nicht sehr belebt, trotzdem ist die Gefahr für einen Entführer, dort gesehen zu werden, sehr hoch. Es passt alles irgendwie nicht zusammen.«

Petra Wolff fragte: »Haben Sie Anhaltspunkte gefunden, die für ein absichtliches Verschwinden sprechen?«

»Nein«, sagte Wittig, »aber Menschen entschließen sich manchmal spontan, mit ihrem bisherigen Leben zu brechen. Frau Hartmann verfügt über eine hübsche sechsstellige Summe auf einem ihrer Konten, allerdings wurde das Geld bisher nicht angetastet.«

»Hat sie einen Koffer mitgenommen? Kleidung eingepackt? Die Zahnbürste eingesteckt?«

»Nichts dergleichen. In der Wohnung deutet nichts darauf hin, dass ein Verschwinden geplant war. Der Laptop fehlt. Doch das Netzkabel steckte in der Steckdose. Ich vermute, dass sie ihren Computer in der Umhängetasche mit sich führte.«

»Kurzum: Sie stehen vor einem Rätsel«, sagte Petra Wolff.

»In der Akte habe ich gelesen, Sie haben eine Funkzellenauswertung veranlasst, die jedoch keine Ergebnisse gebracht hat«, sagte Dengler. »Wie viele Datensätze haben Sie ausgewertet?«

»Knapp 55.000 Mobilfunkanschlüsse waren zu diesem Zeitpunkt bei drei Anbietern eingeloggt«, sagte Wittig. »Wir haben nichts gefunden.«

»Würden Sie uns diese Daten zur Verfügung stellen?«

Wittig richtete sich auf. »Ich weiß, wer Sie sind. Sie sind ein Ex-Kollege mit einem, sagen wir mal, durchwachsenen Ruf. Sie waren beim BKA in Wiesbaden. Sie wissen also: Sie bekommen die Datensätze nicht.«

»Ich arbeite jetzt für das Auswärtige Amt.«

»Keine Chance. Sie bekommen die Datensätze nicht. Sie würden Ihnen auch nicht helfen.«
Dengler und Wittig starrten sich in die Augen. Keine Frage: Dieser Mann machte seinen Job, und er machte ihn gut. Der Fall war bei Wittig in guten Händen. Aber das reichte nicht.
»Ich danke Ihnen für die Informationen.«
»Ich gehe mal davon aus: Wenn Sie etwas erfahren, erfahren wir's auch?«, fragte Wittig.
»Aber sicher.« Dengler stand auf.

7. Gero von Mahnke: Lektionen

Das Ganze war Felmys Idee gewesen. Der General hatte ihn persönlich angerufen und ihm freundschaftlich nahegelegt, an der geplanten Strafaktion teilzunehmen. Der Ton des Gesprächs war kameradschaftlich gewesen, aber natürlich war es ein Befehl, und Befehl ist Befehl. Ein General muss dies nicht betonen.
»Schauen Sie sich die Sache einfach mal an. Schauen Sie, wie wir das draußen im Feld handhaben. Da können Sie mal lernen, wie man deutsche Ordnung schafft.«
Felmy griff durch. Hart, aber notwendig. Keine Frage. Die Lage der Deutschen in Griechenland wurde von Tag zu Tag schwieriger. Jeder spürte die Veränderung.
Gero von Mahnke spürte sie auch. Als er die Nachricht erhielt, die Russen hätten den Belagerungsring um Leningrad durchbrochen, hatte er es zunächst nicht geglaubt.
»Nur ein kleiner Rückschlag«, sagte von Bennigheim, sein Chef seit vielen Jahren. »Das wird schon. Schauen Sie, wir marschieren jetzt Jahr für Jahr durch Europa, und dann kann es schon mal einen kleinen Rückschlag geben. Die bügeln das wieder aus. Eine vorübergehende Sache. Irritierend, aber nur vorübergehend. Mehr nicht.«

Von Benningheim irrte sich selten. Doch diesmal irrte er sich grundlegend.
Das Kriegsglück hatte sich in atemberaubendem Tempo von der Wehrmacht abgewandt. Den Engländern und Amerikanern war die Landung in der Normandie geglückt, und es war den Unseren nicht gelungen, diesen Brückenkopf zu zerstören und die Fremden zurück ins Meer zu treiben. Im Osten drängten die Russen die Wehrmacht in einem Tempo zurück, das von Mahnke niemals für möglich gehalten hätte. Wenn dem Führer nicht bald etwas einfiel, würden die Russen in zwei Monaten in seiner Heimat stehen.
In Ostpreußen.
Russen auf dem väterlichen Gut!
Von Mahnke dachte an seine Schwester Gerda.
Unvorstellbar.
Unfassbar auch, dass Italien kapituliert hatte. Der Führer war den Italienern zu Hilfe geeilt, als sie Griechenland angriffen und dann nicht stark und organisiert genug waren, mit den Griechen fertigzuwerden. Der Führer half, wie ein Freund für den anderen einsteht. Kameradschaft. Ruck, zuck war es gegangen, und die Wehrmacht stand in Athen. Der letzte erfolgreiche Blitzkrieg, dachte Gero von Mahnke wehmütig.
Er ging nun, in trübe Gedanken versunken, durch die Plaka zurück. Man hatte sich die Besatzungsaufgaben mit den Italienern geteilt, doch nun waren sie Hals über Kopf abgezogen und hatten die Deutschen mit allen Mühen der Besatzung alleine gelassen. Die Wehrmacht musste die italienischen Besatzungszonen mit übernehmen, und das band Kräfte, die der Führer im Osten dringend brauchte. Die Aufgaben vervielfältigten sich, doch Felmy konnte nicht damit rechnen, dass das Oberkommando der Wehrmacht ihnen Verstärkung schickte. Jeder Mann wurde im Osten gebraucht.
Von Bennigheim redete nach einigen Gläsern Champagner regelmäßig davon, dass der Führer demnächst die Geheimwaffe zün-

den würde. »Er hat etwas in der Hinterhand. Ich weiß es direkt aus dem Führerhauptquartier«, hatte er zu ihm gesagt. Doch worauf wartete der Führer noch?

Von Bennigheim hatte sich schon einmal getäuscht.

Nicht nur im Reich, auch hier, in Griechenland und sogar in Athen, wurde die Sicherheitslage von Tag zu Tag schwieriger. Partisanen! Der Norden lieferte kaum noch Getreide, bewaffnete Banden der Bauern hatten die Kontrolle über weite Teile des Landes übernommen. Die Weisungen aus Berlin wurden immer dringlicher. Schickt mehr Getreide! Schickt mehr Öl! Wo bleibt das Chrom? Wir brauchen Baumwolle! Mehr Geld. Vor allem: mehr Geld! Dafür war Gero von Mahnke verantwortlich. Doch die Probleme häuften sich. Die Verbindungsstraße nach Saloniki, die für den Nachschub lebenswichtig war, wurde immer wieder angegriffen. Vor allem auf dem Abschnitt zwischen Delphi und Livadia riss die Verbindungslinie immer wieder wegen Bandenüberfällen ab. Die Straßen waren dort schmal und eng, Gestrüpp und dichtes Unterholz rechts und links auf den Hängen boten den feigen Partisanen Schutz für ihre blitzartigen Überfälle.

Für Gero von Mahnke war der *Bandenbefehl* des Führers, den Keitel, der Oberkommandierende der Wehrmacht, unterschrieben hatte, ein Schock gewesen. Der Kampf gegen die »Banden« müsse nun mit »allerbrutalsten Mitteln« geführt werden, befahl der Führer. »Die Truppe ist daher berechtigt und verpflichtet, in diesem Kampf auch gegen Frauen und Kinder jedes Mittel anzuwenden, wenn es nur zum Erfolg führt.«

War das wirklich das Deutschtum, das ihm vorschwebte? Die Ritterlichkeit, die den deutschen Soldaten auszeichnete? Das Heldentum der Germanen? Die Überlegenheit der nordischen Rasse? Frauen und Kinder erschießen?

Er hatte zwei Tage gegrübelt und sich redlich bemüht, den Führer zu verstehen. Es war ihm gelungen. Es war doch so: Der deutsche Soldat kämpft wie ein Mann mit offenem Visier. Doch die

feigen Partisanen schießen aus dem Hinterhalt. Sie verstecken sich hinter Frauen und Kindern. Sie sind es, die den ritterlichen deutschen Soldaten zu Härte *zwingen*. Der helle nordische Mann liebt nicht die Härte um ihrer selbst willen. Er verzichtet gerne auf sie, doch Härte ist auch ein Wesensmerkmal seiner Rasse – wenn er dazu gezwungen wird. Härte in der Schlacht, Großmut nach dem Sieg. Felmy befolgte den Führerbefehl: Für jeden getöteten deutschen Soldaten ließ er zehn Griechen erschießen, für jeden Unteroffizier mussten 50 Männer sterben; wurde ein Offizier getötet, stieg der Blutzoll auf 100 Griechen.
Männer, Frauen und Kinder.
Vor zwei Tagen war er mit Otto, seinem Fahrer und Adjutanten, nach Livadia aufgebrochen. Dort wurden sie von einer fünfköpfigen bewaffneten Eskorte erwartet, die sie sicher in die Kaserne brachte. Gero von Mahnke machte sich gleich auf den Weg ins Offizierscasino. Es war wie erwartet klein, miefig, ohne jeden Komfort, nur mit einem plüschigen Sofa ausgestattet, um das drei Sessel standen. Auf dem Sofa saß der Kommandeur des Standortes, Heinz Zabel, ein SS-Obersturmbannführer, im Rang ihm gleichgestellt. Zwei Offiziere saßen bemüht aufrecht in den Sesseln. Halb leere Champagnergläser standen auf einem kleinen runden Holztisch.
»Heil Hitler, Herr Obersturmbannführer!«
»Heil Hitler, Herr Obersturmbannführer.«
Gero von Mahnke wusste, was die drei von ihm hielten. Für sie war er ein Etappenhengst aus Athen, der keine Ahnung vom Krieg hatte; jemand, der sich seinen Sessel in der griechischen Nationalbank warmfurzte. Er würde sich Respekt verschaffen müssen. Wieder einmal. Er hasste die Vorurteile gegen Stabsoffiziere. Doch er wusste, wie er sie zerstreuen konnte.
Zabel stellte ihm die beiden anderen Herren vor: »Das ist der Bataillonskommandeur, Sturmbannführer Kurt Rickert.«
»Heil Hitler, Herr Obersturmbannführer!«
»Heil Hitler, Herr Sturmbannführer.«

»Das ist der Chef der 2. Kompanie, mit der Sie morgen unterwegs sind, Hauptsturmführer Fritz Lautenbach.«
»Heil Hitler, Herr Hauptsturmführer!«
»Heil Hitler.«
Das versteckte, kleine Grinsen auf dem Gesicht des Kompaniechefs ärgerte Gero von Mahnke. Lautenbach war ein hochgewachsener Mann mit ovalem Gesicht, die brünetten Haare straff nach hinten gekämmt. Er trug Uniform, hohe Schaftstiefel. Seine Augen waren vom Alkohol gerötet und der Blick bereits trübe, trotzdem spöttisch. Auf dem väterlichen Gut wäre dieser Mann Stallknecht gewesen oder hätte die Landarbeiter beaufsichtigt, Stellvertreter des Gutsaufsehers, wenn er Glück gehabt hätte. Mehr nicht. Hier nahm er sich eine Frechheit gegenüber einem Adeligen heraus, der zwei Dienstgrade über ihm stand.
Die Runde schien schon einiges getrunken zu haben. Eine Ordonanz in weißem Jackett brachte ihm ein Glas Champagner. Immerhin auf einem sauberen silbernen Tablett.
Er nahm das Glas und hob es. »Auf Ihr Wohl, meine Herren! Und auf den morgigen Tag.«
Man stieß an, man trank, man hob das Glas – ein paar Manieren hatte man sich hier also doch angeeignet.
Von Mahnke setzte sich. »Die Lieferungen dürfen nicht länger unterbrochen werden. Vorgestern waren drei Herren von Krupp in meinem Büro. Sie beschwerten sich, weil die Bandenüberfälle die Versorgung des Reiches mit kriegswichtigem Chrom immer wieder behindern. Ihre Mission, die Unterbindung des Bandenwesens, ist von entscheidender Bedeutung für die deutsche Kriegsführung. Sie geht weit über eine innergriechische Sache hinaus.«
Und so weiter und so fort.
Sie hörten ihm zu. Sie hörten es gerne, wenn man ihnen die Operationen in einem größeren Zusammenhang darstellte. Er gab ihrem Auftrag auf einer höheren Ebene Sinn und verband sie mit dem Geschick des Deutschen Reiches insgesamt. Deshalb wunderte es ihn nicht, dass sich Rickerts Brust straffte, Lautenbach hin und wie-

der während seiner Ausführungen bestätigend nickte. Sie hingen an seinen Lippen, denn er gab ihnen mit seinen Worten Bedeutung und Wichtigkeit. Er nannte diese Methode: den Guru geben. Es war nicht heroisch, schlecht bewaffnete Bauern zu jagen, die sich unausgebildet und ohne Disziplin der mächtigsten Armee der Welt in den Weg stellten und sie oft genug besiegten oder ihr doch regelmäßig schwere Verluste an Menschen und Material beibrachten.
Als er aufstand, um sich zu verabschieden, sprangen sie auf und bedankten sich für seinen Besuch. Lautenbach winkte die Ordonnanz heran und bestellte neuen Champagner. Ein Säufer. Auch das noch.
»Ich bin hier, um von Ihnen zu lernen, meine Herren«, sagte er, schlug die Hacken zusammen und hob die Hand zum Deutschen Gruß. »Bis morgen früh.«
Als er am Mannschaftsquartier vorbeiging, schallte betrunkenes Gegröle und Lärmen zu ihm herüber. Eine Tür flog auf, und zwei Landser starrten ihn an, ein Rottenführer und ein Unterscharführer, beide mit glasigen, blutunterlaufenen Augen, nach Schnaps stinkend und sich gegenseitig stützend, sternhagelvoll. Er konnte ihnen dabei zusehen, wie ihnen im Schneckentempo dämmerte, dass ein Offizier vor ihnen stand. Sie versuchten Haltung anzunehmen, doch sie wären gestürzt, hätten sie einander losgelassen. Von Mahnke ging kommentarlos weiter. Er würde einen Bericht schreiben.

8. Stenzel

»Das La Forchetta ist eine gute Adresse. Das Mittagessen ist okay und die Abendkarte sehr gut. Wir trinken hier auch immer gerne ein Feierabendbierchen, und im Sommer kann man draußen am Arnulfpark sitzen. Sehr schön und sehr ruhig.«

Nach einer Pause: »Nur bin ich nicht ruhig. Ich bin voller Sorgen um Anna.« Er fuhr sich mit der Hand über die Stirn. »Wir wollten zusammen Silvester hier in München … mit ein paar Freunden … Stattdessen bekam ich einen Anruf von Ihrem Büro in Berlin …«

Benjamin Stenzel war geschieden und hatte aus der ersten Ehe eine Tochter. Er war 46 Jahre alt. Das wusste Dengler aus den Akten. Der Mann, der ihm hier gegenübersaß, schien jedoch zehn Jahre älter zu sein.

Stenzel hatte eine breite Stirnglatze, in deren Mitte sich einige dünne Haare zusammenrollten. Er trug eine randlose Brille mit Titanbügel – das Standardmodell in der Geschäftswelt, dachte Dengler. Der Mann hatte zwei starke Falten an den Mundwinkeln. Schmale Lippen, die wie ein rosa Strich in seinem Gesicht aussahen. Es war 16 Uhr, und an den Wangen und am Kinn des Mannes machten sich bereits blauschwarze Schatten bemerkbar, Hinweise auf starken Bartwuchs. Stenzel steckte in einem blauen Anzug mit einem weißen Hemd; er trug eine schwarz-weiß gestreifte Krawatte, deren Knoten Dengler sehr groß vorkam. Wer weiß, dachte er, vielleicht ist das die neuste Mode im Big Business.

Ein merkwürdiges Paar, dachte Dengler. Er konnte sich die aktive, attraktive Anna Hartmann nur schwer an der Seite dieses früh gealterten Mannes vorstellen. Nun ja, die Liebe ist ein seltsames Spiel – und plötzlich dachte er an Petra. Petra Wolff. Er verscheuchte den Gedanken schnell und konzentrierte sich auf sein Gegenüber.

»Ich freue mich, dass das Auswärtige Amt sich nun endlich in die Suche nach Anna einschaltet. Ich bin krank vor Sorge.«

Dengler dachte an Olga. Was war los mit ihnen? Er empfand plötzlich ein starkes Ziehen im Magen, diesen starken Sehnsuchtsschmerz, und plötzlich war da wieder das Bild von Petra Wolff vor ihm.

»Hören Sie mir überhaupt zu?«, fragte Stenzel.

»Ja, natürlich, das Auswärtige … der Minister … also der Minister selbst hat mich beauftragt, Ihre Verlobte zu suchen. Sie haben bereits bei der Polizei ausgesagt, und ich habe die Protokolle gelesen. Ich frage Sie trotzdem noch einmal: Können Sie sich irgendeinen Grund vorstellen, warum Frau Hartmann entführt werden sollte?«

Stenzel lachte trocken und machte eine wegwerfende Handbewegung. »Es gibt keinen. Sie hat ihr bisheriges Leben damit zugebracht, Vorlagen und Reden zu schreiben über südeuropäische Themen. Vorlagen, die niemand gelesen hat, und Reden, die niemand gehalten hat. Meine Verlobte ist hoch kompetent, aber im Grunde genommen war ihre Arbeit umsonst.«

»Wie meinen Sie das?«

»Von der Europaabteilung im Auswärtigen Amt werden ununterbrochen Einschätzungen, Berichte, Papiere aller Art geschrieben, die die Politiker oder die leitenden Beamten informieren sollen. Anna sagte mir mal, sie sei sich sicher, ihre Arbeit sei völlig sinnlos. Sie wusste nicht einmal, ob irgendjemand die Papiere las, die sie unentwegt schrieb. Erst als sie dann nach Brüssel abgeordnet wurde und für die Troika arbeitete, wurde es ein bisschen besser. Ihr machte es Spaß. Sie fühlte sich jetzt gebraucht. Sie konnte nun etwas bewegen, etwas verändern.«

»Wissen Sie, was ihre Aufgabe als Beraterin der Troika genau war?«

»Natürlich weiß ich das. Wir haben uns in beruflicher Hinsicht viel ausgetauscht. Sie hat ein Konzept für die Reorganisation des griechischen Gesundheitswesens entwickelt.«

»Sind Sie bei den Gesprächen über berufliche Dinge immer einer Meinung?«

Stenzels Gesicht verdüsterte sich für einen Augenblick. Dann blickte er Dengler in die Augen und sagte: »Anna und ich sind ein Superteam. Nein, nein, da gibt es keinerlei Probleme.«

Er lügt, dachte Dengler.

»Obwohl – in letzter Zeit hatte sie schon ein paar sonderbare Ideen …« Stenzel starrte jetzt vor sich auf den Tisch.

»Kann diese Aufgabe im Gesundheitswesen ein Motiv für eine Entführung …?«

Stenzel lachte. Laut und fest. Ein selbstsicheres Lachen. Er schüttelte den Kopf. »Nein«, sagte er. »Sie leistete da gute Arbeit. Das griechische Gesundheitswesen hat eine Reform dringend notwendig. Ihre Vorgesetzten dort haben ihre Qualität immerhin erkannt.«

Dengler sah ihn fragend an.

»Anna hatte eine Beförderung in Aussicht.«

Dengler machte sich eine Notiz.

Stenzel beugte sich nach vorne und sprach jetzt leiser. »Ich befürchte, irgendwelche Schweine haben sie geschnappt, verstehen Sie?«

Dengler sah auf. »Welche Schweine?«

»Verbrecher«, sagte er. »Verbrecher, die sie jetzt in einem Keller … Sie wissen schon, was ich meine. Die Vorstellung ist fürchterlich. Nachts, wenn ich in unserem Bett liege und an sie denke, muss ich mir immer *das* vorstellen: wie eine Horde rumänischer Kanaken über sie herfällt. Ich bin fix und fertig.«

Dengler notierte: *S. behauptet, fix und fertig zu sein. Doch man spürt es nicht.*

»Wissen Sie eigentlich, warum Ihre Verlobte so spät nachts noch unterwegs war?«

»Ich nehme an, sie wollte ins Büro.«

»Ins Auswärtige Amt?«

»Ja.«

»Aber sie arbeitete doch für die Troika?«

»Dorthin war sie nur ausgeliehen. Sie hatte immer noch ihren Schreibtisch im Amt.«

»Und warum wollte sie so spät in der Nacht ins Büro?«

Stenzel sah ihn überrascht an. »Sie kennen Anna nicht. Die ist immer im Dienst, checkt ständig ihr Handy, schreibt E-Mails, ist immer im telefonischen Kontakt mit Kollegen und Chefs, immer am Tropf von BBC, *Guardian*, *Handelsblatt*, *Financial Times*, immer am Tropf der neuesten Nachrichten der Presseabteilung. Und so bin ich im Grunde ja auch.«

Er griff nach seinem Telefon, das auf seinem Tisch vor ihm lag, warf einen kurzen Blick auf das Display und legte es dann zurück.

»Trotzdem«, sagte Dengler, »können Sie sich vorstellen, was sie nachts im Außenministerium wollte?«

Stenzel schüttelte den Kopf. »Keine Ahnung«, sagte er, »vielleicht ist ihr irgendetwas Dringendes eingefallen. Anna ist hoch motiviert, leistungsbereit, performt auf einem hohen Level, engagiert in jeder Hinsicht.«

»Können Sie sich vorstellen, dass Ihre Verlobte sich abgesetzt hat?«

»Abgesetzt?« Stenzel sah ihn irritiert an.

»Nun ja«, sagte Dengler, »könnte es sein, dass ihr bisheriges engagiertes, leistungsbereites und motiviertes Leben sie ankotzte und dass sie sich jetzt irgendwo in der Südsee eine Auszeit nimmt?«

»Ausgeschlossen. Völlig ausgeschlossen.«

»Ihre Beziehung ist gut? Sie verstehen sich noch?«

Stenzel zog den Kopf zurück und lehnte sich mit dem Oberkörper weit nach hinten. »Ja, sicher«, sagte er. »Wir wollen heiraten.«

»Ihre Verlobte hat eine Wohnung in Berlin. Wo wohnte sie, wenn sie in München war?«

»Bei mir natürlich. Manchmal bei ihren Eltern.«

Dengler sah, wie seine Augäpfel schnell von rechts nach links und wieder zurück wanderten, gar nicht mehr zur Ruhe kamen. Und jetzt sah Stenzel aus wie jemand, den eine plötzliche Erkenntnis zutiefst erschreckt hatte.

9. Eltern

Die Eltern von Anna Hartmann empfingen Georg Dengler im Wintergarten einer schönen Stadtwohnung an der Pienzenauerstraße. Beste Wohngegend. Von hier konnte man hinüber zu den Bäumen des Englischen Gartens schauen, auf deren nackten Ästen sich ein Schwarm Krähen versammelt hatte, deren mürrisches Krächzen bis in die Wohnung der Hartmanns drang und sich mit einem Pianostück Abdullah Ibrahims mischte, das aus zwei großen, schwarzen Lautsprecherboxen an den Ecken der Längsseite des Wohnzimmers perlte.
Im Wintergarten standen drei Korbstühle um einen kleinen hölzernen Teetisch. Darauf standen eine Kanne Tee und drei zierliche kleine Tassen aus blau-weißem Porzellan.
Kalliope Hartmann trug ein dunkelgrünes Strickkleid, das trotz ihres Alters deutlich figurbetont war. Dengler schätzte sie auf Ende sechzig. Eine Ähnlichkeit mit ihrer Tochter konnte er nicht entdecken. Frau Hartmann hatte kräftiges, schulterlanges graues Haar, das ihr etwas längliches Gesicht oval umschloss. Ihre Haut war olivfarben. Lebendige braune Augen musterten Dengler neugierig, doch darunter zeichneten sich große dunkle Ringe ab.
Dengler setzte sich.
Die Tür des Wohnzimmers öffnete sich, und Anna Hartmanns Vater trat ein. Ein groß gewachsener, schmaler Mann mit einer viereckigen Hornbrille. Kinnbart, kurz geschnittene graue Haare. Er trug ein Tweedjackett, darunter ein dunkelkariertes Hemd und dunkelbraune Cordhosen. Er streckte Dengler die Hand entgegen und lächelte freundlich, doch sein nach innen gerichteter Blick konnte die Traurigkeit in seinem Gesicht nicht verbergen.
»Wir freuen uns, dass das Außenministerium sich jetzt um Anna kümmert. Sie können sich vorstellen: Wir sind in allergrößter Sorge.« Er setzte sich und goss sich Tee ein.

»Bringen Sie uns irgendeine Nachricht von unserer Tochter?«, fragte Frau Hartmann. »Können Sie uns irgendetwas Erfreuliches mitteilen?«
»Leider nicht«, sagte Dengler. »Allerdings beginne ich gerade erst mit meiner Arbeit. Im Augenblick weiß ich auch nicht mehr als die Polizei.«
Ihre Augen wurden für einen Moment ausdrucklos. Dengler erschien es, als würde sie durch ihn hindurch etwas an der Wand hinter ihm anstarren. Dann schüttelte sie unmerklich den Kopf.
Dengler fragte: »Können Sie sich einen Grund vorstellen, warum jemand Ihre Tochter hätte entführt haben können? Ein Motiv? Ich suche zunächst nach einem Motiv für eine Entführung …«
Dengler blickte in zwei erstaunte Gesichter.
»Unsere Tochter«, sagte Frau Hartmann, »unsere Tochter hat niemandem etwas zuleide getan. Sie hat von morgens bis abends gearbeitet. Das war ihr Lebenszweck. Du arbeitest viel zu viel, haben wir immer gesagt, nicht wahr?« Sie schaute zu ihrem Mann hinüber, der leise nickte.
»Gab es im Privatleben Ihrer Tochter jemanden, der sie gehasst hat?« Vielleicht ein Konkurrent? Jemand, den sie bei einer Beförderung ausgestochen hat?«
Die beiden sahen sich ratlos an. Erneut schüttelten sie den Kopf.
»Wissen Sie«, sagte Frau Hartmann, »unsere Tochter ist ein sehr spezieller Mensch. Sie ist sehr begabt, sie ist äußerst fleißig. Sie hat sich in diese Aufgabe hineingestürzt. Sie will Griechenland retten. Irgendwie ist das ihre fixe Idee.«
»Sie setzt sich wohl keine kleinen Ziele. Welche Aufgaben hatte sie speziell?«, fragte Dengler.
»Mehrere. Zunächst war sie beteiligt an der Reorganisation des Gesundheitswesens in Griechenland. Das hat sie wohl gut gemacht, denn danach wurde sie befördert. Sie wechselte nach Brüssel zur Europäischen Union als leitende Assistentin des Ge-

neraldirektors der Generaldirektion Wirtschaft und Finanzen. Es geht um das viele Geld, das aus EU-Geldern nach Griechenland fließt. Da prüft Anna, ob alles richtig abgewickelt wird.«
»Und dabei gab es keine Neider?«
Frau Hartmann schüttelte den Kopf. »Soweit wir wissen, nicht. Ich glaube, das ist eine sehr bürokratische Aufgabe.«
»Fiel Ihnen an Anna in letzter Zeit etwas Besonderes auf? Wirkte sie anders als sonst?«
Dengler sah zu, wie die beiden den Blick nach innen richteten und nachdachten.
»Jede Kleinigkeit ist wichtig«, sagte Dengler.
»Nun ja, sie wirkte fröhlicher als sonst. Überhaupt – seit einiger Zeit: viel fröhlicher. Gelöster. Erinnerst du dich, Jürgen, wir sprachen darüber, als die Kinder wieder abgereist waren.«
»Sie lachte mehr als sonst«, sagte Jürgen Hartmann. »Unsere Töchter lachen beide gerne und viel. Das haben sie von ihrer Mutter. Du hast recht, sie wirkte aufgeschlossener … freier. Wir haben das sehr genossen.«
»War ihr Verlobter dabei?«
»Nein, er besucht an Weihnachten seine Mutter am Ammersee. Wir waren alleine, nur wir vier, unsere Familie.«
»Erwähnte sie einen Grund für ihr verändertes Verhalten?«
»Verändertes Verhalten ist ein zu starker Ausdruck. Es war einfach etwas mehr Fröhlichkeit als sonst bei unserer fröhlichen Tochter. Vielleicht war der Arbeitsdruck zum Jahresende nicht mehr so hoch wie während des Jahres.«
»Aber sie hat doch erzählt, dass sie an einem wichtigen Projekt arbeitet«, sagte Frau Hartmann.
»Aber das tut sie doch immer. Anna arbeitet immer an einem besonders wichtigen Projekt. Unsere Tochter ist außerordentlich begeisterungsfähig.«
»Wissen Sie, welches Projekt das war?«, fragte Dengler.
Frau Hartmann schüttelte den Kopf. »Ich habe es schon längst aufgegeben zu verstehen, was Anna im Detail machte. Zuletzt

waren es komplexe Finanzierungsfragen im Zusammenhang mit den Griechenlandkrediten.«

Herr Hartmann sagte: »Es stand eine Beförderung bevor. Sie wurde als Direktoriumsmitglied des Internationalen Währungsfonds gehandelt. Sie hat es uns ganz stolz erzählt. Der nächste Karriereschritt. Wer weiß, wo das noch einmal endet. Andererseits war es schon lange ausgemacht, dass Anna den Vorsitz in der Stiftung meines Vaters übernimmt. Bislang zögerte sie es jedoch immer wieder hinaus, diese Aufgabe zu übernehmen.«

»Eine Stiftung?«

»Die Otto-Hartmann-Stiftung. Sie hat ihren Sitz in Bad Schwalbach im Taunus. Es gibt da den Herrn Sallinger, der Anna in der Stiftung viel Arbeit abnimmt. Vielleicht reden Sie auch einmal mit ihm.«

Dengler schrieb den Namen in sein Notizbuch. Dann sagte er: »Berufliche Sorgen brauchte Ihre Tochter sich also nicht zu machen?«

Frau Hartmann schüttelte den Kopf.

»Sie haben mir einiges erzählt über die Klugheit und den Fleiß und die Fröhlichkeit Ihrer Tochter. Würden Sie sagen, das sind ihre hervorstechenden Merkmale?«

Frau Hartmann sagte: »Wissen Sie, wir sind eine Multikulti-Ehe. Ich bin Griechin, mein Mann ist Deutscher. Manchmal ist das wie Feuer und Wasser, und ein bisschen von diesem Widerspruch hat auch Anna geerbt. Von meinem Mann hat sie das Logische, den Fleiß, die Disziplin, auch die Klugheit geerbt. Von mir das Soziale und vielleicht auch mehr das Lebendige.«

»Sie meint: das Irrationale«, sagte ihr Mann und schmunzelte.

»Das Soziale?«, fragte Dengler. »Was meinen Sie damit?«

»Anna war Schulsprecherin, und auch während des Studiums hat sie sich gemeldet, wenn ihr etwas nicht gepasst hat oder wenn etwas nicht in Ordnung war. Sie war Sprecherin ihrer Fachschaft. Darauf bin ich immer stolz gewesen bei ihr.«

»Mir war das nicht immer so recht«, sagte Frau Hartmann. »Sie schleppte uns manchmal zu Veranstaltungen in die Uni, aber selbst wenn wir hier in München ins Literaturhaus gingen und im Anschluss an eine Lesung gab es eine Diskussion, unsere Tochter meldete sich zu Wort. Mir war das, wie soll ich sagen ..., mir war das nicht so recht, dass sie immer im Mittelpunkt stand.«

»Fällt Ihnen sonst noch etwas Wichtiges ein, das ihre Tochter charakterisiert?«

»Anna sucht immer Bündnisse mit starken Männern. Sie hatte eine Affäre mit ihrem Professor«, sagte Frau Hartmann.

»Wir wissen überhaupt nicht, ob sie mit dem eine Affäre hatte«, sagte ihr Mann unwillig, »vielleicht haben sie sich auch einfach nur gut verstanden.«

»Natürlich hatte sie eine Affäre. Ältere, einflussreiche Männer findet sie schick.«

»Das ist doch Unsinn.«

»Nein, das ist es nicht. Das hat dein Vater ihr eingebrockt.«

»Kalliope, ich bitte dich herzlich, lass uns jetzt nicht die alten Familiengeschichten vor unserem Gast ausbreiten.«

»In diesem Fall könnten alte Familiengeschichten wichtig sein«, sagte Dengler.

Kalliope Hartmann wandte sich Dengler zu. »Mein Schwiegervater hat Anna sehr gefördert. Von klein auf. Mich konnte er nie leiden. Bis zum Schluss nicht.«

»Mein Vater ist vor einigen Jahren gestorben«, erläuterte ihr Mann.

»Es war für uns durchaus hilfreich. Er holte Anna vom Kindergarten ab, später von der Schule. Mein Schwiegervater gab unserer Tochter Tipps bei der Wahl ihres Studienfachs. Er begleitete freundlich unterstützend ihr Studium. Anna fand immer Semesterjobs, und ich vermute, er ließ seine Beziehungen spielen und besorgte ihr auch die ersten Anstellungen.«

»Mein Vater war Direktor bei der Deutschlandbank«, sagte Hartmann. »Er stand nie im Rampenlicht, immer eher in der zweiten Reihe, aber ich vermute, er war sehr einflussreich.«

»Mich hat er ignoriert. Er war unausstehlich.«

»Kalliope, man redet nicht schlecht über Tote.«
»Es ist wahr.«
»Mein Vater war ein sehr strenger und ein sehr konservativer Mann. In meinen jungen Jahren habe ich gegen ihn rebelliert, lange Haare, Schlagzeuger in einer Band, Wohngemeinschaft, Sie verstehen, diese Dinge.«
Dengler nickte.
»Doch je älter er wurde, desto weicher wurde er. Er nahm unsere Tochter in den Arm, ging mit ihr auf den Spielplatz, später verpasste er keine Aufführung des Schulchors, in dem sie sang. Das wäre zu meiner Kinderzeit undenkbar gewesen.«
Frau Hartmann sagte: »Damit war seine Großvaterliebe dann allerdings erschöpft. Mit unserer zweiten Tochter Angela beschäftigte er sich überhaupt nicht.«
»Immerhin, ich habe ihn als Kind nur kalt und abweisend erlebt«, sagte Herr Hartmann. »Später, sehr spät wurde er altersmilde.«
»Mir gegenüber nicht.«
»Sehen Sie«, sagte Herr Hartmann, »in vielen Punkten haben meine Frau und ich unterschiedliche Ansichten. Das hält uns jung.«
»Besitzen Sie einen Schlüssel zu ihrer Wohnung?«, fragte Dengler. »Ich würde sie mir gerne anschauen.«
Beide schüttelten den Kopf. »Angela, unsere jüngere Tochter, hat einen Zweitschlüssel. Für alle Fälle. Sie lebt auch hier in München.«
Dengler griff nach seinem Notizbuch. Dann hielt er inne und blickte Kalliope Hartmann an. »Darf ich fragen, wie Sie sich kennengelernt haben?«
Frau Hartmann sagte ernst: »Ich stamme aus Distomo, einem kleinen Ort nördlich von Athen. Sagt Ihnen der Name etwas?«
»Nein.«
Sie schien enttäuscht. »Das Dorf liegt am Fuße des Parnass-Gebirges. Aufgewachsen bin ich in der Schweiz, in einer Art Internat in Trogen. Nach dem Abitur kellnerte ich eine Weile

in einem Café in St. Gallen, und eines schönen Tages kam ein schlanker junger Mann mit seiner Freundin zur Tür herein. Der junge Mann hatte lange Haare, einen dünnen Bart und sah irgendwie ziemlich hilflos und verloren aus. Der würde mir auch gefallen, dachte ich.«

»Ein zweiter junger Mann war dabei und ein Hund«, fuhr Jürgen Hartmann fort. »Ich fuhr mit meiner damaligen Freundin und Stefan, meinem besten Freund, und dessen Irish Setter, einem schönen, aber leider zur Inkontinenz neigenden Hund, in einem alten VW-Bus nach Italien. Wir drei vertrugen uns ganz gut, bis meine damalige Freundin sich in Stefan verliebte, und als wir in der Toskana ankamen, hatte er eine Freundin und ich keine mehr. Die Situation in dem VW-Bus wurde unerträglich, und wir beschlossen, uns zu trennen. Sie behielten den VW-Bus, und aus irgendeinem Grund übernahm ich den Hund. Ich fuhr nach Siena, mich quälte Liebeskummer – und der Dom oder die Piazza del Campo und all das interessierte mich nicht die Bohne. Ich stand auf dem zentralen Platz, und genau da erinnerte ich mich an die schöne Kellnerin aus St. Gallen.«

»Die Tür ging auf, und da stand der junge Deutsche wieder. Unsicher, ohne Freundin, aber mit dem Hund, der sofort sein Bein an dem Schirmständer hob. Ich fluchte laut, denn ich war diejenige, die es wegwischen musste.«

»Aber zuerst lächelte sie. Sie lächelte, als sie mich sah. Es war Liebe, ich wusste es sofort. Und an dieses Lächeln erinnere ich mich immer wieder, wenn mich etwas ärgert, wenn ich wütend oder verzweifelt bin. Dieses Lächeln hat mich durch mein ganzes Leben getragen. Bis heute«, fügte er hinzu.

»Ich hatte damals nicht viel zu verlieren«, sagte sie. »Die Schweiz war mir zu kalt. In jeder Beziehung ein kaltes Land. Ich verdanke der Schweiz viel, aber …« Kalliope schüttelte sich, als fröstele sie.

»Und dann?«, fragte Dengler.

»Er blieb in St. Gallen. In meiner kleinen Mansarde. Es war eine schöne Zeit.« Sie lächelte versonnen, und Dengler fand, dass sie plötzlich atemberaubend jung aussah. »Ich ertrug sogar den schrecklichen Hund.«

»Ich hatte eine griechische Freundin, darauf war ich sehr stolz. Kam mir vor wie ein antiker Held. Griechenland war damals ein Sehnsuchtsland der Deutschen: John Cranko, das Ballettgenie, forderte die Jugend auf, nach Griechenland zu gehen. Jeder müsse einmal barfuß über die Akropolis laufen. HAP Grieshaber und andere Künstler zog es dorthin. Udo Jürgens sang ›Griechischer Wein‹, Nana Mouskouri füllte die großen Hallen, wir bewunderten Melina Mercouri wegen ihrer Klugheit und Schönheit und Mikis Theodorakis wegen seiner Musik und seines Mutes. Im Kino haben wir ›Z‹, den berühmten Film von Constantin Costa-Gavras, gesehen.«

»Deine Eltern bekamen Schreikrämpfe, als du mit einer Griechin nach Hause kamst.«

Jürgen Hartmann nickte. Sein Gesicht verfinsterte sich. »Mein Vater stellte mich vor die Alternative: sie oder die Familie. Es war schrecklich. Er war außer sich.«

»Ich schäme mich, die Schimpfwörter zu nennen, die er mir nachrief.«

»Mein Vater war ein sehr konservativer, strenger Mann. Vielleicht, weil er sich aus kleinen Verhältnissen hochgearbeitet hat. Vielleicht wollte er allen beweisen, dass er trotzdem zu den vornehmen Leuten dazugehören kann. Und dann: eine Ausländerin als Schwiegertochter – für ihn unvorstellbar. Er rastete förmlich aus. Er warf uns aus dem Haus. Am selben Abend kniete ich vor Kalliope nieder und bat sie, meine Frau zu werden.«

Dengler sagte: »Nach Ihrer Hochzeit – hat sich Ihr Vater wieder mit Ihnen versöhnt?«

»Ich habe viele Jahre kein Wort mit meinem Vater gewechselt. Ich war nie wieder in meinem Elternhaus, solange er lebte. Meine Mutter rief mich an, wenn er in der Bank war, dann trafen wir uns in einem Café.«

Kalliope Hartmann sagte: »Erst als Anna geboren wurde, besuchte er uns. Er wollte seine Enkelin sehen. Zu mir blieb er immer distanziert, höflich, aber abweisend. Ich mochte ihn nicht. Er mochte mich nicht.«

»Und Anna?«

»Anna verherrlichte ihren Großvater.«

Jürgen Hartmann sagte: »Wenn Anna auf seinem Schoß saß, wurde er weich und nachsichtig. So habe ich ihn als Kind nie erlebt. Anna hat meinen Vater sehr verändert, zum Positiven auf seine alten Tage.«

»Sie war bei ihm, als er starb. Sie wohnte in seinen letzten Wochen neben dem Seniorenheim, das sie für ihn ausgesucht hatte.«

»Nun wissen Sie«, sagte Jürgen Hartmann, »wie unsere Ehe zustande kam. Und Anna, unsere älteste Tochter, ist das erste Kind dieser Liebe.«

Kalliope Hartmann nickte heftig. »Ja, sie ist ein Kind einer deutsch-griechischen Liebe«, sagte sie. Sie griff nach Denglers Hand. In ihren Augen standen Tränen. »Bitte bringen Sie uns unsere Tochter zurück.«

10. Schwester

»Ich liebe meine Schwester. Meine große Schwester, die mir den Weg frei gemacht hat. Ich bin in großer Sorge um sie. Glauben Sie, jemand hat ihr was angetan?«

»Ich weiß es nicht«, sagte Dengler. »Noch nicht. Aber sobald ich neue Informationen habe, rufe ich Sie an.« Er sah sie an. »Ihre Eltern haben mir gesagt, dass Sie einen Schlüssel zu ihrer Wohnung haben.«

Angela Hartmann nickte. »Schrecklich eingerichtet. Ganz kalt und unpersönlich. Ganz die eisige Businesslady. So ist ihre Berliner Wohnung.«

»Ich würde sie mir gerne anschauen. Würden Sie mir den Schlüssel für einige Tage leihen?«
Sie zog eine unförmige braune Handtasche auf ihren Schoß und wühlte darin herum. Dann zog sie ein schwarzes Etui heraus und schob es Dengler über den Tisch. »Darin sind die Schlüssel von Annas Wohnung. Und eine Chipkarte. Die brauchen Sie, um die Etagentür zu öffnen. Wissen Sie: Anna ist völlig anders als ich. Auch völlig anders als unsere Eltern. Sie haben die Wohnung ja gesehen, in der wir aufgewachsen sind. Sie ist wohnlich. Warm. Ein Zuhause. Es gibt einen Holztisch in der Küche, eine Sitzbank aus Holz. Meine Mutter liebt Kerzen, Kissen, Überzüge. Nichts davon werden Sie in Annas Wohnung sehen. Sie kocht nicht einmal. Sie hat nur den Job im Kopf.«
»Sie mögen sich wohl nicht besonders, oder?«
Angela Hartmann schüttelte den Kopf. »Nein, wie gesagt, ich liebe sie, und wir halten alle zusammen. Sie ist nur … etwas aus der Art geschlagen. Ausschließlich fixiert auf ihren beruflichen Erfolg.«
»Ihre Eltern erzählten mir, Anna hatte glänzende Noten, in der Schule und an der Universität. Sie ist wohl sehr fleißig.«
Angela Hartmann nickte. »Weiß Gott, fleißig ist meine Schwester …«
»Ihre Eltern sprachen von einer Affäre mit ihrem Professor.«
»Natürlich hatte sie die. Aber sie hätte es auch ohne das geschafft. Aus irgendeinem Grund steht meine Schwester auf ältere Männer. Vielleicht eine charakterliche Deformation aufgrund irgendwelcher frühkindlicher Erfahrungen. Haben Sie ihren Verlobten schon kennengelernt?«
»Ja, ich habe mit ihm gesprochen.«
»Mal ehrlich, der sieht doch aus wie scheintot.«
Dengler lachte. »Kann es sein, dass der Professor eifersüchtig ist?«
Angela Hartmann sah Dengler überrascht an.

11. Teambesprechung 1

Dengler saß hinter seinem Schreibtisch, die Hände hinter dem Kopf gefaltet. Olga lehnte an der Fensterbank, Petra Wolff hatte einen Schreibblock vor sich und wartete darauf, dass Dengler etwas sagen würde. Er sah ihr ins Gesicht. Ein bemerkenswert schönes Gesicht, fand er. Schmal, braune Augen, ein schöner großer Mund und eine wunderschöne kleine Himmelfahrtsnase. Er genoss den konzentrierten Gesichtsausdruck, mit dem sie ihn anblickte. Kein Zweifel, er hatte jetzt eine schöne Assistentin.

»Können wir jetzt anfangen?«, fragte sie.

Dengler schreckte hoch. »Ja, natürlich … also: Wir gehen von drei Szenarien aus. Erstes Szenario: Anna Hartmann wurde nachts nach 2.14 Uhr entführt, als sie in der Jägerstraße an dem schwarzen Van vorbeiging. Zweites Szenario: Sie wurde an einem anderen Ort entführt oder verunglückte an einem anderen Ort. Drittes Szenario: Sie verschwand aus eigenem Antrieb, vielleicht weil sie ihr bisheriges Leben satthatte.«

Er freute sich, als er sah, wie Petra Wolff mit ernstem Gesicht und sehr konzentriert seine Ausführungen mitschrieb.

»Unsere Aufgabe«, fuhr er fort, »besteht darin, die drei Szenarien zu prüfen und die falschen auszuschließen. Beginnen wir mit der Entführung. Wir wissen: Die Verschwundene erhielt einen Anruf auf ihrem Handy, daraufhin verließ sie ihre Wohnung und machte sich auf den Weg vermutlich zum Außenministerium. These 1 ist: Auf dem Rückweg wurde sie in den Van gezerrt, also müssen wir von mindestens drei Tätern ausgehen. Zwei, die die Frau überfallen und ins Auto zerren, und einen Fahrer.«

»Wieso zwei?«

»Theoretisch könnten es auch weniger sein«, sagte Dengler, »aber das Risiko, dass etwas schiefgeht, wäre zu hoch gewesen.«

»Hm«, brummte Petra Wolff und notierte sich Denglers Argument. Sie schien nicht überzeugt.

»Womöglich waren noch eine weitere Person oder sogar zwei bis drei weitere Personen in der Nähe, die den Rückzug absicherten.« Petra Wolff runzelte die Stirn und schrieb auf ihren Block.
»Jetzt kommt Olga ins Spiel«, sagte Dengler. »Besteht die Möglichkeit, an die Daten der Funkzelle zu kommen und am besten noch an die der umliegenden Funkzellen?«
»Man kann es probieren«, sagte Olga. »Wonach suchen wir?«
»Nehmen wir an, es war eine Crew von drei, vier, fünf oder sechs Leuten. Sie treffen sich vor der Tat, und irgendwann sagt einer von ihnen: ›Jetzt alle Handys ausschalten.‹ Wir sollten also herausfinden, ob irgendwann irgendwo drei, vier oder mehr Handys zum selben Zeitpunkt ausgeschaltet wurden. Und wir sollten auch feststellen, ob nach der Tat dieselben Handys dann auch wieder eingeschaltet wurden.«
Olga sagte: »Wenn sie Prepaid-Handys verwendet haben, dann wird's schwierig. Die haben sie dann bestimmt nach der Tat weggeworfen.«
»Das stimmt«, sagte Dengler, »aber wir sollten es trotzdem versuchen. Frau Wolff, vereinbaren Sie bitte einen baldigen Gesprächstermin mit dieser Stiftung da, deren Leitung Anna Hartmann übernehmen sollte. Dann treffen wir uns in Berlin und sehen uns Anna Hartmanns Wohnung an.«

12. Gero von Mahnke: Im Krieg

Otto erzählte ihm am nächsten Morgen, kurz vor dem Antreten, Lautenbach habe vor dieser Verwendung in der Leibstandarte des Führers gedient. Ein Elitesoldat. Er sei bei der Belagerung von Leningrad dabei gewesen. Jetzt ziehe er mit seiner 2. Kompanie der 4. SS-Polizei-Panzergrenadier-Division durch Nordgriechenland, sei ständig in Bewegung, und sein Auftrag sei die Bekämp-

fung der Partisanen. Das Gebiet, das Lautenbach zu kontrollieren habe, sei jedoch viel zu groß, zudem sei das Gelände schwierig, zu karstig und felsig, teilweise mit dichter Buschbewachsung. Ideales Partisanengebiet. Es sei mit einer Hundert-Mann-Kompanie nicht zu sichern, geschweige denn zu säubern.
Von Mahnke kannte die Division. Himmler hatte sie 1939 in Ostpreußen aufgestellt. Nur dreißig Kilometer vom elterlichen Gut entfernt exerzierten ältere Männer, darunter viele Polizisten, die aus der Pension zurück in den Wehrdienst gerufen worden waren. Otto und er hatten ihnen zugesehen, wie sie mit hochroten Köpfen in Formation und im Gleichschritt marschierten, das Gewehr präsentierten und Hindernisläufe übten. Mit denen sei keine Marschleistung zu erzielen, sagte Otto, der sich in militärischen Dingen damals besser auskannte als er.
Von Mahnke ließ seinen Blick über Lautenbachs Kompanie schweifen. Diese Männer waren jünger, kampferprobter, aber einigen war das Besäufnis der letzten Nacht noch anzusehen. Lautenbach dagegen nicht. Er stand in akkurater Uniform da und kommandierte: »Stillgestanden! Rührt euch!«
Er stellte von Mahnke kurz als Gast der heutigen Operation vor und auch einen Unteroffizier Koch von der Geheimen Feldpolizei, der sie in dienstlichem Auftrag als lokaler Führer begleiten würde, um die Lage vor Ort besser einzuschätzen.
Dann befahl er: »Aufsitzen!« Die Soldaten rannten zu ihren Mannschaftswagen und sprangen hinein. Die Motoren jaulten auf, die Fahrzeuge fuhren vor und zurück und formierten sich zu einer Kolonne. Lautenbach saß auf dem Rücksitz eines offenen Kübelwagens und sah schweigend zu, wie die Fahrzeuge seiner Kompanie sich aufstellten.
Gero von Mahnke saß neben Otto in dem Mercedes. Sie hatten Weisung bekommen, sich am Ende der Kolonne einzureihen, an vorletzter Stelle.
Plötzlich geschah etwas Seltsames. Fritz Lautenbach hob den Arm und schrie: »Zivilkommando vor!«

Zwei Lkws mit großen Ladeflächen bogen um die Ecke und hielten in der Mitte des Platzes. Von Mahnke beugte sich vor, um die Fabrikate der Fahrzeuge zu erkennen. Er kannte sie nicht.
»Erbeutete Feindfahrzeuge«, sagte Otto, der wie immer seine Gedanken zu lesen schien. »Vielleicht aus der Tschechei.«
Hinter den Lkws trottete eine Gruppe von Männern her, gekleidet in Hosen, Hemden und Jacken aus grobem Stoff, offenbar verkleidet als griechische Bauern oder Schwarzhändler. Vierzehn Männer zählte von Mahnke, die nun ihre Waffen, Karabiner und Maschinenpistolen auf die Ladeflächen der beiden Lkws ablegten und sie dann mit Decken und Planen sorgfältig zudeckten. Zwei Männer sprangen in die Führerhäuser, die anderen kletterten auf die Ladeflächen.
»Zivilkommando Marsch!«, brüllte Lautenbach, und die beiden Lkws mit den verkleideten Männern fuhren im Schritttempo zum Kasernentor, gaben Gas und verschwanden hinter einer Staubwolke.
Mittlerweile hatte sich die Kolonne der 2. Kompanie zu einer langen Schlange formiert. Otto hatte den Mercedes in die vorletzte Position bugsiert.
Sie ließen die Stadt hinter sich. Die Straße stieg an, die Landschaft war sanft hügelig und mit dichtem Buschwerk bewachsen. Ideale Verstecke für Partisanen, dachte von Mahnke. Er sah kurz zu Otto hinüber, der sich hinter dem Lenkrad zu ducken schien und immer wieder den Blick nach rechts und links schweifen ließ.
Die Straße stieg nun steiler zu einem Gebirgszug hinauf. Das Buschland wechselte zu Baumbewuchs. Kiefern und tannenähnliche Bäume säumten den Weg bergan. Von Mahnke fühlte sich unwohl. Angriffen wären sie schutzlos ausgesetzt. Er sah sich um. Die Soldaten auf der Pritsche des Opel Blitz hinter ihm musterten mit wachsamem Blick die Landschaft. Karabiner schussbereit. Die Stimmung war angespannt. Ich bin jetzt wirklich im Krieg, dachte er und verfluchte Felmy.
Sie passierten unbehelligt einen Wald. Nun senkte sich die Straße

leicht. Die Bewaldung wich Gestrüpp, zwischendurch waren die freien Flächen von Feldern zu sehen.

»Na, das ham wir mal geschafft«, sagte Otto. Er klang erleichtert.

Dann knallten Schüsse.

Das kurze, unregelmäßige Bellen eines Karabiners, gefolgt von dem Ratatata einer Maschinenpistole.

Der Mannschaftswagen vor ihnen bremste. Otto trat abrupt auf die Bremse, und von Mahnkes Oberkörper flog nach vorne. Der Konvoi stockte und stand dann still.

Gero von Mahnke sah an den Fahrzeugen vorbei zur Spitze der Kolonne. Fritz Lautenbach sprang aus seinem Kübelwagen und starrte den Weg hinunter. Mit der Handfläche deckte er seine Augen vor der Sonne ab. Dann hob er ein Fernglas hoch. Er schien irgendetwas zu beobachten. Nun drehte sich der Kompaniechef um und winkte in von Mahnkes Richtung. Kommen Sie, bedeutete die Bewegung.

Ich bin der ranghöchste Offizier. Ich darf keine Angst zeigen. Muss ein Vorbild sein. Gero von Mahnke stieg aus dem Wagen und ging mit steifen Schritten zu Lautenbach. Dieser deutete auf ein Feld bergabwärts und reichte ihm das Fernglas.

Einige Hundert Meter tiefer standen die beiden Lkws des Zivilkommandos am Straßenrand. Die verkleideten Männer waren abgesessen und gingen auf einer Wiese in einer Reihe vorwärts, die Waffen im Anschlag. Vor ihnen stob eine Schafherde auseinander. Fünf oder sechs Tiere lagen erschossen auf dem Boden. Ein Schaf wälzte sich blökend in seinem Blut. Zwei Hirtenhunde umkreisten bellend die Herde. Der Schäfer rief etwas und streckte beide Arme in die Höhe, als wäre er ein Soldat, der sich einer feindlichen Übermacht ergeben wollte.

Etwas weiter stand wie erstarrt eine Gruppe Männer, die gerade ein Feld aberntete. Ein Eselskarren stand da, zur Hälfte beladen mit Weizenbündeln.

Der Schäfer, der immer noch mit erhobenen Armen neben der Herde stand, rief erneut etwas auf Griechisch. Es klang laut und kehlig, Erschrecken lag in seiner Stimme, so als wolle er ein schreckliches Missverständnis auflösen. Von Mahnke sah sein bärtiges, gebräuntes und von vielen Falten zerfurchtes Gesicht deutlich im Feldstecher. Ein Knall – ein Schuss aus einem Karabiner, und von Mahnke sah den Mann nicht mehr.

»Sauberer Fangschuss«, sagte der Kompaniechef neben ihm.

Einer der beiden Hunde lief mit einem lang gezogenen Heulen zu dem Schäfer und leckte der Leiche das Blut aus dem Gesicht. Der andere Hirtenhund, größer und mit zottigem schwarzem Fell, lief bellend auf die Männer mit den Gewehren zu. Ratatata – eine Salve aus der Maschinenpistole schleuderte ihn senkrecht in die Luft. Das Tier drehte sich zweimal und fiel zerfetzt zurück auf den Boden, zuckte mit den Läufen und rührte sich dann nicht mehr.

Währenddessen trieben die Männer die Erntearbeiter zusammen und fesselten ihnen die Hände auf den Rücken.

»Gut gemacht«, sagte Lautenbach. »Wir haben jetzt zwölf Geiseln.«

Von Mahnke gab ihm den Feldstecher zurück. Auch mit bloßem Auge konnte er sehen, wie die gefesselten Männer auf die Pritschen der beiden Lkws geworfen wurden.

»Weiter geht's, Herr Obersturmbannführer«, sagte Lautenbach und stieg in den Kübelwagen. Sein Fahrer ließ den Motor an.

Gero von Mahnke ließ sich auf den Beifahrersitz des Mercedes fallen. Er schilderte Otto, was er eben gesehen hatte.

»Krieg ist hart«, sagte sein Adjutant nachdenklich. »Hoffen wir, dass der Endsieg bald kommt.«

Von Mahnke zog die Augenbrauen hoch und fragte sich, ob in den Mannschaftskreisen, in denen Otto verkehrte, der aktuelle Frontverlauf wohl auch erörtert würde. Sie fuhren schweigend weiter, bis sie einen kleinen Ort erreichten. Sie fuhren mitten auf einen Dorfplatz. Von Mahnke hörte Lautenbachs scharfen Kommandoton und sah, wie die Soldaten absprangen und sich aufstellten.

Er ging hinüber zu dem Kompaniechef und stellte sich neben ihn. Ein Zugführer, der Feldpolizist Koch und zwei Dolmetscher standen bei ihm.
»Alle Bewohner in die Häuser«, schrie Lautenbach. »Ich will niemanden auf der Straße sehen. Alle Geschäfte sofort dichtmachen.«
Der Dolmetscher wiederholte den Befehl auf Griechisch.
Gero von Mahnke sah zwei ältere, schwarz gekleidete Frauen über den Platz huschen. Eine andere Frau rannte aus einem Haus und nahm ein sich sträubendes Kind, das sich hinter einem Baum versteckt hatte, auf ihre Arme, lief zurück und verschwand in der offen gebliebenen Eingangstür. Ein Mann bog um die Ecke eines großen Hauses, erschrak und verschwand wieder.
»Immer zwei Mann: Alle Häuser nach Partisanen durchsuchen! Marsch.«
Die Soldaten rannten mit vorgehaltenen Karabinern auf die Häuser zu und rissen die Türen auf.
»Jetzt sehen Sie uns mal in Aktion, Herr Obersturmbannführer«, sagte Lautenbach.
Von Mahnke antwortete nicht.
Ein Trupp von drei Soldaten und einer der Dolmetscher brachten zwei Männer herbei, einer von ihnen trug einen langen grauen Bart und das schwarze Gewand eines Priesters. Der Dolmetscher befragte die beiden und wandte sich dann an Lautenbach: »Der Bürgermeister und der Pope sagen, dass es in diesem Ort keine Partisanen gebe. Gestern sei jedoch eine Bande von etwa dreißig Mann hier vorbeigezogen.«
»Wohin?«
Der Dolmetscher sprach schnell auf die beiden Männer ein.
»Nach Stiri, sagen sie. Wahrscheinlich kamen sie aus den Bergen und wollten zu Hause die Wäsche wechseln.«
»Wenn das nicht eine Falle ist«, sagte der Zugführer.
Lautenbach überlegte. Dann sagte er: »Wir schicken einen Erkundungstrupp. Ein ziviler Lkw voraus. Koch, da sitzen Sie mit

dem Dolmetscher vorne im Führerhaus. Zwei Gruppen hinten auf die Pritsche. Ich fahre dahinter mit dem Kübel. Dann noch ein Opel Blitz mit vier Mann.«

»Ich komme mit«, sagte von Mahnke.

Lautenbach holte Luft, als wolle er den Wunsch ablehnen, besann sich dann aber. Gero von Mahnke war der ranghöhere Offizier. Er konnte ihm jederzeit das Kommando entziehen.

»Gut«, sagte er. »Dann fahren Sie mit mir im Kübelwagen.«

Er wandte sich an den Zugführer: »Die Männer sollen sich ausruhen, bis wir wieder zurück sind. Bestimmt finden sie im Ort etwas zu essen.«

Die Sonne stand nun senkrecht über ihnen. Von Mahnke fuhr sich mit der Hand über die verschwitzte Stirn, als er sich auf den Rücksitz von Lautenbachs Fahrzeug fallen ließ.

Die schmale und kurvige Straße nach Stiri stieg an. Lautenbach saß neben ihm und beobachtete die Landschaft. Hin und wieder hob er den Feldstecher an die Augen und suchte die Hügel ab. Doch von Mahnke fühlte sich sicher. Bisher hatte er noch keinen einzigen Partisanen gesehen, und er glaubte auch nicht, dass er heute noch einem begegnen würde. Schafe und Hirten zu erschießen und Bauern auf dem Feld als Geiseln zu nehmen! Was stellte sich Felmy vor? Was sollte er bei diesem Einsatz lernen? Nichts.

Da fiel ein Schuss.

Der Lkw vor ihnen zog nach rechts, schliff an zwei Bäumen entlang und rumpelte dann weiter, ein Reifen zerschossen.

Ratatata – ein MG. Die rechte Seite des Lkws deformierte sich unter einem Dutzend Einschüssen. Lacksplitter und Metallfetzen wirbelten durch die Luft. Querschläger jaulten kreuz und quer. Gero von Mahnke hörte das Glas der Frontscheibe splittern. Dann schrie ein Mann. Der Lkw schlitterte noch ein paar Meter und blieb dann stehen.

Ratatata – das MG-Feuer kam von rechts oben. Irgendwo hinter den Felsen hatten sich die Partisanen versteckt.

»Raus! Alle nach links absitzen«, schrie Lautenbach.
Von Mahnke registrierte, dass der Fahrer bereits nicht mehr hinter dem Lenker saß. Er lag auf der Straße, unverwundet, und zog seinen Karabiner aus einer Halterung.
»Machen Sie die Tür auf. Schnell! Raus!«, schrie ihn Lautenbach an.
Von Mahnke erwachte aus seiner Erstarrung, seine Hand schnellte zum Türgriff, dann warf er sich gegen die Tür und fiel auf die Straße. Lautenbach stürzte auf ihn und rollte zur Seite, eine Pistole in der Hand.
Keine Sekunde zu früh.
Ratatata – eine Garbe zerfetzte die Seitenwand und die Sitze, auf denen sie eben noch gesessen hatten.
Gero von Mahnke sah, wie Koch den verwundeten Dolmetscher aus dem Führerhaus zog und ihn vorsichtig auf die Straße neben den Lkw bettete. Der Mann schrie nicht mehr. Er stöhnte laut und hielt die rechte Hand auf eine Schusswunde gedrückt, aus der er stark blutete. Aus dem Mannschaftswagen robbte ein Soldat mit einem Verbandskasten in der Hand zu dem Verletzten.
Ratatata – das feindliche MG schickte eine weitere Salve. Doch hinter den Fahrzeugen waren sie zunächst geschützt.
»Hat jemand das Mündungsfeuer gesehen?«, rief Lautenbach. Er bekam keine Antwort.
Plötzlich ein einzelner Schuss. Ein Soldat schrie auf. Laut und grässlich. Wie ein waidwundes Tier, dachte von Mahnke. Der Mann warf sich im Staub der Straße von einer Seite auf die andere. Blut floss aus einer klaffenden Wunde an der Schulter. Die Schreie wurden lauter und verzweifelter. Dann ein zweiter Schuss, und der Mann rührte sich nicht mehr.
Irgendjemand schoss eine rote Signalkugel in die Luft.
Hoffentlich sahen dies die im Dorf zurückgelassenen Kameraden.
Ratatata. Sie zogen die Köpfe ein. Lautenbach gab ein Zeichen: Ein zweites Signalfeuer zischte in den Himmel.

Der Beschuss dauerte Stunden. Dann endlich rückte die zurückgebliebene Kompanie mit aufmontierten Maschinengewehren auf den Fahrzeugen an. Das MG der Partisanen verstummte, die Bande hatte sich verzogen.
»Wir fahren zurück in dieses Scheißdorf«, befahl Lautenbach. Er war blass und völlig ruhig. Die zerstörten Fahrzeuge wurden abgeschleppt, und um halb sechs Uhr am Abend kehrte Gero von Mahnke mit der 2. Kompanie der 4. SS-Polizei-Panzerdivision zurück in den Ort, den er vor wenigen Stunden verlassen hatte.
»Zugführer zu mir!«, rief Lautenbach.
Von Mahnke suchte Otto. Er fand ihn mit drei Landsern rauchend in einer Ecke stehend.
Die Soldaten nahmen Haltung an und grüßten.
»Otto, kommen Sie mit.«
»Sehr wohl, Herr Obersturmbannführer.«
Als sie zu zweit zum Mercedes schlenderten, berichtete von Mahnke von dem Überfall der Partisanen.
»Na, sei froh, dass du wieder heil zurückgekommen bist. Sonst hätte ich den Mercedes allein heim ins Reich bringen müssen.«
Gero von Mahnke schlug Otto leicht auf die Schulter. »Du weißt doch, Unkraut vergeht nicht.«
Lautenbach hatte inzwischen offenbar seine Befehle erteilt.
Soldaten gingen zu den Fahrzeugen und nahmen ihre Waffen auf. Drei Landser schleppten ein MG herbei und bauten es vor der Schule auf. Sie fädelten den Patronengurt ein und lösten die Sicherung.
»Was hat Lautenbach denn jetzt vor?«, fragte Otto.
»Keine Ahnung. Mit mir teilt er seine grandiosen Pläne nicht.«
Fünf Soldaten trieben mit Kolbenschlägen die gefesselten zwölf Geiseln herbei. Die Dolmetscher befahlen ihnen, sich in einer Reihe vor dem Gebäude aufzustellen. Sie sahen nun genau in die Mündung des Maschinengewehrs. Ein Soldat kniete sich hinter die Waffe.
Lautenbach hob die Hand. Auf dem Platz war es totenstill. Eine

Geisel, ein junger Mann, kaum zwanzig Jahre alt, betete murmelnd. Er weinte.

»Feuer«, kommandierte Lautenbach leise.

Die erste Geisel, ein älterer, von der Arbeit gebückter Mann mit grauen Haaren, wurde von der Wucht der Geschosse gegen die Wand der Schule geschleudert. Seine Brust war aufgerissen, die Oberkleider weggefegt, und rohes, blutiges Fleisch war zu sehen, zerfetzt von einer Garbe aus weniger als zehn Metern Entfernung.

Die umstehenden Soldaten johlten, einige klatschten. Der MG-Schütze zog die Waffe nach rechts und feuerte auf die wehrlosen Männer. Bäuche rissen auf, Köpfe platzten. Mündungsblitze schossen aus dem Lauf. Die Waffe ratterte, und die Kugeln trafen auf lebendiges Fleisch. Der betende junge Mann rannte und eine Salve zerfetzte seinen Rücken und den Hinterkopf.

Der Schütze erhob sich hinter dem MG, klopfte den Schmutz von den Knien und sah sich Beifall heischend zu seinen Kameraden um.

Lautenbach hob den Arm und brüllte: »2. Kompanie – vorwärts.«

Die Soldaten stürmten los. Zu zweit, zu dritt traten sie die Haustüren ein, stürmten in die Wohnzimmer, hoben die Maschinenpistolen und feuerten auf Frauen, Kinder, Männer, Katzen, Hunde. Sie mähten alles nieder, was lebte.

Gero von Mahnke war von den plötzlichen Schüssen, dem Geschrei und dem Lärm völlig benommen. Wie in Trance ging er auf eines der Häuser zu, das noch nicht von den Soldaten heimgesucht worden war. Die Tür ließ sich durch leichten Druck öffnen. Er stand in einem dunklen Flur. Er zog seine P.38 aus dem Halfter, legte den Sicherungshebel um und wartete, bis sich seine Augen an die Dunkelheit gewöhnt hatten. Vorsichtig ging er eine Treppe hinauf. Ein Geräusch ließ ihn mitten in der Bewegung erstarren. Er ging bis zum nächsten Absatz und sah eine junge Frau hinter einer Kommode kauern, einen Säugling an sich drückend, die Augen weit aufgerissen. Sie sahen sich an. Von draußen klangen die Schüsse und Schreie nur noch undeutlich in seine Ohren. Als er die wehrlose Frau ansah, ging eine unheimliche Veränderung in ihm vor. Etwas fiel von ihm ab, und er fühlte sich plötzlich frei und mächtig, ja unbesiegbar wie ein Gott. Er sah der Frau in die Augen und lächelte sie an. Dann hob er die Waffe und schoss ihr in den Kopf.

Er sah an diesem Nachmittag, wie deutsche Soldaten schreienden Frauen die Brüste abschnitten. Er sah, wie deutsche Soldaten lachend dreijährige Kinder erschossen. Er sah, wie deutsche Soldaten einer schwangeren Frau mit dem Bajonett den Bauch aufrissen, um das Ungeborene aus ihr herauszuziehen. Er sah deutsche Soldaten griechischen Bauern mit dem Bajonett die Augen ausstechen. Er sah aber auch, wie Koch von der Feldpolizei einem kleinen, blonden Mädchen ein Zeichen gab, dass es schnell um die Ecke laufen sollte, um sich in Sicherheit zu bringen. Das ist doch Befehlsverweigerung, dachte von Mahnke, und schrie dem Kind hinterher. Das Mädchen blieb stehen, abwartend, und sah ihn an. In seiner Rage hob er die Pistole, zielte auf ihr Gesicht und drückte ab. Doch er traf nicht. Das Mädchen drehte sich um und verschwand in zwei, drei Sprüngen hinter einer Häuserecke. Entkommen. Von Mahnke fluchte.

Doch Pflichtvergessenheit überall. Er beobachtete, dass zwei Soldaten den Befehl auf infame Weise verweigerten. Sie stürmten ein Wohnzimmer. Acht oder neun Personen drängten sich auf dem Fußboden, die meisten waren Frauen in dunkler Kleidung, einige jüngere drückten ihre Kinder im Arm. Die beiden Soldaten hoben den Zeigefinger an den Mund als Zeichen für die sich im Wohnzimmer drängenden Menschen, still zu sein. Dann richteten sie die Maschinenpistole hoch und feuerten eine Garbe in die Decke.

Zwei Stunden später, als die blutige Arbeit getan war, ließ Lautenbach Feuer legen. Bald brannten die Schule, die Wohnhäuser und die Speicher. Gero von Mahnke stand mit Lautenbach vor

dem brennenden Schulhaus. Die beiden Männer rauchten. Andere Soldaten standen in Gruppen hinter ihnen und betrachteten ihr Werk. Sie lachten und wirkten erschöpft.
»Schön freundlich, bitte«, sagte eine Stimme.
Ein Landser mit einer Kamera schoss ein Bild von ihnen.
»Als Erinnerung«, sagte er.
Die Nachricht von dem Massaker verbreitete sich schnell. In Athen erfuhr der schwedische Diplomat Sture Linnér, der für das Rote Kreuz arbeitete, noch am gleichen Abend davon. Es war sein Hochzeitstag. Trotzdem fuhr er sofort nach Norden. In seinen Erinnerungen schrieb er:
»An jedem Baum neben der Straße und in einer Distanz von vielen Hundert Metern hingen menschliche Körper, gefestigt mit Bajonetten. Manche waren noch am Leben. ... Der Geruch war unerträglich. Im Dorf selbst brannte noch Feuer in dem Rest der verbrannten Häuser. Auf der Erde lagen zerstreut Hunderte Menschen jeden Alters, von Greisen bis Säuglinge[n]. Vielen Frauen haben die Soldaten den Bauch mit den Bajonetten zerschnitten und die Brust herausgerissen. Andere lagen gewürgt, umwickelt mit ihren Gedärmen um ihren Hals.«

13. Stiftung

Die Otto-Hartmann-Stiftung residierte in einem großen, renovierten Fachwerkbau an einem Waldrand von Bad Schwalbach. Petra Wolff hatte Dengler eine Fahrkarte mit dem ICE nach Frankfurt gebucht und dafür gesorgt, dass am Hauptbahnhof ein Mietwagen auf ihn wartete. Direkt neben dem Haus befand sich ein stiftungseigener Parkplatz mit reservierten Freiflächen für Besucher.
Eine Sekretärin führte Dengler in ein Besprechungszimmer im ersten Stock und servierte ihm auf seinen Wunsch einen doppel-

ten Espresso mit etwas warmer Milch extra. Dengler sah sich um. Der Besuchertisch, die Stühle und der kleine Beistelltisch – weiß und glänzend – wirkten funktional, und trotzdem sah man diesen Möbeln an, dass der Besitzer nicht auf den Preis hatte achten müssen. Zwei Gemälde mit abstrakten Motiven an der Wand – auch sie signalisierten Geld und vornehme Zurückhaltung zugleich.

Die Tür ging auf, und ein Mann trat mit wenigen energischen Schritten auf ihn zu, schüttelte ihm die Hand, deutete auf einen Stuhl, und setzte sich.

»Ich bin Peter Sallinger, Geschäftsführer der Otto-Hartmann-Stiftung«, sagte er und schob eine Visitenkarte über den Tisch. »Sie suchen Anna Hartmann.«

Dem Tonfall konnte Dengler nicht entnehmen, ob dies eine Frage oder eine Feststellung war. Er schätzte Sallingers Alter auf Anfang fünfzig. Wache braune Augen, immer noch blonde Haare, erstaunlich voll, zurückgekämmt und wohl mit einem Drogerieprodukt dort festgehalten. Taubenblauer Anzug, perfekt sitzend, teuer; weißes Hemd, teuer; hellblaue Seidenkrawatte, teuer; Einstecktuch in der gleichen Farbe. Alles an ihm war teuer auf eine selbstverständliche Art, die nicht aufdringlich wirkte.

»Ich ermittele im Auftrag des Auswärtigen Amtes«, sagte Dengler und zog nun seinerseits eine Visitenkarte hervor und legte sie neben die von Sallinger, der nun die Stirn runzelte.

»Sie wurden vom Auswärtigen Amt beauftragt? Davon wissen wir ja gar nichts.«

Sallinger wirkte nun verärgert.

Als er Denglers erstaunten Blick sah, fügte er hinzu: »Die Stiftung unterhält gute Verbindungen ins Auswärtige Amt. Wir sind in einem permanenten Gespräch mit dem Amt bei verschiedenen Projekten, die aus unserer Arbeit als Stiftung herrühren.«

Er stockte und hielt einen Augenblick inne. »Wir sind sehr daran interessiert, Ihre Ermittlungen zu unterstützen. Alles, was Frau Hartmann gesund zurückbringt, hat unsere volle Unterstützung.

Was halten Sie davon: Wir beauftragen Sie ebenfalls und Sie teilen uns jeweils das Ergebnis Ihrer Ermittlungen mit. Wie hoch ist Ihr Stundensatz?«
Dengler hob langsam den Blick. »Zusätzliche Einkünfte könnte ich tatsächlich gebrauchen … aber ich erledige einen Auftrag immer nur für einen Auftraggeber. Ich will nicht in Interessenkonflikte …«
»Schon gut«, unterbrach ihn Sallinger schnell und strich mit der Hand ein nicht vorhandenes Staubkorn von der Tischfläche. »Ich verstehe. Ich wollte Ihnen nicht zu nahe treten. Haben Sie schon Ergebnisse?«
Dengler registrierte den winzigen Anflug von Enttäuschung in Sallingers Stimme. Er richtete sich auf. »Ich befinde mich noch am Anfang meiner Ermittlungen. Im Augenblick will ich die Vermisste besser kennenlernen. Vor allem suche ich nach einem Motiv für eine mögliche Entführung.«
Sallinger schwieg und fixierte Dengler. Dann blickte er wieder auf den Tisch. »Es ist schrecklich. Wir vermissen Frau Hartmann sehr. Alle in diesem Haus hoffen, dass sie bald wieder gesund und munter hier erscheint. Wir werden alles tun, wenn wir irgendwie helfen können. Sagen Sie uns, was Sie brauchen, wir werden unser Menschenmöglichstes tun, damit Frau Hartmann bald wieder bei uns ist.«
Dengler zog sein schwarzes Notizbuch hervor.
»In welcher Beziehung stand Frau Hartmann zu dieser Stiftung?«
Sallinger fuhr sich mit einer schnellen Handbewegung über den Kopf, als wolle er seine dort festgehaltenen Haare bändigen. Eine kleine eitle Geste, wie Dengler amüsiert registrierte. Er fand den Mann angenehm. Er wirkte konzentriert, und seine Sorge um Anna Hartmann und der Wunsch zu helfen wirken echt.
»Unsere Stiftung wurde von Otto Hartmann gegründet, Annas …, ich meine Frau Hartmanns Großvater.«
Dengler notierte: *Sallinger und Anna Hartmann kennen sich gut; sind wahrscheinlich per Du. S. scheint stolz darauf zu sein.*

»Herr Hartmann war ein überzeugter Europäer. Er investierte sein Vermögen in diese Stiftung, die den europäischen Gedanken weiter verbreiten und in Deutschland für diesen Gedanken werben soll. Ich hatte die Ehre, und das Vergnügen, möchte ich hinzufügen, viele Jahre ein enger Mitarbeiter von Otto Hartmann in der Deutschlandbank gewesen zu sein. Als er in den Ruhestand trat und die Stiftung ins Leben rief, bat er mich, die Geschäftsführung zu übernehmen. Diesem Wunsch kam ich gerne nach.«

Dengler notierte: *Sallinger → kompetent, fachlich wahrscheinlich sehr gut, loyal gegenüber Otto Hartmann, auf nicht aufdringliche Art eitel.*

»Wie war Anna Hartmann in diese Stiftung eingebunden?«

Sallinger richtete sich auf. »Sie war die Alleinerbin unseres Stifters. Unsere Statuten sehen vor, dass Frau Hartmann nach seinem Tod Stiftungsvorsitzende wird.«

»*Ihren* Job übernimmt?«

»Nein, nein.« Sallinger lächelte. »Ich bin nur Geschäftsführer. Ich führe die Anweisungen des Stiftungsvorstandes aus.«

»Frau Hartmann hat diese Aufgabe nicht übernommen. Warum nicht?«

»Noch nicht. Sie ist gegenwärtig mit sehr verantwortungsvollen Aufgaben im Rahmen der in Griechenland tätigen Troika betraut. Doch danach wird sie die Leitung der Stiftung übernehmen.«

»Wer leitet die Stiftung bis dahin?«

Sallinger richtete seinen Oberkörper auf. »Bis zu diesem Zeitpunkt leite ich die Stiftung kommissarisch.«

»Sehen Sie irgendeinen Zusammenhang zwischen der Tätigkeit der Stiftung und Frau Hartmanns Verschwinden?«

»Nein. Selbst mit viel Fantasie nicht.«

»Die Troika ist in Griechenland nicht beliebt, wie man in den Zeitungen lesen kann. Reicht Ihre Fantasie aus, um aus diesem Zusammenhang ein Motiv für ihre Entführung zu finden?«

Sallinger schüttelte den Kopf. »Frau Hartmann wirkt eher im

Hintergrund. Ihre Entführung hätte keinerlei propagandistische Wirkung. Es hat sich meines Wissens auch bisher niemand in dieser Richtung geäußert.«
»Ist Ihre Stiftung auch in Griechenland aktiv?«
»Oh ja, wir helfen auch dort. Wir ermutigen deutsche Unternehmen, in Griechenland zu investieren und dort Verantwortung zu übernehmen.«
Dengler stand auf. »Ich danke Ihnen für Ihre Zeit. Möglicherweise werde ich weitere Fragen …«
»Jederzeit! Scheuen Sie sich nicht anzurufen! Können wir irgendetwas tun? Wir beteiligen uns gerne auch finanziell an Ihren Ermittlungen. Greifen Sie ungehindert auf die Ressourcen der Stiftung zu. Uns liegt sehr viel, nein – *alles* daran, Anna Hartmann bald wieder wohlauf bei uns zu haben. Und bitte, informieren Sie mich, wenn Sie etwas Neues wissen.«
»Sicher«, sagte Dengler und ging.

14. Krausenstraße

Der Wohnkomplex in der Krausenstraße verfügte über eine eigene Security. Ein Wachmann saß hinter einer Glasscheibe und starrte sie an. Dengler hielt ihm den Ausweis des Auswärtigen Amtes vor die Nase.
»Wir sind vom Sicherheitsdienst des Außenministeriums. Wir möchten die Wohnung von Frau Hartmann sehen.«
Die Augen des Wachmanns, eines korpulenten Mittfünfzigers, wanderten auf dem Dokument hin und her.
»Viel sehen werden Sie dort nicht, die Polizei hat die Wohnung versiegelt. Da kommen Sie nicht rein.«
»Wir möchten uns die Sache trotzdem mal anschauen«, sagte Dengler.

Der Mann stand schwer atmend auf. »Da muss ich mit. In den dritten Stock kommen Sie nur mit einer Zugangskarte.«
Er kam aus seinem Kabuff, ging mit schweren Schritten auf den Aufzug zu und drückte einen Knopf. »Was ist mit Frau Hartmann eigentlich passiert?«, fragte er, als der Aufzug in den dritten Stock schwebte.
»Wir sind leider nicht befugt, Ihnen Auskunft zu geben«, sagte Petra Wolff.
»Wohl ein Staatsgeheimnis«, sagte der Mann, als sich die Aufzugstür öffnete. Er ging zu einer Etagentür voraus und öffnete sie mit einer Chipkarte. »Na dann, viel Spaß«, sagte er und drehte sich um.
Dengler und Petra Wolff standen in einem Flur. Auf der rechten Seite zeigten zwei große Fenster zur Charlottenstraße, links waren drei Eingangstüren; an der mittleren hing ein Polizeisiegel.
»Blöd, dass wir nicht rein können«, sagte Petra Wolff. »Würde mich echt mal interessieren, wie so eine Tussi wohnt.«
»Du wirst es gleich sehen.«
Ohne es zu wollen, hatte er Petra Wolff geduzt. Sie schien es gar nicht bemerkt zu haben. Musste er sich nun entschuldigen?
»Schauen Sie mal hier«, sagte Dengler und trat zur Seite. Das Siegel war mit einem geraden Schnitt durchtrennt, und die Tür war nur angelehnt. »Da war schon jemand vor uns da.«
Petra Wolff trat neben ihn. »Also mir ist das zu viel«, sagte sie, »innerhalb einer Minute sind wir per Du und dann gleich wieder per Sie. Wir gehen da jetzt rein, oder? Und das ist ja nicht ganz legal. Ich finde, wir können beim Du bleiben, wenn wir jetzt schon Einbrecher sind.«
Dengler drehte sich zu Petra Wolff um. »Du bleibst hier stehen.«
Dann drückte er langsam die Tür auf und lauschte. Es war nichts zu hören. Dengler sah einen schmalen Flur, der in ein Wohnzimmer mündete. Links sah er zwei Türen, beide geöffnet. Es brannte kein Licht in der Wohnung. Alles still.
Dengler ging einige Schritte den Flur entlang. Die erste Tür

auf der linken Seite führte in einen begehbaren Kleiderschrank, dessen Ende aus einem großen Spiegel bestand. Links standen Schränke; Kleider und Mäntel hingen an einer großen Stange. Aufwendig zu durchsuchen. Er würde das zum Schluss erledigen. Dengler ging einen Schritt weiter.

Er schaute hinter die zweite Tür. Das Bad. Er schaltete das Licht an. In den Fliesen waren einige Aussparungen eingearbeitet, beleuchtete Fächer: Dengler sah die Zahnbürste, die Zahnpasta – alles genau so, wie er es in den Akten gesehen hatte. Auf der Konsole über dem Waschbecken standen einige Tuben, ein französisches Duschgel, eine Haarbürste, Reinigungsflüssigkeit für Kontaktlinsen, in einem Becher einige schmale Schminkpinsel, in einem zweiten Becher eine Packung Antibabypillen. Dengler zog sie heraus: Die letzte Pille war an einem Dienstag geschluckt worden, vermutlich am Tag ihres Verschwindens.

Alles Dinge, die eine Frau eingepackt hätte, wenn sie eine Reise geplant hätte. In diesem Bad deutete nichts auf ein geplantes Verschwinden hin.

Dengler sah keine zweite Zahnbürste, keine Rasiercreme oder Haargel – keine Spuren, die ein Mann in dieser Wohnung hinterlassen hätte.

Dengler ging zurück in den Flur. Rechts ein Küchentisch, sehr modern, die Platte aus Milchglas, Stühle aus weiß lackiertem Metall. Auf dem Tisch eine Silberschale mit zwei verschrumpelten Äpfeln. Dengler ging einige Schritte weiter und stand vor einer Glastür, die auf den Balkon führte. Rechts daneben eine kleine schwarze Couch und ein kleiner Tisch. Ebenfalls aus weißem Milchglas. Darauf stand ein Foto: Anna Hartmann als Teenager mit ihren Eltern. Dengler warf einen Blick durch die Balkontür auf einen schneebedeckten Hinterhof. Auf dem Balkon standen einige Gartenmöbel: ein Tisch, drei Metallstühle; damit war der Platz auch ausgeschöpft. Als er sich umwandte, sah er an der Wand neben dem Küchentisch eine Küchenzeile mit Schränken, einer Spüle, einem Kühlschrank. Er öffnete die Schränke, fand

aber darin nichts Besonderes. Teller und Tassen von Rosenthal, Besteck von WMF. Gehobene Mittelklasse, alles in allem. In dem Unterschrank standen ein Thermomix und ein WasserMax – ein Gerät, mit dem man Mineralwasser herstellen konnte. Er öffnete den Kühlschrank. In der Tür standen eine Milchtüte, zwei Flaschen Wein, eine davon halb leer, und eine Flasche Balsamico. Ansonsten war der Kühlschrank vollgestopft mit Fertiggerichten. Pizzen, einige 5-Minuten-Terrinen, fünf Packungen mit Hühnerbrüsten, deren Haltbarkeitsdatum deutlich überschritten war.
Stopft jemand so den Kühlschrank voll, wenn er verschwinden will?
Dengler ging zurück zur Balkontür und trat links in einen weiteren Raum. Das Schlafzimmer. Es enthielt nur ein japanisches Futonbett und eine Lampe. Ein T-Shirt war achtlos auf die Bettdecke geworfen. Daneben lag ein aufgeschlagenes Buch. *Das Arroganz-Prinzip: So haben Frauen mehr Erfolg im Beruf,* lautete der Titel. Am Kopfende des Futons war ein kleiner Deckel in der Wand, möglicherweise eine Art Sicherungskasten. Dengler kniete sich auf das Bett und öffnete die Tür des Kastens. Dahinter verbargen sich die Stromzähler. Vorsichtig schloss er wieder die Tür.
In diesem Augenblick hörte er einen Schrei. Er kam aus dem Nachbarzimmer. Es folgte ein Schlag. Das Geräusch eines fallenden Körpers. Eilige Schritte. Dengler schnellte herum. Eine Tür schlug zu. Er lief in den Küchenraum. Auf dem Boden lag Petra Wolff. Sie hob den Kopf ein Stück und sah ihn mit trüben Augen an. Dengler war sich nicht sicher, ob sie ihn erkannte. Auf der rechten Wange hatte sie eine Platzwunde. Blut lief ihr übers Gesicht und tropfte auf den Boden. Der Täter musste sich im begehbaren Schrank versteckt haben. Doch wieso war Petra Wolff im Küchenraum? Sie sollte doch vor der Tür warten.
Dengler unterdrückte den Impuls, dem Täter zu folgen. Stattdessen beugte er sich zu Petra Wolff hinunter und hob ihren Kopf leicht an. Sie lächelte. »Schön, dass er dich nicht auch noch erwischt hat.«

»Hast du ihn gesehen? Kannst du ihn beschreiben?«
Sie schüttelte unmerklich den Kopf, und Dengler bemerkte, dass ihr die Bewegung Schmerzen bereitete. Petra Wolff zog ein Taschentuch aus der Tasche und wollte das Blut abwischen.
»Stopp, auf keinen Fall«, sagte Dengler. »Hat der Täter mit einem Gegenstand auf dich eingeschlagen?«
»Nein, es war ein Faustschlag.«
»Großartig«, sagte Dengler und griff nach seinem Handy. Er wählte. »Wieso hast du nicht vor der Tür gewartet?«, fragte er, während das Handy die Verbindung aufbaute.
»Es war mir zu langweilig draußen.«
»Hauptkommissar Wittig, sind Sie's? Ich schlage Ihnen ein Geschäft vor. Sie bekommen von mir den Beweis, dass Anna Hartmann entführt wurde, und die DNA eines Täters. Ich bekomme von Ihnen die Telefonbewegungsdaten.«
Petra Wolff hob eine Hand, um die Wunde zu berühren.
»Nicht«, sagte Dengler leise.
»Nein«, sagte Dengler laut ins Handy, »wir können nicht verhandeln. Sie können jetzt Ja oder Nein sagen. Und zwar in diesem Augenblick.« Er lauschte einen Augenblick seinem Gesprächspartner.
»Jetzt«, sagte er, *»jetzt* müssen Sie sich entscheiden.« Er lauschte wieder, dann sagte er: »Okay, gute Entscheidung.« Er berichtete Wittig, was in der Wohnung von Anna Hartmann geschehen war. »Kommen Sie und bringen Sie die Spurensicherung mit.«
Dengler trennte die Verbindung.
»Gut gemacht«, sagte er leise zu Petra Wolff. Doch sie schien sich nicht über das Lob zu freuen. Sie verdrehte nur die Augen.

15. Jakob

Bevor Dengler und Petra Wolff in den späten ICE nach Stuttgart stiegen, trafen sie Denglers Sohn Jakob und dessen Freundin Laura im Caffè Ritazza im Berliner Hauptbahnhof. Jakob trug sein dunkles Haar immer noch kurz geschnitten und schien sich neuerdings einen Bart stehen zu lassen. Ein blauer Schlabberpullover lugte unter der Regenjacke hervor, die Dengler ihm vor drei Jahren im Ausverkauf gekauft hatte. Laura sah besser aus als jemals zuvor. Sie trug ein Ensemble aus enger Röhrenjeans und weißem Rollkragenpullover und darüber eine braune Jacke.

Dengler umarmte seinen Sohn.

Schade, dass er nun so wenig Zeit mit Jakob verbringen konnte. Jakob hatte vor zwei Jahren das Abitur gemacht – mit einem überraschend guten Durchschnitt. Und sich dann dazu entschlossen, an der Humboldt-Universität Volks- und Betriebswirtschaft zu studieren. Er wolle den Kapitalismus studieren, erklärte er seinem Vater, bis in die Einzelheiten und die letzten Verästelungen, um ihn dann umso effektiver bekämpfen zu können. Dengler hätte beides gerne verhindert, den Umzug nach Berlin wie auch das Studium des Kapitalismus, und schlug ihm vor, stattdessen ein Jurastudium in Tübingen zu beginnen.

»Als Jurist bist du immer fein raus. Du wirst überall gebraucht. Die Linken brauchen Anwälte, die Rechten brauchen Anwälte, und wenn du ganz schlecht bist, wirst du Leitender Kriminaldirektor beim Bundeskriminalamt.«

Doch Jakob hatte freundlich gelächelt. »Du hast mir doch immer geraten, das zu tun, was ich für richtig halte«, sagte er, und Dengler gab sich geschlagen. Berlin war weit entfernt, aber hin und wieder sah er seinen Sohn, wenn auch nur kurz auf einen doppelten Espresso, wie jetzt am Berliner Hauptbahnhof.

Er stellte Jakob und Laura Petra Wolff vor.

Jakob deutete auf den Verband um Petras Kopf. »Bestimmt nicht einfach, für meinen Vater zu arbeiten …«
»Es ist die Hölle«, sagte Petra Wolff und lächelte.
»Politökonomisch betrachtet bist du jetzt ein Ausbeuter, der sich an fremder Arbeitskraft bereichert«, sagte Jakob.
»Exakt«, sagte Petra Wolff. »Seit ich den Laden in Stuttgart schmeiße, verdient dein Vater auf einmal richtiges Geld.«
»Ich beute Petra nicht aus«, sagte Dengler missgelaunt. »Sie hilft mir, und ich bezahle sie dafür.«
Jakob lachte. »Der Geldbesitzer schreitet voran als Kapitalist, der Arbeitskraftbesitzer folgt ihm nach als sein Arbeiter; der eine bedeutungsvoll schmunzelnd und geschäftseifrig, der andre scheu, widerstrebsam, wie jemand, der seine eigne Haut zu Markt getragen und nun nichts andres zu erwarten hat als die – Gerberei.«
»Was … was redest du da für ein wirres Zeug?«
»Ist ein berühmtes Marx-Zitat. Und Gerberei scheint ja zu passen.« Er wies auf Petra Wolffs Verband.
»Stimmt, ich wurde heute ordentlich gegerbt.«
»Lernst du im Studium auch etwas Nützliches?«
»Selbstverständlich nicht.«
»Vielleicht könntest du mir helfen«, sagte Dengler, einer spontanen Idee folgend. »Ich suche eine vermisste Frau, die für die Troika in Griechenland gearbeitet hat. Ich verstehe nichts von den ökonomischen Prozessen, die mit der Griechenlandrettung zusammenhängen. Könntest du etwas ausarbeiten, damit ich die Zusammenhänge besser verstehe? Worum geht es da eigentlich? Wie viel Geld ist da im Spiel? Wer gibt es aus – und wer bekommt es? Insbesondere müsste ich wissen, ob in ihrer Arbeit ein Motiv für eine Entführung zu finden ist.«
»Was genau willst du da wissen? Das ist eine sehr komplizierte Materie … geht es etwas konkreter?«
»Besser kann ich's nicht ausdrücken. Ich verstehe noch zu wenig davon, um konkrete Fragen zu stellen. Es geht mir eher um den Überblick.«

»Die Detektei Dengler zahlt gute Honorare«, sagte Petra Wolff.
Jakob sah seinen Vater nachdenklich an. »Finstere Sache – die Troika.«
»Schreib's auf. In einfachen, verständlichen Worten. Petra schickt dir ein paar PDF-Dateien, aus denen du erfährst, wofür die Frau zuständig war.«
Jakob wandte sich an Laura. »Hilfst du mir dabei?«
»Klar. Angewandte Wissenschaft. Ist doch super.«
Jakob streckte seinem Vater die Hand entgegen. Dengler schlug ein.

16. Teambesprechung 2

»Wir gehen jetzt davon aus, dass Anna Hartmann entführt wurde«, sagte Georg Dengler, »denn der Mann, der Petra niedergeschlagen hat, besaß ihren Wohnungsschlüssel. Er fuhr mit einem Wagen in den Keller, und mit ihrem Haustürschlüssel konnte er auch den Aufzug benutzen. Das heißt: Er musste nicht an dem Wachmann vorbei.«
»Diesem Typen möchte ich gerne noch mal begegnen, mit dem habe ich noch eine Rechnung offen«, sagte Petra Wolff.
Sie saßen zu dritt an Denglers Küchentisch. Dengler, Olga, Petra Wolff. Petra Wolffs Schläfe zierte ein handtellergroßes Pflaster, das ihre Verletzung an der rechten Gesichtshälfte komplett abdeckte.
Als Wittig eingetroffen war, hatte er einen Krankenwagen gerufen, der sie in die Charité brachte. Dort wurde sie in der Notaufnahme behandelt, Dengler konnte sie nach zwei Stunden wieder abholen.
Zuvor jedoch hatte die Spurensicherung die Wunde untersucht, sie mit Wattestäbchen abgetastet und mit Plastikstreifen an ihr

rumhantiert. Ein Polizeifotograf hatte sie fotografiert, sie musste ihre Kleider ausziehen, die ebenfalls erkennungsdienstlich untersucht wurden, um mögliche DNA-Spuren zu sichern. Sie wurde währenddessen in eine Decke gehüllt.

»Mit diesem Typen werde ich noch abrechnen«, sagte sie jetzt. »In Unterwäsche in die Notaufnahme ... Das zahl ich dem heim.«

»Bitte«, sagte Dengler, »lasst uns für einen Augenblick konzentriert arbeiten.«

»Ich wäre total konzentriert«, sagte Petra Wolff, »wenn ich diesem Typen schon die Eier abgeschnitten hätte.«

»Leute, bitte«, sagte Dengler. »Die Polizei hat einen gestohlenen Wagen im Keller sichergestellt. Abgestellt exakt auf dem Parkplatz von Anna Hartmann. Wahrscheinlich ist also: Die Entführer haben ihr die Wohnungsschlüssel abgenommen. Die Frage ist, warum sie noch einmal in die Wohnung wollten.«

»Sie haben etwas gesucht«, sagte Petra Wolff.

»Und wir wissen nicht, ob sie es gefunden haben«, sagte Olga. »Jedenfalls haben wir sie während der Suche gestört.«

»Wahrscheinlich gab es zwei Täter«, sagte Dengler, »einer war in der Wohnung, und ein anderer entdeckte uns, möglicherweise hielt er auf der Straße Wache. Er alarmierte seinen Kumpel, und der versteckte sich in diesem begehbaren Kleiderschrank. Er floh, als er mitbekam, dass ich im hinteren Teil der Wohnung war.«

»Und war überrascht, als er mit Frau Wolff zusammenstieß«, sagte Olga.

»Hatte der Täter irgendetwas in den Händen, als er dich niederschlug?«, fragte Dengler.

»Das ging alles so wahnsinnig schnell, ich war so überrascht, dass ich den Kerl gar nicht richtig wahrgenommen habe. Aber ich glaube nicht, dass er etwas in den Händen hatte. In der Faust, mit der er mich niedergeschlagen hat, war jedenfalls nichts.«

»Wir müssen also von zwei Szenarien ausgehen. Erstens, der Täter hat gefunden, was er sucht. Dann hat die Entführung mög-

licherweise ihren Zweck erfüllt, und sie lassen Anna Hartmann frei.«
»Oder – sie bringen sie um«, sagte Olga leise.
»Das traue ich diesem Kotzbrocken sofort zu«, sagte Petra Wolff.
»Zweitens«, fuhr Dengler fort, »und dieses ist der wahrscheinlichere Fall: Sie haben nicht gefunden, was sie suchen. Noch nicht.«
»Also werden sie wiederkommen«, sagte Petra Wolff.
»Dann werden sie festgenommen. Wittig hat zwei seiner Männer in der Wohnung stationiert. Das Objekt wird rund um die Uhr bewacht.«
»Die Entführer werden aber trotzdem versuchen, das zu finden, wonach sie gesucht haben. Schließlich war das der Grund, warum sie Anna Hartmann entführt haben«, sagte Olga. »Was könnte das sein?«
»Das ist ein Rätsel«, sagte Dengler. »Wittig hat die Wohnung auf den Kopf gestellt, aber es wurde nichts gefunden, das irgendeinen Hinweis geben konnte.«
Olga: »Die Entführer werden Anna Hartmann in die Mangel genommen haben. Wahrscheinlich hat sie ihnen gesagt, wo sie das finden können, was sie suchen.«
Petra Wolff: »Das heißt doch, die Täter mussten nicht die komplette Wohnung durchsuchen, sondern konnten direkt dort hingehen, wo das Versteck war. Hat Wittig den begehbaren Kleiderschrank auch auseinandergenommen?«
»Sie denken wie eine Polizistin«, sagte Olga, »Respekt.«
»Wittig hat nichts gefunden, auch nicht im Kleiderschrank. Wir müssen einen anderen Ansatz verfolgen.«
»Jetzt bin ich aber neugierig«, sagte Petra Wolff.
»Wittig hat Wort gehalten. Wir haben einen Datenträger mit den Verkehrsdaten, also der Handys, die in dieser Funkzelle und in den benachbarten Funkzellen eingeloggt waren.«
»Darf er diese Daten denn rausrücken?«, fragte Petra Wolff.

»Nein«, sagte Dengler, »darf er nicht. Aber wir hatten einen Deal, und Wittig hat sich daran gehalten, das spricht für ihn. Wir arbeiten jetzt zusammen. Olga, hast du dir das Material schon angeschaut?«
»Ich habe die Daten eingelesen, aber noch nicht ausgewertet. Sie sind oben auf meinem Rechner.«

*

»Wonach soll ich suchen?«, fragte Olga, als sie zu dritt in ihrer Wohnung ein Stockwerk höher in ihrem Computerzimmer saßen. Auf einem großen Tisch standen mehrere Rechner, außerdem waren andere blinkende Geräte in dem Raum verteilt. Dengler hatte nie ganz verstanden, was Olga in diesem Raum, der ihm wie eine Befehlszentrale vorkam, alles anstellen konnte.
»Wir suchen zunächst nach Kreuz- oder Doppeltreffern. Kannst du herausfinden, ob es zwei unterschiedliche Orte gibt, wo dieselbe Nummer auftritt?«
Olga tippte in den Rechner und auf dem Bildschirm erschienen endlose Zahlenkolonnen.
»Fehlanzeige«, sagte sie.
»Nehmen wir mal an«, sagte Dengler, »die Entführer haben sich vor der Tat irgendwo in der Nähe getroffen, um letzte Absprachen zu treffen. Spätestens dort schalteten sie alle gleichzeitig ihre Funktelefone aus. Kannst du das feststellen, Olga? Gibt es einen Zeitpunkt, wo drei, vier, fünf, vielleicht sogar sechs Mobilfunkgeräte gleichzeitig ausgeschaltet wurden, vor der Tat? Also vor 2.00 Uhr?«
»Kann ich«, sagte Olga, »dauert einen Augenblick. Georg, du könntest Frau Wolff und mir einen Campari mit Grapefruitsaft mixen.« Sie blickte zu Petra Wolff. »Einverstanden?«
»Super Service!«
Dengler ging in Olgas Küche, nahm vier Grapefruits aus einer großen blauen Schale, schnitt sie auf und presste sie aus. Er füllte

den Saft in drei Gläser, schüttete ordentlich Campari hinein und trug die drei Gläser in Olgas Computerraum.
»Wir sind jetzt auch per Du«, sagte Petra Wolff.
»Na, dann weiß ich wenigstens, warum ich rausgeschickt wurde«, sagte Dengler.
Olga arbeitete konzentriert an ihrem Rechner. Ohne den Blick zu wenden, nahm sie ein Glas und trank einen Schluck. »Perfekt«, sagte sie, »nicht am Campari gespart.«
Dengler sah zu Petra Wolff, die gedankenverloren an ihrem Glas nippte. Was für ein schönes Gesicht sie hat, dachte er. Selbst dieses riesige Pflaster kann sie nicht entstellen.
Olga zeigte auf den Bildschirm. »Da gingen einige Handys zur exakt gleichen Zeit aus«, sagte sie. »Hier zwei, da drei, hier wieder zwei. Vielleicht Paare, die ins Bett gehen und in der Nacht nicht durch ihre Telefone gestört werden wollen.«
»Ich vermute, es sind mindestens vier Handys, die zur selben Zeit ausgehen«, sagte Dengler.
»Es sind meistens zwei«, sagte Olga. Dengler sah zu Petra Wolff, die ebenfalls auf Olgas Bildschirm sah. Diese wunderbare Oberlippe. Sanft geschwungen mit einem ausgeprägten Amorbogen. Und diese Wimpern … Dann riss er sich von dem Anblick los und nahm einen kräftigen Schluck.
In diesem Augenblick sagte Olga: »Bingo!«
Dengler beugte sich über die beiden Frauen und starrte auf den Bildschirm.
»Zwei Nachbarzellen weiter wurden fünf Handys gleichzeitig ausgeschaltet.«
»Können natürlich auch ein paar Typen sein, die grad in einen Puff gehen«, sagte Petra.
»Alle haben Schweizer Vorwahl«, sagte Olga.
Ihre Finger hasteten über die Tastatur.
»Prepaid-Handys«, sagte sie, »Schweizer Prepaid-Handys.«
»Auch Schweizer gehen in den Puff«, sagte Petra.
»Kannst du die Nummern anzeigen?«, fragte Dengler.

»Ja«, sagte Olga.
Kurz danach surrte der Drucker.

*

Dengler wählte die Nummer von Hans-Martin Schuster und berichtete ihm, es gäbe keinen Zweifel mehr daran, dass Anna Opfer eines Verbrechens wurde.
»Möglicherweise haben wir soeben die Handynummern der Täter festgestellt«, sagte er. »Ich halte Sie über den weiteren Gang der Ermittlungen auf dem Laufenden.«
»Gute Arbeit, Dengler«, sagte Schuster, »das wird den Minister freuen. Ich habe auch gute Nachrichten für Sie. Sie sind für mich so eine Art Glücksengel. Es gibt ein paar Änderungen im Ministerium, Sie haben es wahrscheinlich in der Zeitung gelesen.«
»Ich habe nichts gelesen«, sagte Dengler.
»Der Minister wird demnächst zurücktreten, weil er zum Bundespräsidenten gewählt wird. Gestern hat er mir erzählt, der neue Außenminister würde mich übernehmen und ich solle weiter an dem Projekt mit Ihnen festhalten. Das heißt für mich, ich werde auch persönlicher Referent des neuen Ministers werden.«
»Das freut mich für Sie«, sagte Dengler.
»Ihre Rechnung ist übrigens angewiesen. Sie müssten morgen oder übermorgen das Geld auf Ihrem Konto haben.«
»Das freut mich noch mehr«, sagte Dengler.

*

Am nächsten Tag bat er Petra Wolff, einen Termin mit Anna Hartmanns ehemaligem Professor zu vereinbaren. Es wurde Zeit, dass er diesen Mann kennenlernte. Eifersucht, dachte er, ist häufig ein Motiv.

17. Föhrenbach

»Besuch aus dem Außenministerium haben wir hier nicht oft«, sagte Professor Joachim Föhrenbach.

Er nahm Denglers Visitenkarte in die Hand, studierte sie und legte sie zurück auf den Schreibtisch.

»Sicherheitsdienst? Ich bin gespannt, was ich für Sie tun kann.«

Der Mann lehnte sich entspannt in seinen Ledersessel zurück und sah Dengler interessiert an. Keine Anzeichen von Nervosität. Keine Vergrößerung der Pupillen. Die Hände ruhten auf seinen Oberschenkeln. Kein äußeres Anzeichen eines Schuldgefühls.

»Ich suche Anna Hartmann«, sagte Dengler. »Sie war Ihre Studentin.«

Föhrenbachs Oberkörper schnellte nach vorne, er saß jetzt aufrecht hinter seinem Schreibtisch. Sein Gesichtsausdruck drückte Besorgnis aus. »Ihre jüngere Schwester hat mich angerufen und gefragt, ob ich etwas von Anna gehört hätte. Es ist schrecklich.«

»Ich interessiere mich für Ihre Beziehung zu Anna Hartmann.«

Föhrenbach erhob erstaunt den Blick. »Meine Beziehung? Sie war meine Studentin. Übrigens die beste ihres Jahrgangs.«

»Ich habe gehört, Ihre Beziehung soll damals etwas intensiver gewesen sein als die eines Professors zu seiner Studentin …«

Föhrenbach lachte. »Ja, ich weiß, es gab diese Gerüchte. Auch ihre Schwester ist davon überzeugt. Sogar Kollegen haben mich gefragt, ob ich eine Affäre mit ihr hätte. Sagen wir mal so: Selbst wenn ich es gewollt hätte, Anna Hartmann hätte sich nie darauf eingelassen.«

»Tatsächlich?«

»Schon als Studentin und erst recht, als sie meine Doktorandin war, legte sie Wert darauf, in meinem näheren Umfeld tätig zu sein. Ja, wir gingen zusammen essen, und sie ist wirklich eine der unterhaltsamsten Personen, die ich kenne. Aber sie hätte niemals den Preis bezahlt, den Ihre Frage andeutet.«

»Also keine Affäre?«
Föhrenbach sah ihm direkt in die Augen. »Nein, keine Affäre«, sagte er, und Dengler registrierte einen Anflug von Bedauern in seinem Gesicht.
»Was hat Frau Hartmann bei Ihnen studiert?«
»Wirtschaftsgeschichte. Im Hauptfach hatte sie als Schwerpunkt europäische Wirtschaftsgeschichte.«
»Können Sie mir das etwas genauer erklären?«
»Wir beschäftigen uns mit der Frage, ob sich in Europa die stärkste Volkswirtschaft durchsetzt oder ob es zwischen den Staaten aus Einsicht in die Notwendigkeit der europäischen Einigung Formen solidarischen und kooperativen Handelns geben kann.«
»Das hört sich für einen Laien ziemlich trocken an.«
»Ich fürchte, hier geht es um eine der großen Zukunftsfragen Europas.«
»Wie hat Anna Hartmann diese Frage beantwortet?«
»Als Studentin untersuchte sie Formen solidarischen Handelns. Doch später entschied sie sich für das andere Lager.«
»Warum?«
»Warum? Ich habe es nur an Ihrer Berufstätigkeit gesehen, an ihrer Arbeit für die Troika. Was meinen Einfluss auf Anna Hartmann angeht, hatte ich einen starken Konkurrenten. Ihren Großvater.«
»Ihren Großvater?«
»Ihr Großvater hat sie sehr intensiv gefördert. Otto Hartmann war der ausdrücklichen Ansicht, Europa müsse sich um die stärksten Volkswirtschaften gruppieren.«
»Ich dachte, ihr Großvater wäre Bankier gewesen?«
»Das war er auch. Er war jedoch sehr interessiert an europäischen Fragen und hielt dazu Vorträge und schrieb Aufsätze. Er war Mitbegründer der *Deutschen Gesellschaft für Politik des Auswärtigen*.«
»Was glauben Sie? Ergibt sich daraus irgendein Motiv für eine Entführung?«

Föhrenbach lachte. »Nein, nein, bei uns im Seminar ging es immer ganz akademisch zu.«
»Und Sie hatten keine Affäre mit ihr?«
»Keine Affäre. Keine Eifersucht. Ich habe Anna bestimmt nicht entführt.«
Dengler stand auf. Konnte er Föhrenbach glauben? Er wusste es nicht.

18. Zürich

Stefan Nägeli war etwa vierzig Jahre alt. Eigentlich kein Alter, um bereits graue Haare zu haben, aber Nägeli hatte krauses graues Haar und einen fast grauen kräftigen Schnurrbart. Dengler saß in dessen Büro im Züricher Hauptbahnhof.
»Sie haben uns ganz schön Arbeit gemacht«, sagte er, »aber wir wurden von höherer Stelle gebeten, Ihnen zu helfen. Die SIM-Karten, deren Nummern Sie uns übermittelt haben, sind Prepaid-Karten, die übers Internet bestellt und hier am Züricher Bahnhof aufgeladen wurden. Die Uhrzeit, wann das Aufladeguthaben gekauft wurde, ist uns bekannt. Wir haben die Überwachungskameras überprüft – und jetzt schauen Sie sich bitte das mal an.«
Er beugte sich vor, tippte etwas auf dem Computer, und auf dem Bildschirm erschien das Bild eines Mannes, der vor einem Automaten stand und Geld einwarf. Dieser Mann trug einen hellgrauen Trenchcoat, eine schwarze Hose und einen großen Hut mit Krempe. Das Gesicht war nicht zu sehen.
»Das ist Ihr Mann«, sagte Nägeli, »und das ist das beste Bild, das die Sicherheitskamera geliefert hat. Ich druck es Ihnen gerne aus.«
»Kein Gesicht?«, fragte Dengler.
Nägeli lachte. »Wir wissen, die halbe Unterwelt Europas tummelt

sich hier mit Prepaid-Handys von Swisscom. Das sind Profis. Also kein Gesicht.«
Dengler fluchte innerlich. Den Weg in die Schweiz hätte er sich sparen können.

19. Gero von Mahnke: Heimat

In dieser Nacht standen ihm die Bilder aus der Heimat so deutlich wie selten zuvor in den Kriegswochen vor Augen. Das Gut, das Schloss, die weite Landschaft, das klare, kühle Licht, das sich so sehr von dem griechischen unterschied.
Das Gut derer von Mahnkes lag dreieinhalb Kutschenstunden von Königsberg entfernt. Im Mittelpunkt stand das Schloss mit der großen Auffahrt, die, mit weißem Kies bedeckt, über einen leicht abfallenden Rasen zur Eingangstreppe führte. Vom Eingangstor aus fiel der Blick in gerader Richtung auf den Springbrunnen, der jedoch nur in Betrieb genommen wurde, wenn hochrangiger Besuch erwartet wurde. Hinter dem Brunnen hob sich die Landschaft wieder sanft zu einem lichten Birkenwald, der Rasen ging in eine Wiese über, die die Stallknechte mehrmals im Jahr mit der Sense mähten, um Heu für den Winter in die große Scheune einzubringen, damit die Kühe und Pferde, die Schweine und Ziegen auch in der kalten Jahreszeit ausreichend Futter bekamen.
Das Schloss bestand aus einem turmartigen dreigeschossigen Mittelteil, an den sich rechts und links zweigeschossige Flügel anschlossen. Im Mittelflügel befanden sich die Repräsentationsräume, zunächst die große Halle mit den mannshohen Ölgemälden, die Wilhelm den Großen auf der Jagd zeigten, in der Mitte die schwere Tür, die zum Gartensaal mit dem Grand Piano führte, daneben der große Speisesaal für besondere Anlässe, links der

Herrensaal, daneben die Bibliothek, in die sich die Männer nach einem Dinner zum Rauchen und zum Kognak zurückzogen, mit dem großen, grün bespannten Billardtisch als Mittelpunkt. Den ersten Stock, zu dem eine breite Marmortreppe hinaufführte, nutzte Geros Vater für Büroräume. Dort hütete Fräulein Schurrhardt die Listen und Papiere, die Ordner mit den umfangreichen Korrespondenzen des Vaters, die Verträge und die handgeschriebenen Listen mit den Ausgaben und den Einnahmen des Gutes. Daneben befand sich ein kleineres Zimmer, in dem sich der Vater die täglichen Berichte des Gutsverwalters, des Stallmeisters und anderer leitender Bediensteter anhörte und die anstehenden Aufgaben mit ihnen besprach. Eine kleinere Treppe führte in den dritten Stock zu zwei großen Abstellräumen, in denen im Dämmerlicht geheimnisvoll verhängte Möbel verstaubten.
Der rechte Flügel des Schlosses gehörte ausschließlich der Familie. Hier lagen im zweiten Stock die elterlichen Schlafzimmer, die Zimmer von Gero und Heinrich und von Gerda, der kleinen Schwester. Im ersten Stock befanden sich der Speisesaal der Familie, das Musikzimmer und einige Räume für Gäste.
Der große Vorteil des Familienflügels war die hintere Tür, durch die man in nur wenigen Schritten die Eingangstür der Kapelle erreichte. Die Bediensteten aus dem Gesindehaus und dem linken Flügel mussten jeden Morgen, auch bei Regen, Schnee oder Sturm, den Weg am Schloss vorbei zur Frühandacht in der Kapelle nehmen. Der Vater sprach einige Worte, zitierte einen Psalm oder las einen Abschnitt aus einem Evangelium, dann stimmte die Mutter am Harmonium ein Lied an, in das Familie und Gesinde einstimmten. Danach gingen alle zurück in ihre unterschiedlichen Speiseräume. Am elterlichen Tisch saßen Gäste, falls Besuch auf dem Gut war, die Hauslehrer für Heinrich und Gero sowie die Kinderfrau, die auf Gerda aufpasste. Eines der Kinder sprach das immer gleiche Tischgebet: *Komm Herr Jesus, sei unser Gast, segne, was du uns bescheret hast.* Dann sagte der Vater *Amen,* und die Küchenmädchen trugen die Teller mit dem Hafer-

schleim für die Kinder und die Mutter herein. Der Sonntag war für Gero schon deshalb ein Festtag, weil es an diesem Tag keinen Haferschleim gab, sondern frisch gebackenes Brot und Marmelade. Allerdings war es streng verboten, Butter *und* Marmelade aufs Brot zu streichen, das durften die Kinder nur, wenn Gäste zu Besuch waren. Erst später, als Gero in Königsberg wohnte, gönnte er sich das Vergnügen, eine dicke Schicht Butter aufs Brot zu schmieren und darüber drei Löffel Marmelade, die dann manchmal an den Seiten der Stulle herunterlief. Er bewahrte sich bis ins hohe Mannesalter das Gefühl, dabei etwas Verbotenes zu tun.
Im linken Flügel des Schlosses mit seinen niedrigen Decken, den kleineren Räumen und der schlechten Heizung befanden sich die Küche, die unterschiedlichen Speisesäle des Gesindes, der hallenartige Raum mit dem langen Tisch, an dem die Stuben- und Küchenmädchen, die Kutscherjungen und andere Knechte und Mägde aßen. Der Oberkutscher freute sich über einen eigenen Tisch in der Ecke, die Köchin teilte einen Tisch mit Vaters Sekretärin. Im Untergeschoss war neben zahlreichen Kellerräumen die Wäscherei untergebracht. Der zweite Stock beherbergte die zahlreichen Stuben der Bediensteten, die etwas größeren für den ersten Diener, die Köchin, den Oberkutscher. Am kleinsten waren die Zimmer der Stubenmädchen, die sich zu zweit ein Zimmer teilen mussten. Hier hielt Gero sich am liebsten auf, denn dort wurde gelacht und gesungen. Er konnte den Mädchen in ihren blau-weiß gestreiften Uniformen zusehen, wenn sie sich die Haare bürsteten, und oft kitzelten sie ihn, bis er es nicht mehr aushielt vor Lachen.
Am Ende des Flures, im ersten Stock, lag die Dreizimmerwohnung, in der der Stallmeister und seine Frau mit Otto lebten, ihrem Sohn, der nur ein Jahr jünger als Gero war. Mit ihm tollte er über die Wiesen und durch die Flure des Schlosses. Otto kannte sich auf dem Gut besser aus als er. Otto zeigte ihm, wie man vertrocknete Brennnessel- oder Brombeerstängel rauchte, und Otto teilte auch sein größtes Geheimnis mit ihm: das Ast-

loch in dem Fußboden des Speichers, von dem sie einen Blick in das Zimmer eines der Stubenmädchen werfen und es beobachten konnten, wenn es sich nach der Arbeit wusch. Sie mussten dazu vollkommen leise auf dem Bauch liegen und sich auf dem staubigen Dachboden Zentimeter für Zentimeter auf den groben Holzplanken vorwärtsziehen, bis sie das kleine Loch erreichten und ein Auge daraufpressen konnten.

Otto war der beste Freund seiner Kindheit, der kühne Gefährte auf den Streifzügen durch die dunklen und geheimnisvollen Ecken des Gutes, bis zu Geros zwölften Lebensjahr, als sein Vater befand, der Sohn des Stallmeisters sei nunmehr kein geeigneter Umgang mehr für seinen Sohn. Er rief Ottos Vater in sein Büro, und von diesem Tag an sah er seinen Freund nur noch von ferne, wenn er den Kutscherknechten half, das Geschirr zu putzen, den Hof fegte oder eines der Pferde des Vaters am Halfter zur Tränke führte.

Auch die früheste Erinnerung Geros hatte mit einem Pferd zu tun. Es existierte ein Foto von diesem Tag, seinem vierten Geburtstag. Er sitzt auf dem nackten Rücken von Octavian, dem geduldigen Trakehner-Wallach, auf dem sein Vater bereits seinem älteren Bruder Heinrich das Reiten gelehrt hatte. Neben dem Pferd steht der Vater, mit der rechten Hand hält er Octavians Halfter und das zusammengerollte Seil der Longe; die Peitsche mit der langen Schnur steckt lässig in der Armbeuge. Mit der Linken hält er Gero am Rücken fest. Der Vater in Reithosen und hohen Reitstiefeln trägt ein Jackett aus englischem Zwirn und blickt lächelnd in die Kamera. Der kleine Junge blickt auf den Boden, klammert sich mit seinen kleinen Fäusten in der Mähne des Pferdes fest, und sosehr sich Gero von Mahnke später auch bemühte, er sah dem Kind auf dem Foto keine Regung an, keine Angst, keine Neugier, keine Aufregung, nichts.

Zunächst führte der Vater Octavian dreimal im Kreis herum. Gero erinnerte sich noch daran, auch wenn er seiner Erinnerung nicht vollständig vertraute, denn insgeheim hegte er den

Verdacht, er könne sich nur deshalb an diesen Tag erinnern, weil er das Foto kannte, das er später wieder und wieder betrachtet hatte. Doch wenn er die Augen schloss und sich konzentrierte, konnte er noch als erwachsener Mann das Auf und Ab des Pferderückens unter sich spüren, den kleinen Schmerz, weil seine Beine sich damals weit um den Pferdeleib spreizten, und er bei jedem Schritt Octavians ein Stück nach hinten rutschte und er sich an der Mähne festhaltend wieder nach vorne ziehen musste. Dann ließ der Vater Octavian an der Longe im Kreis gehen. Bei jedem Schritt hob und senkte das Pferd den Kopf, als wolle es eine komplexe Frage bejahen, und manchmal schnaufte es so laut, als müsse es seine Entscheidung bekräftigen.

»Jetzt wird es schneller«, rief der Vater Gero zu. Er knallte mit der Peitsche und rief: »Im Arbeitstempo, Trab«, und Octavian setzte sich in Bewegung. Bei jedem Schritt des Tieres flog Gero eine oder zwei Handbreit in die Luft. Er klammerte sich an der Mähne fest, noch Jahre später erinnerte er sich, dass er sich nichts sehnlichster wünschte, als dass es vorbei wäre. Er spürte, wie die Mundwinkel zuckten, doch er würde nicht weinen. Der Vater würde es nicht verzeihen. Er würde nicht weinen, und tatsächlich hörte das Flattern um den Mund auf.

Man fand nie heraus, was Octavian plötzlich erschreckte. Der Vater vermutete später, es sei eine Hornisse gewesen, die sich auf Octavians Nüstern gesetzt hatte. Das Pferd machte einen plötzlichen Sprung nach vorne, riss den Kopf hoch und beugte dann den Hals tief nach vorne, sodass die Nüstern das Gras auf dem Boden berührten, stand für einen Augenblick völlig still und bäumte sich auf. Gero wurde in die Luft gewirbelt, landete auf dem Hals des Tieres und rutschte an ihm hinunter, schlug auf der Wiese auf, genau vor Octavians Vorderhufen, und schrie. Als das Pferd aus dem Stand in den Galopp ausbrach, setzte es den linken Hinterhuf sorgsam neben das brüllende Kind, doch der rechte traf Gero an der Schläfe. Dieses schreckliche Bild, der sich über ihm wölbende

Pferdebauch und der heransausende Huf! Er würde es nie vergessen. Es verfolgte ihn in seinen Albträumen ein Leben lang.

20. Teambesprechung 3

»Wir haben fünf Handynummern, doch damit kommen wir nicht weiter.«
»Sicher«, sagte Petra Wolff mit ihrer klaren Stimme. »Aus diesem Grund kaufen sich solche Typen Prepaid-Handys.« Nach einer kurzen Pause sagte sie: »Es gibt möglicherweise noch einen anderen Weg, um diese Spur aufzunehmen. Der dunkle Kastenwagen war ein Mercedes Vito. Wahrscheinlich hat er einen Funkchip an Bord und funkt seine Position plus technische Daten, Motorleistung, Bremsbewegung und dieses Zeug an eine Zentrale, die das alles sammelt.«
Dengler und Olga sahen Petra Wolff überrascht an, doch sie zuckte mit der Schulter: »Na ja, schließlich habe ich beim LKA gearbeitet.«
»Weißt du, wo diese Zentrale sitzt?«, fragte Olga.
»Allerdings«, sagte Petra Wolff. »Diese Daten werden nämlich nicht bei den Autoherstellern direkt gesammelt. Das sähe ja aus, als würden sie ihre Kunden ausspionieren.«
»Was sie natürlich niemals tun würden«, sagte Olga grinsend.
»Natürlich nicht, niemals«, antwortete Petra Wolff. »Deshalb wurden eigene Firmen gegründet, die diese Daten … nun ja, auswerten.«
»Du weißt, wie diese Firmen heißen?«, fragte Olga.
»Allerdings.«
Olga stand auf. »Dann komm mal mit. Wir werfen wieder den Rechner an.«

21. Basta

»Wieso kommt denn Olga nicht runter zu uns?«, fragte Mario, als sie am Abend im *Basta* saßen.

»Sie hat zu tun«, sagte Georg Dengler. »Wie geht's dir mit deiner neuen Freundin?«

Mario lehnte sich genüsslich zurück. »Anita? Die Frau ist eine Granate im Bett.«

Georg starrte verlegen auf sein Glas. »Das freut mich für dich«, sagte er.

»Das freut dich?«, fragte Mario. »Und warum machst du dann so eine Leichenbittermiene?«

»Ach«, sagte Dengler, »zwischen Olga und mir ...« Er blickte auf. »Ah, da kommt sie ja.«

Olga setzte sich zu ihnen an den Tisch und legte ein Blatt Papier vor sich. »Bei dem schwarzen Mercedes handelt es sich um einen Leihwagen. Am Tag vor der Entführung in Berlin gemietet und am Morgen danach ordentlich wieder zurückgegeben. Der Mieter heißt Stefan Reschke. Er hat sich ausgewiesen mit Personalausweis und Führerschein. Die Handynummer, die er hinterlegt hat, stimmt nicht überein mit der Schweizer Prepaid-Nummer. Er wohnt in Berlin, in der Kolonnenstraße.« Sie schob ihm einen Ausdruck über den Tisch.

Dengler warf einen Blick darauf: »Wie hast du das herausgefunden?«

»Ich bin ein wenig im Rechner der Autovermietung spazieren gegangen. Es war nicht sonderlich schwer.«

»Die Frau ist großartig«, sagte Mario und winkte dem kahlköpfigen Kellner. »Ein Glas für diese Lady!«, rief er.

Dengler stand auf und ging hinaus ins Freie. Er zog sein Handy aus der Tasche und wählte die Nummer von Hans-Martin Schuster.

»Ist es dringend, Dengler?«, fragte Schuster, als er abgenommen

hatte. »Ich bin gerade noch mit unserem neuen Star zusammen.«
»Neuer Star?«, fragte Dengler.
»Mein Gott, Dengler, lesen Sie denn keine Zeitung? … Schulz! Wir haben endlich einen Kanzlerkandidaten, der den Namen verdient. Nicht mehr so eine Flasche wie der letzte. Hier ist eine Stimmung, die ist unglaublich. Hören Sie mal!«
Offensichtlich hielt Schuster das Telefon weg vom Ohr und in die Luft. Dengler hörte ein Hintergrundrauschen und dann einen Sprechchor: »Martin, Martin, Martin!«
»Wir haben eine heiße Spur«, sagte Dengler.
Jetzt war Schuster ganz wach. »Warten Sie einen Augenblick. Ich geh mal hier raus.«
»Nur zu Ihrer Information: Wir wissen, wer den schwarzen Mercedes-Kastenwagen gemietet hat«, sagte Dengler. »Wir haben einen Namen und eine Adresse. Ab morgen wird der Mann observiert.«
»Das ist großartig«, sagte Schuster. »Sie sind wirklich Ihr Geld wert, Herr Dengler.«

22. Testosteron

Dengler schlüpfte nackt unter die Bettdecke zu Olga. Er legte seinen linken Arm um ihren Bauch und küsste sie leicht in den Nacken. Olga seufzte leicht im Schlaf und drückte sich an ihn. Er spürte die Wärme ihres Körpers und war glücklich. Er wusste nicht, wieso ihm das genügte. War er kein richtiger Mann mehr? Hatte er irgendein medizinisches Problem? Er hatte kein Bedürfnis nach Sex. Er war glücklich, so wie er neben seiner geliebten Frau lag und sie in seinem Arm hielt. Irgendetwas, so dachte er, war falsch mit ihm. Vielleicht zu wenig männliche Hormone? Wie hießen die noch? Er küsste Olga noch einmal leicht, spürte eine ihm zugewandte Bewegung und freute sich darüber. Dann fiel es ihm ein: Testosteron. So hieß das Zeug. Testosteron. Vielleicht hatte er zu wenig davon. Mühsam schwang er sich aus dem Bett, ging leise an seine Hose und zog das Handy heraus. Er rief die Seite von Wikipedia auf und tippte als Suchbegriff ein: Testosteron.

*

»Was führt Sie zu mir?«, fragte der Arzt.

Er war nicht zu seinem Hausarzt gegangen, der ihn schon seit zehn Jahren kannte, sondern hatte sich einen anderen Arzt ausgesucht, der seine Praxis mitten in der Stuttgarter Innenstadt hatte.

»Ich möchte mal einen Gesundheitscheck machen und überprüfen, ob alles bei mir so richtig in Ordnung ist.«

»Fein«, sagte der Arzt, »wie lange haben Sie das denn schon nicht mehr gemacht?«

Dengler tat so, als dachte er nach, dann sagte er: »Na, das wird schon mehr als zehn Jahre her sein.«

»Dann wird es aber Zeit«, sagte der Arzt. »Ein Mann in Ihrem Alter sollte sich regelmäßig untersuchen lassen. Fangen wir direkt an. Am besten mit dem Blutdruck, dann gehen wir weiter zum Ultraschall und dann …«

»Sie nehmen doch sicher auch Blut ab?«, fragte Dengler.

Der Arzt stutzte. »Sicher, wir untersuchen auch Ihr Blut.«

»Und was untersuchen Sie genau?«, fragte Dengler.

Der Arzt lachte. »Machen Sie sich keine Sorgen, wir untersuchen alle Vitalfunktionen.«

Dengler lehnte sich zurück und ärgerte sich, da er nicht direkt zu fragen wagte: ›Prüfen Sie auch meinen Testosteronspiegel?‹

»Also«, sagte der Arzt, »bitte ziehen Sie Ihr Jackett aus, wir prüfen Ihren Blutdruck.« Er stand auf, ging zu einer Ecke, wo ein Blutdruckmessgerät lag, schnallte Dengler die Manschette über den Oberarm, drückte auf einen Knopf und zischend plusterte sich die Manschette auf. Nach einer Weile wich leise zischend die Luft

aus dem Gerät und der Arzt sah auf die digitale Anzeige. »128 zu 68, Puls 51. Alles bestens, Herr Dengler, alles bestens.«
Eine Viertelstunde später lag Dengler mit nacktem Oberkörper auf einer Liege und der Arzt fuhr ihm mit dem Ultraschallgerät über den Oberkörper. Auf einem kleinen Bildschirm konnte Dengler schwarz-weiße Muster erkennen, die für ihn aber keinen Sinn machten.
»Schauen Sie her«, sagte der Arzt, »das hier ist Ihr Herz. Es ist normal groß. Machen Sie Sport?«
»Im Augenblick nicht mehr«, sagte Dengler.
»Früher?«
»Früher habe ich sehr viel Sport gemacht«, sagte Dengler.
»Verstehe«, sagte der Arzt und fuhr bauchabwärts. »Hier haben wir die Milz. Sehr schön. Und hier«, er stockte, fuhr mit dem Ultraschallkopf weiter, »das ist die Leber. Trinken Sie?«
Dengler sagte: »Na ja, nicht mehr als jeder andere. Wenn ich mit meinen Freunden zusammensitze, dann trinken wir schon mal ein Gläschen.«
»Oder zwei?«, fragte der Arzt.
»Ja, manchmal auch drei«, sagte Dengler.
»Seien Sie vorsichtig mit Alkohol, noch sieht Ihre Leber sehr gut aus. Die Milz ist auch okay. Nieren wunderbar, Sie haben gute innere Organe.«
Und Dengler dachte: Wie sage ich es ihm mit dem Testosteron?
»So«, sagte der Arzt, »jetzt brauchen wir noch ein bisschen Blut. Ziehen Sie Ihr Hemd bitte wieder an, aber lassen Sie den linken Ärmel hochgekrempelt.«
Dengler richtete sich auf, wischte sich das Ultraschallgel mit Papiertüchern von der Brust, zog das Hemd an und krempelte den linken Ärmel auf. Jetzt müsste ich ihm sagen, er soll das Testosteron untersuchen.
Der Arzt hatte bereits eine Spritze in der Hand. »Schön eine Faust machen«, sagte er. Dann stach er in die Vene. Das Blut floss.
Als er kurz danach dem Arzt gegenübersaß, fragte Dengler: »Was

wird denn untersucht bei dieser Blutsache? Wonach suchen Sie denn?«
Der Arzt sah ihn verdutzt an. »Wir suchen nichts. Wir überprüfen eine Reihe von Faktoren. Wieso fragen Sie?«
Dengler sank zusammen. Kein Testosteron, dachte er. Die ganze Prozedur war umsonst. Der Arzt fixierte ihn und sagte: »Sie wollen … dass ich Ihren Hormonspiegel untersuche, stimmt's?«
Dengler sah ihn erleichtert an. »Wenn Sie schon dabei sind, wäre das eine gute Sache.«
Der Arzt sagte: »Ich habe verstanden. Das hätten Sie mir auch gleich sagen können. Wir untersuchen Ihren Testosteronspiegel. Kommen Sie in drei Tagen wieder, dann haben wir das Ergebnis.«
»Und angenommen«, sagte Dengler, »ich hätte zu wenig Testosteron. Mal theoretisch gesprochen, was könnte man da machen?«
Der Arzt sah ihn an und sagte: »Dann heben wir das Testosteron an, wenn Sie wollen so lange, bis es Ihnen aus den Ohren rausläuft.«
Dengler lachte erleichtert. Alles würde gut werden.

23. Kolonnenstraße

Petra Wolff hatte einen blauen Nissan gemietet, der am Berliner Hauptbahnhof für ihn bereitstand. Dengler war stolz, er hatte jetzt eine tüchtige Mitarbeiterin. Er konnte keinen Parkplatz finden und parkte den Wagen in der Kolonnenstraße im absoluten Halteverbot. Das Zielobjekt war ein mehrstöckiges Eckhaus. Im Erdgeschoss sah er das Schaufenster eines traurigen Bestattungsgeschäftes. Daneben ein Café, das erstaunlicherweise trotz der Kälte zwei Tische mit Stühlen auf den Bürgersteig gestellt hatte. An einem Tisch saß ein alter Mann in abgerissener Kleidung – den Kragen seines dunklen Filzmantels

hochgestellt – und rauchte. Dengler setzte sich auf einen freien Stuhl und wartete.
»Selbstbedienung«, sagte der Mann.
Dengler sah ihn irritiert an.
»Selbstbedienung«, wiederholte der Mann. »Hier kommt keiner in die Kälte raus und bringt dir einen Kaffee, den musst du dir schon selber holen.«
»Eine gute Idee.«
Dengler stand auf, ging hinein und bestellte einen Kaffee.
Der türkische Wirt füllte einen großen Pappbecher und reichte ihn Dengler.
Dengler bezahlte, ging wieder hinaus und setzte sich. Schon nach wenigen Minuten kroch ihm die Kälte den Rücken hinauf, verwandelte seine Füße in Eisblöcke und ließ seine Ohren einfrieren. Dengler hob den Becher mit dem Kaffee ans Gesicht und wärmte Wangen und Hände.
Er wartete dreieinhalb Stunden. Er kaufte sechs Becher Kaffee, die er ausschüttete, sobald sie seine Finger nicht mehr wärmten. Er stand viermal auf und ging einige Schritte auf und ab – alles erfolglos. Die Kälte war gefräßig und arbeitete sich durch die Jacke, den Schal, den Pullover, das T-Shirt, die Haut bis auf die Knochen. Als er seine Zehen nicht mehr bewegen konnte, kam seine Zielperson aus der Haustür und überquerte die Straße. Sie trug schwarze Doc Martens, blaue Jeans und eine graue Jacke aus festem Material, den Kragen hochgestellt.
Dengler stand auf, strauchelte, doch dann folgte er dem Mann auf die gegenüberliegende Straßenseite. Nach wenigen Metern zog die Zielperson einen Autoschlüssel aus der Tasche; bei einem grünen VW Tiguan blinkten die Lichter kurz auf, als er den Schlüssel betätigte. Der Mann hatte die Fahrertür bereits geöffnet, dann schien er etwas zu bemerken und ging einmal um das Auto herum. Als er hinter der Heckscheibe stand, fluchte er. Dengler konnte ihn jetzt gut sehen. Mitte dreißig, kurz geschnittenes, schwarzes Haar, kräftige Figur, trainiert. Der Mann hatte etwas

Militärisches. Gefährliches. Mit einer schnellen Bewegung setzte er sich hinter das Steuer, schlug die Tür zu und ließ den Motor an. Dengler lief über die Straße zu seinem blauen Nissan.

24. CarWash

Um halb fünf verließ Stefan Reschke das Haus in der Kolonnenstraße 18.

Er ging auf die andere Straßenseite zu einem dunkelgrünen VW Tiguan. Sonderlackierung. Zehn Meter bevor er das Fahrzeug erreicht hatte, drückte er den Türöffner. Er liebte dieses satte Geräusch, wenn sich die Verschlüsse der Türverriegelung öffneten. Mit einer lässigen Bewegung zog er die Tür auf und erstarrte. Langsam drückte er die Fahrertür ins Schloss und ging um den Wagen herum.

Wie er Berlin hasste. Irgendein verfluchter Junkie hatte ihm auf das Dach seines Autos einen riesigen Haufen gesetzt. Es stank. Braune Schlieren liefen das Heckfenster hinunter. Er trat gegen den Hinterreifen. Berlin, wie er diese Stadt hasste. Der Dreck, die Junkies, die Türken, das ganze Gesindel. Er trat noch einmal gegen den Hinterreifen. Mit einer schnellen Bewegung öffnete er erneut die Fahrertür und schwang sich hinter das Lenkrad. Er ließ den Motor an. Er würde zu einer Waschanlage in der Nähe fahren, in der er den Tiguan alle zwei Wochen reinigte. Wütend drehte er das Lenkrad nach links, der SUV schoss aus der Parklücke und fädelte sich in den Verkehr ein. Routinemäßig sah er in den Rückspiegel, bemerkte aber den blauen Mietwagen nicht, der ihm folgte. Reschke betätigte die Waschanlage und den Wischer der Heckscheibe. Doch es nutzte wenig, der Scheibenwischer verteilte die braune Schmiere eher, als dass er sie beseitigte. Reschke schlug mit der Faust aufs Lenkrad, dann schaltete er das

Radio ein. Irgendein Sender brachte Nachrichten. Donald Trump war als amerikanischer Präsident vereidigt worden, und nun tobte eine absurde Debatte darüber, ob die auf Fotos höchst überschaubare Menschenmenge bei der *Inauguration* die größte aller Zeiten gewesen sei. Reschke interessierte das nicht. Er zog eine CD aus der Mittelkonsole und ließ sie in den Schacht des CD-Spielers gleiten. Er musste sich beruhigen.

Eine Oboe setzte ein, schlangenartig wand sich der Ton in die Höhe. Ravels Bolero mit den Berliner Philharmonikern. Der Ton wurde von einem anderen Instrument übernommen. Silbern und hell, aber immer noch leise. Reschke drehte die Lautsprecheranlage lauter. Seine Wut war noch nicht abgeklungen. Normalerweise beruhigte ihn dieses Stück. Heute nicht. Immer, wenn er aufgeregt war, wenn etwas schieflief oder wenn er in einer Krise war, legte er den Bolero auf.

Er erinnerte sich an ein Ballett, das er irgendwo einmal gesehen hatte. Das Orchester spielte den Bolero, und in der Mitte eines riesigen großen Trampolins tanzte eine Frau. Immer die gleiche Bewegung. Ein Bein vor, der Oberkörper wippte nach vorne, ein Schritt zurück. Diese Frau hatte ihn hypnotisiert. Ein Bein nach vorne. Diese lasziven wippenden Bewegungen. Dann waren aus dem Dunkel zwei Männer mit nackten Oberkörpern erschienen und tanzten um sie herum.

Die Frau schien sie nicht zu bemerken, sie tanzte selbstvergessen weiter. Und das Orchester spielte diesen Rhythmus, der sich damals in sein Gedächtnis stanzte. Dann erschienen zwei weitere halb nackte Männer, tanzten, dann noch zwei. Die Musik wurde lauter. Und die Frau tanzte immer noch mit ihren gleichen Bewegungen, als wäre sie in Trance, als gäbe es für sie nur die Musik.

Ihm hatte tatsächlich jemand aufs Auto geschissen! Seit seiner Jugend war er ein ordentlicher Mensch. In seiner Wohnung konnte man vom Boden essen. Die Putzhilfe kam zweimal in der Woche. Wer das gemacht hatte, war ein Verbrecher.

Jetzt hatten die Geigen die Melodie aufgenommen, während Pauken und Schlagzeug im Hintergrund einen harten Rhythmus schlugen. Als er in die Einfahrt der Waschanlage einbog, war sein Blutdruck nicht mehr auf 200 wie zuvor, aber er beruhigte sich nur langsam. Vor ihm standen sechs Wagen, und er fluchte erneut. Die Musik steigerte sich, grell und durchdringend, und am liebsten wäre er ausgestiegen und hätte die Fahrer aus ihren Autos gezerrt. Endlich war er an der Einfahrt angelangt. Eine junge Frau in einer orangefarbenen Uniform kam lächelnd auf ihn zu. Er ließ das Fenster herunter und bemerkte, wie sie kurz zusammenzuckte, als sie die laute Musik aus dem Auto hörte.
»Normal oder unser Bestes?«, fragte sie.
»Wie immer möchte ich euer Bestes!«, rief er ihr zu und reichte ihr einen 50-Euro-Schein.
Sie tippte etwas auf einem kleinen Handcomputer, der spuckte einen Beleg aus, den sie auf sein Armaturenbrett legte. Sie gab ihm 30 Euro zurück und wandte sich dem nächsten Kunden zu. Reschke fuhr im ersten Gang los. Ein Reinigungsmittel wurde auf die Windschutzscheibe gesprüht, und er sah einen Mann mit einer langen Stange, die wie ein Flammenwerfer aussah, auf sich zukommen. Der Mann hob die Stange, doch statt Feuer schoss ein großer Wasserstrahl auf die Windschutzscheibe, die Kühlerhaube, das Dach und die Seiten seines Autos. Der Mann gab ihm ein Zeichen, er solle langsam vorwärtsfahren. Dann richtete er die Stange auf das Heck von Reschkes Tiguan, und die hässliche braune Schmiere auf dem Rückfenster verschwand. Vor ihm tauchte jetzt das Förderband auf. Ein weiterer Mann gab ihm ein Zeichen, er solle vorsichtig auf das Band fahren und den Motor abstellen. Das tat er, und das Band zog den Wagen nun von allein weiter. Die Berliner Philharmoniker steigerten sich.
Vor ihm tauchte ein Schild auf. *Aktivschaum,* las er. Eine milchig weiße Reinigungsflüssigkeit wurde auf den Wagen gesprüht, und er konnte nicht mehr nach draußen schauen. Er lehnte sich in seinen Sitz zurück und fühlte sich geborgen. Reschke schloss die

Augen und hörte, wie die Musik sich erneut steigerte. Jetzt spürte er, wie sich die riesige blaue Bürste auf die Windschutzscheibe senkte und ihre rotierenden Lappen auf das Glas schlugen. Das klatschende Geräusch störte ihn. Reschke öffnete die Augen wieder und drehte die Musik lauter. Ein Schild leuchtete vor ihm auf: *Intensivspülung*. Erneut griffen große, flatternde Lappen nach dem Fahrzeug, schüttelten es, trommelten auf die Scheiben und das Blech und störten den Musikgenuss.

Dann endlich wieder Sicht. Reschke hörte Ravels Musik ungestört. Er drehte sich um. Die Heckscheibe war nass, aber sauber. Zufrieden wandte er sich wieder um. Erneut sprühte eine Maschine Seifenschaum auf Windschutzscheibe und Seitenfenster. Wieder sah er nichts. Die Fenster färbten sich weiß. Dann plötzlich ein Wasserstrahl, der die Seifenlauge wegschwemmte. Er lehnte sich zurück, das Orchester war jetzt laut. Das Band zog seinen Wagen in eine garagenähnliche Vorrichtung. Er wusste, am Ende war die Ausfahrt. *Heißlufttrocknung* leuchtete es vor ihm auf. Die Musik im Wagen war jetzt so laut, dass er das Gebläse draußen nicht hörte. Das Band zog seinen Wagen auf die Ausgangstür zu. Ein Schild leuchtete jäh vor ihm auf: *Bitte Motor starten*. Er drehte den Zündschlüssel und spürte das angenehme Vibrieren des Autos.

Erst bei Grün bitte sofort abfahren, stand auf dem nächsten Schild, das er las. *Nicht bremsen, Tor öffnet rechtzeitig*. Die Musik hatte nun ihren Höhepunkt erreicht. Das Tor öffnete sich. Er sah den ersten Lichtschein. Es dauerte einen Moment, bis er den Mann wahrnahm, der in der Tür stand und in beiden Händen einen Revolver hielt. Die Mündung direkt auf ihn gerichtet. Reschke wollte sich auf den Beifahrersitz fallen lassen, aber seine Reaktion kam zu spät. Das Geschoss zerschlug die Windschutzscheibe und dann sein Gehirn.

25. CarWash 2

Dengler ließ Reschke einen Vorsprung von zwei Wagen und folgte ihm in Richtung Charlottenburg. Der Tiguan fuhr zügig, immer an der Grenze zur Aggressivität. Vor einer roten Ampel gab der Fahrer noch einmal kurz Gas, um dann abrupt abzubremsen. Dengler hatte während seiner Ausbildung als Zielfahnder an einem Kurs teilgenommen, bei dem ein Psychologe anhand ihrer unterschiedlichen Fahrstile das Psychogramm verschiedener Fahrertypen gezeichnet hatte. Dieser Mann stand unter Druck. Es fehlten ihm die Gelassenheit und der Überblick eines Profifahrers. *Wenn er merkt, dass ich ihm folge, muss ich damit rechnen, dass er plötzlich aussteigt und auf mich zukommt, möglicherweise mit einer Waffe.* Dengler checkte die Straße, prüfte seine Ausweichmöglichkeiten. Der Verkehr war zu stark. Vielleicht würde er über den Bürgersteig entkommen. Aber der Fahrer vor ihm bemerkte ihn nicht. Er bog zwei Straßen weiter links auf ein Firmengelände ein. *CarWash = DAS BESTE + INNENREINIGUNG nur € 28,–* und *DAS BESTE + INNENREINIGUNG + HANDWAX nur € 40,– !!!*, stand in großen Lettern über der Fahrbahn.

Das Gelände beherbergte eine Autowaschanlage, eine Tankstelle, und ein dritter Pfeil wies in die Richtung *Innenraumreinigung*. Dengler fuhr an eine Zapfsäule und wartete, bis ein weißer Mercedes dem Tiguan in Richtung der Waschanlage folgte. Er legte den ersten Gang ein und fuhr ebenfalls in diese Richtung.

Er konnte zwischen drei Programmen wählen: Superschaumwäsche, Lackpflege oder Komplettpflege. Dengler wählte das günstigste Programm – die Komplettpflege für 13 Euro – und bezahlte bei einer jungen Frau den Betrag in bar. Er steuerte den Nissan auf ein Förderband, legte den ersten Gang ein und schaltete den Motor ab. Vor ihm sah er den weißen Mercedes, um den herum blaue Bürsten rotierten. Langsam zog das Förderband ihn auf diese Bürsten zu. Weißer Seifenschaum wurde auf den Wagen gespritzt. Weitere Bürsten bearbeiteten den Wagen, und Dengler hatte plötzlich ein schlechtes Gefühl. Irgendetwas stimmte nicht. Er wusste nicht, was es war, aber er spürte Gefahr.

Als die Bürsten langsam von der Vordertür zum Heck des Wagens wischten, öffnete Dengler die Tür und stieg aus. Er stand in einer Wolke von feuchter Luft. Er ging auf die nächste Gruppe mit Bürsten zu. Zwängte sich durch sie hindurch. Es war eng und kalt und nass; es roch nach Seifenlauge. Mit beiden Händen versuchte er, die Bürsten auseinanderzudrücken, um Platz dazwischen zu finden. Er brauchte dazu all seine Kraft. Als er auf der anderen Seite herauskam, sah er den weißen Mercedes hinter einer weiteren wirbelnden Wand verschwinden. Dengler drückte sich an die Seite und fand einen schmalen Pfad. Er zog die tropfnasse Kapuze über seinen Kopf und schlich an dem weißen Mercedes vorbei. Aus den Augenwinkeln sah er den amüsierten Blick einer Frau, die ihm interessiert zusah. Vor ihm dröhnten die Trockendüsen. Er durchquerte das Trocknungsfeld und überlegte, ob er nicht besser stehen bleiben sollte, um seine Kleider zu trocknen.

Da sah er durch die Heckscheibe des Tiguan die zersplitterte Frontscheibe. Aus dem Wagen tönte laute Musik. Dengler spurtete zur Fahrerseite und riss die Tür auf. Reschke hatte drei Treffer abbekommen. Einen mitten ins Gesicht, zwei in die Brust. Er saß zusammengesackt auf dem Sitz. In diesem Augenblick endete die Musik in einer krachenden Dissonanz. Mit einer schnellen Bewegung prüfte Dengler die Schlagader. Der Mann war tot. Rasch öffnete Dengler die Jacke des Mannes und suchte eine Brieftasche. Er fand keine. In der linken Hosentasche war ein Funktelefon. Dengler legte den ersten Gang ein, schaltete den Motor ein und sah kurz zu, wie das Fahrzeug mit der Leiche aus der Waschhalle rollte. Hinter ihm tauchte bereits der weiße Mercedes auf. Dengler zog die Kapuze noch ein Stück tiefer, nickte der Fahrerin zu und ging zurück zu seinem Nissan. Als er durch das Tor fuhr, sah er: Der Tiguan steuerte geradeaus auf eine Mauer

zu und kam dort zum Stehen. Ein Mitarbeiter in orangefarbener Uniform von CarWash rannte auf den Wagen zu.
Dengler gab Gas.

26. Gero von Mahnke: Im Hospital

An die folgenden Monate erinnerte sich Gero nicht mehr. Ein gütiges Schicksal hatte seine Erinnerung vollständig ausgelöscht, sodass er die Geschichten, die seinem Reitunfall folgten, nur aus den Erzählungen der Mutter kannte, die sofort nach einem Arzt schickte. Während der Fahrt mit dem neuen Horch nach Königsberg, in der sein verbundener Kopf auf dem Schoß der Mutter lag, betete sie unablässig das Vaterunser. Der Vater war im Schloss geblieben, stattdessen steuerte der Oberkutscher das Automobil.
Die Ärzte diagnostizierten einen Schädelbruch und versprachen der Mutter nichts.
Keine Erinnerung. Er lag fast drei Monate alleine in einem Zimmer, mit breiten Lederriemen an Händen und Armen, Füßen, Beinen und am Oberkörper ans Bett gefesselt. Er konnte sich nicht einmal einen halben Zentimeter bewegen. Seinen Kopf hatten die Ärzte mit einem speziellen Gestell aus Metall fixiert. Absolutes Stillliegen. Drei Monate lang, und er konnte sich nicht erinnern.
»Das Einzige, was du bewegen konntest, waren die Augen«, erzählte die Mutter später. »Deine Pupillen rasten immer hin und her. Unaufhörlich. Wenn ich an deinem Bett saß, sahst du mich an. Deine Augen sausten von rechts nach links und von links nach rechts, so schnell, dass es mir angst und bange wurde.«
Nach dem dritten Besuch verboten die Ärzte der Mutter die Anwesenheit am Krankenbett. Das Kind dürfe sich nicht aufregen.

Sie durfte fortan ihr gefesseltes Kind nur durch eine Glasscheibe betrachten. Sie durfte es nicht füttern, das besorgten die Schwestern; sie durfte es nicht waschen, nicht massieren, nichts. Sie durfte nur durch diese Glasscheibe auf das Bett schauen, in dem sie das Gesicht ihres Sohnes nicht einmal sehen konnte, weil der Blick auf ihn von dem schrecklichen Metallgestell verstellt wurde.
Als Geros Schädelbruch nach elf Wochen Liegezeit geheilt war und die Mutter ihn nach Hause bringen wollte, weigerte sich das Kind, mit ihr zu gehen. Er erkannte sie nicht mehr. Brüllend klammerte er sich an die Schürze der Schwester. Doch diese verriet ihn. Sie öffnete gewaltsam jeden einzelnen der kleinen Finger, bis der Oberkutscher ihn von der Schwester wegzog und das schreiende Bündel über seine Schulter legte und zur Kutsche brachte.
Gero erkannte weder den Vater noch seinen Bruder Heinrich noch seine Schwester Gerda wieder. Alles auf dem elterlichen Gut schien ihm fremd. Doch langsam gewöhnte er sich wieder ein, verlor seine Scheu, und nach zwei Monaten lachte er zum ersten Mal, als ihn Otto besuchte, der Sohn von Vaters Stallmeister.
Seine Pupillen rasten immer noch in einem atemberaubend schnellen Tempo hin und her. Gero schien es nicht möglich zu sein, den Blick auf einen bestimmten Gegenstand zu fokussieren, sondern nahm alle Personen und Objekte in seinem Gesichtsfeld als gleichbedeutend wahr. Er sah, wenn Heinrich ein Glas Milch zu nahe an der Tischkante abstellte, und rückte es in die Tischmitte, bevor es kippen und zu Boden stürzen konnte. Er sah, wenn er mit der Mutter durch Königsberg oder Insterburg ging, dass sie mit einem eiligen Fußgänger oder einem Gespann zusammenstoßen würden, und zog sie daher früh aus der Gefahrenzone hinaus.
An Pferde erinnerte er sich. Als der Vater ihn unter dem Protest der Mutter erneut auf Octavian setzen wollte, schrie Gero bereits beim ersten Anblick des Pferdes so laut, dass die Bediensteten zu-

sammenliefen. Das Kind lief blau an, und dem Vater blieb nichts anderes übrig, als ihn loszulassen. Gero rannte weg, so schnell er konnte, und tauchte erst zum Abendessen wieder auf. Er näherte sich nie wieder einem Pferd.

27. Teambesprechung 4

Petra Wolff saß neben Olga an Denglers Küchentisch. »Unglaublich«, sagte sie, als Georg Dengler seinen Bericht beendet hatte. »Er wurde einfach umgelegt. Hingerichtet!«
»Hast du die Zeitungen ausgewertet?«, fragte Dengler.
»Du bist der Star in den Berliner Blättern. Der *Tagesspiegel* und die *Berliner Zeitung* veröffentlichen jeweils lange Artikel. ›Bandenkrieg in Charlottenburg?‹, fragt der *Tagesspiegel*. Auch *Spiegel Online* bringt einen ausführlichen Bericht. Die Polizei geht von zwei Tätern aus. Eine Überwachungskamera hat ein schönes Bild von dir gemacht, das alle Blätter veröffentlichen.« Petra Wolff schob eine Zeitung in die Mitte des Tisches. Die Zeitung zeigte den grünen Tiguan. Durch die Windschutzscheibe konnte man undeutlich den Toten erkennen, dafür sah man umso deutlicher Denglers Gestalt: die Kapuze ins Gesicht geschoben, sodass er nicht zu erkennen war.
»Ein richtiges Verbrecherfoto«, sagte Olga.
»Wer hat das Foto gemacht?«, fragte Dengler.
»Die Überwachungskamera, die eigentlich zur Qualitätssicherung ein abschließendes Foto von den sauber geputzten Autos macht«, sagte Petra Wolff. »Um ehrlich zu sein, mir ist das unheimlich. Hat dieser Mord etwas mit uns zu tun?«
»Wahrscheinlich nicht. Aber wer weiß. Der Tote hat wahrscheinlich noch andere Straftaten begangen. Vielleicht ist dieser Mord ein Racheakt.«

»Genauso gut kann es aber sein«, sagte Olga, »dass mit diesem Mord die Spuren der Entführung von Anna Hartmann verwischt werden sollen.«
»Wir wissen es nicht«, sagte Dengler. »Wir haben jedoch eine Spur in unseren Ermittlungen verloren.«
»Ich find's echt grausig«, sagte Petra Wolff.
»Apropos Spuren«, Dengler sah Olga an. »Hat das Handy, das ich der Leiche abgenommen habe, etwas ergeben?«
»Ja und nein. Es ist ein Prepaid-Handy. Es gibt keine Kontakte. Keine SMS. Keine weiteren Nachrichten.«
»Der Kerl hat telefoniert, als er in seinen Tiguan gestiegen ist.«
»Diese Nummer haben wir«, sagte Olga, »eine Berliner Festnetznummer. Der Teilnehmer ist in Wilmersdorf gemeldet. Er heißt …«, Olga zog ein Blatt Papier hervor, »Hans Jürgen Schmidt.«
»Das ist doch ein Tarnname!«, stieß Petra Wolff hervor. »So heißt doch jeder.«
»Olga, hast du die Adresse ermittelt?«, fragte Dengler.
»Ja, Hohenzollerndamm 187.«
»Ich werde diesen Schmidt beschatten«, sagte Dengler. »Das ist jetzt unsere einzige Spur.«
Er stand auf. »Ich informiere Schuster vom Auswärtigen Amt.« Er ging hinüber ins Büro und griff zum Telefon.
»Um Gottes willen, Herr Dengler«, sagte Schuster, »ich hätte nicht gedacht, dass diese Sache solche Ausmaße annimmt. Dann hatte das BKA doch recht.«
»Das BKA?«
»Ja, das BKA. Die haben irgendwie herausgefunden, dass wir Sie ins Boot geholt haben. Jetzt rufen die zweimal am Tag an, warum wir das gemacht haben und ob Sie etwas herausgefunden haben.«
»Vielleicht wäre es besser, diese Sache erst einmal unter der Decke zu halten.«
Schuster lachte: »Sie haben Nerven, Herr Dengler. Wissen Sie, wie Behörden ticken?« Dann legte er auf.
In der Küche hatten Olga und Petra Wolff beide ein Glas Weiß-

wein vor sich stehen. »Auf den Schreck mussten wir erst einmal etwas trinken«, rief Petra Wolff ihm zu und stellte ein Glas vor ihn hin. Dengler sah sie an. Ihre Augen, die Nase, die Stirn, das lebhafte Lachen. Ihm wurde plötzlich wehmütig zumute. Diese Frau berührte ihn auf eine Art, die er nicht ganz verstand. Er griff nach der Flasche und schenkte sich einen Schluck ein.

Petra Wolff sah ihm direkt in die Augen und lachte: »Ich werde dir etwas Schönes antun.« Dengler wurde heiß. »Wenn du in Berlin bist, wirst du im Savoy wohnen. Und ihr habt einen Mietwagen.« Ihr Handy summte. Sie nahm es in die Hand und warf einen kurzen Blick darauf. »Ich muss gehen«, sagte sie. »Karl steht unten und wartet auf mich.«

»Dein Freund?«, fragte Dengler.

»Yes!«, rief sie.

Unvermittelt empfand Dengler Eifersucht. Er versuchte, dieses Gefühl wegzudrücken. Aber es gelang ihm nicht.

»Dann wünschen wir dir einen schönen Abend …«, sagte Olga.

»Ich bring dich runter«, sagte Dengler.

»Quatsch, das ist doch nicht nötig.«

»Doch, ich bin dir wirklich dankbar für deine Arbeit«, sagte Dengler und registrierte den erstaunten Ausdruck in Olgas Gesicht. Er stand auf. Zusammen gingen sie die Treppen hinunter. Dengler öffnete die Tür, und Petra Wolff trat ins Freie. Vor der Tür stand ein Mann, den Dengler auf Mitte zwanzig schätzte. Rötliches Haar, Jeans, blaues Hemd, graue Augen, eine gerade Nase, ein sympathischer Kerl mit einem offenen, ehrlichen Gesicht. Petra Wolff stürzte auf ihn zu und umarmte ihn. Dengler sah zu, wie die beiden sich küssten, und wieder spürte er den jähen, unangemessenen Schmerz in seiner Brust.

»Karl, darf ich dir meinen Chef vorstellen?«, sagte Petra Wolff und lachte. »Das ist Georg Dengler, der beste Privatdetektiv Stuttgarts!«

Dengler knurrte etwas, in dem das Wort ›Übertreibung‹ vorkam. Die beiden Männer gaben sich die Hand.

Petra Wolff hatte ihre linke Hand um die Hüfte ihres Freundes gelegt und schmiegte sich an seine Schulter.
»Ich freue mich, dass Petra bei Ihnen arbeitet«, sagte Karl. »Sie ist jetzt wesentlich besser gelaunt als früher beim Landeskriminalamt.«
Dengler sah, wie die rechte Hand des jungen Mannes von Petra Wolffs Hüfte hinabglitt und jetzt auf ihrem Hintern lag. Die Geste war so selbstverständlich, er schien sie nicht zu bemerken und Petra Wolff ebenfalls nicht. Doch Dengler stellte sich in diesem Augenblick nichts anderes vor als das, was Karls Hand in diesem Augenblick spürte. Er sagte etwas Belangloses von der tollen Zusammenarbeit, aber eigentlich wollte er nur das spüren, was die rechte Hand des jungen Mannes empfand. Er war aufgewühlt und empört darüber, dass diese intime Geste für Petras Freund offensichtlich nichts Besonderes war. Dengler verabschiedete sich rasch.
Er ging verwirrt nach oben.

28. Solarium

Hans Jürgen Schmidt war ein gewissenhafter Mann. Er liebte Rituale. In den wenigen Momenten, in denen er ehrlich zu sich selbst war, gestand er sich ein, dass er Rituale und feste Angewohnheiten brauchte, weil sein Beruf ihm genügend Überraschungen und Unsicherheiten bescherte. Aus diesem Grund plante er seine freien Tage und freien Wochen sorgfältig und gewissenhaft. Heute war Mittwoch, und Mittwoch bedeutete: Frühstück außerhalb und dann ab ins Solarium. Aus Sicherheitsgründen wechselte er die Orte, an denen er frühstückte, jedes Mal und entschied sich immer erst im Auto, wo er heute seinen Kaffee trinken würde. Einzig das Solarium war immer dasselbe. Mittwochs ging er in

den *SunTreff* seines Freundes Atze, seines guten alten Kumpels aus schlimmen Tagen.
Hans Jürgen Schmidt frühstückte im Einstein in der Kurfürstenstraße und war pünktlich um elf Uhr bei Atzes Solarium im Wedding. Er wunderte sich, dass nicht wie sonst Moni mit ihren blau gefärbten Haaren hinter dem Tresen stand, sondern eine ihm unbekannte Frau. Hochgewachsen, sportlich, schwarz gefärbte Haare, Drachen-Tattoo auf dem muskulösen rechten Oberarm.
»Bischt du der Jürge?«, fragte sie ihn. Und als er verblüfft nickte, sagte sie: »Soll dir sagen von dem Atze, du sollscht neue Maschine probieren. Hat mehr Tiefenbräune. Isch bisserl eng deshalb, aber besser für disch. Gehst du Kabine 7.« Sie reichte ihm zwei getönte Augenschutzdeckel und ein Handtuch. »Hast du viel Spaß in Kabine 7«, sagte sie und zwinkerte ihm zu.
Einen kurzen Augenblick überlegte er, wo der Atze sein Personal rekrutierte. Er hatte diese Frau noch nie gesehen. Ob Moni gekündigt hatte? Er ging den schmalen Gang entlang, und in einem zweiten, ebenso kurzen Gedanken registrierte er erstaunt, dass alle Kabinen rechts und links leer waren. Mittwoch vormittags war bei dem Atze noch nie viel los gewesen, aber dass er der einzige Kunde war, das hatte er noch nicht erlebt.
Kabine 7 lag um die Ecke des Ganges am Ende des Flurs. Direkt neben der kleinen Toilette und dem Raum, wo Moni die gebrauchten Handtücher zum Waschen in eine uralte Miele-Waschmaschine stopfte.
Hans Jürgen Schmidt verschloss die Tür hinter sich und zog sich langsam aus. Dem Blick in den Spiegel konnte er nicht widerstehen. Die Brustmuskeln definiert, angedeutetes Sixpack, erkennbar ausgeprägte Bizepse, all das sah verdammt gut aus.
Das neue Bräunungsgerät unterschied sich nicht sonderlich von den anderen Maschinen in Atzes Laden. Kleiner war es, irgendwie kompakter. Der Deckel stand einladend offen. Die Röhre war kleiner, enger, das musste bei diesem neuen Gerät wohl so sein, um die bessere Tiefenbräunung zu erreichen. Er schlüpfte in das

Gerät und genoss das leichte Knirschen der Glasscheibe unter seinem Gewicht, als er sich streckte. Er lag auf dem Rücken und zog mit der linken Hand den Deckel herunter. Das leichte Knacken, mit dem irgendetwas einrastete, war neu, doch er achtete nicht weiter darauf. Er drückte den Startknopf auf dem Bedienungsfeld direkt über seinem Kopf und schob die beiden braunen Schutzdeckel über die Augen. Die Maschine erwachte summend zum Leben, mehrere LED-Kontrollleuchten flackerten auf. Rotes Licht flutete auf sein Gesicht und wärmte es. Die Ventilatoren schickten einen frischen Luftstrom an Körper und Kopf entlang.

Er schob die Schutzdeckel von seinen Augen und suchte auf dem Bedienungselement über seinem Kopf den richtigen Knopf und fand ihn schnell. Er drückte ihn, und der Ventilator verstummte. Jetzt spürte er die volle Kraft der künstlichen Sonne auf Stirn und Nase, auf Brust und Bauch. Tiefenbräunung. Supersache. Wenn er die Augen öffnete, sah er über sich sein Spiegelbild, das ausgeprägte Kinn, die Wangenknochen. Sein kahl rasierter Schädel signalisierte Willensstärke und Kraft. Wenn je ein Mann mit seiner Erscheinung zufrieden war, dann war er dieser Mann.

Er achtete auf seinen Körper. Dreimal in der Woche Krafttraining. Bankdrücken, Armpresse, Brustpresse, Seilzug, diese Dinge. Dann ging er hinüber an die Rudermaschine und arbeitete dort eine halbe Stunde, bevor er aufs Laufband ging und eine Stunde lief. 11 Kilometer.

Hans Jürgen Schmidt blickte auf die digitale Uhr über seinem Kopf. Acht Minuten lag er nun schon hier. Er langweilte sich nie im Solarium. Im Gegenteil, er fand es eigentlich recht interessant. Lag zwar nur rum. Tat nichts. Dachte aber nach. Meistens an die nächsten Einsätze. Hier, wenn er nackt unter der künstlichen Sonne war, knetete er den Ablauf des nächsten Einsatzes durch seine Gehirnwindungen. Jede einzelne Möglichkeit musste erwogen und bedacht werden; alles, was schiefgehen konnte, alles Unvorhergesehene kalkulierte er bereits jetzt ein. Das half ihm dann während des Einsatzes. Er war nicht der Typ, der sich gerne überraschen ließ.

Schmidt sah auf die digitale Uhr. Zwölf Minuten war er jetzt schon hier drin. Er drückte seinen Hintern fest gegen die Unterlage. Was er nicht mochte, war der weiße Fleck an seiner Arschfalte, eine Stelle, an die die künstliche Sonne nicht hinreichte. Bisher hatte er noch kein rechtes Mittel dagegen gefunden. Es gefiel ihm nicht, weil dieser weiße Fleck der Beweis dafür war, dass er sich seine Bräune im Solarium beschaffte. Ein Makel irgendwie, fast wie ein Zeichen der Schwäche. Er drückte den Hintern fest gegen die Unterlage. Vielleicht war es bei der Tiefenbräunung anders, und die neue Maschine würde den ungeliebten weißen Fleck am Hintern schön braun färben.

Während er dalag, kam ihm in den Sinn, dass auch die Unterseite seines Schwanzes nicht braun werden würde. Sieht das nicht komisch aus. Oben braun, unten weiß, gestreift wie ein amerikanisches Eichhörnchen. Mit der rechten Hand griff er nach unten und zog sein Geschlecht nach oben, Richtung Bauchnabel. So war's gut. Jetzt würde auch die Rückseite etwas Bräune abbekommen. Doch dann dachte er, dass nun etwas anderes vollkommen ungeschützt unter dieser Lampe läge. Wir reden hier von Tiefenbräunung! Weiß der Henker, was das für eine Strahlung war und was sie im Inneren seiner Hoden anrichten konnte. Vielleicht würde er impotent werden. Wieder glitt die rechte Hand zwischen seine Beine und legte alles wieder zurück an seinen Platz.

Siebzehn Minuten und vierzehn Sekunden zeigte die Uhr über ihm an. Er müsste mal mit Atze ein Bier trinken gehen. Er hatte seinen alten Freund schon lange nicht mehr gesehen. Seltsam, eine andere Frau als Moni an der Theke anzutreffen. Das gab es noch nie. Na ja, noch zwei Minuten. Vielleicht stand sie noch hinter dem Tresen, wenn er aus der Kabine 7 rauskam. Eigentlich hätte Atze auch da sein können. Er wusste doch, er würde heute in eine seiner Maschinen kriechen. Freundschaft ist doch keine Einbahnstraße. Das würde er dem Atze mal sagen müssen. Klartext, das war da angesagt. Er spürte, wie sich sein Bauch vor Ärger zusammenzog.

Plong. Mit einem kurzen Geräusch erlosch die Lampe über ihm.

Es war dunkel. Vorbei. Die zwanzig Minuten waren um. Er streckte sich noch einmal und griff dann mit der linken Hand zum Deckel. Doch der Deckel war schwer und ließ sich nicht aufstoßen. Mist. Er probierte es noch einmal. Nichts. Mist, immer diese neuen Maschinen, die noch nicht richtig funktionieren. Der Atze hatte gedacht, mein alter Kumpel Jürgen soll das mal testen. Sein Bauch zog sich erneut vor Ärger zusammen. Kein Respekt, der Atze. Er drückte fester, die Unterlage dehnte und stöhnte unter ihm, aber es war nichts zu machen. Der Deckel rührte sich nicht. Der Ärger schlug um in Wut. »Aaaaatze«, brüllte er. »Mooonii i«, brüllte er. Er konnte sich in der engen Röhre kaum bewegen. Dann eben auf die rabiate Tour. Er drückte mit den Knien gegen den Deckel. Vergebens. Noch einmal. Wieder nichts.

Was war das? Hatte er eben ein Geräusch außerhalb dieses Sarkophags gehört? So, als wäre die Tür geöffnet worden. »Atze, mach keinen Scheiß. Mach das Scheißding auf«, schrie er. Wenn das ein Witz war, dann ein schlechter. Er würde den Atze am Genick schnappen und gegen …

In diesem Augenblick blendete ihn gleißendes Licht. Es kam von überall her. Der Baldachin über ihm – die reine weiße Helligkeit. Die Unterlage aus Plastik, auf der er lag, strahlte grell. Grell und heiß. Sein erster Gedanke: Na, da spendiert mir der Atze ja eine Sonderschicht. Doch das Licht über seinem Gesicht wurde sehr rasch heiß. Sehr heiß.

Viel zu heiß.

Er schlug mit aller Kraft gegen den Deckel des Gerätes, das nun sein Sarg werden würde. Seine Haut brannte am ganzen Körper, er wand sich und fuhr mit den Händen am Körper entlang in der Hoffnung auf eine kleine Linderung. Ein dumpfer Vernichtungsschmerz stoppte die Atmung. Er rang um Luft, um brühend heiße Luft, die seine Lunge versengte, als er endlich einatmen konnte. Dann sah er, wie sich eine Blase auf seiner Brust wölbte. Angst packte ihn. Heillose, tiefe Vernichtungsangst, die in we-

nigen Millisekunden jeden Winkel seines Körpers erreichte. Er schrie und wusste doch, niemand würde ihn hören. Das Blut in seinem Körper gerann zu Klumpen. Das Eiweiß in seinem Hirn stockte wie ein Frühstücksei und verwandelte sich dann in kochendes Wasser. Aber das spürte er schon nicht mehr. Die Hitze verbrannte sein Herz, die Leber, die Milz und das Gewebe seiner Muskeln bis zu den Knochen und verkohlte ihn vollständig.
Zehn Minuten später schaltete die Maschine sich automatisch ab.

29. Solarium 2

Dengler und Olga folgten Schmidt. Dengler zu Fuß, Olga im Mietwagen in einem Abstand von hundert Metern. Die Art, wie Schmidt ging, aufrecht, die Brust nach vorne gestreckt, der elastische Gang, all das verriet Dengler einiges über den Mann. Er machte Kraftsport, Brustpresse, vermutlich über fünfzig Kilogramm. Muskulöser Körper, aber nicht übertrieben; wahrscheinlich keine Anabolika.
Dengler wollte sein Gesicht sehen. Er wechselte die Straßenseite, überholte Schmidt und wandte seinen Kopf dabei ab. Zwei Ampeln weiter überquerte er die Straße und ging der Zielperson entgegen. Schmidts Schädel war kahl rasiert. Dreitagebart. Dengler überraschte jedoch der asymmetrische Ausdruck seines Gesichts. Die rechte Gesichtshälfte unterschied sich deutlich von der linken. Dengler ging an Schmidt vorbei und wechselte wieder auf die andere Straßenseite. Er ließ ihm dreißig Meter Vorsprung. Noch einmal rief er sich Schmidts Gesicht in Erinnerung. Worin bestand die Asymmetrie? Der rechte Mundwinkel war angespannt und deutlich hochgezogen. Dengler kramte in seiner Erinnerung an das FBI-Seminar, das er in New York besucht hatte. Was besagte diese spezielle Mimik? Verachtung und Widerwille,

jetzt fiel es ihm wieder ein, und das passte genau zu dem Ausdruck, den er gesehen hatte.
Als Schmidt in seinen Wagen stieg, winkte Georg Olga heran. Sie rutschte auf den Beifahrersitz, und Georg setzte sich ans Steuer.
Wie jede Observation war auch diese Verfolgung langweilig. Sie folgten dem Mann in die Kurfürstenstraße, wo er parkte, den Wagen abschloss und in ein Café ging. Dengler fand einen Parkplatz im Halteverbot vor einem weißen Bürohaus direkt nebenan. Sie warteten.
Nach einer halben Stunde sagte Olga: »Puh, ist das langweilig. Ich gehe rein und schaue, ob der Typ noch drin ist.« Sie stieg aus und kam nach zwei Minuten zurück. »Der Typ nimmt da drin ein Sektfrühstück zu sich.«
»Dann warten wir, bis der Genießer zu Ende gefrühstückt hat.«
»Das kann dauern.«
Nach zwanzig Minuten kam Schmidt heraus, ging zu seinem Wagen und stieg ein. Dengler hängte sich dran, ließ ihm aber zwei Wagen Vorsprung. Er hielt 15 Minuten später vor einem Solarium in Wedding. *SunTreff,* notierte sich Dengler in seinem Notizbuch. Hinter dem Tresen des Sonnenstudios stand eine tätowierte, stark gebräunte, schwarzhaarige Frau.
»Sie begrüßen sich nicht besonders freundlich«, sagte Olga, »die beiden kennen sich nicht oder nicht gut.«
Wahrscheinlich kein Stammgast, notierte sich Dengler.
Sie sahen, wie das Zielobjekt im Inneren des Solariums verschwand.
»Geht der Kerl ins Münzmallorca«, murmelte Olga. »Die Frau hinterm Tresen sieht aus, als würde sie Nutella als Make-up verwenden.«
»Wie lange liegt man eigentlich in so einem Solarium?«, fragte Dengler.
»Warst du noch nie in einem Sonnenstudio?!«
Dengler schüttelte den Kopf.
»Manchmal liebe ich dich für die kleinen Sachen«, sagte Olga.

Dengler grinste. »Die Frage ist damit nicht beantwortet«, sagte er.
»Zwanzig Minuten, maximal.«
Sie sahen einen jungen Mann auf den Eingang des *SunTreffs* zuschlendern, eine Kapuze über den Kopf gezogen, Trainingshose. Er wollte die Tür aufdrücken, doch sie war abgeschlossen. Der Mann legte die Hand vor die Augen und starrte in das Innere des Solariums, schien aber nichts zu sehen. Nach einer halben Minute trollte er sich.
Olga sah gelangweilt auf die Uhr. »Jetzt müsste er rauskommen.«
Doch er kam nicht. Er kam nicht nach einer halben Stunde. Er kam nicht nach einer Stunde.
Nach achtzig Minuten hielt ein weißer VW-Bus vor dem *SunTreff*. Fünf Frauen und ein Mann stiegen aus. Sie wuchteten einen Putzwagen aus dem Fahrzeug, beladen mit Eimern, Schrubbern und zahlreichen Flaschen und Dosen, die nach Putzmitteln aussahen. Die dunkelhaarige tätowierte Frau erschien aus dem Hintergrund des Solariums und ließ sie ein.
»Vielleicht will unser Mann sich da drin nützlich machen«, sagte Olga. »Vielleicht hatte er kein Geld und jetzt arbeitet er seinen neuen Braunton durch Putzen ab.«
Anderthalb Stunden später schloss die tätowierte Frau den *SunTreff* erneut auf, und der Putztrupp schob den Wagen mit den Eimern und Flaschen zu dem weißen VW-Bus. Einer zog einen blauen Müllsack hinter sich her, den sie in den hinteren Teil des VW-Busses wuchteten.
»Vielleicht ist unser Mann so eine Art Aufseher«, sagte Dengler, »und kontrolliert, ob die Putzteams ihre Arbeit richtig machen.«
»Wenn du mich fragst: Er sah eher wie ein Schlägertyp aus.«
Der weiße VW-Bus fuhr davon.
»Okay«, sagte Dengler, »ein Mal ist immer das erste Mal. Ich werde mich jetzt rösten lassen. Bleib du im Wagen, falls die Kiste aus dem Halteverbot gefahren werden muss.«
Dengler stieg aus, ging hinüber zum *SunTreff* und öffnete die Tür.

Die schwarzhaarige Frau hinter dem Tresen sah ihn missmutig an.

»Ich muss Ihnen ehrlich sagen, gute Frau, ich war noch nie in einem Solarium. Was würden Sie denn einem Anfänger empfehlen?«

»Medium«, sagte die Frau, »Kabine 2, macht 9 Euro.«

»Ich geh mal durch und gucke, was mir am besten zusagt«, sagte Dengler und betrat den Gang.

Rechts und links sah er geöffnete Maschinen, die wie Bratröhren aussahen.

Am Ende des Gangs ging er nach links, auch dort waren drei Kabinen, alle mit offener Tür und ohne Kundschaft. Kabine 7 war die letzte, danach kam nur noch ein Raum. Dengler öffnete die Tür. Der Raum war klein. Es war gerade genug Platz für eine Toilettenschüssel, ein Waschbecken, eine Waschmaschine und einen offenen Schrank, gefüllt mit Handtüchern. Das Fenster war verschlossen und ohne Griff. Es ließ sich nicht öffnen. Dengler kratzte sich am Kopf. Die Zielperson war verschwunden. Dengler ging zurück an den Tresen. Die Frau blätterte in einem Magazin. Hochglanzfotos mit weiblichen Bodybuildern, Frauen, die ihre aufgeblähten Bizepse betrachteten, als gehörten sie jemand anderem. »Ich habe es mir überlegt, meine Hautfarbe gefällt mir so, wie sie ist«, sagte er und verließ den *SunTreff*.

»Es ist mir ein Rätsel, wie der Typ verschwinden konnte«, sagte er zu Olga, als er wieder im Wagen saß. »Es gibt darin keine zweite Tür, nur ein fest verschlossenes Fenster.«

»Der Putztrupp?«

Dengler schüttelte den Kopf. »Der Putztrupp bestand aus vier Personen. Drei Frauen und ein Mann. Vier Personen haben das Solarium auch wieder verlassen, drei Frauen und derselbe Mann.«

»Der blaue Müllsack?«

»Da müsste unsere Zielperson um mehr als die Hälfte zusammengeschrumpft sein, um in einen der Beutel zu passen.«

»Vielleicht haben sie ihn zerstückelt?«
»Auch dann hätten sie mehr als einen Müllsack gebraucht.«
»Dann hast du diesen Schmidt übersehen. Er befindet sich noch im Solarium.«
Dengler zuckte mit den Achseln. »Ich kann es mir zwar nicht vorstellen, aber wahrscheinlich hast du recht. Wir bleiben hier und beobachten den Eingang.«
»Okay«, sagte Olga und streckte die Beine aus.
Zwei junge Frauen in grauen Trainingsanzügen schlenderten die Straße entlang und öffneten dann die Tür zum *SunTreff*. Dengler und Olga sahen, wie sie an der Kasse bezahlten und dann im Inneren des Solariums verschwanden. Nach zwanzig Minuten erschienen sie wieder, lachend und sichtlich gebräunt. Es folgten ein Anzugträger, drei junge Türken, eine etwa dreißigjährige Frau mit einem Kinderwagen, den sie in der Obhut der Frau an der Kasse zurückließ, ein Paar um die vierzig, die sich bei Betreten und Verlassen des Solariums laut stritten, eine Frau um die sechzig mit wettergegerbtem faltigem Gesicht. Dengler notierte die Besucher in seinem Notizbuch, Olga war auf dem Beifahrersitz eingeschlafen. Jede Person, die das Solarium betrat, verließ es wieder, brauner als zuvor. Um zwanzig Uhr schloss die Frau die Tür ab. Dengler sah, wie sie Tageseinnahmen zählte. Kurz danach erlosch die Beleuchtung. Die Frau kam aus der Tür, schloss ab und ging dann mit schnellen Schritten davon.
»Verfolgen wir sie?«, fragte Olga und rieb sich verschlafen die Augen.
»Lass uns warten, ob Schmidt jetzt das Solarium verlässt.«
»Ich besorg uns einen Kaffee«, sagte Olga und stieg aus.
Nach zwanzig Minuten setzte sie sich wieder zu ihm in den Wagen und reichte ihm einen Pappbecher mit heißem Kaffee. »Etwas passiert?«, fragte sie. Georg Dengler schüttelte den Kopf.
»Und nun?«, fragte Olga.
»Ich verstehe es nicht«, sagte Dengler. Er küsste Olga sanft aufs Ohr. »Ich glaube nicht, dass Schmidt sich noch immer im

Solarium versteckt. Ich schlage vor, wir fahren zu seiner Wohnung und schauen, ob er dort ist.«
»Prima«, seufzte Olga. »Mir sind schon zweimal die Füße eingeschlafen.«

30. Gero von Mahnke: Ostmark

Seine glücklichste Zeit verbrachte Gero auf dem väterlichen Gut, wenn er mit Otto durch die Wiesen und Wälder streifte. Die Mutter, froh, dass Gero sich wieder erinnerte und spielte wie ein normales Kind, förderte ihre Freundschaft. Dem Vater schien er zunehmend gleichgültig zu werden. Der Vater nahm nicht ihn, sondern Heinrich mit, den älteren Bruder, wenn er zu Inspektionsreisen in die Dörfer aufbrach. Heinrich begleitete ihn, wenn die Trakehner zum Beschlagen gebracht wurden, Heinrich begleitete ihn, wenn der Vater an den Feldern vorbeiritt und mit einer Hand die Ähren prüfte, ob sie reif zur Ernte seien.
Als die Familie Geros zehnten Geburtstag feierte und die Mutter nur ihm zu Ehren eine große Torte gebacken und in den großen Gartensaal getragen hatte, Kerzen brannten und die Stubenmädchen ihm ein Lied sangen, flüsterte der ältere Bruder ihm zu: »Ich wünsch dir eine schöne Feier. In ein paar Jahren bist du sowieso verschwunden. Ich werde das Gut übernehmen.«
»Ist das wahr, Mutter? Muss ich vom Gut verschwinden, und Heinrich bleibt?«, fragte er seine Mutter am nächsten Tag.
Sie stand am Herd und erstarrte mitten im Umrühren einer Suppe. Dann legte sie den Löffel ins Spülbecken, band die Schürze ab, hängte sie an den Nagel über der Tür und setzte sich zu ihrem Sohn an den Küchentisch.
»Ja«, sagte sie. »Irgendwann musst du gehen. Doch erst wenn du groß bist und dich in der Welt zurechtfindest. Du hast noch so

viel Zeit. Der erstgeborene Sohn übernimmt das Gut vom Vater. So ist es immer gewesen und so wird es immer sein.«

Dann tat sie etwas, was sie sonst nie oder nur selten tat: Sie nahm Gero in den Arm und drückte ihn lange und herzlich.

»Und was wird aus mir?«

Sie lachte. »Du gehst zum Militär und wirst General. Dann stehen alle stramm vor dir.«

Seit diesem Tag lag ein Schatten über seinem Leben. Die Hauslehrer fanden, Gero werde von Tag zu Tag grüblerischer und nachdenklicher.

»Ich will nicht General werden«, sagte er zu Otto, als sie ihre selbst gebastelten Angeln am Fluss auswarfen. Er stellte sich vor, wie es wäre, wenn alle Soldaten vor ihm strammstehen müssten. Zur Probe kommandierte er Otto herum: »Links, links, links, hinterm Hauptmann stinkt's«, rief er, und Otto paradierte im Stechschritt vor ihm auf und ab.

Es gefiel ihm nicht.

»Ich werde kein General«, sagte er zur Mutter. Sie strich ihm über den Kopf und sagte: »Das wird man sehen.«

Als der Vater die Freundschaft mit Otto verbot, wurde er immer stiller. Er hatte immer noch jeden Morgen Unterricht bei wechselnden Lehrern: Französisch (sehr wichtig für den Vater), Latein (wichtig für die Mutter), Mathematik und Schreiben und Lesen. Nach dem Unterricht ging er nun häufiger hinauf in den Turm ins Büro des Vaters, in dem Fräulein Schurrhardt über den Verträgen und Konten saß. Sie war überrascht, den Zweitgeborenen des Gutsherrn bei sich zu haben, aber sie förderte das Interesse des Jungen und erklärte ihm die Preise für Getreide und Rinder, die Kosten für Schweinefutter und Löhne.

Er machte in der Stube von Fräulein Schurrhardt eine interessante Entdeckung. Für alles, was sich auf dem Gut bewegte, gab es eine Zahl in den Konten des Vaters. Er musste nicht wie Heinrich eine Ähre in die Hand nehmen und den Fruchtstand prüfen. Er wusste aus den Tabellen und Listen, was der Vater dafür erzielen konnte. Er musste nicht wie Heinrich dem Pferd ins Maul schauen, um seinen Wert zu bestimmen. Es stand alles bereits hier – in den Listen und Plänen.

Er erfuhr, dass man Stubenmädchen und Kutscherknechten keinen Lohn bezahlen, sondern nur für Kost und Logis aufkommen musste. Er verstand nun, warum sie anderes, nämlich billigeres Essen bekamen als er. Herr Hartmann, Ottos Vater, der Stallmeister, dagegen bekam Lohn und Logis. Fräulein Schurrhardt bekam auch einen Lohn, doch der war geringer als der von Ottos Vater.

Die Kenntnis der Zahlen gab ihm Macht. Wenn sein Bruder bei Tisch angab, dass die diesjährige Kartoffelernte gut würde, weil es wegen des harten Winters weniger Kartoffelkäfer gäbe, konterte Gero, indem er beiläufig den niederen Verkaufspreis in diesem Jahr erwähnte, der alles wieder zuschanden machen würde. Heinrich hasste ihn dafür. Gero gefiel es, und er verbrachte nun fast jeden Nachmittag im Büro von Fräulein Schurrhardt.

*

Als er kurz nach seinem 17. Geburtstag am Collegium Fridericianum in Königsberg mit anderen externen Schülern das Abitur abgelegt hatte, wusste er, was er tun würde. Er wollte die Zahlen besser verstehen. Er war gierig auf die Macht, die sie verleihen konnten. Denn das war klar: Zahlen könnten zu viel mehr nutze sein, als nur den dummen Bruder zu ärgern.

Sein Vater war zunächst dagegen, doch die Mutter war auf seiner Seite, und diesmal gab sie dem Vater nicht nach. Gero von Mahnke begann eine Ausbildung als Lehrling bei der ostpreußischen Niederlassung der Reichsbank. Horst von Bennigheim wurde sein Vorgesetzter, Mentor und väterlicher Freund. Er erklärte ihm die Geheimnisse einer Bilanz, die ebenso geheimen Machtverschiebungen in der Berliner Zentrale, er besorgte ihm ein ruhiges Zimmer bei einer Lehrersfamilie in der Brotbänkenstraße im Königsberger Stadtteil Kneiphof, und einmal in der Woche speiste Gero in von Bennigheims Haus. Er lernte Tischkonversation, unterhielt sich mit der Dame des Hauses auf Französisch und vervollkommnete seine Manieren.

An den Abenden, in denen er nicht bei den von Bennigheims war, kam er nicht gut zurecht. Er lag auf dem Bett und las, aber bereits nach wenigen Tagen wurde es ihm abends langweilig. Die Kinder seiner Vermieter lärmten, oder die Familie machte schrecklich falsche Hausmusik, sodass er seine Jacke überstreifte und durch die Straßen der Stadt zog.

In der Nähe des Doms, in einer Seitenstraße versteckt, entdeckte er das Café Vaterland. Es kostete ihn etwas Mut, die fünf Treppen zur Eingangstür zu nehmen, und er wollte, als er die Türklinke bereits in der Hand hielt, wieder umkehren, als eine Gruppe von vier jungen Männern hinter ihm ins Lokal drängte. Die Tür stand offen, und so trat er ein. Der Schankraum war größer, als er es vermutet hatte, Tische und Stühle aus dunklem, fast schwarzem Holz standen dicht gedrängt, gedeckt mit kleinen weißen Decken. Auf jedem Tisch stand eine brennende Kerze. Eine solche Verschwendung! Auf dem Gut wurden nur an Feiertagen, an Weihnachten und bei Besuch Kerzen angezündet.

Gero stellte sich an die Theke, und der Schankwirt zapfte ihm, ohne seine Bestellung abzuwarten, ein Bier der Marke Ostmark. Nie fühlte er sich erwachsener als in diesem Augenblick.

Einige Wochen später war er Stammgast. Er setzte sich meist zu einigen Junggesellen, die einen eigenen Stammtisch hatten und die ihm Skat beibrachten.

Eines Abends kam ein Mann in der Uniform des nationalsozialistischen Kraftfahrerkorps zur Tür herein, braunes Hemd und Krawatte mit Kragenspiegel, Koppel, polierte Stiefel und schwarze Reithose. Es war Otto. Sie hatten auf dem Gut seit Geros zwölftem Geburtstag nicht mehr miteinander gesprochen, und nun

standen sie sich an der Theke des Café Vaterland gegenüber. Otto starrte ihn verblüfft an, dann verzog er voller Verachtung das Gesicht und wandte sich ab.
»Warte«, rief Gero. »Lass uns ein Bier trinken.«
Unschlüssig drehte sich Otto um.
»Schön, dich zu sehen, Otto«, sagte Gero und hielt ihm die Hand hin.
Otto zögerte einen kurzen Moment, dann schlug er ein. Sie setzten sich an einen Tisch und zuerst erzählte Gero, dann Otto, und als sie das zweite Ostmark getrunken hatten, war die vertraute Übereinstimmung ihrer Kinderzeit wiederhergestellt.
Otto wohnte noch auf dem Gut und half seinem Vater in den Stallungen. Pferdeboxen ausmisten, die Trakehner bürsten, sie auf die Weide bringen – doch eigentlich wollte er Kraftfahrer werden. Deshalb sei er in das Kraftfahrerkorps eingetreten. Er sei auch Mitglied in der Partei geworden. Seine Augen glühten, als er von den Versammlungen sprach, auf denen Erich Koch redete. »Das ist unser Mann, Gero. In unserer Bewegung gibt es keine Klassen mehr. Ob arm oder reich, alle sind gleich. Wir gehören jetzt alle zur gleichen Volksgemeinschaft. Den Bauern geht es viel besser als zuvor.«
Otto redete sich in Rage. Gero wusste sofort, wogegen Otto anredete. Er ereiferte sich über das Leben auf dem Gut des Vaters, wo alle in der sorgsam abgestimmten Hierarchie einen Platz hatten, oben der Gutsherr, dann der Verwalter, dann der Stallmeister bis hinunter zum Kutscherknecht. Der alte von Mahnke war auffahrend und autoritär, doch er mochte die Nazi-Emporkömmlinge nicht. Hin und wieder ließ er sich zu Äußerungen über Hitler herab. »Wenn Hitler seine Finger nicht vom Kreuz und dem Knoblauch lässt, dann verreckt das Kätzchen schneller, als man denkt«, sagte er dann.
Gero gefiel Ottos ungestüme Begeisterung. Dieser erzählte, wie er mit einigen Volksgenossen ein großes Schild gemalt hatte: *Weihnachten ist ein deutsches Fest! Deutsche, kauft nur in deutschen*

Geschäften! Er erzählte, begeistert von anderen Schildern: *Deutsche wehrt euch! Kauft nicht bei Juden!*
»Komm doch mal mit, wenn der Gauleiter spricht«, sagte Otto. »Koch wird dich überzeugen. Du bist doch auch jung. Du solltest zu uns gehören.«
Gero mochte die Idee, denn mit so einer braunen Uniform konnte er seinen Vater zur Weißglut bringen.
»Ich komme mit«, sagte er lässig. Otto umarmte ihn.
Sie waren endlich wieder Freunde.

*

Drei Monate später ließ ihn von Bennigheim zu sich rufen. Als er das holzgetäfelte Büro seines Chefs betrat, saß dieser mit einer Zigarre in der Hand hinter seinem Schreibtisch.
»Komm rein, Gero«, rief er ihm zu und fuchtelte mit der Hand. »Setz dich.«
Gero von Mahnke setzte sich vorsichtig auf den Sessel vor von Bennigheims Schreibtisch und wartete. Sein Chef kramte in einigen Papieren und sah dann auf.
»Kognak?«, fragte er.
»Gerne«, sagte Gero überrascht.
Von Bennigheim zog eine Schublade auf und stellte eine Flasche und zwei Kognakschwenker auf die Schreibtischplatte.
»Französisch«, sagte er. »Beste Qualität.«
Gero musterte seinen Chef. Er hatte ihm noch nie ein Getränk in seinem Büro angeboten. Es lag etwas in der Luft, doch sosehr Gero nachdachte, er hatte keinen Schimmer, was von Bennigheim von ihm wollte. Die vertrauliche Atmosphäre ließ etwas Gutes erwarten. Trotzdem war es besser, wachsam zu sein.
Von Bennigheim schenkte Kognak in die beiden Schwenker. Dann nahm er sein Glas, hielt es gegen das Licht und ließ die Flüssigkeit im Glas kreisen. Gero tat es ihm nach.

»Herrlich«, sagte von Bennigheim. »Was für ein Leben.«
Sie tranken.
Gero überlegte, ob er jetzt etwas sagen müsste, doch es schien ihm besser zu schweigen. Von Bennigheim würde ihm schon sagen, was er wollte.
»Sehr gut, nicht wahr?«
»Sehr gut«, bestätigte Gero.
»Ich habe gehört, du hast dich uns angeschlossen«, sagte von Bennigheim und legte die Hände auf den Schreibtisch.
»Der Bank?«, fragte von Mahnke verblüfft.
»Nicht der Bank. Der Bewegung. Du bist bei den SA-Leuten. Den Kraftfahrern.«
»Ja. Ich …«
»Da gehörst du nicht hin.« Er zog ein Formular aus dem Schreibtisch. »Du bist noch nicht offiziell eingetreten?«
Gero schüttelte den Kopf.
»Füll den Antrag aus und bring ihn mir zurück. Das geht dann ans Rasse- und Siedlungshauptamt. Ich brauche außerdem von dir den großen Ariernachweis. Dürfte bei einem von Mahnke kein Problem sein. Du wirst Offizier.«
»Ich wollte nie zu den Soldaten. Ich möchte die Lehre in der Bank …«
»Die machst du fertig. Wir verkürzen sie sogar. Du wirst auch kein richtiger Soldat. Du wirst was Besseres. Ich verbürge mich für dich bei der Schutzstaffel.«
»Der SS?«
»Die SS braucht dringend Volksgenossen, die etwas von Geld und Buchhaltung verstehen, vom Bankwesen. Du bist von der Arbeit in der Bank freigestellt, wenn es nötig ist. Du wirst Bankier in Uniform.« Er sah Gero an. »Haben wir uns verstanden?«
»Ja, ich glaube schon.«
»Gut, dann unterschreib hier.«
Von Bennigheim schob ihm das Formular zu. Dann füllte er die Schwenker erneut.

31. Fehrbelliner Straße

Dengler parkte in der Nähe der U-Bahn-Station Fehrbelliner Platz. »Ich hasse diese Utensilien«, sagte er zu Olga. »Doch jetzt kommt der Detektivkoffer zum Einsatz.«

Sie gingen den Hohenzollerndamm entlang und standen wenige Minuten später vor einem neueren, mehrstöckigen Haus. Sie überprüften die Klingelschilder und tatsächlich: In der zweiten Reihe lasen sie in gedruckter Computerschrift »Schmidt«. Dengler öffnete seine Tasche und nahm einen Block und einen Briefumschlag heraus. Dann drückte er auf die oberste Klingel.

»Ja?«, schepperte eine weibliche Stimme aus der Sprechanlage.

»Post«, sagte Dengler. »Ich habe ein Einschreiben für Herrn Schmidt aus dem zweiten Stock.«

»Den habe ich noch nie gesehen. Der ist selten daheim.«

»Kann ich den Brief bei Ihnen lassen? Sie können ihn Herrn Schmidt dann geben, wenn Sie ihn sehen.«

»Meinetwegen.«

Der Türöffner summte. Sie gingen in den Flur.

»Warte hier, bis ich wiederkomme«, sagte Dengler, als sie im zweiten Stock angekommen waren. Er ging weiter die Treppe hinauf bis in den obersten Stock, wo eine ältere Frau misstrauisch in der Tür stand.

»Wären Sie so freundlich und nehmen Sie die Sendung an und quittieren mir den Empfang?«, fragte Dengler.

»Man kennt ja heutzutage seine Nachbarn gar nicht mehr«, sagte die Frau und musterte ihn skeptisch.

»Sie haben Herrn Schmidt noch nie gesehen?«, fragte Dengler.

Die Frau schüttelte den Kopf.

»Wissen Sie was«, sagte Dengler zu ihr, »es entspricht zwar nicht den Vorschriften, aber ich werfe das Einschreiben unten in den Briefkasten von Herrn Schmidt.«

Die Frau schaute ihn erleichtert an. »Das ist mir auch lieber.«

Dengler ging die Treppe wieder hinunter und wartete dann, bis er hörte, dass oben die Wohnungstür geschlossen wurde.
Im zweiten Stock wartete Olga. Sie drehte sich um. Dengler sah einen Augenblick lang nur ihren Rücken. Dann war die Tür offen. Sie traten ein. Der ätzende Geruch eines Desinfektionsmittels schlug ihnen entgegen. Die Wohnung war leer. Drei Zimmer, Parkettboden, Stuck, komplett leer. Das Bad, klinisch sauber, keine Seife, keine Zahnbürste, nichts. Die Küche war ebenso leer, kein einziger Teller befand sich in den Schränken, keine Tasse, kein Messer, keine Gabel, keine Vorräte, nichts, nicht einmal eine Mülltüte im Abfalleimer unter der Spüle.
»Da hat jemand bereits gründlich aufgeräumt«, murmelte Dengler.
»Ja, als mir im Auto die Füße einschliefen«, sagte Olga.
Vorsichtig verließen sie die Wohnung und fuhren zurück ins Hotel Savoy.

32. Teambesprechung 5

»Wir stehen vor einem Rätsel«, sagte Dengler. »Wir haben zwei Verdächtige ermittelt, die möglicherweise mit dem Verschwinden von Anna Hartmann zu tun haben. Doch kaum erscheine ich auf der Bildfläche, wird der erste erschossen, und der zweite verschwindet auf mysteriöse Weise. Gleichzeitig wird seine Wohnung komplett ausgeräumt, und alle Spuren werden vernichtet. Zumindest wird das versucht.«
»Wie meinst du das?«, fragte Petra Wolff. »›Zumindest wird das versucht‹? Diese Typen haben doch tatsächlich alle Spuren verwischt.«
Dengler lehnte sich im Stuhl zurück. »Jede Bewegung hinterlässt Spuren. Wer geht oder läuft oder schläft, sitzt oder steht, liegt,

verliert Hautpartikel, Haare, Körpersubstanzen, die man mit einem Elektronenmikroskop nachweisen kann. Es gibt keine Bewegung ohne Spuren.«

»Aber das bedeutet doch, die Leute, die die Wohnung ausgeräumt und Spuren vernichtet haben, haben selbst irgendwelche Spuren hinterlassen. Haare, Hautpartikel und so weiter. Wäre das ein Ansatzpunkt?«, sagte Petra Wolff.

»Wenn wir ein Labor mit Elektronenmikroskopen hätten und das nötige Personal mit den richtigen Kenntnissen, dann wäre dies für uns ein Weg«, sagte Dengler. »Leider haben wir das alles nicht. Wir müssen nach anderen Spuren suchen.«

»Nach anderen Spuren?«, fragte Petra Wolff.

»Heutzutage produziert jede Bewegung in der Regel auch Datenspuren. Handys zeichnen Wegstrecken auf. Sie speichern, wer mit wem kommuniziert. Dank Olgas Fähigkeiten sind wir bei der Analyse von Datenspuren herausragend gut. Schließlich gibt es noch die Spur des Geldes. Was immer wir tun, bildet sich meist spiegelgleich in Geldbewegungen ab; bewegt sich eine Zielperson, entstehen Tankbelege, Verträge mit Autovermietungen, Bahn-, Flugzeug- oder Straßenbahntickets. Jeder muss essen und trinken, das kostet Geld und produziert Geld- und Datenbewegungen. Jeder Flüchtige muss irgendwo wohnen, auch das schafft eine spiegelgleiche Welt von Zahlungsbelegen und Datensätzen …«

»… die in Datenbanken gespeichert sind, die man leider nur mit großem Aufwand lesen kann«, sagte Olga.

»Da wir über dieses Thema sprechen: Ist es dir gelungen, die Handydaten, den WhatsApp- und Facebook-Zugang von Anna Hartmann zu knacken?«, fragte Georg Dengler.

Olga schüttelte den Kopf. »An den Handydaten arbeite ich noch. WhatsApp ist schwierig. Ihre Freunde bei Facebook sind nicht besonders hilfreich.« Sie legte ein Blatt in die Mitte. »Hartmann hatte 343 Freunde bei Facebook.«

»Noch zwei Dinge sind wichtig«, sagte Dengler. »Der oder

die Mörder – wenn wir davon ausgehen, dass Schmidt umgelegt wurde – kannten ihre Opfer sehr gut. Bei Reschke wurde Kot …«

»Du kannst ruhig Scheiße sagen«, warf Petra Wolff ein.

»Meinethalben«, sagte Georg Dengler, »Scheiße, menschliche Scheiße, auf dem Heckfenster deponiert. Er fuhr sofort in die Waschanlage und wurde dort von seinem Mörder erwartet. Der Täter wusste also genau, wie sein Opfer reagieren würde.«

»Na ja«, sagte Olga, »so würde wohl jeder reagieren. Niemand fährt gerne mit einem so verschmierten Auto durch die Gegend.«

»Also ich kenne einige Leute, bei denen ich mir nicht so sicher wäre«, sagte Petra Wolff. »Ich hätte erst mal eine Plastiktüte genommen oder eine Zeitung und hätte das Zeug weggemacht.«

»Du hast recht. Ich auch«, sagte Olga.

»Ich ebenso«, sagte Dengler. »Wir können also eine Hypothese bilden: Der oder die Mörder kannten Reschke gut, sie wussten, er würde sofort in die Waschanlage fahren. Sie kannten ihn sogar so gut, dass sie wussten, er würde zu *CarWash* fahren.«

»Und bei Schmidt?«, fragte Olga.

»Wenn Schmidt auf irgendeine Weise im *SunTreff* beseitigt wurde, wusste der Täter, er würde dort hingehen. Er kannte die Gewohnheit seines Opfers. Es gibt also starke Hinweise, der oder die Täter kannten die Lebensumstände der Opfer sehr detailliert. Außerdem wissen wir, dass die beiden sich kannten. Reschke rief Schmidt an. Von einem Prepaid-Handy zu einer Festnetznummer.«

»Sehr unvorsichtig«, sagte Olga.

»Die Zeitungen schreiben, Reschke sei ein Mietganove gewesen; jemand, den man für einen Überfall oder Ähnliches mieten kann.«

»Für eine Entführung zum Beispiel«, sagte Olga.

»Die beiden wurden nervös. Sie machten sich Sorgen. Möglicherweise haben sie von unseren Ermittlungen erfahren«, sagte Dengler.

Die beiden Frauen nickten.

»Das beunruhigt mich am meisten. Wahrscheinlich wussten die Täter, dass wir ihnen auf der Spur waren.«
»Wie meinst du das?«, fragte Petra Wolff.
»Bei Reschke, dem ersten Opfer, nahmen wir noch an, es sei ein Zufall, dass ich bei dem Mord Augenzeuge war. Wir hatten angenommen, Reschke sei ein Berufsverbrecher, und jemand habe mit ihm wegen einer völlig anderen Tat – die wir nicht kennen – noch eine Rechnung offen gehabt. Dass das aber zweimal hintereinander passiert, das ist zu viel Zufall.«
Petra Wolff griff sich instinktiv an die Kehle. »Oh Gott«, sagte sie, »jetzt wird's unheimlich.«
»Ich habe Schuster vom Auswärtigen Amt jedes Mal berichtet, was geschehen ist«, sagte Dengler. »Ich weiß nicht, wem er irgendetwas berichtet hat. Seinem Minister vielleicht.«
Dengler sah Petra Wolff an. »Hast du jemandem von deiner Arbeit hier erzählt?«
Sie schüttelte den Kopf.
»Karl vielleicht?«, fragte er und war sofort sauer, weil er das Bild von Karls Hand auf ihrem Hintern vor sich sah. Verärgert verscheuchte er das Bild.
Petra Wolff schüttelte den Kopf. »Ich rede mit ihm nie über Details meiner Arbeit. Das lernt man beim LKA. Karl ist bestimmt nicht die undichte Stelle.«
»Olga, kann es sein, dass deine Rechner ›undicht‹ sind?«
Olga legte die Stirn in Falten. »Unwahrscheinlich. Meine Rechner sind sehr gut geschützt, ich würde ziemlich jeden Angriff bemerken.«
»Ich werde in Zukunft Schuster nicht mehr informieren. Es ist wichtig, dass jedes Ermittlungsergebnis nun streng unter uns dreien bleibt.«
»Klar«, sagte Petra Wolff.
»Leider haben wir kein weiteres Ermittlungsergebnis«, sagte Olga.
»Hast du schon etwas wegen der dritten Handynummer rausbekommen?«, fragte Georg Dengler.

Olga schüttelte den Kopf. »Sobald jemand damit telefoniert, weiß ich es.«

33. Gero von Mahnke: Athen

Otto fuhr ihn noch in der Nacht zurück nach Athen. Während der Fahrt sprachen sie kein Wort. Otto starrte nach vorne auf die Straße, als würde er mit einem Überfall durch Partisanen rechnen. Gero von Mahnke sah durch das Seitenfenster in das Dunkel und überlegte, was Otto wohl während der Aktion getan hatte. Hatte er geschossen? Hatte er sich ausgetobt? Oder gehörte er zu denen, die sich gedrückt hatten?

Sie kannten sich seit ihrer Kindheit, und jetzt, zum ersten Mal, war es plötzlich nicht mehr möglich, eine Frage zu stellen, die zwischen ihnen stand wie eine Mauer.

Von Mahnke fragte sich auch, was Otto wohl von ihm dachte. Hat er mich beobachtet? Verachtet er mich jetzt?

Das Schweigen lastete schwer zwischen ihnen, doch keiner brach es.

Gero von Mahnkes militärische Ausbildung war rechtzeitig beendet gewesen, sodass er beim Einmarsch der Wehrmacht in die Sowjetunion eingesetzt werden konnte. Er war gerade dreiundzwanzig geworden und schon Offizier. Er fand es mittlerweile normal, dass gestandene Familienväter vor ihm strammstanden. Als von Bennigheim einberufen wurde, sorgte er dafür, dass Gero von Mahnke in seine Truppe kam. Ihre Aufgabe bestand darin, hinter der vorrückenden Wehrmacht Getreide zu beschlagnahmen. Sie durchsuchten Bauernhöfe und Dorfspeicher. Manchmal mussten sie einen Muschik erschießen, wenn er sich von seinem Korn nicht trennen wollte. Sie nahmen auch Kühe mit, Schweine und sogar Hühner. Alles Essbare sollte ins Reich. Doch die Tiere mussten während des Transportes gefüttert werden, was die Organisation eines eigenen Nachschubweges erforderte. Sie gaben es daher bald auf, übergaben die lebenden Tiere an die Versorgungseinheiten der kämpfenden Truppe vor ihnen und konzentrierten sich auf Weizen, Hafer, Mais und Roggen – alles schickten sie auf Lkws heim ins Reich.

Dann wurde von Bennigheim nach Athen befohlen. Der Reichsführer SS war der Auffassung, die Griechen lieferten zu wenig Brauchbares ins Reich, und von Bennigheims Truppe sollte dies schleunigst ändern. Ihre Aufgabe bestand nun darin, die Vorräte des Landes zu beschlagnahmen und nach Deutschland zu schaffen. Seine Leute errichteten Straßensperren, durchsuchten Lagerhäuser und beschlagnahmten Lkws und Schiffe, Esel und Maultiere für den Transport aus den Dörfern und den Inseln nach Athen oder Saloniki. Die Folge der Razzien durch SS und Wehrmacht spürte jedermann schnell. Von Mahnke sah in den Athener Geschäften, wie zuerst der Zucker, dann die Butter und schließlich das Mehl aus den Auslagen verschwand. Als selbst das Olivenöl knapp wurde, führte die Regierung Lebensmittelkarten ein. Doch die Brotrationen schwanden von Woche zu Woche, bis sie auf 200 Gramm reduziert waren. Aber selbst dies war keineswegs sicher. Von Bennigheim ordnete an, dass die Ration nur jeden zweiten Tag ausgehändigt wurde. Fleisch gab es einmal im Monat, eine Handvoll Reis zweimal monatlich. Innerhalb weniger Monate brach die Lebensmittelversorgung Griechenlands zusammen.

Das Land hungerte.

Suppenküchen entstanden. Wohltätige und kirchliche Einrichtungen kümmerten sich um die Ernährung der Flüchtlinge aus ganz Griechenland, denen in Athen keine offiziellen Rationen zustanden. Reichere Familien adoptierten Kinder aus den armen Vierteln, um sie vor dem Verhungern zu retten.

Doch der Hunger blieb.

Von Bennigheim empörte sich bei einer Besprechung einmal

darüber, dass Athener Familien die Leichen ihrer Angehörigen nachts auf die Friedhöfe kippten, um deren Lebensmittelkarten zu behalten.

Zuerst starben die Kinder.

Dann die Alten.

Dann die Armen.

Auf Gero von Mahnkes Schreibtisch landeten die Berichte: Die Unterernährung machte die Menschen anfällig für Tuberkulose. Eigentlich harmlose Grippeerkrankungen dezimierten ganze Stadtteile.

Im Winter 1941 verhungerten über 40.000 Menschen – allein im Großraum Athen.

*

Von Bennigheim übertrug Gero von Mahnke die Verantwortung für die griechische Zentralbank. Du kennst dich aus im Bankgewerbe, sagte er zu ihm. Schließlich warst du mein bester Lehrling. Seine Aufgabe bestand nun darin, alles Gold, die Münzen, die Scheine, alles, was er in den Kellern und Safes der Bank an Wertvollem fand, nach Berlin zu schaffen.

Von Mahnke fuhr mit einem Trupp Soldaten zu den Privatbanken Athens und ließ die Tresore öffnen. Er raubte Geld und Gold, Schmuck und Aktien. Schließlich schickte er Kommandos in die Athener Bürgerhäuser und beschlagnahmte den Schmuck der Frauen und das Geld der Männer.

Seine Meisterleistung war der Vertrag, der im Dezember 1942 unterzeichnet wurde. Die griechische Kollaborationsregierung willigte ein, dass die Nationalbank dem Deutschen Reich eine Anleihe ausstellte und ihre Devisenreserven in Form dieser Zwangsanleihe nach und nach an das Deutsche Reich abgab. Diese Anleihe, darauf legte Gero von Mahnke großen Wert, sollte nach dem Krieg zurückbezahlt werden. Es war juristisch gesehen ein Kredit. So stand es im Vertrag. In den Konten der griechischen Nationalbank wurden diese Außenstände als Guthaben gebucht. Die Schulden des Deutschen Reiches gegenüber Griechenland wuchsen und wuchsen. Von Mahnke verteuerte willkürlich und exzessiv die Waren, die aus Deutschland eingeführt wurden, und im Gegenzug setzte er die Preise der griechischen Produkte, die ins Reich abtransportiert wurden, extrem niedrig herab. Trotzdem stieg Deutschlands Schuldkonto stetig an. Als von Mahnke Griechenland verließ, schuldete das Deutsche Reich Griechenland 476 Millionen Reichsmark.

Dies war seine Hauptaufgabe. Er sorgte dafür, notfalls und immer öfter mit der Überzeugungskraft bewaffneter Soldaten, dass die monatlichen Summen zustande kamen, und er sorgte für den Transport des Geldes, sodass die Beträge sicher in der Reichsbank in Berlin ankamen.

*

Manchmal vertrat er von Bennigheim in der Wehrwirtschafts-Verbindungsstelle. Dort wurde festgelegt, auf welchen Wegen die Vorräte Griechenlands an Lebensmitteln, Treib- und Rohstoffen, Bergbau- und Industrieprodukten zu beschlagnahmen und entweder an die stationierten Truppen oder ins Reich zu transportieren seien. Die Lkws der Spedition Schenker brachten die Güter täglich in den Norden.

Besonderen Wert legte Berlin auf die Lieferung von Tabak, eines von Griechenlands Hauptexportgütern. Die stressmildernde und das Hungergefühl unterdrückende Wirkung des Tabaks war für das Oberkommando des Heeres von größter strategischer Bedeutung im Russlandfeldzug. Von Bennigheim gelang es in einer großen Aktion, die gesamte griechische Tabakernte der Jahre 1939 und 1940 zu konfiszieren und mithilfe der Spezialisten der Firma Reemtsma nach Hamburg zu schaffen. 80 Millionen Kilo Tabak wurden mithilfe der Spezialisten der Firma Reemtsma nach Hamburg transportiert.

Man könne daraus 80 Milliarden Zigaretten drehen, erklärte ihm von Bennigheim zufrieden. Dem Reich brächte das allein 1,4 Milliarden Reichsmark an direkten Steuereinnahmen.
Sie beschlagnahmten die gesamte griechische Bergbauproduktion und schafften Schwefelkies, Eisen-, Chrom- und Nickelerz sowie unzählige Tonnen Magnesit und alles verfügbare Gold zu Krupp nach Essen oder zur Nordischen Aluminium AG.
Die Arbeit war anstrengend. Es gab unzählige Besprechungen. Neue Verträge mussten abgeschlossen werden. Vertreter deutscher Firmen mussten die Leitungen griechischer Firmen übernehmen. All das musste geplant und durchgeführt werden. Hinzu kam, dass die Anforderungen des Auswärtigen Amtes immer maßloser wurden. Berlin verlangte immer neue Berichte und immer neue Lieferungen. Es gab vieles zu bedenken.
Im Norden weigerten sich die Bauern zunehmend, Getreide abzugeben. Sie schossen sogar auf die Gendarmen, die Athen schickte.

*

In dieser Situation dachte Gero von Mahnke zum ersten Mal daran zu heiraten. Er war zu lange allein gewesen. Die Abende in den Offizierscasinos langweilten ihn. Er lag auf dem Sofa im Wohnzimmer der Villa, die von Bennigheim für ihn beschlagnahmt hatte, las Hölderlin und dachte, wenn ich schon in Griechenland bleibe, kann ich auch eine Griechin zur Frau nehmen. Seine Wahl fiel auf Sophia, die junge Frau, die ihm dreimal in der Woche Neugriechisch beibrachte.
Sophia war groß und schön, so lebendig und voller Feuer; sie lachte gerne und oft. Während des Unterrichts war sie konzentriert und ganz ihm, dem gelehrigen Schüler, zugewandt. Sie war so völlig anders als die deutschen Frauen, die er kannte.
Doch eine Verlobung mit einer nicht deutschen Frau musste freilich gut bedacht sein. In einer solch ernsten Angelegenheit durfte ihm kein Fehler unterlaufen, also ließ er sich bei von Bennigheim

einen privaten Termin geben. Zu seiner Erleichterung war sein Chef einverstanden.
»Eine gute Idee, mein lieber Gero«, sagte er. Eine Heirat mit einer Griechin könne gerade in der jetzigen schwierigen Lage das Verhältnis zwischen dem griechischen Volk und der deutschen Schutzmacht wesentlich verbessern. »Sie ist ja keine Jüdin? Oder?«
»Nein, natürlich nicht.«
»Also, meinen Segen haben Sie. Wir werden ja noch lange in diesem Land bleiben. Wer weiß, vielleicht bleiben wir für immer. Es gibt viel zu verbessern hier. Nach dem Endsieg muss hier eine tüchtige Verwaltung aufgebaut werden. Die ganze Administration liegt doch ziemlich im Argen. Da haben Sie dann doch eine schöne Zukunftsaussicht.«
So leicht und froh wie nach diesem Gespräch mit seinem Chef hatte er sich schon lange nicht mehr gefühlt. Leicht und beschwingt stieg er in den Mercedes und ließ sich von Otto in die Villa fahren.
Er fasste einen Plan.
Er ließ Otto französischen Champagner und russischen Kaviar aus dem Offizierscasino bringen.
»Mein Fräulein«, sagte er nach dem Unterricht zu Sophia auf Deutsch (im Unterricht sprachen sie nur griechisch), »darf ich Ihnen noch ein Gläschen kredenzen?«
»Kredenzen? Was ist kredenzen?«
»Folgen Sie mir in den kleinen Salon.«
Es war herrlich, ihr beim Essen zuzusehen. Sie hatte einen solch natürlichen Appetit, dass es eine Freude war. Er fühlte sich groß und stark, und zum Abschluss des kleinen Mahls trug er ihr noch eine Kleinigkeit aus dem Hölderlin vor.

Weißt du, wie Plato und sein Stella sich liebten?
So liebt ich, so war ich geliebt. O ich war ein glücklicher Knabe!
Es ist erfreulich, wenn gleiches sich zu gleichem gesellt, aber es ist göttlich, wenn ein großer Mensch die kleineren zu sich aufzieht.

Ein freundlich Wort aus eines tapfern Mannes Herzen, ein Lächeln, worin die verzehrende Herrlichkeit des Geistes sich verbirgt, ist wenig und viel, wie ein zauberisch Losungswort, das Tod und Leben in seiner einfältigen Silbe verbirgt, ist, wie ein geistig Wasser, das aus der Tiefe der Berge quillt, und die geheime Kraft der Erde uns mitteilt in seinem kristallenen Tropfen.

Er senkte das Buch und sah sie an. Verstand sie, was er ihr sagen wollte?

Sophia hatte aufmerksam zugehört; sie nickte, nahm den letzten Schluck aus dem langstieligen Glas und verschwand dann in der Nacht.

Wie wunderbar er sich fühlte!

Wie erhaben!

Wie stolz und nordisch!

Er ging hinunter in die Kellerwohnung, wo Otto gerade seine Stiefel für den morgigen Tag wienerte.

»Und?«, fragte er. »Hast du sie rumgekriegt?«

»Otto, Otto, es geht doch nicht immer nur darum. Es geht um die höheren Sphären.«

»Um Himmels willen! So schlimm?«, sagte Otto und bürstete weiter an dem langen Schaftstiefel herum.

*

Es wurde eine schöne Angewohnheit.

Er freute sich auf das kleine Mahl, das Otto nach dem Unterricht im kleinen Salon servierte. Er sah mit Freude ihren gesunden Appetit, die glänzenden Augen, das strahlende Lachen und dachte, es wird jetzt Zeit für den ersten Kuss – und dann den Antrag. Bei einem der Schwarzmarkthändler auf dem Omonia-Platz kaufte er silberne Verlobungsringe. Dann setzte er sich in die Bibliothek seiner Villa, zog den Hyperion hervor und suchte nach einer Stelle, mit der er seinen Antrag einleiten könnte.

Als sie am Nachmittag in dem kleinen Salon saßen, hatte Otto Hühnchen und Reis gekocht.
Welch eine Freude, ihr beim Essen zuzusehen.
Diese Gesundheit!
Dieser Appetit.
Sie würde ihm herrliche Kinder schenken.
Sie nagte mit großer Freude an einem Hühnerbein, als er aufstand, sie am Arm nahm und vom Stuhl hochzog. Sie sah ihn fragend an, freundlich und voller Erwartung.
Ja, er hatte den richtigen Augenblick gewählt, auch wenn ihr Mund vom Fett des Hühnchens verschmiert war.
»Sophia, ich liebe Sie«, sagte er strahlend, zog sie eng an sich heran und küsste sie auf den fettigen Mund.
Da geschah etwas Seltsames.
Der weiche Körper dieser wunderbaren Frau wurde steif. Sie schüttelte sich, als wolle sie sich aus seinem Griff befreien.
»Sophia«, sagte er und umklammerte sie fester.
Plötzlich verwandelte sich ihr sanfter Körper unter seinen Händen in den eines Raubtieres.
Sie schrie und fauchte.
Sie gab ihm einen Stoß mit so erstaunlicher Kraft, dass er sie losließ.
Sie wich vor ihm zurück, die Augen weit aufgerissen.
Als er wieder auf sie zuging, die Arme weit geöffnet, schleuderte sie ihm den angenagten Hühnerschlegel an den Kopf.
Dieses Temperament!
»Sophia, werden Sie die Meine.«
Sie wich zurück.
»Bastard«, schrie sie. »Du deutscher Bastard. Lass deine blutigen Finger von mir!«
Es dauerte einen Moment, bis Gero von Mahnke begriff: Die Situation lief aus dem Ruder.
Was fiel ihr ein? War *das* die Dankbarkeit für alles?
Wütend packte er sie an den Haaren.

Zehn Fingernägel zogen sich durch sein Gesicht.
Er schrie lauthals. Er ließ sie los. Schützend hielt er beide Hände vors Gesicht. Deshalb sah er ihr Knie nicht. Ein nie gekannter Schmerz explodierte in seinem Unterleib, und ihm wurde schwarz vor Augen.
»Bastard«, hörte er sie schreien. Dann fiel eine Tür ins Schloss.

*

Als er zwei Tage später nach dem Frühstück aus dem Hotel Grande Bretagne durch das Menschengewimmel auf dem Syntagma-Platz zur Bank ging, sprach ihn ein junger Grieche an. Er trug einen Bart, saubere Kleidung, wirkte zivil und gepflegt. Von Mahnke blieb stehen.
»Sie sprechen unsere Sprache, Herr Obersturmbannführer«, sagte er.
Gero von Mahnke blieb stehen. Ein Grieche, der seinen Dienstgrad korrekt aussprach! Das hatte man hier nicht oft. Die Griechen verwechselten die Dienstgrade der Deutschen so oft, dass er sie schon verdächtigte, es absichtlich zu machen.
»Ein wenig«, sagte er auf Griechisch. »Ich nehme gerade Unterricht.«
»Nein. Sie nehmen keinen Unterricht mehr. Ich heiße Joris. Ich bin der Verlobte von Sophia.«
Von Mahnke griff nach der Pistole. Doch Joris' Hand lag plötzlich auf seiner und hielt sie fest.
»Wenn ich dich noch einmal in ihrer Nähe sehe, bringe ich dich um«, sagte er leise.
Von Mahnke sah sich um, ob deutsche Soldaten in der Nähe waren.
»Wir Griechen sagen: Freiheit oder Tod. Verstehst du das, Bastard? Freiheit oder Tod.«
Die Hand ließ ihn los.
Der Mann verschwand in einer Menschentraube.
Von Mahnke hetzte im Eilschritt zur Bank. Er suchte Sophias

Adresse aus dem Notizbuch in der obersten Schublade seines Schreibtisches.
Er schickte einen Trupp Soldaten zu der Adresse.
Doch das Vögelchen war bereits ausgeflogen. Nur ein älteres Ehepaar lebte in der Wohnung. Von Mahnke schickte einen zweiten Trupp, der die beiden Alten erschoss. Er ließ Otto kommen.
»Morgen brauchst du nicht zu kochen. Ich esse im Offizierscasino.«
Otto sagte nichts.

34. Prügel

Die Welt änderte sich in einem Tempo, das Dengler kaum für möglich gehalten hatte. Als Donald Trump zum amerikanischen Präsidenten gewählt wurde, hatte er dies zur Kenntnis genommen, aber die Besorgnis, die ihm aus den Schlagzeilen der Zeitungen und den Kommentaren des Fernsehens entgegensprangen, teilte er nicht. Amerika war weit weg, was ging ihn das alles an? Doch jetzt ertappte er sich dabei, wie er beim ersten Kaffee *Spiegel Online* aufrief, um – halb neugierig, halb besorgt – zu sehen, was der amerikanische Präsident wieder angerichtet hatte. Die Welt geriet aus den Fugen.
Petra Wolff hatte bereits um acht Uhr geklingelt. Nun saß sie mit Olga in deren Computerraum. Die beiden Frauen versuchten, den WhatsApp-Account von Anna Hartmann zu knacken.
Dengler machte sich einen doppelten Espresso, schüttete etwas Milch hinein und nahm die Tasse mit hinüber in sein Büro. Er setzte sich hinter den Schreibtisch, legte die Füße auf den Tisch und dachte nach. Dann griff er zum Hörer und rief Hauptkommissar Wittig beim LKA Berlin an. Er berichtete ihm, er habe

einen Verdächtigen observiert und der sei in einem Solarium verschwunden.
»Soso, Sie haben ein Solarium observiert.« Wittig klang nicht sonderlich interessiert.
»Anschließend habe ich die Wohnung meiner Zielperson aufgesucht. Aber die war komplett ausgeräumt.«
»Soso«, sagte Wittig, »Sie hatten sicherlich einen Hausdurchsuchungsbefehl.«
»Ach was«, sagte Dengler, »Sie wissen doch, wie das ist – da steht schon mal eine Tür offen.«
»Und was soll ich mit dieser Information anfangen?«
Dengler überlegte. Er konnte Wittig – nicht ohne sich selbst zu belasten – berichten, dass Schmidt mit Reschke telefoniert hatte und vermutlich Schmidt nun auch tot war. Er würde dem Hauptkommissar nicht erzählen, dass er Zeuge bei dem Mord an dem Gangster gewesen war und dass es sein Foto war, das die Überwachungskameras der Waschanlage aufgenommen hatten.
»Sie könnten mir im Gegenzug über Ihre Ermittlungen in Sachen Anna Hartmann berichten.«
Wittig lachte. »Netter Versuch, Dengler. Da müssen Sie mir schon mehr bieten.«
Dengler stand auf und ging zum Fenster. Er konnte im Augenblick nichts tun. Er rief Olga an und fragte, ob sie und Petra Wolff mit ihm frühstücken gingen.
Olga lehnte ab: »Petra hat ein paar Butterbrezeln mitgebracht.«
Dengler kam sich nutzlos vor. Er stieg die Treppe hinunter und ging die Wagnerstraße entlang bis zum Café KönigX. Er bestellte zwei mit Käse belegte Laugenbrötchen und einen weiteren doppelten Espresso, nahm sich das *Stuttgarter Blatt* aus dem Zeitungsständer, blätterte die Zeitung von vorne nach hinten durch, um zu sehen, ob sein Freund Leo Harder einen Artikel veröffentlicht hatte. Er fand jedoch keinen. Ihm war langweilig. Lustlos biss er in das Laugenbrötchen.
Ein Paar betrat das Café. Eine junge Frau schob einen Kinder-

wagen mit einem schreienden Baby hinein, ihr Mann – ein muskulöser Typ in einem eng sitzenden weißen T-Shirt und blauen Jeans – hielt die Tür auf. Erst als die Frau sich bei dem Mann bedankte, verstand Dengler. Die beiden waren kein Paar. Die Frau schob den Kinderwagen in eine Ecke, nahm das brüllende Baby heraus, setzte sich auf die Bank am Fenster und gab dem Säugling die Brust. Sofort trat eine erfreuliche Stille ein. Der muskulöse Typ im weißen T-Shirt bestellte einen Cappuccino und ein Glas Wasser und setzte sich zwei Tische entfernt von Frau und Kind.

Dengler war unzufrieden mit sich. Das Telefonat mit Wittig hatte ihm klarer gemacht, als ihm lieb war, dass die Ermittlungen in einer Sackgasse steckten. Eilig trank er den Espresso aus, zahlte und verließ das Lokal. Er ging an dem eingezäunten Bolzplatz vorbei, als ihn ein Schlag am Hinterkopf traf. Er wurde nach vorne geschleudert, drohte zu stürzen und sah aus den Augenwinkeln: Der bullige Mann im weißen T-Shirt kam auf ihn zu, die Fäuste erhoben. Dengler drehte sich um. Er sah die Faust kaum, die aus naher Distanz gegen sein Kinn krachte. Dengler wurde zu Boden geschleudert und verlor für einen Augenblick das Bewusstsein.

Er kam wieder zu sich, als er mit brutaler Wucht am Hemd nach oben gerissen wurde. Er sah in einem rötlichen Schimmer das hasserfüllte Gesicht des bulligen Typen direkt vor sich. Er fuhr sich mit der Hand über den Mund und er wusste, die Feuchtigkeit, die er abwischte, war Blut. Die Schmerzen im Kopf waren unerträglich. Der Unbekannte schüttelte ihn, und Dengler gelang es nicht, den Kopf gerade zu halten.

»Hör mir gut zu, du Arschloch! Wenn du nicht sofort mit deinen Schnüffeleien aufhörst, bring ich dich um.«

Wieder schüttelte er Dengler, und die Schmerzen in dessen Kopf explodierten erneut.

»Hast du mich verstanden?«

Dengler versuchte, etwas zu sagen; er öffnete den Mund, aber

brachte nur ein Krächzen heraus. Er spürte, wie ihm Blut am Kinn entlangrann.
»Es ist kein Spaß, du Arschloch«, zischte der Unbekannte. Er hob erneut die Faust, und in Denglers Gesicht explodierte eine Bombe. Ein zweiter Schlag traf ihn im Solarplexus. Dengler krümmte sich und schützte sein Gesicht mit beiden Händen.
Der Mann stand über ihm und verpasste ihm einen Tritt in die Rippen. Dann ging er weg.
Dengler hörte sein eigenes Keuchen. Rasselnd, kein schönes Geräusch. Der Schmerz war allgegenwärtig. Im Gesicht, im Hinterkopf, im Bauch, an den Rippen. Er nahm all seine Kraft zusammen, griff in die Hosentasche und zog sein Handy hervor. »Olga anrufen«, befahl er dem iPhone. *»Ich habe dich leider nicht verstanden, Georg«,* antwortete das Gerät. »Ruf Olga an«, flüsterte Dengler mit letzter Kraft. *»Ich habe dich leider nicht verstanden, Georg.«*
Er hatte nicht die Kraft für einen Fluch. Da er Olgas Handynummer nicht im Kopf hatte, tippte er seine eigene Büronummer ein.
»Detektei Georg Dengler. Mein Name ist Petra Wolff. Was kann ich für Sie tun?«, antwortete ihm eine muntere Stimme.
»Petra«, flüsterte er, »gib mir bitte Olga. Schnell.«
»Olga ist nicht da, die besorgt gerade eine neue Festplatte. Wie klingst du eigentlich? Du hörst dich an, als hättest du eine ganze Nacht durchgesoffen.«
»Ich wurde angegriffen. Komm bitte sofort zu dem Bolzplatz gegenüber vom Café KönigX. Schnell.«
»Ich bin sofort da.«

*

Dengler versuchte sich aufzurichten, als Petra Wolff vor ihm stand.
»Um Gottes willen! Wer hat dich so zugerichtet?« Sie griff in die Tasche und zog eine Packung Taschentücher hervor.
Dengler rang um Luft. »Nicht«, nuschelte er. »Das war ein Typ,

sehr muskulös, weißes T-Shirt, blaue Jeans, nicht allzu groß. Er ist eben in die Esslinger Straße abgebogen. Geh hinterher. Halte Abstand zu ihm, er ist gefährlich. Ruf mein Handy an und gib mir ständig seine Position durch und vor allem: Sei vorsichtig! Der Typ ist gefährlich.«

»Erst mal verarzte ich dich.« Sie zog ein Taschentuch aus der Packung.

»Geh!«, brüllte Dengler sie an. »Das ist unsere einzige Spur.«

Petra Wolff richtete sich unsicher auf. Dann ging sie.

*

Dengler stützte sich mit der Faust auf dem Boden ab und versuchte aufzustehen. Es gab keinen Quadratzentimeter an seinem Körper, der nicht schmerzte. Er betastete seine Rippen, sein Kinn und wischte sich das Blut an den Händen ab.

Eine Frau stand plötzlich neben ihm. »Sind Sie gestürzt?«

»Nein, nein, alles in Ordnung.«

»Soll ich den Notarzt rufen? Sie sehen schrecklich aus.«

In diesem Augenblick klingelte sein Handy. Er griff in die Hosentasche und zog es zitternd hervor.

»Sie müssen dringend zu einem Arzt. Was ist denn passiert?«

Dengler schüttelte den Kopf und nahm das Gespräch an. Es war Petra Wolff: »Ich hab den Typ vor mir. Er geht gerade die Treppe runter zur U-Bahn am Charlottenplatz.«

Die Frau hatte ein Taschentuch aus der Tasche gezogen und rieb ihm das Blut aus dem Gesicht.

»Hören Sie auf damit.«

»Was meinst du?«, fragte Petra Wolff.

»Ich meine nicht dich.« Dann sagte er zu der Frau gewandt: »Alles okay. Bitte gehen Sie.«

Die Frau drehte sich um und zog beleidigt schimpfend davon.

»Hast du genügend Abstand zu dem Typ? Du darfst ihm nicht auffallen.«

»Ja, ja. Alles klar. Ich tu die ganze Zeit so, als würde ich mit einer Freundin telefonieren.« Dann laut: »Und dann kam da dieser Typ, also ich fand ihn ja ganz nett. Nicht so ’ne ordinäre Anmache, sondern echt witzig, verstehst du?«

»Petra, bist du etwa in Hörweite von dem Kerl? Das ist zu gefährlich. Du musst Abstand halten. Wenn er dich einmal wahrgenommen hat, dann bist du in seinem Fokus.«

»Alles klar. Ich bin weit genug entfernt. Mach dir keine Sorgen.«

»Abbruch«, sagte Dengler. »Es ist zu gefährlich. Abbruch der Aktion! Wir treffen uns im Büro.«

»Er ist jetzt auf dem Bahnsteig der U-Bahn.« Laut: »Nein, ich fand ihn irgendwie ganz süß.«

»Abbruch! Petra, komm sofort zurück. Das ist ein …«

»Befehl?« Laut: »Weißt du, der Typ ist irgendwie herrschsüchtig, er erteilt ständig Befehle. Das passt mir gar nicht an ihm.«

»Während unserer Ermittlungen ist ein Mann gestorben und ein anderer spurlos verschwunden. Wir haben es mit Profis zu tun. Abbruch! Bitte komm sofort zurück.«

»Er steigt jetzt in die U-Bahn. Vorne in den ersten Wagen. Ich stehe ganz hinten. Von mir sieht er nur den Rücken, du brauchst dir also keine Sorgen zu machen.«

»Bitte steig aus.«

»Zu spät, wir sind jetzt schon am Rotebühlplatz.«

Dengler kramte in der Hosentasche nach einem Taschentuch und wischte sich das Gesicht ab. Wenn er sich ruhig verhielt, klangen die Schmerzen ab, doch sobald er *irgendeine* Bewegung machte, hatte er das Gefühl, als würde er in seinem Inneren mit glühenden Kohlen ausgebrannt.

»Wo bist du jetzt?«, fragte er.

»Berliner Platz, der Typ steigt noch nicht aus.«

»Hat es irgendeinen Sinn, dich anzuflehen, dass du die Aktion abbrichst?«

»Nein, hat es nicht. Aber es ist schön zu hören, dass du mich anflehst.«

Dengler humpelte die Esslinger Straße entlang. Der Taxistand am Leonhardsplatz kam in Sicht. Schwer atmend ließ er sich auf den Rücksitz eines Taxis sinken.
»Kleine Meinungsverschiedenheit gehabt?«, fragte der Taxifahrer und ließ den Motor an.
»Ja. Berliner Platz bitte. Und zwar schnell.«
»Ich nehme die Abkürzung direkt zum Rotebühlplatz, dann Fritz-Elsas-Straße.«
»Okay«, sagte Dengler. »Petra, bist du noch in der Straßenbahn?«
»Ja, er sitzt vorne und telefoniert.«
»Hat er dich gesehen?«
»Ich glaube nicht.«
»Was heißt ›ich glaube nicht‹?«
»Er guckt zwar hin und wieder rum, aber mit neunzigprozentiger Wahrscheinlichkeit hat er mich nicht wahrgenommen.«
»Okay. Verhalt dich bitte absolut unauffällig. Ich bin gleich da.«
»Das ist gut. Achtung«, sagte sie, »er steht auf und wird gleich aussteigen.«
»Welche Haltestelle?«
»Wir halten jetzt an der Russischen Kirche.«
»Fahr eine Station weiter.«
»Warum?«
»Aus Sicherheitsgründen. Ich will nicht, dass er dich sieht.«
»Zu spät. Wir stehen jetzt beide am Bahngleis. Er geht bergauf in Richtung Hölderlinplatz.«
Dengler sagte zum Taxifahrer: »Fahren Sie, so schnell es geht, zur Russischen Kirche.«
Der Fahrer sagte: »Da sind wir gleich.«
Petra Wolff: »Er hat einen ganz schön kräftigen Schritt drauf. Er geht auf der rechten Seite. Ich folge ihm in sicherem Abstand auf dem linken Bürgersteig.«
Das Taxi hielt an der Haltestelle, und Dengler sah Petra Wolff zwanzig Meter weiter entfernt stehen. Er zahlte und mühte sich aus dem Wagen. So schnell er konnte, ging er zu ihr.

Petra Wolff deutete auf das Haus auf der anderen Straßenseite.
»Da wohnt der Kerl, der dich zusammengeschlagen hat.«
»Hat er geklingelt oder einen Schlüssel benutzt?«
»Einen Schlüssel. Er hatte einen Schlüssel.«
Dengler blickte sich um. »Wie lange ist das her?«
»Na, gerade eben«, sagte Petra Wolff.
Dengler sah zu dem großen Wohnhaus hinauf. Im vierten Stock gingen die Lichter an.
»Gut«, sagte er. »Dann wissen wir jetzt, wo der Kerl wohnt. Und jetzt …«
»Abbruch der Aktion?«, fragte Petra Wolff.
Dengler legte einen Arm um sie und zog sie aus der Sichtweite des Hauses.

35. Observation

Dengler fand ein kleines Café in der Nähe des Hölderlinplatzes mit einem direkten Blick auf das Haus. Um zehn Uhr morgens folgte er dem Mann zu Fuß durch den Stuttgarter Westen. Dengler hatte einen Hut aufgezogen und sich den falschen Bart aus seinem Detektivkoffer angeklebt. Es hatte wehgetan. Eigentlich schmerzte immer noch jeder Knochen. Doch er hatte Olgas Bemerkung, er sei nun um zwanzig Jahre gealtert, hingenommen. In einem Antiquitätenladen kaufte er einen Gehstock mit einem silbernen Knauf, und auf dem Flohmarkt auf dem Karlsplatz besorgte er sich einen schäbigen grünen Mantel. Er verwandelte sich in einen Rentner und überhörte auch Olgas Bemerkung, nun wisse sie, was sie zu erwarten habe. Er legte sich einen leicht schlurfenden Gang zu, denn er wusste, nichts verrät einen Überwacher so leicht wie der Gang.
Am Abend verfolgte er seinen Mister X, wie er die Zielperson für sich nannte, quer durch die Stadt. Mister X ging zügig zur

Liederhalle, überquerte das Hospitalviertel und die Theodor-Heuss-Straße, lief am Alten Schloss vorbei zum Charlottenplatz, wandte sich dann nach links, lief schnell die Olgastraße entlang, nahm die Schützenstraße und gelangte dann zur Haußmannstraße im Stuttgarter Osten. Zehn Minuten später betrat er den Boxclub Ares. Er blieb dort bis 21.30 Uhr und fuhr dann mit der U-Bahn zurück zur Russischen Kirche.

»Unser Mann trainiert jeden Tag. Ansonsten scheint er keinem Beruf nachzugehen«, sagte Dengler zu Olga und Petra Wolff.

»Er scheint auch keine Sozialkontakte zu haben. Ich habe auch keine Frau gesehen, die in seine Wohnung gegangen ist.«

»Ah, einer dieser begehrten Junggesellen, die ihre Wohnung selber putzen«, warf Petra Wolff ein.

»Ich habe auch kein Treffen mit Freunden festgestellt.«

»Welcher Name steht auf dem Klingelschild?«, fragte Olga.

»Kein Name«, sagte Dengler. »Es spricht einiges dafür, dass er – wie Reschke und Schmidt – Freelancer ist. Mietganove. Keine Sozialkontakte in der Stadt, das kann auch bedeuten, dass er nur vorübergehend in Stuttgart ist. Vielleicht besteht sein Auftrag darin, mich – ich meine: uns – von weiteren Ermittlungen abzuhalten. Ich weiß es nicht. Möglicherweise gehörte er aber auch zu dem Team, das Anna Hartmann entführt hat.«

»Und jetzt ist er besorgt, weil seine beiden Kollegen aus dem Verkehr gezogen worden sind«, sagte Olga. »Er befürchtet, nun selbst auf der Abschlussliste zu stehen.«

»Und irgendwie hat er erfahren, dass wir ihm auf den Fersen sind.«

»Ja«, sagte Dengler. »Das ist unsere Arbeitshypothese.«

36. Gero von Mahnke: Flucht, Oktober 1944

Mein Geschäft auf Erden ist aus. Ich bin voll Willens an die Arbeit gegangen, habe geblutet darüber, und die Welt um keinen Pfenning reicher gemacht.
Ruhmlos und einsam kehr ich zurück und wandre durch mein Vaterland, das, wie ein Totengarten, weit umher liegt, und mich erwartet vielleicht das Messer des Jägers, der uns Griechen, wie das Wild des Waldes, sich zur Lust hält.

»Dein Hölderlin hat wohl für alle Lebenslagen einen Spruch parat«, sagte Otto.
Von Mahnke nahm ein Foto aus dem Buch, steckte es in die Innentasche seiner Jacke und warf das Buch in den Kamin. »In Deutschland würde es mich nur an Griechenland erinnern. So eine Schande.«
»Noch sind wir nicht in Deutschland«, sagte Otto.
»Es ist eine Schande. Nach allem, was wir für das Land getan haben. Wir ziehen jetzt ab wie Verbrecher.«
Von Bennigheim hatte seine Offiziere zum Mittagessen geladen und eine kleine Rede gehalten.
»Meine Herren«, sagte er. »Unsere Mission in diesem Land ist noch nicht vollendet und doch geht sie nun zu Ende. General Felmy hat eine Vereinbarung mit den …«, von Bennigheim hüstelte, »… mit den …«, jetzt wurde es ein Husten, »… Partisanen getroffen.«
Er sah in die Runde.
Gero von Mahnkes Augen rasten von Gesicht zu Gesicht. Alle saßen stumm und bleich um den großen Konferenztisch.
»Das Reich muss seine Kräfte bündeln. Wir haben Verluste erlitten … wie Sie alle wissen. Unsere Einheiten … wenn wir hier nicht abziehen, sind wir in wenigen Wochen, vielleicht in ein paar Tagen eingekesselt. Die Nachschublinien … wir halten sie

nicht mehr lange. Die Südostfront bricht gerade auseinander. Wenn wir nicht schleunigst hier abziehen …« Von Bennigheim rang um Fassung.
Von Mahnke senkte den Kopf und betrachtete die blank polierten Bohlen des Fußbodens.
Sie haben uns besiegt.
Bauern mit uralten Gewehren.
Sophia und Joris.
Sophia!
Was für eine Schande.
Sophia! Wie wird sie jubeln.
Bastard hatte sie ihn genannt.
Ihn – einen Adeligen mit einem Stammbaum, der fast bis zu Adam und Eva reicht.
»Wir müssen abziehen«, sagte von Bennigheim. »Um ehrlich zu sein: Wir müssen schnell abziehen. Hohes Marschtempo.«
»Was besagt die Vereinbarung mit dem Feind?«, fragte ein Offizier.
»Nun«, sagte von Bennigheim, »wir werden die Sprengladungen am Marathon-See wieder entfernen. Die Pioniere sind bereits an der Arbeit.«
»Und weiter?«, fragte von Mahnke verbittert.
»Wir werden die geplante Sprengung des Elektrizitätswerkes von Piräus abblasen.«
»Weitere Demütigungen?«, fragte jemand.
»Wir lassen alle Gefangenen frei, insbesondere die Insassen des Konzentrationslagers von Chaidari.«
Jetzt schrien alle durcheinander. Jeder von ihnen hatte geholfen, das Lager zu füllen. Die Arbeit von vielen Jahren war damit umsonst. Diese Nachricht war die schlimmste.
»Wir erklären Athen zur offenen Stadt. Nach uns werden die Briten kommen.«
Die Demütigung schlug um in Hass. Deutschland, das Neue Europa, alles, wofür er sein Leben eingesetzt hatte, alles, wofür er

je gekämpft hatte, alles, was er war, und alles, was er sein wollte – verloren.
Mit dem Hass verband sich der brennende Wunsch nach Rache.
Diese Wunde würde nie heilen.
Nie wieder wollte er eine solch demütigende Niederlage erleben.
»Ist das mit Berlin abgesprochen?«
»Selbstverständlich. Mit dem Sicherheitsdienst des Reichsführers SS.«
»Was bekommen wir dafür?«, fragte von Mahnke.
»Das, was wir bestenfalls noch erwarten können. Freies Geleit ohne Angriffe durch Partisanen. Die Briten werden warten, sie werden erst in die Stadt einziehen, nachdem wir …«
»… abgehauen sind«, sagte jemand.
»Das war's, meine Herren«, sagte von Bennigheim. »Die Marschbefehle werden gerade geschrieben. Ich wünsche jedem von Ihnen eine gute Reise.«
Auf den Deutschen Gruß verzichtete er.

*

Otto saß hinter dem Steuer des Mercedes und sang leise vor sich hin. Vor ihnen eine unendliche Karawane von Militärfahrzeugen. Hinter ihnen ebenso.
Meistens sahen sie die Partisanen nicht. Doch sie waren da. Manchmal standen inmitten der schweigenden Frauen und Männer, die ihnen vom Straßenrand zusahen, bewaffnete Männer.
»Was singst du da eigentlich so leise vor dich hin?«
»Ich kann auch lauter.«

Vor der Kaserne vor dem großen Tor
Stand eine Laterne
Und steht sie noch davor
So wollen wir uns da wiedersehn
Bei der Laterne wollen wir stehen

Wie einst
Lili Marleen
Wie einst
Lili Marleen

»Hör auf mit dem Mist.«

»Weißt du noch, Gero? Damals im Café Vaterland?«

»Sicher weiß ich das noch.«

»Weißt du, was ich dir damals gesagt habe?«

»Du wolltest, dass ich auch Kraftfahrer werden sollte.«

Otto Hartmann schüttelte den Kopf.

»Nein. Ich sagte, dass in unserer Bewegung alle gleich seien. Es gebe kein Arm und Reich mehr. Alles sei anders als auf dem Gut der edlen von Mahnkes. Ich, der Sohn des Stallknechts, du, der Sohn des Gutsherrn. Plötzlich war ich nicht mehr gut genug, mit dir zu spielen. Weißt du noch?«

»Lange her.«

»Nichts davon hat gestimmt.«

»Red keinen Unsinn.«

Otto Hartmann schüttelte den Kopf.

»Nichts davon hat gestimmt. Mein Vater hat die Pferde deines Vaters gestriegelt. Ich habe deine Stiefel gewienert. Wo ist der Unterschied?«

»Wir sind per Du.«

»Das stimmt. Das ist der Unterschied.«

»Ich habe dich aus Russland geholt. Ohne mich wärst du schon lange tot.«

»Stimmt«, sagte Otto Hartmann. »Dafür hast du mich in dieses Dorf gebracht.«

»Reden wir nicht drüber.«

Otto lachte bitter. »Ich träume jede Nacht davon.«

»Falls es dich beruhigt: ich auch.«

»Scheiß Krieg.«

»Hatten wir uns alle anders vorgestellt.«

»Weiß Gott.«
»Was hattest du erwartet von dem Krieg? Am Ende, meine ich.«
»Ich hatte gedacht, ich bekomme einen schönen Hof. Irgendwo im Osten. Ich werde …«
»Gutsbesitzer – wie mein Vater.«
»Quatsch, kleiner. Ehrliche Arbeit. Felder bestellen. Vielleicht Pferde züchten.«
»Wie dein Vater.«
»Mein Vater hatte keine Pferde. Die gehörten alle deiner Familie.«
»Wir sind noch jung, Otto. Noch lange keine dreißig.«
»Ich fühl mich aber nicht so.«
»Ich auch nicht.«
Der Konvoi überquerte eine Kreuzung. Otto fuhr rechts an den Straßenrand und stoppte den Mercedes.
»Was machst du?«
Otto zog eine Straßenkarte aus dem Handschuhfach und schlug sie auf.
»Otto, ich glaube, das ist keine gute Idee.«
Der Zeigefinger Ottos fuhr suchend Linien und Straßen ab.
»Ich bin dein Vorgesetzter. Ich kann dir befehlen weiterzufahren.«
»Wir müssen da noch mal hin.«
Gero von Mahnke schwieg. Otto startete den Wagen und bog nach rechts ab.
Sie fuhren auf einer schmalen Straße in die Berge. Unterwegs überholten sie Eselskarren und müde Männer, die von der Feldarbeit zurückkamen.

*

»Guck mal. Sind wir hier richtig? Ist es dieses Dorf?«
»Weiß nicht. Vermutlich nicht. Die Häuser sehen noch ziemlich intakt aus.«
Otto Hartmann fuhr bis zum ersten Haus und zog die Straßenkarte hervor und studierte sie.

Plötzlich flog ein Stein.
Er landete krachend auf der Kühlerhaube des Mercedes. Otto Hartmann griff zum Karabiner.
»Um Gottes willen, Otto, lass die Waffe stecken. Wir sind nur zu zweit.«
Da kamen sie.
Männer und Frauen kamen aus ihren Häusern. In ruhigen Schritten gingen sie langsam auf ihren Wagen zu. Mehrere Reihen ernster Gesichter. Entschlossene Gesichter. Hin und wieder bückte sich jemand, um einen Stein aufzuheben. Ein Hahn krähte.
»Vielleicht kommen sie in friedlicher Absicht«, sagte Gero von Mahnke.
Hartmann lachte bitter, drehte den Zündschlüssel im Schloss und legte den Rückwärtsgang ein.
Dann flogen die Steine. Sie hagelten gegen das Blech und die Reifen. Die Windschutzscheibe splitterte.
Otto drehte den Wagen und gab Gas. Die Hinterreifen drehten durch, aber dann schoss der Wagen davon und ließ das Dorf hinter einer Staubwolke zurück.
»Zurück zur Truppe?«
»Ja. Und zwar auf dem schnellsten Weg.«
»Dazu müssten wir zurückfahren. Ein paar Kilometer weiter gibt es einen Abzweig nach links. Dann müssten wir wieder auf der Straße nach Delphi landen.«
»Gib Gas. Nur weg hier.«
Nach einer halben Stunde fanden sie die Abzweigung. Unterwegs sahen sie Bauern auf den Feldern, Eselskarren, Frauen, die Reisigbündel trugen. Eine Schafsherde kreuzte ihren Weg, und für einige Minuten standen sie inmitten der blökenden Tiere.
»Hoffentlich sind wir schneller als die Partisanen.«
»Wie meinst du das?«, fragte von Mahnke.
»Jeder, der uns sieht, informiert die Partisanen. Ist doch klar, oder?«, sagte Hartmann. »Ein deutscher Offizier allein im Feindesland. In SS-Uniform.«

»Allein mit seinem Fahrer.«

Hartmann lachte. »Auf den Fahrer sind die Partisanen vermutlich nicht so scharf.«

Endlich verschwanden die letzten Schafe von der Straße.

»Gib Gas, Otto.«

»Sehr wohl, Herr Obersturmbannführer.«

Gero von Mahnke seufzte und griff nach der Pistole. Sie war in diesem Gelände nicht sonderlich wirkungsvoll. Trotzdem beruhigte es ihn, den kalten Stahl der Waffe in der Handfläche zu spüren.

Sie fuhren durch ein offenes, von Zypressen gesäumtes Wiesengrundstück. Hundert Meter vor ihnen begann der Wald. Von Mahnke spähte nach rechts und links. Kein Mensch war zu sehen. Beruhigt lehnte er sich in den Sitz zurück.

Plötzlich ein Knall.

Der Mercedes ruckelte und brach nach rechts aus.

Hartmann fluchte und brachte das bockende Fahrzeug in die Mitte der Straße zurück.

»Ist ein Reifen geplatzt?«, fragte von Mahnke besorgt.

Hartmann lachte.

Ein zweiter Knall.

Die Motorhaube sprang auf. Dampf zischte aus der getroffenen Kühlung. Der Mercedes stand still.

Kein Geräusch war zu hören, nur das Zischen des getroffenen Wagens.

Hartmann griff nach dem Karabiner und riss die Fahrertür auf.

»Raus«, schrie er. »Renn nach links. Das Feuer kommt von vorne rechts aus dem Wald.«

Gero von Mahnke drückte die Tür auf und rannte los.

Gebückt und im Zickzack stürmten sie auf das Waldstück zu.

Schüsse. Einzelfeuer, keine Maschinenwaffen.

Sie hörten, wie die Projektile in das Holz der niedrigen Bäume und Büsche vor ihnen einschlugen. Sie erreichten den Waldrand. Hartmann blieb schwer atmend stehen. »So eine Scheiße. So eine gottverdammte Scheiße.«

Gero von Mahnke keuchte. Er sah zurück. Eine Gruppe von Männern trat aus dem Gehölz auf der anderen Straßenseite und ging mit vorgehaltenen Gewehren auf den Mercedes zu und dann in ihre Richtung.
»Das sind mehr als zwanzig Mann«, sagte Hartmann. »Komm, wir müssen uns beeilen.«
Sie liefen vorwärts. Die Büsche behinderten sie. Äste und Dornen klammerten sich an sie, als wollten sie sie am Weitergehen hindern. Plötzlich blieb Hartmann stehen. Er zog von Mahnke am Arm und deutete nach vorne. Vor ihnen auf einer Lichtung bewegte sich eine weitere Gruppe Männer in einer unregelmäßigen Linie auf sie zu.
»Das nennt man wohl eine Falle«, sagte Hartmann bitter und umfasste den Karabiner mit beiden Händen.
»Die haben uns noch nicht entdeckt«, sagte von Mahnke und zog die Pistole.
»Was willste denn mit der?«, fragte Hartmann.
»Sei mal still«, sagte von Mahnke.
Sie gingen hinter einem dichten Busch in Deckung.
Dann hörten sie eine laute Stimme in gebrochenem Deutsch: »Ihr seid umstellt. Ihr habt keine Chance. Wir wollen nur den SS-Offizier. Der andere Soldat soll das Gewehr niederlegen. Dann kann er gehen.«
»Na, Otto, da ist deine Chance«, sagte Gero von Mahnke. »Lass mir den Karabiner.«
Otto Hartmann sah ihn an.
»Ich habe dich in das alles hineingezogen. Weißt du noch? Café Vaterland. Damals.«
Von Mahnke nickte. »Eigentlich noch nicht so lange her.«
Hartmann sah ihm in die Augen. »Es liegt viele Menschenleben zurück.« Seine Augen wurden plötzlich feucht. »Ich lass dich nicht im Stich, Gero. Das hier stehen wir gemeinsam durch. Du hast mich aus Russland geholt, und ich hole dich hier raus.«
Sie umarmten sich. Dann luden sie die Waffen durch und warteten.

37. Boxclub

Am Abend ging Dengler in die Rumpelkammer hinter der Küche, in der sich immer noch einige nicht ausgepackte Umzugskartons stapelten. Er zog den obersten vom Stapel und öffnete ihn. Falsch. Hier waren Fotoalben, gefüllt mit Bildern aus einem früheren Leben. Er zog ein Album heraus und sah sich in die Kamera lächeln. Neben ihm stand Jakob und klammerte sich an seinem Bein fest. Ein zweites Foto zeigte Hildegard – seine Ex-Frau – und ihn. Dengler hielt ein Weizenglas in der Hand, lachte in die Kamera, und Hildegard hatte eine Hand um seine Taille gelegt und schmiegte sich an ihn. Wie gut sie damals ausgesehen hatte.

Dengler klappte das Album zu, verstaute es in der Kiste. Er öffnete die zweite und fand darin ein altes Teeservice. Die Tassen und Unterteller, die Kanne und die Zuckerdose säuberlich in alte Zeitungsblätter der *Badischen Zeitung* eingewickelt. Seine Mutter hatte ihm dieses Service geschenkt, als er nach Wiesbaden zum Bundeskriminalamt gegangen war. Er hatte es nie ausgepackt. Im dritten Karton fand er, was er suchte: seine Boxhandschuhe, die Bandagen und ein Springseil. Er trug alles in die Küche und wischte mit einem feuchten Lappen den Staub von den Boxhandschuhen. Es wurde Zeit für eine Begegnung.

Zwei Tage später stand er vor dem Boxclub Ares, eine Sporttasche um die Schulter gehängt. Ihm war mulmig zumute. Die Schmerzen waren abgeklungen, aber ein Boxkampf würde seinen Knochen sicher nicht gut bekommen. Außerdem: Er hatte jahrelang nicht mehr trainiert. Beim Bundeskriminalamt hatte er geboxt. Zweimal in der Woche, und er hatte sogar einmal einen Pokal beim Polizeiboxwettbewerb gewonnen. Aber nun hatten die Handschuhe über fünfzehn Jahre lang unberührt in dem Umzugskarton gelegen. Vielleicht hatte er Glück, und Boxen war so etwas wie Fahrradfahren oder Tischtennis oder Kicker, etwas, das man nicht verlernt.

Er stieß die Tür auf und trat ein.
In dem kleinen Vorraum befand sich links eine kleine Theke, hinter der ein bärtiger junger Mann einem türkischstämmigen Jungen beim Ausfüllen einer Anmeldung half. Rechts standen Regale mit Straßenschuhen, daneben gab ein schmaler Durchgang den Blick in die Übungsräume frei. Dengler sah drei Boxringe, dahinter war eine freie Fläche, denen ein Areal folgte, in dem eine ganze Reihe Boxsäcke von der Decke hingen.
Dengler wartete, bis der Junge seinen Antrag unterschrieben hatte, und wandte sich dann an den Mann hinter der Theke.
»Ich suche einen Club. Kann ich bei euch heute ein Probetraining machen?«
»Klar«, sagte der Mann und zog ein Formular hervor. »Füll das aus. Im Keller kannst du dich umziehen. Hier Nummer 48, das ist der Schlüssel für deinen Spind. In zwanzig Minuten ist Kurt da, dann geht's los.«
Dengler stieg die Treppe hinunter in einen Umkleideraum. Die Wände waren mit Spinden vollgestellt. Bei Nummer 48 klemmte die Tür. Der junge Türke, der vor wenigen Minuten das Formular ausgefüllt hatte, half ihm, indem er zweimal fest auf das Schloss schlug. Die Tür sprang auf. Dengler bedankte sich und zog sich aus.
»Krass, Mann, kein einziges Tattoo.« Der Junge zog kopfschüttelnd sein Sweatshirt über den Kopf.
Kurt Hassberger erwies sich als imposanter Zweimetermann in kurzer schwarzer Hose und einem leuchtend gelben T-Shirt. Er klatschte in die Hände und rief mit bayerischem Dialekt: »Auf geht's, Buam und Madels, Training!«
Dengler trottete mit den anderen durch einen schmalen Eingang in das Trainingszentrum. Es roch nach Schweiß, Pferd und Testosteron. Zwanzig Männer und fünf Frauen standen auf dem Platz zwischen den beiden Boxringen in dem Raum mit den herabhängenden Säcken. Dengler scannte sie mit einem schnellen Blick. Drei von ihnen waren richtige Bullen, enorme Bizepse, ge-

drungene Gestalt, Kraft und Brutalität ausstrahlend. Vier waren türkische Jungs, über den Schläfen anrasiert – nach der aktuellen Fußballermode –, sportliche Figuren, aber nicht sehr kräftig. Einige schmale Männer mit ausgeprägter Muskulatur schätzte Dengler als gute Boxer ein. Er sah zu der Gruppe der Frauen hinüber – und dort stand seine Zielperson.

Ein Boxsack verdeckte seinen Oberkörper weitgehend. Er starrte zu Dengler herüber. Der Blick kalt wie Hundeschnauze. Dengler unterdrückte eine leichte Verunsicherung und lächelte den Mann an. Doch der reagierte nicht, sondern starrte unverwandt weiter zu Dengler hinüber. Dengler hob die Hand und winkte ihm, er setzte sich gerade in Bewegung, als der Trainer rief: »Auf geht's! Springseil raus!«

Dengler ging zu seiner Sporttasche und zog das Springseil heraus.

»Alle aufstellen! Und los!«

Dengler schlug das Seil und sprang hoch. Beim zweiten Mal war er zu spät. Das Seil verhedderte sich in seinen Schuhen. Offensichtlich kann man beim Boxen doch einiges verlernen. Er schlug erneut das Seil über seinen Kopf, langsamer diesmal, und sprang und sprang und sprang. Nach einigen Minuten fühlte er sich wie in einem Rausch. Sein Körper erinnerte sich an vor langer Zeit einstudierte Bewegungen, und als der Trainer zu ihm hinübersah und rief: »Du! Schneller!«, beschleunigte er das Tempo, und Seil und Füße bewegten sich nun in perfekter Choreografie.

Seine Zielperson hatte sich einen Platz drei Reihen hinter ihm gesucht. Dengler sah ihn nicht, aber er spürte jede seiner Bewegungen.

Nach zehn Minuten kam das erlösende »Stopp!«. Dengler keuchte. Seine Lungen brannten. Ein schneller Blick nach hinten überzeugte ihn davon, dass seine Zielperson ebenfalls schwer atmete. Der Trainer öffnete eine Kiste und rief: »Jeder nimmt sich zwei Bälle!« Nach und nach holte sich jeder zwei gelbe Tennisbälle aus

der Truhe. Der Trainer machte es einmal vor und dann warf jeder abwechselnd einen Ball auf den Boden und fing ihn wieder auf. »Rechts, links«, kommentierte der Trainer. »Und jetzt bewegen!«
Dengler ging einen Schritt vor, schleuderte den Ball mit der Rechten auf den Boden, fing ihn auf, ein weiterer Schritt nach vorne, dann warf er den Ball in seiner Linken auf den Boden und fing ihn wieder auf.
»Bewegung! Schneller! Geht vorwärts!«
Dengler stampfte Schritt für Schritt. Seine Arme schossen nach vorne und fingen Bälle. Eine Frau verlor ihren Ball und rannte ihm hinterher. Das Studio war erfüllt von dem *Plong, Plong* der Bälle, ein Geräusch wie Pferdegetrappel.
»Schneller!«, rief der Trainer.
Für einen Augenblick vergaß Georg Dengler, dass er seine Zielperson im Auge behalten musste, und als es ihm wieder einfiel, sah er, dass der muskulöse Mann direkt hinter ihm seine Runden ging. Er wandte den Kopf und zischte ihm zu: »Wir müssen reden.« Der muskulöse Typ antwortete nicht.
»Aufwärmphase beendet!«, rief der Trainer. »Jeder sucht sich einen Partner!«
Einer der türkischen Jungs stellte sich zu ihm. Er sah in Dengler ein leichtes Opfer.
»Los geht's!«, rief der Trainer. »Erste Übung. Vorwärts bewegen in Boxerstellung. Dann führt ihr meine Anweisung aus: Führhand, Schlaghand.« Denglers Schlaghand war die rechte. Auch der türkische Junge war Rechtshänder, und so schlugen sie beide abwechselnd mit der Linken auf den rechten Handschuh des Partners, dann umgekehrt. Links-rechts, links-rechts.
Der Türkenjunge tänzelte um ihn herum. »Ich fange an.«
»Okay«, sagte Dengler und hob die Fäuste. Den ersten Schlag blockierte er mit dem rechten Handschuh. Er war nicht besonders scharf geschlagen. Der zweite Schlag, der dritte Schlag. Es wurde langweilig.

»In Bewegung bleiben!«, rief ihnen der Trainer zu. »Boxen ist Bewegung!«
Nach zehn Minuten war Dengler schweißnass.
Dengler legte Kraft in den ersten Schlag und ging gleichzeitig einen Schritt nach vorne. Er traf den geöffneten Handschuh seines Partners und merkte befriedigt, dass dessen Hand nach oben flog.
»Du boxt nicht das erste Mal«, rief der Trainer ihm zu.
»Lange her, dass ich im Ring stand«, antwortete Dengler.
»So!«, rief der Trainer. »Wer will heute in den Ring?«
Fünf Hände reckten sich nach oben. Der Trainer zeigte auf die Zielperson. »Mit wem willst du kämpfen?«
»Mit dem Neuen.«
»Okay, in den Ring mit euch. Es geht über drei Runden.«
Der Trainer kramte einen Kopfschutz aus einem Regal hervor und warf ihn Dengler zu. Dengler stülpte den Helm über den Kopf und zog ihn fest.
Sein Gegner würde mehr Kraft haben als er. Er musste wachsam sein, die Deckung hochhalten und vor allem musste er schnell sein. Mit einer raschen Bewegung schob er die Seile auseinander und schlüpfte in den Ring. Er sprang federnd hoch und schlug die Boxhandschuhe gegeneinander, um seine Nervosität abzubauen, doch der Trainer ließ ihm keine Zeit. »Erste Runde«, rief er, eine Stoppuhr in der Hand.
Sein Gegner war mit zwei Schritten bei ihm, doch Dengler wich zurück. Der Mann folgte ihm und schnitt ihm den Weg in die Ringmitte ab. Nach drei Schritten stand Dengler in der rechten Ecke. Es gab kein Entkommen. Das rechte Bein seines Gegners stand vor. Scheiße, der Mann kämpfte in Rechtsauslage. Er war Linkshänder. Seine linke Faust war die Schlaghand, die rechte die Führhand. Dengler musste die Bewegungsmuster umdenken, da sein Gegenüber gewissermaßen spiegelverkehrt boxte. Die linken Haken würden auf seine Leber zielen und die Geraden auf die rechte Gesichtshälfte. Viel Denkarbeit für jemanden, der schon lange nicht mehr geboxt hatte.

Vielleicht zu viel.
Sein Gegner schlug eine Rechts-links-rechts-Kombination. Er zielte auf die rechte Kopfseite, doch es war für Dengler kein Problem, die Schläge zu blocken. Er tänzelte zurück und griff mit einer Kombination von Führhand, Führhand, Schlaghand, Aufwärtshaken an. Sein Gegner stoppte, wich zwei Schritte zurück, und Dengler gelang es, aus seiner Ecke zu entkommen. Der andere folgte ihm und schlug: Links-links, links-links-rechts. Seine Deckung hielt. Aber den linken Aufwärtshaken sah er nicht kommen. Er traf die Leber, und Dengler schnappte nach Luft, vernachlässigte die Deckung und wich zurück. Mehrere Schläge mit rechts wehrte er ab, aber die Linke seines Gegners durchbrach die Deckung und traf ihn am Kinn. Dengler taumelte zurück. Er würde fürchterliche Prügel beziehen.
»Schluss der ersten Runde!«, rief der Trainer. Dengler war erleichtert. Jemand warf ihm ein Handtuch zu. Er trocknete sich Gesicht und Hals ab.
Die zweite Runde begann.
Sein Gegner änderte die Taktik. Dengler sah seine Schlaghand nicht kommen. Sie durchbrach seine Deckung und erwischte ihn am rechten Auge. Es gab ein hässliches Geräusch, und er fühlte, wie die Wunde wieder aufriss. Er blutete. Der nächste Schlag traf ihn am Kinn. In seinem Kopf explodierte ein nie gekannter Schmerz.
»Lass die Linke oben!«, schrie der Trainer.
Dann sah er die Lücke zwischen den beiden Handschuhen des Gegners. Dengler legte alle Kraft in diesen Schlag. Er riss den Oberkörper nach vorne. Und um dem Schlag noch mehr Wucht zu verleihen, ging er zwei Schritte nach vorne. Überrascht bemerkte er, dass seine Faust die Handschuhe seines Gegners ohne jeden Widerstand beiseiteschob. Er traf. Punktgenau. Ein ungeheures Glücksgefühl durchströmte ihn. Der Kopf seines Gegners wurde nach hinten gerissen, und Dengler wunderte sich, dass er noch so viel Kraft besaß. Er zog mit einer blitzartigen Bewegung die Rechte zurück in die Deckung – und starrte in ein blutüber-

strömtes Gesicht. Unter dem Auge seines Gegners klaffte ein blutendes Loch.
»Stopp! Stopp!«, schrie der Trainer. Doch Dengler konnte den Aufwärtshaken nicht mehr bremsen. Der linke Handschuh landete auf der Leber des Fallenden.
Eine Frau schrie laut.
Dengler blieb stehen und verstand nichts.
»Sanitätskasten!«, schrie der Trainer.
Jetzt sah Dengler das Einschussloch im Gesicht seines Gegners. Er drehte sich um. Am Ausgang stürzte ein hochgewachsener Mann aus der Tür auf die Straße.
Georg Dengler drehte sich um und rannte los.

*

Mit einem Satz sprang er über die Barriere, die den Kassenraum abtrennte, sah kurz in das erstaunte Gesicht des jungen Mannes hinter dem Tresen, dann rannte er zur Tür hinaus. Ein Blick nach rechts. Ein Blick nach links. Da sah er den rennenden Mann, der gerade in die Haußmannstraße einbog. Abstand zur Zielperson vierzig Meter. Er rannte los. Nach den ersten Schritten spürte er die Schmerzen, die ihm die Treffer seines Sparringpartners zugefügt hatten. Jeder Atemzug gab ihm das Gefühl, er würde Dutzende von Klingen einatmen. Seine Lungen brannten. Doch der Mann dort vorne war seine letzte Spur.
Dengler war immer ein guter Läufer gewesen. Schon in der Schule war er die hundert Meter in 12 Sekunden gelaufen. Er beschleunigte, so sehr er konnte. Doch ihm war bewusst, dass er dieses Tempo nur über eine begrenzte Distanz halten konnte. Der Mann vor ihm blieb stehen und sah sich um. Dengler prägte sich das Gesicht ein. Braune Haare, schmales Gesicht, sportliche Figur, etwa 1,85 Meter groß. Dengler beschleunigte noch einmal. Der Mann vor ihm drehte sich um und floh weiter. Dengler registrierte erstaunt, dass er aufholte. Wenn er es schaffte, das

Tempo beizubehalten, würde er den Mann in zwei oder drei Minuten fassen. Dieser Gedanke gab ihm Kraft. Er beschleunigte noch einmal. Seine Füße trommelten schnell und gleichmäßig auf das Pflaster.

Seine Zielperson lief vor ihm auf der linken Straßenseite bergauf. Ohne zu schauen, rannte der Mann auf eine Kreuzung und übersah den dunklen Toyota, der hupend von links kam. Der Fahrer riss das Steuer herum, das Heck des Wagens brach aus. Der Toyota kam mitten auf der Straße zum Stehen. Dengler verlor wertvolle Sekunden, weil er um den Wagen herumlaufen musste. Trotzdem: Er holte auf. Der Schmerz in seiner Brust wurde unerträglich. Doch auch bei dem Mann vor ihm hob und senkte sich die Brust. Dengler mobilisierte die letzten Kraftreserven. Der Abstand verkürzte sich. Rechts neben ihm schoss ein dunkler Van ohne Licht an ihm vorbei. Der Fahrer hupte kurz. Eine Tür ging auf. Seine Zielperson rannte zu dem Wagen, sprang hinein. Der Fahrer des Vans gab Gas. Dengler blieb stehen. Er stützte sich mit beiden Händen auf den Knien ab. Keuchte.

»Stehen bleiben!«, hörte er eine Stimme hinter sich. Erschöpft drehte er sich um. Er sah die beiden bulligen Boxer aus dem Club, die im Dauerlauf auf ihn zurannten.

»Er ist entkommen«, keuchte Dengler.

Er sah die Faust nicht kommen. Eine gekonnte Rechts-links-Kombination ließ ihn zu Boden gehen, und er verlor das Bewusstsein.

*

Der pochende Schmerz in seinem Schädel ließ Dengler wieder erwachen. Er hatte keine Ahnung, wo er war. Erst allmählich erkannte er die Boxsäcke, den Ring. Er lag auf dem Boden direkt neben dem Eingang zu dem Übungszentrum. Er konzentrierte sich auf seine rechte Hand und wollte diese zu seinem pochenden Hirn führen. Es gelang ihm nicht. Erst beim zweiten Versuch bemerkte er, dass er mit beiden Händen an die Eisenverstrebung des Einganges gefesselt war. All das machte keinen Sinn. Eine neue Ohnmacht griff nach ihm. Von ferne hörte er Sirenen, und kurz danach flackerte Blaulicht durch die Fenster des Boxclubs. Er fühlte, wie fachkundige Hände ihn durchsuchten. Jemand fragte: »Wo ist der Spind von dem Kerl?« Dann wurde es wieder Nacht um ihn.

Jemand löste ihm die Fesseln; dadurch kam er wieder zu sich. Er hörte den Trainer laut sagen: »Die beiden Männer haben gekämpft. Er hier setzte einen Treffer, und dann floh er mit seinem Kumpan. Meine beiden Männer haben ihn verfolgt und zurückgebracht.« Unüberhörbar der Stolz in der Stimme.

Georg Dengler sah zwei Ärzte an ihm vorbeirennen und neben der Leiche im Ring niederknien. Die ganze Boxertruppe stand um ihn herum.

Ein Mann in Zivil kniete sich nieder, fühlte seinen Unterkiefer, schüttelte ihn ein wenig und fragte: »Können Sie mich hören?«

Dengler bewegte den Kopf um wenige Millimeter und hoffte, der Beamte würde diese Bewegung als Nicken interpretieren.

Es dauerte fast eine halbe Stunde, bis Dengler dem Kriminalpolizisten den tatsächlichen Ablauf schildern konnte. Erst als er erwähnte, er sei früher selbst Polizist gewesen, Zielfahnder beim Bundeskriminalamt, glaubte der Mann ihm.

38. Vernehmung

Am nächsten Tag saß Georg Dengler in einem Vernehmungszimmer der Kriminalinspektion 1 auf dem Stuttgarter Polizeipräsidium in der Hahnemannstraße. Ihm gegenüber saß Hauptkommissar Weber. Zwischen ihnen die Aussage, die Dengler gestern Abend im Boxclub gemacht hatte. Dengler überflog den Text und unterschrieb dann mit einer schnellen Bewegung.

»Man hielt Sie tatsächlich für den Mörder«, sagte Weber.
Dengler nickte. »Für einen Augenblick dachte ich selber, ich hätte ihn so getroffen, dass er tot umfiel. Aber ein Einschussloch erkenne ich immer noch. Ich drehte mich um und sah den Täter durch die Eingangstür fliehen. Also verfolgte ich ihn.«
»Und diese Flucht wurde Ihnen von Ihren Boxfreunden als Schuldeingeständnis ausgelegt. Einige sagten, Sie seien der Täter oder zumindest der Komplize.«
»Ja, und zwei von ihnen verfolgten mich und schlugen mich nieder. Es waren harte Treffer …«
Weber sah zu Dengler hinüber. »… sichtbar harte Treffer.«
»Wissen Sie etwas über den Mann, der erschossen wurde?«
»Organisierte Kriminalität«, sagte Weber, »vorbestraft wegen schwerer Körperverletzung mit Todesfolge nach § 227 StGB. Er schien sich in den letzten Jahren aber nicht mehr im Milieu bewegt zu haben. Oder drücken wir es mal so aus: Er bewegte sich nicht mehr auf der untersten Ebene.«
»Sie meinen, er war ein Boss?«, fragte Dengler.
Weber schüttelte den Kopf. »Er gehörte sicher nicht der obersten Ebene an. Es gibt neuerdings so etwas wie den Mittelstand des Verbrechens: freie Mitarbeiter gewissermaßen, die projektbezogen eingesetzt werden. Spezialisierung, Arbeitsteilung, solche Dinge. Schöne neue Arbeitswelt, auch beim Verbrechen.«
»Man konnte ihn also mieten?«
Weber nickte. »Ich vermute, es handelt sich um einen Racheakt. Wir werden jetzt versuchen, seine letzten Aufträge zu rekonstruieren, und dabei werden wir sicher irgendwo das Motiv für diesen Mord finden.«
Er stand auf und reichte Dengler die Hand. »Wollen Sie weiterhin boxen?«, fragte er.
Dengler schüttelte den Kopf. »Vorläufig nicht.«

39. Teambesprechung 6

»Fassen wir zusammen«, sagte Dengler. »Wir haben drei Verdächtige ermittelt. Jedes Mal, wenn wir nah an einem von ihnen dran waren, wurde der Betreffende umgebracht. Bei dem verschwundenen Mann im Solarium nahm ich an, Schuster vom Auswärtigen Amt hätte uns verraten. Er war der Einzige, den ich unterrichtet habe – außer euch beiden. Doch über den dritten Verdächtigen hatte ich Schuster nicht informiert. Er ist also nicht die undichte Stelle. Hat jemand von euch über diesen Fall mit einer dritten Person gesprochen?«

»Nein«, sagte Olga.

»Natürlich nicht«, sagte Petra Wolff.

»Auch mit Karl nicht?«

»Natürlich nicht«, sagte Petra Wolff.

»Können wir ausschließen, dass wir bei der dritten Observation Internet benutzt haben?«

»Nach dem, was wir wissen, kann man es nahezu ausschließen«, sagte Olga. »Jede Kommunikation zwischen uns war mündlich. Kein Internet, kein Telefon.«

»Echt unheimlich«, sagte Petra Wolff.

»Es ist schwer für mich, es auszusprechen, aber es gibt nur eine mögliche Schlussfolgerung«, sagte Dengler.

»Das ist gut«, sagte Petra Wolff. »Denn mir ist das ein Rätsel.«

Dengler fühlte sich plötzlich unendlich schwer und müde. Er sah weder Olga noch Petra Wolff an, sondern hielt den Blick auf den Tisch gesenkt. Seine Kehle fühlte sich wie wund gescheuert an. Zu seinem Ärger und Erstaunen fühlte er, wie seine Augen feucht wurden. »Der Verräter ist einer von uns. Er oder sagen wir es konkret, *sie* sitzt hier am Tisch.«

Das Schweigen in Denglers Arbeitszimmer war unerträglich. Olga lehnte sich im Stuhl zurück. Petra Wolff blickte verwirrt zu Dengler, dann zu Olga, dann wanderte ihr Blick zurück zu Deng-

ler. Dengler war müde, sehr müde. Er sah zu Petra Wolff und bewunderte ihr schönes Gesicht.
Petra Wolffs Blick huschte von Dengler zu Olga und wieder zurück. »Ihr glaubt doch nicht etwa, dass ich …?!« Die Empörung in ihrer Stimme war unüberhörbar.
»Für wen arbeitest du?«, fragte Dengler leise. Seine Hand zitterte. Er konnte zusehen, wie sich ihre Augen mit Tränen füllten. Sie öffnete den Mund, als wolle sie etwas sagen, doch sie brachte keinen Ton hervor. Mit der Hand fuhr sie sich an die Kehle, als wolle sie diese empfindliche Stelle vor einem Angriff schützen.
»Für wen arbeitest du?«
Petra Wolff stand mit einem Ruck auf. Krachend stürzte der Stuhl hinter ihr zu Boden. Mit einer schnellen Bewegung fuhr sie sich mit dem Ärmel über die Augen. »Du bist so bescheuert«, sagte sie. Die Tränen liefen ihr übers Gesicht wie ein schwarzer Bach. Ein Gemisch aus Tränen und Wimperntusche.
»Du hast echt nichts kapiert!«, stieß sie hervor.
Dengler sah, wie sie versuchte, einen Weinkrampf zu unterdrücken.
»Nichts, aber gar nichts hast du begriffen«, sagte sie, dann stürmte sie zur Tür hinaus.

*

Dengler und Olga saßen noch eine Weile schweigend zusammen. Dann ging Dengler in die Küche, holte zwei kleine Gläser und die Schnapsflasche, die seit Langem im Vorratsschrank stand. Er stellte die Flasche auf den Tisch und schob ein Glas zu Olga. »Selbst gebrannt aus dem Schwarzwald«, sagte er. »Ich kann's jetzt gebrauchen.« Er füllte die beiden Gläser voll. »Ich habe das nicht für möglich gehalten«, sagte er leise und leerte das Glas.
»Bist du ganz sicher?«, fragte Olga.
»Es gibt nur diese Schlussfolgerung«, sagte Dengler und füllte das

Glas nach. »Nur wir drei haben es gewusst. Es ist einfach logisch.«
Sie schwiegen eine Weile.
»Das war der größte Fall der Detektei Dengler. Ich habe versagt. Es ist vorbei. Wir haben keine weitere Spur. Ich muss morgen Schuster in Berlin anrufen, den Fall abgeben und das Honorar zurücküberweisen. Es ist das Ende.«
»Das ist es wohl«, sagte Olga. Sie streckte den Arm aus und berührte leicht Georg Denglers Arm.

2. Teil

40. Katzenjammer

Dengler saß an Olgas Küchentisch und rührte trostlos in dem Kaffee, den er sich auf ihrem Herd gebraut hatte. Olga setzte sich zu ihm, im Bademantel und mit nassen Haaren. Sie nahm ein Handtuch und rubbelte sich die Haare trocken.

»Das war ein Fehler gestern«, sagte sie und fuhr sich weiter mit dem Handtuch über den Kopf.

»Wie meinst du das?«

»Ich habe nachgedacht«, sagte Olga. »Ich bin mir sicher, dass wir Petra gestern unrecht getan haben.«

»Es ist eine Frage der Logik. Über den Boxer wussten nur wir drei Bescheid, du, Petra und ich. Ich habe keine Informationen weitergegeben, du hast es bestimmt auch nicht getan. Es bleibt nur Petra übrig. Es ist eine Frage der Logik.«

»Ja, es ist eine Frage der Logik. Du hast Entscheidendes übersehen.«

Dengler hob müde den Kopf. »Was habe ich übersehen?«

»Drei Dinge: Erstens, du hast deine Behauptung, Petra Wolff sei ein Spitzel, auf die Informationen gestützt, die du hattest. Dabei hast du übersehen, dass diese Informationen möglicherweise nicht vollständig sind. Du hast nicht berücksichtigt, dass du wichtige Informationen, die für deine Verdammung von Petra maßgeblich sein sollten, nicht kanntest.«

»Olga, wie soll das funktionieren? Wie soll ich Informationen berücksichtigen, die ich nicht kenne?«

»Du musst die Möglichkeit einbeziehen, dass es wichtige Fakten gibt, die wir noch nicht kennen. Wenn tatsächlich drei Menschen wegen unserer Ermittlungen ermordet wurden, ist es doch wahrscheinlich, dass wir beobachtet werden. Wenn uns diese Beobachtung noch nicht aufgefallen ist, heißt das noch lange nicht, dass sie nicht stattfindet.«

»Du sagtest, unsere Kommunikation wurde nicht überwacht«, sagte Dengler.

»Ich habe gesagt, und zwar wörtlich: Nach dem, was wir wissen, kann man es nahezu ausschließen. Vielleicht wissen wir nicht alles. In deiner Schlussfolgerung, Petra Wolff habe uns verraten, hast du die Möglichkeit nicht bedacht, dass dir nicht alle Informationen zur Verfügung stehen.«
Dengler sah Olga nachdenklich an. »Welche Informationen sollen das denn sein, die wir noch nicht kennen?«
Olga lachte. »Georg, du redest Unsinn. Wenn wir die fehlenden Informationen kennen würden, dann wären sie uns nicht unbekannt. Ich sage doch nur: Um zu einer richtigen Schlussfolgerung zu kommen, müssen wir einkalkulieren, dass es Dinge gibt, die wir noch nicht wissen.«
»Was sind die beiden anderen Gründe, dass ich gestern unrecht hatte?«
Olga legte das Handtuch zur Seite, zog eine Haarbürste aus der Tasche des Bademantels und kämmte in kräftigen Strichen ihr Haar.
»Sie wirkte nicht wie jemand, der des Verrats überführt wird. Wäre sie eine Agentin oder so was gewesen, sie hätte cooler reagiert. Sie hätte dich nach Beweisen gefragt. Sie hätte es abgestritten. Sie hätte argumentiert. Hast du ihre erste Reaktion beobachtet?«
Dengler schüttelte den Kopf.
»Das wundert mich, Georg, du hast doch sonst einen geschulten Blick für die Reaktionen der Leute. Sie griff sich an die Kehle.«
»Eine spontane, schützende Geste.«
»Und die Tränen! Erinnerst du dich? Sie war auf deinen Angriff in keinster Weise vorbereitet. Eine Agentin ist auf ihre Enttarnung vorbereitet.«
»Das heißt nicht, dass sie keine Verräterin ist.«
»Außerdem ist sie in dich verliebt.«
Dengler hob langsam den Kopf. »Sie ist … was?«
»Sag nur, du hast es nicht bemerkt. Sie ist völlig verschossen in dich. Wie sie an deinen Lippen hängt! Wie sie sich um dich be-

müht. Sie verteidigte sich nicht. Stattdessen sagte sie: Du hast nichts begriffen.«
Olga steckte die Haarbürste zurück in die Außentasche des Bademantels.
»Du hast es wirklich nicht bemerkt?«
Dengler schob sich mit einer schnellen Bewegung nicht vorhandene Haare aus dem Gesicht. Er wollte etwas sagen, öffnete den Mund und brachte keinen Ton heraus.
Olga beobachtete ihn amüsiert. »Du hast es wirklich nicht bemerkt. Petra hat recht. Du hast nichts kapiert.«
Sie stand auf und streckte sich. »Ich würde sie an deiner Stelle anrufen. Du warst ihr gegenüber ungerecht.«

41. Medi Transfer

Olga drehte sich vom Bildschirm zu ihm um und sagte: »Wusstest du, dass Anna Hartmann an einer Firma beteiligt war?«
»Nein. In den Unterlagen der Polizei steht nichts davon.«
»Kein Wunder«, sagte sie, »sie hat ihre Anteile im September letzten Jahres abgegeben. Sie ist aus der Firma ausgestiegen.«
»Was ist das für eine Firma?«
»Sie heißt Medi Transfer GmbH, niedergelassen in Stuttgart und in München.«
Olga tippte auf ihrer Tastatur. Dann sagte sie: »Das ist die Website dieser Firma. Sie vermitteln griechische Ärzte an deutsche Krankenhäuser. Schau mal, hier können Krankenhäuser online ihren Bedarf an Medi Transfer melden, und die suchen dann in Griechenland den passenden Arzt, der bereit ist, in Deutschland zu arbeiten.«
»Und das funktioniert?«
»Das funktioniert sehr gut«, sagte Olga. »Die Stuttgarter Nie-

derlassung hat bisher 2.700 Ärzte vermittelt, die Münchner 3.665.«

Olga überflog den Text der Website. »Die griechischen Ärzte verdienen hier weniger als ihre deutschen Kollegen, aber immer noch mehr als vorher in Griechenland.«

»Also gewinnen alle.«

»Nicht ganz«, sagte Olga. »Verlierer ist das Gesundheitssystem in Griechenland. Nach meiner Recherche haben mehr als 18.000 Ärzte seit Beginn der Wirtschafts- und Finanzkrise das Land verlassen.«

»Das ist eine ganze Menge«, sagte Dengler.

»Medi Transfer wurde gegründet von unserer vermissten Person sowie Benjamin Stenzel und Eduard Eckmann.«

»Benjamin Stenzel ist der Verlobte von Anna Hartmann. Weißt du, wer Eduard Eckmann ist?«

»Ein Kollege von Stenzel.«

»Weißt du, warum Anna Hartmann ihre Anteile an der Firma abgegeben hat? Läuft sie schlecht?«

»Nein, die drei haben viel Geld verdient. Stenzel und Eckmann tun das nach wie vor. Ich kann aus meinen Unterlagen nicht ersehen, warum Anna Hartmann ihre Anteile aufgegeben hat. Es war eine GmbH mit einem Stammkapital von 100.000 Euro. Die Hälfte davon wurde eingezahlt zu je einem Drittel von Stenzel, Hartmann und Eckmann.«

*

»Die Idee zu dieser Firma stammte von Anna«, sagte Benjamin Stenzel zu Georg Dengler. »Sie bekam ja in Athen hautnah mit, wie die Einkünfte der Ärzte gekürzt wurden, und unsere Firma eröffnete ihnen ein neues Betätigungsfeld. Win-win. Die deutschen Krankenhäuser lösen ihre Personalprobleme – und das auf sehr günstige Weise, der Grieche freut sich, und wir verdienen an den Provisionen. Win-win-win.«

»Warum gab Ihre Verlobte ihre Anteile an der Firma ab?«
»Ich konnte sie nicht davon abhalten.«
»Das ist keine Antwort auf meine Frage. Gab es Meinungsverschiedenheiten über die Ausrichtung der Firma?«
»Quatsch«, sagte Stenzel. »Wir haben zwei Geschäftsführer eingestellt, die das operative Geschäft betreiben. Wir hatten persönlich nicht viel damit zu tun.«
»Warum dann? Warum hat Ihre Verlobte dann aufgegeben?«
Stenzel zögerte mit der Antwort. »Plötzlich hatte sie Skrupel«, sagte er dann.
»Skrupel?«, fragte Dengler.
»Ja, ganz untypisch für Anna. Sie sagte, diese Ärzte würden in Griechenland dringender gebraucht als im Kreiskrankenhaus Bietigheim.«
»Das hat Sie überrascht?«
»Allerdings hat mich das überrascht. Die Märkte sind, wie sie sind. Und wir sind immer mit den Märkten gegangen. *Going with the flow,* verstehen Sie? Keine Ahnung, was in sie gefahren ist.«
»Und der dritte Mann, Eduard Eckmann?«
»Ein Kollege von mir«, sagte Stenzel, »er hatte ein bisschen Geld übrig, das er anlegen wollte. Und das sich nun gut amortisiert.«
»Danke für die Information«, sagte Dengler.

42. Facebook

»Im letzten Jahr gab es ein Geheimnis im Leben unserer Business-Lady.«
»Ein Geheimnis?«, fragte Dengler. »Das hört sich spannend an.«
»Sie hatte eine Affäre«, sagte Olga.

»Eine Affäre? Diese zielstrebige Frau?«
»Die Liebe ist ein seltsames Spiel.«
»Andererseits«, sagte Georg Dengler, »wenn du dir Benjamin Stenzel so vorstellst, kann man das gut verstehen. Wer ist denn der Unglückliche?«
»Ein Grieche. Er heißt Petros Koronakis. Ein Künstler.«
»Künstler?«, fragte Dengler. »Das muss für jemanden wie Anna Hartmann eine niedere Lebensform sein. So etwas wie eine Amöbe.« Er sah Olga an. »Andererseits sagte mir ihre Mutter, sie habe sich für ihre Tochter eher einen mehr künstlerisch veranlagten Mann gewünscht – nicht so einen Zahlenhengst wie der merkwürdige Stenzel.«
»Die Liebe ist ein seltsames Spiel«, sagte Olga.
»Woher weißt du das eigentlich alles?«
»Facebook-Analyse«, sagte Olga. »Sie hat seine Posts gelikt. Und zwar alle. Ausstellungen, Kommentare von ihm zu diesem oder jenem. Das hat sie bei keinem ihrer Freunde gemacht. Außerdem war sie auf zwei seiner Vernissagen.«
»Schwaches Indiz.«
»Ich habe sein Handy geknackt.«
»Du hast was?«
»Seine Bewegungsdaten decken sich mit ihren Facebook-Postings. Das Hotel Grande Bretagne, in dem sie gewohnt hat, hat ein sehr schönes Schwimmbad auf der Dachterrasse. Seine Bewegungsdaten zeigen, dass er dieselbe Nacht wie sie in diesem Hotel verbracht hat. Die Zimmerpreise liegen dort um die 400 Euro. Ich habe sein Konto gecheckt.«
»Schlimmer als meins?«
»Um ein Vielfaches schlimmer.«
»Dann tut der Mann mir leid. Gibt es Korrespondenzen zwischen den beiden?«
»Gelöscht.«
»WhatsApp?«
»Gelöscht.«

»SMS? Alles gelöscht?«
»Sag ich doch.«
»Das ist merkwürdig. Kannst du einen Grund dafür erkennen?«
»Nicht wirklich. Vielleicht, weil sie ein heimliches Verhältnis hatten. Es gibt ja noch diesen Benjamin Stenzel.«
»Das wäre ein Grund für Anna, ihre Nachrichten zu löschen. Aber nicht für diesen Griechen. Kannst du da etwas rekonstruieren?«
»Schwierig.«
»Aber er war so oft dort, wo sie war, dass es kein Zufall sein kann. Dann hätten wir jemanden mit Motiv: Eifersucht.«
Olga nickte.
»Vielleicht ist die griechische Kunst der Grund für ihre Skrupel, der Grund, warum sie aus der Medi Transfer ausgeschieden ist. Wie sieht der Kerl eigentlich aus?«
Olga rief die Facebook-Seite von Petros Koronakis auf: »Eine junge Version von Georges Moustaki.«
»Kenn ich nicht«, sagte Dengler.
Olga seufzte tief. »Außerdem malt er gute Bilder.«
»Unser Maler ist ein Mann mit festen Gewohnheiten. Seine Bewegungsdaten zeigen, dass er jeden Vormittag in einem Café namens *I Oraia Ellas* zu finden ist.«
»Wenn Petra Wolff jetzt da wäre, könnte sie mir einen Flug nach Athen buchen.«
»Hast du immer noch nicht mit ihr gesprochen?«
Dengler schüttelte den Kopf.
»Männer!«, sagte Olga.

43. Otto Hartmann: Frankfurt

Im Frühsommer 1945 schlug sich Otto Hartmann bis in das zerbombte Frankfurt durch. Er machte sich nützlich und half bei der Beseitigung des Brandschutts im stark zerstörten Gallus-Viertel. Eine Familie in Eckenheim, das die Bombennächte ohne wesentlichen Treffer überstanden hatte, überließ ihm für ein paar Pfennige einen feuchten Kellerraum ohne Fenster. Aus einem zerstörten Haus stahl er ein Bett und trug es in seinen Keller, aus einem anderen Haus nahm er einen Tisch und einen Stuhl mit. Im Flur des Kellers gab es einen funktionierenden Wasserhahn, an dem er sich morgens und abends waschen konnte.

Der weitgehend zerstörte Zoo suchte dringend Arbeitskräfte. Er bewarb sich und erklärte, er sei auf einem Gut in Ostpreußen aufgewachsen. Mit Tieren kenne er sich aus. Zusammen mit fünf anderen Arbeitern trug er die Reste des zerstörten Aquariumturms ab.

Als die Frankfurter Universität im April 1946 die Vorlesungen wieder aufnahm, war er einer der ersten Studenten, die aufgenommen wurden. Er schrieb sich in die Fächer Volkswirtschaft und Geschichte ein. Drei Semester lang war er Bauarbeiter und Student zugleich. Die Rote-Kreuz-Studentengruppe, die wohlhabendere Kommilitonen an der Uni gegründet hatten, unterstützte ihn mit Kleidern und Essensspenden. Er reduzierte die Arbeit im Zoo, las und schrieb nun in jeder freien Minute, und tatsächlich, seine Leistungen und Noten verbesserten sich. Bald galt er als einer der besten Studenten seines Jahrgangs.

Als die Abschlussprüfungen bevorstanden, wurde er ins Rektorat gerufen.

»Sie sollen morgen um acht Uhr bei der Deutschlandbank sein. Jemand will mit Ihnen reden.«

*

Das war er also, der berühmte Bankier.
Hermann Josef Abs war ein hochgewachsener Mann, der selbst hinter einem alten Holzschreibtisch eine Weltläufigkeit ausstrahlte, die Otto Hartmann tief beeindruckte.
»Sie studieren Volkswirtschaft, wie ich höre. Sie sind Jahrgangsbester, und Sie waren im Krieg.«
»Jawohl«, sagte Otto Hartmann.
Abs lachte. »Hier sind wir nicht mehr bei den Soldaten«, sagte er.
»Jawohl.«
»Erzählen Sie mir mal etwas über Ihr Leben.«
»Ich wurde in einem kleinen Dorf zwischen Insterburg und Königsberg in Ostpreußen geboren. Mein Vater war Stallmeister auf dem Gut der von Mahnkes. Ich habe die Schule in Insterburg besucht. Schon früh half ich meinem Vater in den Stallungen, auf den Weiden und beim Hufschmied. Als der Krieg kam, wurde ich als Kraftfahrer eingesetzt. Ich lag vor Leningrad, als die Stadt belagert wurde. Dann wurde ich nach Griechenland versetzt. Mit dem Abzug der Wehrmacht kam ich nach Deutschland zurück, und es verschlug mich nach Frankfurt. Ich wollte unbedingt studieren …«
»Gut«, unterbrach ihn Abs. »Das hört sich vernünftig an. Sind Sie verheiratet?«
»Nein.«
»Das sollten Sie ändern.«
»Jawohl.«
»Jetzt hören Sie mal mit dem ständigen ›Jawohl‹ auf. Ich bin Zivilist. Und Rheinländer. Westpreuße, wenn sie verstehen. Da mag man den schneidigen Ton nicht.«
»Ja … Okay!«
Abs lachte. »Sie lernen schnell.«
Dann blickte er zum Fenster hinaus. »Was sehen Sie da draußen?«, fragte er.
»Ein zerstörtes Deutschland.«
»Schmerzt es Sie?«

»Sehr.«
»Wir sind dabei, es wieder aufzubauen. Wenn man die zerbombten Straßen da draußen sieht, kann man es sich vielleicht nicht vorstellen. Wir werden das Land wieder groß machen. Die Rahmenbedingungen haben sich geändert, aber die handelnden Männer sind dieselben. Wir werden uns nicht nur behaupten und unsere Arbeit nicht nur fortsetzen, wir werden erfolgreicher sein als zuvor. Verstehen Sie?«
»Absolut.«
»Bislang haben wir uns in der Tugend der Besiegten geübt – der Geduld. Bald werden wir wieder stärker hervortreten. Machen Sie sich klar: Bankiers sind keine Helden. Wir sind keine Überzeugungstäter, die für ihre Ideen notfalls sterben. Wir wägen nüchtern Chancen und Risiken ab. Wir passen uns den gegebenen Situationen geschmeidig an. Stimmen Sie mir zu?«
»Ich stimme Ihnen aus voller Überzeugung zu.«
»Die Welle trägt einen, aber man kann sie nicht beherrschen. Es kommt darauf an, oben auf dieser Welle zu schwimmen. Sind Sie dabei? Auf dieser Welle?«
»Jawohl.«
Der Bankier las in einem Papier und runzelte die Stirn. »Eines muss ich Ihnen ganz klar sagen. Wenn Sie es jemals vergessen, werden Sie scheitern. Mit Ihrem Lebenslauf werden Sie immer ein Mann für die zweite Reihe sein. Sie werden niemals – ich wiederhole: niemals! – ganz vorne sein.«
»Die zweite Reihe ist auch ganz schön vorne.«
Abs sah ihn ernst an. »Vergessen Sie das niemals!«
»Ich stand bisher auch immer in der zweiten Reihe. Es ist ein guter Platz für mich.«
Abs lachte, überlegte einen Augenblick, dann sagte er: »Willkommen bei der Bank.«

44. Wittig

Schuster nahm nach dem zweiten Klingeln ab.
»Ich habe eine heiße Spur«, sagte Dengler. »Möglicherweise ist Eifersucht das Motiv für die Entführung. Sie hat in Griechenland jemanden kennengelernt. Ich werde jetzt versuchen, ein bisschen Licht in diese Sache zu bringen.«
»Das ist gut«, sagte Schuster. »Halten Sie mich auf dem Laufenden. Fliegen Sie nach Athen?«
»Ja.«
»Dann wird Ihre tüchtige Mitarbeiterin mir bald eine neue Rechnung schicken.«
Dengler legte auf.

*

Dengler starrte das Telefon an. Vor ihm lag der Zettel mit Petra Wolffs Telefonnummer. Er sehnte sich danach, ihre Stimme zu hören. Mit ihr zu reden. Aber er wusste nicht so recht, was er ihr sagen sollte. Vielleicht war es besser, Petra aus seinem Leben zu streichen. Nicht nur aus beruflichen Gründen. Er griff zum Hörer und legte ihn sofort wieder zurück. Er wusste nicht, wie lange er so gesessen hatte, als das Telefon schrillte. Im ersten Augenblick dachte er, es könnte Petra Wolff sein, und diese Vorstellung löste eine große Freude in ihm aus. Doch der Blick auf das Display zeigte ihm: Berliner Vorwahl. Dengler nahm ab.
»Wittig. LKA Berlin.«
»Hallo, Herr Hauptkommissar, was gibt es Neues?«
»Das wollte ich eigentlich von Ihnen erfahren, Dengler.«
»Wir tappen hier noch vollständig im Dunkeln.«
»Unsere Zusammenarbeit war bisher immer ein Geben und Nehmen. Sollte es nicht so bleiben?«
»Haben Sie was zu geben, Wittig?«

»Ja, und Sie?«
»Wir haben Grund zur Annahme, dass Anna Hartmann eine Affäre in Griechenland hatte.«
»Interessant«, sagte Wittig. »Mit wem?«
»Wir wissen es noch nicht. Ich werde nach Athen fliegen, um es herauszufinden.«
»Dann nennen Sie mir den Namen, ja?«
»Selbstverständlich«, sagte Dengler.
»Und was gibt es bei Ihnen Neues?«
»Wir hatten zwei Einbruchsversuche in der Berliner Wohnung von Anna Hartmann.«
»Festnahmen?«, fragte Dengler elektrisiert.
»Beim ersten Versuch waren zwei Beamte in Hartmanns Wohnung. Der Einbrecher konnte entkommen.«
»Und beim zweiten Mal?«
»Wir haben eine Kamera installiert, weil wir die Manpower dringend woanders brauchen. Es sind sofort zwei Streifenwagen zu Hartmanns Wohnung gefahren, doch offensichtlich hatten die Täter jemand auf der Straße postiert. Deshalb leider kein Zugriff.«
»Was war auf den Aufnahmen zu sehen?«, fragte Dengler.
»Zu wenig. Maskierte Männer mit Sturmhauben und Handschuhen.«
»Keine Fingerabdrücke?«
»Keine Fingerabdrücke. Keine DNA«, sagte Wittig.
»Haben die Täter gezielt nach etwas gesucht?«
Wittig sagte: »Sie sind sofort in den begehbaren Kleiderschrank. Mussten dann aber gleich fliehen, weil unsere Kollegen da waren.«
»Und sie haben alles noch einmal durchsucht?«, fragte Dengler.
»Ja, alles.«
»Ich habe einen Schlüssel zu Anna Hartmanns Wohnung. Ich werde auch noch einmal nachschauen. Sagen Sie das Ihren Kollegen, die vor dem Bildschirm sitzen. Denn klar ist doch Folgendes: Die suchen immer noch etwas.«
»Oder es war ein gewöhnlicher Wohnungseinbruch. Wissen Sie,

wie viele Wohnungen in Berlin Tag für Tag aufgebrochen werden? Vielleicht hat sich in diesen Kreisen herumgesprochen, dass dort aktuell niemand wohnt?«

»Sie suchen noch was«, sagte Dengler. »Sie suchen noch etwas, und wir wissen nicht was.«

Sie beendeten das Gespräch, und Dengler starrte auf den Hörer. Er starrte auf Petra Wolffs Nummer. Langsam legte er die Hand auf den Hörer und zog sie schnell wieder zurück.

45. Petra Wolff

Am nächsten Morgen saß Dengler verärgert vor dem Rechner. Es gab keinen Direktflug von Stuttgart nach Athen. Die Lufthansa flog frühmorgens ab Frankfurt. Petra Wolff hätte sicher schon längst den richtigen Flug für ihn gebucht, ebenso ein Hotel. Vielleicht gab es eine Zeit vor Petra Wolff und eine Zeit danach, und diese gefiel ihm nicht. Er vermisste sie. Ihre Handynummer sprang ihm aus dem Zettel an, der immer noch neben dem Computer lag. Er drehte ihn um.

Sie ist verliebt in dich, hatte Olga gesagt.

Sie ist verliebt in mich.

Und ich, fragte er sich. Was bedeutet das, dass ich ständig an sie denke? Bin ich verliebt? Er drückte den Gedanken sofort weg. Es machte keinen Sinn, darüber nachzudenken. Da war dieser junge Bursche. Karl. Und ich bin viel zu alt für sie. Oder sie ist viel zu jung für mich.

Vielleicht habe ich sie zu Unrecht verdächtigt. Dengler drehte den Zettel um, griff zum Hörer und wählte ihre Nummer. Es meldete sich der Anrufbeantworter – Musik: *Sorry seems to be the hardest word*. Ein Song von Elton John. Aber auf dem Anrufbeantworter in der unschlagbaren Version von Ray Charles: *It's sad, so sad … and it's getting more and more absurd.*

»Hallo, hier spricht Petra. Ich bin nicht zu Hause. Aber eure Nachrichten höre ich mir gerne an. Tschüüs.«

»Hier ist Georg. Es tut mir leid.«

Etwas klickte in der Leitung. Schweigen. Schwer gehender Atem.

»Mir auch«, sagte Petra Wolff.

»Ich habe einen Fehler gemacht.« Vielleicht, fährt es ihm durch den Kopf.

»Du bist ein Riesenarschloch.«

»Kann sein.«

»Fick dich.«

»Das kann ich nicht.«

»Warum nicht?«

»Ich weiß nicht, wie das geht.«

Unterdrücktes Lachen.

Immerhin. Dengler fasste es als Ermutigung auf. »Komm zurück ins Team«, sagte er.

»Niemals«, sagte Petra Wolff und legte auf.

*

Am Abend saß er mit Olga im Vetter. Claudia, die Wirtin, hatte ihnen einen ruhigen Platz am Stammtisch reserviert.

»Mein Verdacht, dass Petra Wolff uns verraten hat, besteht immer noch«, sagte Dengler.

Olga schüttelte den Kopf.

»Dass sie es abgelehnt hat, mit uns weiterzuarbeiten, ist doch der Beweis, dass sie keine Verräterin ist.«

Sie schaute Georg unvermittelt in die Augen. »Du vermisst sie, nicht wahr?«

»Ja«, sagte Dengler, »das stimmt.«

»Du musst mit ihr reden«, sagte Olga. Sie griff in ihre Handtasche, zog ihr Handy hervor und schob es zu Dengler hinüber. »Und jetzt entschuldige mich für einen Augenblick.«

46. Teambesprechung 7

»Ich bin nur dabei, wenn mein Gehalt um tausend Euro erhöht wird«, sagte Petra Wolff. »Das betrachte ich als angemessenes Schmerzensgeld für die Beleidigungen, die mir in dieser Firma zugefügt wurden.«

»Ich glaube nicht, dass die Firma Dengler dir das länger als ein paar Monate bezahlen kann.«

»Papperlapapp«, sagte Petra Wolff. »Ich setze mich sofort hin und schreibe die nächste Rechnung ans Auswärtige Amt.«

»Um Gottes willen, sei vorsichtig, sonst kicken die mich da ganz raus.«

»Lasst uns noch einmal zusammentragen, was wir wissen«, sagte Olga.

Dengler verschränkte die Arme hinter dem Kopf.

»Wir wissen es nicht zu hundert Prozent, jedoch ist Folgendes wahrscheinlich: Jemand hat ein Team zusammengestellt, das Anna Hartmann entführt hat. Wir konnten zwei Personen dieses Teams identifizieren. Einer wurde erschossen, der andere lebt vermutlich auch nicht mehr. Ein Dritter aus dem Team bekam es mit der Angst zu tun und wollte mich mit einer Tracht Prügel dazu bringen, die Ermittlungen dranzugeben. Er fürchtete um sein Leben.«

»Zu Recht«, sagte Olga, »denn mithilfe von Petra gelang es uns, ihn zu identifizieren – mit dem Ergebnis, dass er dann in dem Boxclub erschossen wurde.«

»Aber das war's, mehr haben wir nicht«, sagte Petra Wolff.

»Doch«, sagte Olga, »während deiner … ähm, temporären Abwesenheit … habe ich den Facebook-Account von Anna geknackt. Wir wissen, sie hatte eine Affäre mit einem griechischen Künstler, einem Maler.«

»Gratulation«, rief Petra Wolff aus, »das hätte ich unserer smarten Anna gar nicht zugetraut. Sieht er gut aus?«

»Ja«, sagte Olga, »Typ griechischer Fischer, aber sehr feine Gesichtszüge. Zarte feingliedrige Hände.«

»Klingt aufregend. Was malt er denn?«, fragte Petra Wolff.

»Abstraktes Zeug, Blau-weiß-gelb irgendwas. Aber nicht schlecht.«

»Ich habe einen Flug morgen um sechs Uhr ab Frankfurt gebucht«, sagte Dengler.

»Und wie willst du ihn in Athen finden?«

»Wir kennen die Bewegungsdaten seines Handys«, sagte Olga. »Künstler haben wahrscheinlich feste Angewohnheiten. Dieser jedenfalls ist jeden Tag um zehn Uhr im selben Café.«

»Wie willst du vorgehen? Kannst ihn ja schlecht verhaften.«

»Ich werde ihn observieren, um sein Umfeld kennenzulernen. Vielleicht finde ich darin weitere Anhaltspunkte.«

»Du wirst dich unsichtbar machen«, sagte Petra Wolff. »Klebst du wieder einen falschen Bart an?«

Dengler lachte. »Diesmal ist das nicht notwendig. Er kennt mich nicht. Petra, eine Bitte: Könntest du mir ein Hotel buchen? Ich habe noch keines gefunden. Athen scheint ausgebucht zu sein.«

»Ich hätte zweitausend Euro Gehaltserhöhung verlangen sollen.«

47. Athen

Das *I Oraia Ellas* war das ideale Café für Verliebte. Ein dreistöckiges, verwinkeltes Café mit mehreren Terrassen und vielen Tischen im Freien. Das Erdgeschoss war der Durchgang zwischen zwei Straßen, darüber eine Galerie mit einer Außenterrasse und oben eine Dachterrasse, die allerdings geschlossen war. In dem unteren Durchgang bestanden die Wände aus Vitrinen. In einer

sah Dengler alte Werkzeuge: Kupferkessel, kleine medizinische Mörser, antik wirkende Eisenwerkzeuge. In einer anderen Vitrine wurden alte Tonkrüge und -schalen ausgestellt. In einer weiteren sah er aus Holz gefertigte historische Schiffe und nautische Geräte, deren Zweck er nicht kannte.
Dengler war als junger Zielfahnder bereits einmal in Athen gewesen. Er jagte damals einen Terroristen der Roten-Armee-Fraktion. Man wusste von ihm, dass er sich in Griechenland versteckte und dass er täglich die *Süddeutsche Zeitung* las. Er koordinierte damals die Überwachung aller Kioske, die das Blatt verkauften. Sein erster großer Fahndungserfolg.
Auch damals saß er in diesem Café. Das Mobiliar sah nun anders aus, aber er erinnerte sich, dass er hier mit den griechischen Kollegen die Verhaftung geplant hatte.
Lange her.
Dengler setzte sich an einen Tisch auf der Galerie, denn hier hatte er den besten Überblick über das gesamte Café, und er würde Petros sofort sehen, wenn dieser das Lokal betrat.
Warum hatte Petros alle Nachrichten von Anna Hartmann auf seinem Handy gelöscht? Machte ihn das verdächtig? Vielleicht hatte er eine neue Freundin. Vielleicht hatten Anna und er Streit gehabt. Vielleicht war auch einfach der Speicher seines Gerätes voll gewesen. Es gab möglicherweise eine ganz einfache Erklärung für das Löschen von Annas Nachrichten. Merkwürdig war es trotzdem. Wenn Petros erschien, würde er ihn nicht sofort ansprechen, sondern ihn eine Weile observieren. Vielleicht ergaben sich dann weitere Informationen.
Dengler hatte kein Buch mitgebracht, auch keine Zeitung. Er wollte konzentriert sein und sich nicht ablenken lassen. Bei einem freundlichen grauhaarigen Kellner bestellte er einen doppelten Espresso und bezahlte sofort. Dies war wichtig, falls er dem Gesuchten folgen musste.
Der Espresso belebte ihn. Er lehnte sich zurück und sah sich im Lokal um. Auf der Außenterrasse saßen drei griechische Frau-

en und unterhielten sich. Eine junge Familie mit zwei Kindern saß auf der Galerie am Fenster und verzehrte ein umfangreiches Frühstück. Der Kellner trat erneut zu ihm, und Dengler bestellte noch einen doppelten Espresso.

Die Sonne schien jetzt durch das Fenster und wärmte ihn. Der Kellner trat erneut an seinen Tisch, und Dengler bestellte einen Cappuccino. Die junge Familie hatte zu Ende gefrühstückt und verließ das Lokal. Stattdessen kam eine Gruppe von drei Männern, die im unteren Teil griechischen Mokka bestellten und sich laut unterhielten. Dengler sah auf die Uhr. Er saß erst 35 Minuten in dem Café. Der Kellner sah ihn mit fragendem Gesicht an. Dengler nickte, und kurze Zeit später stand der nächste Cappuccino vor ihm.

Nach einer weiteren halben Stunde wurde ihm langweilig. Außerdem bemerkte er, wie der Kellner ihn aus dem Augenwinkel beobachtete. Dengler sah sich eine Vitrine mit alten Holzbearbeitungsgeräten, mit Hobeln und Feilen an und dann bestellte er erneut einen Cappuccino. Als der Kellner die Tasse vor ihm abstellte, rebellierte sein Magen. Ihm wurde schlecht. Er musste die Zeit überbrücken, und er wollte nicht auffallen. Aber ein Deutscher, der regungslos in dem Café saß, zwei doppelte Espresso und drei Cappuccino hintereinander trank, war so auffällig wie ein bunter Hund.

Er stand auf, ging die schmale Straße hinauf zum Hotel Plaka, fuhr mit dem Aufzug in den fünften Stock, klemmte sich in seinem Zimmer zwei Romane von Petros Markaris unter den Arm, die er auf dem Frankfurter Flughafen gekauft hatte, und kehrte zurück in das Café. Dengler bestellte einen weiteren Cappuccino. Er nahm sich vor, nach jeder halben Seite einen Blick durchs Lokal schweifen zu lassen, und schlug die Stelle in dem Roman auf, bei der er zuletzt aufgehört hatte. Es ging um eine Mordserie an Bankmanagern, die alle mit einem historischen Schwert geköpft wurden. Er fand den Roman gut geschrieben und bemerkte plötzlich, dass er zwei Seiten gelesen hatte, ohne den Blick zu heben.

Er war erst anderthalb Stunden auf seinem Posten. Als der Kellner ihn mit einem fragenden Gesicht ansah, schüttelte Dengler den Kopf. Kein Cappuccino mehr. Da brachte ihm der Mann einen Teller mit griechischen Vorspeisen und einen Korb mit Brot. Ein Geschenk des Hauses. Dengler dankte ihm erfreut. Ob er vielleicht ein Glas Weißwein wolle, fragte der Mann. Warum eigentlich nicht, dachte Dengler und nickte. Er blieb in dem Café bis neun Uhr abends sitzen.

Zwei Tage später konnte er weder Cappuccino noch Espresso mehr sehen. Er hatte ein neues Buch von Markaris dabei, in dem Terroristen eine Fähre nach Kreta entführen.

Am dritten Tag dachte er daran, aufzugeben.

Am vierten Tag um 10.30 Uhr kam Petros ins Café, setzte sich an einen Tisch im unteren Bereich und schlug eine Zeitung auf. Der Kellner trat zu ihm, und die beiden redeten. Gut, Petros war hier also bekannt. Dengler bestellte einen Cappuccino, bezahlte ihn sofort und kämpfte gegen die aufkommende Übelkeit. Er klappte den Roman zu und beobachtete Petros. Er war überrascht. Seine Zielperson war ein sympathischer Typ. Er hatte ein offenes längliches Gesicht. Schwarze wuschelige Haare, Fünftagebart. Was hatte er erwartet? Eine Verbrechervisage? Petros war hochgewachsen, Dengler schätzte ihn auf 1,85 Meter. Er trug Jeans und ein weißes Hemd, einen blauen Pullover hatte er sich lässig um die Schultern gebunden. Er sah aus wie der Typ aus der Gauloises-Werbung, an die Dengler sich erinnerte.

Dengler hob vorsichtig sein Smartphone und schoss zwei Fotos, als Petros plötzlich aufsprang. Mit einer schnellen Bewegung ließ Dengler das Telefon in die Hosentasche gleiten. Aber seine Zielperson hatte nicht bemerkt, dass er ihn fotografiert hatte; vielmehr war eine ältere Frau an Petros' Tisch getreten.

Die Frau war um die sechzig, zwei Köpfe kleiner als Petros, und von kräftiger Statur. Sie trug einen dunklen Rock, feste Strümpfe und klobige Schuhe. Ihre Haare waren dunkel, aber der graue Ansatz war gut zu sehen. Die beiden umarmten sich und redeten laut miteinander. Petros bot ihr mit einer Handbewegung den Platz ihm gegenüber an, und beide setzten sich. Jetzt bemerkte Dengler, dass der Frau der rechte Arm fehlte. Dort, wo die Hand aus der Bluse ragen sollte, war – nichts. Der Ärmel war mit einer Sicherheitsnadel an die Bluse gesteckt. Sie hatte eine Reisetasche bei sich.

Die beiden unterhielten sich immer noch lebhaft und achteten nicht auf ihn. Dengler zog das Smartphone aus der Hosentasche, fokussierte die beiden auf dem Bildschirm und knipste drei Bilder. Zehn Minuten später brachen der junge Mann und die ältere Frau auf; der junge Mann trug ihre Reisetasche über seiner Schulter. Sie gingen auf die befahrene Straße und zogen plaudernd in Richtung des Hotels Plaka. Dengler folgte ihnen auf der anderen Straßenseite. Vor dem Hotel stiegen sie in eines der wartenden gelben Taxis. Der Taxifahrer schloss die Reisetasche der Frau in den Kofferraum und warf sich schwungvoll hinter das Lenkrad. Georg Dengler beschleunigte seine Schritte und öffnete die Beifahrertür des dahinterstehenden Taxis. Er setzte sich auf den Beifahrersitz und sagte zu dem überraschten Fahrer: »Please follow this car!«

Der Fahrer sagte etwas auf Griechisch zu ihm.

»Go, go, go ahead«, sagte Dengler und wies auf das Taxi vor ihnen, das sich gerade in den Verkehr einfädelte.

»Δεν έχω ιδέα τι εννοείς«, sagte der Taxifahrer.

In seiner Verzweiflung deutete Dengler erneut auf das Taxi vor ihnen, hinter dem inzwischen schon drei Pkws fuhren.

»Los! Los! Go, go!«, rief Dengler.

Der Fahrer zuckte mit der Schulter und legte den Gang ein. Als der gelbe Škoda mit Petros und der älteren Frau nach rechts abbog, wedelte Dengler mit der Hand und wies in dieselbe Richtung.

»To the right«, sagte er zu dem Fahrer.

»Θέλεις να ακολουθήσω τον συνάδελφο μου, που μεταφέρει τον νεαρό??«

»Ja, ja«, sagte Dengler, »immer Ihrem Kollegen nach.«
Der Fahrer hatte Denglers Wunsch offensichtlich verstanden und fuhr dem anderen Taxi hinterher. »Είσαι γκέι?«, sagte er nach einer Weile.
»Ja, ja«, sagte Dengler, »immer dem Kollegen hinterher.«
Schien ja alles zu klappen.
Sie fuhren jetzt auf einer größeren Ausfallstraße. Beide Fahrer fuhren so riskant, dass Dengler sich für einen Augenblick fragte, ob in Griechenland nicht Linksverkehr gelte.
Nach etwa einer Viertelstunde sah Dengler große Fährschiffe vor sich. Das Ziel war offensichtlich ein Hafen.
»Piräus, Piräus«, sagte der Fahrer.
Das vordere Taxi fuhr in die Hafenanlage und hielt nach zwanzig Metern. Denglers Fahrer hielt zehn Meter dahinter.
»Twenty Euros«, sagte der Fahrer.
Petros und die ältere Frau gingen auf einen Ticketschalter in einem größeren Container zu. Petros verhandelte mit dem Mann auf der anderen Seite der Glasscheibe und kaufte zwei Tickets. Dengler wartete, bis er den Schalter verlassen hatte, trat dann hinzu und sagte: »The same …«
Der Mann hinter dem Schalter sagte zu ihm: »Ich spreche Deutsch.«
»Ich möchte auf dasselbe Schiff wie mein Kollege, der eben die beiden Tickets gekauft hat«, sagte er.
»Sie wollen auch nach Tinos?«, sagte der Mann.
»Genau, nach Tinos«, sagte Dengler und zog seinen Geldbeutel aus der Tasche.

48. Tinos

In Tinos verließen vor allem alte Frauen das Schiff. Alle Arten von alten Frauen: weißhaarige, braun gefärbte, blonde, rothaarige, schwergewichtige, sehr viele Frauen und fast alle alt, sehr alt und die meisten ohne Männer. Es machte den Eindruck, als hätten sich Dutzende Seniorinnen zu einem gemeinsamen Ausflug verabredet. Dengler half einer alten Dame, den Koffer zu tragen, und sofort drückte ihm eine zweite einen braunen Koffer in die Hand. Jetzt schleppte er beide Gepäckstücke mehrere Treppen zum Ausgang des Schiffes.

Als er am Fuß der Treppe angelangt war, wollte er den beiden Damen ihre Koffer zurückgeben. Doch die eine von ihnen machte keine Anstalten, ihn zurückzunehmen. Mit einer Handbewegung gab sie ihm zu verstehen, er solle ihn bis zum Ausgang tragen. Die andere nickte. Vor ihm hatte sich bereits eine kleine Menschenansammlung eingefunden, und Dengler musste an die Spitze der zum Ausgang strömenden Menschen kommen, um seine Zielperson zu finden. Er drängelte sich nach vorne, doch das führte dazu, dass die beiden Frauen anfingen zu schreien. Eine nahm ihn am Arm, zog daran und schrie ihm Unverständliches ins Gesicht. Sie riss jetzt an ihrem Koffer, und Dengler gab ihn ihr gerne zurück.

Als Dengler endlich an der großen Klappe ankam, hatten schon Dutzende von Passagieren das Schiff verlassen, und ein ganzer Konvoi von Autos ebenso. Er blieb an der Seite stehen und wartete. Aber Petros kam nicht vorbei. Er hatte ihn verloren.

49. Knien

Und plötzlich sah er ihn. Petros stand vor einem Lokal und rauchte. Hin und wieder blickte er suchend die Hafenstraße entlang. Offensichtlich wartete er auf jemanden, vermutlich auf die ältere Frau, mit der er auf die Insel gereist war. Für einen Augenblick überlegte Dengler, ob er sich zu erkennen geben sollte, verwarf diesen Gedanken jedoch sofort wieder. Besser war es, wie geplant, erst das Umfeld dieses Petros aufzuhellen. Dengler drehte sich schnell um, damit seine Zielperson ihn nicht wiedererkannte, und ging dann langsam auf die andere Straßenseite.

Er fiel auf. Und er wusste es. Die meisten Leute auf dem Platz am Hafen waren Griechen. Die Frauen in Sonntagskleidern, manche in Rot, manche in Blau, manche in einem dunklen Grün, die meisten in hochhackigen Schuhen; die Männer trugen Anzüge, viele weiße Hemden und Krawatten. In seinen Jeans und dem weiten Pullover fühlte sich Dengler deplatziert. Er trat weiter in den Schatten des Cafés und schaute zurück. Petros warf gerade mit einer ungeduldigen Geste die Zigarette auf den Boden und trat sie aus. Dann ging er auf den Platz und mischte sich unter die Umstehenden. Er wurde von einer Gruppe von Männern in schwarzen Anzügen verdeckt, und Dengler befürchtete, seine Zielperson aus den Augen zu verlieren. Deshalb bewegte er sich vorsichtig in die Richtung, in der er Petros zuletzt gesehen hatte. Er war verschwunden.

Dengler beschleunigte seinen Schritt und ging durch die immer zahlreicher werdenden festlich gekleideten Gäste. Mit einer plötzlichen Bewegung änderte er die Richtung und stieß mit einem jungen Mann zusammen. »Sorry«, sagte Dengler und erstarrte. Der junge Mann war Petros. Wie in Zeitlupe sah Dengler, wie Petros erst mit einem Lächeln ausdrücken wollte, dass der Zusammenstoß nicht der Rede wert sei, dann aber stockte und ihn erkannte. Es kam ihm vor, als könne er die Gedanken des jungen Mannes lesen: Das ist doch der Typ, den ich schon in Athen und auf der Fähre gesehen habe. Die hochgezogenen Augenbrauen signalisierten Vorsicht und Misstrauen.

Dengler wandte sich ab und ging mit schnellen Schritten zu der Straße, die hinauf zur Kirche Panagia Evangelistria führte, und tat so, als habe er ein Ziel. Er wusste, er durfte jetzt auf keinen Fall zurückschauen, um den Verdacht des Mannes nicht noch zu verstärken. Er ging in eine kleine Seitenstraße und blieb stehen. Er wartete einen Moment und dann sah er vorsichtig um die Ecke. Petros hatte es offensichtlich aufgegeben zu warten. Er überquerte zielstrebig den Platz und ging auf die Straße zu, die den Berg hinaufführte. Dengler ließ ihn passieren und trat auf den Platz, wo sich inzwischen eine größere Menschenmenge versammelt hatte.

Jetzt sah er einen schmalen grauen Teppich, nicht breiter als einen Meter, der auf der rechten Straßenseite ausgelegt war und den Berg hinauf bis zur Kirche führte. Am Anfang des glitzernden grauen Bandes drängte sich eine Gruppe von Menschen, meist ältere Frauen und Männer, zusammen. Jetzt sah er, wie sich drei Frauen bekreuzigten, niederknieten und begannen, auf allen vieren, auf Knien und Händen, den Berg hinaufzukriechen. Hinter ihm bekreuzigten sich zwei Männer. Dann gingen auch sie in die Knie und begannen den Berg hinaufzukrabbeln. Die Gruppe am Anfang des Teppichs formierte sich jetzt zu einer Schlange und einer nach dem anderen bekreuzigte sich, kniete nieder und kroch auf dem Teppich den Berg hinauf. Dengler erkannte, dass die meisten Frauen und Männer dicke Knieschützer aus blauem Plastik trugen.

Dann sah er Petros. Seine Zielperson sprach mit einem Verkäufer, der an seinem Stand mannshohe gelbe, rote und blaue Kerzen anbot sowie blaue Knieschützer, wie Dengler jetzt erkannte. Plötzlich sah Petros auf, und sie sahen sich in die Augen. Wieder schien es Dengler, als könne er im Gesicht des Griechen lesen: das Erkennen, die Verwunderung, das Nachdenken und den Entschluss, diesen Verfolger loszuwerden.

Petros wandte sich zu dem Verkäufer um, redete kurz mit ihm, reichte ihm einen Geldschein, winkte ab, als der Verkäufer ihm Wechselgeld zurückgeben wollte, griff sich dann ein Paar blaue Knieschützer von der Auslage und stellte sich bei der Gruppe der Pilger an. Hin und wieder warf er einen kurzen Blick auf Dengler, der immer noch an der Ecke stand und ihn beobachtete. Wenn eine Observation aufflog, machte es keinen Sinn mehr, sich zu verstecken. Entweder man verschwindet oder man wandelt die ganze Sache in eine offene Überwachung um. Doch vielleicht, wenn er sich ebenfalls als Pilger ausgab, konnte er Petros täuschen. Auf jeden Fall durfte er ihn nicht aus den Augen verlieren. Langsam ging er auf den jungen Griechen zu.
Petros bekreuzigte sich und kniete nieder, als Dengler die Gruppe vor dem grauen Teppich erreichte. Ein Mann und sieben Frauen standen vor ihm und warteten darauf, den Pilgertrip zu beginnen. Gut, er würde Petros nicht aus den Augen verlieren. Oben, wenn sie an der Kapelle angekommen waren, würde er ihn ansprechen und ihn bitten, mit ihm über Anna Hartmann zu reden. Hier, inmitten der vielen frommen Pilger, war es ungünstig. Zwei der Frauen vor ihm stützten sich auf Krücken, und Dengler sah, dass der Mann vor ihm hinkte. Auch zwei weitere Frauen vor ihm bewegten sich merkwürdig.
Offenbar war dies ein Ort der Marienverehrung wie Lourdes in Frankreich, wohin eine seiner Tanten regelmäßig aufgebrochen war in der Hoffnung, dass ihr Hüftleiden geheilt würde. Ihr half die Muttergottes nicht, erst eine Operation und ein neues Gelenk beendeten ihre Schmerzen. Nun zog Dengler bei jedem Schritt den Fuß etwas nach und tat so, als habe auch er eine Gehbehinderung. Das würde Petros' Verdacht vielleicht zerstreuen.
Jetzt stand Dengler vor dem grauen Teppich. Er zog das rechte Bein nach und kniete sich nieder. Hinter sich hörte er ermunterndes griechisches Gemurmel. Zwei alte Frauen, zahnlos die eine, mit einem Krückstock die andere, standen hinter ihm. Die blauen Knieschützer unter ihren dunklen Röcken formten ihre Beine zu

merkwürdigen Skulpturen. Er schenkte den beiden ein unsicheres Lächeln und kroch los.
Dengler duckte sich instinktiv, als er sah, dass Petros sich weiter oben umdrehte. Vor Dengler war eine Frau mit einem ausladenden Hinterteil. Sie trug einen schwarzen Rock, und er kauerte sich hinter sie in der Hoffnung, sie würde ihn vollständig verdecken. Die Säume ihres schwarzen Rockes waren mit blauweißen Mustern bestickt. Sie kam nur mühsam vorwärts. Mit der linken Hand stemmte die Frau sich mit einer Faust auf den Boden, ihre rechte lag flach auf dem Boden. Offenbar hatte ihr rechter Arm nur wenig Kraft. Der steile Weg bergauf auf allen vieren strengte sie sichtlich an. Sie schaffte pro Beinbewegung nur wenige Zentimeter. Ihr rechter Fuß und das Gelenk waren bandagiert. Dengler kroch langsam hinter ihr her und zog das rechte Bein nach.
Nach einigen Minuten spürte er einen ziehenden Schmerz im rechten Kniegelenk. Er verlagerte das Gewicht auf das linke Knie, mit der unangenehmen Folge, dass nun beide Knie schmerzten. Er sah nach vorne und beobachtete Petros, der mit gleichmäßigen Bewegungen den Berg hinaufkroch. Dengler beneidete ihn um die Knieschützer. Hin und wieder sah Petros zurück, und dann verfluchte Dengler ihn für diesen beschwerlichen Pilgerweg.
Als er ein Viertel des Weges geschafft hatte, wurden die Schmerzen in den Knien unerträglich. Der ziehende Schmerz war einem bösartigen Stechen gewichen. Vor ihm schnaufte die dicke Frau so laut und kläglich, dass Dengler befürchtete, ihr Herz könne jeden Augenblick aussetzen. Die alten Frauen hinter ihm setzten Knie vor Knie, zäh und schweigend, mit zusammengekniffenen Mündern, sodass Dengler vermutete, dass sie diesen Weg nicht das erste Mal auf Knien hochrutschten.
Er hatte längst den Versuch aufgegeben, eine Behinderung vorzutäuschen. Er biss die Zähne zusammen, verharrte eine kurze Weile auf allen vieren und schob sich dann weiter voran. Er merkte, dass er den Mund ebenso zusammenkniff wie die alten

Weiber hinter ihm. Und irgendein innerer Schweinehund fragte ihn: Warum machst du diesen Scheiß eigentlich mit? Noch zehn Kniebewegungen und er konnte ihm keine sinnvolle Antwort geben. Er stützte sich mit der rechten Hand ab und versuchte aufzustehen.

Dengler schwankte und stand dann unsicher auf den Beinen. Im Inneren seiner Knie loderte ein Höllenfeuer. Er machte einen Schritt – und spürte, wie ihn etwas an den Hosenbeinen zog.

Die alte Frau hinter ihm hatte ihre Hand in den Saum seiner Jeans gekrallt und starrte ihn mit aufgerissenen Augen an. Sie öffnete den Mund und schrie: »Ένα θαύμα!«[1] Dengler wies auf seine Knie, um ihr mitzuteilen, dass sie so sehr schmerzten, dass er mit diesem Schmerz nicht mehr weiter den Berg hochrutschen könne. Sie schien nicht zu verstehen. »Κοίτα εδώ – μπορεί να περπατήσει και πάλι!«[2], rief sie laut. Passanten drehten sich um, Pilger auf Knien hoben die Köpfe. Jetzt rief auch eine andere Frau mit lauter Stimme: »Είναι ένα θαύμα!«[3] Die dicke Frau vor ihm wandte sich erstaunlich schnell auf allen vieren um und umklammerte seine Beine. »Κύριε μου βοηθήστε με και εμένα«[4], rief sie.

Dengler, völlig verwirrt, bückte sich und versuchte ihre Hände von seinen Beinen zu lösen. Er erklärte auf Deutsch und Englisch, er könne nicht mehr auf seinen Knien rutschen, weil sie zu sehr schmerzten, aber es nutzte nichts. Immer mehr Menschen fassten ihn an. Sie lachten und riefen »Ένα θαύμα!«. Mit rauschendem Gewand kam ein Pope den Berg hinuntergelaufen, ein silbernes Kreuz mit beiden Händen umfassend.

Aus den Augenwinkeln sah Dengler, wie sich Petros nur wenige Meter oberhalb erhob und sich mit der flachen Hand den Staub von den Knien abschlug. Er sah zu Dengler hinüber und lachte. Dann winkte er ihm zu und verschwand.

---

1 Ein Wunder!

2 Schaut nur – er kann wieder gehen!

3 Es ist ein Wunder geschehen!

4 Mein Herr, hilf auch mir!

50. Kirche

Zwei große Treppen führten hinauf zu der Kirche aus weißem Stein. Die Gläubigen drängten sich an die beiden Eingänge. Frauen stellten sich auf die Zehenspitzen, um besser in die Kirche schauen zu können, Männer hoben Kinder über ihre Köpfe, und auf dem Boden suchten die Pilger kriechend einen Pfad zwischen den Anzug- und Strumpfhosen. Aus den weit offen stehenden Türen drang der Geruch von Schweiß und Weihrauch.
Auch Dengler stellte sich auf die Zehenspitzen in der Hoffnung, im Inneren seine Zielperson zu entdecken. Doch es war in der Kapelle zu dunkel, die Menschen standen zu dicht gedrängt, sodass er kaum etwas erkennen konnte. Der Geruch des Weihrauchs wirkte leicht betäubend auf ihn und weckte Erinnerungen an seine Kirchenbesuche als Kind in Altglashütten, an die Weihnachtsmette, die er einmal mit seiner Mutter und den Tanten im Freiburger Münster erlebt hatte.
Es hatte eine halbe Stunde gedauert, bis er mithilfe des Popen den umstehenden Frauen erklärt hatte, dass die Heilige Maria ihn nicht geheilt hatte, sondern dass drastische Knieschmerzen ihn zum Aufgeben und Aufstehen gezwungen hatten. Zum Glück sprach der Geistliche gebrochenes Englisch und übersetzte seine Erklärung ins Griechische. Doch die beiden Frauen, die hinter ihm den Berg hinaufgekrochen waren, glaubten ihm nicht, sondern bestanden darauf, dass Dengler das Bein nachgezogen habe und jetzt offenkundig geheilt sei, von den Knieschmerzen abgesehen. Es bedurfte der Autorität des Popen, um die Frauen zu beruhigen, auch wenn sie nicht überzeugt waren, so schwiegen sie dann doch letztlich und ließen Dengler ziehen.
Die Umstehenden identifizierten ihn als Touristen oder zumindest als Fremden, ein Mann ließ ihn vorbei, eine jüngere Frau rückte zur Seite, und eine Mutter zog ihre beiden Kinder zu sich heran, sodass sich vor Dengler ein schmaler Pfad in das Innere

der Kirche bildete. Gleich links neben dem Eingang überreichten Besucher einem dicken, graubärtigen Popen Geschenke, kauften schmale gelbe Kerzen, die sie anzündeten und, die Flamme mit einer Hand schützend, in ein Gestell mit weiteren zahlreichen Kerzen steckten. Durch einen schmalen Gang gelangten sie zu einer Ikone, die die Heilige Muttergottes darstellte, knieten nieder, bekreuzigten sich, standen wieder auf und küssten die Glasscheibe, die die Ikone schützte. Daneben stand ein Pult, auf dem die Gläubigen ihre Wünsche an die Heilige Maria aufschrieben und den Zettel dann auf einen silbernen Teller legten, der kurz danach von einem sehr dicken Popen geleert wurde.

Dies war auffällig: Die einzig dicken Menschen in der Kirche waren die Popen mit ihren enormen Bäuchen und ebenso beeindruckenden langen Bärten. Ihnen näherten sich Männer und Frauen, ehrfürchtig, mit gesenktem Haupt, und küssten ihnen die Hand. Die Geistlichen nahmen diese Unterwerfungsgesten mit einer gelangweilten Routine entgegen. Die meisten Besucher stellten sich dann in die Schlange vor einer der vielen Ikonen an der Wand an. Sie warteten geduldig, bis sie an der Reihe waren, knieten nieder, bekreuzigten sich und küssten das Bild. Manche liefen von Bild zu Bild und küssten die Glasscheiben, die entsprechend verschmiert aussahen. Gesund kann das nicht sein, dachte Dengler. Obwohl sich ständig bekreuzigt wurde, herrschte eigentlich keine fromme Atmosphäre, es war eher ein Kommen und Gehen, ein Sichunterhalten, ja, es hatte etwas Geschäftiges. Von Zeit zu Zeit wischte ein Pope mit einem Lappen über die verschmierten Glasscheiben.

Es dauerte eine Stunde, bis Dengler in dem Gedränge des Kirchenraumes sicher war, dass Petros nicht in der Kapelle war. Mühsam bahnte er sich einen Weg zum Ausgang und ging an den kriechenden Pilgern vorbei den Berg hinunter zum Hafen.

Er hatte seine Zielperson verloren.

Er wartete eine Stunde im Hafen, bis die Fähre kam. Vier Stunden später war er in Piräus und nahm ein Taxi zurück in die Athener Altstadt.

51. Petros

Drei Tage und unzählige Cappuccini später sah er Petros, wie er sich dem Café näherte. Dengler stand auf und verbarg sich hinter einer Säule im Innenraum. Nachdem Petros sich gesetzt hatte, trat er von hinten an ihn heran und klopfte ihm auf die Schulter. Erschrocken drehte sich seine Zielperson um.

»Ich suche Anna Hartmann. Wissen Sie, wo sie ist?«

Petros Koronakis sah ihn lange an. »Das möchte ich auch gerne wissen«, sagte er in gut verständlichem Deutsch.

*

Auf Petros' Empfehlung hin hatte sich Dengler einen Fetakäse mit Brot bestellt.

»Ich muss zugeben«, sagte Dengler, »dieses Fetazeug schmeckt wahnsinnig gut. Aber erzählen Sie mir von Anna.«

»Wo ist sie?«

»Ich weiß es nicht. Ich bin von ihrem Arbeitgeber beauftragt, sie zu suchen.«

»Sie ist also tatsächlich … verschwunden? Nicht nur für mich?«

»Nein. Ihr Arbeitgeber sucht sie. Ihre Eltern suchen sie, die Schwester sorgt sich. Alle wollen wissen, wo Anna ist.«

»Sie hat also nicht mit mir gebrochen, sondern sie ist wirklich … weg?«

»Sie ist verschwunden, und ich suche sie.«

»Wie kommen Sie auf mich?«

Dengler schüttelte nachsichtig den Kopf. »Ich bin Privatermittler. Mein Job sind Nachforschungen, und meine Nachforschungen haben ergeben, dass Sie ein Verhältnis mit ihr hatten.«

»Kein Verhältnis. Es war … sehr viel mehr.«

»Bitte erzählen Sie.«

»Wo soll ich anfangen?«

»Erzählen Sie mir, wie Sie sich kennengelernt haben.«
Petros lächelte versonnen, wie jemand lächelt, der sich eine schöne Erinnerung ins Gedächtnis zurückruft.
»Wir haben nicht viele Parks in Athen. Doch mein Lieblingspark ist der direkt neben dem Parlament. Kennen Sie ihn?«
Dengler schüttelte den Kopf. »Leider nein.«
»Schade. Ich finde ihn sehr schön und bin gerne dort. Wie so vieles hier in der Stadt verweist auch er direkt auf die Antike. Er gehörte einst dem Philosophen und Botaniker Theophrastos von Eresos, einem Nachfolger des Aristoteles. Der Garten war ein Geschenk …«
Dengler sah auf seine Uhr. »Mich interessiert vor allem, wie Sie Anna Hartmann kennengelernt haben.«
»Ich weiß, ich schweife manchmal ab. Damals hatte ich noch einen Hund, Sokrates nannte ich ihn. Ich übernahm ihn von einem Freund, einem Chirurgen, der in die USA auswanderte. Wir kamen von derselben Insel, von …«
»Kann es sein, dass Sie erneut, nun ja, etwas abschweifen?«
Petros lachte. »Allerdings, das kann sein. Jedenfalls, ich führte Sokrates frühmorgens im Park spazieren. Für meine Verhältnisse war es sehr früh am Morgen. Halb acht, ungefähr. Jeden Morgen um sieben musste das Vieh aus dem Haus, die Blase war voll. Sie verstehen?«
Dengler verdrehte die Augen. »Und?«
»Also gut. In dem Park kam mir eine Joggerin entgegen. Eine sehr hübsche Frau, aber erkennbar eine Deutsche.«
»Woran haben Sie das erkannt?«
Petros lachte. »Die strenge Art, wie sie den Blick auf den Boden gerichtet hielt, als sie an mir vorbeirannte! Das war schon typisch deutsch. Kein Lachen, kein Blick. Sie wissen schon: stur geradeaus wie ein Panzer.«
»Und das, finden Sie, ist typisch deutsch?«
»Disziplin und Hierarchie, beides ist typisch deutsch.«
»Disziplin und Hierarchie?«, fragte Dengler. »Das erkennen Sie

an einer joggenden Frau, nur weil sie den Blickkontakt mit Ihnen vermeidet?«

»Na ja, sie hatte auch blonde Haare, eine helle Haut, aber eben auch diesen Panzerblick. Die Deutschen können nicht leben ohne Hierarchie. Sie sind unglücklich, wenn es nicht überall ein Oben und Unten gibt. Im Himmel gibt es Gottvater, am Firmament die Sonne, der Löwe ist der König unter den Säugetieren, der Adler ist es unter den Vögeln, die Rose unter den Blumen, der Mensch ist die Krönung der Schöpfung, und die … – welches Volk ist es wohl unter den Europäern?«

Dengler warf ihm einen ernsten Blick zu.

Petros nickte. »Ja, so seid ihr Deutschen. Hierarchie und Disziplin, das ist euer Wesen. Diszipliniert sogar beim Joggen. Diszipliniert bei der Arbeit, diszipliniert beim Essen.«

»Ach«, sagte Dengler. »Beim Essen sind wir auch diszipliniert?«

Petros beugte sich vor. »Die deutsche Sehnsucht nach Hierarchie. Jeder Mensch wird zuerst nach seiner Wichtigkeit beurteilt. Wir Griechen sehen zuerst den Menschen, egal, wie wichtig er ist, erst dann seine Funktion. Wir …«

»Bleiben wir doch zunächst mal bei der deutschen Disziplin beim Essen.«

»Richtig. Bei den Deutschen folgt alles festgelegten Regeln. Zielstrebigkeit. Keine Abschweifung. Gerade so, wie Sie dieses Gespräch führen. Doch zurück zum Essen: Erst kommt die Vorspeise, dann kommt das Hauptgericht, zum Schluss das Dessert. Das Saure kommt am Anfang und das Süße zum Schluss. Immer. Das Besteck liegt in der richtigen Reihenfolge – perfekt ausgerichtet wie Soldaten beim Exerzieren auf dem Kasernenhof. Und jeder bekommt sein Essen für sich serviert. Wir Griechen bestellen drei Vorspeisen oder fünf oder zehn, wenn uns das passt. Wir würfeln alles durcheinander. Wenn wir am Anfang gerne etwas Süßes wollen, dann bestellen wir's. Die Vorspeisen kommen auf kleinen Tellerchen, und jeder nimmt sich, was er mag. Zum Schluss bezahlt bei uns einer für alle, in Deutschland jeder für sich. Die Deutschen sind sogar beim Essen einsam, hat ein Freund mir mal erklärt.«

Dengler sagte: »Ich glaube, wir kommen jetzt besser zum Park zurück.«

»Zum Park. Gerne. Ich bewundere die deutsche Zielstrebigkeit. Da lief diese schöne Frau mit gesenktem Blick an mir vorbei, und ich sagte mir: Petros, du gehst hier in dem Park so lange spazieren, bis sie dich zumindest einmal anschaut. Der Park ist nicht groß. Sie lief auf dem äußeren Weg, und wenn ich mit meinem Hund die Hälfte der Strecke gegangen war, kam sie mir schon wieder entgegen. Wenn ich sie sah, legte ich mein freundlichstes Grinsen auf, aber es half nichts. Die Miene starr, den Blick zu Boden gesenkt, trabte sie an mir vorbei. Natürlich Kopfhörer in den Ohren. Dreimal, viermal, fünfmal, und ich bei jeder Begegnung die Freundlichkeit in Person – doch sie tat so, als würde sie mich gar nicht bemerken.«

»Und wie geht die Geschichte weiter?«, fragte Dengler.

»Nach der achten Runde begegnete ich ihr nicht mehr. Schade, dachte ich, sie hat aufgehört zu joggen, und zog Sokrates an der Leine zum Parkausgang am Parlament. Doch dann sah ich sie schwer atmend und ebenso schwer humpelnd auf einem der Parkwege. Ich ging zu ihr hin und fragte auf Englisch, ob ich ihr helfen könne. Und sie antwortete mit einem deftigen und sehr unanständigen griechischen Fluch. Sie hatte sich den Fuß umgeknickt. Ich bot ihr an, sie in ihr Hotel zu begleiten. Und das Wunder geschah. Sie willigte ein. Anna hakte sich bei mir unter, und wir humpelten aus dem Park über den Syntagma-Platz ins Hotel Grande Bretagne. Kennen Sie das Grande Bretagne?«

Dengler schüttelte den Kopf.

Petros lachte. Erneut dieses offene, sympathische Lachen. »Der ideale Werbespruch für dieses Hotel wäre: Verkaufen Sie Ihr Auto und bleiben Sie eine halbe Nacht bei uns.«

»Sehr teuer?«, fragte Dengler.

»Sehr, sehr teuer«, sagte Petros. »Staatsgäste steigen dort ab. Und

Sie können sich vorstellen, ich mit diesem Mischlingsköter in dieser vornehmen Halle, klassische griechische Säulen, Polsterstühle und Ledercouches in jeder Ecke, Mosaik auf dem Boden und Ölgemälde an den Wänden. Ich brachte sie auf ihr Zimmer. Was sage ich? Zimmer? Sie bewohnte eine Suite. Ich sagte ihr, ich würde unten in der Halle auf sie warten. Und nach einiger Zeit kam sie tatsächlich. Frisch geduscht. Wunderschön. Nur noch leicht humpelnd. Ich lud sie zu einem Kaffee ein. Hierhin, wo wir beide im Augenblick sitzen.«

»Ein sehr schönes Café.«

»Ich fragte sie, was sie denn beruflich macht. Und dann kam der Schock. Sie sagte: ›Ich arbeite für die Troika.‹ Wenn sie nicht so wunderschön gewesen wäre, wäre ich sofort aufgestanden und gegangen. Wenn sie ein Mann gewesen wäre, hätte ich ihr zusätzlich noch den Kaffee ins Gesicht gekippt. So aber sagte ich etwas wie: ›Das Volk lässt sich am besten vom Luxushotel aus strangulieren. Da sieht man wenigstens nicht, wie die Menschen nach Luft schnappen.‹«

»Darüber war sie wohl nicht erfreut.«

»Nein, sie richtete sich kerzengrade in ihrem Stuhl auf – wieder ganz die Deutsche – und erklärte mir, dass sie gelernt habe, die Dinge nicht einseitig zu sehen. Die Griechen hätten viele Fehler gemacht. Im Augenblick seien sie nicht wettbewerbsfähig. Sie sagte das nicht fanatisch, sondern ruhig, fast nachdenklich. Doch das war in der Zeit der Demonstrationen. Ich sagte zu ihr, sie solle um Himmels willen nicht so laut reden. Es gebe hier in Athen nur wenige Menschen, die ausgerechnet von der Troika wettbewerbsfähig gemacht werden wollten.«

Dengler: »Und wie reagierte sie?«

»Schlimmstmöglich. Sie fluchte erneut auf Griechisch, und alles ging durcheinander. Deutsch. Griechisch. Sie schien unter großem Druck zu stehen. Bei jeder anderen Person wäre ich sofort aufgestanden. Aber weil sie in ihrem Zorn so hinreißend aussah, fragte ich sie, ob sie Mut habe.«

»Mut?«, fragte Dengler.
»Ja, ob sie Mut genug habe, sich mit mir die Folgen der Tätigkeit der Troika anzuschauen. Für eine endlos lange Zeit starrten wir uns in die Augen. Es war ein Abschätzen und Kräftemessen.«
»Und dann sagte sie Ja?«, fragte Dengler.
»Und dann sagte sie Ja. Ich nahm sie mit, und wir zogen durch die Suppenküchen verschiedener Athener Vorstadtbezirke. Ein beachtlicher Teil der Athener Bevölkerung ernährt sich von diesen karitativen Suppenküchen. Wussten Sie das?«
Dengler schüttelte den Kopf.
»Wir saßen in Einrichtungen der Caritas, zwischen Flüchtlingen aus Syrien, jungen Griechen ohne Einkünfte, Müttern mit Kindern, deren Väter abhandengekommen waren. Wir standen morgens um zehn Uhr in einer Schlange vor der Tür auf der schmalen Treppe, die in den ersten Stock führte, schweigend mit vielen Hunderten, die hier warteten, um das Nötigste zu bekommen: eine Mahlzeit am Tag. Wir trafen eine albanische Familie, die ihre Kinder von dem Abfall ernährte, den sie auf der Straße auflasen. Hier gab es endlich frisches Gemüse und Fleisch für die Kinder.
Anna sprach mit den Mitarbeitern, meist Freiwillige aus der Nachbarschaft. Bis zu tausend Essen am Tag wurden hier ausgegeben. Die schöne Anna notierte alles in einem kleinen Buch, das Gesicht aufmerksam und ernst. Manchmal kniete sie sich zu einem Kind hinunter und nahm es auf den Arm. Als wir die Suppenküche verließen, lief sie schweigend neben mir her und stürmte plötzlich in eine Drogerie. Dann lud sie mir Kisten mit Babynahrung, Keksen, Windeln, Zahnbürsten, Zahnpasta, Toilettenpapier auf die Arme, und wir gingen zwei Straßen zurück in die Suppenküche. Ihre Geschenke wurden mit Tränen der Dankbarkeit angenommen.
Eine der Freiwilligen erklärte ihr, die meisten der hier ausgegebenen Speisen seien Geschenke von griechischen Familien. Obwohl ihnen das Gehalt um die Hälfte gekürzt wurde, bringen viele, die selbst wenig haben, noch Spenden hierher. Wir Griechen sind ein stolzes Volk, und Gastfreundschaft ist uns heilig.«

Petros schwieg eine Weile.
»Anna war hinreißend«, sagte er dann. »Doch als ich darauf hinwies, dies alles sei von der Troika verschuldet, schüttelte sie verbissen den Kopf. Es sei komplizierter: ›Glaub mir, in ein paar Monaten ist alles anders.‹«
Petros sah Dengler an. »Wie naiv sie war, diese schöne kluge Frau. Sie wusste so viel und hatte doch keine Ahnung. Wir Griechen werden bis aufs Hemd ausgezogen, und nicht mal das lassen sie uns; und es gibt keine Hoffnung, dass es besser wird. Sie haben uns die Flughäfen genommen, sie haben uns den Hafen von …«
»… wie ging es weiter mit Anna?«, fragte Dengler.
»Ich nahm sie mit in eine Sozialstation. Wissen Sie, wer hier seinen Job verliert, hat bald danach auch keine Krankenversicherung mehr. Die Sozialstationen behandeln diese Leute und auch jeden anderen, der krank ist. Ich zeigte ihr drei solcher Stationen. Wir waren in einer Zahnarztpraxis. Die Behandlungsstühle kamen von einem deutschen Zahnarzt, der in Rente gegangen war. Die Medikamente waren Spenden, die Instrumente waren Spenden. Anna sah alles, notierte sich vieles in ihr Buch, fragte, diskutierte, und verstand immer noch nichts. ›Es wird besser werden, Petros, glaub mir‹, sagte sie, als wir die Sozialstation verließen. Plötzlich klang sie so, als habe sie schon lange Zweifel an ihrer Arbeit für die Troika gehabt. Ich erinnere mich, ich war irritiert.«
Er sah Dengler an. »Die Wende brachten wahrscheinlich die Schule und meine Tante Sophia.« Er seufzte, dann fuhr er fort: »Ich habe Anna in eine Schule nahe dem Rathaus geschleppt. Ich kenne dort mehrere Lehrerinnen. In einer Klasse von sechsjährigen süßen Zwergen setzten wir uns in die kleine hintere Schulbank, und Anna folgte aufmerksam dem Unterricht. Plötzlich fiel ein schwarzhaariges Mädchen aus der zweiten Reihe seitlich aus der Schulbank und blieb bewusstlos liegen. Die Kinder schrien, die Lehrerin eilte zu dem Mädchen, nahm es in den Arm, trug es zu ihrem Pult nach vorne, zog die Schublade heraus, und dann

fütterte sie das Kind vorsichtig mit einem Schokoriegel. Es war vor Hunger in Ohnmacht gefallen. Als Anna dies begriff, änderte sich etwas. Sie sprach nie wieder von einer Übergangsphase.«
»Und was war mit Tante Sophia?«, fragte Dengler.
»Am Abend lud ich Anna zu meinen Eltern zum Abendessen ein. Sie sagte zu, aber ich nahm ihr das heilige Versprechen ab, sie dürfe auf keinen Fall erwähnen, dass sie für die Troika arbeite. Auch die großartige griechische Gastfreundschaft hat ihre Grenzen, verstehen Sie?«
Dengler nickte.
»Es war ein wunderbarer Abend. Wir saßen auf der Dachterrasse. Sonnenuntergang, in der Ferne die Akropolis. Meine Mutter zauberte etwas aus Auberginen, Fetakäse, Zucchini, Oliven, Tomaten, etwas, was nur meine Mutter kann. Meine Familie hat viele Mitglieder, und wenn meine Mutter kocht, spricht sich das in Athen blitzartig herum und am Abend dann sitzen viele am Tisch, meistens auch Tante Sophia und ihr Mann Yanis …«
»Und weiter?«, fragte Dengler.
»Ich weiß, ich schweife wieder ab. Tante Sophia hat ihren rechten Arm verloren. In der Familie spricht eigentlich niemand mehr darüber. Aber als mein Vater nach dem Essen eine Flasche Rotwein entkorkte, bat ich Tante Sophia, die Geschichte zu erzählen, wie sie ihren Arm verloren hat. Sie weigerte sich. Es war ihr peinlich. Tante Sophia steht nicht gerne im Mittelpunkt. Und so erzählte der Rest der Familie die Geschichte abwechselnd. Onkel Yanis berichtete, seine Frau habe viele Jahre bei einer griechischen Spedition im Büro gearbeitet, diese ging aber nach dem Beitritt zur Eurozone pleite. Es gibt heute praktisch keine mittelständischen Speditionen mehr in Griechenland. Tante Sophia fand dann Arbeit bei zwei weiteren Unternehmen, erst bei einem Baugeschäft und dann bei einer Schlosserei. Als diese auch pleiteging, verlor sie ihre Krankenversicherung, so wie es die Troika verlangt hat …«
»Und dann?«, fragte Dengler.
»Keine Angst«, sagte Petros, »diesmal schweife ich nicht ab. Tante

Sophia hatte Schmerzen, ging zum Arzt und bekam eine bittere Diagnose. Diabetes. Zucker. Eigentlich etwas, das man mit den richtigen Medikamenten hinbekommt. Doch nun musste Tante Sophia die Medikamente selbst bezahlen und konnte es nicht. Sie schämte sich, uns Verwandten um Hilfe zu bitten. Wenn Diabetes nicht rechtzeitig therapiert wird, sind Amputationen unausweichlich. So verlor Tante Sophia ihren rechten Arm. Und Anna brach an unserem Tisch in Tränen aus. Es entstand die absurde Situation, Anna saß mit nassen Augen am Tisch, und Tante Sophia kümmerte sich rührend um sie und wollte wissen, warum sie denn weinte. Noch in derselben Nacht schliefen wir zum ersten Mal miteinander. In einem riesigen Bett in einem beschissenen Luxushotel, aber es war unvergesslich schön.«

Die beiden Männer schwiegen. Und Dengler kam es vor, als würden Tränen in Petros' Augen glitzern. Er schenkte ihm Wein nach.

»Und jetzt«, sagte Petros, »erzählen Sie: Wo ist Anna?«

»Ich weiß es nicht«, sagte Dengler. »Haben Sie Kontakt mit ihr?«

Petros lachte bitter. »Seit dem 27. Dezember nicht mehr. Sie hat mit mir gebrochen. Das dachte ich jedenfalls. Bis eben.«

»Sie hat mit Ihnen Schluss gemacht?«

»Nein, so viel Mühe hat sie sich nicht gemacht. Sie hat sich einfach nicht mehr gemeldet. Kein Anruf. Bei ihr läuft nur der Anrufbeantworter. Keine SMS. Nur die meinen. Nichts auf WhatsApp. Nichts per Mail. Und nichts per Skype.«

»Ist etwas vorgefallen?«

Petros schüttelte den Kopf. »Die letzte Nachricht von ihr war diese.« Er zog sein Handy aus der Tasche und zeigte Dengler eine WhatsApp-Nachricht. Es war ein Emoji, ein knallig roter Kussmund.

»Anna Hartmann wurde möglicherweise entführt. Ich bin beauftragt, sie zu finden.«

Petros Koronakis sprang auf und stieß dabei mit der Hüfte gegen den Tisch. Seine Tasse kippte um, der Kaffee lief über die Tischplatte und tropfte auf seine Hose. Er bemerkte es nicht einmal.

»Setzen Sie sich wieder«, sagte Dengler. Dann berichtete er ihm von Anna Hartmanns Verschwinden. Von dem Video mit den beiden Iren, das die Polizei sichergestellt hatte. Von den versuchten Einbrüchen in ihrer Wohnung, und dass er vom Auswärtigen Amt beauftragt war, Anna Hartmann zu finden.

»Was ist da vorgefallen? Wer hat sie …?«

»Ich muss von Ihnen wissen: War das Verhalten von Anna Hartmann in der letzten Zeit anders? Hat sie etwas beschäftigt? Gab es irgendetwas Auffälliges?«

Petros Koronakis starrte Dengler an. »Machen Sie Witze?«

»Eigentlich nicht. War sie anders als vorher?«

»Sie war komplett anders, als wir ein Paar wurden. Sie wurde weicher, sanfter. Und sie sammelte die Daten und Fakten aus dem wahren Leben der Griechen. Sie schrieb alles auf.«

»Haben Sie eine Kopie davon? Wissen Sie, welche Daten das waren?«

»Nein, ich war nur ein verliebter Esel.«

»Sie wissen, dass sie heiraten wollte?«

»Und Sie wissen, wie dieser Verlobte aussieht? Was für ein Idiot das ist?«

Dengler lachte. »Allerdings. Ich habe mit ihm geredet.«

»Sie wollte ihn verlassen.«

»Mir hat er erzählt, sie wollte ihn heiraten.«

»Sie wollte ihn verlassen.«

Dengler notierte sich schnell *Eifersucht* in sein schwarzes Notizbuch. Dies war ein Motiv. Eifersucht. Eines der häufigsten Gründe für Tötungsdelikte. Mord aus Leidenschaft.

»Ich habe versucht, sie zu überzeugen«, sagte Petros nachdenklich.

»Von Ihnen?«, fragte Dengler. »Von Ihnen als neuem Partner von Frau Hartmann?«

»Nein, von der griechischen Sache.«

»Von der griechischen Sache? Was soll das sein?«

»Dass Griechenland von der Troika, vom Internationalen Währungsfonds, von der EU und von Deutschland nicht weiter zur Ader gelassen werden darf. Ich glaubte tatsächlich, ich hätte sie überzeugt, doch dann hörte ich nichts mehr von ihr. Deshalb dachte ich, sie hätte es sich anders überlegt mit mir.«

»Sie wollten Anna Hartmann also gegen ihren Arbeitgeber ausspielen?«

»Sie haben nichts begriffen, Herr Dengler.«

Die beiden Männer starrten sich an.

»Ja, ich weiß, entschuldigen Sie bitte, die Liebe hat alles geändert.«

»Bis eben waren Sie mir fast sympathisch, Dengler. Jetzt vermute ich, in Wirklichkeit sind Sie ein ziemlich großes Arschloch.«

»Ich bin der Mann, der Anna Hartmann sucht und finden wird.«

»Okay, wir müssen nicht Freunde werden. Was wollen Sie wissen?«

»Hat Benjamin Stenzel, der Verlobte von Anna, gewusst, dass Sie ihr Liebhaber sind?«

Petros schüttelte den Kopf. »Ich glaube nicht. Doch Anna hat mir gesagt, in sehr intimen Momenten, dass sie nie wieder mit ihm schlafen kann.«

»Eine zweite Frage«, sagte Dengler. »Ihre Überzeugungsarbeit für die griechische Sache – hat das geklappt?«

Petros nickte heftig. »Sie hat sich immerhin versetzen lassen. Für die Troika war sie Beraterin für das Gesundheitswesen. Diesen Job gab sie auf, nachdem ich ihr die Auswirkungen ihrer Tätigkeit gezeigt habe. Sie bekam dann eine andere Aufgabe.«

»Sie haben also Anna Hartmann gewissermaßen von einem Saulus zu einem Paulus bekehrt?«, fragte Dengler.

»Ich bin für ihr Leben sehr wichtig«, sagte Petros und lächelte. Eine Spur zu selbstzufrieden, dieses Lächeln, fand Dengler.

52. Teambesprechung 8

Am nächsten Morgen stieg Dengler die Treppen hinauf zur Akropolis. Er erinnerte sich an das Gespräch mit Anna Hartmanns Vater und zog die Schuhe aus. Barfuß auf der Akropolis, das war wohl für einige Künstler etwas absolut Atemberaubendes. Dengler stand inmitten eines drängelnden Touristenstroms, hielt in der Linken die Schuhe und in der Rechten die Socken und fühlte sich … allein. Allein unter fotografierenden Chinesen, knutschenden Schülern, rennenden Kindern, Baedeker lesenden Rentnern. Vergeblich versuchte er sich vorzustellen, dass vielleicht Aristoteles oder Platon an derselben Stelle gestanden hatten, wo er jetzt stand. Nichts Erhabenes stellte sich ein.
Allein der Ausblick entschädigte ihn für den Aufstieg. Athen lag in einem großen Kessel vor ihm, ein Meer von weißen Häusern, sonnenbestrahlt. Von hier oben sah er Piräus und das Mittelmeer. Schön, doch er konnte nicht aufhören, an die pflichtbewusste Anna Hartmann zu denken. Woran hatte sie vor ihrer Entführung gearbeitet? Welche Daten hatte sie gesammelt? Dies waren die Fragen, die ihn nun beschäftigten. Er sah hinunter auf die Agora, den Versammlungsplatz, auf dem vor zweitausendfünfhundert Jahren die Bürger Athens die Demokratie erfunden hatten.

*

Dengler sah auf die Uhr und begann mit dem Abstieg. Um 10.30 Uhr stieg er am Syntagma-Platz in einen Wagen der neuen Athener U-Bahn, die ihn in kurzer Zeit zum Flughafen brachte. Um 17.00 Uhr landete er in Frankfurt, 70 Minuten saß er im ICE, und um halb acht schloss er die Tür zu seiner Wohnung auf. Olga war nicht da. Dengler unterdrückte den Wunsch, Petra Wolff anzurufen. Stattdessen setzte er sich ins Basta und ließ sich von dem kahlköpfigen Kellner das *Stuttgarter Blatt* geben. In Griechenland hatte er keine Nachrichten verfolgt. Nun erfuhr er, der neue amerikanische Präsident hatte einen Einreisestopp für Muslime aus bestimmten Ländern des Nahen Ostens verhängt und damit Chaos auf verschiedenen Flughäfen angerichtet. New Yorker Bürger protestierten, und Gerichte hatten diese Entscheidung wieder aufgehoben. Die Briten diskutierten, wie sie am besten den Brexit umsetzen sollten, um die Europäische Union zu verlassen. In Frankreich drohte demnächst der Durchmarsch des rechtsradikalen Front National bei den Präsidentschaftswahlen. Dengler hatte das Gefühl, als hätte sich etwas Grundlegendes in der Welt geändert, etwas, das er nicht verstand, das aber mächtig war und unaufhörlich zu wachsen schien. Etwas, das vielleicht verrückt war, auf jeden Fall gefährlich. Er, der im friedlichen Europa aufgewachsen war und noch nie einen Krieg aus der Nähe erlebt hatte, spürte, wie die Stimmung in Deutschland, in Europa und in der Welt sich zum Schlechten veränderte, doch er verstand die Gründe nicht. Ihm kam es mehr und mehr so vor, als würde er in einer Vorkriegszeit leben.

Doch es war nicht nur die äußere Welt, die ihn verwirrte. Dengler hatte den Eindruck, dass er im Strudel der Ereignisse sich selbst verlor. Er liebte die schönste Frau, der er je begegnet war, doch er begehrte sie nicht mehr. Begehrte er Petra Wolff, eine Frau, bei der er allein aufgrund des Altersunterschieds chancenlos war? Verlor er gerade nicht nur die Fähigkeit der Orientierung, sondern auch die Fähigkeit zu lieben? Wer war er? Dengler wusste es nicht mehr.

Der kahlköpfige Kellner stellte ihm wortlos ein Glas Rotwein auf den Tisch. Dengler trank und fühlte sich allein und zu Hause.

*

Am nächsten Tag um neun Uhr saß er mit Olga und Petra Wolff an seinem Küchentisch. Olga war erst am frühen Morgen nach Hause gekommen, und nun suchte Dengler in ihrem Gesicht nach einem Hinweis, wo sie gewesen war, doch sie wirkte konzentriert und undurchschaubar wie immer.

Dengler berichtete von seiner Reise nach Griechenland. Petra Wolff fragte, ob er nicht ein Selfie gemacht habe, auf den Knien, den Berg hochrutschend auf der Insel Tinos. Olga lachte, doch Dengler verzog keine Miene.

»Lasst uns zusammentragen, was wir wissen«, sagte er. »Die Hypothese ist: Jemand, den wir nicht kennen, heuerte eine Crew an, um Anna Hartmann zu entführen. Wir kennen weder den Auftraggeber noch das Motiv der Entführung. Zu überprüfen ist, ob Benjamin Stenzel aus Eifersucht seine Verlobte entführen ließ. Darüber hinaus wissen wir, dass Anna Hartmann grundsätzliche Zweifel an der Mission der Troika in Griechenland hatte und an einem Projekt arbeitete, für das sie Daten sammelte. Wir gehen davon aus, dass Mitglieder der Entführungscrew getötet wurden oder verschwanden, sobald wir sie ermittelten. Diese Tötungen waren aus Sicht der Täter erfolgreich, denn wir verloren jede Spur zu den Entführern.«

»Und wir wissen«, sagte Petra Wolff, »dass Anna Hartmann den langweiligen Benjamin satthatte und sich in Griechenland einen schicken griechischen Lover zugelegt hat.«

»Entscheidend ist, dass Petros Koronakis in ihr eine Meinungsänderung bewirkt hat. Zumindest hat er das behauptet. Möglicherweise sieht sie ihre bisherige Arbeit kritischer als zuvor. Sie ließ sich versetzen, und außerdem wissen wir, dass sie Daten sammelte. Leider wissen wir nicht, um welche Daten es sich handelte.«

»Passt das möglicherweise zu den fortwährenden Einbrüchen in ihre Berliner Wohnung?«, fragte Olga.

»Vielleicht«, sagte Dengler nachdenklich. »Die Polizei hält es für möglich, dass es gewöhnliche Wohnungseinbrüche waren. Nehmen wir an, es waren die Entführer. Anna Hartmann gab ihnen einen Hinweis, wo sie etwas Bestimmtes finden können.«

»Aber wir haben alles durchsucht. Die Polizei hat die komplette

Wohnung auf den Kopf gestellt. Ich glaube nicht, dass es etwas gibt, was wir übersehen haben.«
Dengler sagte: »Wenn es nichts gibt, das wir übersehen haben, dann suchen die Täter etwas, was wir schon gesehen haben, dessen wahre Bedeutung wir aber nicht erkannt haben.«
Olga sagte: »Georg, ich liebe deine hochphilosophischen Folgerungen. Heißt auf Deutsch also: Wir schauen noch einmal nach.«

53. Wohnung

Olga und Dengler erreichten Berlin mit dem ICE um 13.47 Uhr. Der Zug hatte 37 Minuten Verspätung. Akzeptabel, fand Dengler, angesichts der Verspätungen der Deutschen Bahn, die er sonst bei seinen Fahrten von und nach Stuttgart erlebte. Gestern Abend hatte er Johannes Wittig beim LKA angerufen und ihm mitgeteilt, dass er heute erneut die Wohnung von Anna Hartmann durchsuchen würde. »Sie werden dort nichts finden, Dengler«, hatte Wittig ihm gesagt. Es war ein kurzes Gespräch.
Vor dem Haus, in dem Anna Hartmann gewohnt hatte, stand ein junger Mann. Als das Taxi mit Dengler und Olga vor dem Haus hielt, lief er eilfertig auf den Wagen zu und öffnete die hintere Wagentür, um Olga das Aussteigen zu erleichtern. Olga küsste ihn auf die Wange, ein bisschen zu nah am Mundwinkel, wie Georg Dengler fand.
»Georg, das ist Dimitri.« Dengler knurrte ein paar Worte, die dieser Dimitri mit etwas gutem Willen als Begrüßung interpretieren konnte. Er schüttelte ihm sogar kurz die Hand. Ein typischer Nerd. Dünn und hochgewachsen, Nickelbrille, längere Haare, die glücklich über Wasser und Shampoo gewesen wären. Dimitri schleppte einen schweren schwarzen Pilotenkoffer aus Leder herbei und folgte Dengler und Olga ins Haus. Sie mel-

deten sich beim Wachmann an. »Wir kennen den Weg«, sagte Dengler.
Sie fuhren mit dem Aufzug in den dritten Stock, öffneten mit Angelas Chipkarte die Etagentür und standen vor Anna Hartmanns Wohnung. Die Polizei hatte das Siegel entfernt. Dengler schloss die Tür auf, sie traten ein. Dengler sah, wie Dimitri mit wenigen Blicken die Wohnung checkte. Er gab Olga ein kurzes Zeichen mit zwei Fingern seiner rechten Hand.
Zwei Kameras.
Die erste Kamera war an der Tür zum Balkon angebracht und überwachte den Türeingang. Eine zweite Kamera befand sich über dem Durchgang zum begehbaren Kleiderschrank. Dengler winkte in die erste Kamera und rief: »Keine Panik! Sagen Sie Hauptkommissar Wittig, dass wir jetzt da sind.« Dimitri stellte den Koffer direkt an der Balkontür ab, im toten Winkel der Kamera. Dengler sah fasziniert zu, wie schnell der Mann arbeitete. Er zog einen Stuhl herbei, nahm einen kleinen schwarzen Apparat, aus dem zwei Kabel hingen, dann stellte er sich auf den Stuhl und befestigte die beiden Kabel an der Polizeikamera. Dengler ahnte, was Dimitri vorhatte. Er nahm eine kurze Videosequenz auf und sendete diese als Endlosschleife an die Polizeizentrale. Sie konnten sich also jetzt in dem Zimmer bewegen, ohne von der Kamera erfasst zu werden. Das Gleiche machte Dimitri mit der Kamera über dem begehbaren Schrank.
Dann durchsuchte er mit Olga diesen Raum. Links, direkt am Eingang, war eine in die Wand eingelassene Klappe, die man leicht übersehen konnte. Dahinter hing an einem Haken ein Schlüssel mit einem Anhänger aus Holz, auf dem »Keller« stand. Daneben ein Schrank mit Schubladen, in denen Anna Hartmann Unterwäsche, Strümpfe, Blusen aufbewahrte. Sie zogen jede einzelne Schublade heraus, räumten die Wäsche zur Seite, leuchteten in die Innenräume des Schranks. Nichts. Es folgten zwei lange Kleiderstangen, auf denen Kostüme, Hosenanzüge, Blusen, Jacken, Mäntel auf Holzbügeln hingen. Sie griffen in jede Tasche.

Sie prüften jede Naht. Sie arbeiteten systematisch und schnell, doch ihre Gründlichkeit kostete Zeit. Es folgte ein weißer Schuhschrank, auf dem drei schwarze Koffer lagen. Olga kontrollierte die Schuhe. Dengler öffnete die Koffer, griff in jede Seitentasche, suchte nach doppelten Böden. Sie arbeiteten drei Stunden lang.
Nichts.
»Der Kellerschlüssel«, sagte Dengler.
Er nahm den Schlüssel vom Haken und ging zur Tür.
»Ich durchsuche den Küchenschrank«, sagte Olga.
Dimitri saß regungslos auf dem Küchenstuhl und sah ihnen zu.
Dengler ging in den Flur, durch die Etagentür zum Fahrstuhl und fuhr in den Keller. Anna Hartmanns Kellerverschlag war ein mit Holzlatten abgeschirmtes Karree, das vollkommen leer war. Dengler klopfte an jede Latte, ob darin ein Hohlraum war.
Nichts.
Der Boden war gefliest, doch keine einzige Fliese saß locker. Nachdenklich schloss Dengler den Keller wieder ab. Mit dem zweiten Schlüssel öffnete er eine Brandschutztür, die in den Gemeinschaftskellerraum führte. Hier standen sieben Mülltonnen; drei schwarze für Hausmüll, zwei blaue Müllcontainer für Papier und ein gelber Container für Kunststoff. Es stank faulig nach altem Gemüse und feuchten Wänden. Es gab einen kleinen Entlüftungsschacht, der jedoch mit seiner Aufgabe völlig überfordert war. Dengler schob einen Müllcontainer unter diesen Schacht, kletterte darauf, hob die verstaubten Lamellen des Lüftungsschlitzes hoch, griff hinein, leuchtete mit seinem Handy hinein.
Nichts.
Er schob die Müllcontainer vor und suchte eine Öffnung, ein Versteck. Irgendetwas.
Nichts.
Durch eine weitere kleinere Brandschutztür gelangte er in den Heizungskeller. Hitze empfing ihn. Der Heizungskessel arbeitete auf Hochtouren. Dengler suchte ihn systematisch ab.
Nichts.

Ein feuerverzinktes Rohr führte durch eine Öffnung hinaus in den Müllraum. Dengler griff von oben auf das Rohr – und verbrannte sich die Finger, das Rohr war glühend heiß. Dengler verließ den Heizungskeller. In dem stinkenden Müllraum betrachtete er noch einmal das Rohr und griff von oben vorsichtig darauf. Er verbrannte sich zum zweiten Mal die Hand. Seine Fingerkuppen warfen leichte Blasen. Um den Schmerz zu verjagen, presste er sie gegen die kühlere Wand.
Zwei Meter hatte er noch nicht überprüft.
Er überlegte.
Er hatte keine Lust, sich noch einmal zu verbrennen. Eine innere Stimme sagte ihm, dass auf diesem heißen Rohr sicher nichts liegen würde. Dengler drehte sich um und schloss die Tür hinter sich. Doch wenn die innere Stimme die Stimme des inneren Schweinehundes war? Er zögerte. Dengler ging zurück zu den Müllcontainern und betrachtete das Rohr. Es gab nur eine Möglichkeit. Er hob die Hand, griff hinter das Rohr und zog sie sofort zurück. Er blies auf seine Fingerkuppen, doch der Schmerz blieb. Was tun? Er konnte nicht für jeden Zentimeter des Rohres eine Brandblase riskieren. Dengler drehte sich um und drückte die schmerzende Hand gegen die kühle Kellerwand.
Mit einem Ruck drehte er sich um und fuhr mit zwei Fingern das Rohr entlang. Er brüllte vor Schmerz. Als er am Ende anlangte, spürte er einen Widerstand, einen kleinen Gegenstand, den er vor sich herschob. Er atmete tief ein, griff fester zu, und ihm wurde schwindelig von dem brennenden Schmerz. Er presste die Zähne zusammen, gab dem Ding einen Kick und sah, wie etwas auf den Boden fiel. Seine Kräfte verließen ihn. Die Müllcontainer verschwammen vor seinen Augen, und er spürte, wie eine Ohnmacht nach ihm griff. Georg Dengler lehnte sich an die Wand und rutschte mit dem Rücken herunter auf den Boden.
Vor ihm lag ein schwarzer Computerstick.

54. Stick

Der USB-Stick war daumengroß, ein Gehäuse aus schwarzem Plastik mit einer silbernen Kappe. Dengler griff danach und ließ ihn mit einem Schmerzensschrei wieder fallen. Er war immer noch glühend heiß. Und nun wölbte sich zusätzlich zu den verbrannten Fingern eine Blase auf seiner Handfläche.

Der Schmerz war schneidend und unerträglich. Dengler presste die Hand gegen die kalte Wand. Sofort milderte sich die sengende Qual. Er wartete einen Augenblick, bis sich sein Atem beruhigt hatte. Dann sprang er auf und öffnete einen der blauen Müllcontainer, wühlte darin herum und zog einen blauen Karton hervor. Der glühende Brandschmerz war sofort wieder da, und alles in ihm drängte danach, die Hand auf das kalte Metall zu drücken. Doch stattdessen lief er zurück zu dem heißen Computerstick und schob ihn langsam auf den Karton.

Im Treppenhaus hielt er an, um die Hand an der Glastür zu kühlen, stieg die Treppe hoch, die Hand auf das kühle Geländer gedrückt, bis er in der Wohnung von Anna Hartmann stand.

Olga kniete vor dem Küchenschrank und räumte Suppenschüsseln ein. Dimitri saß lässig auf dem Küchentisch und plauderte mit ihr. Dengler legte den Karton auf den Tisch, trat schnell an die Küchenzeile, öffnete den Wasserhahn und hielt die schmerzende Hand darunter. Olga war sofort bei ihm. Sie küsste ihn. Dengler vergaß für einen Augenblick die Hand. »Das sieht nicht gut aus«, sagte Olga, »wir brauchen eine Apotheke.«

»Dimitri, du installierst die Kameras zurück«, kommandierte Olga mit einem schnellen Blick auf den Karton mit dem Computerstick. »Ich kümmere mich darum, dass Georg versorgt wird. Wir treffen uns im Café Einstein in der Kurfürstenstraße.« Dimitri nickte. Olga griff vorsichtig nach dem Stick und schob ihn in die Handtasche. Dann nahm sie Dengler an der gesunden Hand und zog ihn aus der Wohnung.

55. Mario

Am nächsten Abend saß er mit seinen Freunden, mit Mario, Martin Klein, dem Journalisten Leo Harder, an Marios langem Tisch. Georg Denglers Hand war noch verbunden; eine Brandsalbe linderte den Schmerz.

»Das ist ja eine tolle Geschichte«, sagte Martin Klein, nachdem Georg Dengler vom Fund des USB-Sticks berichtet hatte. »Kann ich das für einen Kriminalroman verwenden?«

»Martin Kleins ewig unerfüllter Wunsch, einen Kriminalroman zu schreiben«, sagte Mario.

»Irgendwann schafft er das«, sagte Leo Harder.

»Aber meine verbrannte Hand kommt darin nicht vor«, sagte Georg Dengler.

»Schade, hätte sich schön auf dem Cover gemacht«, sagte Martin Klein.

Mario füllte ihre Gläser. »Was war denn jetzt auf dem Stick drauf?«, fragte er.

»Anna Hartmann hatte den Stick mit einem Kennwort geschützt. Die meisten Datensätze wurden zerstört. Der Kennwortschutz war leider fast das Einzige, was auf dem Stick noch funktionierte.«

»Und Olga hat ihn in einer halben Minute geknackt?!«, fragte Leopold Harder.

»Das Kennwort zu finden war nicht schwer, es lautete *ilovepetros*.«

»Frauen sind ja so erfinderisch«, sagte Martin Klein.

»Ja, da hätte jeder drauf kommen können«, sagte Leo Harder.

»Das stimmt nicht«, sagte Georg Dengler, »ihre Affäre mit Petros hatte sie ziemlich geheim gehalten. Nicht mal ihre Schwester wusste etwas davon.«

»Und was war auf dem Stick?«, fragte Martin Klein. »Erzähl doch und lass dir nicht die Würmer aus der Nase ziehen. Ich brauche die Informationen für meinen Kriminalroman …«

»… der nie geschrieben wird«, sagte Mario.
»Unterschätz den Martin nicht«, sagte Leo Harder.
»Anna Hartmann hat offenkundig Daten über die griechische Wirtschaft gesammelt. Olga und ich vermuten, sie hat an einem Konzept zur Lösung dieser Krise gearbeitet.«
»Was heißt ›ihr vermutet‹?«, fragte Mario.
»Was stand denn jetzt auf dem Stick?«, fragte Martin Klein.
»Du drückst dich heute sehr ungenau aus«, sagte Leo Harder.
»Anna Hartmann hat den Stick hinter einem Heizungsrohr im Keller ihrer Berliner Wohnung versteckt. Vermutlich im Herbst, als die Heizung noch nicht vollständig in Betrieb war. Als ich den Stick fand, war das Rohr glühend heiß.« Er hob seine Hand in die Höhe. »Die Hitze hat den Datenträger weitgehend zerstört. Olga hat versucht, die Daten zu rekonstruieren, aber da war nicht viel zu machen. Lesbar waren nur einige Fragmente.«
»Ein Konzept zur Lösung der griechischen Krise – das wäre ein schöner Artikel für das *Stuttgarter Blatt*«, sagte Leo Harder.
»Und ich bräuchte die Daten für meinen Krimi«, sagte Martin Klein.
»Nehmen wir an«, sagte Georg Dengler, »die Entführer wollten die Informationen, die auf diesem Stick sind. Sie haben Anna Hartmann entführt, um sich in den Besitz dieser Daten zu bringen. In ihrem Gefängnis verriet Anna Hartmann ihren Entführern, wo der Stick sich befindet. Deshalb haben sie bei mehreren Einbrüchen versucht, den Kellerschlüssel an sich zu nehmen und den Stick zu holen. Es gelang ihnen nicht, denn beim ersten Versuch platzten Petra Wolff und ich in die Wohnung, danach überwachte die Polizei das Apartment.«
»Dann kann Anna Hartmann froh sein, dass ihre Entführer den Datenträger noch nicht gefunden haben«, sagte Leo Harder nachdenklich, »denn wenn die Entführer wüssten, dass der Stick wertlos ist, wäre auch Frau Hartmann für sie wertlos.«
»Sobald die Entführer mitbekommen, dass der Stick zerstört ist, legen sie Anna Hartmann um«, sagte Mario.

Georg Dengler nickte. »Diese Gefahr besteht.«
»Und was machst du jetzt?«, fragte Martin Klein.
»Es gibt nur eine Möglichkeit«, sagte Georg Dengler. »Ich möchte den Computerstick gegen die Freiheit von Anna Hartmann eintauschen. Die Entführer bekommen diesen Datenträger, und im Gegenzug lassen sie Anna Hartmann frei.«
»Wie soll das gehen?«, fragte Mario. »Das Ding ist doch zerstört worden. Es ist doch vollkommen wertlos. Außerdem wissen wir nicht, wer die Entführer sind. Wie willst du den Kontakt zu ihnen herstellen?«
»Das weiß ich noch nicht. Doch zunächst müssen wir herausfinden, welche Daten Anna Hartmann gesammelt hat. Ich weiß, es klingt größenwahnsinnig. Die Chance, dass wir diese Aufgabe lösen, steht 100:1 gegen uns, wer weiß, vielleicht sogar 1000:1. Doch es ist die einzige Möglichkeit. Womit genau hat sich Anna Hartmann beschäftigt? Das ist die Frage, die wir beantworten müssen. Vielleicht gibt uns das einen Hinweis auf die Entführer.«
»Wie willst du das machen?«, sagte Mario.
Dengler blickte in die Runde. »Dazu brauche ich eure Hilfe.«

56. Otto Hartmann: In der Bank

Direkt nach der mündlichen Prüfung wurde er Adjutant des Chefs, persönlicher Referent hieß es nun in der neuen Zeit. Eine Art Mädchen für alles. Er war dafür zuständig, dass der Blumenstrauß oder die Schachtel Pralinen zur Hand waren, wenn Abs ein Geschenk überreichte. Er sorgte dafür, dass Hotelsuiten bereitstanden, Kraftfahrzeuge mit laufendem Motor warteten und Flugzeuge rechtzeitig erreicht wurden.
Er bewunderte seinen Chef und sog alles auf, was er von ihm lernen konnte. Wenn Abs ihm zwei Mark gab, um einen Wecken

und Fleischkäse zu kaufen, der 1,80 Mark kostete, schenkte ihm Abs niemals die verbleibenden zwanzig Pfennig.

Von den Reichen kann man das Sparen lernen, sagte die Sekretärin zu ihm.

Abs war für ihn ein Zeichen des Himmels, dass die Dinge weitergingen. Alles war anders, und doch gab es eine Kontinuität, die ihm gefiel und die ihm ein gutes Gefühl gab.

Im Unterschied zu ihm war Abs nie Mitglied in der NSDAP gewesen, und doch hatte er mehr im Mittelpunkt deutschen Geschehens gestanden als mancher Parteigenosse. Er hatte im Aufsichtsrat der kriegswichtigen Berliner Akkumulatorenfabrik gesessen, die nun zur Varta AG geworden war, und im Aufsichtsrat der Waffen- und Munitionsfabrik AG, der die Mauserwerke in Oberndorf gehörten. Er war sogar Aufsichtsrat der von den Amerikanern gebrandmarkten IG Farben gewesen, mit ihrem berüchtigten Werk in Auschwitz, dem Heer der Zwangsarbeiter und dem Zyklon B. Zudem war er im Vorstand der Deutschlandbank für den Zwangsverkauf von jüdischen Unternehmen zuständig gewesen.

Auch Abs war hinter der kämpfenden Truppe hergezogen, nicht in der SS-Uniform und im Kübelwagen wie Gero von Mahnke, sondern im Maßanzug und im Flugzeug. Er hatte den russischen Bauern nicht den Weizen und die Hühner gestohlen, sondern er hatte die Banken genommen. Mit ihrer Hilfe hatte er »industrielle Projekte« aufgesetzt, über die sich seine Bank überall in Ost- und Südosteuropa die Fabriken und die Rohstoffquellen sicherte. Voller Bewunderung erinnerte sich Otto Hartmann, wie er die größte griechische Bank unter Kontrolle gebracht hatte. Am 6. April 1941 begann die Wehrmacht den Balkanfeldzug und überrannte Griechenland. Bereits am 17. April landete Abs in Athen und unterschrieb am nächsten Tag die Verträge, die ihm die Kontrolle über die größte griechische Bank sicherten. Noch am selben Tag flog er zurück.

Rastlos sammelte er hinter der kämpfenden Truppe ein, was nun billig oder umsonst zu haben war, und brachte es in Gang.

Hartmann verstand die große Idee hinter der damaligen Rastlosigkeit seines Chefs. Es war nicht die Gier nach Profit, wie seine kurzsichtigen Kritiker ihm später vorwarfen. Es war vielmehr die großartige Idee des »Neuen Europas«, das das Deutsche Reich unter Hitler errichten wollte. So wie Deutschland sich 1871 nur vereinigen konnte, weil Preußen, die größte Macht, die kleineren und schwächeren Länder zum Zusammenschluss zwang, so konnte Europa nur unter der wohlmeinenden Herrschaft Deutschlands, des größten, des industriell und militärisch mächtigsten Staates, zusammenfinden.
Hatte es ihm geschadet?
Nach dem Krieg hatte die amerikanische Besatzungsmacht Abs kaltstellen wollen. Die Vorstände aller deutschen Banken waren entlassen worden. Abs hatte dafür gesorgt, dass der Vorstand der Deutschlandbank von Berlin nach Hamburg umgezogen war – kurz bevor die Russen Berlin eroberten. Obwohl in keiner offiziellen Funktion mehr, zog er in Hamburg die Fäden, und bald schon speiste er mit den englischen Besatzungsoffizieren, die über das Finanzwesen in der britischen Besatzungszone wachten. Die Amerikaner mochten ihn nicht, verlangten sogar seine Auslieferung. In den Fluren munkelte man, er habe im Gefängnis gesessen, aber irgendwann war er der Liebling der Amerikaner, der enge Freund und Berater von Adenauer. Er wurde die unumstrittene Nummer eins der deutschen Finanzbranche.
Es war fantastisch. Hartmann bewunderte diesen Mann.
Er vergab Kredite und verweigerte Kredite, wenn ihm das Unternehmen nicht aussichtsreich genug erschien. »Hartmann, Sie müssen lernen, die Spreu vom Weizen zu trennen.«
»Jawohl.«
»Hören Sie endlich auf mit Ihrem ostpreußischen Ton.«
»Jawohl.«
»Halten Sie Kontakt zu den alten Kameraden, Hartmann?«
»Im Moment nicht.«
Abs nickte und verschwand.

Die Rahmenbedingungen haben sich verändert, aber ich bin noch immer derselbe Mann – diesen Satz würde er nicht vergessen.

*

Auf einer Konferenz, zu der Hartmann seinen Chef begleitete, lernte er viel über wirtschaftliche Fragen. Der Wirtschaftsraum des Deutschen Reichs sei de facto auf die Grenzen der Westzonen geschrumpft. Wichtige Rohstoffquellen und Produktionsstandorte seien verloren gegangen. Es gebe keinen Exportmarkt mehr. Vor allem aber fehle es an Kapital, um die veralteten, beschädigten oder auf Kriegsproduktion umgestellten Betriebe wieder in Gang zu bringen und die zerstörte Infrastruktur, die Verkehrswege und den ebenso zerstörten Wohnraum zu ersetzen. Die Diskrepanz zwischen Nachfrage und Angebot im Inland sei riesig, doch es fehle an Kapital. Das sei nun die Hauptaufgabe, und eine Lösung dieser Frage sei dringend.
Abs erklärte, das größte Problem sei, dass das Ausland keinen Kredit mehr gebe, solange die Frage der Auslandsschulden aus der Vorkriegszeit nicht geklärt sei. Außerdem würden gewaltige Reparationsforderungen aus all den Ländern drohen, in die Deutschland einmarschiert sei.
Dies seien die beiden dringendst anstehenden Aufgaben: eine Lösung für die Vorkriegsschulden und für die Reparationsforderungen der Siegermächte und vor allem der Länder Ost- und Südosteuropas.
Abs zitierte oft Alfred Müller-Armack, einen Volksgenossen, der während des Krieges und danach als Professor an der Westfälischen Wilhelms-Universität in Münster lehrte. »Der Grad der notwendigen Vermögenskorrekturen kann nicht nach dem Ausmaß der unproduktiven Reichsverschuldung oder nach dem Grad der Substanzzerstörung bemessen werden, sondern findet sein letztes Kriterium allein in der künftigen Ertragsfähigkeit der

deutschen Wirtschaft, die erst nach einem wirklichen Anlaufen der Produktion auch nur annähernd abzuschätzen ist.«
Das war wunderbar formuliert, herrlich wissenschaftlich verbrämt, doch Hartmann verstand den Sinn sofort: Wir wollen nichts zahlen – und wenn es sich nicht vermeiden lässt, dann möglichst spät und vor allem möglichst wenig.
Abs warnte Adenauer vor Zahlungen an Israel. Das könne die Tür zu Reparationsforderungen aus ganz Europa öffnen. Diese seien für die deutsche Wirtschaft untragbar. Doch der Kanzler, der Abs' Rat oft suchte, folgte ihm in dieser Frage nicht.
Hartmann bekam nun hautnah mit, wie Abs wieder neue Aufsichtsratsmandate in großen Firmen sammelte. Er bereitete die Unterlagen vor, machte Gesprächstermine aus. Er war nicht in der zweiten Reihe der Bank. Nicht einmal in der dritten oder vierten. Doch er hatte den unverstellten Blick auf die erste Reihe.
Abs übertrug ihm zunehmend wichtigere Aufgaben. Hartmann bereitete nun Analysen und Einschätzungen vor und freute sich, wenn sein Chef ihnen folgte.
Der große Sprung kam 1953. Die große Konferenz über die deutschen Schulden.
»Sie begleiten mich nach London. Sie werden in meiner Nähe sein«, sagte Abs.

57. Aufgaben

Da Denglers Büro zu klein war, hatten sie ihr Treffen für den nächsten Tag im Basta verabredet. Olga hatte den kahlköpfigen Kellner gebeten, keine anderen Gäste in das Hinterzimmer zu lassen. Er hatte genickt, und nun saßen sie um den großen Tisch an der Wand: Dengler am Kopfende, rechts von ihm Olga und links

Petra Wolff, daneben Mario, ihnen gegenüber Leopold Harder und Martin Klein.
Alle blickten Dengler erwartungsvoll an. Harder hatte seinen Notizblock vor sich gelegt, vor Martin Klein lag ein Stapel weißer Blätter. Mario zog ein Blatt zu sich und ging hinaus an die Bar und kam mit einem Kugelschreiber zurück, den der kahlköpfige Kellner ihm geliehen hatte.
»Ich danke euch«, sagte Dengler, »dass ihr mir bei den Ermittlungen helfen wollt. Wie ihr wisst, wurde Anna Hartmann, eine Mitarbeiterin der Troika, in Berlin entführt. Wir gehen davon aus, dass jemand, den wir noch nicht kennen, ein Entführungsteam zusammengestellt und die Frau gekidnappt hat. Wir konnten drei der Entführer identifizieren. Doch sobald ich an ihnen dran war, wurden sie aus dem Verkehr gezogen. Gegenwärtig haben wir keine weitere Spur zu den Entführern und erst recht nicht zu dem Auftraggeber. Dies war der gefährliche Teil der Ermittlungen. Wir verfolgen jetzt eine andere Spur, und dazu bitte ich um eure Hilfe.«
»Wir bringen euch nicht in Gefahr«, sagte Olga. »Es geht um Recherchearbeiten, die ihr am Schreibtisch oder in der Bibliothek erledigen könnt.«
»Die Firma Dengler Privatermittlungen«, sagte Petra Wolff, »wird euch für eure Mühe ein anständiges Honorar bezahlen.«
Dengler nickte.
»Ja, denn wir rechnen euren Aufwand mit dem Auswärtigen Amt ab, welches unser Auftraggeber ist. Schreibt deshalb eure Arbeitszeiten bitte auf dieses Formular.«
Petra Wolff zog einen Stapel Papier aus einer Tasche, stand auf und gab jedem eines.
»Von der Wiege bis zur Bahre: Formulare, Formulare«, sagte Mario. »Ich hasse Formulare.«
Er hob das Papier mit Daumen und Zeigefinger hoch und betrachtete es angeekelt.
»Du kannst es wegwerfen, wenn du kein Geld willst. Wir möch-

ten dich bitten, für die Verpflegung während der Sitzungen zu sorgen. Und für alkoholfreie Getränke. Und alles, was wir sonst so brauchen.«

Mario legte das Formular wieder sorgsam vor sich hin und strich es glatt.

»Wir würden Georg umsonst helfen«, sagte er. »Jederzeit! Aber wenn die Kohle vom Staat kommt, sollten wir nicht zögern, dieses Ding auszufüllen. Müssen die Getränke wirklich alkoholfrei sein?«

»Ja.«

»Ich kann im Augenblick jeden Cent gut gebrauchen«, sagte Martin Klein.

»Lass hören. Was können wir tun?«, fragte Leopold Harder.

Dengler sagte: »Die Ausgangslage ist folgende: Die Entführte hat in Griechenland einen Künstler kennengelernt und mit ihm eine Affäre begonnen. Er zeigte ihr die harte Lebensrealität im heutigen Griechenland. Und damit die Folgen der Politik der Troika. Anna Hartmann begann, ihre bisherige Arbeit zu überprüfen. Aus Gesprächen mit ihrem früheren Professor weiß ich, dass sie eine besonders gründliche Person ist. Ich weiß außerdem, dass sie an einem Dokument, einem Plan gearbeitet hat.«

»Was stand da drin?«, fragte Mario.

»Das weiß ich nicht«, sagte Dengler. »Ich nehme an, sie hatte eine Version auf ihrem verschwundenen Laptop gehabt und eine Sicherungskopie auf einem externen Datenträger versteckt, auf dem besagten Stick im Keller ihrer Wohnung.«

»Auf einem Heizungsrohr«, ergänzte Olga.

»Mehrmals haben die Entführer versucht, in die Wohnung der Entführten zu kommen«, sagte Dengler. »Sie wollten den Schlüssel zum Keller, um den Stick an sich zu nehmen.«

»Doch Georg hat ihn gefunden«, sagte Petra Wolff.

»Leider sind die Daten zerstört«, sagte Olga, »weil Frau Hartmann nicht bedacht hat, dass im Winter das Heizungsrohr sehr heiß wird. Lesbar waren nur wenige Worte: *Ecuador*. Und: *Ad Kalendas Graecas*, das ist Latein und heißt auf Deutsch so viel wie

›griechischer Kalender‹. Vielleicht hat es mit den Fälligkeitsterminen griechischer Staatsanleihen zu tun – aber das ist nur eine Vermutung.«

»Mehr wissen wir nicht über diesen Stick?«, fragte Leopold Harder.

»Das ist ziemlich wenig«, murmelte Mario.

»Der Rest des Datenträgers ist zerstört«, sagte Olga. »Nur fehlerhafte Blocks.«

»Ich hätte gerne gewusst, warum die Entführer so scharf sind auf das Ding«, sagte Mario.

»Dieser Datenträger ist also der Grund für die Entführung?«, fragte Leopold Harder mit einem zweifelnden Unterton.

»Davon gehe ich aus«, sagte Dengler.

»Ich verstehe nicht, wie wir helfen können«, sagte Martin Klein.

»Wenn alles gelöscht ist, kann nur Olga helfen«, sagte Mario.

»Hast du einen Plan?«, fragte Leopold Harder.

»Ja. Wie ich euch schon gestern bei Mario sagte: Ich habe einen Plan, aber er ist sehr vage.«

»Dann schieß mal los!«, sagte Mario.

»Wenn wir helfen können, kannst du mit uns rechnen«, sagte Leopold Harder und beugte sich vor.

»Wir müssen herausfinden, womit sie sich beschäftigt hat«, sagte Dengler. »Wir müssen uns so in Anna Hartmann hineinversetzen, dass wir ihre Gedanken zusammenfassen können. Wenn das gelingt, haben wir vielleicht etwas, worüber wir mit den Entführern verhandeln können.«

Leopold Harder: »Du sagtest gestern: Es geht um die griechische Krise?«

Mario: »Von Griechenland kenne ich nur Kreta. Und von Kreta nur zwei, drei Höhlen und den Strand.«

Martin Klein: »Ich hab immer gern Urlaub auf den griechischen Inseln gemacht. Sauberes Wasser. Gutes Wetter. Gutes Essen. Aber jetzt fahr ich nicht mehr hin. Selbst wenn ich Geld hätte, Griechenland ist für mich gestorben.«

»Warum?«, fragte Petra Wolff.
»Die verprassen unser Geld«, ereiferte sich Martin Klein. »Wir zahlen für die, weil die den ganzen Tag nur in der Sonne liegen und Ouzo trinken.«
»Als ich auf Kreta war, lagen nur Touristen in der Sonne. Und den meisten Ouzo tranken die«, entgegnete Mario.
»Mario, das ist kein Thema für blöde Witze«, sagte Martin Klein laut. »Jeder weiß, die bekommen Milliarden von uns – und nichts wird dort besser. Ein Ende ist überhaupt nicht abzusehen. Die leben fett auf unsere Kosten.«
»Fett leben die Griechen bestimmt nicht«, sagte Leo Harder.
»Die Reeder dort zahlen keine Steuern. Keinen Cent.«
»In Deutschland zahlen die Reeder auch keine Steuern«, sagte Harder. »Ich hab darüber vor einigen Monaten einen Artikel für das *Stuttgarter Blatt* geschrieben. Nirgends in Europa zahlen Reeder Steuern. Die EU hat das geändert. Reeder müssen nicht mehr Gewinne versteuern, sondern die Bruttoregistertonnen ihrer Schiffe. Die haben sie dann auf Liberia oder Panama ausgeflaggt.«
»Martin, leg dich besser nicht mit jemandem an, der sich auskennt«, sagte Mario.
»Ich hab doch recht«, sagte Martin Klein. »Wir Deutsche finanzieren die halbe Welt – und unsere eigenen Leute lassen wir …«
»Wir lassen dich nicht hängen«, sagte Mario.
»Zurück zur Sache. Wir sollten in zwei Schritten vorgehen«, sagte Dengler. »In einem ersten Schritt müssen wir verstehen, was es mit der griechischen Krise überhaupt auf sich hat und was die Troika und damit Anna Hartmann damit zu tun haben. Wie man sieht, sind wir uns untereinander schon uneins. Also sollten wir uns erst mal mit den Fakten beschäftigen.«
»Und im zweiten Schritt?«, fragte Leo Harder.
»Im zweiten Schritt müssen wir klären, welche Position oder welches Konzept Anna Hartmann erarbeitet hat.«

»Das wird schwierig«, sagte Harder.
»Dazu fehlt uns eine Menge Wissen«, sagte Mario.
»Ich mag die faulen Griechen zwar nicht, aber ich bin dabei«, sagte Martin Klein.
»Wir gehen vor wie bei einer normalen polizeilichen Ermittlung. Wir verteilen Aufgaben. Jakob habe ich schon einige davon übertragen. Er studiert Volkswirtschaft und wird uns vielleicht helfen können. Er kommt übermorgen zu uns dazu.«
»Schön, ihn wiederzusehen«, sagte Mario.
»Stürmt er immer noch Putenställe?«, fragte Harder, und alle lachten.
»Mein Vorschlag ist folgender: Leo, du schaust dir bitte die Personen an, die die Griechenlandkrise gemanagt haben. Wer sind die, welchen Hintergrund haben sie?«
»Okay. Mach ich.«
»Martin, du könntest uns einen Überblick geben, wie die deutsche Presse über die Griechenlandkrise berichtet hat.«
»Mit größtem Vergnügen.«
»Leo, noch eine Aufgabe: Versuche herauszufinden, ob es einen Zusammenhang zwischen Ecuador und Griechenland gibt. Ich weiß, ich weiß: Das ist möglicherweise an den Haaren herbeigezogen, aber vielleicht …«
»Spontan fällt mir dazu nichts ein. Aber ich schaue nach. Ich kenne übrigens einen pensionierten Politiker. Er war Staatssekretär für Finanzen oder Wirtschaft in der letzten Regierungsperiode von Helmut Kohl. Der müsste wissen, wie alles angefangen hat. Soll ich ihn fragen, ob er mit uns spricht?«
»Super Idee!«
Harder zog sein Handy heraus und suchte eine Nummer. Er ging durchs Nebenzimmer auf die Straße und telefonierte.
»Er hat Zeit und empfängt uns. Er ist schon über achtzig und freut sich über Abwechslung. Er kann uns eine Menge erzählen.«
»Noch etwas ist wichtig«, sagte Dengler. »Wir haben keine Zeit. Wenn die Entführer erfahren, dass kaum noch etwas auf dem

Stick ist, haben wir verloren. Und sie haben dann keinen Grund mehr, Anna Hartmann leben zu lassen. Also: an die Arbeit.«
Alle rückten die Stühle zurück und standen auf. Dengler sah in ernste Gesichter.

58. Bergenfeld

Der Staatssekretär a. D. öffnete persönlich die Haustür. Dengler kannte Bergenfeld von Fotos aus alten Zeitungsberichten und erinnerte sich an Bilder aus der Tagesschau von vor zwanzig Jahren. Doch der Mann, der nun im Türrahmen eines alten, aber gediegenen Hauses auf einer Anhöhe in Tübingen stand, zeigte nur noch wenig Ähnlichkeit mit dem tatkräftigen Politiker von damals. Bergenfeld war schmal geworden, die Haare waren dünn und deutlich weniger geworden.
Mit der rechten Hand stützte er sich auf einen dunklen Gehstock. Er trug eine dunkelgrüne Stoffhose mit messerscharfer Bügelfalte, ein weißes Hemd, darüber eine dunkelblaue Wolljacke. Lächelnd schüttelte er Leopold Harder die Hand. Die beiden kannten sich seit Langem; Harder hatte ihn noch als Volontär und später als junger Journalist zu wirtschaftspolitischen Themen interviewt, und nun schien sich der pensionierte Politiker zu freuen, jemanden aus seiner aktiven Zeit wiederzutreffen. Dengler reichte er nur kurz die Hand, ohne ihn richtig anzusehen. Dann bat er sie ins Haus.
Er führte sie durch einen überraschend düsteren Flur und deutete mit einer kurzen Handbewegung auf die dicht hängenden gerahmten Fotos an den Wänden: Bergenfeld mit Kohl, Bergenfeld mit Waigel, Bergenfeld in New York, Bergenfeld mit Gorbatschow, der jüngere Bergenfeld mit Franz-Josef Strauß. In der Mitte hing, goldgerahmt, ein Foto des letzten Kabinetts Kohl mit

Bergenfeld und anderen Staatssekretären in den hinteren Reihen. Dengler sah sich die Bilder an und fragte sich, wie Bergenfeld den Entzug der Macht verkraftet haben mochte.
Der Staatssekretär a. D. zog das linke Bein nach, wirkte ansonsten aber aufmerksam und wach. Er führte sie nach links in ein Arbeitszimmer. Vor dem Fenster stand ein massiver Schreibtisch aus poliertem Kirschholz. Die Schreibfläche war bis auf eine Schreibtischleuchte mit grünem Schirm leer. An allen vier Wänden standen Regale aus dem gleichen Holz, gefüllt mit zum Teil alten, zerlesenen, zum Teil mit neueren Büchern. Dengler sah eine Gesamtausgabe von Hölderlin, aus deren Bänden kleine Anmerkungszettel lugten, und eine Reihe mit Thomas Manns Gesammelten Werken. Auf einem kleinen Tisch lagen »Tage der Toten« von Don Winslow sowie ein aufgeschlagener Krimi von Friedrich Ani.
Bergenfeld deutete auf einen kleinen, runden Holztisch, um den drei Stühle gruppiert waren. Auf dem Tisch standen eine Platte mit Käse- und Zwetschgenkuchen, drei Tassen und eine Kanne Tee. Mit einer kleinen Geste bat er Dengler und Harder, sich zu setzen, stellte die Tassen vor sie und schenkte ihnen mit leicht zitternder Hand Tee ein. Der Gehstock stand griffbereit an seinem Stuhl.
Dann lehnte sich Bergenfeld zurück, sah kurz Dengler an und wandte dann den Blick zu Harder und sagte: »Meine Herren, was kann ich für Sie tun?«
Leopold Harder bedankte sich, dass Bergenfeld sich Zeit genommen habe, er sei sicher sehr beschäftigt, umso mehr freue er sich, dass es so schnell möglich gewesen sei, einen Termin bei ihm …
Bergenfeld unterbrach ihn mit einer kurzen, unwilligen Handbewegung. »Papperlapapp! Ich habe Zeit im Überfluss«, sagte er. »Von einem alten Politiker will niemand mehr etwas wissen. Hin und wieder eine traurige Veranstaltung der Senioren-Union oder irgendetwas anderes Nostalgisches. Es ist schrecklich. Mein Tipp an Sie: Werden Sie bloß nicht alt!«

»Die Alternative ist auch nicht gerade verlockend«, sagte Dengler. Das folgende Lachen löste ein wenig die Stimmung.
»Ich habe es bereits am Telefon angedeutet: Wir möchten von Ihnen aus erster Hand wissen, wie das war – mit dem Euro und Griechenland. Sie waren doch damals zuständig«, sagte Leo Harder und fingerte Kugelschreiber und Notizblock aus der Seitentasche seines Jacketts.
Bergenfeld seufzte. »Griechenland, ein Drama. Sie erinnern sich vielleicht, dass wir damals einhellig gegen den Beitritt des Landes zur Eurozone waren.«
»Mit ›wir‹ meinen Sie sicher Ihre Partei, die CDU?«, fragte Dengler.
Bergenfeld sah ihn unwillig an und blickte dann sofort wieder zu Harder. »Nicht nur die CDU«, sagte er. »Das gesamte Kabinett Kohl war sich in dieser Frage einig. Griechenland war überschuldet. Es erfüllte die Maastricht-Kriterien nicht.«
Dengler warf ihm einen fragenden Blick zu.
»Die Maastricht-Regeln der EU«, erläuterte Bergenfeld, »einstimmig beschlossen von allen EU-Mitgliedsländern, legen glasklar fest, dass der Schuldenstand nicht mehr als 60 Prozent des Bruttoinlandsproduktes betragen darf, wenn ein Land den Euro als Währung einführen will. Griechenland lag deutlich darüber. Und so beschloss der EU-Gipfel«, er schloss die Augen und schwieg einige Sekunden, sodass Dengler befürchtete, er sei eingeschlafen, »am 2. Mai 1998, Griechenland *nicht* aufzunehmen. Der Minister persönlich« – er öffnete die Augen wieder und sah Dengler an –, »Theo Waigel, überbrachte dem damaligen griechischen Finanzminister die unfrohe Botschaft.«
»Fiel Ihnen diese Entscheidung leicht?«, fragte Dengler.
Bergenfeld schnaubte, und Dengler schien es, als käme eine Spur alter Wut in das Gesicht des alten Mannes zurück. Seine Backen röteten sich, und die Augen blitzten ihn an. »Wir haben uns deshalb einige Unverschämtheiten anhören müssen«, sagte er.
»Von wem?«, fragte Dengler.

»Die Eurozone sollte ein geschlossener Wirtschaftsraum werden, und Griechenland war für viele ein interessanter Absatzmarkt. Große Lebensmittelkonzerne liefen uns die Bude ein, die Rüstungsleute schrien auf, die Versicherungswirtschaft und die Bauindustrie. Die Europäische Zentralbank machte sich zum Sprecher dieser Interessen und auch die Europäische Kommission. Aber wir blieben hart.«

Er reckte das Kinn.

»Nehmen Sie doch von dem Käsekuchen. Eine kleine Bäckerei drüben in Reutlingen backt ihn täglich frisch. Sie liefern mir nachmittags immer einige Stücke.« Ohne eine Antwort abzuwarten, lud er Dengler und Harder je ein Stück Kuchen auf den Teller.

Harder nahm sofort die Gabel in die Hand und probierte. »Tatsächlich, sehr fein«, sagte er.

Auch Dengler stieß mit seiner Gabel in den Kuchen. Er schmeckte tatsächlich frisch und gut. »Aber alle diese Firmen konnten doch ihre Geschäfte in Griechenland abwickeln wie bisher auch«, sagte er.

Bergenfeld kicherte. »Wenn Sie teure Leopard-Panzer verkaufen, dann wollen Sie nicht mit Drachmen bezahlt werden. Sie wollen lieber stabile Euros dafür haben. Sie mögen dann keine Währung, die das Empfängerland beliebig auf- und abwerten kann. Aber, wie gesagt: Wir blieben hart.«

»Und wie kam dann Griechenland letztlich doch in die Eurozone?«, fragte Dengler.

»Wir haben die Wahl verloren«, sagte Bergenfeld. »Der Schröder übernahm, und wir wurden in Pension geschickt.« Sein Gesicht verdunkelte sich, und plötzlich sah er viel älter aus. »Die Regierung Schröder wollte die sogenannte Ausgrenzung Griechenlands rückgängig machen. Schröder sorgte dafür, dass ein neuer Beschluss gefasst wurde: Griechenland konnte nur in die Eurozone aufgenommen werden, wenn die ökonomischen Grunddaten sich deutlich verbessert hatten.«

Harder schrieb in seinen Block, hob dann den Kopf und fragte: »Und die ökonomischen Grunddaten Griechenlands verbesserten sich?«
»Allerdings«, sagte Bergenfeld. »Wie von Zauberhand halbierte sich innerhalb eines Jahres das Budgetdefizit.«
»Ihre Wortwahl legt nahe, dass Sie an dieses Wunder nicht glauben«, sagte Leopold Harder.
»Sie müssen sich vorstellen: Die anderen Staaten der Eurozone arbeiteten drei Jahre lang auf dieses Ziel hin – stabile Staaten, starke Staaten wie Frankreich oder Deutschland brauchten diese Übergangszeit. Griechenland gelang diese Anpassung innerhalb von wenigen Monaten. Die neue Bundesregierung und Gerhard Schröder bekamen lauten Beifall von den Banken und den großen Unternehmen, als Griechenland 2001 in die Eurozone aufgenommen wurde.«
Er schnaubte verächtlich.
Dengler rührte vorsichtig in seinem Tee. »Sie glauben, die Regierung Schröder gab dem Druck der Banken und dem großen Geld nach, dem die Regierung Kohl sich standhaft widersetzt hat?«
Bergenfeld sah ihn nachdenklich an. »Es gab noch eine zweite Sache. Der Krieg …«
»Der Krieg? Welcher Krieg?«
»Der Kosovokrieg – 1999. Der Krieg gegen Serbien. Erinnern Sie sich nicht? Man brauchte den Hafen Thessaloniki, um den Nachschub zu transportieren. Der Krieg gegen Serbien war bei den Griechen ein äußerst heikles Thema. Die Serben haben dieselbe Religion, christlich-orthodox. Es gibt viele Verbindungen zwischen den beiden Völkern. Man munkelt von einem Deal: Benutzung des Hafens gegen Mitgliedschaft in der Eurozone.«
»Kann ich das schreiben?«, fragte Harder, den Kugelschreiber über dem Schreibblock haltend. »Darf ich Sie damit zitieren?«
»Auf keinen Fall«, sagte Bergenfeld. »Das ist nicht offiziell. Eher offiziös, verstehen Sie.«
»Schade«, sagte Harder.

Bergenfeld trank einen Schluck Tee und sah plötzlich sehr müde aus. Harder sah zu Dengler hinüber und gab ihm mit einem kleinen Kopfnicken zu verstehen, es sei Zeit zu gehen.
Doch Dengler genügten die Antworten nicht. »Wissen Sie, wie Griechenland diese wundersame Schuldenminimierung gelungen ist?«
»Es waren Banken im Spiel. Aber ich erinnere mich nicht mehr genau an die Tricks, die damals angewendet wurden.«
Bergenfeld stand auf und ging zu dem Bücherregal an einer der Wände. Er zog ein Buch heraus, schlug es auf und stellte es zurück. Er griff nach einem zweiten Buch und wiederholte die Prozedur. Dann ging er zurück zu seinem Stuhl, setzte sich. Es schien so, als wolle er etwas sagen, aber Dengler sah, wie sich der Kopf zur Brust senkte, der Mund geöffnet blieb, und dann schloss Bergenfeld die Augen. Er war eingeschlafen. Dengler hob die Hand, um ihn am Arm zu schütteln, doch Harder hielt ihn zurück. Sie erhoben sich vorsichtig, gingen durch den Flur und schlossen die Haustür leise hinter sich.

59. Verstärkung

Petros flog pünktlich um 8.15 Uhr in Athen ab und landete genau drei Stunden später auf dem Flughafen in Frankfurt. Petra Wolffs Ablaufplan zeigte ihm den Weg zum Bahnhof. Der Automat druckte ihm nach Eingabe einer Nummer, die ebenfalls auf dem Ablaufplan stand, das Bahnticket nach Stuttgart aus. Er schüttelte den Kopf. Diese verdammte deutsche Perfektion.
Es beruhigte ihn, dass der ICE nach München vierzig Minuten Verspätung hatte. So perfekt waren die Deutschen also auch wieder nicht – zumindest nicht die Deutsche Bahn. Er kaufte sich ein Kunstmagazin, das einen Vorbericht über die documenta in Kas-

sel und Athen brachte, setzte sich auf eine Bank auf dem Bahnsteig und wartete.
In Stuttgart holte ihn Georg Dengler am Bahnhof ab. Sie gingen zu Fuß die Königsstraße entlang, und Dengler zeigte ihm das Neue und das Alte Schloss, das Kunstmuseum, die Oper, den Landtag und den Schlosspark. Dann gingen sie über den Charlottenplatz (»Verkehr wie in Athen«, sagte Petros) hinüber zum Bohnenviertel. Sie setzten sich ins Café KönigX und bestellten Kaffee.
»Danke für die Einladung. Was kann ich tun?«, fragte Petros. »Wie kann ich helfen?«
»Von dir habe ich zum ersten Mal gehört, dass Anna ihre Meinung über ihre Arbeit geändert hat. Sie hat an etwas gearbeitet, vielleicht eine Art Konzept …«
»Dazu kann ich nichts sagen, denn was immer sie aufgeschrieben hat: Vor mir hat sie es geheim gehalten.«
»Wir gehen davon aus, dass die Entführer das Dokument unbedingt haben wollen.«
»Wo ist Annas Laptop? Sie hat immer auf so einem teuren flachen Apple-Ding geschrieben.«
»Vielleicht haben die Entführer Annas Laptop. Aber sie wollen die Sicherungskopie. Die haben wir. Zumindest den Datenträger. Die Daten darauf wurden weitgehend zerstört. Wenn es gelingt, sie zu rekonstruieren, dann besitzen wir etwas, mit dem wir verhandeln können …«
»Wir tauschen Daten gegen Anna?«
»Das ist im Groben mein Plan.«
»Aber – wie gesagt: Ich kenne das Dokument nicht.«
»Du kannst aber einschätzen, ob das, was wir herausfinden, zu Anna passt, ob sie es so oder so ähnlich geschrieben haben könnte.«
»Ein verwegener Plan.«
»Unsere einzige Chance.«
»Wenn es nur hilft, Anna zu finden … Ich tue, was ich kann.«
»Ich bringe dich ins Hotel. Es ist nur zwei Minuten von meiner

Wohnung entfernt. Wir treffen uns heute Abend bei meiner Freundin. Und reden. Mein Sohn wird dabei sein und einige Freunde, die mir helfen.«
»Werden wir Anna finden?«
»Ich weiß es nicht.«
Petros saß eine Weile regungslos am Tisch.
»Sie ist die Frau meines Lebens«, sagte er dann. »Ich werde alles …«

*

Zwei Stunden später klingelte Jakob. Dengler öffnete und nahm seinen Sohn in die Arme. Jakob war mit dem Fernbus aus Berlin gekommen und sah erschöpft aus.
»Du kannst mein Schlafzimmer haben, ich werde bei Olga übernachten«, sagte er. »Wahrscheinlich willst du dich erst einmal frisch machen. Du siehst jedenfalls so aus, als könntest du eine Dusche vertragen.«
»Stimmt. Ich habe einiges rausgefunden; zum Beispiel …«
Denglers Handy klingelte. Leopold Harder meldete sich.
»Es gibt tatsächlich einen Zusammenhang zwischen Ecuador und Griechenland«, sagte er. »Ecuador wurde seine Schulden auf eine elegante Weise los. Die Regierung gründete …«
»Leo, wir reden heute Abend darüber. Jakob ist gerade gekommen.«
Er hörte den Wasserstrahl aus der Dusche rauschen und ging durch die Küche ins Büro. Petra Wolff saß hinter dem Bildschirm und tippte auf der Tastatur.
»Unser Meeting ist heute Abend bei Olga. In ihrem Wohnzimmer haben wir alle Platz an ihrem langen Tisch.«
»Ich weiß«, sagte Dengler.
Er öffnete die Tür und horchte. Aus der Dusche waren keine Geräusche mehr zu hören.
»Jakob ist gekommen.«
»Schön, ihn wiederzusehen.«

Die Tür wurde aufgestoßen, und Jakob stand im Türrahmen, nass und nackt, bis auf ein Handtuch, das er sich um die Hüfte gebunden hatte.
»Oh, ich wusste nicht …«
Petra Wolff stand auf und ging mit ausgestreckter Hand auf Jakob zu. Dengler gefiel ihr vergnügtes Lächeln nicht. Dengler entging auch nicht der Blick, mit dem Jakob Petra Wolff ansah. Auch der gefiel ihm nicht.
»Mein Vater hat Sie noch nicht entlassen, das heißt, er expandiert tatsächlich.«
»Oh, ohne mich wäre dein Vater schon lange pleite.«
Petra Wolff ging zurück an den Schreibtisch, und Dengler gefiel nicht, wie sein Sohn ihr dabei zusah.
»Komm in die Küche. Ich mache uns einen Kaffee«, sagte er.
Jakob nickte und drehte sich um. Dann warf er noch einmal einen Blick über die Schulter und folgte Dengler.

60. Geld

Um 19 Uhr saß das große Team, wie Dengler diese Gruppe nannte, um Olgas Wohnzimmertisch. Dengler saß am Kopfende, neben ihm Olga und Petra Wolff. Stirnrunzelnd hatte Dengler beobachtet, wie Jakob darauf bedacht war, sich den Stuhl neben Petra Wolff zu sichern. Neben ihm saßen Mario und Martin Klein. Auf der anderen Seite saß Petros zwischen Olga und Leopold Harder. Olga hatte einen großen Bildschirm aufgestellt und ihn mit ihrem Laptop verbunden.
Mario hatte Zwiebelkuchen und Quiche Lorraine mitgebracht. Mehrere Flaschen Wasser und Apfelsaft standen auf dem Tisch.
»Kein Alkohol. Wie befohlen«, sagte Mario stolz. »Leute, die Lage ist wirklich ernst.«

Dengler stellte Petros und Jakob als Neulinge in der Runde vor und sagte dann: »Jeder außer Petros hat beim letzten Treffen Aufgaben übernommen. Wer kann heute Ergebnisse oder zumindest vorläufige Ergebnisse liefern? Martin?«
»Ja.«
»Leo?«
»Ich habe Interessantes gefunden zum Zusammenhang zwischen Ecuador und Griechenland.«
»Sehr gut. Martin, vielleicht fängst du an.«
Jakob hob die Hand. »Ich wollte vielleicht am Anfang etwas Grundsätzliches zu Schulden, Bar- und Buchgeld sagen. Meiner Meinung nach kann man den Kapitalismus besser verstehen, wenn man sich klarmacht, was Geld eigentlich ist.«
»Ich bin jetzt nicht an einer Kapitalismusanalyse interessiert. Ich suche Motive für das Handeln einer entführten Person.«
Jakob sah plötzlich aus, als habe ihn ein Schlag mitten ins Gesicht getroffen. Am Tisch herrschte unangenehmes Schweigen.
»Dein Vater meint es nicht so«, sagte Petra Wolff leise.
»Ich würde gerne hören, was Jakob erarbeitet hat«, sagte Olga.
Mario ergriff ebenfalls Partei für Jakob. »Das ist doch eine gute Idee, wenn wir erst einmal etwas Grundsätzliches erfahren. Vielleicht können wir dann unsere Einzelergebnisse besser einordnen.«
Dengler fühlte, wie ihm das Team entglitt. Er fühlte sich unwohl. »Es muss in jeder Ermittlungsgruppe jemanden geben, der Struktur …«
Leopold Harder unterbrach ihn. »Ich kann meine Erkenntnisse gerne nach Jakob vortragen. Vielleicht passen sie dann tatsächlich besser.«
Dengler blies Luft aus seiner Lunge. Er ärgerte sich. »Meinetwegen«, sagte er. »Jakob, du hast das Wort.«
»Danke, Herr Hauptkommissar«, sagte Jakob und stand auf. Dengler ärgerte sich noch mehr, als er sah, dass alle über Jakobs Bemerkung schmunzelten.

Jakob ging ans Kopfende. Er zog einen Stick aus der Hosentasche und steckte ihn in Olgas Rechner. Dann stellte er sich aufrecht neben den Bildschirm und sagte: »Geld, das jeder kennt, ist das, was wir in unseren Hosentaschen und Brieftaschen haben. Bargeld. Man könnte sagen, das ist das eigentliche Geld. Jeder von uns hat aber noch Geld auf einem Konto; die einen mehr, die anderen weniger.«

Martin Klein seufzte vernehmlich.

»Dieses Geld, das auf irgendwelchen Konten liegt, nennen wir Buchgeld. Aber streng genommen ist es kein Geld.«

»Wieso?«, fragte Petra Wolff. »Wenn ich Geld von meinem Konto abhebe oder eine Überweisung mache … Ich sehe da keinen Unterschied zum Bargeld.«

»Es gibt einen wesentlichen Unterschied«, sagte Jakob. »Auf dem Konto ist dein Geld nur eine Zahl.«

Dengler registrierte: Jakob duzte Petra Wolff. Einfach so. Wie junge Leute das untereinander tun. Er fühlte sich plötzlich ausgeschlossen und ärgerte sich darüber. Tatsächlich gefiel ihm sein selbstbewusster Sohn, der dort vorne stand und über etwas referierte, was ihm wichtig erschien. Auch wenn es für den Ermittlungszweck keine Bedeutung hatte, da war sich Dengler sicher.

»Es ist nur eine Vereinbarung, eine Abmachung«, sagte Jakob. »Es gibt Gesetze, die regeln, dass jeder sein Guthaben in Bargeld tauschen kann. Das funktioniert reibungslos – so reibungslos, dass wir alle glauben, Buchgeld sei tatsächlich Geld.«

»Wir können sogar negative Konten in Bargeld verwandeln«, sagte Mario. »Man nennt es Überziehungskredit. Da bin ich absoluter Fachmann …«

»Genau«, sagte Jakob. »Es ist eine Vereinbarung. Die Vereinbarung, dass Buchgeld in Bargeld umgewandelt werden kann. Die Banken sichern das übrigens nur bis 100.000 Euro je Konto zu. Bis zu diesem Betrag geht die Vereinbarung.«

»Was willst du uns damit sagen?«, fragte Olga.

»Ich möchte einfach nur feststellen: Alles Buchgeld, das es auf der

Welt gibt, ist nur ein Versprechen, dass man es in Bargeld umtauschen kann – in Geld, mit dem man etwas kaufen kann.«
»Das haben wir jetzt verstanden«, sagte Dengler.
»Perfekt«, sagte Jakob und zog sich einen Stuhl heran, setzte sich und tippte etwas in Olgas Laptop ein. Ein Bild erschien, nur ein kleiner Punkt war zu sehen.
»Das ist der Wert des gesamten auf der Erde vorkommenden Silbers«, sagte Jakob.

Jetzt hatte er die ungeteilte Aufmerksamkeit der Runde gewonnen. Alle sahen zum Bildschirm.
»Jetzt sehen wir dazu die Vermögen von drei der reichsten Firmen der Welt – Apple, Google und Microsoft. Ein Quadrat repräsentiert hier und in den folgenden Grafiken übrigens 100 Mrd. Dollar.«

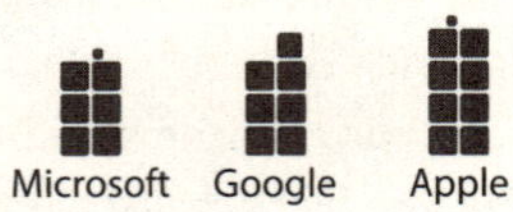

»Bar- und Buchgeld vermutlich«, sagte Martin Klein.
»Genau«, sagte Jakob. »Bar- und Buchgeld. Im Verhältnis dazu die Vermögen der 50 reichsten Menschen auf der Welt.«

»Ihr seht, dass Bill Gates, Warren Buffett und Kollegen wesentlich mehr besitzen, als die gesamten Silbervorkommen der Welt ausmachen.«
Petra Wolff nickte. Olga sah gebannt auf den Bildschirm. Dengler fühlte Stolz auf seinen Sohn. Er hatte sich sorgfältig vorbereitet, auch wenn diese Grafiken den Ermittlungen nicht weiterhalfen.

»Jetzt kommt die Summe, die die FED, die amerikanische Zentralbank, zur Verfügung hat.«

»Gigantisch«, sagte Mario. »Und ich hab so wenig davon.«
»Und jetzt vergleichen wir es mit der Summe des Bargelds auf der ganzen Welt.«

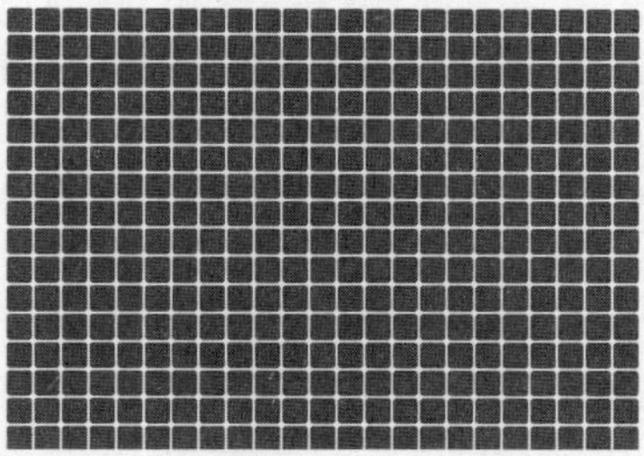

»Wow, das ist nicht viel mehr, als die amerikanische Zentralbank ausgeben kann«, sagte Olga.
Dengler sah zu Petra Wolff, die gebannt Jakob anstarrte.
»Hier der Wert aller auf der Welt befindlichen Aktien.«

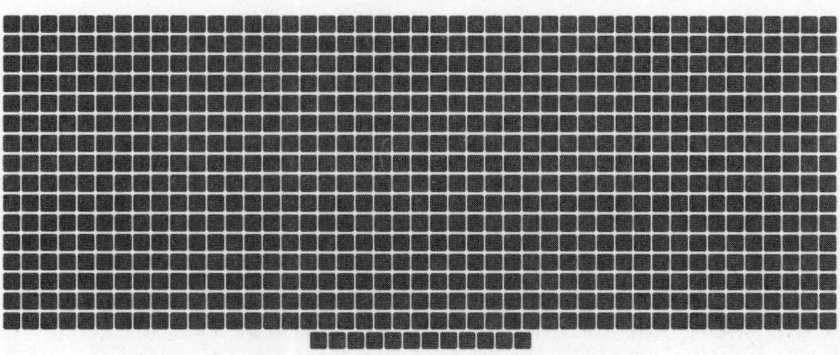

»Noch größer ist der Wert aller auf der Welt befindlichen Schulden. Darunter sind auch die Griechenlands.«

»Und nun, meine Damen und Herren«, sagte Jakob wie ein Zauberkünstler, der den entscheidenden Trick präsentiert, »der Wert aller Derivate der Welt, also der Finanzinstrumente, die Banken, Hedgefonds, Versicherungen, Rentenfonds und reiche Privatpersonen handeln.«

Atemlose Stille herrschte am Tisch, als alle auf den Bildschirm starrten. Petra Wolff saß mit offenem Mund da. Olga lächelte. Martin Klein sah ungläubig auf den Bildschirm, Mario war wütend, Petros schien ungerührt.

Jakob stand wieder auf. Er sah zufrieden in die Runde. »Was glaubt ihr, was kann man von diesem Geld alles kaufen?«

»Alles«, sagte Mario. »Davon kann man alles kaufen.«

»Falsch!«, sagte Jakob. »Davon kann man noch mehr als alles kaufen. Mein Professor sagte uns: Mit dem Wert des Bar- und vor allem des Buchgeldes, also hauptsächlich der Derivate, könnte man zwölf Mal alles bezahlen, was es auf dem Globus zu kaufen gibt.«

»Willst du uns damit sagen, dass es zwölf Mal so viel Geld gibt, wie realer Gegenwert dazu existiert?«, fragte Martin Klein.

»Genauso ist es«, bestätigte Jakob. »Alles inbegriffen: Häuser, Eisenbahnen, Schiffe, Fabriken, Bügeleisen, Laptops, Stühle, Tische, Krankenhäuser, alles.«

»Wahnsinn«, sagte Petra Wolff leise.

»Was bedeutet das?«, fragte Jakob und sah in die Runde.

»Das bedeutet, dass es unvorstellbar reiche Menschen auf der Welt geben muss«, sagte Mario.

Jakob schüttelte unwirsch den Kopf. »Die Vermögen der 50 reichsten Personen haben wir gesehen.«

Petros sagte: »Wenn man mit diesem vielen Geld im Grunde

nichts kaufen kann, weil es dafür einfach nichts gibt, was man kaufen könnte, dann ist es – wertlos, oder?«

»Genau«, sagte Jakob, »es ist wertlos. Objektiv gesehen. Von einer Draufsicht aus gesehen, wie wir das jetzt tun.«

»Geld, das wertlos ist, weil es zu viel davon gibt? Das ist doch … verrückt«, sagte Martin Klein.

»Wenn man meinem Land alle Schulden streichen würde«, sagte Petros, »das würde auf deiner Grafik nicht weiter auffallen. Es gäbe immer noch viel zu viel Geld auf der Welt.«

»Objektiv gesehen stimmt das«, bestätigte Jakob.

»Wo ist der Haken? Warum machen wir das nicht einfach?«, fragte Petros.

»Weil es auch eine subjektive Sicht gibt. Dieses viele sinnlose Geld gehört irgendwem. Irgendjemand ist dafür verantwortlich: Vermögensverwalter, Fondsmanager, Hedgefonds-Typen. Diese Personen wissen vielleicht, dass das viele Geld, das es auf der Welt gibt, *insgesamt* wertlos ist. Doch für den Teil, den sie verwalten, sehen sie das anders. Für diesen Teil suchen sie verzweifelt Anlagemöglichkeiten. Sie suchen irgendeinen Kontakt, eine Verbindung zur Realwirtschaft, denn ohne diese Verbindung zur Realwirtschaft werden sie es nie in kauffähiges Geld umwandeln können.«

»Anders gesagt«, sagte Olga. »Der Menschheit könnte es wurscht sein, wenn Griechenlands Schulden gestrichen werden. Der Europäischen Zentralbank, der Griechenland das Geld schuldet, jedoch nicht.«

»So ähnlich hat Anna mir einmal den Kapitalismus erklärt«, sagte Petros.

Dengler sah auf. Jakobs Ausführungen waren interessant, hatten bisher mit der Entführung Anna Hartmanns jedoch reichlich wenig zu schaffen.

Petros fuhr fort: »Sie hat mir einmal erklärt, dass es immer anlagebedürftiges, überschüssiges Kapital auf der Welt gebe, das investiert werden will. Deshalb werde aus der Gewohnheit, jemand in seinem Auto mitzunehmen, plötzlich eine Geschäftsidee. Oder aus der Tatsache, dass wir alle manchmal Gäste bei uns übernachten lassen, entstünden neue, spannende Firmen. Sie fand das gut.«

»War das, bevor du Anna die wirklichen Auswirkungen ihrer Arbeit gezeigt hast, oder später?«, fragte Dengler.

Petros dachte einen Augenblick nach. »So redete sie ganz am Anfang, als wir uns kennenlernten.«

»Dieser Druck, der durch das anlegewütige Kapital erzeugt wird«, sagte Jakob, »bringt große Nachteile. Es werden immer mehr Lebensbereiche käuflich gemacht – die Wasserversorgung, die Fortpflanzung wird bald ein riesiges Geschäft werden, der Körper ist es schon lange, und ich werde es bestimmt noch erleben, dass die Luft privaten Konzernen gehört.«

»He, he«, rief Mario. »Da gehen wir aber auf die Straße.«

»Die Wahrscheinlichkeit ist – wissenschaftlich gesehen – nicht hoch, denn die meisten sind vorher auch nicht auf die Straße und erst recht nicht auf die Barrikaden gegangen«, sagte Jakob.

»Das war mein Vortrag«, sagte er und ging auf seinen Platz zurück.

Alle klopften auf den Tisch. Jakob setzte sich und sah zu Petra Wolff, die ihn freundlich anlächelte.

Dengler war stolz auf seinen Sohn.

61. Illegitim

Nach Jakobs Vortrag herrschte eine lockerere Stimmung am Tisch als vorher. Mario verteilte Quiche, Petra Wolff schenkte Jakob Apfelsaft ein, Olga strich mit der Hand über Denglers Arm. Nur Martin Klein blickte missmutig mit verschränkten Armen drein.

»Also, vielen Dank, Jakob. Gute Arbeit!«, sagte Dengler. »Ich

schlage vor, dass jetzt Leo berichtet. Leo, du hattest einen Zusammenhang zwischen Ecuador und Griechenland gefunden?«
Leopold Harder stand auf und ging ans Tischende. Er zog den Stick aus Olgas Laptop und warf ihn Jakob zu, der ihn geschickt mit einer Hand auffing. Dengler entging nicht, dass sein Sohn sich vergewisserte, ob Petra Wolff sein Kunststück gesehen hatte. Dengler runzelte die Stirn.
Leopold Harder steckte seinen eigenen Stick in den Computer und sagte: »Auf dem Datenträger von Frau Hartmann fand Olga das Wort ›Ecuador‹. Wir gehen ja davon aus, dass Frau Hartmann an einer wie auch immer gearteten Lösung für die sogenannte Griechenlandkrise gearbeitet hat. Deshalb habe ich einen Zusammenhang zwischen Ecuador und Griechenland im Zusammenhang mit der finanziellen Lage Griechenlands gesucht.«
Er machte eine kurze Pause.
»Und ich habe einen gefunden«, sagte er.
Nun hatte er die ungeteilte Aufmerksamkeit aller.
»In Europa weiß man nicht viel über Ecuador. Das lateinamerikanische Land ist etwa doppelt so groß wie Griechenland; es leben dort 16 Millionen Menschen, in Griechenland sind es etwa 11 Millionen. Die Länder sind in jeder Hinsicht völlig verschieden, doch es gibt eine Gemeinsamkeit: Beide plagt eine hohe Auslandsverschuldung. Im Falle Ecuadors waren es 10,97 Milliarden US-Dollar. Das Besondere an Ecuador ist jedoch, dass die Regierung mit Unterstützung einiger Nichtregierungsorganisationen einen neuen Weg beschritt, die Auslandsschulden zu bewerten – und letztlich loszuwerden.
2006 wurde Rafael Correa als Präsident Ecuadors gewählt, nicht zuletzt aufgrund seines Versprechens, ein ungeliebtes Freihandelsabkommen mit den USA nicht zu unterzeichnen und die Auslandsschulden des Landes zu reduzieren. Er nannte seine Regierung die ›Revolution der Bürger‹ und brachte dem Land eine längere politische Stabilität. Vor allem bekämpfte er erfolgreich die extreme Armut, die in seinen drei Amtsperioden um fast 45 Prozent sank.«

Dengler sagte: »Verliere bitte die Auslandsschulden nicht aus dem Blick.«

Leopold Harder fuhr fort: »Correa gründete eine Kommission, die *Comisión para Auditoria Integral del Crédito Público.* Diese Kommission sollte die Schulden des Landes untersuchen, jeden einzelnen Kreditvertrag prüfen. Das Ziel bestand darin, illegitime Schulden zu finden und zu streichen.«

»Illegitime Schulden?«, fragte Olga. »Was sind denn bitte illegitime Schulden?«

Harder sagte: »Die Unterscheidung zwischen legitimen und illegitimen Schulden ist das Besondere an dem Vorgehen der ecuadorianischen Regierung. Und genau diese Unterscheidung könnte das gewesen sein, was das Interesse von Anna Hartmann an Ecuador geweckt hat.«

»Kannst du uns diesen Unterschied erklären?«, fragte Dengler.

»Ich glaube schon«, sagte Leopold Harder. »Ich versuche es mit einem Beispiel zu erklären. Wie verhält es sich mit einem Kredit, der nur unter der Bedingung gewährt wird, dass mit dem Geld überteuerte Waren aus dem Land des Gläubigers zu kaufen sind? Dies ist sicherlich nicht illegal. Aber: Ist die Forderung nach überhöhten Preisen nun legitim? Oder: Was ist mit den Fällen, in denen Unternehmen mit Staatsbediensteten in den Schuldnerländern gemeinsame Sache machen, um bestimmten Firmen Aufträge für sinnlose Projekte zukommen zu lassen? Wie ist es bei Krediten oder Aufträgen, die durch Bestechung zustande gekommen sind? Ist es legitim, dass Kreditgeber regelmäßig festsetzen, dass die Gerichtsstände die Gläubigerländer sind? Verschafft ihnen das einen unfairen Vorteil gegenüber den Schuldnern?

In Ecuador wurde die Regierung vor folgende Alternative gestellt: Entweder ihr unterschreibt den Vertrag mit einer großen amerikanischen Firma zu deren Bedingungen oder ihr fliegt aus dem Kreditprogramm. Ist das legitim? Nein, es ist sogar illegal, sagte die Kommission, da in diesem Fall eindeutig von Einschüchterung gesprochen werden muss. Die Kommission kam zu dem Schluss, Ecuador habe den Vertrag mit dem amerikanischen Konzern nur unter Druck und nicht aus freiem Willen unterzeichnet. Der freie Wille ist jedoch im Vertragsrecht die grundlegende Voraussetzung für die Gültigkeit eines Vertrags.«

»Was bedeutet das für unseren Fall?«, fragte Dengler. »Könnte es sein, dass Anna Hartmann die griechischen Schulden auf ihre Legalität oder Legitimität hin untersuchen wollte – und als Beispiel dafür nahm sie Ecuador?«

Er wandte sich an Petros: »Ist es vorstellbar, dass Anna daran gearbeitet hat?«

Petros zuckte mit den Schultern. »Anna hat immer gearbeitet. In den letzten Wochen, bevor sie ... verschwand, beschäftigte sie sich mit etwas, das ihr sehr wichtig war. Aber leider weiß ich nicht, worum es dabei ging. Ich mache mir jetzt Vorwürfe, aber damals musste ich eine Ausstellung vorbereiten; ich war mit meinen eigenen Projekten ausgelastet. Ich hätte besser auf sie aufpassen müssen.«

Dengler sagte: »Ich halte die Verbindung von legitim und illegitim für eine wichtige Spur.«

Leopold Harder setzte sich an den Laptop. »Die ecuadorianische Kommission schlug vor, die Schulden des Landes in fünf Kategorien einzuteilen.«

Er tippte etwas in den Computer, und auf dem Bildschirm erschien eine Grafik:

Fünf Kategorien von Schulden:

- Illegale Schulden
- Illegitime Schulden
- Teilweise illegitime Schulden
- Praktiken, die sich nicht wiederholen dürfen
- Legitime Schulden

»Kannst du diese Punkte genauer definieren?«, fragte Mario.
»Sei nicht so ungeduldig«, sagte Leopold Harder und rief die nächste Grafik auf.

Illegale Schulden sind Schulden, die gegen geltendes Recht am jeweiligen Gerichtsstand verstoßen und deshalb auf dem Rechtsweg anzufechten sind.

»Das leuchtet ein«, sagte Martin Klein.
»Sogar mir«, sagte Mario.
»Nächste Grafik«, sagte Olga.

Illegitime Staatsschulden gelten dann als illegitim und verabscheuungswürdig und müssen nicht zurückgezahlt werden, wenn:

1. diese ohne Zustimmung der Bevölkerung zustande gekommen sind, aufgrund des Fehlens einer durch demokratische Wahlen legitimierten Regierung,
2. die Gelder zur Unterdrückung des Landes genutzt wurden und die damit bezahlten Leistungen den Menschen geschadet haben und
3. die Kreditgeber von beidem Kenntnis hatten oder bei zumutbarer Nachforschung hätten haben können.

»Ich zeige noch die nächsten beiden Grafiken«, sagte Harder. »Dann bin ich mit meinem ersten Untersuchungsauftrag zu Ende.«

Teilweise illegitime Schulden sind Schulden wie in Grafik 3, allerdings mit dem Zusatz, dass der Schuldner erhebliche Mitverantwortung für die negativen Folgen der Kreditvergabe trägt.

»Die letzte Grafik ist die einfachste«, sagte Leopold Harder.

Legitime Schulden sind Schulden, die in gegenseitigem Einverständnis und bei freiem Willen ohne Erpressung oder Nötigung und ohne die negativen Folgen aus Grafik 3 zustande kamen.

»Das war's«, sagte Harder, zog den Stick aus dem Laptop und setzte sich. Alle klopften Beifall.
»Wir haben eine Spur«, sagt Dengler. »Ich weiß wirklich nicht, ob sie uns vorwärtsbringt, aber es ist lohnend, der Frage nachzugehen, ob Anna Hartmann die griechischen Schulden in illegale, illegitime und legitime Schulden aufgeteilt hat. Wir machen eine kleine Pause, bevor Leo uns die handelnden Personen der Griechenlandkrise vorstellt.«

62. Schuldenberg

Es war mittlerweile 21 Uhr geworden, die Reste der Quiche schmolzen unter gierigen Fingern dahin, Mario füllte die Karaffen mit Apfelsaft und Wasser nach. Jakob erläuterte Petra Wolff flüsternd irgendeine der Geldtheorien, die er auf der Uni gelernt hatte. Petros unterhielt sich mit Mario, nur Martin Klein saß missmutig auf seinem Stuhl und trommelte mit zwei Fingern auf die Tischplatte. Dengler nahm sich vor, mit ihm über seine finanzielle Lage zu reden. Die Freunde hatten versprochen, ihm mit einem Kredit über die gegenwärtige Flaute zu helfen, doch außer dem Versprechen war noch nichts geschehen.
Olga setzte sich neben ihn, er legte einen Arm um sie und sagte: »Leo könnte uns wirklich auf eine Spur gebracht haben. Viel-

leicht hat Anna Hartmann tatsächlich versucht, die griechischen Schulden auf ihre Legitimität hin zu untersuchen. Sind die Kredite ohne Zustimmung der Bevölkerung zustande gekommen oder haben die Kredite den Menschen in Griechenland geschadet? Vielleicht wollte sie eine neue Debatte anstoßen?«

»Es sind viele ›Vielleicht‹ dabei«, sagte Olga. »Merkwürdig ist, dass sie mit niemandem über ihren Plan gesprochen hat, falls es einen solchen Plan überhaupt gibt.«

»Wir nehmen an, dass sie an einem neuen Konzept gearbeitet hat. Sie war sehr diszipliniert und eigensinnig, möglicherweise wollte sie erst den fertigen Entwurf präsentieren. Das passt zu ihrem Charakter, wie ihn ihr Professor beschrieben hat.«

»Sie hat nicht einmal mit Petros darüber gesprochen.«

»Vielleicht hat sie ihm nicht getraut, Olga. Wir wissen viel zu wenig. Doch Leos Vortrag hat einen ersten brauchbaren Hinweis gebracht.«

Mario klopfte auf den Tisch. »Können wir weitermachen? Sonst muss ich noch die ganze Nacht Apfelsaft und Wasser trinken, und das verkraftet meine Leber nicht.«

Leopold Harder stand auf, ging zum Computer und rief eine Grafik auf.

»Diese Namen sollten wir uns merken«, sagte er.

Mario Draghi	**Loukas Papadimos**	**Petros Christodoulou**	**Antigone »Addy« Loudiadis**

»Draghi ist Präsident der Europäischen Zentralbank. Die anderen Namen kenne ich nicht«, sagte Olga.

»Griechen kennen Papadimos und Christodoulou«, sagte Petros Koronakis. »Leider.«

»Diese Personen haben das griechische Staatsdefizit innerhalb kürzester Zeit halbiert«, sagte Harder. »Die Vorgaben der Europäischen Union wurden erreicht, und Griechenland wurde Mitglied der Eurozone. Es ging plötzlich alles sehr schnell.«

»Ich erinnere mich gut«, sagte Petros. »In Griechenland wurde das gefeiert. Wir waren nun ein vollwertiges Mitglied der Europäischen Union.«
»Spann uns nicht auf die Folter«, sagte Dengler. »Wie gelang es Griechenland, seine Schulden zu reduzieren?«
»Das verdankt die griechische Regierung der Investmentbank Goldman Sachs. Eine ihrer führenden Köpfe ist die Bankerin *Antigone Loudiadis,* von ihren Freunden einfach nur *Addy* genannt.«
»Leo, es ist spät geworden. Komm bitte zur Sache«, sagte Dengler.
»Jawohl, Herr Hauptkommissar«, sagte Harder, und Denglers Stirn legte sich in Falten.
Leopold Harder fuhr fort: »Goldman Sachs, eine der ganz großen Investmentbanken der Welt, schnürte ein hübsches Paket zusammen mit dem Gouverneur der griechischen Zentralbank …«
»Loukas Papadimos«, warf Petros ein.
»Genau«, sagte Leopold. »Mit *Loukas Papadimos.* Sie nahmen zwei weitere Banken ins Boot, die JP Morgan Bank und die schweizerische UBS. Sie gaben der griechischen Regierung einen Kredit von 2,8 Milliarden Euro in Form von *Swaps.*«
Er hielt inne. »Leider weiß ich nicht, wie ich in aller Kürze erklären soll, was Swaps sind«, sagte er.
»Da kann ich helfen«, sagte Jakob.
»Aber bitte nicht mehr heute Abend«, sagte Dengler.
Olga unterdrückte ein Gähnen und nickte.
»Kredite in Form von Swaps waren damals neu und mussten weder im Staatshaushalt verbucht noch an das Europäische Statistikamt *Eurostat* gemeldet werden. Zusätzlich wurde dieser Kredit erst in Dollar, dann in japanische Yen umgetauscht; und zwar zu fiktiven Wechselkursen. Die Schulden schmolzen bei jeder Aktion auf wundersame Weise. Goldman Sachs nahm für diese Operation 600 Millionen Honorar.«
»Das alles war Anna Hartmann bekannt?«, fragte Dengler.
Petros nickte. »Sie hat mir davon erzählt. Sie war voller Bewunderung für Frau Loudiadis und die Raffinesse von Goldman Sachs.«

»Du hast sie nicht vom Gegenteil überzeugen können?«, fragte Leopold Harder.

»Um ehrlich zu sein«, sagte Petros, »ich hatte Probleme, überhaupt zu verstehen, wie Goldman Sachs diesen gigantischen Schuldenberg in kurzer Zeit verschwinden ließ. Ich hatte immer mehr mit den Verwüstungen zu tun, die diese Leute angerichtet haben.« Er deutete auf die Namen auf dem Bildschirm.

»Ich höre immer von Verwüstungen in Griechenland«, meldete sich Martin Klein. »Die Griechen bekamen Milliarden von uns, und was haben sie daraus gemacht? Nichts! Milliarden, sag ich euch. Die verschwinden in Griechenland im Sand oder im Meer, versickern irgendwo und wir zahlen und zahlen und …«

Dengler stoppte ihn mit einer Handbewegung. »Martin, du bist als Nächster an der Reihe. Aber wir verschieben deinen Beitrag auf das nächste Zusammentreffen. Es ist jetzt einfach zu spät geworden.«

»Was ist mit den beiden anderen Namen auf deiner Liste?«, fragte Olga.

»Zu dieser Zeit war *Mario Draghi* einer der Chefs von Goldman Sachs in London. In seiner Abteilung wurde der Swap-Deal ausgedacht, auch wenn er heute behauptet, er habe nichts davon mitbekommen. Später wurde er Präsident der Europäischen Zentralbank und direkt mit den Folgen dieses Deals befasst. *Loukas Papadimos,* die griechische Hand bei der Verschleierung der griechischen Staatsschulden durch Goldman Sachs, wechselte danach zur EZB und wurde dann …«

»Unser Regierungschef!«, sagte Petros. »Doch er wurde niemals gewählt. Er galt als parteiloser Spezialist, ein Technokrat. Er kam ins Amt, als der gewählte *Giorgos Papandreou* wegen der Schulden zurücktrat.«

»Solchen Leuten geben wir unser Geld«, rief Martin Klein dazwischen.

Dengler runzelte die Stirn, und Klein murmelte: »Ist doch wahr«, schwieg dann aber.

Leopold sagte: »Dann haben wir den vierten ›Helden‹ der neueren griechischen Tragödie: *Petros Christodoulou*.«

»Ich kann nichts dafür, dass wir den gleichen Vornamen tragen«, sagte Petros.

»Im Jahre 2000 wurden mithilfe von Goldman Sachs und des Swap-Kredits die Schulden Griechenlands dezimiert. Deshalb wurde das Land im Jahr 2001 Mitglied der Eurozone. Doch schon drei Jahre später stiegen die Schulden aus dem Swap-Deal um das Doppelte, und nun kam die große Stunde von *Antigone Loudiadis*. Sie fuhr nach Athen und sorgte dafür, dass die Swaps an die griechische Nationalbank verkauft wurden. Deren Chef war *Petros Christodoulou*. Ich hab ein Interview von ihm in dem Film ›Wer rettet wen?‹ gefunden, aus dem möchte ich euch mal ein Zitat vorlesen, damit ihr einen Eindruck von dem Typen bekommt.«

»Kam der denn auch von Goldman Sachs?«, fragte Mario.

»Klar«, sagte Leopold. »Bei Goldman Sachs hatte er schon an ähnlichen Schuldenverschleierungsaktionen mitgemacht. *Papadimos* holte ihn in seinen Job.«

Leopold Harder zog ein Blatt Papier heraus. »Er sagte wörtlich: ›Die Finanzindustrie ist dem Regulator immer ein oder zwei Schritte voraus. Sie erfindet etwas, der Regulator kapiert es, stoppt es, dann erfindet sie etwas Neues. Das ist eine Lebensregel. Die Finanzindustrie wird den Vorschriften immer voraus sein.‹ Also, in diesem Fall erkannte Eurostat erst 2008 diese Praxis, Swaps zu nutzen, um Schulden zu verstecken. Und im Jahr 2009 sagte Eurostat: ›Leute, jeder enthüllt, was er gemacht hat, welches sind eure Swaps?‹ Das ist der Moment, in dem Griechenland ein bisschen die Zielvorgaben verfehlte.«

»… ein bisschen die Zielvorgaben verfehlte – das ist lustig«, sagte Jakob.

Leopold Harder fuhr fort: »Statt den Deal aufzudecken, versteckte *Petros Christodoulou* ihn. Zusammen mit Goldman Sachs gründete er die Briefkastenfirma *Titlos* und lagerte die Swaps dorthin aus. Interessant ist: Es ist dieselbe Adresse wie die einer

Firma namens *Wilmington Trust*. Diese Firma verwaltet im Auftrag der EU und des IWF die Gelder des Rettungsschirms. Und die beiden Direktoren des *Wilmington Trust* sind zugleich die Chefs von *Titlos*.«
Harder drückte eine Taste, und auf dem Bildschirm erschien eine neue Grafik:

Mario Draghi	**LoukasPapadimos**	**Petros Christodoulou**	**Antigone »Addy« Loudiadis**
Goldman Sachs, Europäische Zentralbank	Griechische Zentralbank; Europäische Zentralbank; Regierungschef	Goldman Sachs; Griechische Nationalbank	Goldman Sachs

»Das ist das Personalkarussell, das ich untersuchen sollte«, sagte Leopold und setzte sich.
Es wurde auf den Tisch geklopft und anerkennend Beifall gemurmelt.
»Mir ist jetzt dringend nach einem Dutzend Ouzo«, rief Mario. »Wer kommt mit runter ins Basta?«
»Stopp«, sagte Dengler. »Wir müssen uns dringend mit diesen *Swaps* befassen. Jakob und Leo, ihr wollt das übernehmen? Gute Sache, finde ich. Außerdem: Petros, würdest du über die Lage in Griechenland berichten?«
Leo, Jakob und Petros nickten.
»Schickt mir eine SMS, wenn ihr so weit seid«, sagte Dengler. »Und jetzt: Jeder nimmt etwas mit in die Küche. Olga besitzt im Unterschied zu mir eine Geschirrspülmaschine.«
»Deshalb sieht es hier immer deutlich aufgeräumter aus als bei Georg einen Stock tiefer«, rief Petra Wolff gut gelaunt dazwischen. Alle schienen froh, dass die Besprechung zu Ende war.
»Ouzo, ich brauche Ouzo«, rief Mario.
»Ich gebe eine Runde aus«, sagte Petros unter allgemeinem Beifall.

Alle folgten Mario lachend ins Basta, auch Martin Klein schloss sich ihnen an – mit steinerner Miene.

63. Ouzo

Als sie die Tür zum Basta öffneten, war es kurz vor Mitternacht.
»Die machen schon dicht«, sagte ein Mann, der gerade das Lokal verließ.
»Nicht, wenn wir kommen«, knurrte Mario.
Der kahlköpfige Kellner sah sie unwillig an.
»Wir brauchen eine Flasche Ouzo«, sagte Mario zu ihm. »Und acht Gläser.«
Er setzte sich an den langen Tisch an der Wand. Petra Wolff drückte sich neben ihn, gefolgt von Jakob und Leopold Harder. Dengler und Olga setzten sich ihnen gegenüber, neben ihnen zog Petros einen Stuhl heran. Martin Klein setzte sich ans Kopfende, einen Platz zwischen sich und den anderen frei lassend. Dengler spürte, dass seinen Freund etwas beschäftigte.
Der kahlköpfige Kellner brachte acht Gläser und stellte eine Flasche Ouzo auf den Tisch. Er deutete auf die Flasche und wollte etwas sagen, doch Petros kam ihm lachend zuvor: »Keine Sorge, den Ouzo zu später Stunde übernehme ich. Hätten Sie vielleicht noch ein paar Oliven und ein bisschen Käse?«
Der kahlköpfige Kellner winkte Petros zu, ihm zu folgen, und die beiden verschwanden in der Küche.
Die anderen am Tisch blickten sich an. »Puh …!«, sagte Mario, »das war verdammt knapp. Aber endlich was Richtiges zu trinken!«
Dengler rückte auf neben Martin Klein. »Ich habe dich und deine Sorgen nicht vergessen«, sagte er. »Trotz Griechenland. Wie viel Geld brauchst du, um erst einmal über die Runden zu kommen?«

»Es ist viel Geld, Georg.«
»Eine Zahl müsstest du mir schon nennen.«
»Mit 4.000 Euro wäre mir fürs Erste geholfen. Aber das Schlimme ist … Ich habe keine Ahnung, wie ich sie zurückzahlen kann.«
»Mach dir darüber jetzt keine Gedanken.«
Dengler stand auf und beugte sich über Petra Wolffs Schulter. Er roch ein zartes Zitronenaroma und fragte sich verwirrt, ob es ihr Parfüm war oder ihre Haut.
»Kann das Konto der Firma Dengler auf 4.000 Euro verzichten?«, fragte er.
Petra Wolff sah auf. »Für welchen Zeitraum?«
»Ich weiß nicht, einige Monate wahrscheinlich.«
Petra Wolff nickte. »Das schafft unser Konto.«
Dengler ging zu Martin Klein zurück. »Wir überweisen dir morgen früh die Kohle.«
Martin Klein sah ihn an. »Du ahnst nicht, wie sehr du mir damit hilfst.«
»Du solltest endlich einmal deinen Kriminalroman schreiben.«
»Das dauert, Georg. Wie lange braucht man dazu? Ein Jahr? Zwei Jahre?«
»Keine Ahnung. Davon verstehe ich nichts. Aber du hast doch bei diesem Fall Anschauungsmaterial genug.«
»Georg, deine Fälle eignen sich nicht für Kriminalromane.«
Georg Dengler sah ihn fragend an.
Petros füllte die Gläser; sie stießen an und tranken.
Dann sagte Martin Klein: »Wir sitzen zusammen und schauen uns Diagramme und Schaubilder an.«
»Sicher, weil wir verstehen wollen, was Anna Hartmann bewegte, wie sie dachte, was sie wollte und schließlich, was sie tat.«
»Das ist schon okay. Aber kannst du dir vorstellen, dass in einem Kriminalroman Tabellen und Schaubilder abgedruckt werden?«
»Warum nicht?«
»So etwas gab es noch nie. Die Kritiker würden das Buch in der Luft zerreißen.«

»Vielleicht solltest du dich eher um die Leser als um die Kritiker kümmern.«
»Meinst du, Leser mögen Schaubilder in einem Krimi?«
»Keine Ahnung. Aber man sollte die Leser nicht unterschätzen.«
Petros schenkte ihnen nach.
»Mir passt noch etwas nicht an unseren Ermittlungen. Ich höre immer nur: das arme Griechenland, die armen Griechen. In Wirklichkeit wird ein Rettungspaket nach dem anderen für sie geschnürt, aber für die eigenen Leute, für uns Deutsche, wird nichts getan, rein gar nichts.«
Dengler sah Martin Klein verwundert an.
»Martin, du hast über Jahre nichts in die Sozialkassen einbezahlt!«
»Das stimmt, aber ich kam zurecht.« Dann richtete er sich auf. »Und den Flüchtlingen wird es hinten und vorne reingestopft.«
»Martin, was zur Hölle ist los mit dir? Du hast syrischen Jugendlichen Deutsch beigebracht. Du weißt doch, dass das nicht stimmt.«
Mario wandte sich ihnen zu. »Ein syrischer Junge hat ihm das Handy geklaut. Seither ist Martin auf dem Antitrip.«
»Dir wurde das Handy geklaut?«, fragte Dengler.
Martin Klein nickte. »Aus meiner ledernen Umhängetasche. In der Flüchtlingsunterkunft drüben im Westen. Und ich kann mir im Augenblick kein neues kaufen.«
Dengler klopfte ihm auf die Schulter. »Warum redest du nicht mit mir?«
»Du hast doch meistens selbst nichts.«
Dengler sah zu Petra Wolff hinüber, die den Kopf zu Jakob geneigt hatte und ihm zuhörte, als er irgendetwas erzählte. Jetzt lachte sie, und Dengler fand, sie sah gut aus.
»Das ändert sich gerade«, sagte er. »Martin, bist du bereit, auf der nächsten Sitzung die Presseauswertung zur Griechenlandkrise vorzutragen?«
»Allerdings, dazu bin ich bereit.«
Petros stand auf. »Lasst uns darauf trinken, dass wir die schönste

Frau der Welt bald finden. Ich danke euch allen. Diese Frau … sie bedeutet mir … alles.«
Tränen standen in seinen Augen. Olga legte ihm eine Hand auf den Arm.

64. Otto Hartmann: London

Bei der Vorbereitung der Londoner Konferenz arbeitete Otto Hartmann wie ein Besessener. Endlich sollte eine Lösung für Deutschlands drängendstes Problem gefunden werden: die Wiedereingliederung des deutschen Kapitalmarktes und damit insbesondere der Deutschlandbank in das internationale Finanzierungsgeschäft.
Eine Lösung musste gefunden werden für die Auslandsschulden, die das Deutsche Reich vor dem Krieg aufgenommen hatte. Ohne eine Lösung dieser Frage, da waren insbesondere die Amerikaner völlig hart, würde es keine neuen Kredite für Deutschland geben.
Man würde zahlen müssen, die Frage war nur, wie viel.
Die zweite Frage waren die Reparationsforderungen. Hitler hatte Europa verwüstet, vor allem Ost- und Südosteuropa, und diese Völker erwarteten, dass Westdeutschland für die Schäden aufkam.
Hartmann organisierte für die Deutschlandbank eine Reihe von Konferenzen, um die Haltung der deutschen Wirtschaft zu diesen Fragen zu klären und dann der Politik zu übermitteln.
Es schälte sich bald eine einheitliche Haltung von Industrie, Handel und Banken heraus. Erstens, die Wiedereingliederung in den Kapitalmarkt solle die Kreditfähigkeit Deutschlands wiederherstellen und langfristig sichern, dürfe die Wirtschaft jedoch nicht übermäßig belasten. Reparationszahlungen seien untragbar.

Hermann Josef Abs wurde Verhandlungsführer der deutschen Delegation.
Am Rande einer dieser Konferenzen lernte Hartmann Paula von Isenhardt kennen, eine Witwe, deren Mann »im Krieg geblieben war«, sowie deren Tochter Sabina. Er saß während eines Abendessens zwischen den beiden Damen, und Abs war so charmant gewesen, ihn als »den kommenden Mann in der Bank« vorzustellen. Die Familie von Isenhardt war Eigentümer der Metallwerke Isenhardt in Braunschweig, einstmals ein kriegswichtiger Rüstungslieferant, der nun mithilfe eines Kredits der Deutschlandbank auf die Herstellung von Härtemaschinen für den Automobilbau umgestellt wurde.
Er unterhielt die beiden Frauen während des Essens, berichtete von den Vorbereitungen der Konferenz in London, schenkte ihnen zur richtigen Zeit Wein und Wasser nach und sorgte dafür, dass sie nach dem Dessert eine Tasse dampfenden Bohnenkaffee bekamen.
»Hach, nein«, sagte Paula von Isenhardt, als er ihr in den Mantel half, »so einen aufmerksamen jungen Mann hatte ich schon lange nicht mehr als Tischherrn. Man könnte meinen, Sie hätten Ihre Augen überall gehabt.«
»Hat er auch«, sagte ihre Tochter kichernd.
Über die Braunschweiger Filiale ließ er Paula von Isenhardt am nächsten Tag einen großen Strauß weißer Rosen zukommen mit der Notiz, wie angenehm der Abend in ihrer und ihrer Tochter Gesellschaft gewesen sei. Er hoffe auf die Fortsetzung ihrer Bekanntschaft.
Eine Einladung zu einem Musikabend im Hause Isenhardt erreichte ihn vierzehn Tage später.

*

»Wir haben auf dieser Konferenz nur eine gute Karte. Wenn wir diese nicht ausspielen, verlieren wir alles.«

»Die Amerikaner?«
»Sehr richtig. Sie brauchen uns. Deutschland liegt an der Grenze zur Einflusssphäre der Sowjetunion. Die Amis werden ihre Truppen für sehr lange Zeit in Deutschland stationieren. Wir könnten die Besatzungskosten übernehmen. Im Gegenzug halten sie uns die Reparationszahlungen vom Leib und nehmen uns wieder in den Kapitalmarkt auf. Außerdem: Die Amerikaner führen Krieg in Korea. Sie brauchen die Bundesrepublik als Verbündeten.«
Die Verhandlungen liefen besser als erwartet.
Als erste Vereinbarung wurde der Vertrag über die deutschen Nachkriegsschulden unterschrieben, die aus dem Marshall-Plan und ähnlichen Programmen stammten. Die USA reduzierten ihre Forderungen von 3,2 auf 1,2 Milliarden Dollar, zahlbar innerhalb von 30 Jahren mit 2,5 Prozent Zins. Die Briten reduzierten von 250 auf 150 Millionen Pfund, zinslos zahlbar innerhalb von 20 Jahren.
Abs' größter Erfolg jedoch war, dass in Paragraf 5, Absatz 2, alle Reparationsforderungen ausgesetzt wurden bis zu einem Friedensvertrag, den ein wiedervereinigtes Deutschland aushandeln würde. Die osteuropäischen Staaten, die am meisten unter den Verheerungen der Wehrmacht gelitten hatten, wurden nicht gefragt. Griechenland, schlimm zerstört im Krieg, protestierte.
Doch nun stand fest: Es würde nicht gezahlt. Die ersten Kreditlinien wurden mit ausländischen Banken vereinbart. Der Wiederaufbau konnte beginnen.

*

Otto Hartmann trug einen Smoking, als er sich beim Anwesen der von Isenhardts vorfahren ließ. Die Villa lag am Rande des Fabrikgeländes, umzäunt von einer hohen Steinmauer. Paula von Isenhardt stand in einem silbern glänzenden, langen Kleid vor der Eingangstür und empfing die Gäste. Sie begrüßte ihn freundlich, ja überschwänglich, als habe sie nur auf ihn gewartet.

Sie hakte sich bei ihm unter, kümmerte sich nicht mehr um die nach ihm eintreffenden Gäste, sondern stellte ihn als einen der wichtigen Männer der Deutschlandbank anderen Gästen vor. Das war nun wirklich übertrieben, aber es gab ihm Glanz, zweifellos. Man erkundigte sich nach dem Londoner Abkommen, ein Diener servierte ihm ein Glas Champagner, und plötzlich fühlte er sich heimisch unter all den fremden Menschen.

»Hach, wo Sabina nur wieder ist«, sagte Paula. »Da kommt sie ja.«

Ihre Tochter ging am Arm ihres Bruders geradewegs auf sie zu. Man begrüßte sich.

»Sieht sie nicht herrlich aus?«, flüsterte ihm Paula von Isenhardt ins Ohr.

»Ja«, stammelte Otto Hartmann.

Sabina trug ein langes blaues, bodenlanges Kleid, das ihre schlanke Figur betonte. Sie begrüßte ihn lachend, und sie erschien ihm so natürlich unbefangen, dass er sich auf einmal steif und alt vorkam.

Er begrüßte sie mit einem Handkuss.

»Hach, ein Gentleman«, rief Paula und verschwand zwischen den Gästen.

Sabina und ihr Bruder nahmen ihn in die Mitte und führten ihn hinaus in den Garten der Villa.

Später tanzte man. Sabinas Bruder setzte sich ans Klavier und Sabina sang etwas auf Englisch.

Da klopfte jemand auf seine Schulter.

»Haben Sie einen Augenblick Zeit für mich?«, flüsterte ihm Paula von Isenhardt ins Ohr.

»Selbstverständlich.«

Er folgte ihr durch den Pulk der Gäste in den Flur. Sie öffnete die Tür zu einer Bibliothek.

»Setzen Sie sich und nehmen Sie einen Kognak«, sagte sie und wies auf einen kleinen Tisch. »Sie werden ihn brauchen.«

»Ich bin nicht in der richtigen Abteilung, um mit Ihnen über Fragen der Finanzierung …«

»Hach, ich will mit Ihnen nicht über Geld sprechen. Ich rede über Sabina.«
»Über Sabina?«
»Ja, über Sabina«, erklärte sie ungeduldig. »Wollen Sie sie heiraten?«
Ihm wurde schwindelig. Hastig trank er einen Schluck Kognak.
»Trinken Sie ruhig aus«, sagte sie.
Hartmann leerte das Glas und stellte es ab. Er überdachte sein Leben, seine Lage und seine Aussichten. Er brauchte dazu nicht länger als drei Sekunden.
»Das würde ich gerne«, sagte er.
»Fantastisch«, sagte seine künftige Schwiegermutter. »Darauf trinken wir.«
Dann füllte sie ihre beiden Gläser nach.

65. Zwischenermittlung

Am nächsten Tag traf Dengler sich mit Leopold Harder im Bistro Brenner.
»Ich habe einen Plan – und ich bitte dich, mir zu helfen«, sagte Dengler zu ihm.
»Wenn ich kann, gerne.«
»Du hast mich auf eine wichtige Spur gebracht. Nehmen wir an, Anna Hartmann hat ein Konzept erarbeitet, das beinhaltet, dass ein großer Teil der griechischen Schulden illegitim ist.«
»Sie wird dann einen Schuldenschnitt verlangt haben.«
»Ja. Wir werden einen Text in diesem Sinn verfassen. Wichtig ist, dass die Entführer glauben, wir hätten das, was sie suchen.«
»Dazu müssten wir irgendwie mit den Entführern Kontakt aufnehmen. Dummerweise wissen wir nicht, wer sie sind.«
»Du musst mir helfen, mit ihnen in Kontakt zu treten.«

»Ich?«
»Nur du kannst das. Ich bitte dich, einen Artikel im *Stuttgarter Blatt* zu veröffentlichen, dass ein Stuttgarter Privatermittler den Stick in Anna Hartmanns Wohnung gefunden hat. Er kann ihn nicht lesen, weil er durch ein Passwort gesichert ist. Noch nicht, doch er arbeitet daran.«
»Du willst, dass die Entführer sich bei dir melden? Wenn ich den Artikel am Chefredakteur vorbei ins Blatt bringen kann, mache ich das.«

*

Den restlichen Tag verbrachte Dengler am Telefon. Er ließ sich von Schuster eine Liste mit Kollegen und Kolleginnen sowie von Mitarbeiterinnen und Mitarbeiter von Anna Hartmann geben. Ihre Sekretärin wusste, dass sie an etwas Wichtigem gearbeitet hatte, aber sie habe keinen Text gesehen. Nur einmal habe sie mitbekommen, dass ihre Chefin in den Geburtsort ihrer Mutter gefahren sei.
»Sie hat immer viel zu Hause in Deutschland oder im Hotel gearbeitet«, sagte die Frau. »Hier in ihrem Büro klingelte ständig das Telefon, oder jemand kam vorbei. Vor allem im Spätsommer letzten Jahres arbeitete sie lieber im Hotel. Da hatte sie ihre Ruhe.«
Dengler rief Benjamin Stenzel, ihren Verlobten, an. »Können Sie sich vorstellen, dass Frau Hartmann sich mit dem Thema Legitimität griechischer Schulden befasst hat?«, fragte er ihn.
»Legitimität von Schulden?«, sagte Stenzel. »Was ist denn das für ein Quatsch?«
Dengler beendete das Gespräch. Anna Hartmann würde neue Gedanken sicher nicht mit diesem Mann besprechen. Aber mit wem sonst?
Er überlegte, dann griff er nach seinem Notizbuch und wählte eine Münchener Nummer. Er hatte Glück: Professor Joachim Föhrenbach war in seinem Büro.

»Nein, mit mir hat Anna nicht gesprochen«, antwortete Föhrenbach auf Denglers Frage. »Das war aber auch nicht notwendig. Sie kennt meine Forschung zum Thema der griechischen Finanzkrise. Ich publiziere regelmäßig, und ich gehe davon aus, dass Anna meine Aufsätze gelesen hat.«

66. Presse

Drei Tage später saßen die Freunde erneut um Olgas großen Tisch.
»Nervös?«, fragte Mario Martin Klein.
Klein klopfte einen Stapel Papiere zurecht. »Ein bisschen schon. Ich habe zwei Tage an dieser Presseauswertung gesessen.«
»Du bist komisch geworden, Martin. Seit der Geschichte mit dem Handy …«
»Für mich war das äußerst lehrreich. Ich wollte den Syrern nur helfen, bereitete mich auf den Unterricht mit den Jugendlichen gründlich vor, gab mir größte Mühe – und dann klaut mir so ein Rotzlöffel das Handy. Am selben Tag, als mein Horoskop in der Sonntagszeitung eingestellt wurde und mir mein ganzes bisheriges Leben um die Ohren flog.«
»Martin, wenn dreißig Leute zusammen sind, ist immer ein Arschloch dabei. Das ist das Gesetz der großen Zahl. Dieses Gesetz ist allgemeingültig und gilt auch für syrische Jugendliche.«
»Ich bin so maßlos enttäuscht.«
Dengler sagte: »Martin, bist du bereit? Deine Pressezusammenfassung, los geht's.«
»Sehr wohl, Euer Ehren«, sagte Klein und stand auf. »Ich muss euch Griechenlandfreunde alle enttäuschen. Die Presse ist einhellig der Meinung, dass der griechische Staat vor der Zahlungsunfähigkeit stand, weil die Griechen über ihre Verhält-

nisse gelebt haben. Und um den Bankrott Griechenlands zu vermeiden, wollen die Griechen Mittel aus der EU und vor allem aus Deutschland. Wir alle«, er bedachte Petros mit einem langen Blick, »also wir, die Deutschen, sollen nun für den unendlichen griechischen Schlendrian zahlen. Das haben sie sich fein ausgedacht, weil sonst das griechische Chaos unsere Währung bedroht, den Euro. Griechenland dürfte den Euro gar nicht haben. Sie haben sich die Zugehörigkeit zum Euroraum mit falschen Angaben erschlichen. Pleite, betrogen und gelogen.«

»Das stimmt nicht!« Petros war aufgesprungen. »Das ist haltlos. Wir sind ein stolzes Volk …«

»Ich trage hier nur die Presseermittlungen vor«, rief Martin Klein erbost. »Da alle Zeitungen über Ihr Land mehr oder weniger das Gleiche schreiben, wird es nicht aus der Luft gegriffen sein.«

»Das sind Lügen. Ich sage Ihnen jetzt einmal …«

»Petros, wir wollen uns einen Überblick über die Presse verschaffen. Daher«, Dengler machte eine unbestimmte Handbewegung, »bitte lass Martin fortfahren.«

Petros setzte sich kopfschüttelnd.

»Diese knappen Thesen«, fuhr Martin Klein fort, »werden nicht ausnahmslos, doch überwiegend von Print-, Funk- und Onlinemedien in unterschiedlicher Intensität vorgetragen. Am deutlichsten ist die *Bild-Zeitung*. Ich habe nur mal einige der Schlagzeilen aus dem Jahr 2010 herausgesucht, die das Blatt auf dem Höhepunkt der Krise druckte.« Er blätterte in seinen Papieren, nahm eine Seite in die Hand und sah kurz in die Runde. »Ich zitiere:

Kurs sinkt immer weiter: Machen die Griechen den Euro kaputt?

Bis zu 30 Milliarden Euro. EU bereitet Notkredite für Griechen vor

Also doch! Griechen wollen unser Geld

Streit um Milliarden-Hilfe. Warum zahlen wir den Griechen ihre Luxus-Renten?
Angst um unser Geld! Griechen so gut wie pleite. Auch Portugal stürzt in die Krise. Aktien brechen in ganz Europa ein
25.000.000.000 Euro! Griechen wollen noch mehr Milliarden von uns! Mit unserem Steuergeld. Warum retten wir diesen Griechen-Milliardär?
Tote in Athen! Schwere Krawalle in Griechenland +++ Demonstranten verbrennen drei Menschen +++ Aktien und Euro rutschen weiter ab +++ Kanzlerin verteidigt Milliarden-Hilfe
750 Milliarden für Pleite-Nachbarn, aber Steuersenkung gestrichen. Wir sind wieder mal Europas Deppen! 5,5 Milliarden. Griechen bekommen das erste Geld! Finanzkrise. Brauchen wir die D-Mark wieder?

Das waren die Überschriften, ihr wisst schon, die großen Schlagzeilen. Es gibt aber auch Kommentare. Auch dazu habe ich für euch einige Überschriften parat. Sie lauten:

Dreister geht's nicht!
Kein Geld für Griechenland!
Dann sind sie selber schuld!
Schäuble hat recht
Der Preis der Krise
Die doppelte Kanzlerin
Jeder Euro ist zu schade!
Tretet aus, ihr Griechen!
Wer soll den Griechen noch glauben? Der Euro darf nicht kaputtgehen
Glückwunsch, liebe Bundesregierung! Lernt ihr es eigentlich NIE ...?
Auch Banker müssen zahlen!
Das griechische Drama

Bündnis gegen Lügen
Verkauft uns nicht für dumm!
Rettet den Euro!
Ohne den Euro geht es nicht
Spart nicht an der Bildung! Sparen ja – aber nicht für Pleite-Staaten.«

Mario rief dazwischen: »Martin, ich kann den Scheiß nicht mehr hören. Wir wissen doch alle, dass die *Bild-Zeitung* lügt.«
Martin Klein sah ihn hochmütig an: »Dann lügen deiner Meinung nach alle Journalisten. Die *Bild-Zeitung* schreibt es nur am klarsten. In den Informationssendungen von ARD und ZDF finde ich die gleichen Aussagen, nicht ganz so marktschreierisch, das gebe ich zu, doch auch hier höre ich: ›Was Varoufakis sagt, ist Hohn und Spott für den Bundestag‹, oder: ›Die griechische Regierung verweigert sich bislang in bemerkenswertem Maß auch innovativen Ansätzen zur Erleichterung ihrer Schuldenlast.‹ Es gibt eine Studie der Otto-Brenner-Stiftung über die Berichterstattung von ARD und ZDF, in der klar zum Ausdruck kommt, die Journalisten kritisieren eindeutig die griechische Regierung. Es gibt in allen Medien den gleichen Erzählkern – und der lautet: Der griechische Staat steht vor dem Bankrott und reißt uns alle in den Abgrund, weil die Griechen über ihre Verhältnisse leben. Ihre Renten und Löhne sind zu hoch. Um dem Zusammenbruch zu entgehen, will Griechenland Milliarden von der EU, vor allem von Deutschland. Aufgrund des drohenden Bankrotts bedroht Griechenland die Stabilität des Euros, der jetzt wegen der Trägheit der Griechen mit riesigen Summen gerettet werden muss. Griechenland dürfte den Euro gar nicht haben, weil es sich den Zugang zur Europäischen Währungsunion mit falschen Angaben erschlichen hat. Und nun, mein lieber Mario, schau dir bitte dieses Titelblatt an.«
Martin Klein schwenkte eine ältere Ausgabe des *Spiegels*.

»›Annäherung an ein seltsames Volk‹ – trinken Ouzo und lassen es sich gut gehen, und wir zahlen.«
»Das ist ein zutiefst rassistisches Titelbild«, rief Mario.
»Red keinen Unsinn. Guck dir mal an, wie der Deutsche dargestellt wird. Auch nicht nett.«
Petros sprang empört auf.
»Leute … wir machen jetzt besser eine Pause«, sagte Dengler.

67. Nachfrage

Dengler ging die Treppe hinunter und setzte sich in seinem Büro an den Schreibtisch. Er saß im Dunkeln und dachte nach. Ihm kamen Zweifel. Er hatte bei dieser Ermittlung alles auf eine Karte gesetzt – auf die Annahme, Anna Hartmann habe ihre Überzeugung und ihre Position gewechselt. Vielleicht aus Liebe zu Petros, vielleicht aus einem anderen Grund, vielleicht aus einem Gemisch von unterschiedlichen Gründen. Aber stimmte diese Annahme? Wie wahrscheinlich war sie überhaupt?

Könnten auf dem Stick nicht noch andere Informationen gewesen sein? Informationen, die gelöscht waren. Informationen, die mächtigen Leuten gefährlich werden konnten? Belege für Bestechung. Korruption. Vielleicht kinderpornografisches Material?

Er bewegte sich auf einem schmalen Grat. Vielleicht sogar in die falsche Richtung. Wenn er sich sicherer fühlen könnte, dass die eingeschlagene Richtung zu einem Ergebnis führen würde, ginge es ihm besser.

Auf dem Schreibtisch lag die Visitenkarte von Peter Sallinger, dem Geschäftsführer der Otto-Hartmann-Stiftung. Er hob sie hoch und betrachtete sie. Er sah, dass links unten eine Handynummer angegeben war. Sollte er Sallinger anrufen? Dengler blickte auf die Uhr. Nicht gerade die übliche Geschäftszeit, dachte er und wählte die Nummer.

Sallinger nahm den Anruf nach dem dritten Klingeln an. Dengler hörte deutliche Hintergrundgeräusche, leichte Musik, das Klirren von Besteck und Gläsern, das Murmeln von Personen. Entsprechend unfreundlich reagierte Sallinger. Dengler verübelte es ihm nicht.

»Ja, was gibt's?«, fragte er, nachdem Dengler seinen Namen genannt hatte.

»Ich versuche mich immer noch in die Gedankenwelt von Anna Hartmann einzuarbeiten.«

»Sie werfen aber hin und wieder einen Blick auf die Uhr?«
»Sorry, dass ich störe.«
»Können wir das Gespräch morgen führen? Ich sitze gerade mit einigen wichtigen Geschäftsfreunden zusammen.«
»Ja, natürlich. Entschuldigen Sie. Wir haben ein Dokument gefunden, das darauf schließen lässt, dass Frau Hartmann ihre Meinung zu Griechenland grundlegend geändert haben muss. Doch ich kann Sie morgen Vormittag anrufen, wenn Sie mehr Zeit …«
»Ein Dokument? Was für ein Dokument? Warten Sie einen Augenblick.« Dengler hörte undefinierbare Nebengeräusche. »So, ich bin jetzt mal rausgegangen. Was für ein Dokument haben Sie gefunden?«
»Ich kann dazu im Augenblick noch nichts sagen. Es ist … verschlüsselt. Wir versuchen gerade, es lesbar zu machen. Dazu habe ich ein paar Fragen.«
»Sie können das Dokument nicht lesen?«
»Nein, es ist … nun ja, noch nicht in einem entsprechenden Zustand. Ich muss ein paar Dinge wissen …«
»Schaffen Sie es, das Dokument zu entschlüsseln?«
»Wie gesagt, es ist noch zu früh, dazu etwas sagen zu können. Ich wollte mit Ihnen über einen möglichen Wandel in Frau Hartmanns Anschauungen …«
»Haben Sie das Dokument an jemand anderes weitergegeben?«
»Nein, nein, das ergibt im Augenblick keinen Sinn. Es geht um einige Fragen …«
»Fragen Sie!«
»Wir können aber gerne morgen früh …«
»Fragen Sie, Herrgott noch mal.«
»Kann es sein, dass Frau Hartmann den Sinn ihrer Arbeit für die Troika in der letzten Zeit angezweifelt hat?«
»Wieso glauben Sie das? Wie kommen Sie darauf?«
»Können wir uns darauf verständigen, dass ich die Fragen stelle?«
»Meinetwegen. Nein, ich habe keine solchen Anzeichen bei ihr

bemerkt. Wir sprachen sehr oft über ihre Arbeit in Griechenland.«

»Können Sie mir in wenigen Sätzen erklären, wie Frau Hartmann die Griechenlandproblematik sah?«

»In wenigen Sätzen? Sie haben Humor, Dengler.«

»Versuchen Sie es.«

»Sehen Sie, Griechenland und einige andere Länder des Südens verfügen nicht über die gleiche industrielle Basis wie die Länder im Norden Europas. Deshalb ist ihre Handelsbilanz Deutschland gegenüber negativ. Sie führen mehr Güter und Dienstleistungen ein, als sie ausführen. Mit Olivenöl, Schifffahrt und ein bisschen Tourismus hat man halt nur begrenzte Möglichkeiten.«

»Verstehe.«

»Das Loch in der Handelsbilanz müssen sie durch Kredite decken. Da die Griechen keine eigene Währung mehr haben, die sie nach Belieben abwerten können, bleibt nur eine Möglichkeit.«

»Und die wäre?«

»Runter mit den Kosten, den Löhnen, den Renten, den kompletten Sozialausgaben – bis das Land wieder konkurrenzfähig ist. Innere Abwertung nennt man das.«

»Und wann ist Griechenland wieder konkurrenzfähig?«

»Wenn ausländisches Kapital ins Land kommt.«

»Und wann kommt ausländisches Kapital ins Land?«

»Wenn die Kosten niedrig genug sind.«

»Ist das in absehbarer Zeit der Fall?«

»Im Augenblick ist nichts davon zu spüren.«

»Das heißt: Löhne und Renten sind noch zu hoch?«

»Exakt.«

»Wann sind sie niedrig genug?«

»Wenn ausländisches Kapital fließt.«

»Frau Hartmann war an diesem Kostensenkungsprozess beteiligt?«

»Ja. Sicher. Mit großer Energie.«

»Hatten Sie je den Eindruck, Frau Hartmann würde an diesem Konzept zweifeln?«
»Anna Hartmann zweifelte nie. Wie kommen Sie auf diese Idee? Sagen Sie, dieses Dokument … kann ich das mal sehen?«
»Ich informiere Sie, sobald ich mehr weiß. Vielen Dank für die Auskünfte.«
Er beendete das Gespräch.
Wieso war Sallinger bloß so interessiert an Anna Hartmanns Dokument?

68. Swaps

»Jakob und ich wollen versuchen, *Swaps* zu erklären, und erläutern, wie sie mit der Griechenlandkrise zusammenhängen«, sagte Leopold Harder, als sie wieder um Olgas großen Tisch saßen; Dengler am Kopfende, neben ihm Olga und Petra Wolff. Am anderen Ende des Tisches standen Harder und Jakob.
»Swap ist englisch und heißt Tausch oder Tauschgeschäft«, sagte Jakob. »Es wurde der passende Name für eine bestimmte Sorte von Finanzgeschäften, die im Falle von Griechenland verhängnisvoll waren.«
»Kann man das als Normalsterblicher auch verstehen?«, fragte Mario. »Ich hab im Internet rumgeguckt, aber nicht wirklich etwas verstanden.«
»Erklärt es langsam, denn ich schreibe alles mit«, sagte Petra Wolff.
»Wir versuchen es«, sagte Jakob.
»Ich bin nämlich kein Finanzheini«, sagte Mario.
»Dann lass es uns versuchen und halt mal kurz die Klappe«, sagte Leopold Harder.
»Bin ja schon ruhig«, sagte Mario.

»Swaps in der einfachen, ursprünglichen Form sind nichts anderes als Kreditversicherungen«, sagte Jakob. »Ich habe mir ein Beispiel überlegt: Angenommen, ich leihe meinem Vater 475.000 Euro …«

»Dann bräuchte er nicht länger verschwundene Personen zu suchen.«

»Mario!«, sagte Leopold Harder in mahnendem Ton.

»Schon gut.«

»Noch einmal«, sagte Jakob. »Ich leihe meinem Vater 475.000 Euro für den Ausbau der Privatdetektei Dengler, und er verspricht, mir das Geld in drei Jahren zurückzuzahlen. Das ist die Ausgangslage.«

»Verstanden«, sagte Mario.

»Nun sorge ich mich, dass mein Vater vielleicht in drei Jahren pleite ist. Dann hätte ich 475.000 Euro verloren.«

»Diese Wahrscheinlichkeit ist ziemlich hoch«, sagte Mario.

»Nun kann ich mit der Bank einen Swap vereinbaren. Das bedeutet: Die Bank springt ein, falls mein Vater pleitegeht, und zahlt mir statt seiner das Geld.«

»475.000 Euro?«, fragte Mario.

»Ja, abzüglich der Summe, die ich aus der Konkursmasse vielleicht noch bekäme.«

»Was ist das Interesse der Bank an dieser Sache?«, fragte Petra Wolff.

»Die Bank erhält als Gegenleistung Gebühren. Nehmen wir an, ich leiste für diese Versicherung eine Einmalzahlung von 10.000 Euro und zahle pro Jahr 5.000 Euro. Meine Kosten für diese Versicherung wären also 10.000 + 3 × 5.000 = 25.000 Euro.«

»Und wo ist der Trick?«, fragte Mario.

»Kein Trick«, sagte Jakob. »Es ist ein gegenseitiges Geschäft, denn ich zahle 25.000 Euro und erhalte als Gegenleistung die Sicherheit, dass ich meine 475.000 Euro auf jeden Fall zurückbekomme. Entweder von meinem Vater oder von der Bank. Und die Bank ist auch zufrieden, zumindest, wenn die Firma Georg

Dengler den Kredit zurückzahlt; dann hat sie 25.000 Euro Gebühren eingenommen. Der Wert des Swaps ist die Kreditsumme plus Kosten, also 475.000 + 25.000 = 500.000 Euro. Diesen Betrag nennen die Banker den Basiswert.«

Leopold Harder sagte: »Diese Art von Geschäften machen Banken und Firmen oft. Man nennt sie Kreditausfall-Swaps. Bei der Lieferung von Maschinen mit langen Zahlungszielen zum Beispiel.«

»Das hat aber wahrscheinlich noch nichts mit Griechenland zu tun«, sagte Olga.

»Nein«, sagte Jakob. »Erst auf der nächsten Stufe. Denn irgendwann verständigten sich die Banken, dass sie Swaps abschließen, ohne dass sie selbst einen realen Kredit vergeben müssen.«

»Wie meinst du das?«, fragte Mario.

Petra Wolff schrieb mit, runzelte die Stirn und blickte dann auf.

»Man kann heute Swaps auf jedes beliebige Finanzereignis abschließen, ohne dass man selbst daran beteiligt sein muss«, sagte Jakob.

»Erklär das mal bitte in einfachen Worten«, bat Martin Klein.

Jakob sagte: »Es ist, als könntest du einen Swap abschließen, ob dein Nachbar es schafft, in den nächsten Jahren vereinbarungsgemäß seine Wohnung abzubezahlen.«

»Obwohl ich mit dieser Wohnung nichts zu tun habe?«, fragte Martin Klein zweifelnd.

»Obwohl du mit dieser Wohnung nichts zu tun hast«, bestätigte Leopold Harder. »Du vereinbarst eine Summe von 475.000 Euro mit einer Bank, die sie dir zahlt, wenn der Nachbar seinen Zahlungsverpflichtungen nicht nachkommt. Dafür zahlst du der Bank eine Einmalgebühr und eine Jahresgebühr. Wenn wir die Zahlen aus dem ersten Beispiel nehmen, sind das eine Einmalgebühr von 10.000 Euro und drei Jahresgebühren von 5.000 Euro, also insgesamt 25.000 Euro.«

»Ich sehe darin absolut keinen Sinn«, sagte Petra Wolff. »Echt nicht.«

»Doch«, sagte Leopold Harder. »Martin Klein kauft damit ein Papier, einen Swap, mit der Aussicht auf 475.000 Euro Gewinn, und hat dafür nur 25.000 Euro bezahlt.«

»Und was ist, wenn der Nachbar seine Wohnung doch rechtzeitig abbezahlt?«

»Dann hat er 25.000 Euro verloren.«

»Was hat die Bank davon?«

»Sie verdient 25.000 Euro. Sie kalkuliert das Risiko natürlich ziemlich genau.«

Jakob sagte: »Jetzt kommt aber noch etwas Entscheidendes hinzu. Nehmen wir an, Martin hat für einen Swap 25.000 Euro bezahlt, mit der Aussicht, in drei Jahren 475.000 Euro zu verdienen. Vielleicht ist ihm diese Aussicht zu unsicher oder er braucht jetzt Geld. Dann kann er den Swap verkaufen. Er findet jemand, der ihm 30.000 Euro dafür gibt, und hat so 5.000 Euro verdient.«

Leopold Harder sagte: »Der Nächste verkauft den Swap für 35.000 Euro, der nächste Käufer vielleicht für 50.000 und so weiter. Alle verdienen, solange das Rad sich dreht. Da die Banken verpflichtet sind, sich gegenseitig Kredite für diese Geschäfte zu gewähren, entsteht nur durch das Kaufen und Verkaufen untereinander plötzlich und wie durch Zauberhand Geld auf ihren Konten. Erinnert ihr euch noch an die Massen von Buchgeld auf Jakobs Schaubild? So entsteht es.«

»Da will ich auch mitmachen«, sagte Martin Klein.

»Das dürfte dir nicht gelingen«, sagte Leopold Harder. »Dieses Geschäft betreiben die großen Banken unter sich.«

»Sie schaffen so Unmengen von Geld auf ihren Konten«, sagte Jakob.

»Mehr als man dafür kaufen kann«, sagte Petra Wolff. »Das hat mich am meisten beeindruckt.«

»Eigentlich ist das doch im Grunde nur eine Wette: Schafft es der Nachbar, die Schulden zu bezahlen – oder nicht …«, sagte Mario.

»Exakt«, sagte Leopold Harder. »Es sind Wetten. Nichts anderes.«

»Worauf wettet man denn so in diesen Kreisen?«, fragte Petra Wolff.

»Auf jedes beliebige Finanzereignis. Zum Beispiel darauf, ob eine bestimmte Währung im Wert fällt oder steigt.«
»Wie viel Geld ist in diesen Swaps unterwegs?«, fragte Petra Wolff.
»Und wem gehören sie?«, fragte Olga.
Leopold Harder: »Es gibt keine Meldepflicht für diese Geschäfte. Man kann sie nur schätzen. Der korrekte Name dafür ist übrigens der englische Begriff *Credit Default Swap* oder abgekürzt CDS. Es gibt in den USA eine Datensammelstelle für CDS, die Depository Trust & Clearing Corporation. Diese schätzen, dass für – und jetzt haltet euch fest – 22 Billionen Dollar, also 19 Billionen Euro, Swaps gehandelt werden.«
Jakob: »Nur zum Vergleich: Der Bundeshaushalt von 330 Milliarden Euro ist ein Nasenwasser im Verhältnis zu der Summe, die durch diese Swaps bewegt wird. Die Beträge, die die Swap-Händler einsetzen, übersteigen das Bruttoinlandsprodukt der Europäischen Union bei Weitem.«
»Hammer«, sagte Petra Wolff. »Aber ihr habt die Frage von Olga vergessen: Wem gehört das viele schöne Geld?«
»Das sind sehr wenige«, sagte Leopold Harder. »Es gehört den Banken und den Reichen dieser Welt.«
»Es ist ein Geschäft, das die vierzehn größten Investmentbanken mehr oder weniger unter sich betreiben«, sagte Jakob.
Er kramte in seinen Unterlagen und zog ein Papier hervor. »Hier stehen sie. Es sind: Bank of America, Merrill Lynch, Barclays Capital, BNP Paribas, Citi Credit Suisse, Deutsche Bank AG, Goldman Sachs & Co, HSBC Group, J. P. Morgan, Morgan Stanley, The Royal Bank of Scotland Group, Société Générale, UBS AG, Wells Fargo Bank. Diese vierzehn Banken bewegen mehr Geld als jede Regierung dieser Welt.«

69. Griechenland

Nach einer kurzen Pause setzten sich alle wieder auf ihre Plätze.
»Wir müssen schneller vorwärtskommen«, sagte Georg Dengler. »Das ist alles spannend und interessant, keine Frage. Doch wir müssen uns immer fragen, was hat es mit unserem Fall zu tun? Wie hängen diese *Credit Default Swaps* mit Griechenland zusammen?«
Leopold Harder nickte. Er sagte: »Ich lese mal eine Überschrift aus dem *Spiegel* von 2010 vor: ›Griechenland-Krise, Hedgefonds verschwören sich gegen den Euro‹, schrieben die Kollegen 2010. ›Mehrere Hedgefonds-Manager spekulieren darauf, dass der Euro durch die Griechenlandkrise noch schwächer wird.‹ Das trifft ganz gut, was damals passiert ist. Der *Spiegel* berichtete von einem geheimen Treffen wichtiger Fondsmanager und wusste sogar, was es bei diesem Dinner zu essen gab, nämlich Filet Mignon und mit Zitrone gebratenes Hühnchen.«
»Amerikanisches Chlorhühnchen! Pfui Teufel«, sagte Mario.
»Diese Typen essen keine Chlorhühnchen«, sagte Martin Klein, der sich zum ersten Mal wieder zu Wort meldete.
»Teilnehmer der Runde sollen Manager mehrerer der größten Hedgefonds, unter anderem SAC Capital, Soros Fund Management und Brigade Capital, gewesen sein«, fuhr Leopold Harder fort. »Die amerikanische Notenbank stellte danach Untersuchungen an, ob Banken und Hedgefonds nachhalfen, damit genau das Ereignis eintritt, auf das sie gewettet haben.«
Jakob: »Die *Washington Post* schrieb dazu: ›Ein anderes Problem ist, ob Banken und Hedgefonds Wetten darauf abschließen, dass Griechenland zusammenbricht, und so eine selbsterfüllende Prophezeiung einer Abwärtsspirale für die Mittelmeernation erzeugen.‹«
»Damit sind wir beim Thema«, sagte Dengler.
Leopold Harder: »Es war wahrscheinlich so, dass die Großen 14,

wie die Investmentbanken genannt werden, die Jakob aufgelistet hat, und die Hedgefonds, deren Geschäfte sie abwickeln, die griechische Krise genutzt haben, um den Euro zu schwächen. Das ist meine Überzeugung.«

Jakob: »Ich sehe das umgekehrt. Die Wall Street, ein anderer Name für die Großen 14, plante eine Aktion gegen den Euro. Sie griff sich deshalb systematisch das schwächste Kettenglied in der Eurokette heraus und ruinierte es. Sie zwang so die anderen Eurostaaten zur Intervention – der Euro fiel, die Wall Street gewann die Wetten und machte Milliarden Dollar Gewinn.«

»Damit sie weiterhin Chlorhühnchen in Zitronensoße essen können«, sagte Mario.

»Die essen keine Chlorhühnchen«, wiederholte Martin Klein.

Petra Wolff fragte: »Ich versteh das nicht. Wie kann man denn nur mit Geld eine komplette Volkswirtschaft ruinieren?«

Leopold Harder sagte: »Wie wir schon gehört haben, versteckt Griechenland auf Vorschlag des Bankhauses Goldman Sachs die griechischen Schulden. Nun wetteten sie riesige Beträge auf den Wertverlust griechischer Staatsanleihen. Andere Banken schlossen sich an, und plötzlich wurden Milliarden Dollar auf den Fall griechischer Staatsanleihen gewettet. Mittlere und kleine Banken, Pensionsfonds, reiche Personen sagten sich: Wenn die großen Fische darauf wetten, dann wird was dran sein, und wetteten ebenfalls auf den Wertverfall griechischer Staatsanleihen. In der Presse kann man dann lesen: ›Die Märkte wenden sich gegen griechische Anleihen.‹«

Jakob fuhr fort: »Nun geschieht etwas Entscheidendes: Das führt dann dazu, dass die Ratingagenturen den Wert der Anleihen tatsächlich schlechter bewerten. Sie gelten plötzlich als riskanter, obwohl keine Veränderung in der Realwirtschaft stattgefunden hat.«

Mario fragte: »Juckt das jemand, was die Ratingagenturen sagen?«

»Allerdings«, sagte Jakob. »Je schlechter die Bewertung durch die Agenturen, desto höher sind die Zinsen, die die Griechen für ihre Anleihen bezahlen müssen.«

Leopold Harder: »Plötzlich sieht es aus, als hätten die genialen Investmentbanker mal wieder den richtigen Riecher gehabt. Andere Banken, Fonds oder reiche Leute wetten ebenfalls gegen die griechischen Anleihen, die Bewertung der Anleihen durch die Ratingagenturen fällt weiter. Die griechische Regierung muss enorme Summen an Zinsen zahlen, um überhaupt noch Abnehmer für ihre Anleihen zu finden.«

Jakob sagte: »Ein Vergleich: In der Hochzeit dieser Operation, etwa um 2005, musste Griechenland circa zehn Prozent Zinsen bezahlen, Deutschland nur drei Prozent.«

Leopold Harder: »Es war nur eine Frage der Zeit, bis Griechenland unter dieser Zinslast in die Knie ging und das Land diese Kosten nicht mehr erwirtschaften konnte.«

Olga sagte: »Bei 10 Prozent Zins verdienten die Banken doch prächtig an griechischen Anleihen. Wenn ich daran denke, was meine Bank an Zinsen zahlt.«

Leopold Harder: »Sie verdienten bei den enormen Zinsen, die Griechenland übrigens immer gezahlt hat. Und noch einmal bei den Wetten dagegen.«

Petros: »Ich höre hier immer nur, wie andere an Griechenland verdienen. Sehr viel Geld offensichtlich. Wissen diese Leute, unter welchen Umständen viele Griechen leben müssen?«

Er sah zu Jakob. »Entschuldige, ich wollte dich nicht unterbrechen.«

Jakob sagte: »Griechische Anleihen galten als riskant, aber sie warfen beste Zinsen ab. Die Banken verdienten enorm an diesen Anleihen, aber der griechische Staatshaushalt ging unter der Last der Zinszahlungen in die Knie.«

Olga sagte: »Verstehe ich das richtig? Die Banken verdienten doppelt, einmal an überhöhten Zinsen und einmal durch diese absurden Wetten?«

Jakob sagte: »So ist es.«

Olga schüttelte den Kopf. »Das konnte doch nicht gut ausgehen. Ich meine, allein der gesunde Menschenverstand sagt doch ...«

Jakob sagte: »Es ging nicht gut. 2009 wurde die konservative Regierung abgewählt, und Giorgos Papandreou von den Sozialdemokraten wurde Regierungschef. Er machte einen Kassensturz, bekam einen Schock, und die Sache flog auf.«
Petros sagte: »Ich erinnere mich an seine Fernsehansprache. Mit Meer und griechischer Inselidylle im Hintergrund. Er pries die Kredite als Rettung der Nation, Chance für Griechenland, Beweis europäischer Solidarität und so weiter. Danach ging es abwärts: mit Griechenland, mit Papandreou und auch für die griechische Sozialdemokratie war es das Ende.«
»Und dann?«, fragte Dengler.
Jakob sagte: »Die Großen 14 hatten mittlerweile bereits wesentlich größere Summen auf den Fall des Euros gewettet. Meiner Meinung nach ging es ihnen in erster Linie um dieses Geschäft. Man spricht von mehreren Billionen Dollar. ›Griechenland ist der Hebel, um den Euro zu schwächen‹, schrieben die Finanzmedien.«
»Es war klar, die neue griechische Regierung konnte ihre Anleihen nicht mehr bezahlen. Der neue griechische Finanzminister wandte sich an die Europäische Kommission und fragte, warum das europäische Statistikamt *Eurostat* nicht vor dem Desaster gewarnt habe«, sagte Jakob.
Petra Wolff schrieb die Daten mit.
Leopold Harder sagte: »Er bekam eine erstaunliche Antwort. Die Europäische Kommission teilte mit, es sei Griechenland gewesen, das sich geweigert habe, Eurostat den Prüfungsauftrag zu geben.«
»Das wundert mich nicht«, sagte Martin Klein.
»Und die deutsche und die französische Regierung«, fuhr Leopold Harder fort.
»Die deutsche Regierung hat verhindert, dass die griechischen Finanzen geprüft wurden?«, fragte Dengler ungläubig. »Warum das denn?«
»Weil deutsche und französische Banken tief verstrickt waren. Sie besaßen Swaps, griechische Anleihen und Kredite in riesi-

gem Umfang. Hätte Eurostat früher geprüft, wäre wahrscheinlich schon früher Schluss gewesen mit dieser wundersamen Geldvermehrung.«

»Und dann?«, fragte Dengler.

»Dann war das Gejammer groß. Der Wert der griechischen Anleihen fiel, teilweise um 80 Prozent«, sagte Jakob.

»Fürs Protokoll«, sagte Petra Wolff, »was bedeutet das?«

»Erklär du's«, sagte Leopold Harder.

»Eine Staatsanleihe funktioniert so«, sagte Jakob, »eine Regierung bekommt von einer Bank zum Beispiel 100.000 Euro und verpflichtet sich, diese nach einer bestimmten Laufzeit zurückzuzahlen, zum Beispiel nach drei oder fünf Jahren. In dieser Zeit verpflichtet sich die Regierung, Zinsen zu zahlen.«

»Verstehe«, sagte Petra Wolff und schrieb in ihren Notizblock.

»Die Bank kann diese Anleihen weiterverkaufen. Doch da alle auf fallende Werte wetteten, fiel der Wert tatsächlich. Es hätte sein können, dass unsere 100.000-Euro-Anleihe plötzlich nur noch 20.000 Euro wert war. Die 100.000 Euro nennt man den Nominalwert, die 20.000 Euro den Kurswert.«

Leopold Harder sagte: »Doch auch ohne die riesigen Wetten gibt es ein grundsätzliches Problem zwischen Deutschland und Frankreich auf der einen Seite – und dem europäischen Süden auf der anderen Seite. Die beiden großen Industriestaaten erwirtschaften im Handel mit dem Süden enorme Überschüsse. Sie exportieren mehr Waren nach Griechenland, Spanien, Portugal und auch Italien, als sie aus diesen Ländern einführen. Was bei Deutschland und Frankreich als Überschuss in der Handelsbilanz verbucht wird, ist für Griechenland und die Länder des Südens ein Defizit. Dieses Defizit muss durch Kredite gedeckt werden, die die Deutsche Bank, die Commerzbank, die BNP Paribas, die Crédit Agricole oder die Société Générale gerne gaben. Auf der griechischen Seite konnte man die dadurch entstandenen Defizite begrenzen, indem man hin und wieder die Drachme abwertete. Doch durch den Beitritt Griechenlands zur Eurozone wurde die Drachme durch den Euro ersetzt. Die griechische Regierung konnte ihre Währung nicht mehr abwerten und die Kredite der deutschen und französischen Banken trieben das Defizit des griechischen Staatshaushaltes hinaus ins Universum.«

»Habe ich das richtig verstanden«, fragte Olga. »Es kommen zwei Dinge zusammen: ein europäisches Strukturproblem plus eine Spekulation, deren Ausmaß ich mir in ihrem Umfang gar nicht ausmalen kann?«

Jakob nickte. »Erinnert euch: 2008 kollabierte die Wall Street wegen ungedeckter amerikanischer Immobilienderivate. Einen Großteil dieser vergifteten Papiere hatten die Amerikaner bereits an europäische Banken verkauft, die damit vor dem Abgrund standen.«

Leopold Harder: »Angela Merkel hielt damals in Stuttgart eine Rede, in der sie sagte, die amerikanischen Banker sollten von der schwäbischen Hausfrau lernen, wie man mit Geld umgeht. Kurz danach muss sie jemand informiert haben, dass auch die deutschen Banken bankrott sind, wenn sie nicht umgehend die Ersparnisse der schwäbischen und anderen Hausfrauen zugeführt bekommen. Da war der Jammer groß. Die Banken, die auf griechischen Anleihen und auf griechischen Krediten saßen, riefen: Die Welt geht unter.«

Jakob sagte: »Griechenland ist mehr oder weniger ruiniert. Gegen den Euro sind riesige Wetten gesetzt. Die europäischen Regierungen müssen handeln. Jetzt tritt Europa mit der Europäischen Kommission und der Europäischen Zentralbank auf den Plan. Rettungsschirme werden aufgespannt. Nicht wegen Griechenland, sondern wegen der drohenden Pleite deutscher und französischer Banken und weil der Euro angegriffen wird. Der *Spiegel* schreibt im Mai 2010: ›Merkel sagte, dieses Paket sei notwendig, weil es eine Attacke gegen den Euro gegeben habe.‹«

Leopold Harder sagte: »Die meisten Leute denken, die Griechen sollten gerettet werden.«

»Und?«, fragte Martin Klein. »Stimmt das nicht?«
»Nein. Mit den Geldern, die die Euroländer, die EU und der Internationale Währungsfonds in den Rettungsschirm füllten, wurden den Banken nun von der Europäischen Zentralbank die griechischen Anleihen abgekauft.«
»Das Geld ging an die Banken?«, fragte Petra Wolff zweifelnd.
»… deren Chef vorher bei Goldman Sachs war«, rief Mario dazwischen.
»Ja. Die großen Spekulanten ruinierten Griechenland, um ihre Wetten auf den Fall des Euros zu gewinnen. Ergebnis der Wetten waren enorme Zinsgewinne aus griechischen Anleihen, bei gleichzeitigem Fall des Wertes dieser Anleihen.«
»Niedriger Kurswert, stimmt's?«
Leopold Harder sagte: »Genau. Die Europäische Zentralbank EZB kaufte nun den großen Anlegern die griechischen Anleihen ab, jedoch nicht zum niedrigen Kurswert, sondern zum vollen Nominalwert.«
Leopold Harder: »Bislang waren die Anleihen ein Geschäft der griechischen Regierung mit privaten Investoren. Diese haben sich zu Tode spekuliert und dabei enorme Gewinne realisiert. Bis zu diesem Zeitpunkt war das alles noch eine Angelegenheit zwischen der griechischen Regierung und privaten Anlegern. Eine Sache, die im Grunde uns alle nichts anging – außer diese beiden Parteien.«
»Doch seit die EZB die Banken ausgezahlt hatte, verwandelten sich die privaten in öffentliche Schulden. Jetzt haftet die schwäbische Hausfrau wie jeder europäische Steuerzahler, also wir alle, für das Desaster, das die Spekulanten angerichtet hatten. Die Banken bedankten sich freundlich und wandten sich anderen Geschäften zu.«
Jakob sagte: »Diese Operation lief unter der Überschrift ›Griechenlandrettung‹. Doch diese Überschrift ist falsch. Gerettet wurden die Banken, hauptsächlich französische und deutsche Banken.«
»Ich kann das nicht glauben«, sagte Petra Wolff.

Petros: »Es ist eine Tragödie.«
Jakob sagte: »Ein ehemaliger griechischer Finanzminister hat einmal erklärt, die vielen Milliarden europäischer Steuerzahler würden über die Europäische Zentralbank geradewegs an deutsche und französische Banken durchgereicht. Ich bin nicht einmal sicher ob das viele Geld zumindest für ein paar Stunden in Athen auf griechischen Konten war, bevor es zurück nach Frankfurt und Paris floss, oder ob es direkt an die Banken floss. Nur ein sehr, sehr kleiner Teil gelangte in den griechischen Staatshaushalt. Nicht einmal zehn Prozent.«
»Den Rest«, sagte Leopold Harder, »kassierten Banken und private Investoren. Die Kosten wurden dem griechischen Staat aufgehalst, wodurch das griechische Defizit von Rettungsaktion zu Rettungsaktion stieg. Und diese Operation wird nun bezahlt, indem in Griechenland die Renten und Löhne bis auf die Hungergrenze gekürzt und Staatseigentum billig an Investoren aus dem Norden verkauft wird. Hier bei uns wurde das alles mit einer gewaltigen und erfolgreichen Medienkampagne begleitet, die uns erzählt, die Faulheit und die Gerissenheit des griechischen Volkes seien schuld an dem Chaos.«
»Das, liebe Leute, ist die Griechenlandrettung«, sagte Jakob.

70. Anita

Dengler warf einen Blick in die Runde und sah erschöpfte Gesichter. »Wir legen eine Pause ein«, sagte er. »Ich brauche einen doppelten Espresso unten im Basta. Ich frage mich: Welche Schlussfolgerung ziehen wir aus diesen Informationen? Ist es wahrscheinlich, dass Anna Hartmann diese Geschäfte als illegitim eingestuft hat?«
»Sie *sind* illegitim«, sagte Petros.

»Finde ich auch«, sagte Olga.
»Lasst uns einen Kaffee trinken gehen«, sagte Mario. »Sonst werf ich den Banken noch eine Bombe irgendwohin.«

*

Im Basta setzte sich Dengler neben Mario. Beide bestellten einen doppelten Espresso. Der kahlköpfige Kellner brachte beides und stellte ein kleines Kännchen mit heißer Milch vor Dengler.
»Denkst du an deine neue Freundin?«, fragte Dengler. »Anita? Richtig?«
»Jo«, sagte Mario. »Genau an sie habe ich gedacht.«
»Und? Ist sie immer noch eine Granate im Bett?«
»Das ist sie. Ein Hammer.«
»Hört sich gut an.«
»Ist es auch.«
Mario rührte weiter versonnen in seinem Kaffee.
»Aber?«, sagte Dengler.
»Nix aber«, sagte Mario. »Anita ist ein heißer Feger.«
Er rührte weiter.
»Aber?«, fragte Dengler noch einmal.
»Kein Aber«, sagte Mario. »Anita ist die Frau, die ich mir immer ersehnt habe.«
Nach einer Weile sagte er: »Sie macht einen Strich mit dem Bleistift auf das Etikett der Weinflasche.«
»Sie macht was?«
»Sie macht einen Strich auf das Etikett der Weinflasche.«
»Wozu?«
»Bis hierhin darfst du trinken, sagt sie.«
»Verstehe ich nicht.«
»Sie denkt, ich trinke zu viel. Deshalb macht sie einen Strich auf das Etikett und kontrolliert tatsächlich, ob ich mehr trinke und der Pegel unter ihren Bleistiftstrich sinkt.«

»Ein bisschen weniger Alkohol würde dir vielleicht nicht schaden.«
»Ich kann Vorschriften nicht leiden.«
»Macht sie weitere Vorgaben?«
Es platzte aus ihm heraus: »Ernähr dich gesünder. Iss nicht im Stehen, iss nur im Sitzen. Nimm lieber mehrere kleine Mahlzeiten am Tag als deine ausgiebigen Gelage am Abend. Schling nicht so. – Soll ich weitermachen?«
»Nicht nötig. Ich kann's mir vorstellen. Immerhin, guter Sex kann für vieles entschädigen.«
Marios Löffel drehte sich schneller in der Tasse.
»Was noch?«, fragte Dengler.
»Sie ist manchmal komisch. Sie sagt, wir seien kein Paar, weil ich noch mit Sonja verheiratet sei und weil ich zwei Kinder habe.«
»Ihr seid doch seit zwei Jahren getrennt!«
»Seit einem Jahr.«
»Wenn Sonja mich besucht, und die Kinder sind da, dann fällt ihr die Klappe runter, dann ist da kein Lachen in ihrem Gesicht, keine Freude, nur ein Murren. Ich frag sie, was ist los. Nichts, sagt sie – und zieht eine Fresse, als ginge die Welt unter. Ich bohre und will wissen, was los ist. Nichts, sagt sie. Ich bohre weiter, weil ich es nicht ertrage, dass es der Frau, die ich liebe, nicht gut bei mir geht. Also bohre und bohre ich und gebe keine Ruhe, bis sie irgendwann sagt, du Mario, ich hab gedacht, wir wären allein. Und jetzt sind deine Kinder da. Was soll ich sagen, das wird immer so sein. Ich liebe meine Kinder.«
»Das versteht doch wohl jeder …«
»Anita nicht. Sie sagt dann: Wir sind unser Hauptgewinn. Du darfst unsere Liebe nicht mit Füßen treten.«
»Weil deine Kinder bei dir sind?«
»Das ist doch krank! Dann sagt sie so Dinge wie: Mario, bedenke, wir haben keine Beziehung, wir sind bloß zwei Menschlein, die Zeit miteinander verbringen.«
»Du meine Güte!«

»Ich denke, wir haben eine Beziehung. Dann solche Hämmer! Und dann«, Mario drehte sich empört zu Dengler um, »schreibt sie solche SMS.« Er nestelte an seiner Hosentasche, zog sein Smartphone heraus, wischte und tippte und hielt es Dengler vor die Nase.
Dengler las: »Betreff: Terminänderung. Aus folgenden Gründen fällt unser Termin am Donnerstag aus: Zahnarzt. Alle weiteren Termine bleiben bestehen. Herzliche Umarmung, Anita.«
Mario sagte: »Das ist doch nicht normal. Unsere heißen Vögeltreffen, auf die ich die ganze Woche hinfiebere – das sind doch keine *Termine*.«
»Die Menschen sind verschieden, Mario.«
»Dann gibt es noch etwas.«
»Ich höre.«
»Sie hat ein winzig kleines Bücherregal.«
»Na und?«
»Da stehen nur Bücher über Spiritualität. Und sie redet im gleichen Jargon, wie diese Machwerke geschrieben sind.« Er verstellte seine Stimme. »Ich bin immer nur für andere da. Ich muss lernen, mehr nach mir selbst zu sehen. Ich muss lernen, Empathie für mich selbst zu empfinden.«
»Du meine Güte«, sagte Dengler zum zweiten Mal.
»›Kennst du Paul Klee?‹, habe ich sie gefragt. Und weißt du, was sie geantwortet hat?«
»Woher soll ich das wissen?«
»Sie sagt: ›Nee, aber leg doch mal auf!‹ – Da musste ich mich erst mal hinsetzen und was trinken.«
»Aber hoffentlich nicht bis unter den Strich auf dem Etikett.«
»Natürlich nicht«, sagte Mario und trank seinen Kaffee aus.

71. Petros

»Kommen wir zum letzten Vortrag für heute«, sagte Dengler. »Petros, du hast das Wort.«

Petros sagte: »Griechenland ist ein kleines Land mit einer großen Vergangenheit, auf die wir zu Recht sehr stolz sind. Wir Griechen haben die Demokratie, die Philosophie, die Poetik, die Mathematik, den Wein erfunden, im Grunde genommen die Zivilisation, auf die sich heute alle berufen, und vieles andere, das heute zur Erbschaft der gesamten Menschheit gehört. Wir haben auch eine spezielle Vergangenheit mit Deutschland, die im Leben der griechischen Nation nur eine kurze Zeitspanne umfasst, die uns aber entscheidend geprägt hat. Über diese Zeitspanne möchte ich sprechen.«

Dengler sah auf die Uhr. »Denke daran, dass wir über das Verschwinden von Anna …«

»Lass mich sprechen, mein Freund«, sagte Petros. »Es ist wichtig, dass ihr mich versteht. Zunächst einige Basisfakten über mein Land. Wir sind ein kleines Land in Europa, aber, wie ich finde, das schönste. Athen, die Akropolis, die Berge, das Meer, die Inseln, die Sonne, der Wein, das Öl und vor allem die großzügigen, freundlichen und stolzen Menschen, die dieses Land bewohnen. Wir sind ein kleines Land. Mit 11 Millionen Einwohnern sind wir etwa so zahlreich wie die Bayern oder die Baden-Württemberger. Doch wir können uns in der Wirtschaftsleistung nicht mit diesen beiden Bundesländern vergleichen. Griechenland hat nur einen Anteil von 2,5 Prozent an der Wirtschaftsleistung des Euroraumes. Deutsche Unternehmen verkaufen Güter und Dienstleistungen im Wert von 6 Milliarden Euro jährlich nach Griechenland. Umgekehrt liefert mein Land noch nicht einmal Güter für 2 Milliarden Euro nach Deutschland. Allein in den letzten drei Jahren sorgten wir Griechen auf diese Weise für ein Plus von etwa 12 Milliarden Euro in der Handelsbilanz eures Landes.«

Dengler sah wieder auf die Uhr. Olga gab ihm unter dem Tisch einen Tritt.

»Ja, im Verhältnis zu Deutschland sind wir ein armes Land. Ich habe mir für euch einige Daten notiert: Ein Fünftel unserer Bevölkerung ist ohne Job. In Griechenland verdient man sehr viel weniger als in Deutschland. Das Gehalt und die Löhne liegen in Griechenland bei vergleichbaren Tätigkeiten 40 Prozent unter dem deutschen Niveau. Der monatliche Mindestlohn, den viele Griechen noch nicht einmal erreichen, liegt bei 740 Euro. Der durchschnittliche Bruttostundenlohn eines griechischen Arbeiters beträgt 6,50 Euro. Die obligatorische Mindestrente beträgt in meinem Land 360 Euro, die Durchschnittsrente etwa 560 Euro. Dabei sind die Lebenshaltungskosten bei uns nur etwa 10 Prozent niedriger als in Deutschland, und in den großen Städten sind sie in etwa gleich.

Manche Ereignisse in unserer Geschichte sind noch frisch in unserer Erinnerung. Am 28. Oktober 1940 griff uns Italien an. Ich bin kein Freund des Militärs und erst recht kein Militarist, doch muss ich sagen, die griechische Armee leistete heldenhaften Widerstand und stand kurz davor, die Italiener aus dem Land zu jagen. In diesem Moment griffen uns die Deutschen an. Man sagt, Hitler habe ursprünglich keine Pläne zum Krieg gegen Griechenland gehabt, doch jetzt habe er seinem Verbündeten Italien beispringen wollen, um ihn vor einer Niederlage zu bewahren. Am 6. April 1941 marschierte die Wehrmacht in Griechenland ein und besiegte unsere nunmehr erschöpfte Armee in kurzer Zeit.

Es folgten die italienische und deutsche Besatzung, und als Italien kapitulierte und seine Truppen abzog, war es nur noch die deutsche Besatzung Griechenlands. Sie war hart. Kein nicht slawisches Land litt unter den Deutschen so sehr wie Griechenland. Wir mussten nicht nur die Kosten der Besatzung bezahlen, die Deutschen transportierten unser Getreide und unser Vieh nach Deutschland, sie plünderten unsere Bergwerke, sie nahmen uns das Öl, sie raubten in Nordgriechenland die Bestände von Tabak, Leder und Baumwolle. Die deutschen Soldaten brachten keine eigene Verpflegung für ihre Soldaten mit. Sie aßen einfach in Restaurants und bezahlten nicht. Um Bombardierungen durch die Engländer und Amerikaner zu umgehen, wurden die deutschen Truppen nur selten in Lagern oder Kasernen untergebracht, sondern in privaten Wohnungen und Häusern, deren Bewohner die Kosten tragen mussten. In meiner Familie gibt es viele Geschichten von deutschen Soldaten, die auf dem Omonia-Platz in Athen Menschen anhielten und ihnen Uhren und Schmuck abnahmen. Jeden Monat musste die griechische Nationalbank einen großen Betrag im Rahmen einer Zwangsanleihe nach Deutschland überweisen. Bald schlossen Fabriken, weil der Nachschub von Rohstoffen ausblieb, doch am schlimmsten war der Zusammenbruch der Nahrungsmittelversorgung. Man spricht von 450.000 Hungertoten im Winter 1941/42. In der Zeit von 1941 bis 1944 starb infolge der Besatzung durch euer Land jeder zehnte Grieche. Viele verhungerten, andere wurden als Geiseln oder als Partisanen erschossen. Das bedeutet, dass jede griechische Familie eine Leidensgeschichte zu erzählen hat, dass jede griechische Familie Tote in der Generation der Großeltern zu beklagen hat. Wir sind freundlich zu unseren Gästen, wenn sie uns als Touristen besuchen, aber das bedeutet noch lange nicht, dass wir diese Schrecken vergessen haben.«

Dengler wollte einen Blick auf die Uhr werfen, doch nach einem Blick von Olga verstand er, dass er dies besser unterlassen sollte.

»Wenn ihr diese Tatsachen kennt, versteht ihr vielleicht besser, dass wir es nicht gerne ausgerechnet von den Deutschen hören, wir sollten die Ausgaben für unser Gesundheitswesen um 40 Prozent reduzieren oder die Renten unter das Existenzminimum absenken. Wir fragen uns dann, warum Deutschland immer noch nicht die Zwangsanleihen zurückbezahlt hat, die ihr der griechischen Nationalbank in diesen schwarzen Jahren aufgezwungen habt.«

»Davon hab ich noch nie was gehört«, sagte Mario.

»Ich auch nicht«, sagte Petra Wolff.

»Trotzdem ist es wahr«, sagte Petros. »Doch statt dieser Wahrheit hören wir andere Geschichten über uns. Die Geschichten vom faulen Griechen, wie sie Martin vorhin vorgetragen hat …«

Petros atmete schwer, und er rang sichtbar um seine Fassung.

»Warum glaubt ihr Deutsche, dass ihr euch immer erheben könnt über andere Völker? Warum? Eure Soldaten waren bei uns schlimmer als Tiere. Warum glaubt ihr immer wieder, dass ihr besser seid als andere? Und wie soll auf diesem Hochmut ein europäisches Haus gebaut werden können? Sagt es mir! Ich weiß es nicht. Und Anna wusste es letztlich auch nicht.«

Tränen liefen über sein Gesicht.

»Ich vermisse sie. Sie fehlt mir jeden Tag. Ich …«

Er brach ab.

Olga stand auf und legte einen Arm um ihn. Petra Wolff stützte ihn, und gemeinsam führten ihn die beiden Frauen aus dem Zimmer.

72. Teambesprechung 9

Am Tag danach saßen sie erschöpft um Georg Denglers Küchentisch, Dengler, Olga, Petra Wolff, Mario und Leopold Harder.

»Ich finde es schade, dass Martin nicht bei uns ist«, sagte Mario.

Dengler nickte.

»Ich habe mir nie vorstellen können, dass jemand in kurzer Zeit so fanatisch werden kann«, sagte Leopold Harder, »es sind verrückte Zeiten, in denen wir leben.«

»Wir müssen uns konzentrieren«, sagte Dengler, »wir müssen den Entführern jetzt ein Zeichen geben, dass wir die gesuchten Dateien besitzen. Dann hoffen wir, sie melden sich bei uns.«

»Wie stellst du dir das vor?«, fragte Mario. »Sollen wir eine Anzeige aufgeben?«

»Keine Anzeige«, sagte Olga. Sie sah Leo Harder an. »Leo, du

wolltest doch einen Artikel im *Stuttgarter Blatt* veröffentlichen, dass ein Privatdetektiv diesen Stick gefunden hat.«
»Das mache ich«, sagte Leo.

*

Am nächsten Tag erschien im *Stuttgarter Blatt* der folgende Artikel:

> **Fortschritt im Fall Hartmann**
> *von Leopold Harder*
> Im Fall der entführten Mitarbeiterin des Auswärtigen Amtes Anna Hartmann gibt es möglicherweise einen entscheidenden Fortschritt. Wie das Stuttgarter Blatt aus informierten Quellen erfuhr, gelang dem Stuttgarter Privatermittler Georg Dengler, der die Bemühung um die Freilassung der Entführten unterstützt, ein wichtiger Fund. Er stellte einen Computerstick sicher, auf dem die Entführte vertrauliche Informationen abgespeichert hat. »Leider hat die Entführte die Daten mit einem Passwort gesichert, sodass wir diesen Computerstick bisher nicht auslesen konnten«, sagte der Privatermittler gegenüber unserer Zeitung. »Wir arbeiten an diesem Problem, aber es wird möglicherweise Wochen dauern, bis wir Zugriff auf diese Informationen haben.«

»Jetzt müssen wir warten«, sagte Petra Wolff und faltete die Zeitung zusammen. »Wer weiß, ob die Entführer überhaupt Zeitung lesen und wenn, ob sie unser regionales Blättchen studieren?«
»Leopold hat diesen Artikel auch in die Online-Ausgabe gesetzt. Wir gehen davon aus, dass die Entführer das gesamte Netz nach dem Namen ›Anna Hartmann‹ durchsuchen; sie werden diesen Artikel also finden.«
»Und dann schicken sie wieder einen Killer«, sagte Petra Wolff.
»Hoffentlich nicht«, sagte Georg Dengler.

»Und wo befindet sich der Computerstick?«, fragte Petra Wolff.
Dengler legte den Finger an den Mund. »Er ist an einem sicheren Ort.«
»Jetzt werde ich wieder verdächtigt, mit dem Feind zusammenzuarbeiten«, sagte Petra Wolff.
Olga legte ihr die Hand auf den Arm. »Das wirst du nicht, aber wir möchten nicht, dass die Gangster *dich* schnappen.«
»Es geht nichts über fürsorgliche Arbeitgeber«, sagte Petra Wolff.

73. Otto Hartmann: Das weitere Leben

Es wurde eine Hochzeit, wie Braunschweig sie noch nie gesehen hatte. Man heiratete natürlich im Dom. Paula führte ihre Tochter zum Altar. Es war ein wenig merkwürdig, dass die von Isenhardts fast die Hälfte des Doms füllten, und von seiner Familie lebte niemand mehr. Doch Kollegen von der Bank füllten die andere Hälfte. Das war seine Familie.
Es flossen viele Tränen, dann wurde getafelt und getrunken. Am nächsten Morgen brachen Otto Hartmann und Sabina von Isenhardt zu den Flitterwochen nach Italien auf.
Er war nun nicht mehr Adjutant des Chefs. Stattdessen übernahm er die Abteilung für Industriekredite, trennte Spreu vom Weizen, vergab Kredite oder strich Kreditlinien. Er finanzierte die Projekte großer Firmen und stieg auf.
Es gab nur einen Fall, bei dem er wider besseres Wissen die Kreditlinie verlängerte: Die Isenhardt-Werke waren in Schieflage geraten. Er hatte ein langes Gespräch mit Paula. Danach entließ sie ihren Sohn aus der Geschäftsführung und stellte stattdessen jemanden ein, den Hartmann ihr empfohlen hatte. Die Beziehung zu Sabina war einige Wochen getrübt, doch als die Fabrik langsam wieder auf die Beine kam und der Familie eine immer

bessere Dividende abwarf, verbesserte sich die Stimmung in der Ehe zusehends.

Als Sabina schwanger wurde, gab Otto Hartmann ein großes Fest. Doch sein Sohn war vom ersten Tag an eine Enttäuschung.

Sie tauften den Jungen Jürgen, nach Sabinas verstorbenem Vater.

Das Kind schrie unentwegt. Vor allem, wenn Otto Hartmann ihn auf den Arm nahm.

»Sei nicht so steif mit dem Kleinen«, sagte Sabina. Doch er war froh, wenn er den Knaben wieder seiner Frau oder dem Kindermädchen zurückgeben konnte, wo das Kind sich meist erstaunlich schnell beruhigte.

»Das macht doch keinen Sinn«, sagte er zu seiner Frau. »Das Kind brüllt wie am Spieß, bis es an deiner Brust liegt. Doch wenn du ihn hochnimmst, dann weiß er doch, dass jetzt gleich die Milch fließt, in wenigen Sekunden kriegt er Futter. Das muss er doch aus Erfahrung wissen. Er schreit jedoch weiter, bis er deine Brustwarze spürt. Er lernt nicht aus Erfahrung.«

»Otto, das ist ein Baby«, sagte seine Frau tadelnd.

Jürgen wurde ein schlechter Schüler. Manchmal, allerdings sehr selten, wenn Otto Hartmann mit seinem Sohn die Schulaufgaben besprach, konnte er sich selbst davon überzeugen. Sein Sohn war verdruckst, sprach kein offenes Wort mit ihm, senkte nur den Kopf und schwieg.

»Du bist zu streng zu ihm«, sagte Sabina, wenn er bei solchen Gelegenheiten einen Tobsuchtsanfall bekam.

Sie zogen in eine Villa im Taunus. Hier gelang es ihm, Jürgen auf einem Gymnasium unterzubringen, aber es kostete eine ordentliche Spende an den Freundeskreis der Schule.

Es wurde nicht besser.

Mit dreizehn ließ Jürgen sich die Haare über die Ohren wachsen und sah aus wie ein Gammler. Er hörte lautstark Musik, die als solche nicht zu erkennen war.

Mit achtzehn zog er aus.

Sabina zog sich immer mehr von ihm und der Welt zurück.

Otto Hartmann kam seltener nach Hause und wenn, dann spät.
Paula brachte Sabina in ein Sanatorium.
Das Schlimmste aber war die Griechin.
Als Jürgen eine griechische Freundin mit ins Haus brachte, kam es zum Bruch.
»Eine Ausländerin«, tobte er.
»So eine reizende Person«, sagte Sabina.
Der Vater stellte Jürgen vor die Alternative: »Entweder du trennst dich sofort von dieser Person – oder du wirst keinen Pfennig erben.«
Der Junge lachte und ging.
Ein paar Monate später heiratete er. Ob Sabina bei der Trauung dabei war, wusste er nicht. Ihn hatte Jürgen nicht einmal eingeladen.
Doch als Anna auf die Welt kam, änderte er seine Strategie. Irgendjemand musste seine Arbeit fortführen, seine Ideen von einem geeinten Europa unter der starken Führung Deutschlands (in seinen Reden und Vorträgen formulierte er es so: Europa braucht ein starkes Deutschland).
Er beschloss, den Kampf aufzunehmen.
Er würde ein großartiger Großvater werden.
Er söhnte sich mit seinem Sohn aus, hielt Abstand zu der Griechin und kümmerte sich, wann immer er Zeit hatte, um Anna.

74. Razzia

Dengler hatte die Arme ausgebreitet und flog über ein weites grünes Tal. Kirschbäume hoben ihre blühenden Äste zu ihm hinauf und tupften weiße Flecke ins Grün, als wäre die Landschaft unter ihm ein Aquarell. Mild und weich floss die Luft an ihm vorbei, und wie immer, wenn er flog, war Dengler von diesem

unbestimmten und unbeschreiblichen Glücksgefühl erfüllt. Er war leicht. Er fühlte keine Sorgen. Die Sonne wärmte seinen Rücken. Er flog. Dengler überquerte ein kleines Gehöft, und unter ihm sah er drei Kinder, die zu ihm hochsahen. Ein kleines Mädchen, das wie Petra Wolff aussah, schirmte mit der linken Hand die Augen ab und wies mit der rechten Hand auf ihn. Ein Junge in kurzen Hosen, der neben ihr stand, blies in eine gelbe Tröte. Dengler störte das hässliche Geräusch, das von unten zu ihm aufstieg. Plötzlich verwandelte sich der Junge in eine riesige Fledermaus. Sie blies nun in die Tröte, fester und lauter als das Kind zuvor. Sie hörte nicht auf mit dem Lärm, und Dengler spürte, wie er das Gleichgewicht verlor. Das Geräusch wurde lauter. Er fiel.
Dengler schreckte aus dem Schlaf hoch. Zunächst voller Angst, weil er gleich auf dem Boden zerschellen würde, und dann verstand er plötzlich, was da schrillte. Es war die Türklingel. Laut, aggressiv und unablässig. Er warf die Bettdecke zurück und taumelte, immer noch benommen von Schlaf und Traum, zur Wohnungstür. Als er die Tür einen Spalt öffnete, wurde sie von außen aufgestoßen, und ein Trupp Männer stürmte in seine Wohnung, mit schwarzen Wollmasken über den Gesichtern und Maschinenpistolen in den Fäusten. Plötzlich lag er auf dem Bauch, jemand kniete auf seinem Oberkörper, jemand auf seinen Beinen. Seine Arme wurden auf den Rücken gepresst, Handschellen klickten.
Die Entführer waren da.
Dann sah er Turnschuhe und Beine in verwaschenen Jeans.
»Oh Gott, der Kommissar Joppich vom LKA und der Kollege Weber. Können Sie nicht kurz anrufen, wenn Sie Sehnsucht nach mir haben?«

»Ich hab Sehnsucht nach dir
Sieben Tage sind unendlich
wenn man weiß, es kommen mehr
Ich hab Sehnsucht nach dir«,

sang Joppich. »Kennen Sie den Schlager, Dengler? Wolfgang Petry! Ist schon eine Weile her.«
»Oh Gott, ich wusste schon immer, Ihre Geschmacksnerven sind im Eimer.«
»Ich kann Sie beruhigen, Dengler, ich habe keine Sehnsucht nach Ihnen, aber einen Hausdurchsuchungsbefehl. Außerdem habe ich jemanden mitgebracht.«
»Dengler, Sie kooperieren nicht«, sagte Johannes Wittig, »aus der Zeitung muss ich erfahren, Sie finden Beweismittel und melden es mir nicht. Ts, ts, ts …« Er schnalzte mit der Zunge.
Dengler versuchte, sich aufzurichten. Ein Stiefel trat auf seine Schulter und drückte ihn auf den Boden zurück.
»Schön brav liegen bleiben. Du hast zwei Optionen. Die angenehmere für uns beide ist: Du sagst mir jetzt, wo dieser verdammte Computerstick ist, wir nehmen ihn mit und wir sehen von einer Anzeige ab. Option zwei: Wir stellen deine Bude auf den Kopf, und dann folgt Behinderung der Strafverfolgungsbehörden, Strafverfahren, Urteil, und du bist vorbestraft. Welche Option wählst du?«
»Option drei«, sagte Dengler, »du machst mich los, wir setzen uns wie vernünftige Leute an meinen Küchentisch, du kriegst einen Espresso von mir, wie man ihn um diese frühe Zeit braucht.«
»Okay, du hast Option zwei gewählt.« Er wandte sich an die umstehenden Polizisten. »Durchsuchung beginnen.«
Aus den Augenwinkeln sah Dengler, wie jemand die Matratze von seinem Bett riss. Einer der maskierten Beamten hielt ein Messer in der Hand und war im Begriff, die Matratze aufzuschlitzen. Auf ein Handzeichen Denglers hin hielt er abwartend inne.
»Es gibt keinen Stick, Wittig«, sagte Dengler.
»Falsch. Ich habe es selber in der Zeitung gelesen.«
»Es war ein MacGuffin.«
»Ein was?!«
Dengler schüttelte den Kopf. »Was lernt man heute auf der Polizeiakademie? Der Artikel ist ein Lockmittel. Er spiegelt etwas

vor, das in Wirklichkeit nicht existiert. Wir wollen, dass die Entführer sich bei uns melden.«
Eine Schranktür wurde aufgerissen. Dengler hörte, wie eine Schublade zu Boden krachte.
»Du willst mir erzählen, es gibt diesen Computerstick gar nicht?«
»Doch, den gibt es, und ich gebe ihn dir, wenn deine Bullen endlich aufhören, meine Wohnung zu verwüsten.«

*

Zehn Minuten später saß Wittig an Denglers Küchentisch.
»Das ist mal ein richtiger Espresso.«
Er hob die große braune Tasse. Die Polizeibeamten hatten Denglers Wohnung verlassen und saßen nun in zwei Mannschaftswagen in der Wagnerstraße. Dengler goss sich einen Espresso ein, schüttete Milch in die Tasse und rieb sich den Nacken.
»Du hast mich eben aus einem sehr angenehmen Traum gerissen.«
»Tut mir leid. Eine Blondine?«
Dengler dachte an Petra Wolff und schüttelte den Kopf.
»Also, wo ist der Stick? Wo ist das Beweismittel?«
Dengler trank einen Schluck, dann stand er auf, ging in sein Büro, öffnete den Safe, nahm den kleinen schwarzen Datenträger und legte ihn vor Wittig auf den Tisch. »Das ist das Ding«, sagte er. »Er ist leer.«
»In der Zeitung klang das anders.«
»Weil es ein MacGuffin war. Lies mal nach bei Hitchcock, Wittig.«
Dengler erzählte Wittig, wie er den Stick gefunden hatte, wie Olga das Kennwort erraten und schließlich festgestellt hatte, dass die Hitze des Heizungsrohres die Daten nahezu komplett zerstört hatte.
»Und du glaubst, die Entführer sind hinter diesem Ding her?« Er hob zweifelnd den Computerstick mit zwei Fingern in die Höhe.
Dengler nickte. »Mir fällt keine andere brauchbare Hypothese ein.«

Wittig kratzte sich am Kopf. »Und natürlich wolltest du mich sofort informieren, wenn sich die Entführer bei dir melden.«
»Selbstverständlich«, sagte Dengler.
Wittig zog eine durchsichtige Plastiktüte aus seiner Tasche und legte den Stick vorsichtig hinein. »Unsere Leute werden das sicherlich rekonstruieren können. Wir haben da ein paar Computergenies im LKA.«
»Und du wirst mich sicher umgehend informieren, was deine Genies gefunden haben.«
»Natürlich«, sagte Wittig, »ich bin genauso kooperativ wie du.«
Er stand auf. »Wir haben dich im Auge, und glaube mir, wenn sich die Verbrecher bei dir melden – ich bekomme es mit.«
Dengler nickte. »In diesem Fall brauche ich ohnehin deine Hilfe. Ich vermute, es sind keine sehr freundlichen Leute.«

75. Kontakt

»Wir warten jetzt schon zwei Tage, und die Arschlöcher melden sich nicht«, sagte Petra Wolff. »Ich bin schon ganz hibbelig. Es ist wie Liebeskummer. Man sitzt vor dem Telefon, und er ruft nicht an. Ich gehe durch Stuttgart und betrachte jeden Mann, ob er mir gleich einen Zettel zusteckt oder mir einen geheimen Ort samt Uhrzeit ins Ohr raunt. Hinzu kommt …«
»Was kommt hinzu?«, fragte Georg Dengler.
»… der Zweifel«, sagte Petra Wolff. »Haben wir wirklich alles richtig gemacht? Wir haben uns in die Hirnwindungen eines Menschen versetzt, den wir im Grunde nicht kennen. Was passiert, wenn die schlaue Anna in Wirklichkeit ganz andere Informationen gesammelt hat, wenn sie ein völlig anderes Konzept geschrieben hat?«
»Welches könnte das sein?«, fragte Dengler.

»Keine Ahnung«, sagte Petra Wolff. »Es ist nur … wir wissen so wenig über sie! Wir könnten uns irren.«
Sie legte ihre Stirn in Falten, und Dengler fand dieses Gesicht so schön, dass er für einen kurzen Moment vergaß, worüber sie redeten. Er betrachtete den geschwungenen Bogen ihrer Oberlippe. Stundenlang könnte er still dasitzen und ihr Gesicht betrachten.
Olga räusperte sich und sagte: »Die Chancen stehen 50 zu 50. Unsere Annahme ist, dass Petros sie auf eine andere Spur gesetzt und sie eine andere Lösung für Griechenland gesucht hat.«
»Die heilende Kraft der Liebe«, sagte Petra Wolff und seufzte. »Manchmal ist das Vertrauen in die Liebe ein dünnes Eis.«
Dengler betrachtete forschend Petras Gesicht. Hatte ihr mal jemand das Herz gebrochen? Dieser Karl womöglich? Er konnte es sich nicht vorstellen. Jeder Mann konnte sich glücklich schätzen, auch nur in ihre Nähe zu kommen. Doch dann verscheuchte er jeden romantischen Gedanken.
»Was ist eigentlich aus Karl geworden?«, fragte er.
Petra Wolff seufzte. »Es ist kompliziert. Und es geht dich nichts an.«
»Das stimmt«, sagte Dengler. »Zurück zur Arbeit. Du hast recht. Wir können uns irren. Aber wir haben nichts Besseres. Wir setzen alles auf diese eine Karte. Eine andere haben wir nicht.«
»Hoffentlich ist sie ein Pik-Ass«, sagte Petra Wolff. Sie klang nicht überzeugt.
»Hoffentlich«, sagte Olga.
»Hoffentlich«, sagte Dengler. Er lächelte, bemüht, eine zuversichtliche Miene zu zeigen.

*

»Anwaltskanzlei Tümmler, Meister und Partner«, meldete sich routiniert eine weibliche Stimme. »Ich habe ein Gespräch für Herrn Georg Dengler.«

»Ich verbinde«, sagte Petra Wolff und hielt die Handinnenfläche auf die Muschel des Hörers. Sie winkte Dengler herbei. »Ein Anwaltsbüro«, sagte sie. »Vielleicht ein neuer Auftrag.«
Sie drückte Dengler das Telefon in die Hand.
»Dengler.«
»Anwaltskanzlei Tümmler, Meister und Partner, Herr Dengler?«
»Ja. Am Apparat.«
»Ich verbinde Sie mit Dr. Haussmann. Einen Augenblick bitte.«
Musik von Keith Jarrett quoll aus dem Hörer.
»Haussmann. Herr Georg Dengler?«
»Allerdings.«
»Wir haben ein seltsames Mandat erhalten. Von unserer New Yorker Partnerkanzlei, mit der wir eng zusammenarbeiten. Normalerweise würden wir eine solche Aufgabe nicht …«
»Worum geht es?«
»Ich soll Ihnen eine Nachricht übermitteln. Haben Sie etwas zu schreiben zur Hand?«
»Ja.« Dengler nahm einen Kugelschreiber vom Schreibtisch und winkte Petra Wolff hektisch zu. Sie zog ein Blatt Papier aus dem Drucker und reichte es ihm. »Ich höre.«
»Sie sollen den Computerstick in genau einer Woche morgens früh um vier Uhr auf der Glienicker Brücke in Berlin übergeben und werden im Gegenzug das Gewünschte erhalten. Sie sollen auf der Potsdamer Seite stehen, Ecke Schwanenallee. Haben Sie das notiert?«
»Ja.«
»Sagt Ihnen diese Information etwas?«
»Sie sagt mir sehr viel.«
»Gut. Ich soll Ihnen noch etwas sagen: Wenn Sie nicht allein kommen, platzt das Geschäft.«
»Ich habe verstanden. Eine Frage: Von wem stammt diese Nachricht?«
»Wir haben sie von unserem New Yorker Partner, der sie wiederum von einer Kanzlei aus Hongkong erhalten hat, die wiederum hat sie von … Sie verstehen?«

»Ich verstehe sehr gut.«
Dengler legte auf und sah Olga und Petra Wolff an.
»Es geht los«, sagte er.

76. Vorbereitung

»Informieren wir die Polizei?«, fragte Petra Wolff.
Dengler nickte. »Ich rufe Wittig an.«
»Warum?«, fragte Petra Wolff. »Vielleicht vermasselt er alles.«
»Wir machen uns strafbar, wenn wir alleine eine Geiselbefreiung durchführen. Außerdem kann die Polizei die Täter fassen, wenn Anna Hartmann sicher bei uns ist.«
»Wir sollten Annas Eltern informieren. Und ihren Verlobten«, schlug Olga vor. »Sie können sie in die Arme schließen, wenn sie freikommt. Sie wird Trost brauchen.«
»Sie sehnt sich eher nach Petros' Armen als nach denen ihres Verlobten.«
Dengler sagte: »Ich rufe Petros an. Die Eltern sollten wir informieren, wenn alles vorbei ist. Sie rufen möglicherweise Verwandte und Freunde an. Dann haben wir eine riesige Truppe von Unbeteiligten am Schauplatz. Das ist nicht hilfreich.«
»Informieren wir Schuster?«
Dengler sagte: »Wenn wir Schuster informieren, gehen wir das Risiko ein, dass es die Gegenseite auch erfährt. Der Minister wird es erfahren, noch ein Risiko. Andererseits ist er unser Auftraggeber. Es ist sicherer, ich sage ihm, wir würden das alleine machen. Ohne Polizei.«
»Eines verstehe ich nicht«, sagte Olga. »Wenn die Verbrecher den Stick mit den brisanten Informationen endlich in den Händen halten und Anna Hartmann freilassen, dann hat sich für die Verbrecher nicht viel geändert. Sie hat diesen Plan in ihrem Kopf. Sie

kann doch jederzeit erneut dieses Rettet-Griechenland-Ding in die Welt setzen.«
Dengler nickte. »Das sehe ich genauso – aber sie haben sich auf den Deal eingelassen. Deshalb brauchen wir Wittig. Anna Hartmann muss sofort in ein Polizeiauto gesetzt und in Sicherheit gebracht werden.«

*

»Anna kommt frei? Das ist die beste Nachricht seit Langem!«
»Ich hoffe, alles funktioniert. Kannst du nach Berlin kommen? Anna wird erschöpft sein. Sie wird sich freuen, dich zu sehen.«
»Und ich erst! Danke, dass du an mich gedacht hast.«
Und nicht an den geschäftigen Herrn Stenzel, dachte Dengler. Er sagte: »Nimm vom Flughafen ein Taxi zum Berliner Landeskriminalamt und frag dort nach Hauptkommissar Wittig.«
»Danke, Georg. Ich bin so froh. Ich …«
»Noch ist Anna nicht frei«, sagte Dengler. »Es gibt Risiken. Enorme Risiken.«

*

»Gut, dass Sie mich informieren«, sagte Wittig. »Ich habe Ihnen in dieser Sache nicht immer über den Weg getraut.«
»Sind wir jetzt wieder per Sie? Ich dachte, wir beide verstehen uns blind. Erst nach der Hausdurchsuchung kam ich ins Grübeln.«
»Wir haben nicht genügend Zeit, um Süßholz zu raspeln. Können Sie die nächste Maschine nach Berlin nehmen?«
»Ich komme mit zwei Mitarbeiterinnen.«
»Es gibt ein Problem.«
»Eher mehrere.«
»Unsere Leute haben den Datenstick, den wir bei ihnen beschlagnahmt haben …«
»Ich habe ihn freiwillig rausgerückt.«

»Wie auch immer. Er ist fast leer. Er ist für die Entführer wertlos.«
»Wir haben einen neuen Stick hergestellt. Mit dem gleichen Passwort. Und mit Daten, auf die die Entführer möglicherweise scharf sind.«
»Möglicherweise?«
»Es gibt ein erhebliches Risiko. Wir haben die Daten neu erstellt. Möglicherweise sind es jene, auf die die Entführer scharf sind. Vielleicht aber auch nicht. Dann kann es sein, dass die Entführer den Austausch abbrechen.«
»Sie werden also zunächst jemand schicken, der die Daten prüft.«
»Davon gehe ich aus.«
»Wie hoch ist die Wahrscheinlichkeit, dass Sie genau die Informationen gefunden haben, die die Verbrecher haben wollen?«
»Wollen Sie eine ehrliche Antwort?«
»Scheiße, Dengler, das ist ein Entführungsfall. Ich brauche eine ehrliche Antwort.«
»Wir sollten beten.«
»Bewegen Sie Ihren Arsch hierher. So schnell wie möglich. Ich schicke einen Streifenwagen nach Tegel. Sie bekommen eine Eskorte mit Blaulicht.«

*

Im Lagezentrum des Berliner Landeskriminalamtes hatte man ihnen drei Stühle an die zu einem großen U gestellten Tische gerückt. Dreißig Beamte saßen an Bildschirmen, tippten oder telefonierten. Am Kopfende hingen mehrere Bildschirme an der Wand, kleinere an der rechten Seite untereinander, und auf dem großen in der Mitte sah Dengler eine Karte der Glienicker Brücke, die Berlin und Potsdam verband.
Wittig setzte sich neben Dengler und deutete auf das Bild.
»Die Täter haben Ort und Zeitpunkt klug gewählt. Wir können die Straße nicht sperren. Es wird also normaler Verkehr auf der Brücke sein. Nachts um vier Uhr werden sicher nicht viele Autos

unterwegs sein, aber einige doch. Das schränkt unsere Zugriffsmöglichkeiten ein.«

»Sie müssen Frau Hartmann sofort in Sicherheit bringen. Die Entführer machen vielleicht einen Fehler. Sie wollen von uns den Stick, doch alles, was wir auf den Stick geladen haben, hat Frau Hartmann in ihrem Kopf.«

»Keine Sorge. Sie wird sofort hierhergebracht. In einem Konvoi. Vor Ort und im LKA wird jeweils ein Ärzteteam sein. Wir wollen sie möglichst sofort vernehmen.«

»Gut.«

»Sie sollen auf der Potsdamer Seite stehen. Wir nehmen an, die Entführer kommen von der anderen Seite.« Er deutete auf die Karte. »Dort gibt es ausgedehnte Wälder, den Düppeler Forst. Vermutlich verstecken sich die Täter irgendwo dort. Vielleicht sind sie jetzt schon dort. Sie kommen sicher nicht aus der Potsdamer Richtung, denn dann müssten sie durch ein viel befahrenes Villenviertel fahren. Ihre Schwachstelle ist der Rückzug. Wenn sie die Geisel abgeliefert haben, müssen sie schnell verschwinden, und sobald Frau Hartmann in Sicherheit ist, schnappen wir sie. Wir führen zwei Sonderkommandos sehr schnell mit Hubschraubern heran und stellen sie auf dem Rückweg, mutmaßlich auf der Bundesstraße 1. Zunächst wird dort niemand Polizei sehen. Alles ruhig. Sobald Frau Hartmann in Sicherheit ist, sind meine Leute da.«

»Sie werden zuerst jemanden schicken, der die Daten prüft.«

»Den lassen wir in aller Ruhe zurückfahren. Die Täter sollen sich in Sicherheit wiegen. Wir warten auf die Typen, die die Geisel bringen.«

»Was ist, wenn ich nicht die passenden Daten habe?«

»Dann nehmen wir den Kerl fest, der sie geprüft hat.«

»Haben Sie keine Sorge, dass sie dann die Geisel töten?«

Wittig stand auf. »Ich hoffe, das tun sie nicht. Sie wollen etwas, und das bekommen sie nur mit einer lebenden Anna Hartmann.«

»Und wenn wir uns irren?«

»Dann haben wir den nächsten Berliner Polizeiskandal.«
»Und eine Leiche.«
Wittig stand auf. »Ich bete tatsächlich, Dengler. Sobald das Telefon einen Augenblick nicht klingelt oder ich pissen gehe, bete ich. In jeder freien Sekunde.«

77. Glienicker Brücke

Am frühen Morgen des nächsten Tages, um halb vier Uhr, parkte Dengler den schwarzen Audi A6, den die Berliner Polizei ihm besorgt hatte, auf der Potsdamer Seite der Glienicker Brücke. Er legte für einen kurzen Moment der Andacht und der Konzentration den Kopf auf das gepolsterte Lenkrad und atmete dreimal tief ein. Dann stieg er aus, ohne den Wagen abzuschließen, und ging die wenigen Meter zum Anfang der Brücke.
Es war so weit.
Bis in die Nacht hatten sie an dem Plan gefeilt.
Nirgends sah man eine Uniform, doch die Polizei war da. Dengler wusste, dass in dem Lieferwagen mit polnischem Kennzeichen, der um die Ecke parkte, keine Handwerker saßen, sondern ein Trupp Sondereinsatzkräfte auf ihren Einsatz wartete. Wittigs Einsatzzentrale war ein Camper, der scheinbar verlassen in einer Seitenstraße parkte. Dengler war über einen nicht sichtbaren Kopfhörer in seinem linken Ohr mit ihm verbunden. Ein winziges Hochleistungsmikrofon steckte hinter seinem Hemdkragen.
Drei Hubschrauber mit SEK-Beamten lagen auf der Lauer.
Sobald die Geisel frei war, würden sie losschlagen.
Doch jetzt musste der Austausch ohne Störung erfolgen.
Die Brücke lag friedlich vor ihm. Links stand als Denk- oder Warnmal ein Segment der Berliner Mauer, besprüht mit gelben, rosafarbenen und hellblauen Graffiti, bunt und schön anzusehen,

was dem Symbol des ehemaligen Todesstreifens allerdings jeden Schrecken nahm. Genau hier, in der Mitte der Brücke, verlief früher die Grenze zwischen dem amerikanischen und dem sowjetischen Sektor, zwischen West und Ost. Gleichzeitig war diese schmale Brücke die lebende Membran an der Nahtstelle zweier verfeindeter Weltmächte. Hier trafen sich ihre Vertreter, hier tauschten sie ihre aufgeflogenen Agenten und Spione aus.
Jetzt lag die Brücke mit ihrem hohen Tragwerk aus Stahl still vor ihm. Undurchsichtiges milchiges Licht dehnte sich träge weiter aus, und erst in zwei Stunden würde die Sonne aufgehen. Der Himmel war bedeckt mit einer schmutzig grauen Wolkenschicht, die heute jedem Sonnenstrahl den Weg versperren würde.
Ein weißer Toyota rumpelte mit eingeschaltetem Licht über die Straße. Niemand würde ihn anhalten. Doch Dengler wusste, dass Wittigs Truppe den Halter bereits überprüft hatte, bevor er an ihnen vorbeigefahren war. Zwei ältere Männer auf schwarzen Fahrrädern radelten an ihm vorbei. Sie trugen lange Trainingshosen, rote Anoraks und Wollmützen. Beobachteten sie ihn? Gaben sie weiter, dass er hier stand? Die Bewegungen der beiden Männer wirkten müde. Vielleicht waren sie noch nicht lange wach und bedauerten insgeheim, dass sie sich entschieden hatten, mit dem Rad zur Arbeit zu fahren.
Zwei weitere Autos passierten die Brücke, ein dunkler VW Golf und ein silberner Mercedes. Keiner von beiden hielt neben ihm. Keiner von beiden kehrte um. Keiner von beiden wirkte verdächtig.
4.10 Uhr.
Eine Frau in Joggingkleidung schloss an einer der Villen hinter ihm die Türe zu und trabte an ihm vorbei über die Brücke. Auf der anderen Seite rannte sie die Treppen hinunter zum Weg, der am Wasser entlangführte. Dann verschwand sie aus Denglers Gesichtsfeld.
»Es fahren jetzt mehr Autos vorbei«, sagte Dengler. »Und die Zielperson ist seit zehn Minuten überfällig.«

»Halten Sie Funkdisziplin«, sagte Wittig in seinem Ohr.
4.25 Uhr.
Dengler fror. Er sprang von einem Bein auf das andere, zog die Hände zu einer Faust zusammen und blies warme Atemluft auf die Finger.
»Hampeln Sie nicht rum, Dengler, Frühsport können Sie später machen«, sagte Wittig in seinem Ohr.
Der Verkehr wurde nun dichter. Ein Lieferwagen kam vorbei. Dengler dachte, darin könnte die Geisel transportiert werden, doch der Sprinter fuhr in überhöhtem Tempo an ihm vorbei. Dengler griff zum wiederholten Male in die Hosentasche und befühlte den eiskalten Computerstick.
4.30 Uhr.
Zwei Wagen fuhren aus der Potsdamer Richtung über die Brücke, zwei Doppelscheinwerfer kamen ihm entgegen, dahinter das einzelne Licht eines Motorrads.
4.35 Uhr.
Keines der beiden Autos hielt neben ihm. Keines reduzierte die Geschwindigkeit. »Sie kommen nicht«, sagte Dengler.
Da hielt das Motorrad mit einer jähen Bremsbewegung neben ihm. Kiesel spritzten auf. Dengler registrierte: schwarze Yamaha, ein Fahrer, ein weiterer, etwas kleinerer Mann auf dem Rücksitz, beide schwarze Lederkleidung, schwarzer Helm, schwarze Handschuhe. Keine Aussicht, dass einer der beiden ein Haar, einen Hautpartikel oder irgendetwas anderes DNA-Verwertbares verlieren würde.
Der Mann auf dem Sozius winkte ihn herbei.
»Nicht vergessen. Geben Sie den Datenträger nicht aus der Hand«, hörte er Wittigs Stimme.
Georg Dengler zog den Stick aus seiner Hosentasche und zeigte ihn dem vermummten Mann auf dem Rücksitz. Der winkte ihn heran, nun mit einer deutlich ungeduldigen Handbewegung.
Sie sind nervös.
So wie er auch.

»Halten Sie ihn hin, Dengler«, sagte Wittig. »Wir wollen seine Stimme hören.«

»Wo ist Anna Hartmann?«, fragte Dengler. »Geht es ihr gut? Wir würden gerne ein Lebenszeichen von ihr sehen.«

Der Mann wiederholte seine Handbewegung, dringlicher. Er hatte nun einen kleinen Laptop aus einer Jackentasche gezogen.

»Wann kommt Frau Hartmann?«, fragte Dengler.

Der Mann steckte den Laptop zurück und klopfte dem Fahrer auf die Schulter. Das Motorrad erwachte mit einem tiefen Sound. Der Fahrer legte einen Gang ein.

»Okay«, rief Dengler. »Keine Panik.« Er hielt den Stick hoch.

Der Mann auf dem Rücksitz wollte danach greifen, aber Dengler schüttelte den Kopf. »Ich behalte das Ding in der Hand.«

Erneut kam der Laptop hervor, und der Mann hielt Dengler die Öffnung für den USB-Stick hin. Dengler steckte ihn hinein und hielt ihn fest.

Der Mann auf dem Rücksitz tippte, vorsichtig und umständlich wegen der Handschuhe, die ersten drei Buchstaben des Kennworts ein.

ilo

»Das Passwort kennen Sie ja«, sagte Dengler. »Das hat Ihnen Frau Hartmann sicher verraten.«

Der Mann auf dem Motorrad vertippte sich. Die schweren Motorradhandschuhe verdoppelten den Umfang seiner Finger. Es fiel ihm sichtlich schwer, die richtigen der kleinen Tasten zu treffen. Jetzt traf er zwei Buchstaben gleichzeitig.

Dengler überlegte kurz. Dann ließ er den Stick los, sagte: »Lassen Sie mich das machen. Sonst dauert das ewig«, und tippte mit dem Zeigefinger die fehlenden Buchstaben ein.

vepetros

Der Maskierte hob überrascht den Kopf, und Dengler starrte in das undurchdringlich schwarze Glas des Motorradhelms. Sofort senkte sich der Blick des Mannes wieder, und Dengler sah, wie

ein Text auf dem Bildschirm vorbeizog. Der Mann las, scrollte nach vorne, las, scrollte nach vorne und las weiter.
Die Zeit stand still.
Dann nickte der Mann.
Er griff in die Tasche der Hose, zog einen Stift hervor und markierte den Datenträger mit silberner Farbe. Dann eine kurze Kopfbewegung, Dengler zog den Stick heraus, die Maschine röhrte auf, der Fahrer gab Gas, das Motorrad wendete, fädelte sich hinter einem Golf ein und fuhr zurück über die Glienicker Brücke.

*

Der Verkehr auf der Brücke wuchs nun von Minute zu Minute an. Die meisten Fahrzeuge kamen aus der Potsdamer Richtung. Dengler erkannte die Überlegung der Entführer: Für die Polizei wurde es nun von Minute zu Minute schwieriger, eine Operation zu starten, ohne Unbeteiligte zu gefährden. Schlau gedacht, doch Dengler wusste, dass genügend Einsatzkräfte bereitstanden, die Straße vor und hinter den Tätern zu sperren. Sie würden nicht entkommen.
»Zwei Motorräder nähern sich auf der Bundesstraße 1«, hörte er Wittig sagen. »Auf dem zweiten sitzt eine weibliche Person auf dem Rücksitz. Ohne Helm. Blond. Das könnte die Entführte sein.«
»Distanz?«, fragte Dengler.
»Du wirst ihre Scheinwerfer in einer Minute sehen.«
5.27 Uhr.
Zeit ist eine merkwürdige Sache. Dengler war sich sicher, sie würde schnell vergehen, wenn die Entführer vor ihm standen. Doch jetzt zog sich diese verdammte Minute in die Länge, als bestände sie aus Kaugummi.
Er konzentrierte sich.
Er atmete tief ein.
Und langsam wieder aus.

Er beobachtete den Verkehr.
Ein Mercedes, dahinter ein Passat in Richtung Potsdam.
Die Rücklichter eines Lieferwagens in Richtung Berlin, davor ein Porsche. Ein fleißiger Banker, vielleicht. Falls es so etwas gibt.
Hohe Arschlochdichte in Potsdam, hatte Wittig gesagt.
Da sah er die Motorräder auf der anderen Seite der Brücke.
Sie fuhren langsam und versetzt.
Kein Fahrzeug hinter ihnen.
Hatte Wittig die Straße gesperrt?
Riskant, dachte Dengler.
»Sie kommen«, sagte Dengler.
»Wir sehen sie«, sagte es in seinem Ohr. »Bleib ruhig.«
»Ich bin ruhig«, sagte Dengler. »Hast du die Straße hinter ihnen gesperrt?«
»Mach dir keine Sorgen«, sagte Wittig.
Das erste Motorrad kam langsam auf ihn zu. Das zweite fuhr dicht dahinter. Auf dem Rücksitz des zweiten saß eine Frau. Dengler sah blonde Haare, doch die Frau hatte ihr Gesicht an den Rücken des Fahrers gedrückt. Er war sich nicht sicher, ob es Anna Hartmann war.
Beide Fahrer trugen Helme, Lederkleidung und Handschuhe.
Der erste Fahrer hob die Hand.
Ein Gruß?
Ein Entführer mit Stil und Manieren?
Oder zielte er mit einer Waffe?
Doch Dengler konnte weder Pistole noch ein Messer sehen.
»Ist die Frau auf dem zweiten Motorrad Anna Hartmann?«, fragte Wittig in seinem Ohr.
Die Frau auf dem Sozius hatte den Kopf gehoben. Ihr Gesicht war weiß, und die Gesichtszüge wirkten schlaff wie nach großer Anstrengung.
»Sie ist es«, sagte Dengler.
Der vordere Fahrer winkte ihm zu, und Dengler trat an das Motorrad. Der Mann zog die Handschuhe aus.

Er hinterlässt DNA-Spuren.
Auf dem zweiten Motorrad half der Fahrer Anna Hartmann beim Absteigen. Mit der rechten Hand hielt er sie an der Schulter fest.
Das war der kritische Punkt der ganzen Operation. Jetzt durfte nichts schiefgehen.
Dann ging alles ganz schnell.
Dengler reichte dem Mann den Stick. Er prüfte das Symbol mit der silbernen Farbe und schien zufrieden. Plötzlich hatte er einen Seitenschneider in der Tasche. Mit einer schnellen Bewegung zerschnitt er den Stick. Einmal. Und noch einmal.
Anna Hartmann kam mit unsicheren Schritten auf ihn zu. Dengler ging schnell zu ihr und legte schützend einen Arm um sie.
»Sie sind in Sicherheit«, sagte er.
Anna Hartmann nickte, und Dengler sah, wie sie einen Weinkrampf unterdrückte. Sie wollte vor ihren Entführern keine Schwäche zeigen. Langsam führte er sie zu der Auffahrt der Brücke.
Nur noch wenige Schritte, dann war sie wirklich in Sicherheit.
»Gut gemacht, Dengler«, klang es in seinem Ohr.
Da nahm der erste Fahrer den Helm ab.
Darunter kamen die langen blonden Locken eines fünfundzwanzigjährigen Mannes zum Vorschein.
Dengler blieb verblüfft stehen.
Der Mann lachte ihn an und zog langsam die Handschuhe aus.
Dengler stellte sich vor Anna Hartmann.
Der junge Mann lachte ihn an, schüttelte die blonden Locken und fragte: »Sag mal, bekommt man hier irgendwo einen vernünftigen Kaffee?«

78. Abtransport

Als Überraschung wird empfunden, wenn aktiv Erwartetes nicht eintritt und die Entwicklung stattdessen eine unerwartete Wendung nimmt. Das Gehirn benötigt dann eine spür- und messbare Zeit, um sich auf die neue Lage einzustellen. Bei Dengler dauerte dies länger als eine Sekunde.

Er stand immer noch schützend vor Anna Hartmann, während sein Gehirn versuchte, das Bild des lachenden, ahnungslosen jungen Mannes in die Gefahrensituation des Geiselaustauschs zu integrieren. Es scheiterte. Bevor der Zustand der Verwirrung eintrat, reagierte er professionell wie ein Polizist: Es galt, den Auftrag zu erfüllen; die Geisel schützen. Er schob Anna Hartmann von der Straße, deckte sie weiter mit seinem Körper. Dann waren plötzlich Uniformierte da, halfen ihm, bildeten einen Schutzwall von bewaffneten Körpern um die blonde Frau und geleiteten sie vorsichtig zu dem Polizeikombi, aus dem ein Arzt trat.

Gerettet.

Auch Wittig brauchte eine Sekunde, bevor er sich fasste und »Zugriff« brüllte. Männer rannten, Stiefel trommelten auf den Asphalt, heisere Befehle waren zu hören, ein überraschter Ausruf des blonden jungen Mannes, der plötzlich auf dem Boden lag. Drei Beamte hielten ihn, ein vierter knebelte seine Hände auf dem Rücken mit Kabelbinder, ein anderer zog eine schwarze Kapuze über seinen Kopf. Der Mann auf dem zweiten Motorrad wurde von der Maschine gezogen, die geräuschlos zur Seite fiel. Wenige einstudierte Griffe, dann lag auch er gefesselt auf dem Boden. Wie von Geisterhand herbeigezaubert, standen Polizisten auf der Brücke und stoppten den Verkehr. Ein schwarzer Kombi raste herbei. Die beiden auf dem Boden liegenden Männer wurden hineingeworfen. Blaulicht und Sirene, zwei dunkle Limousinen stoppten mit quietschenden Reifen, und dann raste der Konvoi davon.

Dengler atmete auf.
Alles war gut gegangen.
Erstaunlich gut gegangen.
Das Adrenalin wich langsam aus seinem Körper. Er spürte, wie Müdigkeit unaufhaltsam und rücksichtslos von den Beinen aufwärtskroch, seinen Bauch ergriff und in den Kopf aufstieg. Wie durch einen Schleier sah er Petros die Tür eines zivilen Polizeiwagens aufstoßen. Der Grieche rannte in großen Sprüngen zu dem Wagen, zu dem Anna Hartmann gebracht worden war. Zwei Uniformierte stoppten ihn, und Dengler sah, wie er erregt auf die Polizisten einredete. Einer der Beamten schüttelte den Kopf, und Petros fuchtelte daraufhin mit den Armen vor den beiden jungen Polizisten hin und her.
»Wittig, hören Sie mich noch?«, fragte Dengler in das Mikrofon unter seinem Kragen.
»Ich höre, Dengler. Vielen Dank übrigens. Sie haben die Sache professionell durchgezogen.«
Man war jetzt wieder beim »Sie« angelangt. Dengler war es recht.
»Hören Sie: Der Freund von Anna Hartmann steht vor dem Wagen mit dem Arzt. Zwei Ihrer Kollegen wollen ihn nicht zu ihr lassen. Die Situation eskaliert.«
»Ich kümmere mich.«
Dengler sah, wie einer der beiden Polizisten die Hand hob. Er sprach ein paar Worte in sein Brustmikrofon, dann traten sie zurück und führten Petros zu dem Wagen. Einer von ihnen rief etwas, dann zog er die Wagentür auf. Anna Hartmann saß auf der Bank, blass und schlaff, das blonde Haar hing ihr strähnig vom Kopf. Am linken Oberarm pulsierte die Manschette eines Blutdruckmessgerätes. Der Arzt saß ihr gegenüber, den Blick fest auf das Display des Gerätes gerichtet. Als sie Petros sah, weiteten sich ihre Augen. Spannung erfasste ihren Körper. Sie riss die Arme hoch, dem Arzt wurde die Anzeige des Blutdruckmessers aus der Hand gefegt. Petros kletterte auf den Sitz neben ihr. Dann lagen sie sich in den Armen. Dengler hörte ein lang gezogenes Schluch-

zen, und er wusste nicht, von wem. Einer der beiden Polizisten schloss vorsichtig die Tür.
Autos überquerten nun die Brücke, als sei nichts geschehen. Es wurde heller. Ein düsterer Tag würde es werden, aber Dengler war dankbar für jedes Quäntchen Licht, dem es gelang, sich durch die geschlossene Wolkendecke zu kämpfen.
Er rief Olga an. »Alles gut gegangen. Anna Hartmann ist frei. Im Augenblick wird sie ärztlich betreut. Sie scheint in halbwegs guter Verfassung zu sein. Zwei Entführer wurden festgenommen.«
»Und du?«
»Ich bin müde. Schrecklich müde. Aber das ist alles.«
Er hörte eine Lautsprecherdurchsage an die Bewohner der umliegenden Häuser. »Dies ist ein Polizeieinsatz. Bitte bleiben Sie in Ihren Wohnungen.«
Ein Techniker der Berliner Polizei stand neben ihm und entfernte vorsichtig den Kopfhörer aus seinem Ohr und zog das Mikro vom Hemdkragen. Dann ging Dengler zu seinem Wagen und setzte sich hinter das Steuer. Er legte die Arme aufs Lenkrad, den Kopf auf die Arme, schloss die Augen und schlief ein.
Er schreckte auf, als jemand an seine Scheibe klopfte. Petros.
»Kann ich mit dir fahren?«
Dengler nickte verwundert. Wieso war er nicht bei Anna geblieben? Er rieb sich die Augen. Ohne Erfolg; die Müdigkeit blieb. Vor ihm fuhren die Polizeiwagen an. Sie formierten sich zu einem Konvoi. Der Kombi mit Anna Hartmann und dem Arzt fuhr in der Mitte. Davor und dahinter sah er die zivilen BMW mit den Beamten des Sondereinsatzkommandos. Er nickt Petros zu und öffnete ihm die Beifahrertür.
»Ich bin so froh«, sagte Petros und ließ sich in den Sitz fallen.
Dengler hängte sich an das Ende des Konvois. Sofort setzte sich einer der dunklen BMW hinter ihn. Der vorderste Wagen schaltete das Blaulicht ein, die Kolonne bog auf die Straße ein und fuhr geschlossen über die Glienicker Brücke.
Denglers Handy klingelte. Wittig.

»Die beiden Burschen auf den Motorrädern – wollen Sie wissen, wer die sind?«
Eine rhetorische Frage. Dengler schwieg und wartete.
»Zwei Motorradkuriere«, fuhr Wittig fort. »Wir haben sie identifiziert. Sie haben einen Auftrag bekommen. Jemand hat ihnen eine abstruse Story erzählt. Sie sollten einen Stick mit Nacktbildern zerstören und dann erst die Frau absteigen lassen. Das Ganze sei ein Beziehungskonflikt, hat man ihnen erzählt. Ein sattes Honorar half ihnen, nicht genau nachzufragen. Die beiden sind harmlos. Wie Sie und ich.«
»Können sie die Auftraggeber beschreiben?«
»Die stehen noch unter Schock wegen ihrer Festnahme. Traf sie unvorbereitet. Aber die Kollegen sind dran.«
Links erschien ein Park mit einem kleinen Schloss. Dann fuhren sie durch einen Wald. Bäume säumten traurig und kahl ihren Weg.
Die Täter hatten alles bedacht. Der Austausch war präzise geplant. Und doch: Jetzt war die Geisel in der Hand der Polizei. Das bedeutete: Für die Entführer war die Gefahr nicht vorbei. Im Gegenteil: Jetzt würde Anna Hartmann aussagen. Die Gefahr für die Täter war größer als zuvor.
Und damit auch für Anna Hartmann.
Dengler schaute in den Rückspiegel.
Nichts Auffälliges.
Fließender dichter Verkehr.
Niemand setzte zum Überholen an.
Kein Motorrad zu sehen.
Ruhig fließender Gegenverkehr.
»Ist Anna in dem Kombi bei dem Arzt?«, fragte er Petros.
»Die erste Untersuchung ist abgeschlossen. Sie hat alles verhältnismäßig gut überstanden.«
»Und warum bist du nicht bei ihr?«
Petros antwortete nicht, sondern sah stur geradeaus. Er schien in seiner eigenen Gedankenwelt gefangen. Dengler wollte ihn dabei

nicht stören, also starrte er auf die Straße. Vor ihm waren zwei Wagen, ein ziviler Einsatzwagen und ein Streifenwagen mit Blaulicht. Davor fuhr der Kombi mit Anna Hartmann und dem Arzt.
Alles ruhig.
Zu ruhig.
Im Rückspiegel sah er keine Auffälligkeit.
Wenn Anna Hartmann im Keller des LKA aus dem Kombi stieg, war sie sicher.
Die Gefahr bestand jetzt.
Hier. Auf dieser Straße.
Er sah wieder und wieder in den Rückspiegel, beobachtete die entgegenkommenden Autos.
Nichts.
Keine Besonderheit.
Der Schatten eines Bussards flog über ihm. Das Tier flog schneller als der Konvoi und überholte ihn. Es war jetzt über dem Wagen vor ihm. Dengler gähnte.
Ein Bussard?
Dengler kniff die Augen zusammen und beugte sich nach vorne, um besser sehen zu können.
Es war kein Bussard.
Es war eine fliegende Untertasse. Grau und länglich.
Durchmesser einen halben Meter.
Eine Halluzination.
Er hätte besser Petros ans Steuer gelassen
Dengler ließ die Scheibe herunter. Die kalte Luft traf ihn wie ein Schlag. Er atmete ein und wurde wacher.
Die Erscheinung war verschwunden.
Er musste dringend ausschlafen.
Er sehnte sich nach Olga.
Er sehnte sich nach Petra Wolff.
Er sehnte sich nach Schlaf.
Er sehnte sich danach, dass alles vorbei war.
Es war nicht vorbei.

Er sah, wie sich der graue Schatten zwei Wagen vor ihm neben den Kombi von Anna Hartmann und dem Arzt senkte.
Tiefer ging.
Die richtige Höhe suchte.
Die optimale Schussposition.
Dengler riss das Lenkrad herum, zog nach links und gab Gas. Mit der rechten Hand drückte er die Wiederholfunktion des Telefons.
Petros neben ihm schrie irgendetwas. Griff ins Lenkrad.
Dengler schlug ihm den Ellbogen ins Gesicht, ohne den Blick von der Straße zu nehmen.
Das entgegenkommende Fahrzeug blendete auf, als Dengler ausscherte.
Dauerhupen.
Der Fahrer wich aus.
Das zweite Auto hupte panisch.
Dengler drückte den Audi vorbei.
Es knallte.
Der linke Außenspiegel fehlte.
Er überholte den zivilen BMW vor ihm.
Das Handy fiepte die Wähltöne.
Der schwarze Schatten flog nun auf einem Meter Höhe neben dem Kombi her.
Auf der Höhe des Sitzes von Anna Hartmann.
Er musste das Gerät rammen.
Dengler drückte das Gaspedal bis zum Anschlag durch.
»Wittig. Was gibt's?«, meldete sich das Handy.
»Eine Drohne! Direkt neben dem Kombi mit Anna Hartmann.«
In diesem Augenblick schoss die Drohne eine Salve auf die Tür des Kombis. Sie riss große schwarze Löcher in die Seitentür. Das trockene Rattern klang hässlich. Der Kombi schlingerte. Der Fahrer steuerte gegen den Druck der Geschosse und stabilisierte den Wagen. Die Drohne hob sich, bevor Denglers Audi sie erreichte. Sie flog nun direkt über dem Kombi und feuerte eine Salve ins Dach. Neben ihm schrie Petros. Wittig brüllte Befehle aus

dem Chaos. Die Drohne flog eine elegante Kurve und setzte sich genau vor Denglers Windschutzscheibe. Die Öffnung eines Rohres starrte ihn kalt an. Der Gegenverkehr versperrte das Ausbrechen auf die andere Fahrbahn, rechts von ihm fuhr der Streifenwagen mit den gestikulierenden uniformierten Polizisten.
Die Zeit verlangsamte sich.
Über dem Mündungsrohr blitzte blaustichig das Glas einer Kamera.
Dengler fühlte, wie der Mann an dem Monitor zielte.
Auf ihn.
Mit beiden Händen lenkte er den Audi nach rechts.
Der rechte Fuß bremste.
Petros schrie.
Der Audi platschte mit der Breitseite gegen den Streifenwagen.
Der Fahrer drehte sich im Zeitlupentempo zu ihm um, den Mund weit geöffnet.
Blech an Blech.
Funken.
Denglers Audi drückte den Streifenwagen nach rechts.
Zu spät.
Er sah das Aufblitzen des Mündungsfeuers. Er wurde in den Sitz zurückgerissen.
Er spürte kalte Fahrtluft.
Kein Schmerz.
Keine Hand mehr am Lenkrad.
Der Audi drehte sich um die eigene Achse.
Ein entgegenkommender Passat rammte sich in die Motorhaube.
Der Audi erhob sich, als ob er fliegen wollte, und drehte sich in der Luft.
Der Airbag sprang ihm ins Gesicht.
Alles drehte sich.
Von ferne hörte er eine Geschossgarbe. Dann nichts mehr.

79. Wunden

Georg Dengler sah durch das Fenster eines Zwei-Personen-Krankenzimmers im Stuttgarter Marienhospital, wie die Tage länger und wärmer wurden. Olga und Petra Wolff schoben nachmittags sein Bett vors Fenster und stopften Kopfkissen unter seinen Rücken, damit er aufrecht sitzend den stoischen Schneeglöckchen und den mutigen Krokussen zusehen konnte, die in den Gärten drüben am Schimmelhüttenweg bessere Zeiten ankündigten. Die frühe Zeit in diesem Jahr war trüb, doch trotz Dauerregen, Nebel und Kälte ließ der Frühling die Blätter an den Bäumen sprießen und trieb unerschrocken die gelben Osterglocken aus dem winterkalten Boden.

In der Charité hatten ihm die Ärzte in einer sechsstündigen Operation fünf Geschosse aus der Brust gezogen. Das linke Bein war zweimal gebrochen, einmal mit einem komplizierten Trümmerbruch. Er war in ein künstliches Koma versetzt worden, und als sein Bewusstsein sich langsam aus dem Schlick des Schwebezustands zwischen Leben und Tod herauswand, wusste er nichts mehr; nicht einmal mehr seinen eigenen Namen. Seine Zunge tastete sich durch die pelzige Mundhöhle, rieb sich erstaunt an jedem Zahn. Diese Erkundung erschöpfte ihn so sehr, dass er in tiefen Schlaf verfiel. Als er erneut erwachte, wagte er nicht die Augen zu öffnen, zu sehr quälte ihn das helle Tageslicht durch die geschlossenen Lider. Eine weiche Hand strich ihm über die Stirn, und jemand küsste seinen Wangenknochen.

»Er ist wieder bei uns«, hörte er eine weibliche Stimme sagen. Vorsichtig öffnete er die Augen und blinzelte ins Leben.

Die Ärzte, die Pflegerinnen, Olga, sogar Petra Wolff, jeder sagte ihm, er habe Glück gehabt. Dengler war sich dessen nicht so sicher. Dabei empfand er nichts außer Schmerz und Trauer; Glück war mit Sicherheit nicht dabei. Am Tatort war genügend me-

dizinisches Personal gewesen. Sie hatten das Blut gestoppt. Ein Hubschrauber flog ihn in die Charité. Dort blieb er vier Wochen, bevor Olga dafür sorgte, dass er zu weiteren Operationen nach Stuttgart ins Marienhospital verlegt wurde.
Sobald er wieder feste Nahrung schlucken konnte, erschien Mario mit Töpfen und Pfannen, Tellern, Messern, Löffeln, Gabeln und Geschirr. Die Pflegerinnen der chirurgischen Station erlaubten ihm, den Herd im Schwesternzimmer zu benutzen, und bald zogen die herrlichsten Bratendüfte durch den Stock und lockten andere Patienten schnüffelnd auf die Flure. Dengler hatte zwölf Kilo Gewicht verloren, und Marios Ehrgeiz bestand darin, ihm dieses Gewicht wieder anzufüttern.
Ein Stapel Zeitungen lag auf dem Krankentisch. Er wuchs von Tag zu Tag, doch er schlug keine auf. Anna Hartmann war tot. Er hatte sie nicht gerettet.
Er hatte versagt.
Ihr Tod war seine Schuld.
Ein Psychologe setzte sich zu ihm ans Krankenbett und erklärte ihm, dass Depression und Schuldgefühle in seiner Situation ganz normal seien. Er fragte ihn, ob er Wut auf sich selbst empfinde. Dengler schüttelte den Kopf. Er fühlte sich leer und gefühllos, eher tot als lebendig, viel zu schwach, um Wut zu empfinden. Die Probleme und Fragen dieses Mannes kamen aus einer Welt, die weit hinter seinem Horizont lag. Dengler versuchte das Anliegen des Psychologen zu verstehen, und er wollte ihm gerne helfen. Doch es gelang ihm nicht. Nach einer halben Minute glitt er zurück in seine trauernde Innenwelt. Die Probleme dieses Mannes überforderten ihn und machten ihn süchtig nach Schlaf. Dengler schloss die Augen, und hörte, wie der Psychologe leise den Stuhl zurückschob und die Tür hinter sich schloss.
Sein Glück war Olga. Sie saß an seinem Bett, wenn er aufwachte. Sie war bei ihm, wenn er abrupt mit ängstlich aufgerissenen Augen aus einem ohnmachtsähnlichen Schlaf aufschreckte. Oft war das sanfte Gewicht ihrer Hand das Erste, was er fühlte. Er griff

dann fester zu, obwohl er so wenig Kraft hatte, dass er kaum ein Zucken in Olgas Hand bemerken konnte. Doch er spürte, dass aus ihrer Hand Energie floss, mehr noch, dass Olgas Wärme die wichtigste Kraftquelle war, die er brauchte.

Petra Wolff saß an seinem Bett. Bedeutete Olga für ihn Wärme und wohlmeinende Kraft, so leuchtete Petra Wolff wie helles Licht. Es blendete ihn. Ihre Stimme war heller, ihre Worte zahlreicher, manchmal waren es so viele, dass es Dengler nicht gelang, sie in der richtigen Reihenfolge zu verstehen. Er übersprang beim Zuhören einzelne Wörter und versuchte sich den Sinn aus dem Rest ihrer Rede zu erschließen. Sie erzählte ihm, er brauche sich keine Sorgen um die Firma zu machen. Sie habe mit Schuster telefoniert und gesalzene Rechnungen nach Berlin geschickt. Nur Tage später sei das Geld da gewesen. Dengler hörte ihr zu. Er nickte. Diese Dinge schienen ihr wichtig. Das Konto sei in guter Verfassung.

»Im Gegensatz zu dir«, sagte sie.

Oft wachte er mitten in der Nacht auf, meist um vier Uhr. Ein älterer Mann lag im Nebenbett und schnarchte. Dengler lauschte den oktavenstürmenden Orgeltönen und den Atemaussetzern, dem Schmatzen und den Pfeiftönen, die bei jedem Ausatmen eigenartige Melodien erzeugten. Doch sobald das Konzert endete und der Mann ruhig dalag, startete in seinem Kopf immer der gleiche Film. Das blau schimmernde Objektiv der Drohnenkamera starrte ihn an. Unerbittlich. Mitleidslos. Bereit, ihn zu töten.

Jakob und Laura saßen an seinem Bett.

»Wir fahren nach Hamburg«, sagten sie. Er hörte einzelne Worte und verstand sie nicht. G20. Protest. So kann alles nicht weitergehen. Er sah ihren Ernst. Ihre Freude. Er lächelte. Und Jakob küsste ihn. Mit Tränen in den Augen. Warum weinte der Junge bloß?

Weber und Joppich besuchten ihn zusammen mit einem sorgenvoll die Stirn runzelnden Arzt. Die beiden Polizisten blieben in der Nähe der Tür stehen, traten merkwürdig scheu an sein Bett

und zogen sich in gespielter Entschlossenheit zwei Stühle vom kleinen Esstisch heran.
»Nicht länger als zehn Minuten«, flüsterte der Arzt und zog die Tür hinter sich zu.
Sie fragten ihn nach der Kamera und anderen Dingen, die ihn nicht interessierten. Sie zeigten ihm das Foto eines Mannes, den er nicht kannte. Er sah ihre besorgten Gesichter, ihre angespannten Mienen und die Enttäuschung in ihren Augen, als der Arzt sie von den Stühlen zog und zur Tür hinausschob.
Olga kam wieder ins Zimmer. Sie nahm seine Hand, und erleichtert schloss er die Augen. Alle wollten etwas von ihm. Alle luden ihre Sorgen bei ihm ab, doch er konnte ihnen nicht helfen, weil er ihre Probleme nicht verstand und ihn nichts mehr berührte. Er wehrte sich, indem er eine große weiße Nebelwand zwischen sich und sie senkte, in der ihre Worte in Watte verpackt wurden, die dunkel und unverständlich den Weg in sein Ohr suchten.
»Hast du gehört, was die beiden gesagt haben?«, fragte Olga.
Dengler sah sie an.
»Sie haben den Mann festgenommen, der die Drohne gesteuert hat.«
Sie betrachtete ihn. In seiner Brust rührte sich nichts.
»Es war eine russische Kampfdrohne. Aus der Ostukraine. Nach Berlin geschmuggelt.«
Er war müde.
Er fürchtete sich vor dem Film, den er sehen würde, sobald er die Augen schloss.
»Ein ehemaliger Soldat aus Tschetschenien hat sie gesteuert.«
Dengler spürte die Wärme ihrer Hand.
»Er hat einen Auftrag ausgeführt. Weber und Joppich wollen herausfinden, von wem.«
Er schlief ein und sah in das unerbittliche blaue Auge.
Der Arzt sagte, es sei Zeit, dass er sich bewege. Olga und Petra Wolff stützten ihn. Er schaffte es bis zur Tür. Zurück ins Bett schoben sie ihn in einem Rollstuhl. Am nächsten Tag schaffte er

es keuchend bis in den Flur. Drei Tage später konnte er den Weg sogar zurückgehen. Er dehnte den Radius bis in die Mitte des Flures aus, dann bis an das Ende des Flures.
Zwei Wochen später schaffte er sogar den Weg zurück ins Bett.
Er war stolz.
Ein gutes Gefühl. Ein neues Gefühl.
Das erste positive Gefühl seit Langem.
Dem Stolz folgte der Ehrgeiz.
Drei Tage später konnte er mit Olgas Unterstützung bis zum Treppenhaus gehen, die Tür aufziehen und fünf Stufen hinauf- und fünf Stufen hinunterklettern, wenn er sich mit einer Hand am Geländer festhielt. Nach vierzehn Tagen schaffte er die Hälfte des Treppenhauses, dann den ganzen Treppenabschnitt.
Es gab Rückschläge.
Als er sich zum ersten Mal alleine in den Flur schleppte, stürzte er der Länge nach auf den Boden. Zwei Pflegerinnen eilten herbei und hoben ihn hoch, doch außer einigen blauen Flecken und einer Portion Scham blieben keine Schäden.
Am nächsten Tag, als kein Pfleger im Zimmer war, schwang er erneut die Bettdecke zur Seite.
Es wurde Frühsommer, bis er sich wieder aus eigener Kraft bewegen konnte. Sie gaben ihm zwei Krücken, und es dauerte einige Wochen Übung, bis er seine Bizepsmuskeln so weit trainiert hatte, dass er mit den Krücken Kraft genug hatte, sein eigenes Gewicht zu stützen. Er war dünn geworden in den letzten drei Monaten. Dünn und kraftlos. Wenn er in den Spiegel sah, blickte ihm ein ausgemergeltes Gesicht entgegen, unrasiert und fremd.
Draußen schien die Sonne, und auf dem Marktplatz verkauften die Bauern Spargel und Erdbeeren, als Olga ihn aus dem Krankenhaus abholte. Sie half ihm die Treppe hinauf in seine Wohnung. Bunte Sommerblumen standen auf dem Tisch, und die blaue Madonna trug einen geflochtenen Kranz von Gänseblümchen.
Er war zu Hause.

Und doch … Er kannte jede Ecke seiner Wohnung und fühlte sich trotzdem fremd.
Jeden Morgen fuhr er mit U- und S-Bahn in den Stuttgarter Westen zu einem Reha-Zentrum. Er strampelte auf einem Crosstrainer zehn Minuten und rang danach um Luft, als wäre er einen Marathon gelaufen. Er balancierte auf einem Balken, um den Gleichgewichtssinn wiederzufinden. Er kniete auf einer Matte und streckte einen Arm und ein Bein vom Körper. Alles fiel ihm schwer. Vor allem der linke Arm und die linke Hand widersetzten sich seinen Befehlen und fühlten sich fremd an, als seien sie nur mit einigen losen Fäden an seinem Rumpf befestigt.
Er fand einen Mitpatienten, einen hässlichen alten Kerl, mit dem er Tischtennis spielte, sooft sein Reha-Plan die kleinste Lücke aufwies.
Der Sommer kam plötzlich, und eine Hitzewelle suchte die Stadt heim. Im Bohnenviertel stieg die Temperatur auf nahezu vierzig Grad. Olga zog die Gardinen vor, doch damit ließ sich die drückend heiße Luft nicht draußen halten. Jakob stützte ihn, als sie ins Brenner gingen. Sie saßen im Schatten, und sein Sohn erzählte ihm aufgeregt von der Demonstration in Hamburg, die Polizei habe den Zug angegriffen.
»Aber ich war nicht vermummt«, sagte er.
»Dir ist nichts geschehen?«, fragte Dengler und sah wieder die Drohne über sich.
»Nur ein bisschen Tränengas«, sagte Jakob.
»Du hast nicht geplündert, nichts zerdeppert?«
»Du weißt doch, ich bin genauso ein legaler Depp wie du.«
»Das wusste ich nicht.«
Irgendwann war es unausweichlich.
Olga hatte den unberührten Stapel Zeitungen aus dem Krankenhaus mitgenommen und auf den kleinen Tisch in seinem Büro gelegt. Petra Wolff knallte ihn ihm eines Tages auf den Schreibtisch.
»Es ist Zeit, dass du wieder ins Leben zurückkommst.«
»Leert sich unser Konto?«
»Für mein Gehalt reicht es noch eine Weile.«

»Was machst du eigentlich tagein, tagaus?«
»Weiterbildung.«
»Weiterbildung?«
»Olga zeigt mir verschiedene Dinge.«
»Du meine Güte, zwei Hackerinnen in einem Büro!«
»Nicht schlecht, nicht wahr?«
Er nahm die *Frankfurter Sonntagszeitung* vom Stapel und las einen langen Bericht. Der Angriff mit einer militärischen Kampfdrohne sei eine neue Qualität der organisierten Kriminalität. Banden aus Tschetschenien betrieben seit Langem ein schwungvolles Geschäft mit dem Erpressen von Lösegeld. Oft würden sie ihre Geiseln töten, nachdem sie abkassiert hätten, um eine spätere Identifizierung durch die Opfer zu vermeiden. Durch den Krieg im Osten der Ukraine sei eine Menge militärischer Waffen im Umlauf, die diese Banden aufkaufen würden: Maschinenpistolen, Handgranaten, Panzerfäuste und eben auch Drohnen. Nun operierten diese Kriminellen offenbar auch in Berlin. Die Politik müsse darauf reagieren und schärfere …
Dengler legte die Zeitung zur Seite.
Andere Blätter berichteten von dem Fahndungserfolg der Berliner Polizei. Der Pilot der Drohne war gefasst worden, offenbar nach einem anonymen Hinweis. Auf YouTube sah Dengler sich die Pressekonferenz des Innensenators an, der sichtlich stolz auf diesen Erfolg war.
»Noch schweigt der Festgenommene«, sagte der Senator, »doch wir akzeptieren keine Mauer des Schweigens.«
Wittig, der neben ihm saß, schilderte noch einmal den Angriff mit der Drohne, die Tötung von Anna Hartmann und des Arztes. Er erklärte, eine »Zivilperson« sei ebenfalls »schwer verletzt« worden, aber außer Lebensgefahr. In einem Nebensatz äußerte er die Vermutung, der Täter kenne seine Auftraggeber möglicherweise nicht.
Dengler las den *Tagesspiegel*, die *Süddeutsche Zeitung*, die *tageszeitung*, den *Spiegel*. Dann warf er den Stapel in den Papierkorb.

Es war vorbei.
Der Haupttäter saß im Moabiter Knast. Einige Mittäter und die Auftraggeber waren noch unbekannt. Sie wurden in den Weiten der früheren Sowjetunion vermutet. Nach ihnen wurde weiterhin gesucht. Die russische Regierung sicherte ihre Unterstützung zu. Doch im Kern galt der Fall als ausermittelt.

*

Dengler las keine Zeitungen mehr und schaltete den Fernseher nicht mehr ein. Petra Wolff wurde sein Fenster zur Welt.
»Ich war ja immer so ein bisschen SPD«, sagte sie. »Was die für die normalen Leute tun und so, find ich gut. Doch jetzt war der fiese Gerhard Schröder Starredner auf dem Parteitag. Der die sozialen Sicherungen für Leute wie mich niedergetrampelt hat, Leute, die in einer wirtschaftlich unsicheren Kleinstfirma arbeiten wie der Detektei Dengler. Ich hätte den Schulz gewählt. Aber jetzt? Fast hätte ich Lust, aus Protest in den Laden einzutreten.«
Dengler lächelte. Sie sah hinreißend aus in ihrer Empörung.
»Außerdem, stell dir vor: Ein Gericht hat Fahrverbote für Dieselfahrzeuge angedroht. Wir leben in einer merkwürdigen Stadt: Stuttgart ist nun gleichzeitig berühmt für die Kehrwoche und als schmutzigste Stadt Deutschlands. Die Feinstaubhölle am Neckartor kennt nun jeder. Bald eine Touristenattraktion. Nur mit Gasmaske zu betreten.«
Ihre Augen glänzend vor Wut.
Wunderschön.
Erstaunlicherweise häuften sich trotz seines Versagens in diesem Fall die Anfragen. Ein Millionär aus Essen bat ihn, seine verschwundene Frau zu suchen. Eine reiche türkische Familie fragte, ob er ihren Sohn aus den Klauen des IS befreien könne. Eine Maschinenbaufirma wollte ihren Konkurrenten überwachen lassen, der angeblich die Patente der Firma gestohlen habe. Drei

Mütter und ein Vater fragten, ob er ihre Kinder wiederbeschaffen könne, die von dem anderen Elternteil ins Ausland gebracht worden seien.

»Wie ist der Kontostand?«, fragte er Petra Wolff.

»Famos«, antwortete sie. »Du kannst mich noch ein Jahr lang bezahlen.«

»Lehn alle Angebote ab.«

»Diesen Termin auch?«, fragte sie und schob ihm eine Einladungskarte über den Tisch. Der neue Bundespräsident machte seinen Antrittsbesuch in Baden-Württemberg und hielt eine Rede im Neuen Schloss.

»Willst du da hingehen?«, fragte sie und hob die Karte mit zwei Fingern über den Papierkorb. »Hast du wahrscheinlich deinem Freund Schuster aus Berlin zu verdanken?«

»Nur, wenn du mitkommst.«

»Nur, wenn das eine dienstliche Anweisung ist.«

»Das ist eine dienstliche Anweisung.«

Sie rollte die Augen über diese Zumutung. »Dann melde ich uns an. Man muss die Personalausweisnummer angeben. Sicherheitsüberprüfung. Dein Sohn und Laura dürfen da wahrscheinlich nicht hin.«

»Wir beide schon.«

Eine Reihe von Sommerkonzerten erleichterte das Leben in der von Hitze und Feinstaub geplagten Stadt. Dengler und Olga besuchten an einem warmen Sommerabend das Konzert von Buddy Guy vor der Kulisse des Stuttgarter Schlosses. Olga hatte aus Rücksicht auf Dengler Karten für die Tribüne gekauft, und von dort sahen sie den Auftritt von Steve Winwood, der das Vorprogramm mit alten Hits aus seiner Zeit bei der *Spencer Davis Group* und *Traffic* bestritt. Doch in der Umbaupause hielt es Dengler nicht länger an seinem Platz. Er nahm Olga an der Hand und zog sie hinunter zu den Stehplätzen direkt vor der Bühne. Sie mogelten sich durch die Fans und irgendwie schafften sie es bis in die zweite Reihe, mit ungehinderter Sicht genau vor das Mikrofon des Künstlers.

Buddy Guy eröffnete mit *Damn Right, I've Got The Blues.* Vom ersten Ton an wusste Dengler, etwas verändert sich. Er konnte es nicht in Worte fassen, aber das war auch nicht notwendig.

I can't win, cause I don't have a thing to lose

Ich kann nicht gewinnen, denn ich habe nichts zu verlieren. Ging es ihm nicht genauso? Bürdet sich der Bluesmusiker nicht die Sorgen der Zuhörer auf die Schultern, besingt er nicht sein Unglück, damit die Zuhörer ihres vergessen – zumindest für die Dauer eines Konzertes? Tatsächlich, Dengler fühlte, wie es ihm bei jedem Song leichter wurde. Er sah zu Olga, die gebannt den Riffs und Soli des Ausnahmegitarristen zuhörte. Wie schön sie aussah! Warum fiel ihm das jetzt erst wieder auf?

Jetzt stimmte Guy mit einer schnellen Akkordfolge *The first time I met the blues* an.

Das Publikum kannte den Text und sang mit, Dengler auch, lauthals.

So leicht hatte er sich schon lange nicht mehr gefühlt, und so fühlte er sich noch, als er mit Olga im Arm den Schlossplatz verließ und hinüber zum Charlottenplatz lief. So war es noch, als sie eng umschlungen durchs Bohnenviertel liefen. Und so war es, als sie in unausgesprochenem Einverständnis in die oberste Etage zu Olgas Wohnung gingen.

Als er später schweißnass und erschöpft neben ihr lag und ihre schlafende Schönheit betrachtete, wusste er, dass er in dieser Nacht nicht von dem blauen Objektiv träumen würde. Und als der Schlaf ihn zudeckte, sah er tatsächlich nur eine geschwungene Oberlippe, und für einen Moment wusste er nicht, ob sie zu Olga oder Petra Wolff gehörte.

80. Anfrage

Wenn das Gesicht tatsächlich die Seele des Körpers ist, wie Ludwig Wittgenstein es behauptete, dann stand es um die Seelen des Ehepaars Hartmann schlecht.

Frau Hartmanns Gesicht sah fahl aus, fahl und gelblich. Ihre Augenringe wirkten dreidimensional, wie aus dem Fleisch herausgepresst, und zeugten von vielem und lang anhaltendem Weinen. Ein dunkler Hautfleck, eine Pigmentstörung, die vor einigen Monaten, als Dengler sie in München besucht hatte, noch nicht zu sehen war, hatte sich unter dem rechten Auge festgesetzt, und ihr Handrücken war übersät davon. Sie blickte über den Tisch zu Dengler hinüber, aber er war sich nicht sicher, ob sie ihn sah, denn ihm schien, als würde sie durch ihn hindurchsehen. Ihr Oberlid hing deutlich herab. Ihr Gesicht strahlte nicht mehr den attraktiven oliven Glanz aus, wie ihn Dengler in Erinnerung hatte. Jetzt war alles an ihr herunterhängend und schlaff, die Mundwinkel, die Augenbrauen, die Schultern, die ganze Erscheinung.

Ihr Mann saß neben ihr und hustete. Für einen Moment zeigte er gelbstichige Zähne. Die extrem tief sitzenden, quer verlaufenden Stirnfalten und zwei längs verlaufende Zornesfalten hatten bei ihrem letzten Treffen noch nicht sein Gesicht zerfurcht. Auch die müden Bewegungen, die Hamsterbacken und die schweren Tränensäcke waren neu und zeugten von einer Zeit schwerer Trauer.

Jürgen Hartmann hatte Dengler vor drei Tagen angerufen und ihn um ein Gespräch gebeten. Er und seine Frau seien ohnehin zu einem Besuch in der Nähe von Stuttgart, und er wolle den Privatermittler treffen, der seine Tochter zuletzt gesehen hatte.

Nun saßen sie sich im *Basta* gegenüber.

»Sie sehen mitgenommen aus«, sagte Jürgen Hartmann.

Dengler nickte. »Wir hatten alle eine schwere Zeit.«

»Es ist wider die Natur, wenn ein Kind vor den Eltern stirbt. Es gibt kein größeres Leid.«

»Ich konnte Ihre Tochter nicht retten. Es tut mir leid. Ich hätte gerne …«

Er sah das blaue Licht der Drohnenkamera vor sich und schwieg.

»Niemand macht Ihnen Vorwürfe. Wir beide jedenfalls nicht. Wir haben in den Zeitungen gelesen, Sie wurden schwer verletzt. Die Mörder unserer Tochter wollten auch Sie umbringen. Sie haben es nicht geschafft. Wir sind sehr froh, dass Sie leben.«

»Es war knapp.«

»Der Mörder sitzt in Berlin. Wir erwägen, zu der Gerichtsverhandlung zu fahren.«

Obwohl diese beiden Sätze eine Aussage waren, klang etwas Fragendes mit. Dengler sah den Mann an.

»Wir verstehen noch immer nicht, warum unsere Tochter sterben musste. Es macht uns verrückt.«

Kalliope Hartmann griff plötzlich nach Denglers Arm. »Richtig verrückt, nicht nur so eine Redensart. Wir gehen vor die Hunde. Wir reden über nichts anderes mehr. Warum, warum, warum. Wir suchen einen Sinn und finden ihn nicht. Wir reiben uns gegenseitig auf.«

Die Feuchtigkeit in ihrem linken Auge schwoll zu einer Träne heran. Dengler sah zu, wie sie größer wurde. Frau Hartmann ließ seinen Arm wieder los. Die Träne floss die Wange hinab und verlor sich in ihrem Mundwinkel.

»Wir wissen nicht, wer dem Mörder den Auftrag gegeben hat«, sagte Jürgen Hartmann. »Wir müssen es aber wissen. Tschetschenen! Das ergibt doch keinen Sinn. Unsere Tochter beschäftigte sich mit Griechenland. Nur damit. Nicht mit Tschetschenien. Irgendetwas stimmt doch nicht. Es bringt uns um.«

»Die Berliner Polizei geht davon aus, dass der Mann seine Auftraggeber nicht kannte. Er bekam eine erste Anzahlung. 10.000 Euro. Dann ließ ihn der Auftraggeber hochgehen. Er warf ihn den Ermittlern zum Fraß vor, damit die Politiker sich mit einem Erfolg schmücken können. Die Polizei nimmt an, dass der Tipp, der zu seiner Festnahme führte, vom Auftraggeber selbst kam.

Der Mann ist geständig. Er versucht sogar, den Strippenzieher im Hintergrund zu belasten, aber er weiß nichts.«

»Wir müssen es wissen«, wiederholte Hartmann.

»Genau so wurde auch bei der Entführung Ihrer Tochter vorgegangen. Es wurden Verbrecher, Spezialisten in ihrem Fach, angeheuert und zu einem Team zusammengestellt.«

Kalliope griff erneut nach Denglers Arm und krallte ihre Finger in sein Fleisch. Es tat weh, doch Dengler rührte sich nicht. Sie sah ihm direkt in die Augen, und Dengler sah, wie ihre Pupillen hin und her rasten. Sie ruhten nicht einen Moment, sondern bewegten sich in rasantem Tempo, rechts, links, rechts, links.

»Sie müssen uns helfen«, sagte sie.

»Ich kann nicht«, sagte Dengler. *I can't win, cause I don't have a thing to lose.*

Jürgen Hartmann sagte: »Ich erwähnte es bei Ihrem Besuch bei uns in München. Wir haben einige Ersparnisse. Das Haus gehört uns. Wir können Sie angemessen bezahlen.«

»Darum geht es nicht«, sagte Dengler.

»Wir brauchen Klarheit«, sagte Jürgen Hartmann.

»Wir können so nicht mehr weiterleben«, sagte seine Frau.

»Ich kann nicht.«

»Die Berliner Polizei, ein Hauptkommissar Willich …«

»Wittig«, verbesserte ihn Dengler.

»Richtig, Hauptkommissar Wittig. Er sagte uns, Sie hätten das Projekt rekonstruiert, an dem Anna zuletzt gearbeitet hat.«

Dengler nickte.

»Er sagte, es sei um einen Vorschlag zur Behebung der Schuldenkrise gegangen. Anna habe einen Unterschied zwischen legitimen Schulden und illegitimen Schulden Griechenlands gemacht …«

»Wir haben nach bestem Wissen und Gewissen versucht zu rekonstruieren, was Anna in den letzten Monaten beschäftigt hat.«

»Sie schlug vor, die illegitimen Schulden zu streichen …«

»Wir haben das angenommen, ja.«

»Und deshalb soll sie ermordet worden sein?«
Dengler schwieg.
Jürgen Hartmann fuhr fort: »Wir können das nicht glauben.« Er starrte Dengler an: »Gehen Sie mal ins Internet. Dort finden Sie Hunderte von Vorschlägen zur Schuldenstreichung, von NGOs, kirchlichen Einrichtungen.«
»Ihre Tochter arbeitete nicht für eine kirchliche Einrichtung und auch nicht für eine Nichtregierungsorganisation. Sie war Beraterin der Troika, die einen extrem harten Kurs in Griechenland fährt. In einigen Monaten würde sie im Direktorium des Internationalen Währungsfonds sitzen. Ihre Vorschläge hätten eine vollkommen andere Wirkung als irgendein Vorschlag einer beliebigen Dritte-Welt-Gruppe.«
»Aber deshalb bringt man doch niemanden um.«
»Es geht um astronomische Summen.«
»Trotzdem. Ich kann es mir nicht vorstellen.«
»Sie finden heute leicht Leute, die jemanden für fünfhundert oder tausend Euro umbringen. Es werden jeden Tag Menschen für wesentlich weniger Geld getötet als wegen der Milliarden, die unter dem Vorwand der Griechenlandrettung hin und her geschoben werden.«
»Aber wir wissen nicht, wer es befohlen hat.«
»Nein, das wissen wir nicht.«
»Finden Sie es für uns heraus«, sagte Jürgen Hartmann.
»Bitte«, sagte seine Frau und griff nach Denglers Hand. »Wir können so nicht mehr weiterleben.«
Dengler zog seine Hand zurück. »Ich habe keinen einzigen Ansatzpunkt mehr. Ich wüsste nicht einmal, wo ich ansetzen könnte.«
Er stand auf und fuhr fort: »Sie befinden sich in einer verzweifelten Situation. Ich fühle mit Ihnen, und es tut mir aufrichtig leid. Ich habe Ihrer Tochter nicht helfen können. Glauben Sie mir, es vergeht kein Tag, an dem ich mir keine Vorwürfe mache. Doch das Böse in diesem Fall ist so perfide und im Bösen so perfekt, wie

ich es in meiner Laufbahn als Polizist und Privatermittler noch nicht erlebt habe. Dieses Monster macht keine Fehler.«
Er setzte sich wieder. Frau Hartmann griff erneut nach seiner Hand, und diesmal zog Dengler sie nicht weg. »Bitte«, sagte sie.
»Ich bin der Falsche für diesen Auftrag«, sagte er.

81. Ad Kalendas Graecas

»Chef«, sagte Petra Wolff, »so geht es nicht weiter.«
»Es geht immer weiter«, knurrte Dengler. »Irgendwie. Glaub einem erfahrenen Mann.«
»Es kann auf unterschiedliche Art weitergehen. Gut oder schlecht. Hungrig oder satt. Oben oder unten. Wir müssen eine Entscheidung treffen. Du musst eine Entscheidung treffen.«
»So? Ich muss?«
»Allerdings. Wir haben Anfragen nach den Diensten eines Privatermittlers. Ich hab alles mal durchgerechnet. Du könntest Aufträge im Wert von 250.000 Euro abschließen. Logo, wir können nicht alles gleichzeitig bearbeiten. Also muss man Lieferzeiten vereinbaren, die Aufträge in eine Reihenfolge bringen, erste Raten vereinbaren, Rechnungen schreiben, all diese schönen Dinge.«
»Ich weiß nicht.«
»Wenn du nichts weißt und nicht reagierst, ist das auch eine Entscheidung. Dann suchen sich die Leute nämlich einen anderen Ermittler. Ich halte die Leute bei der Stange, aber ich muss ihnen deine Entscheidung mitteilen. Und noch etwas …«
»Ich höre.«
»Du hattest eine schlechte Zeit. Du warst übel dran. Aber jetzt bist du wieder gesund. Ich finde es erbärmlich, wie du dich hängen lässt.«
»Ich denke nach.«

»Denken reicht nicht zum Leben. Du bist kein Philosoph.«
»Ich brauch länger als andere zum Nachdenken. Das war schon in der Dorfschule im Schwarzwald so.«
Und dann: »Wann ist der Empfang?«
»Heute Abend.«
»Gut. Lass uns morgen eine Teamsitzung einberufen. Ich sage Olga Bescheid.«
»Chef, es wird wirklich Zeit.«

⋆

Vor dem Eingang im Neuen Schloss drängte sich eine Menschenmenge. Dengler und Petra Wolff stellten sich an.
»Der Anzug steht dir gut. Ich wusste gar nicht, dass du einen besitzt.«
»Ein guter Detektiv muss sich überall bewegen können. Unauffällig und wachsam.«
Petra Wolff lachte.
Dengler fand sie hinreißend.
Langsam schoben sich die Menschen voran, bis sie zu einem Pult kamen, an dem zwei Frauen ihre Einladungskarten kontrollierten. Sie hakten ihre Namen auf einer Liste ab und verlangten die Ausweise zu sehen. Ein Sicherheitsmann tastete Dengler ab, eine uniformierte Frau kontrollierte Petra Wolffs Handtasche. Dann ließen sie sich mit dem Strom der Besucher in den Marmorsaal des Schlosses treiben. Sie stellten sich an einen der weißen Stehtische am Rand und warteten.

⋆

Nachdem der Ministerpräsident einige Grußworte gesprochen hatte, trat der Bundespräsident ans Rednerpult. Er sprach über Demokratie und ehrenamtliches Engagement. Petra Wolff gähnte. Dengler mochte den Mann. Er redete über Bürgerbeteiligung, das kein Ornament am Rockzipfel der Obrigkeit sei (Petra Wolff runzelte ungehalten die Stirn), sondern ein Herzstück der Demokratie. Dengler gefiel das. Hin und wieder warf er einen schnellen Blick zu Petra Wolff, deren Gesicht deutliche Skepsis zeigte. Vielleicht war es ein Vorrecht der jungen Leute, zunächst mal kritisch zu sein. Es musste ihnen nicht alles gefallen, was die Älteren veranstalteten.

Die Stimmung in dem Saal war heiter, die Zuhörer hatten sich festlich gekleidet, sie lachten und applaudierten an den richtigen Stellen.

Nach der Rede verteilte sich das Publikum an die in den Seitenflügeln aufgestellten weißen Stehtische. Der Präsident und seine Frau wanderten langsam durch den Saal, blieben an jedem Tisch stehen und wechselten einige Worte mit den Umstehenden. An Denglers Tisch standen eine gut aussehende blonde Frau, die sich ihnen als die Direktorin eines der hiesigen Museen vorstellte, und eine ältere Frau, die ehrenamtlich in einem Hospiz todkranke Menschen pflegte.

»Eine nette Frau hat er ja«, sagte Petra Wolff. Es klang unfreiwillig bewundernd, doch sie hatte recht. Eine junge Frau mit einem Tablett erschien an ihrem Tisch. Dengler nahm sich ein Glas Weißwein, die Museumsdirektorin ebenso, die ältere Frau griff nach einem Sekt, und Petra Wolff nahm sich ein Glas Wasser. Dengler sah, wie das Präsidentenpaar an einem der Nebentische ankam und sofort von einem älteren Mann in einem rosa Jackett in eine Diskussion verwickelt wurde. Der Alte sprach heftig auf den Präsidenten ein, und es schien ihn nicht zu kümmern, dass sonst niemand an diesem Tisch zu Wort kam. Dengler versuchte zu verstehen, was der Mann sagte, doch der Umgebungslärm war zu hoch. Jetzt wandte sich der Präsident ab, um an ihren Tisch zu kommen. Doch dann drehte er sich noch einmal kurz um und sagte zu dem rosa Jackett: »Solche Fragen erledigen sich oft *ad Kalendas Graecas*.«

Dengler, der gerade das Weinglas zum Mund gehoben hatte, erstarrte mitten in der Bewegung.

Der Präsident und seine Frau traten an ihren Tisch und gaben jedem die Hand. Er sprach einige Worte mit der Frau aus dem Hospiz und sah dann Dengler an.
»Sie sind Georg Dengler, der Detektiv, nicht wahr?«
Dengler nickte.
»Schuster hat mir eine Nachricht geschickt, er habe Sie auch eingeladen.« Er griff nach Denglers Oberarm. »Es ist schrecklich, was mit Ihnen passiert ist. Sind Sie noch in ärztlicher Behandlung?«
»Nein. Ich bin wieder gesund.«
»Komplett?«
»Komplett.«
»Gott sei Dank.«
»Herr Präsident, Sie erwähnten eben am Nachbartisch ›ad Kalendas Graecas‹. Latein, ich weiß, doch ich kenne die Bedeutung nicht.«
Der Präsident lachte und ließ seinen Arm los. »Eine Redensart. Wissen Sie, die alten Griechen kannten keine Kalenden. Bei den Römern waren die Kalenden die ersten Tage des Monats, unser Begriff Kalender kommt daher. Und wenn die Römer etwas auf den Sankt-Nimmerleins-Tag verschieben wollten, dann sagten sie ›ad Kalendas Graecas‹. Es wird also nie geschehen. Sagt man noch heute so.«
Er drückte Dengler noch einmal die Hand. »Alles Gute. Es freut mich, dass Sie wieder auf den Beinen sind.«
Er wandte sich ab und begrüßte Personen am Nachbartisch.
»Bringt uns das weiter?«, fragte Petra Wolff.
»Kann sein …«, sagte Dengler und wandte sich zum Gehen.

82. Teambesprechung 10

»Bevor wir die neuen Anfragen besprechen, sollten wir noch einmal über den Fall Hartmann reden«, sagte Petra Wolff. »Wir haben etwas herausgefunden, dessen Verbreitung die Verbrecher verhindern wollten. Wir wissen es aber. Wir wissen, was Anna Hartmann wollte. Das sollten wir an die große Glocke hängen. Die Forderung nach Streichung illegitimer Schulden ist lebensgefährlich – das muss die Schlagzeile in allen Zeitungen sein.«

»Es wird niemand interessieren«, sagte Dengler.

»Du meinst, die Wahrheit interessiert niemand?«

»Leo, wo würde das *Stuttgarter Blatt* einen solchen Artikel abdrucken?«

»Irgendwo, vermutlich versteckt im Wirtschaftsteil.«

»Mario, wenn du nichts über unseren Fall wüsstest, würdest du den Artikel lesen?«

»Vermutlich nicht. Vielleicht die Überschrift überfliegen.«

»Aber Anna Hartmann musste deshalb sterben.«

»Sie wurde nicht deshalb ermordet«, sagte Dengler.

»Ich glaube das auch nicht«, sagte Olga leise.

»Was redest du?«, rief Petra Wolff. »Wir haben doch diese ganze Griechenlandsache recherchiert. Darauf waren die Entführer doch scharf.«

»Ich weiß nicht, was Anna Hartmann geschrieben hat. Doch ich bin jetzt sicher, es geht weit über unsere Recherchen hinaus.«

»Chef, die haben deshalb auf dich geschossen. Sie hätten dich fast umgebracht.«

»Ich habe einen Fehler gemacht. Das ist mir mittlerweile klar geworden.«

»Wenn du einen Fehler gemacht hast, dann haben wir ihn alle gemacht«, sagte Martin Klein.

»Da hat Martin recht. Einer für alle und so«, sagte Mario.

»Stimmt genau«, sagte Leo Harder.

»Welchen Fehler?«, sagte Olga leise.

»Im Krankenhaus hatte ich keine Zeit zum Nachdenken. Ich sah immer nur das Kameraauge der Drohne vor mir. Immer nur das Mündungsfeuer. Jetzt hatte ich Zeit, und ich habe nachgedacht. Erinnert euch an eine entscheidende Szene. Das Motorrad mit den beiden Männern fährt auf der Glienicker Brücke vor. Auf dem Soziussitz sitzt der Mann mit einem Laptop. Wittig brüllt mir in die Ohren: Gib den Stick nicht aus der Hand, denn das ist unsere einzige Verbindung zu den Entführern. Stellt euch vor: Ich stecke den Stick in die USB-Buchse des Computers und halte ihn fest, damit die Kerle ihn nicht stehlen und abhauen. Der Mann auf dem Rücksitz will die Ware prüfen. Er ruft die Datei auf. Sie ist mit einem Kennwort geschützt. Er kennt das Kennwort, denn die Entführer haben Anna Hartmann gezwungen, es ihnen zu verraten. Der Typ hatte einen kleinen Laptop, trug aber große Handschuhe. Mit denen gelang es ihm nicht, die richtigen Buchstaben zu treffen. Er drückte zwei oder drei Tasten gleichzeitig. Falsche Eingabe. Er vermutet, er hat nur drei Versuche. Er wird nervös. Ich sah die Übergabe scheitern, nahm ihm das Gerät ab und tippte das Kennwort ein. Er konnte die Datei lesen.«

»Ja, und?«, fragte Petra Wolff.

»Wir gehen davon aus, dass Anna Hartmann ermordet wurde wegen der Sache, die auf diesem Stick stand. Der Stick war geschützt. Sie konnten also sicher sein, dass niemand außer ihr den Inhalt kannte. Dadurch, dass ich das Kennwort eintippte, wussten die Entführer jedoch, dass ich den Inhalt auch kenne.«

»Deshalb haben sie dich mit der Drohne beschossen«, sagte Mario.

»Aus diesem Grund wollten sie dich umlegen«, sagte Martin Klein.

»Aber du lebst noch. Sie hätten es auch im Krankenhaus vollenden können, wo du vollkommen hilflos warst«, sagte Petra Wolff leise.

»Wenn wir gefunden und recherchiert hätten, wonach die Ent-

führer suchten, wären wir alle tot. Sie hätten mich genauso umgelegt wie Anna Hartmann.«
»Sie haben es nicht getan«, sagte Olga.
Dengler sagte: »Sie taten es nicht, weil sie wussten, dass ich nichts weiß.«
Plötzlich redeten alle durcheinander.
»Können wir jetzt über die neuen Aufträge reden?«, fragte Petra Wolff nach einer Weile und hob einen Stapel Papier hoch.
»Ja«, sagte Dengler.
»Also, da haben wir den betrogenen Ehemann …«
»Absagen.«
»Da haben wir die Mütter, deren Kinder …«
»Absagen.«
»Und hier will jemand, dass du …«
»Alles absagen.«
Sie sahen ihn an.
Dengler griff zum Telefon und drückte eine Taste.
»Frau Hartmann, hier ist Dengler. Ich versprach Ihnen, Sie noch einmal anzurufen. Sie baten mich, nach den Mördern Ihrer Tochter zu suchen.«
Er sah Petra Wolff an, dann Olga, Mario, Leopold Harder und Martin Klein. Petra Wolff nickte heftig, Olga lächelte zustimmend, Mario reckte die Faust, Leopold Harder reckte den Daumen in die Höhe und Martin Klein murmelte: »Nur zu.«
»Ich nehme den Auftrag an«, sagte Dengler.

3. Teil

83. Geheimnis

»Wir haben keine Spur«, sagte Georg Dengler zu Olga, als sie am Abend in ihrer Wohnung saßen. »Nicht einmal die Idee eines Ansatzes, an dem wir weiter ermitteln könnten. Wir müssen noch einmal alles neu überdenken.«

»Dann lass uns gleich damit anfangen: Mir gefällt die Geschichte von Anna nicht, die wir bis jetzt kennen«, sagte Olga. »Stell dir diese Frau vor – Anna Hartmann. Sie ist karrieregeil, erfolgreich, auf dem Sprung nach ganz oben ins Direktorium des Internationalen Währungsfonds. Dafür lässt sie sogar den Vorsitz in der Stiftung ihres Großvaters sausen, den sie übrigens über alles geliebt hat. Eine Frau mit absoluten Karriereprioritäten. Außerdem sieht sie gut aus, ist klug und bestens ausgebildet.«

»Offenbar mit einer gewissen Schwäche für ältere, erfolgreiche Männer.«

»Genau. Dann lernt sie einen griechischen Künstler kennen, nett, gut aussehend, nicht sonderlich erfolgreich, aber auch nicht am Rande der Existenz, sondern so lala.«

»Sie verliebt sich in ihn. Kann passieren.«

»Liebe macht blind, wie wir alle wissen. Aber mal ganz im Ernst, Georg, glaubst du, dass so eine Frau plötzlich all ihre Grundsätze über Bord wirft, von der harten Saniererin zu einer humanen, hilfsbereiten, empathischen und was-weiß-ich-noch-alles Frau wird? Dann entwickelt sie im Rausch der Hormone eine Theorie, die so gefährlich ist, dass man sie umbringt?«

»Liebe macht blind – hast du doch eben selbst gesagt.«

»Sie war aber nicht blind. Sie war gut organisiert und sehr überlegt in dem, was sie tat. Sie hat ihre Beteiligung an dieser Firma aufgegeben«, sagte Olga.

»An Medi Transfer?«

»Ja. Und ihrem Liebhaber erzählt sie nichts davon. Hör mal, aus meiner übergroßen Liebe zu dir mache ich das und so weiter.«

»Vielleicht war ihre Verliebtheit in Petros nicht die Hauptursache. Wir wissen jedoch ziemlich sicher, dass sich in ihrem Leben etwas Entscheidendes geändert hat. Sie hat etwas geschrieben, das wichtig war, sie stieg bei Medi Transfer aus, sie begann eine Affäre mit einem Künstler – das alles weist darauf hin, dass sie nicht nur eine unangenehme karrieregeile Tussi war. Etwas ist vorgefallen. Wir wissen nicht, was es gewesen ist.«

»Petros weiß es auch nicht.«

»Ihre Eltern wissen es nicht, ihre Schwester weiß es nicht, der seltsame Verlobte auch nicht.«

»Wir wissen zu wenig über Anna Hartmann.«

Dengler sagte: »Viel zu wenig. Wir wissen genauso wenig über die Täter. Es gibt ein Motiv: Anna Hartmann hat etwas gehabt, was die Täter unbedingt brauchten. Doch wir haben keine Ahnung, was das war. Wir wissen, was es *nicht* war. Es war kein Bericht über die Finanzkrise. Wir haben herausgefunden, dass die Griechenlandkrise im Gegensatz zu der überwiegenden Berichterstattung in unseren Medien im Wesentlichen eine Operation der Finanzmärkte gegen den Euro gewesen ist. Griechenland haben sie sich als schwächstes Kettenglied herausgegriffen.«

»Die Europäer haben den Angriff zurückgeschlagen, mehr oder weniger erfolgreich, und nun lassen sie die Griechen dafür bluten.«

»Im wahrsten Sinn des Wortes!«

Dengler sagte: »Lass uns überlegen, was wir über die Täter wissen. Die Mörder von Anna Hartmann schossen nicht selbst. Sie stellten Teams zusammen. Die Entführer waren freiberufliche Gangster, *freelancer* des Verbrechens. Die Motorradfahrer arbeiteten sogar für eine legale Firma, die jeder im Netz finden konnte. Die eigentliche Kompetenz der Täter waren die perfide Planung und die Kontakte zu mietbaren Killern. Mehr wissen wir nicht über sie.«

Olga: »Wir wissen noch etwas anderes: Das, was die Täter gesucht haben und von uns nicht bekamen – das haben sie immer noch nicht.«

»Stimmt«, sagte Dengler. »Doch zu dumm: Wir wissen nicht, was es ist. Das immerhin wäre ein Ansatz: Was haben die Mörder wirklich gesucht?«
»Wie sollen wir das herausfinden?«
Dengler sagte: »Das Geheimnis muss in der Person von Anna Hartmann liegen. Wir müssen die Tote besser kennenlernen.«

84. Eltern

Dengler und Olga saßen im Wintergarten der Hartmanns. Anna Hartmanns Mutter stellte eine Kanne Tee auf den Tisch und setzte sich. Die Falten in ihrem Gesicht hatten sich seit Denglers letztem Besuch noch tiefer eingegraben, und ihre dunklen Augen verströmten intensive Trauer, sodass Dengler den Blick kaum ertrug. Jürgen Hartmanns Gesicht wirkte dagegen wie versteinert – und sein Blick schweifte zum Fenster, er sah hinaus und schien trotzdem nichts Bestimmtes zu sehen. Das Leid dieser beiden Menschen stand wie ein Klotz im Raum, und Dengler wusste, dass es lange dauern würde, bis er verschwunden oder doch zumindest kleiner geworden sein würde.
»Wir haben nur wenige Ansätze für eine erneute Ermittlung«, sagte Dengler. »Wir brauchen ein präziseres Bild von Ihrer Tochter. Unsere Hypothese ist: Annas Leben befand sich in einem Umbruch. Wir haben dazu vier Anhaltspunkte gefunden: Anna arbeitete an einem Dokument, das für sie sehr wichtig war. Leider wissen wir nicht, worum es dabei ging. Zweitens, sie gab ihre Anteile an der Firma Medi Transfer ab, die sie mit ihrem Verlobten gegründet hatte. Drittens, sie übernahm nicht den Vorsitz in der Stiftung ihres Großvaters. Viertens, verliebte sie sich in einen griechischen Künstler …«
»Er hat uns besucht«, sagte Herr Hartmann. »Dieser Künstler.«

»Er scheint sie wirklich geliebt zu haben. Es tut mir auch so leid für ihn, den Armen«, sagte Anna Hartmanns Mutter mit ausdruckslosem Gesicht.

»Ein Künstler. Das war doch ungewöhnlich für Anna?«, fragte Olga.

Kalliope Hartmann nickte. »Sie hat sonst gestandenere Männer bevorzugt. Männer mit Einfluss. Ich hoffe, Anna hatte eine gute Zeit mit ihm.«

»Das hatte sie«, sagte Olga und beugte sich vor. »Woher kommt diese erstaunliche Vorliebe für ältere, mächtige Männer?«

Beide Eltern starrten vor sich hin.

»Nun«, sagte Olga, »entschuldigen Sie bitte eine solch intime Frage. Es gibt nicht für alle Fragen eine Antwort, insbesondere bei so persönlichen …«

»Rede du«, sagte Jürgen Hartmann so leise, dass Dengler ihn kaum verstand.

Seine Frau hob den Kopf, als sei er unendlich schwer. »Wir machen uns solche Vorwürfe«, sagte sie. »Annas großes Vorbild waren nicht wir, die Eltern, sondern ihr Großvater. Er hat sich immer rührend um sie gekümmert. Wissen Sie« – sie sah Dengler mit Tränen in den Augen an –, »mein Mann und ich, wir waren immer berufstätig, und Otto, mein Schwiegervater, kümmerte sich um das Mädchen. Sie war in den Ferien immer bei ihm. Er machte Reisen mit ihr, die wir uns nie leisten konnten. In der Phase, in der Mädchen Tiere über alles lieben, schenkte er ihr ein Pony. Gegen unseren Willen, übrigens. Er fuhr mit ihr nach Afrika in den Kruger-Nationalpark, weil sie wilde Tiere, Löwen, Geparden und so weiter liebte. Sie war vor mir in New York und San Francisco. Der Großvater war der Held ihrer Kindheit und Jugend.«

»Wie reagierte der Großvater auf ihr Verschwinden?«

»Er ist schon seit einigen Jahren tot.«

Dengler fragte: »Kann der Tod des Großvaters das ausschlaggebende Ereignis sein, das ihr Verhalten entscheidend veränderte? Das Ereignis, das wir suchen?«

Beide Eltern schüttelten den Kopf.
»Sie hat es gefasst ertragen«, sagte Herr Hartmann. »Keine Weinkrämpfe, die ansonsten der Tod eines Hamsters bei ihr auslösen konnte.«
»Nur als sie klein war«, sagte seine Frau mit einem leicht tadelnden Unterton. »Doch mein Mann hat recht: Als mein Schwiegervater starb, war sie erstaunlich gefasst.«
»Anna«, fuhr sie dann fort, »hatte allerdings auch genügend Zeit, sich von ihm zu verabschieden. Sie besorgte für ihn das Pflegeheim, in dem er bis zuletzt wohnte, Personal rund um die Uhr, sie hielt seine Hand, als er starb, und sie löste seinen Haushalt auf. Sie regelte seinen Nachlass.«
»Das machten nicht *Sie beide*?«, fragte Olga verwundert.
»Mein Verhältnis zu meinem Vater war nie besonders gut. Es normalisierte sich erst, als Anna auf die Welt kam. Da entdeckte er seine weiche Seite. Anna stand meinem Vater näher als ich. Sie war genau die richtige Person, sich um den Nachlass zu kümmern.«
»Wo befindet sich der Nachlass jetzt?«
Jürgen Hartmann sah ihn erstaunt an. »Ich nehme an, der Papierkram in der Stiftung und der Rest im Container, wie Kinder und Enkel das heutzutage so machen. Ich bat Anna nur um den kleinen Schachtisch, auf dem ich als Kind mit meiner Mutter erst Dame, dann Schach spielte.«
»Genau wissen Sie es nicht?«, fragte Dengler.
Hartmann schüttelte den Kopf.
»Otto Hartmann war wohl ein ungewöhnlicher Mann?«
»Mein Vater führte ein ungewöhnliches Leben. Er kam als Knecht auf dem Gut eines ostelbischen Junkers in Ostpreußen auf die Welt. Nach der Schule ab in den Krieg. Er überlebte ihn als Fahrer, Militärkraftfahrer. Keine große Sache, doch er musste nach Russland. Das war bestimmt extrem hart; ich kann es nur vermuten, denn er erzählte nie vom Krieg. Er war jung, als zum Schluss alles in Schutt und Asche lag, erst knapp

über zwanzig. Dann studierte er in Frankfurt Volkswirtschaft, die Deutschlandbank wurde auf ihn aufmerksam, und er blieb dann bei der Bank bis zu seiner Pensionierung. Zum Schluss saß er im Vorstand. Er stand nie im Rampenlicht, aber ich glaube, er war einflussreich. Bundesverdienstkreuz Erster Klasse und ein Dutzend weiterer Orden. Er war sehr konservativ und streng. Vielleicht wegen seines ungewöhnlichen Lebenslaufs. Er hatte den Stallknecht gründlich abgeschüttelt. Wir hatten immer Personal, die Bank stellte ihm einen eigenen Fahrer, der morgens vor dem Haus auf ihn wartete, er hatte einen Referenten, der klingelte und seine Aktentasche ins Auto trug. Ich fand's schon als Junge doof. Mir stand meine Mutter wesentlich näher als er. Ich hatte nie das Gefühl, einen richtigen Vater zu haben. Er war immer eher so ein … so ein Kontrolleur, sah alles, merkte alles, verbot alles. Ich habe mich gerächt auf meine Art und gegen ihn rebelliert.«

»Und dann eine Ausländerin als Frau«, sagte Kalliope Hartmann.

Jürgen Hartmann nickte. »Dieser rassistische Teil seines Wesens zeigte sich erst, als Kalliope in mein Leben trat. Er brach mit mir. Er enterbte mich sogar.«

»Blieb es bei der Enterbung?«, fragte Dengler.

»Im Wesentlichen. Mein Vater war sehr vermögend. Vor seinem Tod steckte er alles in eine Stiftung, die Otto-Hartmann-Stiftung. Es blieb das Haus, das Anna nach seinem Tod verkaufte. Die Hälfte des Betrags bekamen wir, die andere Hälfte unsere beiden Mädchen. Wir konnten damit dieses Haus vorzeitig abbezahlen.«

Und es erklärt den hohen Betrag auf Anna Hartmanns Konto, dachte Dengler.

»Anna lehnte es ab, den Vorsitz dieser Stiftung zu übernehmen. Warum?«, fragte Olga.

»Wir haben diese Stiftung immer als seine Methode verstanden, meine Frau, mich und unsere jüngere Tochter in der Erbfolge zu umgehen und alles direkt Anna zukommen zu lassen.«

Dengler und Olga warfen sich einen Blick zu. Damit hatten die Eltern ein Mordmotiv preisgegeben. Doch sie schienen es nicht bemerkt zu haben.

»Es muss Sie dann doch sehr überrascht haben, dass Anna nicht in die Stiftung eintrat, wie ihr Großvater es geplant hatte.«

»Allerdings«, sagte Jürgen Hartmann. »Wir waren erstaunt.«

»Was gab sie als Grund an?«

»Sie wollte sich ganz auf ihren Beruf konzentrieren. Es war klar, dass sie noch Höheres anstrebte.«

»Sie haben ihr das abgenommen?«, fragte Olga.

»Nein, eigentlich nicht«, sagte Frau Hartmann zögernd. »Mein Schwiegervater war ihr Idol. Ohne seine Unterstützung, seine Beziehungen wäre Anna nicht so weit gekommen, wie sie kam. Anna hörte das nicht gerne, aber so war es. Er protegierte sie, und er hatte die Mittel dazu. Es war seit vielen Jahren klar, dass er die Stiftung nur für sie konstruiert hatte. Es war ebenso klar, dass sie seine Arbeit fortsetzen würde. Wir waren sehr überrascht, dass sie sich anders entschied.«

»Wie lange ist das her?«, fragte Dengler.

»Ein paar Jahre«, sagte Jürgen Hartmann.

»Damals kannte sie Petros noch nicht«, sagte Olga.

»Nein«, sagte Frau Hartmann. »Der nette junge Mann kann nichts mit dieser Entscheidung zu tun haben.«

»Womit beschäftigte sich die Otto-Hartmann-Stiftung?«, fragte Georg Dengler.

»Mit der Förderung des Europäischen Gedankens«, sagte Jürgen Hartmann. »Mein Vater galt als überzeugter Europäer. Einige seiner Orden gingen auf dieses Engagement zurück.«

»Peter Sallinger leitet die Stiftung jetzt.«

»Das wissen Sie?«

»Können Sie etwas über ihn sagen?«

Jürgen Hartmann überlegte. »Nein, eigentlich nicht. Er war irgendwie immer da. Erst persönlicher Referent, dann Büroleiter. Es hat eine gewisse Logik, dass er jetzt die Stiftung leitet.«

»Gibt es sonst noch etwas, was Ihnen an Ihrer Tochter aufgefallen ist? Etwas, was ein Grund für die Veränderung ihres Verhaltens gewesen sein könnte?«
Die Eltern von Anna Hartmann sahen sich an. Dann schüttelten sie beide den Kopf.
Dengler sah zu Olga hinüber. Sie sah zurück. Noch eine tote Spur, sagte dieser Blick.

*

Als sie im Flur standen und Dengler sich bereits den Mantel anzog, sagte Jürgen Hartmann zu seiner Frau: »Vielleicht sollten wir die Sache mit dem Foto erwähnen?«
Dengler sah überrascht auf.
Frau Hartmann schüttelte den Kopf.
Dengler sagte: »Es klingt wie aus dem Fernsehen, doch es stimmt: Jeder noch so kleine Hinweis könnte wichtig sein.«
»Nein, auf keinen Fall. Das hat mit Anna nichts zu tun.«
»Aber Kalliope! Das war in dieser Zeit, als mein Vater starb und Anna irgendwie anders wurde.«
»Jürgen! Ich möchte nicht.«
»Dann kann man nichts machen«, sagte Jürgen Hartmann und streckte ihnen zum Abschied die Hand entgegen.

85. Anna Hartmann

Anna liebte ihren Großvater, solange sie denken konnte.
Im Gegensatz zu ihren Eltern hatte er immer Zeit für sie. Er nahm jede ihrer Fragen ernst und redete mit ihr wie mit einer Erwachsenen, und das gefiel ihr. Beim Großvater gab es keine Vorschriften. Sie durfte tun, was sie wollte, sogar auf den gro-

ßen Walnussbaum klettern, der in seinem Garten stand. Einmal fiel sie schreiend von einem Ast. Doch es geschah ihr nichts; der Großvater stand genau unter ihr und fing sie auf.
Auf ihn war Verlass. Opa bedeutete Sicherheit.
Ihre Eltern waren auch immer für sie da, kein Zweifel. Doch mit den Eltern war sie im täglichen Alltagsallerlei mit seinen Freuden und Kämpfen, mit dem Küssen und Weinen und dem Vorlesen und Türenschlagen so verstrickt, dass sie darüber nicht nachdachte. Der Großvater stand wie ein Fels hinter ihr, unbeirrbar – immer für sie da.
Als sie elf Jahre alt war und sich nichts sehnlichster wünschte als ein Pony, schenkte er es ihr zu Weihnachten. Die Eltern waren sauer gewesen. Der Vater machte ihm Vorhaltungen: Du verwöhnst die Ältere zu sehr. Doch er ließ sich nicht beeindrucken. Ein Pony! Sie taufte es Lilly. Alle Mädchen aus der Klasse beneideten sie und die kleine Schwester sowieso.
Ihrer Mutter ging die »Affenliebe« des Großvaters, wie sie es nannte, manchmal zu weit. »Hoffentlich vergisst du nie, wer deine Eltern sind«, sagte sie einmal zu Anna. Die schlecht verborgene Eifersucht der Mutter rührte sie, und sie lief zu ihr und schlang die Arme um sie. Doch ihre Mutter befreite sich aus ihrer Umarmung und sagte etwas, das sie nie wieder vergaß: »Immer nur geben, nur geben, das ist nicht normal. Wenn man jemanden liebt, wirklich liebt, dann verlangt man auch etwas von dem, den man liebt.« Der Großvater verlangte nie etwas.
Als die Familie nach München zog, fuhr sie in den Ferien zu den Großeltern. Sie ging mit ihnen in Frankfurt in den Zoo. Der Großvater liebte besonders das Aquariumshaus. Es war dort dunkel, nur hinter den Glasscheiben leuchteten die blauen, gelben, roten und grünen Fische, Korallen und Krebse.
Später nahm er Anna zu Konzerten mit. Sie musste dann still sitzen. Das mochte sie nicht besonders, doch ihr gefiel, dass den Großvater so viele Leute kannten. Er wurde respektvoll begrüßt und vergaß nie, auch sie vorzustellen: »Das ist meine kluge Enke-

lin Anna. Sie ist zu Besuch, und da hören wir uns nun das Violinkonzert mit Anne-Sophie Mutter an.«
Er nahm sie auch mit, wenn er Vorträge hielt. Sie rutschte dann auf dem Stuhl in der ersten Reihe herum, es langweilte sie, aber sie wusste genau, wenn sie ruhig dasaß, würde er mit ihr am Nachmittag oder am nächsten Tag in den Zoo gehen. Ins Aquariumshaus, zu dem Freigehege mit den Löwen, den Krokodilen, dem Menschenaffenhaus mit den Gorillas und Schimpansen. Das Stillsitzen fiel ihr schwer, aber es lohnte sich.
Die Eltern mochten den Opa nicht so gerne wie sie. Vor allem die Mama konnte ihn nicht so gut leiden. Wenn der Großvater sie vom Reiten abholte und zu Hause ablieferte, dann gab sie ihm so steif die Hand, als wäre der Opa jemand Fremdes.
Er kaufte sich sogar eine Wohnung in München. Nur wegen ihr. Oft ging sie nach der Schule zu ihm, und er half ihr bei den Schulaufgaben. Als er pensioniert wurde, wohnte er oft wochenlang in München. Oma kam sehr selten mit. Sie war sehr krank und lag meistens im Bett. Dann starb sie. Aber, so fand Anna, viel schlimmer wäre es gewesen, wenn der Opa gestorben wäre.
Als es eine schwierige Phase in der Schule gab, besorgte er Nachhilfelehrer.
Schon als sie ein junges Mädchen war, flog er mit ihr nach Paris und London, später zeigte er ihr New York. Vier unvergessliche Tage lief sie mit ihm durch Disneyland in Anaheim und die Universal Studios in Hollywood. Doch am besten gefiel ihr der Tag, den sie mit ihrem Großvater in einem Kajak in einer Bucht nahe Monterey verbrachte. Sie paddelten durch ein Naturschutzgebiet, und rechts und links tauchten Fischotter und Seelöwen neben ihrem Boot auf, legten sich auf den Rücken, klatschten mit den Flossen oder schwammen einige Meter neben ihnen her. Sie beobachteten die Pelikane, die mit schwerem Flügelschlag über die Bucht zogen und nur wenige Meter von ihnen entfernt am Ufer landeten. Sie würde Tierärztin werden, sie war sich dessen nun ganz sicher.

Als es Zeit wurde, sich auf das Abitur vorzubereiten, schenkte er ihr eine Reise in den Kruger-Nationalpark. Sie wohnten in einer eingezäunten Lodge an einer Wasserstelle, zu der nachts die Tiere des Parks zogen. Sie sah Elefanten, Giraffen, Zebras, Gnus und die gefährlichen Nilpferde. Aber am besten waren die Safaris, zu denen sie am frühen Morgen aufbrachen. Selbst die Löwen hatten sich an die Touristenjeeps gewöhnt und wussten, dass sie weder gefährlich waren noch dass es dort etwas zum Fressen gab. Sie beachteten sie nicht. Am dritten Tag sahen sie eine Pavianhorde auf einer Anhöhe mit einem Termitenhügel sitzen. Der Fahrer hielt, und Anna knipste mit der Leica, die der Großvater ihr geschenkt hatte. Da stieß der Führer sie leicht am Arm und deutete auf das Gras vor ihnen. Es dauerte einen Augenblick, bis Anna sah, was er ihr zeigen wollte. Eine Löwin schlenderte auf die Affenhorde zu, die einen kreischenden Höllenlärm veranstaltete und sich zurückzog. Nur der Chef der Bande schien keine Angst zu haben, sondern lief mit gebleckten Zähnen auf die Löwin zu.

»Ein Held«, sagte Anna, und stellte den Zoom auf den Pavian-Chef ein, der sich drohend aufrichtete. Die Löwin blieb verdutzt stehen. Dann zog sie sich zurück. Die Zähne des Pavianmännchens ragten drohend aus dem Maul. Ein oder mehrere Bisse konnten der Löwin schwere Verletzungen zufügen. Nach ein paar Metern blieb die Löwin stehen. Der Pavian bleckte die Zähne und folgte ihr. Die Löwin wich zurück.

»Er verteidigt seine Horde«, flüsterte Anna. »Er ist so mutig.« Dann gelang ihr ein Foto, auf dem beide Tiere zu sehen waren, die verdutzte Löwin und der mutige Pavian. Der Affe dachte wohl, er habe die Gefahr nun gebannt, drehte sich um und machte sich auf den Weg zurück zur Horde. Sofort folgte die Löwin. Der Pavian fuhr wütend herum, fauchte, zeigte die Zähne und sprang zwei Meter auf die Löwin zu. Sie wich zurück. Doch sobald das Affenmännchen sich umdrehte, folgte die Löwin. Der Pavian drohte erneut, machte einige Sätze auf die Löwin zu, die

sich wieder zurückzog. Der Abstand des Affen zu seiner lärmenden Horde wurde größer.
Dann geschah es. Drei Löwinnen sprangen aus dem Gras. Weder Anna noch der Führer hatten sie vorher entdeckt. Mit wenigen Sätzen gelangten sie zwischen Horde und Anführer und schnitten dem Pavianhäuptling den Weg ab. Ein Hieb mit der Tatze, dann zerrissen die Löwinnen den Pavian lebend in Stücke. Er schrie, wie Anna noch nie ein Tier oder einen Menschen hatte schreien hören. Sie fraßen ihn, als er noch zuckte. Anna weinte noch, als der Jeep sie an ihrem Bungalow absetzte.
»Warum ist die Natur so grausam?«, fragte sie ihren Großvater, als sie am Abend vor dem prasselnden Kamin saßen. Sie zitterte immer noch und fühlte sich völlig aufgelöst.
»Willst du das wirklich wissen?«
Anna nickte.
»Dann darfst du nicht Tiermedizin studieren. Wenn du die Dinge wirklich verstehen willst, musst du dir andere Fächer vornehmen.«
Sie redeten bis spät in die Nacht über das Leben und Annas Zukunft.
Als sie aus Afrika zurückkam, verkündete sie ihren überraschten Eltern, Tiermedizin sei für sie gestorben. Das Abitur legte sie als Zweitbeste ihres Jahrgangs ab. Dann schrieb sie sich für Jura und Volkswirtschaft ein. So, wie der Großvater es ihr empfohlen hatte.

86. Stiftung

Das Summen des auf »leise« gestellten Smartphones riss Georg Dengler aus dem Schlaf. Olga und er waren mit dem letzten Zug aus München in Stuttgart eingetroffen und hatten noch ein Glas Rotwein im Basta getrunken und das Gespräch mit Anna

Hartmanns Eltern auf neue Erkenntnisse abgeklopft. Er war todmüde gewesen und sofort eingeschlafen, als er sich ins Bett legte.

Er sah auf das Display. *Jürgen Hartmann* las er und nahm ab.

»Meine Frau schläft«, flüsterte eine Stimme.

»Ich auch«, sagte Dengler.

»Kalliope wollte Ihnen gestern nicht die Geschichte mit dem Foto erzählen. Sie denkt, das hat nichts mit Annas Ermordung zu tun. Doch ich bin mir nicht so sicher.«

Dengler schob die Bettdecke zurück und stand auf. »Erzählen Sie.«

»Meine Frau hat Ihnen doch von dem Ort erzählt, in dem sie geboren wurde. Erinnern Sie sich noch?«

»Leider nur noch dunkel. Ich erinnere mich nicht mehr an den Namen des Ortes.«

»Distomo.«

»Aha.«

»Dieser Ortsname sagt Ihnen nichts?«

»Nein«, sagte Dengler schlaftrunken. »Sollte er?«

»Die deutsche Wehrmacht richtete 1944 ein Massaker unter den Dorfbewohnern an. Kalliope wurde in diesem Dorf geboren. Sie entkam den Schlächtern knapp. Doch sie verlor alle ihre Verwandten.«

»Das ist fürchterlich. Tut mir leid, dass mir der Name nichts sagt.«

»Sie hatte Glück. Über eine wohltätige Organisation kam sie wie auch einige andere Kinder aus dem Ort in die Schweiz und lebte dort in einem Internat. In der Schweiz lernte ich sie kennen …«

»Ich erinnere mich. Der inkontinente Hund! Sie haben mir die Geschichte erzählt, als ich Sie das erste Mal besuchte.«

»Während des Massakers schoss ein Deutscher auf sie. Ein Offizier. Er verfehlte sie, und Kalliope konnte fliehen und überlebte. Als Einzige ihrer Familie.«

»In welchem Zusammenhang steht dies mit Ihrer Tochter?«

»Eines Tages legte Anna meiner Frau ein Foto vor. Sie fragte: ›Ist das der Mann, der auf dich geschossen hat?‹«

»Wie reagierte Ihre Frau?«

»Sie brach zusammen. Anna alarmierte einen Rettungswagen. Kalliope musste ins Krankenhaus. Nervenzusammenbruch! Es war schrecklich.«

»Und das Foto? Existiert es noch?«

»Anna hat es vernichtet. Sie entschuldigte sich mehrmals bei ihrer Mutter. Sie wollte Kalliope nicht schaden. Sie hatte die Folgen einfach nicht bedacht.«

»Wo hatte sie das Foto her?«

»Aus dem Internet – sagte sie.«

»Sie glauben das nicht.«

»Ich weiß es nicht.«

»Haben Sie das Foto auch gesehen?«

»Nein. Ich war im Büro, als sich diese Tragödie ereignete. Anna tat es schrecklich leid.«

»Es ist gut, dass Sie mir diese Geschichte erzählt haben.«

»Glauben Sie, dass das Foto etwas mit Annas Tod zu tun hat?«

»Nein, ich sehe keinen Zusammenhang. Trotzdem vielen Dank für Ihren Anruf.«

Dengler ging zurück ins Schlafzimmer. Er lag noch lange wach.

*

Am Morgen rief Olga die Website der Otto-Hartmann-Stiftung auf.

> **Europa braucht ein starkes Deutschland!**
> **Otto Hartmann**

Sie las Dengler vor: »Die Otto-Hartmann-Stiftung ist eine rechtsfähige Stiftung des bürgerlichen Rechts. Sie verfolgt ausschließlich und unmittelbar gemeinnützige Zwecke. Die Stiftung wirbt

für ein starkes Deutschland innerhalb Europas. Sie lehnt entschieden die Rolle Deutschlands als Zahlmeister innerhalb der Europäischen Union ab.«
Sie drehte sich zu Dengler um. »Wie klingt das?«
»Seltsam.«

*

»Chef!« Petra Wolff steckte den Kopf zur Tür hinein. »Der Termin in der Hartmann-Stiftung steht. Herr Sallinger freut sich, dich wiederzusehen. Er ist gespannt, ob es etwas Neues gibt, soll ich dir ausrichten. Morgen um 14 Uhr in Bad Schwalbach. Ich habe einen Zug nach Frankfurt für euch gebucht. Am Bahnhof steht ein Mietwagen für dich.«
»Vielen Dank.«
»Ich habe auch mal über diesen Peter Sallinger recherchiert. Er hat sein ganzes Leben lang Otto Hartmann gedient. Es gibt eine Verschwörungstheorie über ihn im Netz.«
»Ich höre.«
»Bevor er Referent von Hartmann wurde, war er in der Sicherheitsabteilung der Deutschlandbank beschäftigt. Er galt dort als Mann für das Grobe.«
»Beweise?«
»Keine. Nur Verschwörungstheorien.«
»Mit Verschwörungstheorien kenne ich mich aus. Die Erfahrung lehrt mich, dass diejenigen, die anderen Verschwörungstheorien unterstellen, meistens unrecht haben.«
»Du musst es wissen. Du bist der Chef.«

*

Peter Sallinger ließ den Kopf etwas hängen, was seiner Erscheinung heute etwas merkwürdig Gebeugtes gab. Sein blondes Haar war immer noch sorgfältig nach hinten gekämmt und von einer nicht unbeträchtlichen Portion Haargel in dieser Position gehalten. Heute trug er einen teuren grauen Anzug, weißes Hemd, blaue einfarbige Krawatte ohne Muster.

»Ich hörte, Sie suchen nun die Mörder von Anna. Ich hoffe, Sie machen Fortschritte in dieser Richtung«, eröffnete Sallinger das Gespräch.

»Leider nein. Ich bin hier nur mit einer neuen Frage. Ich suche ein bestimmtes Foto und frage mich, ob ich es im Nachlass von Otto Hartmann finde.«

Dengler registrierte ein etwas längeres Ausatmen, ein kleines, kaum wahrnehmbares Zucken um die Mundwinkel. Beides Erkennungszeichen für Erleichterung.

»Wir besitzen den Nachlass von Otto Hartmann nicht.«

»Sie haben den Nachlass nicht?«

»Nein, Anna hat ihn weggeschafft.«

»Wohin?«

»Das wissen wir nicht. Leider.«

Dengler sagte: »Ich verstehe immer noch nicht, warum Anna Hartmann nach dem Tod ihres Großvaters nicht in seine Fußstapfen trat und den Vorstand der Stiftung übernommen hat. Sie ist doch von Kindesbeinen an auf diese Aufgabe vorbereitet worden. Sie müssen das doch wissen, Sallinger. Sie kennen doch Anna auch schon lange.«

»Oh ja, ich kannte Anna schon, als sie ein junges Mädchen war. Sie war die klügste Person, die ich kannte – nach ihrem Großvater natürlich.«

»Ihr Großvater protegierte sie, hörte ich.«

»Das ist das falsche Wort. Er baute sie systematisch als seine Nachfolgerin auf.«

»Nachfolgerin in der Bank?«

Sallinger lachte. »Nein, nicht in der Deutschlandbank. Hier in der Stiftung. Herr Hartmann legte testamentarisch fest, dass seine Enkelin ihm im Vorsitz der Stiftung folgen sollte.«

»Aber das geschah nicht?«

»Nein.«
»Sehen Sie, das ist doch merkwürdig.«
»Frau Hartmann zögerte, das Amt anzutreten. Sie war ja für andere Funktionen im Gespräch.«
»Sie lehnte ab?«
»Nein, nicht direkt. Sie hätte jederzeit …«
»Das wundert mich, Herr Sallinger. Anna Hartmanns Leben war doch ganz darauf abgezielt, ihrem Großvater zu folgen. Warum diese plötzliche Wendung?«
»Nun ja.« Sallinger wand sich sichtlich. »Sie war im Gespräch für hohe Aufgaben.«
»Sprach sie mit ihrem Großvater über diesen Interessenkonflikt?«
»Das ist mir nicht bekannt.«
»Sie wollen mir sagen, Anna Hartmann wird von ihrem Großvater systematisch für diese Aufgabe aufgebaut, und dann reden die beiden nicht darüber, als sie sich anders entscheidet?«
»Ich kümmere mich grundsätzlich nicht um die Familienangelegenheiten des Gründers.«
Olga sagte: »Ich bitte Sie, Herr Sallinger. Sie waren als junger Mann bereits Referent von Herrn Hartmann. Sie leiteten später sein Büro. Als Otto Hartmann in Pension ging, wurden Sie Geschäftsführer seiner Stiftung. Jetzt sind Sie Stiftungsvorstand, nicht wahr?«
»Sie bekleiden nach ihrem Tod den Job, der für Anna Hartmann vorgesehen war«, sagte Dengler.
»Ja.«
»Wie hoch ist das Stiftungskapital?«
»Etwas über 100 Millionen.«
Dengler pfiff durch die Zähne. »Jeder Polizist würde sagen: 100 Millionen sind ein verdammt gutes Motiv.«
»Wollen Sie mich beleidigen?«
»Warum wurde Anna Hartmann nicht Stiftungsvorsitzende?«
Sallinger stieß pfeifend die Luft aus. »Sie verstanden sich nicht mehr so gut. Zum Schluss.« Er presste den Satz heraus, als wolle er ihn lieber nicht sagen.

Dengler sah ihn überrascht an. »Anna und der liebevolle Großvater? Warum?«
Sallinger zuckte mit den Schultern. »Ich weiß es wirklich nicht. Irgendwelche Familienangelegenheiten.«
»Ich würde gerne die Korrespondenz zwischen den beiden einsehen.«
»Wie gesagt, wir haben den Nachlass nicht.«
Olga sagte: »Wir werden ihn finden.«
»Informieren Sie uns, wenn Sie ihn gefunden haben. Wir sind als Stiftung natürlich sehr interessiert am Nachlass unseres Gründers.«

*

»Was hältst du von Sallinger?«, fragte Olga Dengler, als sie im ICE zurück nach Stuttgart saßen.
»Ein treuer Diener seines Herrn. Auf jeden Fall sehr kompetent. Ein Managertyp, aber einer, dem es um die Sache geht und nicht nur um seine Person. Obwohl er ein wenig eitel ist.«
»Sein Herr ist tot. Die Erbin ist tot. Jetzt ist er der Herr.«
»Er wirkt auf mich nicht so, als käme es ihm auf das Herr-Sein an. Er wirkt auf mich wie jemand, der sein Leben lang eher in der zweiten Reihe stand und das nicht hat abschütteln können.«
»Vielleicht sind das die Gefährlichsten«, sagte Olga.

87. Anna Hartmann: Erster Verdacht

Ein erster Verdacht, dass mit dem Großvater etwas »nicht stimmt«, dämmerte ihr schon früh. Es war nicht so sehr die Kälte, mit der er Großmutter behandelte, das drückende Schweigen zwischen ihnen, das angewiderte Hochziehen der Mundwinkel, wenn sie sprach, nicht das peinliche »Sei doch bitte einfach mal still«, wenn sie in Gegenwart von Gästen etwas sagte, das ihm missfiel, es war vielmehr etwas Unlogisches, das ihr auffiel. Etwas Unpassendes; etwas, das sich nicht zu allem anderen fügte und ihr gerade deshalb auffiel.

Sie kannte Großvaters Familiengeschichte, bevor sie vom Geheimnis ihrer Mutter erfuhr. Auf den Knien des Opas sitzend, hatte er ihr von dem Gut in Ostpreußen erzählt, von seinem Vater, dem Stallmeister, den Pferden, den Wiesen, dem Fluss, seinem Jugendfreund Gero, dem Sohn des Gutsbesitzers.

Merkwürdig – als sie noch Lilly ritt, das Pony, das er ihr zu Weihnachten geschenkt hatte, wünschte sie sich zum Geburtstag ein Martingal. Lilly hatte sich angewöhnt, den Kopf hochzureißen, sodass sie beim Reiten an dem Zügel ziehen konnte, so viel sie wollte, der Zug kam nicht am Unterkiefer des Ponys an. Es war ein Machtkampf zwischen Lilly und ihr. Ein Martingal, ein Lederzügel, der vom Bauchgurt zum Nasenriemen des Halfters führte, würde Lillys Extratouren beenden, denn dann konnte sie den Kopf nur noch maximal in die Waagerechte heben.

»Ein Martingal?«, fragte der Großvater. »Was ist denn das schon wieder?«

Sie lachte ihn aus. Der Großvater wusste nicht, was ein Martingal war? Als Sohn des Stallmeisters?

Mit überlegener Miene erklärte sie ihm die Funktionsweise des Hilfszügels. Pünktlich zum Geburtstag brachte der Briefträger das Paket mit dem gewünschten Geschenk.

88. Storage Room

»Chef«, sagte Petra Wolff. »Mario, Martin und ich haben jetzt drei Tage lang alle Speditionen, Lagerhäuser, Selfstorage-Dingsbums abtelefoniert. Nichts zu machen. Nirgends etwas von Anna Hartmann zu finden. Könnte sie die Sachen nicht woanders untergebracht haben. Im Ferienhaus der Eltern. Beim Verlobten? Irgendwo anders?«

»Das hab ich gecheckt, Petra. Bei der Verwandtschaft hat sie nichts untergestellt. Dehnt die Suche auf das benachbarte Ausland aus.«

»Pffff … Chef, bist du sicher?«

»Ja.«

»Na gut, wir gehen zurück in die Telefongaleere.«

Es dauerte noch zwei Tage, bis sich Petra Wolff meldete: »Anna Hartmann hat ein Depot in einem sündhaft teuren Lagerhaus in Zürich angemietet. Informieren wir diesen Sallinger?«

»Natürlich nicht.«

*

»Ich bin Privatermittler aus Deutschland. Hier ist die Vollmacht der Eltern von Anna Hartmann, die ihre rechtmäßigen Erben sind. Ich suche etwas Wichtiges, das sich möglicherweise in dem Fundus versteckt.«

»Selbstverständlich«, sagte der junge Mann hinter dem Tresen.

Es sah hier nicht aus wie in einer Spedition, eher wie im Empfangsraum einer Privatklinik. Weiß geschliffene, glänzende Möbel, elegante Sitzgarnituren, Apple-Computer auf dem Tresen, Monitore mit faszinierenden Wüstenlandschaften an den Wänden.

»Na dann, auf geht's«, sagte Dengler.

»Sie müssen hier bitte das Passwort eingeben.«

Der Mann schob Dengler eine Tastatur zu.

»Ich kenne das Passwort nicht.«

»Dann kann ich leider auch nichts machen.«

»Doch, das können Sie. Sie zeigen mir einfach, wo sich das Lager von Frau Hartmann befindet.«

»Das geht leider nicht. Die Güter unserer Kunden werden auf unterschiedliche Lagerorte verteilt, je nachdem, wie groß sie sind, und je nachdem, welche Plätze gerade frei sind. Die genauen Lagerorte kennt kein Mitarbeiter, nur die Datenbank. Wir haben hier Lounges, in die wir Ihnen alles liefern – aber nur, wenn Sie das Passwort bereithaben. Sie finden dort alles, was Sie brauchen. Computer, Drucker, Scanner, Kopierer, Hochleistungsaktenvernichter und eine kleine Bar mit verschiedenen alkoholischen und nicht alkoholischen Getränken. Aber ohne Passwort – nichts zu machen.«

Dengler nahm Olga zur Seite. »Können wir das System knacken?«

»*Wir* ist gut, Georg! Wie stellst du dir das vor? Ich habe keine Ahnung, welches System die hier benutzen.«

Sie wandte sich an den jungen Mann. »Könnten wir auch über das Internet auf die Bestände zugreifen, wenn wir das Passwort kennen?«

»Aus Sicherheitsgründen ist unser Lagersystem nicht ans Internet gekoppelt. Sorry.«

Olga sah Dengler an und schüttelte kaum sichtbar den Kopf.

»Hat vor uns schon einmal jemand versucht, die Bestände zu sichten?«, fragte er.

»Moment, das haben wir gleich.« Er tippte etwas in den Rechner. »Die Eigentümerin selbst, ja, die war öfter hier. Und es gab noch einen erfolglosen Versuch.«

»Einen erfolglosen Versuch?«

»Ja.« Er las etwas vom Bildschirm ab. »Doch die Herrschaften kannten das Passwort nicht.«

»Geben Sie mir bitte die Tastatur«, sagte Georg Dengler.

Er beugte sich über den Tresen und gab ein: *Otto Hartmann.*

»Das war schon mal falsch«, sagte der Mann.

Dengler kniff die Lippen zusammen und tippte: *ilovepetros.*

»Das war jetzt auch nichts. Einen Versuch haben Sie noch.«

Dengler drehte sich zu Olga um. »Mir fällt nichts mehr ein.«

Olga machte einen Schritt nach vorne. Dann tippte sie: *Ad Kalendas Graecas.*

»Wie immer! Ohne Frauen wären wir verloren. Würden Sie mir

bitte folgen. Möchten Sie etwas trinken? Champagner, Wasser oder lieber doch einen Kaffee?«

89. Anna Hartmann: Das Foto

Als Anna erwachsen geworden war, wurde sie Großvaters Vertraute in allen wichtigen Fragen. Als er mit 72 Jahren einen leichten Infarkt erlitt, zog sie in seine Villa im Taunus und besuchte ihn täglich im Krankenhaus. Sie kümmerte sich um eine Privatklinik, in die er vier Wochen zur Rehabilitation fuhr. Wann immer es ihr Job erlaubte, fuhr sie in den Taunus. Sie achtete darauf, dass er zu den richtigen Zeiten seine Tabletten nahm und zu den regelmäßigen Spaziergängen aufbrach, zu denen der Arzt dringend geraten hatte. Sie kaufte ihm einen Crosstrainer und achtete darauf, dass er ihn benutzte.

Er brauchte sie. Es war nun die Zeit, ihrem Großvater etwas von der Liebe zurückzugeben, die er ihr sein ganzes Leben lang geschenkt hatte. Sie gab Peter Sallinger, seiner rechten Hand, genaue Anweisungen, rief ihn täglich an, und sobald sie sich in Berlin freimachen konnte, flog sie nach Frankfurt, wo Sallinger sie am Flughafen abholte.

Doch Jahre später konnte auch sie dem Großvater nicht mehr helfen. Sallinger hatte sie angerufen, der Großvater sei ins Krankenhaus gekommen. Es sei ernst. Der alte Mann trinke zu wenig. Es drohe akutes Nierenversagen. Sie flog sofort nach Frankfurt und nahm einen Mietwagen.

Als sie Großvaters Krankenzimmer betrat, hing Otto Hartmann am Tropf. Er sei dehydriert, sagte der Arzt, sehr geschwächt. Im Augenblick rede er wirr, morgen sei er wieder ansprechbar. Doch die Nieren seien irreparabel geschädigt.

»Wir können es nicht verantworten, ihn zurück nach Hause zu

entlassen. Schauen Sie sich nach einem Pflegeheim für Ihren Großvater um.«

»Wie lange wird er dort bleiben müssen?«

Der Arzt sah sie an. Ein Blick, als habe sie nicht verstanden, was er ihr sagen wollte. »Es kann sein, dass er das Pflegeheim nicht mehr verlässt. Es ist schwer zu sagen.«

Betrübt fuhr sie zu seiner Villa. Als sie den Wagen abstellte, brannte Licht in Großvaters Arbeitszimmer. Sofort dachte sie an Einbrecher und griff nach ihrem Handy. Dann sah sie einen Schatten hinter dem Vorhang. Peter Sallinger! Sie steckte das Smartphone wieder in die Tasche. Doch was hatte Sallinger dort zu suchen? Sie schloss den Wagen ab und ging über den Rasen zum erleuchteten Fenster.

Die Vorhänge waren zugezogen, doch Sallingers Schatten war gut zu erkennen. Er stand hinter Großvaters Schreibtisch, den Oberkörper nach vorne gebeugt. Offensichtlich wühlte er in Hartmanns Unterlagen.

Empört rannte sie zur Haustür und schloss auf, stürmte die wenigen Treppen hinauf zur Eingangstür im Erdgeschoss, schloss auch diese Tür auf. Sie sah, wie das Licht im Flur anging.

»Was haben Sie am Schreibtisch meines Großvaters verloren?«

»Guten Abend, Frau Hartmann, ich suche ein Dokument, das ich für Ihren Großvater geschrieben habe. Ich wollte noch eine Korrektur …« Er drängte sich an ihr vorbei.

»Falls Sie etwas brauchen, Sie finden mich in meinem Büro einen Stock tiefer.«

»Gehen Sie nach Hause. Sie werden heute nicht mehr gebraucht.«

»Wie Sie meinen.«

Anna wartete, bis Sallinger die Tür hinter sich geschlossen hatte, und ging dann ins Büro ihres Großvaters. Sie schaltete das Licht an und warf einen Blick auf den Schreibtisch. Da war nichts anderes als die stets aufgeräumte Oberfläche mit der grünen Schreibunterlage, dem geschnitzten Holzkästchen, in dem Großvaters Füller mit der grünen Tinte und einige Farbstifte lagen, sowie die

wertvolle Leuchte aus durchsichtigem Porzellan, die er von einer Reise nach China mitgebracht hatte.
Vorsichtig trat sie hinter den Schreibtisch und zog die Schublade auf.
Dachte ich mir's doch. Sallinger hat hier herumgewühlt. Großvater schloss den Schreibtisch immer ab.
Doch konnte sie keine Unordnung feststellen. Schreibgeräte, ein Stempel mit Stempelkissen, eine Schachtel mit einer Breitling-Uhr, drei Klarsichthüllen mit handschriftlichen Notizen. Nichts Auffälliges, nichts Besonderes war zu sehen. Wahrscheinlich hatte sie Sallinger gestört, bevor er Großvaters Schreibtisch durchwühlen konnte.
Sie war immer noch wütend.
In ihrem Handy hatte sie die Nummer des Handwerkers gespeichert, der die Sicherheitsanlage in der Villa betreute. Obwohl es schon spät war, rief sie den Mann auf dessen Mobilgerät an.
»Hartmann hier, entschuldigen Sie die späte Störung. Ich möchte, dass die Schlösser in der Villa meines Großvaters ausgewechselt werden … Nein, wenn es möglich ist, noch heute Abend … Ja, ich weiß, wie spät es ist. Es ist wichtig. Wenn Sie es ermöglichen könnten, würde ich den dreifachen Preis akzeptieren … Tatsächlich? Das ist wunderbar … Ja, ich bin da.«
Sie schaltete das Handy aus und ließ sich erschöpft auf den Schreibtischstuhl fallen. Im Geist füllte sie die To-do-Liste für den morgigen Tag aus: ins Krankenhaus zu Großvater fahren, sich nach dem besten Pflegeheim erkundigen, Kleidung für ihn packen, Waschsachen brauchte er auch.
Dazu brauchte sie die Dokumente. Großvater hatte umfangreiche Vollmachten auf sie ausgestellt, in seiner Patientenverfügung war sie als Beistand aufgeführt, auch das Testament und ihre Vollmacht für die Stiftung mussten entweder hier im Schreibtisch oder im Safe liegen. Anna Hartmann öffnete die Seitentür des Schreibtisches. Auch sie war nicht abgeschlossen.
Sie verfluchte Sallinger. Er würde nie mehr wieder ohne ihre Ein-

willigung diese Wohnung betreten. Vielleicht sollte sie ihn feuern.
In der zweiten Schublade fand sie die Patientenverfügung und die Vollmachten für seine privaten Konten und die der Stiftung. Gut, es würde also morgen in der Klinik keine Probleme geben.
Sie zog die unterste Schublade auf. Sie war leer bis auf ein altes Fotoalbum. Neugierig zog sie es heraus, legte es auf den Schreibtisch und schlug den Umschlag auf. Es lag nur ein einziges vergilbtes Foto auf der zweiten Seite, sonst war das Album leer. Sie hob es hoch und betrachtete das Bild. Ein Kriegsfoto. Eine Erinnerung an Großvaters Kriegszeit, wahrscheinlich.
Im Vordergrund standen zwei Soldaten unter den Ästen eines großen Baums, einer mit Stahlhelm, der andere hatte etwas Längliches über die Schulter gelegt, möglicherweise eine Axt oder einen Flammenwerfer. Beide sahen direkt in die Kamera und lachten dem Fotografen freundlich zu. Der Boden war übersät mit Gerümpel, das aussah wie Bauschutt. Anna sah hinter den beiden Männern eine einzelne Tür auf dem Boden liegen, rechts lag ein Backstein. Links im Bild stand ein Soldat, ebenfalls mit einem Stahlhelm auf dem Kopf. Dieser Soldat trug eine Maschinenpistole auf dem Rücken und legte etwas, das sie nicht erkennen konnte, in ein technisches Gerät, von dem man nur einen kleinen Ausschnitt sah, vielleicht ein Fahrzeug, möglicherweise ein Motorrad. War das der Großvater? Sie beugte sich über das Bild, doch der Stahlhelm warf einen Schatten über das Gesicht des Mannes, sodass sie ihn nicht erkennen konnte.
Im Hintergrund stand eine weitere Gruppe Soldaten in lockerer Haltung um einen hochgewachsenen Mann, wahrscheinlich ein Offizier. Sie rauchten und schienen guter Stimmung zu sein. Dies war umso erstaunlicher, weil die Häuser hinter ihnen lichterloh brannten. Feuergarben schossen aus dem Erdgeschoss des Hauses unmittelbar hinter dem Offizier und den Männern, die um ihn herumstanden.
Das Merkwürdige, das Irritierende an dem Foto war, dass keiner

der Soldaten irgendeine erkennbare Anstrengung unternahm, das Feuer zu löschen. Ihre lockere, ja fröhliche Haltung stand im krassen Gegensatz zu dem dramatischen Hintergrund der brennenden Häuser.

Anna drehte das Foto um und legte vor Entsetzen die Hand vor den Mund. Dort stand, in verblichener grauer Bleistiftfarbe geschrieben: *Als Erinnerung an einen Tag in Distomo. Fritz Lautenbach*

Sie wusste nicht, wie lange sie an Großvaters Schreibtisch saß und das Foto anstarrte. Das Schrillen der Klingel riss sie aus ihrer Trance. Der Schlosser stand an der Tür – bereit, im Haus die Türschlösser auszuwechseln. Anna ließ ihn arbeiten. Sie ging an Großvaters Bar und schenkte sich einen Whisky ein. Dann setzte sie sich – immer noch benommen – auf das Sofa im Wohnzimmer und dachte nach.

*

Am nächsten Tag fuhr sie früh ins Krankenhaus. Großvater ging es besser. Er lächelte sogar, als er sie sah. Doch noch immer redete er wirres Zeug, nannte Namen, die sie nicht kannte, griff nach Dingen in der Luft, die nur er sehen konnte. Sie blieb nicht lange.

Am Vormittag parkte sie vor einem Fotolabor in der Frankfurter Innenstadt. Sie streckte dem Inhaber, einem schwergewichtigen Mann mit kunstvoll gezwirbeltem Schnauzbart, das Foto entgegen.

»Können Sie die Gesichter vergrößern, sodass man sie besser erkennen kann?«

Der Mann betrachtete das Foto und kratzte sich dann am Kopf.

»Wir müssen das Bild einscannen, dabei gewinnt es an Qualität. Dann müssen wir mit Photoshop … wird schwierig …«

»Schwierig ist aber nicht unmöglich, oder?«, sagte Anna ungeduldig.

»Ich fürchte, genau das ist es – die Qualität ist nicht sehr gut. Sehr grobkörnig«, sagte der Mann und gab ihr das Foto zurück.

»Mist«, sagte Anna und steckte das Bild zurück.

Als sie sich zum Gehen wandte, sagte er. »Es gibt vielleicht doch eine Möglichkeit. Doch wir haben es noch nie ausprobiert.«

»Erzählen Sie. Ich bin etwas in Eile.«

»Ich vermute, es geht Ihnen darum, eine oder mehrere der abgebildeten Personen zu identifizieren? Es gäbe da noch eine andere Möglichkeit, die viel Erfolg versprechender ist als eine mit Tricks bearbeitete Vergrößerung. Ahnenforschung?«

»Nein.«

»Nun, warum auch immer: Sie kennen sicher die Programme aus dem Internet, mit denen man Menschen altern lassen kann. Sie geben ein Foto von sich oder jemand anders in den Computer, und das Programm zeigt Ihnen, wie Sie mit siebzig oder achtzig aussehen werden. Bei einer Weiterentwicklung dieser Sache genügen von einem Foto nur wenige Anhaltspunkte. Das Programm setzt die fehlenden Teile von sich aus zusammen und vervollständigt das Gesicht. Es greift auf unterschiedliche Gesichtserkennungsdatenbanken zurück. Wenn es sich nicht sicher ist, macht es mehrere Vorschläge.«

»Perfekt! Das probiere ich. Und noch etwas: Machen Sie mir bitte Vergrößerungen von den Gesichtern.«
»Das können wir machen. Es dauert einige Tage. Wir müssen erst …«
»Was kostet es, die Arbeit bis morgen zu erledigen?«
Der Mann zwirbelte an seinem Bart, murmelte etwas von Umsatzausfällen, die kompensiert werden müssten, und nannte eine unverschämte Summe.
Als sie wieder im Krankenhaus ankam, schlief Großvater. Sie nahm seine Hand und streichelte sie.
»Was verschweigst du mir, lieber Opa?«, flüsterte sie ihm ins Ohr. »Du kannst deiner Lieblingsenkelin doch alles anvertrauen. Hab keine Angst. Warst du der Soldat an dem Motorrad? Hast du schlimme Dinge im Krieg erlebt? Sprich mit mir!«
Doch Otto Hartmann seufzte nur einmal tief und schlief weiter.

*

Der Mann an dem Motorrad war eindeutig nicht Großvater. Das Kinn war viel zu breit, der Kopf zu mächtig. Sie schüttelte den Kopf. Der Inhaber des Fotolabors drehte an seinem gezwirbelten Schnauzbart und reichte ihr ein weiteres Bild.
Es war das Foto des Offiziers im Hintergrund des Bildes. Die Software hatte ihn künstlich altern lassen. Sie starrte das Foto an und sah das Gesicht ihres Großvaters.
»Geben Sie mir die Vergrößerung des Originals.«
Der Mann schob ein weiteres Foto über den Ladentisch. Der Offizier in Uniform war gut zu erkennen. Er hatte keine offensichtliche Ähnlichkeit mit dem Großvater. Doch wenn man die Augenpartie und den Mund näher betrachtete, gab es keinen Zweifel. Es war derselbe Mann.

*

Statt zurück ins Krankenhaus zu fahren, setzte sie sich in den ICE nach München. Ihre Mutter hatte den Mann, der auf sie geschossen und an dem Massaker teilgenommen hatte, so oft und so präzise beschrieben, als wolle sie mit dieser Beschreibung das Unheil bannen, das sie in ihren Träumen immer wieder einholte.

»Lass es nicht den Großvater sein«, murmelte Anna wie ein Mantra, als sie sich fest in den Sessel der ersten Klasse drückte. »Lass es nicht der Großvater sein.«

Ihre Mutter öffnete die Haustür, als sie aus dem Taxi stieg.

»Was für eine schöne Überraschung«, rief sie und schloss Anna in die Arme.

»Ist Papa da?«

»Nein. Warum? Er ist im Büro. Du siehst so ernst aus? Ist etwas passiert?«

»Mir geht es gut. Ich muss dir etwas zeigen. Lass uns in die Küche gehen.«

»Möchtest du einen Kaffee?«

»Später. Erst muss ich dir etwas zeigen.«

»Na, dann bin ich aber gespannt«, sagte ihre Mutter und hakte sich bei Anna unter. Gemeinsam gingen sie in die Küche. Anna zog ihren Mantel aus, legte ihn über den Stuhl und sah das erwartungsfrohe Gesicht ihrer Mutter.

»Du bist befördert worden?«

Anna schüttelte den Kopf und stellte ihre Handtasche auf den Schoß. Sie zog das Foto mit den brennenden Häusern hervor und legte es auf den Tisch. Dann nahm sie die Vergrößerung des Bildes des deutschen Offiziers und schob es sachte über den Tisch. Ihre Mutter saß vor ihr, den Blick gesenkt, und starrte auf die beiden Fotos.

»Mama, ist er das? Ist das der Mann, der auf dich geschossen hat?«

Ihre Mutter hob den Kopf, und Anna legte vor Schreck eine Hand vor den Mund. Die Augen der Mutter flackerten wie ein Kerzenlicht im Wind, aus ihrer Kehle drang ein Rasseln, als würde sie

ersticken, und jeder Muskel ihres Gesichtes zuckte in einem unkontrollierbaren Rhythmus.
Anna sprang auf, lief um den Tisch und umarmte ihre Mutter. Mit der rechten Hand zog sie das Handy aus der Hosentasche und wählte den Notruf.

*

Noch während sie in der Notaufnahme auf den Arzt wartete, zerriss sie beide Fotos. Das hatte sie nicht gewollt. Als der Vater im Krankenhaus eintraf, erzählte sie ihm, sie habe zwei Bilder in den Tiefen des Internets gefunden. Sie habe einen Verdacht gehabt und wollte sichergehen und sie der Mama zeigen. Sie habe nicht damit gerechnet, dass sie einen Schock auslösten.
Am nächsten Tag wurde Frau Hartmann aus dem Krankenhaus entlassen. Sie fühlte sich schwach, doch sie konnte gehen. Anna nahm sich Urlaub und kümmerte sich drei Tage um sie. Dann fuhr sie zu ihrem Großvater.

90. Gero von Mahnke: Der Schuss

Die Felsen, hinter denen Otto Hartmann und Gero von Mahnke in Deckung gegangen waren, waren ein gutes Versteck. Die beiden Felsen bildeten in der Mitte eine Mulde, die ihnen Sichtschutz nach allen Seiten gab. Doch irgendwann würden die Partisanen sie aufstöbern. Otto hatte drei volle Magazine, von Mahnke hatte für seine Pistole keine Reservemunition. Nur sechs Schuss.
Wahrscheinlich zogen die Partisanen den Belagerungsring bereits enger, und es würde nicht lange dauern, bis sie entdeckt wurden. Es war nur eine Frage der Zeit.

Die Lage war aussichtslos.

Zumindest für ihn.

Sie wollten den SS-Offizier.

Sie wollten ihn.

Otto würden sie vielleicht laufen lassen.

Ihn würden sie hier im Wald aufhängen.

Oder sie würden ihn in dem Dorf hängen, in dem er …

Er sah die Frau in dem Flur wieder vor sich, die vor Angst geweiteten Augen, das Baby in ihrem Arm, und er erinnerte sich, wie das Gefühl von Macht ihn aufgebläht und völlig ausgefüllt hatte.

Er hatte damals die Kontrolle über sich verloren.

Jetzt hatte er Angst.

Otto lag neben ihm, den Karabiner im Anschlag, und beobachtete das Waldstück vor ihnen.

»Wenn sie kommen, nehmen wir möglichst viele von ihnen mit«, knurrte er.

Otto schien schon mit seinem Leben abgeschlossen zu haben.

Er nicht.

Noch hatte der Feind sie nicht entdeckt.

Mühsam zwängte er sich aus seiner Uniformjacke. Otto sah ihn kurz an.

»Was machst du?«, flüsterte er.

»Mir ist heiß.«

Otto sah wieder über Kimme und Korn und suchte den Wald nach verdächtigen Bewegungen ab.

Der gute Otto!

Gero von Mahnke wickelte die Pistole in die Uniformjacke. Dann schoss er Otto Hartmann in den Kopf.

*

Es war gar nicht so einfach, dem toten Otto die Uniform auszuziehen. Vor allem für die Jacke brauchte er mehr Zeit, als ihm lieb war. Gehetzt blickte er hin und wieder auf, aber von den Partisanen war noch nichts zu sehen. Hoffentlich stand nicht einer irgendwo hinter einem Baum und beobachtete ihn.

Im Liegen zog er sich Ottos Uniform an, und dann streifte er dem Toten seine Jacke mit den SS-Runen über, zog ihm seine Hose und seine Stiefel an. Er nahm Ottos Ausweise, das Soldbuch, sein Geld, seine Erkennungsmarke, setzte sein Schiffchen auf. Er arbeitete schnell und effizient. Dann drückte er dem Toten die Pistole in die Hand, stand auf und überprüfte alles noch einmal.

Otto starrte ihn an.

Von Mahnke bückte sich und drückte ihm die Lider zu.

Dann hob er beide Hände und ging in die Richtung, in der er die Partisanen vermutete.

*

Als er in dem zerstörten Frankfurt ankam, suchte er über das Rote Kreuz nach seiner Familie. In einem von einem alten Kohleofen überheizten stickigen Büro in der Nähe des Hauptbahnhofs fragte er nach. Eine ältere Frau, eine Rote-Kreuz-Schwester mit einer grauen Haube und mitleidsvollem Blick, half ihm. Sie legte ihm Listen mit Vermissten vor, Listen mit Geretteten, Listen mit Gestorbenen.

Erich Koch, der Gauleiter der NSDAP, hatte sich geweigert, Ostpreußen rechtzeitig zu evakuieren. Als die Russen in der Ostfront durchbrachen, setzte Panik ein. Sein Vater und sein Bruder hatten einen Treck zusammengestellt, die Trakehner vor Wagen und Karren gespannt und sich auf den Weg in den Westen gemacht. Wer aus dem Gesinde mitwollte, kam mit. Fräulein Schurrhardt, die Hauslehrer und auch Herr und Frau Hartmann.

In Gotenhafen sammelten sich Schiffe, die die Flüchtlinge über die Ostsee ins Reich bringen sollten. Der Treck seines Vaters kam auf die Wilhelm Gustloff, ein früheres KdF-Vergnügungsschiff, das nun als Lazarettschiff diente. Das war, so erfuhr er von der älteren Frau in dem überheizten Büro des Roten Kreuzes, am 30. Januar 1945.

»Und Sie wissen wirklich nicht, was mit der Gustloff geschehen ist?«, fragte die Frau.
Von Mahnke schüttelte den Kopf.
»Torpedos«, sagte sie. »Ein russisches Torpedoboot hat sie versenkt. Nur wenige wurden gerettet.«
Sie brachte ihm die Liste der Überlebenden. Er las sie zweimal, dreimal, wieder und immer wieder, so oft, bis die Frau ihm die Blätter nachsichtig unter seinen Händen wegzog.
Von seiner Familie hatte niemand überlebt. Die Mutter nicht, der Vater nicht, Heinrich war tot, auch Gerda, die kleine Schwester. Um sie tat es ihm am meisten leid. Auch die Eltern von Otto waren nicht unter den Überlebenden, Vaters Sekretärin nicht, niemand.
Immerhin hatte von Bennigheim überlebt. Er war mit seinem Kommando unbeschadet über Rumänien zurück ins Reich gelangt. Er kam bei einer Tante seiner Frau in Norddeutschland unter und reiste zu einem Besuch nach Frankfurt, weil er von Plänen gehört hatte, die künftige deutsche Zentralbank solle in Frankfurt als *Bank Deutscher Länder* errichtet werden. Von Mahnke erschrak, als er seinen früheren Chef sah: Von Bennigheim war alt geworden, tiefe Furchen zogen sich durch sein Gesicht, das Haar war nun vollkommen weiß geworden, er ging vornübergebeugt und stützte sich auf einen Stock.
Als Gero von Mahnke mit ihm durch den ausgebombten Frankfurter Zoo ging, blieben sie vor der Ruine des Aquariumturms stehen. Drüben am ebenfalls zerstörten Menschenaffenhaus beschäftigten sich Arbeiter mit der Wiederherstellung der Außenmauern.
»Es wird weitergehen«, sagte von Bennigheim. »Du wirst sehen. Deutschland wird wiederauferstehen. Die Amerikaner brauchen uns gegen die Russen. Du wirst schon sehen.«
Er erzählte ihm, dass Felmy in Haft saß. Ihm würde der Prozess als Kriegsverbrecher gemacht werden. Es sei möglich, dass die Amerikaner ihn aufhängen würden.

»Sie waren doch in Distomo dabei, nicht wahr? Sie sollten sich vielleicht ins Ausland absetzen.«
Von Bennigheim siezte ihn wieder.
Kein gutes Zeichen.
Neben Felmy in Nürnberg auf der Anklagebank zu sitzen – keine gute Aussicht. Er war doch noch jung.
Er beschloss, als Otto Hartmann weiterzuleben.
Von Bennigheim half ihm noch ein letztes Mal. Er sorgte dafür, dass er an der Universität Frankfurt studieren konnte.
Doch der größte Dienst war ein Empfehlungsschreiben an Hermann Josef Abs.
Von Bennigheim starb 1949 an einem Herzinfarkt. Danach verschwand der Name Gero von Mahnke aus den Akten und aus der Erinnerung.

91. Zürich

Der Lagerort in Zürich wurde für einige Tage Denglers Büro. Anna Hartmann hatte die Unterlagen ihres Großvaters geordnet, neu sortiert und mit Anmerkungen versehen. Er studierte jedes Dokument, und je mehr er las, desto deutlicher erschloss sich ihm die Tragödie dieser Frau.
Als er den letzten Ordner mit ihren Aufzeichnungen gelesen hatte, verstand er, warum Anna Hartmann ermordet wurde.
Nur einen Tag später fuhren Jürgen und Kalliope Hartmann mit dem Zug von München nach Zürich. Angela, ihre jüngste Tochter, begleitete sie und stützte den Vater, der in kleinen Schritten neben ihr ging. Georg Dengler holte sie am Bahnhof ab und fuhr mit ihnen in einem Taxi zu dem Lagerort.
Einen ganzen Tag lang lasen die drei nun Annas Aufzeichnungen. Dengler schien es, als alterten die Hartmanns stündlich, als beug-

ten sich ihre Rücken von Schriftstück zu Schriftstück. Erst am Abend, als sie sich verabschiedeten, weinten sie, haltlos schluchzend Kalliope Hartmann, lautlos ihr Mann. Angela Hartmann führte sie vorsichtig zum wartenden Taxi.
Dann rief Dengler Wittig an.

92. Anna Hartmann: Großvaters Tod

»Wo bist du so lange gewesen?«, fragte der Großvater.
»Es ist wie immer: Alle werden gleichzeitig krank. Ich war in München. Mama ging es nicht gut. Jetzt bin ich bei dir. Wie geht es dir?«
Sie setzte sich auf den Stuhl neben sein Bett, nahm seine Hand und streichelte sie. Sie betrachtete die Altersflecken, die sie an ihm immer gemocht hatte, und die blaugrünen Hautflecken, wo die Nadeln, von Pflastern verdeckt, in die Arterien ragten.
»Ich fühle mich schwach. Aber in ein paar Tagen bin ich wieder auf den Beinen, wirst schon sehen.«
Er schloss die Augen und schlief ein.
Der Arzt sagte, Großvater würde nie wieder gesund werden. »Herr Hartmann wird an Nierenversagen sterben. Wir wissen nicht, wann, aber der Zeitraum, der ihm noch bleibt, ist überschaubar. Ich kann Ihnen versichern, Nierenversagen ist nicht der schlimmste Tod. Es wird plötzlich einfach vorbei sein.«
»Ich nehme ihn mit. Ich möchte, dass er die letzten Tage in seinem Haus verbringt. Ich sorge für die beste Pflege, die möglich ist.«
Der Arzt nickte und unterschrieb die Entlassungsbescheinigung.
Sobald Otto Hartmann in seinem eigenen Bett lag, erholte er sich, und es schien ihm von Tag zu Tag nicht gut, aber doch besser zu gehen. Er ließ sich von Sallinger die Leitartikel der *Frankfurter Allgemeinen Zeitung* vorlesen und erkundigte sich sogar nach der Entwicklung des Aktienkurses der Deutschlandbank. Peter Sallinger,

der Anna mit größtem Respekt, ja sogar mit einer Spur Unterwürfigkeit behandelte, seit sie die Schlösser in der Villa ausgetauscht hatte und er nur Zugang zu den Büroräumen der Stiftung im Erdgeschoss hatte, kümmerte sich um ihren Großvater. Zusammen suchten sie eine Pflegerin, die sich tagsüber um Großvater kümmerte, ihn wusch, massierte und fütterte, soweit das nötig war.
»Ich werde zwei Tage verreisen«, sagte sie zu Sallinger.
»Machen Sie sich keine Sorgen, Frau Hartmann. Ich kümmere mich um alles. Ich möchte nicht, dass Sie den Eindruck bekommen, ich würde mich in die Angelegenheiten von Herrn Hartmann … Sie können sich auf meine Loyalität hundertprozentig verlassen.«
»Ich weiß, Sallinger. Wir reden später. Erst muss mein Großvater wieder gesund werden.«
»Glauben Sie, er wird wieder …?«

*

Sie fuhr mit dem Zug nach Freiburg. Im Militärarchiv führte ein Mitarbeiter sie an einen Tisch im Lesesaal.
»Wir haben die gewünschten Akten gefunden«, sagte er.
Sie las die SS-Personalakte von Fritz Lautenbach. Sie las seinen beschönigenden Bericht über das von ihm befohlene Massaker. Sie las den wahrheitsgemäßen Bericht des Feldpolizisten Koch. Sie las und las und konnte nicht aufhören zu weinen.
Der Mitarbeiter brachte ihr ein Paket Papiertaschentücher. Sie schnäuzte sich. Und las weiter.
Lautenbach wurde auf dem Rückzug aus Griechenland bei einem Gefecht mit der Roten Armee erschossen. Seine Kompanie schleppte seinen Leichnam einige Tage westwärts, dann wurde es seinen Kameraden zu viel, und sie verscharrten ihn irgendwo in Ungarn.
Sie las die Akte von Otto Hartmann. Der Mann auf dem Foto war nicht ihr Großvater. Das Bild hatte Ähnlichkeit mit einem der Sol-

daten aus dem brennenden Dorf. Als letzter Verwendungsnachweis war in der Akte eingetragen: Fahrer des Obersturmbannführers Gero von Mahnke.
Das Institut brauchte vierzig Minuten, bis sie dessen Akte hatte. Sie öffnete den vergilbten und verstaubten Umschlag, und der Großvater schaute sie an. Jung, ohne Falten und Altersflecken, aber eindeutig zu erkennen.

*

Der Großvater saß aufrecht im Bett, hinter seinen Rücken hatte die Pflegerin zwei Kissen geklemmt. Er strahlte, als sie die Tür öffnete und in sein Schlafzimmer trat. Müde wirkte er, doch seine Augen leuchteten, als er sie sah.
Sie setzte sich auf den Bettrand und lächelte ihn an.
»Wo warst du?«, fragte er.
»In Freiburg. Im Militärarchiv. Ich habe die Dienstakte von Gero von Mahnke gelesen. Das war ein SS-Offizier. Obersturmbannführer. Ich nehme an, du kennst ihn.«
Sie sah, wie sich ein Schatten über sein Gesicht legte. Er öffnete den Mund, rang um Atem.
»Du hast auf Mutter geschossen, nicht wahr?«
Er antwortete nicht, sondern starrte sie an.
»Du bist ein Mörder, Opa.«
Sie sah, wie seine Augen sich zusammenzogen. Seine Stirn bekam noch mehr Runzeln und Falten. Er wurde wütend.
»Wahrscheinlich sogar ein Massenmörder oder doch zumindest ein Mehrfachmörder.« Sie nahm seine Hand und tätschelte sie.
Sogleich veränderte sich sein Gesicht. Der Ausdruck wurde wacher, lebhafter, hoffnungsvoller.
»Du hast uns alle belogen.« Dann etwas lauter: »Stimmt doch, Opa. Du bist ein Mörder und hast uns alle belogen. Mich hast du mein ganzes Leben lang belogen.«
»Du verstehst das nicht«, flüsterte der alte Mann.

»Doch, ich verstehe alles«, sagte sie weich und küsste ihn sanft auf die Wange. Sofort entspannten sich seine Gesichtszüge.
Sie streichelte mit der rechten Hand seine Stirn und sein Gesicht.
»Deine Beerdigung wird im engsten Familienkreis stattfinden. Nur du und ich.«
Sie legte einen Daumen auf die rechte Seite seiner Nase, den Zeigefinger auf die linke. Dann drückte sie zu.
»Deine Asche werde ich ins griechische Meer kippen. Bald, in wenigen Tagen.«
Sie drückte die andere Handfläche auf seinen Mund.
Seine Hände griffen nach ihren Handgelenken und zogen daran. Doch er hatte keine Chance. Er war zu schwach.
Sie sahen sich in die Augen, als er sich zum letzten Mal aufbäumte. Eine Tür klappte hinter ihr. Sie hörte Sallinger rufen: »Was machen Sie da?«
Sie lockerte den Griff nicht.
Dann war es vorbei.
Sie stand auf und wischte die Hände an ihrem Kleid ab.
»Gehen Sie ins Büro und warten Sie auf mich. Ich rufe den Arzt, dann den Bestatter.«

93. Anna Hartmann: Im Lagerhaus

Anna wunderte sich, wie reibungslos alles funktionierte. Der Arzt schüttelte ihr die Hand, sagte: »Mein herzliches Beileid, es kam ja nicht unerwartet«, und unterschrieb den Totenschein. Sie rief ihre Eltern und die Schwester an. Benjamin bot ihr an, sofort in den Taunus zu kommen, um ihr »beizustehen«, wie er es ausdrückte, aber sie spürte seine Erleichterung, als sie ihm sagte, dass das nicht nötig sei. Ihr war es recht.
Sie gab Sallinger und seinen Mitarbeitern eine Woche bezahlten

Urlaub. Sie musste sich konzentrieren. Es gab viel zu tun: Versicherungen, Finanzamt, Bestattungsinstitut, Einäscherung, Banken.
Dann rückten zwei Möbelwagen an und luden den Nachlass ihres Großvaters ein, Akten, Ordner mit Briefen und Dokumenten, Bücher und Notizbücher, Kontoauszüge, persönliche Erinnerungsstücke, Bilder und Gemälde – alles, was sie aufheben wollte. Sie hatte ein Lagerhaus in Zürich gefunden, in dem man diskret persönliche Habe unterbringen konnte. Scheichs nutzten diese Firma angeblich, um wertvolle Gemälde aufzubewahren, bevor sie diese wieder auf den Markt warfen. Sie bezahlte eine unverschämte Gebühr für mehrere Jahre. Dann fuhren weitere Möbelwagen vor und luden Möbel, Kleider, Schuhe, Bettzeug ein. Alles auf den Müll! Ein Dutzend Männer räumte, schleppte und schwitzte: Nach vier Stunden war die große Villa leer. Kurz danach trafen zwei Makler ein.
Sie atmete auf: Dieses Haus würde sie nie wieder betreten.
Irgendjemand, vielleicht Sallinger, hatte die *FAZ* informiert. Eine Journalistin rief an, jemand von der Deutschlandbank rief sie an. Doch sie sagte stets das Gleiche: Die Familie wünscht nicht … nur im engsten Familienkreis. Eine Nachricht im Wirtschaftsteil. Das war's.
Sie fuhr nach München und joggte durch den Englischen Garten.
Benjamin gestand ihr eine Affäre mit einer Kollegin.
Sie wünschte ihm viel Spaß.
Dann nahm sie Urlaub und fuhr nach Zürich.

*

Das Schweizer Lagerhaus wurde in der folgenden Zeit ihr Büro. Großvater hatte sein privates Archiv, aber auch die Korrespondenz aus seiner Zeit bei der Deutschlandbank in seiner Villa gelagert, und nun las sie alles, was er je geschrieben hatte.
Sie lernte ein weiteres Gesicht von Gero von Mahnke alias Otto Hartmann kennen. Sie fand Briefe von ihm und Hermann Josef Abs, seinem früheren Chef bei der Bank, die sie an unterschied-

liche Minister und Behörden geschrieben hatten, wenn sie nach Ansicht der beiden Männer zu nachgiebig gegen Forderungen nach Schadensersatz und Wiedergutmachungsforderungen der im Zweiten Weltkrieg überfallenen Länder waren. Abs opponierte gegen die Wiedergutmachungszahlungen der Bundesrepublik an Israel. Otto Hartmann schrieb Briefe an das Auswärtige Amt, das Londoner Schuldenabkommen verbiete Ersatzzahlungen an Griechenland, solange es keinen Friedensvertrag gebe. Das war schlicht gelogen; Anna wusste es.

Nach dem Beitritt der DDR zur Bundesrepublik gehörte ihr Großvater zu einem Beratungsgremium der Regierung, das unermüdlich darauf hinwies, dass der endgültige Vertrag mit den Siegermächten niemals Friedensvertrag heißen dürfe, da sonst im Sinne der Londoner Konferenz halb Europa mit Reparationsforderungen aufwarten würde. Er hatte Erfolg: Der Vertrag wurde in *Zwei-plus-Vier-Vertrag* umgetauft. Die Bundesregierung lehnte alle Reparationszahlungen ab. *Ad Kalendas Graecas.*

Ihr Großvater war aktives Mitglied in der *Deutschen Gesellschaft für Politik des Auswärtigen,* in der sich alte Nazis, die wichtigsten Industriellen und Banker mit ebenso wichtigen Politikern und Medienleuten verabredeten. Sie las einige der Vorträge, die ihr Großvater dort gehalten hatte: *Kontrolle durch Kredite, Die Rolle der Deutschlandbank bei der Marktdurchdringung Südosteuropas, Zahlungsbilanzunterschiede – ein Mittel zur Steuerung auswärtiger Politik?*

Sie fand die Kopie eines Briefes an einen seiner Geschäftsfreunde. Sie las: »Was die Wehrmacht nicht erreichte und vielleicht auch nicht erreichen konnte, schaffen Qualität und günstige Preise unserer Produkte. Europa formt sich unter der nunmehr freundlichen deutschen Führung: Wer exportiert, bestimmt. Deutschland unternimmt nun einen neuen, friedlichen Versuch, Europa zu vereinen – gestützt auf die Macht seiner Wirtschaft.«

Und so weiter und so weiter.

Sie las mehrere Ordner, in denen Otto Hartmann Unterlagen über die Prozesse aufbewahrt hatte, die Opfer und Angehörige des Massakers von Distomo angestrengt hatten. Neben dem Urteil des Bundesgerichtshofs aus dem Jahre 2003, das den Nachkommen der griechischen Opfer jeden Anspruch auf Entschädigung verwehrte, hatte Hartmann mit grüner Tinte in seiner klaren Handschrift geschrieben: *Sehr gut!*

Sie fand eine Erklärung des Pressesprechers der Kanzlerin in dem Ordner: »Deutschland ist sich seiner historischen Verantwortung für das Leid, das der Nationalsozialismus über viele Länder in Europa gebracht hat, absolut und ständig bewusst. Aber das ändert nichts an der Haltung und an der festen Überzeugung, dass die Frage von Reparationen und Entschädigungszahlungen nach unserer Überzeugung abschließend und final ist, abgeschlossen ist.« *Bravo. Sauber argumentiert!*, stand in grüner Tinte daneben.

Bis 2000 hatte sich kein Regierungsmitglied aus Deutschland für die deutschen Gräuel in Griechenland entschuldigt. Erst am 4. April 2000 sagte der damalige Bundespräsident Johannes Rau in einer Rede in Kalavryta, einem Dorf, in dem die Wehrmacht ebenfalls ein grauenhaftes Massaker angerichtet hatte: »Ich bin hierhergekommen, um die Erinnerung daran in Deutschland wach zu halten. Ich empfinde hier, an dieser Stätte, tiefe Trauer und Scham.« 2014, siebzig Jahre nach den deutschen Massakern, bat Bundespräsident Gauck während eines Besuches in Griechenland um Vergebung. Anna fand das Manuskript seiner Rede in den Unterlagen. Auf der letzten Seite stand in grüner Tinte ein unflätiges Schimpfwort.

Diese Unerbittlichkeit, dieses Deutschland zuerst – das war es, was er sie gelehrt hatte.

Plötzlich wurde ihr klar, wie sie von ihm geformt worden war.

Was bin ich, fragte sie sich. Bin ich ein Geschöpf meines Großvaters? Wie viel von mir bin ich selbst?

Sie wusste es nicht mehr.

Irgendwann musste sie zurück in den Dienst. Sie fuhr nach Athen und verliebte sich in einen Künstler.

*

Die Tage mit Petros empfand sie als die glücklichsten ihres Lebens. Mit diesem Mann bekam ihr Leben eine neue und unerwartete Wendung, so als würde sie bei Sonnenaufgang hinausfahren aufs offene Meer.

Wenn sie in Berlin war, arbeitete sie an ihrem großen Plan. Ihrem neuen Leben. In ihrem Kopf formte sich langsam eine Idee. Sie würde den Zweck der Otto-Hartmann-Stiftung umwidmen. Sie würde sich fortan um die Opfer der deutschen Besatzung in Griechenland und Osteuropa und deren Nachfahren kümmern. Sie würde Projekte fördern, die das Anliegen der Opfer zur Sprache brachten; Medienpreise, Jugendaustausch, diese Dinge. Trotz der niedrigen Zinsen warf das Stiftungskapital Jahr für Jahr einen beachtlichen Betrag ab. Sie konnte etwas in Bewegung setzen.

Sie arbeitete wie besessen an diesem Plan.

»*Ad Kalendas Graecas* ist vorbei«, schrieb sie und dann listete sie die Verbrechen des Großvaters auf. Sie führte die Beispiele der erpresserischen Kredite der Deutschlandbank auf, nicht nur in Griechenland und Italien, sondern überall in der Welt, Brasilien, Ecuador, Gambia.

Sollte die neue Stiftung weiter den Namen des Großvaters tragen? Den falschen Namen des Großvaters? Es hätte einen gewissen Reiz, wenn in seinem Namen einige seiner Verbrechen gesühnt würden. Sie überlegte mehrere Wochen lang, dann entschied sie sich, die Stiftung aufzulösen und eine neue zu gründen. So wenig wie möglich mitnehmen aus dem alten Leben. Neuanfang.

Sie arbeitete an ihren Plänen, als sie an Sallinger dachte. Sie wollte fair zu ihm sein und rief ihn an.

»Ich werde die Otto-Hartmann-Stiftung auflösen und das Stiftungskapital in eine Neugründung überführen«, sagte sie zu ihm. »Es bedarf einiger Vorbereitung und dauert noch einige Monate. Ich möchte Sie vorab ins Bild setzen, damit Sie sich in Ruhe umsehen können.«

»Umsehen – Anna, wie meinen Sie das?«

»In der neuen Stiftung wird kein Platz für Sie sein.«
Er stotterte. »Anna, das können Sie nicht machen. Die Otto-Hartmann-Stiftung …«
»Das kann ich nicht machen?« Sie ärgerte sich plötzlich über den dämlichen Sallinger. »Sie werden sich wundern, was ich alles kann. Sie haben das Testament meines Großvaters gelesen, und Sie kennen die Satzung. Sie sind Geschäftsführer, und Ihr Vertrag endet mit Auflösung der Stiftung.«
»Spätestens«, fügte sie hinzu und legte auf.
Er rief zurück. »Anna, Sie werden die Stiftung nicht auflösen.«
»Na, da werden Sie sich aber wundern.«
»Wenn Sie das tun, gehe ich zur Polizei.«
»Sie meinen, die Auflösung wäre illegal?«
»Ich war immer loyal zu Ihnen, Anna. Vergessen Sie nicht, was ich gesehen habe. Sie haben ihn umgebracht. Erstickt! Mit meinen eigenen Augen hab ich es gesehen.«
»Gehen Sie zur Polizei, Sallinger. Beantragen sie eine Obduktion, Sie Narr. Seine Überreste finden Sie auf dem Meeresboden vor Piräus.«
Sie legte auf.

*

Es dauerte noch einige Monate, bis sie alle Pläne und Anträge so weit fertig hatte, dass sie damit zufrieden war. Sie setzte ein Schreiben an den griechischen Botschafter auf, in dem sie ihre Pläne erläuterte.
Sie speicherte die Unterlagen auf einem Stick, den sie, wie immer, auf dem Heizungsrohr im Keller deponierte für den Notfall. Falls es in ihrer Wohnung einmal brennen sollte.
Dann ging sie in die eiskalte Nacht hinaus. Sie lief zunächst in ihr Büro im Auswärtigen Amt und fertigte eine Kopie der Schriftstücke an. Die Kopie steckte sie mit dem Anschreiben an den Botschafter in einen weißen DIN-A4-Umschlag und schrieb die

Adresse mit großen Buchstaben auf die Vorderseite. Das Original schickte sie an die Adresse des Züricher Lagerhauses und legte den Umschlag in den Korb für die ausgehende Post. Dann verließ sie das Amt und machte sich auf den Weg zur Botschaft. Sie würde den Brief einwerfen und dann … dann freute sie sich auf ihr warmes Bett.
Es war kalt in Berlin. Sie hatte zwar den Parka mit dem falschen Pelzkragen angezogen, trotzdem, schon nach wenigen Schritten kroch ihr die beißende Berliner Winterkälte die Beine hinauf.
Bald sah sie die griechische Botschaft am Ende der Straße. Vor der irischen Botschaft, nur ein paar Häuser davor, stand ein Betrunkener auf der Straße und rief ihr etwas auf Englisch zu. Sie reagierte nicht. Dann sah sie, dass die Seitentür an dem schwarzen Mercedes-Van offen stand. Sie wunderte sich, aber sie würde sicher nicht anhalten. Als sie den Wagen erreicht hatte, sprangen sie zwei Schatten an, etwas Weiches wurde ihr ins Gesicht gedrückt, es roch ekelhaft. Sie spürte, wie sie hochgehoben wurde. Dann nichts mehr.

94. Manifest

Georg Dengler stand vor dem Spiegel. Vorsichtig rasierte er sich den Bart ab, der ihm in den letzten Tagen gewachsen war.
»Für wen machst du dich so schick?«, fragte Olga.
»Für unseren Freund Sallinger«, sagte Dengler. »Ich bin gespannt, ob die Detektei Dengler mit ihm ins Geschäft kommt.«
»Pass auf dich auf.«
Dengler versprach es und wusch sich die letzten Reste des Rasierschaums ab.

*

Peter Sallinger empfing Georg Dengler in seinem Büro. Er thronte hinter einem beachtlichen Schreibtisch aus schwarzem Holz und fuhr mit seinem Stuhl einen halben Meter zurück, um Dengler besser fixieren zu können.

Dengler saß auf dem Besucherstuhl vor ihm, setzte seine Aktentasche ab und sah sich um. Edle Hölzer, teuer wirkende abstrakte Gemälde an den Wänden. »Schön haben Sie's hier. Mein Büro ist ärmlich dagegen.«

Sallinger lächelte selbstgefällig. »Sie haben also den Nachlass Otto Hartmanns gefunden?«

Dengler lächelte: »Sie wussten auch, wo der Nachlass liegt. Sie kannten nur das Passwort nicht.«

Sallinger lächelte eine Spur intensiver.

»Ich habe es ermittelt. Gute Arbeit, finden Sie nicht auch?«, fragte Dengler. »Aber gegen Sie komme ich nicht an.«

Sallingers Lächeln fror ein.

»Wirklich«, fuhr Dengler fort. »Sie sind der Beste, der mir in meinem Gewerbe je begegnet ist. Ich war ganz nahe dran, nicht an Ihnen, das schaffte ich nie, aber an den Leuten, die für Sie arbeiteten. Ganz nahe. Aber immer wieder kamen Sie mir zuvor. Ich bin gut, aber Sie sind der Beste.«

»Was soll das? Was wollen Sie von mir?«

»Ich möchte für Sie arbeiten. Und von Ihnen lernen.«

»Wir stellen im Augenblick niemanden ein.«

»Überlegen Sie einen Augenblick, was für ein grandioses Team wir wären. Ich habe Ihnen sicher Probleme gemacht in den letzten Monaten. Aber ich könnte Ihnen wie kein anderer Probleme vom Hals schaffen. Ich bin besser als der Beste, der für Sie arbeitet.«

»Wie gesagt, im Augenblick stellen wir niemanden ein.«

»Ich bewundere Ihr Timing. Auf der Glienicker Brücke. Sie haben alles kalkuliert. Vor allem: Es gab keine Hinweise auf Sie. Nur ich, ich fand Ihre Fährte. Lassen Sie mich für Sie arbeiten. Es wird die Verbindung der beiden Besten sein. Sie als Bester, ich als Zweitbester. Unschlagbar.«

»Sie wollen mich reinlegen.«
Dengler hob die Hände. »Nein. Ich frage mich nur, ob ich mit meinen Talenten immer schlecht bezahlte Jobs annehmen muss. Es ist eine Frage des Geldes. Der Höhe der Summe. Sie verstehen.«
»Geld ist immer ein gutes Motiv. Sie wollen also die Seite wechseln?«
»Ich möchte auch mal auf der Seite der Gewinner sein. Auf Ihrer Seite. Das ist doch nicht so schwer zu verstehen.«
»Nein, sicher nicht. Nur: Ich traue Ihnen nicht.«
»Warum nicht? Mein Antrieb ist Geld. Ich bin berechenbar.«
»Sind Sie verkabelt?«
»Ich bitte Sie.« Dengler stand auf und zog sein Jackett aus. Er warf es zu Sallinger über den Schreibtisch, der es mit einer schnellen Bewegung auffing. Dengler knöpfte sein Hemd auf und zog es aus. Dann schlüpfte er aus den Schuhen und knöpfte die Hose auf.
»Ich gehe ziemlich weit, damit ich für Sie arbeiten kann.«
Er zog die Jeans herunter, zog sie aus und legte sie auf den Schreibtisch. Es folgten die Socken und die Unterhose.
»Jetzt stehe ich vor Ihnen, wie Gott mich schuf.«
»Was ist mit dem Pflaster auf der Backe?«
»Ungeschickt rasiert, heute Morgen.«
Er riss das Pflaster mit einem Ruck ab und legte es auf die Schuhe. »Blöde Fleischwunde. Morgen ist es schon wieder besser.«
Sallinger stand auf, nahm den Kleiderstapel, Denglers Aktentasche und trug sie ins Nebenzimmer. Er kam zurück, setzte sich und schaute Dengler grübelnd an.
Auch Dengler setzte sich. Er rückte näher an den Schreibtisch heran. »Und jetzt sagen Sie mir bitte: Wie haben Sie's gemacht? Wohin ist der Mann verschwunden, der in das Sonnenstudio ging? Es muss ein genialer Trick sein. Ich werde verrückt, wenn ich es nicht erfahre.«
Sallinger lächelte. Er beugte sich zu Dengler vor und sah ihm nachdenklich in die Augen.

Dengler sah, wie es in ihm arbeitete. Er wusste: Das war der Zeitpunkt, nichts zu tun. Er hielt Sallingers Blick stand und wartete.
»Ich weiß nicht, wovon Sie reden«, sagte er schließlich.
»Ich habe Ihnen etwas mitgebracht«, sagte Dengler. »Meine Morgengabe. Der Beweis, dass ich es ernst meine.«
»Und das wäre?«, fragte Sallinger lauernd.
»Das Manifest von Anna Hartmann. Sie löst darin diese Stiftung auf. Eigenhändig von ihr unterschrieben. Rechtskräftig und gültig.«
Sallingers Kopf schnellte nach vorne. »Wo ist es?«
»In meiner Aktentasche. Sie haben sie eben aus diesem Raum rausgetragen.«
Sallinger sprang auf und verließ das Zimmer. Kurz danach kam er zurück. In der Hand trug er das Manifest. Er setzte sich.
»Was wollen Sie dafür haben, Dengler?«
»Einen Job. Einen gut bezahlten Job«, verbesserte er sich. »Lassen Sie mich für Sie arbeiten.«
»Mhm.«
»Sie werden es nicht bereuen.«
»Einverstanden«, sagte Sallinger. Er wedelte mit dem Manifest. »Damit haben Sie mir eine große Freude gemacht.«
»Dann sagen Sie mir: Wie haben Sie's gemacht? Wohin ist der Mann verschwunden, der in das Sonnenstudio ging?«
Sallinger überlegte. Dann sagte er. »Nun, es könnte so gewesen sein, dass sich unser eitler, eitler Mensch in die falsche Sonnenbank gelegt hat.«
»Genial«, sagte Dengler. »Und dann?«
Sallinger stieß ein wieherndes Lachen aus. »Und dann? Und dann? Und dann?«, rief er vergnügt »Kann es dann sein, dass er gegrillt wurde.«
»Sensationell. Und der Putztrupp, der dann kam …«
»… der fegte zusammen, was noch da war.«
»Ich bin voller Bewunderung. Allein die Planung. Das passte ja alles in eine blaue Mülltüte. Sie sind ein Genie.«

»Und jetzt sind Sie dran, Dengler. Wie hieß das Passwort für diesen Laden in Zürich?«

»Ad Kalendas Graecas.«

»Ach was«, sagte Sallinger. »Humor hat sie ja gehabt, die kleine Hartmann.«

»Ich habe sie leider nur kurz kennengelernt. Auf der Glienicker Brücke.« Dengler lachte laut los und schlug sich mit der flachen Hand auf den Schenkel. Sallinger stimmte laut wiehernd ein.

»Aber warum musste sie weg?«, fragte Dengler.

Sallinger wurde sofort ernst. »Schlimme Sache.«

Auch Dengler legte sein Gesicht in Falten. »Das ist Ihnen bestimmt nicht leichtgefallen.«

Sallinger schüttelte den Kopf. »Sie hat ihn umgebracht.«

»Wer? Anna Hartmann ihren geliebten Großvater? Das glaube ich nicht!«

»Sie hat ihn erstickt. Mit ihren Händen. Ich habe es gesehen.«

»Deshalb musste sie sterben?«

»Sie wissen doch alles, Dengler. Sie haben doch ihre Ausarbeitungen gelesen.«

»Ich verstehe es trotzdem nicht. Sorry, aber ich habe nicht Ihren Intelligenzquotienten.«

»Otto Hartmann hat sein Leben einer bestimmten Idee gewidmet: das neue Europa unter deutscher Führung.«

»Europa braucht ein starkes Deutschland«, sagte Dengler.

»Genau. Das Motto unserer Stiftung. Die kleine Hartmann lief gut im Geschirr, aber dann drehte sie durch und wollte genau das Gegenteil.« Im empörten Unterton: »Sie wollte die Stiftung auflösen.«

»Nicht zu fassen«, sagte Dengler.

Sallinger zuckte zurück und sah Dengler misstrauisch an. »Nehmen Sie mich auf den Arm?«

»Nein, nein, ich lerne gerade. Ich lerne gerade mehr als auf einem BKA-Seminar.«

»Das Problem war kompliziert. Sie hatte alle Vollmachten. Juristisch war nichts zu machen.«

Dengler nickte.
»Sie schrieb den Auflösungsantrag. Wir dachten, der wäre auf dem Stick.«
»Den ich in Annas Heizungskeller fand.«
»Ja. Den brauchten wir unbedingt. Aber als wir den Stick hatten, stand da nur eine Beschreibung der Griechenlandkrise drauf.«
»Sie waren der Mann auf dem Sozius! Ich hätte Sie nie erkannt. Großartig. Wirklich ganz großartig.«
Sallinger hob die Hand. Dengler schlug ein. High five mit einem Mörder.
»Anna musste sterben«, sagte Dengler, »weil das Falsche auf dem Stick stand?«
Sallinger schüttelte den Kopf. »Die Operation konnte sowieso nicht mehr gestoppt werden. Mit freien Mitarbeitern ist man nicht flexibel, verstehen Sie? Aber es hatte einen unschätzbaren Vorteil.«
»Sie sind mir wie immer einige Schritte voraus.«
»Sehen Sie es mal so: Otto Hartmann war der absolute Chef, Anna Hartmann seine Erbin und Nachfolgerin – klare Sache. Für den unwahrscheinlichen Fall, dass beide nicht handlungsfähig sind, sieht die Satzung vor, dass der Geschäftsführer die Stiftung leitet.«
»Also Sie. Eine Stiftung mit Kapital von mehr als 100 Millionen Euro!«
Sallinger lehnte sich zurück und grinste bescheiden.
»Und – nur mal rein aus fachlichem Interesse – wie und mit wem haben Sie die Operation auf die Beine gestellt?«
Sallinger lehnte sich wieder vor und sagte mit ernstem Gesicht: »Es gibt immer noch Menschen in Deutschland, denen die nationale Sache wichtig ist. Die bereit sind, Opfer für ihr Land zu bringen. Jeder auf seinem Platz. Sie würden sich wundern, wer alles zu uns gehört.«
»Kameraden also.«
»Kameraden, jawohl.«
»Kenn ich davon einen? Können Sie mir einen Namen sagen?«
»Sie wollen von mir einen *Namen* wissen?«

»Ja, den Ansprechpartner. Sie sind doch sicher so beschäftigt, dass Sie das nicht alleine planen können. Sie sind jemand, der seine Leute für solche Operationen hat. Sie sind sicher jemand, der die Linie vorgibt, doch wer sind die Ausführenden? Wer operiert auf meiner Ebene, sozusagen …«

Sallinger wirkte plötzlich ganz ernst. »Dengler, Sie wollen von mir wirklich Namen wissen?«

»Nun ja, wo wir so vertraut sind. Ich bin an Ihren Erfahrungen interessiert …«

Sallinger stand auf. »Dieses Gespräch hat nie stattgefunden.«

»Doch, das hat es.«

»Sie ziehen sich jetzt besser an und verlassen mein Büro.«

Dengler tippte auf die Schnittwunde an seinem Kinn.

»Dieses Gespräch hat nicht nur stattgefunden, es wurde auch von der Polizei aufgezeichnet.«

»Sie bluffen. Nehmen Sie Ihre Kleider und verschwinden Sie!«

»Neuste Technologie. Ein Mikrofon als Implantat. Unser Gespräch wird ein hinreißendes Beweismittel werden.«

»Sie sind eine undeutsche Verräternatur, Dengler.« Sallinger riss eine Schublade auf und kramte darin.

»Zugriff!«, schrie Dengler.

Sallinger lachte. »Sie bluffen. Sie sind wirklich zu blöd. Jemanden wie Sie werden wir sicher nicht einstellen. Ihnen mangelt es am Notwendigsten, an nationaler Zuverlässigkeit … Um Sie wird kein aufrechter Deutscher trauern.«

»Zugriff, verdammt noch mal!«

Sallinger lachte und zog eine Waffe aus der Schublade.

Dann explodierte der Raum. Fensterscheiben splitterten. Eine Blendgranate explodierte. Dengler und Sallinger hielten sich die Hände schützend vor die Augen. Tränengas ätzte. Dann waren vermummte schwarze Männer im Raum.

Es war vorbei.

*

»Gut gemacht, Dengler«, sagte Wittig. »Angesichts Ihres schlechten Rufes: eine gekonnte Vernehmung.«
»Sein Schwachpunkt war die Eitelkeit.«
»Wie bei jeder Person, die in der Öffentlichkeit steht.«
Dengler dachte an Anna Hartmann. »*Fast* wie bei jeder Person, die in der Öffentlichkeit steht.«
Wittig sagte: »Die Aufnahme Ihres Gesprächs beschert uns viel Arbeit.«
»Beschert Ihnen viele Festnahmen.«
»Eine Menge Überstunden.«
»Beförderungen.«
»Endlose Sitzungen.«
»Belobigungen vom Senator.«
»Schlechte Presse.«
»Das Vergnügen, Millionären Handschellen anzulegen.«
»Du bist in Ordnung, Dengler.«
»Du auch, Wittig.«
»Ich bring dich nach Frankfurt auf den Zug.«
»Es geht nichts über einen guten Kumpel.«

Epilog

Es war kalt, als Dengler in Athen aus dem Flugzeug stieg. Er stellte den Kragen seiner Jacke hoch und suchte den Weg durch den mit Lichterketten und Nikoläusen dekorierten Flughafen. Die U-Bahn war voll. Die Menschen standen dicht gedrängt in dem Waggon, bis er am Syntagma-Platz ausstieg. Er kannte den Weg. Bergab, an der Kathedrale Mariä Verkündigung vorbei, die schmale Straße hindurch zum Café. Im ersten Stock saßen nur an zwei Tischen Paare und tranken Tee. Dengler setzte sich an einen Fensterplatz und wartete. Draußen waren immer noch viele Geschäfte verrammelt, die heruntergelassenen Rollläden aus Wellblech mit so vielen Graffiti bemalt, dass nicht die kleinste freie Fläche zu sehen war. Der grauhaarige Kellner stellte mit einem Lächeln einen doppelten Espresso und ein kleines Kännchen mit Milch vor ihm ab. Georg Dengler dankte mit einem Lächeln.

»Willkommen zurück in Athen«, sagte der Mann.

Petros kam zwanzig Minuten später. Ein schwarzer dicker Wollschal flatterte um seinen Hals. Er breitete die Arme aus und umarmte Dengler.

Er sah gut aus, die Haare immer noch ein wenig strubbelig, doch diesmal so, als hätte ein Friseur dieses Durcheinander kunstvoll auf seinem Kopf drapiert. Er trug neue Jeans einer besonderen Marke, die Dengler nicht kannte, und einen dicken weißen Wollpullover unter einer festen blauen Jacke von Armani. Die Kälte hatte seine Wangen in ein leichtes Rot gefärbt.

»Es geht dir gut, sehe ich«, sagte Dengler.

Petros ließ sich in einen Sessel fallen, winkte den Kellner herbei und bestellte einen Cappuccino.

»In drei Wochen ist meine erste große Einzelausstellung. Ich arbeite rund um die Uhr im Atelier. Es ist wahnsinnig viel zu tun. Und du, mein Freund, wie geht es dir?«

»Ich erhole mich noch.«

»Ich habe gelesen, wie du die Verbrecher hinter die Riegel gebracht hast – sagt man doch so, oder? Große Klasse. Du bist ein großer Detektiv.«

»Danke. Erzähl von deiner Ausstellung.«

»Ah, die Ausstellung! Sie wird der Durchbruch für deinen Freund Petros. Glaube mir.« Er erzählte von dem neuen Atelier, dem Galeristen, den er gefunden habe und der nicht nur an seine Arbeit glaube, sondern sie sogar verkaufe. Er erzählte vom Neid in der Szene, der ihn überrascht habe, von neuen Freunden, die er gefunden habe, darunter auch ein herrliches Mädchen namens …

Denglers Handy klingelte. »Entschuldige«, sagte er und hob ab.

Petros machte eine fuchtelnde Handbewegung – kein Problem.

»Vermisst du sie noch?«, fragte Dengler, als er das Telefon wieder zurück auf den Tisch legte.

Petros sah ihn überrascht an. »Ja«, sagte er. »Jeden Tag.«

Das Café füllte sich. Eine Gruppe junger Männer saß am Nachbartisch und unterhielt sich in gedämpftem Ton. Zwei Frauen hatten sich in ihre Nähe gesetzt und tuschelten miteinander, während sie hin und wieder zu Petros hinübersahen.

»Schade, dass ich sie nicht kennengelernt habe. Die wenigen Minuten, die ich sie gesehen habe …«, sagte Dengler.

»Sie war eine großartige Frau. Es ist fürchterlich …«

»Ja«, sagte Dengler. »Es ist fürchterlich.«

Sie saßen einen Augenblick schweigend beieinander.

»Gut, dass du die Gangster gefasst hast.«

»Und doch gibt es noch eine ungeklärte Frage«, sagte Dengler.

»Tatsächlich?«, fragte Petros interessiert.

»Ja. Überleg doch mal. Woher wussten die Entführer, dass Anna Hartmann an diesem Abend so spät nachts noch in Berlin unterwegs war? Sie ging von ihrer Wohnung ins Auswärtige Amt. Ich vermute, sie war auf dem Weg zur griechischen Botschaft. Kurz davor lauerten ihre Entführer. Sie kannten ihren Weg. Woher wussten sie das?«

Petros trank hastig den letzten Schluck seines Cappuccinos aus. »Sie sind Anna gefolgt, nehme ich an.«
»Das Video zeigt, dass sie auf Anna gewartet haben.«
Petros sah auf seine Uhr. »Schade, dass ich nicht mehr Zeit habe. Ich muss gleich los«, sagte er und winkte dem Kellner.
»Sie hat irgendjemandem erzählt, was sie tut. Jemandem, dem sie vertraut hat und dem sie ihre Pläne anvertraute.«
Petros setzte langsam die Tasse ab. Die Männer sahen sich in die Augen.
»Ja«, sagte Dengler. »Es ist fürchterlich.«
»Hast du schon einen Namen?«, fragte Petros.
»Wir wissen, dass Anna telefonierte, bevor sie das Haus verließ.«
»Weißt du, mit wem?«
»Es war wieder einmal ein Prepaid-Handy. Nicht zu identifizieren.«
»Schade.«
»Ja, schade.«
»Und nun?«
»Es gab noch einen zweiten Hinweis.«
»Welchen?«
»Erinnerst du dich, als wir auf der Glienicker Brücke Anna gegen den Computerstick ausgetauscht haben?«
»Das werde ich niemals vergessen – bis ans Ende meiner Tage.«
»Du stiegst nicht zu Anna in das Fahrzeug, sondern setztest dich zu mir auf den Beifahrersitz.«
Schweigen.
»Georg, du verdächtigst mich? Den Mann, der sie geliebt hat?«
»Ich verdächtige dich nicht, Petros. Ich weiß es.«
»Nur mit den Beweisen sieht es schlecht aus, nicht wahr?«
»Warum, Petros? War es das Geld?«
»Du spinnst!« Er winkte dem Kellner. »Wieso kommt der Kerl nicht endlich?«
»Meine Vermutung war, dass du zu geizig bist, das schöne neue Handy wegzuwerfen, wie es dir wahrscheinlich aufgetragen wurde. Du hast es behalten.«

Petros winkte erneut dem Kellner. Nervös. Genervt. Seine Augen flackerten, als er sich Dengler zuwandte. »Du meinst mich zu kennen, ja? Geizig und ein Verräter; du meinst, das bin ich?«
»Ich weiß sogar, was jetzt in deinem Kopf vor sich geht. Du denkst: Ich muss jetzt sofort in mein Atelier fahren und das dämliche Handy hinter den leeren Farbdosen hervorholen und wegwerfen.«
Petros lehnte sich zurück. »Wie kommst du darauf, dass …«
»Während wir uns hier unterhielten, hat die Polizei deine Wohnung und dein neues Atelier durchsucht. Der Anruf eben: Das war die Bestätigung, dass es dieses Telefon ist, mit dem Anna an jenem Abend angerufen wurde. Warum, Petros?«
Petros sprang auf – und erkannte erst jetzt, dass die Männer vom Nachbartisch hinter ihm standen. Langsam setzte er sich wieder.
»Ich habe sie wirklich geliebt«, sagte er. »Ich wusste nicht, dass sie sie umbringen würden.« Tränen liefen ihm übers Gesicht.
»War es das Geld?«
Petros nickte. »Ich sollte nur ein paar Informationen liefern, was sie unternahm, was sie tat. Sie würde nichts merken. Das Geld … es erlaubte mir endlich, das zu machen, was ich immer wollte. Keine Einschränkungen mehr …«
Dengler nickte. »Du lügst, Petros. Mich anzulügen ist nicht so schlimm. Vielleicht lügst du dich selbst an. Das wäre schlimmer. In dem Augenblick, als du zu mir ins Auto gestiegen bist, wusstest du, dass Anna in Gefahr ist. Du hast sie verraten.«
Eine Hand legte sich auf Petros' Schulter. Handschellen klickten. Dengler stand auf und ging.

*

Dengler stand in der Ankunftshalle des Athener Flughafens, als die Mittagsmaschine aus Frankfurt landete. Er stand schweigend an der automatischen Schließtür, als Olga, Petra Wolff, Mario, Martin Klein und Leopold Harder heraustraten. Er umarmte

Olga, küsste Petra Wolff auf die Wange, begrüßte die anderen Freunde, doch seine Melancholie verflog nicht. Mit schweren Schritten ging er mit ihnen in eine Kaffeebar. Sie bestürmten ihn, von der Verhaftung Petros' zu erzählen, doch Dengler winkte ab. »Lasst mir Zeit.«

Mit der Maschine aus München kamen eine Stunde später Kalliope Hartmann, ihr Mann und ihre Tochter in Athen an. Annas Vater ging an einem Stock. Er war stark gealtert, seit Dengler ihn zuletzt gesehen hatte. Angela Hartmann wirkte munter.

»Unglaublich, wie viele Formulare ich ausfüllen musste, damit ich meine Schwester hierherbringen konnte.« Sie deutete auf einen kleinen schwarzen Koffer. »Da ist sie drin, unsere Anna, in einer Urne!« Plötzlich hielt sie inne, blickte in Richtung einer weit entfernten Stelle der Halle. Sie schluchzte. Ihr Vater legte ihr die Hand auf den Arm.

»Es ist so lange her, dass ich das letzte Mal zu Hause war«, flüsterte Kalliope Hartmann Dengler zu. Auch ihr liefen Tränen übers Gesicht, doch sie schien es nicht zu bemerken.

Dann gingen sie gemeinsam zum Ausgang. Ein Bus wartete bereits auf sie. Sie stiegen ein und machten sich auf den Weg nach Distomo.

Anhang

Manifest
zur Neuausrichtung
der
Otto-Hartmann-Stiftung

von
Anna Hartmann

Deutschland und Europa

Die entscheidenden Industriezentren Europas entstanden entlang der großen Wasserläufe. Erstaunlicherweise lassen sie sich fast alle auf einer fast senkrecht verlaufenden Nord-Süd-Achse auf die Karte Europas eintragen. In England entwickelte sich die Industrie dank der natürlichen Wasserkraft in der Region Manchester. In Zentraleuropa wuchsen entlang des Rheins die bedeutenden industriellen Schwerpunkte: Rotterdam in den Niederlanden, Rhein-Ruhr, Rhein-Main, Rhein-Neckar mit dem weiteren Zentrum im Stuttgarter Raum und der Region Oberrhein um Basel. Verfolgen wir diese Linie weiter nach Süden über die Alpen hinweg, finden wir die industriellen Zentren Italiens entlang des Verlaufs des Flusses Po. Spaniens industrielles Zentrum ist Katalonien, und die französischen großen Industrien finden sich im Pariser Becken an der Seine und am Verlauf des Rheinzuflusses Rhône.

Fast könnte man annehmen, es sei nicht mehr als eine Laune der Natur oder des Zufalls, dass die meisten dieser Zentren nach der Reichsgründung in Deutschland lagen. In einer Zeit, in der die Macht einer Nation, inklusive der Feuerkraft ihrer Armee, des Ausbaus ihrer Verwaltung, der Entwicklung des Bildungswesens etc., im Wesentlichen von der Potenz ihrer industriellen Basis bestimmt wurde, hatte und hat dies entscheidende Auswirkungen

auf das Verhältnis Deutschlands zu den anderen Staaten Europas und auf die Stellung Deutschlands in der Welt.
Gestützt auf diese Macht unternahm Deutschland zwei Versuche, Europa zu dominieren. Beide scheiterten und endeten mit zwei Weltkriegen, Millionen Toten und unbeschreiblichem Leid in nahezu jeder Region und jeder Stadt unseres Kontinents.
Heute ist Deutschland erneut das bevölkerungsreichste und wirtschaftlich potenteste Land Europas. Von nicht wenigen Völkern wird unser Land ausgesprochen kritisch beobachtet: Wird es einen dritten Versuch unternehmen, Europa zu dominieren?

Otto Hartmann
Mein Großvater und Gründer dieser Stiftung, Otto Hartmann, war ein überzeugter Nationalsozialist. Er glaubte fanatisch an die Idee des ›Neuen Europas‹ unter der harten Führung durch das Deutsche Reich. Während des Krieges beteiligte er sich als Offizier der SS an der Ausplünderung Osteuropas und vor allem Griechenlands. Seine Erfahrungen auf diesem Gebiet sind umfassend und reichen vom einfachen Raub mit vorgehaltener Waffe von Getreide und Vieh auf russischen Bauernhöfen bis zur systematischen Plünderung der natürlichen Reichtümer Griechenlands. Er trägt eine wesentliche Mitverantwortung für die große Hungersnot des Winters 1941/42, in der Zehntausende verhungerten. Insbesondere war mein Großvater maßgeblich beteiligt an der Einrichtung der Zwangsanleihe, die die griechische Zentralbank der Reichsbank zu gewähren hatte.
Bei der Sichtung seines Nachlasses war es erschütternd zu lesen, wie er nach dem Krieg energisch und erfolgreich gegen jede Art von Wiedergutmachung gekämpft hat. Es gelang ihm mit Hermann Josef Abs, seinem damaligen Vorgesetzten, auf der Londoner Schuldenkonferenz die Frage der Reparationen bis zum Abschluss eines Friedensvertrages zu verschieben, also *ad Kalendas Graecas* nach der damaligen Sicht der Dinge.
Als nach dem Beitritt der DDR zur Bundesrepublik ein Friedens-

vertrag mit allen Siegermächten des Zweiten Weltkrieges möglich, aber auch unumgänglich wurde, trat er beharrlich und erfolgreich dafür ein, diesen Friedensvertrag nicht als solchen zu benennen. Dazu gab es nur einen einzigen Grund: Otto Hartmann wollte verhindern, dass die Frage der Reparationen erneut diskutiert wurde, so wie es im Londoner Vertrag vorgesehen war. Aus diesem Grund wurde der abgeschlossene Vertrag »Zwei-plus-Vier-Vertrag« genannt.

Die Vorstellung, nur unter deutscher Vorherrschaft könne Europa geeint werden, ist von »Am deutschen Wesen soll die Welt genesen« des Kaisers über Hitlers »Neues Europa« bis zum »Modell Deutschland« und »Europa braucht ein starkes Deutschland«, dem Leitspruch der Otto-Hartmann-Stiftung, ein über alle Zeitperioden hinweg verfolgtes Leitmotiv deutscher Außenpolitik. Es ist auch das politische Vermächtnis Otto Hartmanns und das Ziel seiner Stiftung.

Das deutsch-griechische Verhältnis

Das Verhältnis zwischen dem ökonomisch stärksten und dem schwächsten Staat der Europäischen Union sagt uns Wichtiges über den Zustand unseres Kontinents. Es ist ein Gradmesser für den Zusammenhalt Europas insgesamt. Steht Europa zusammen, vereint unter einer solidarischen Vision, oder gilt in Europa das Faustrecht des Stärkeren?

Bedauerlicherweise scheint Letzteres wahr:

Die *Griechenlandkrise* war im Kern eine Spekulation der Finanzmärkte gegen den Euro. Die Akteure griffen sich Griechenland als schwächstes Kettenglied und trieben die Zinsen auf griechische Anleihen künstlich so hoch, dass der Bankrott Griechenlands unabwendbar schien. Um die durch Spekulation verschuldeten deutschen und französischen Banken zu retten, griffen auf Initiative vor allem der deutschen und französischen Regierung die Europäische Zentralbank, die EU und der Internationale Währungsfonds ein und zahlten die Banken aus. Die Kosten dieser Operation wurden vom griechischen Volk auf beispiellose Art eingetrieben: Ruinierung des Gesundheitswesens, Absenkung der Renten, Löhne und Gehälter auf ein Niveau nahe und jenseits des Hungers. Dies ist nicht das solidarische Europa, für das die künftige Stiftung sich einsetzen wird.

Korruption: Seit der Einführung des Euros erschüttert eine Welle massiver Korruption das Verhältnis zwischen unseren beiden Ländern. In nahezu allen großen Prozessen spielten deutsche Firmen eine zentrale Rolle; berüchtigt ist Siemens, aber auch die Aufträge für die Lieferungen von Rüstungsmaterial, wie Panzer und U-Boote, kamen offenkundig nur durch Schmiergeldzahlungen deutscher Firmen zustande.

Privatisierung: Deutschland stand Griechenland nicht solidarisch zur Seite, um die Angriffe der Finanzakteure abzuwehren, es nutzte die dadurch entstandene Schwäche des Landes vielmehr, damit sich deutsche Firmen günstig öffentliches griechisches Eigentum aneignen konnten: Flughäfen und Wasserversorgung stehen nur symbolisch für die Übernahmewelle durch deutsche und französische Firmen.

Die Otto-Hartmann-Stiftung war aktiver Teilnehmer an diesem Enteignungsprozess. Sie beriet die europäischen Institutionen bei der Absenkung des Lebensstandards der griechischen Bevölkerung und verdiente damit mehrere Millionen Euro an Honoraren. Sie beriet mehrere deutsche Firmen bei der Übernahme griechischer Unternehmen. Vor allem aber betrieb sie in Deutschland eine Pressekampagne, die die Ruinierung des Landes als selbst verschuldet wegen der behaupteten Faulheit und Unfähigkeit der Griechen darstellte.

Im Namen der Otto-Hartmann-Stiftung bitte ich um Entschuldigung für all das, was diese Stiftung an Unglück über die Menschen in Griechenland gebracht hat, und für die Unwahrheiten, die in Deutschland über unsere griechischen Nachbarn verbreitet wurden.

Neuausrichtung der Stiftung

Stiftungsziele der umgewandelten und umbenannten Stiftung wird das Eintreten für ein neues, solidarisches Verhältnis der ökonomisch stärkeren mit den weniger starken europäischen Ländern sein. Insbeondere wird sich die Stiftung für eine bessere Beziehung Deutschlands zu Griechenland einsetzen.

Kurzfristige Ziele:

- Eine aufrichtige Bitte um Entschuldigung der deutschen Regierung für die Leiden Griechenlands während der deutschen Besatzung.
- Angemessene Entschädigungen für die Opfer und Angehörigen der bei deutschen Massakern getöteten, verstümmelten oder verletzten Menschen.
- Rückzahlung der Zwangsanleihen.

Mittelfristige Ziele:

- Verhandlungen über einen Schuldenschnitt und die Befreiung Griechenlands von der unbezahlbaren Schuldenlast, die die Europäische Union und der IWF über dem Land aufgetürmt haben.
- Verhandlungen der deutschen mit der griechischen Regierung, um die Frage der Reparationsforderungen aus der Zeit der deutschen Besatzung und der damaligen Verwüstung des Landes durch die Wehrmacht endgültig und einvernehmlich abzuschließen.
- Die Stiftung wird Initiativen unterstützen, die die griechischen Schulden auf ihre Legitimität oder Illegitimität untersucht, wie das in anderen Ländern (Ecuador) bereits geschehen ist.
- Vor allem aber wird sich die Stiftung für ein künftiges solidarisches Europa einsetzen, in dem die Stärkeren die Schwächeren nicht ausplündern, sondern stützen.

Griechenland und einige andere Länder des Südens werden nie vergleichbare industrielle Zentren bilden, wie sie in Deutschland und Frankreich historisch entstanden sind. Es würde auch keinen Sinn ergeben, dass diese Länder eine eigene Automobilindustrie aufbauen oder ähnlich gewaltige Pharmaindustrien entwickeln, wie wir sie aus dem Rhein-Neckar-Raum oder vom Oberrhein kennen.

Die neue Stiftung akzeptiert und begrüßt, dass Europa unterschiedlich ist und jedes Land seinen eigenen Charakter besitzt und bewahrt. Damit trotzdem überall in Europa ähnliche, nämlich europäische Lebensbedingungen herrschen, ist die Einführung einer *Transferunion* unabdingbar. So wie innerhalb Deutschlands und in den USA reichere Länder für weniger reiche zahlen, so wie Baden-Württemberg für Schleswig-Holstein und Kalifornien für Minnesota Beträge überweist, muss für Europa ein System des Zahlungsausgleichs gefunden werden. Dies ist nicht zuletzt auch im Interesse der starken Länder, denn auch in Minnesota kauft man Smartphones aus Kalifornien, und auch in Griechenland soll man weiterhin in Taxen des VW-Konzerns fahren können.

Umwandlung der Stiftung

Aus all diesen Gründen und um die neuen Stiftungsziele besser zu verwirklichen, wird die Otto-Hartmann-Stiftung von einer Privatstiftung in eine öffentlich-rechtliche Stiftung überführt. Der bisherige Beirat und die Geschäftsführung sind ab sofort ihrer Funktionen enthoben.

Berlin, im Sommer 2016

Anna Hartmann
Stiftungsratsvorsitzende

Finden und Erfinden – ein Nachwort

In der gegenwärtigen Misere Europas das Verhältnis des ökonomisch stärksten zum schwächsten Mitgliedsstaat der Eurozone literarisch zu untersuchen, schien mir eine geeignete Methode zu sein, die Probleme unseres krisengeschüttelten Kontinents besser zu verstehen. Das Ergebnis ist wenig ermutigend. Die Unerbittlichkeit, mit der der Norden und insbesondere Deutschland Griechenland behandelt, stimmt nicht optimistisch, dass es in absehbarer Zeit oder gar jemals gelingt, in dem auseinanderdriftenden Europa den nötigen Zusammenhalt zu schaffen.

Ausgangspunkt dieses Buches war die Beobachtung, dass selbst auf dem Höhepunkt der Griechenlandkrise, als dieses Thema die Schlagzeilen beherrschte wie kaum ein anderes, es der überbordenden Berichterstattung nicht zu entnehmen war, auf welchen Konten die vielen Milliarden letztlich landeten, die zur »Griechenlandrettung« ausgegeben wurden. Nach über einem Jahr Recherche weiß ich es: auf den Konten meist französischer und deutscher Banken. Den Griechen selbst ging es von »Rettungsaktion« zu »Rettungsaktion« schlechter.

Es verschlägt einem fast den Atem, wenn man sich parallel dazu die Medienkampagne ins Gedächtnis ruft, der es gelungen ist, das Bild des faulen oder doch zumindest rückständigen Griechen im öffentlichen Bewusstsein zu verankern, der aus Schlendrian und Chaos mit deutschen Steuergeldern gerettet werden musste.

Diese Kampagne ist viel zu wuchtig, als dass ein Kriminalroman dagegen etwas ausrichten könnte, doch würde es mich freuen, wenn dieses Buch als Stimme für eine bessere europäische Integration wahrgenommen würde, zu der die Transferunion ebenso selbstverständlich gehört wie der Zahlungsausgleich zwischen den Ländern der Bundesrepublik. Ohne dies, so befürchte ich, wird Europa nicht möglich sein.

*

Wenn auch die Sachverhalte in diesem Roman nach bestem Wissen und Gewissen recherchiert sind, so sind die auftretenden Figuren erfunden – mit Ausnahmen von Personen der Zeitgeschichte. Dies sind: der Bankier Hermann Josef Abs, der Kompaniechef Lautenbach, der Geheime Feldpolizist Koch. Alle Dialoge, die diese Figuren sprechen, sind frei erfunden.

*

Auf meiner Homepage www.schorlau.com findet sich für interessierte Leser eine ausführliche Literaturliste.
Die folgenden Quellen verwendete ich hauptsächlich:
Bei der Beschreibung des Massakers von Distomo stütze ich mich auf das anrührende Buch von *Patric Seibel, Ich bleibe immer der vierjährige Junge von damals,* in dem die Geschichte von *Argyris Sfountouris* erzählt wird, der als Vierjähriger das Massaker wie durch ein Wunder überlebt hat und der heute noch für die Wiedergutmachung dieses Verbrechens kämpft. Erhellend war auch sein Auftritt in der Sendung »Die Anstalt« des ZDF, den man im Netz anschauen kann.
Ebenso beeindruckend ist das Buch von *Kaiti Manolopoulou, Juni ohne Ernte. Distomo 1944.*
Auf das Buch *Griechenland unter Hitler. Das Leben während der deutschen Besatzung 1941–1944* von *Mark Mazower* stütze ich mich bei der Beschreibung der Plünderung Griechenlands durch die Wehrmacht und des unvorstellbaren Elends, das die deutsche Besatzung dem Land brachte. Ebenfalls nahm ich den empfehlenswerten Band von *Jörg Kronauer, Wir sind die Herren des Landes. Der deutsche Griff nach Griechenland* zu Hilfe.
Zur Frage der Reparationsforderungen Griechenlands an Deutschland empfehle ich den Vortrag von Prof. Dr. Hagen Fleischer, Professor für Neuere Geschichte an der Universität Athen, den man bei YouTube unter https://www.youtube.com/watch?v=bGqrBwG8M5s findet.

Hilfreich war der Dokumentarfilm »Wer rettet Wen?« (http://whos-saving-whom.org), den ich interessierten Lesern empfehle, ebenso wie die Arbeiten von Harald Schumann (Links dazu auf meiner Homepage).
Die Lebensdaten von Hermann Josef Abs entnahm ich der Biografie *Der Bankier. Hermann Josef Abs* von *Lothar Gall.*
Die Grafiken zum Verhältnis Derivate/Buchgeld/Bargeld entstanden mit freundlicher Genehmigung der Urheber der website http://money.visualcapitalist.com. Die weiteren Grafiken entstanden aus öffentlich zugänglichen Daten statistischer Ämter sowie dem *Truth Committee Additional Report* des griechischen Parlaments vom September 2015, in dem das Komitee die griechischen Schulden auf Legitimität und Illegitimität untersuchte. Der Link zu diesem (umfangreichen) Bericht befindet sich auf meiner Homepage.
Die Ausführungen von Martin Klein zur Berichterstattung deutscher Medien stützen sich u. a. auf zwei Studien der Otto-Brenner-Stiftung: *Drucksache »Bild« – Eine Marke und ihre Mägde* und *»Die Griechen provozieren« – Die öffentlich-rechtliche Berichterstattung zur griechischen Staatsschuldenkrise.* Interessierte Leser finden die Links zu beiden Studien auf meiner Homepage.

*

Ein Dengler-Roman entsteht nicht (nur) einsam am Schreibtisch. Bei diesem Buch teilten viele Personen ihre Kenntnisse und Erfahrungen mit mir. Ohne ihre Großzügigkeit wäre dieser Roman nicht möglich gewesen. Großen Dank schulde ich meinen genialen Lektoren *Lutz Dursthoff* und *Nikolaus Wolters* für ihre harte Arbeit an diesem Text. Ich bedanke mich herzlich für die Hilfe von *Petra von Olschowski. Ekkehard Sieker* half mit entscheidenden Hinweisen bei der Recherche, insbesondere zu den komplexen finanzpolitischen Themen. Herzlichen Dank dafür.
Mein Dank geht an: *Bianca Wendt* und *Dr. Stefanie Beck* für die

Berliner Locationstour, *Jürgen Fauth* informierte mich über Abhörtechniken und Prepaid-Handys, *Stefan Jäger* erkundete das Züricher Gelände, *Georg Langjahr* brachte mich in seinen Boxclub, *Simon Reichenauer* und *Dr. Matthias Frank* berieten mich bei der Durchführung des Mordes im Solarium, von *Prof. Dr. Michael Bargende* erfuhr ich Wesentliches über die Datenemission moderner Kraftfahrzeuge, *Jürgen Kaiser* von erlassjahr.de brachte mir die schwierige Materie von Legitimität und Illegitimität von Staatsverschuldungen am Beispiel Ecuador nahe, *Staatsekretär a. D. N. N.* (der hier nicht genannt werden will) danke ich für das interessante Hintergrundgespräch, *Bernd Riexinger* für die griechischen Kontakte, *Dr. Gerhard Schick*, MdB und *Harald Schumann* nahmen sich Zeit für Gespräche über den Hintergrund der »Griechenlandkrise«, wichtige Hinweise erhielt ich von *Susanne Weber-Mosdorf* und *Gesine Schwan;* ich danke ihnen allen herzlich.

Ich bedanke mich besonders bei *Dieter Begemann,* einem ausgezeichneten Kenner der Hintergründe des Massakers von Distomo, für seine Freundlichkeit und die langen Telefonate.

Dank schulde ich in Athen *Dr. Matthias Makowski,* der dieses Buch in vielerlei Hinsicht unterstützte, *Georgios Chondros* für die Gespräche über die aktuelle griechische Politik, *Elena Chatzimichali* zeigte mir die fatalen Auswirkungen der Troika-Politik in den Krankenhäusern und Notstationen, *Karolina Kolokytha* übersetzte für mich.

Ich bedanke mich bei dem bewährten »Erstleserteam« Monika Plach und Heike Schiller. Für vielfältige Unterstützung danke ich Iris Fuchs.

Bildnachweis

S. 294: mit freundlicher Genehmigung der SPIEGEL-Verlag Rudolf Augstein GmbH & Co. KG
S. 394: picture-alliance / dpa

JETZT AUCH
AUF DVD
DENGLER
Trilogie nach den Thriller-Bestsellern
von WOLFGANG SCHORLAU
STUDIOHAMBURG
ENTERPRISES

Sehnsucht treibt Andreas Leuchtenberg nach Istanbul, um einer alten, nicht gelebten Liebe nachzuspüren und die Frau wiederzufinden, deren Liebe er vor vielen Jahren zurückwies, als seine Kumpels sie als seine »Kanakenbraut« verhöhnten ... Er lässt sich durch die Stadt treiben, lernt Alt-Istanbul, den europäischen Teil, kennen und gerät dann in die abgelegeneren orientalischen Stadtviertel. Immer weiter verliert er sich in der geheimnisvollen Atmosphäre dieser Stadt mit ihrer 2500-jährigen Geschichte.

Dies ist die Geschichte von Alexander und Paul. Es ist die Geschichte einer ungewöhnlichen Freundschaft zwischen einem Jungen aus begüterten Verhältnissen und einem Kind aus dem Waisenhaus. Es ist die Geschichte eines Verrats. Und die Geschichte einer großen Liebe. Nicht zuletzt erzählt sie von den gesellschaftlichen Umwälzungen der Sechziger- und Siebzigerjahre, von den damit verbundenen Träumen und Hoffnungen und von dem, was davon schließlich übrig bleibt.